管窥《三国》 上

刘学武 注评

中州古籍出版社
·郑州·

图书在版编目(CIP)数据

管窥《三国》/ 刘学武注评 . —郑州：中州古籍出版社，2022.8

ISBN 978-7-5738-0288-0

Ⅰ.①管… Ⅱ.①刘… Ⅲ.①《三国演义》研究 Ⅳ.① I207.413

中国版本图书馆 CIP 数据核字（2022）第 151934 号

GUANKUI SAN GUO

管窥《三国》

责任编辑	高林如　闵世勇
责任校对	古　群
美术编辑	曾晶晶
封面题签	谷国伟

出 版 社	中州古籍出版社（地址：郑州市郑东新区祥盛街27号6层 邮编：450016　电话：0371-65788693）
发行单位	河南省新华书店发行集团有限公司
承印单位	郑州印之星印务有限公司
开　　本	890 mm × 1240 mm　1/32
印　　张	41.5
字　　数	1130 千字
印　　数	1—3000 册
版　　次	2022 年 8 月第 1 版
印　　次	2022 年 9 月第 1 次印刷
定　　价	118.00 元（全三册）

本书如有印装质量问题，请联系出版社调换。

自　序

一

在我的书架上，有一套《三国演义》（上、下册），长江文艺出版社1985年2月印刷的，32开，蓝色封面，定价3.55元。虽然早就有些卷页了，但我还是一直珍藏着它，不忍放弃。这是我通读过的第一本《三国演义》，具有特殊的纪念意义。

小时候，熟悉三国的人物和故事，是从农闲时大人们的闲聊中；是从游走于乡间的说书艺人的评书里；是从同学之间相互传阅的小人书里。我知道了桃园三结义、三英战吕布、千里走单骑、隆中对、火烧赤壁、草船借箭、三气周瑜、火烧连营、七擒孟获、失街亭、空城计、二士争功等故事，也知道其中的有些事情就是在濮阳（时为东郡）发生的，零零碎碎，并不系统，也不全面。

上初中之后，在语文课本里学习了《隆中对》《赤壁之战》《出师表》等，知道了《三国演义》与《三国志》《资治通鉴》的关联，也具备了一定的古文基础。在学校图书馆里，开始阅读《三国演义》原文。只是没有坚持读完。

1985年,在濮阳县第三中学上高一,暑假前的一天中午午饭后,我在学校门口新华书店的柜台里看到一套《三国演义》。当时还是闭架售书,书籍陈列在带玻璃的书橱里,读者能看到书,但是不能自取。我请营业员拿出来。我把书拿在手里,翻过来,翻过去。不知不觉,十多分钟过去了。有一位营业员走过来问:"你到底买不买?"我忽然有了利用暑假时间正儿八经地读一遍的欲望。摸摸兜里面最后的4块钱,毫不犹豫地买下,急匆匆地离开书店。第二天回到家,我害怕被母亲发现,就用报纸包了书皮,放在床底下。暑假期间,父母基本不让我去地里,多数时间是我在家里写作业、做午饭或在村边放羊。我囫囵吞枣地看了一遍,觉得书里面的人物打打杀杀,蛮有趣。

1987年,我去南京上大学时带上了这套书。在宿舍里,我睡的是上铺。我躺在上铺盯着天花板难以入睡时,便翻一翻这套《三国演义》。反复阅读几遍之后,我深刻地体悟了英国人丘吉尔曾说过的一句话:"人世间没有永远的敌人,也没有永远的朋友,只有永远的利益"。但有些情节仍让我不解:孙权曾经联合刘备打过曹操,如赤壁之战;曹操联合孙权收拾过刘备,如关羽走麦城;可是刘备却是一生没有和曹操达成同盟去收拾孙吴的。当然,我现在已经明白了其中的因由。大学毕业,从南京回老家,匆匆带了7箱书,其中仍有它。

毕业后,因为种种原因,分配的单位没有让我立即去上班。无奈之下,托人介绍,我在濮阳县柳屯镇第二中学做了几个月的代教,教初中二年级的语文,兼38班班主任。晚上放学之后,偌大的学校的院子很静,也很黑。这段日子里,在微弱的灯光下,我又重读了

一遍《三国演义》，并有意识地在书中记录下自己的感受，也算是随感吧。1990年7月，我终于到濮阳市新华书店正式上班。其间，因为自己是单身汉，所住的地方搬过好几次，但这套《三国演义》一直伴随着我。有几个人想借走看看，都被我婉言拒绝了。

印象之中，王扶林先生导演的84集电视连续剧《三国演义》（1994版）正式播出，是在那年春节联欢会结束之后。杨洪基演唱的《滚滚长江东逝水》，浑厚的男中音，至今令人难忘。我跟着电视剧的播放，又读了一遍原著，边读边将原著与电视剧进行对比，不得不说1994版《三国演义》电视剧还是比较忠实于原著的。鲍国安、唐国强、孙彦军等人的表演水平让人无可挑剔。后来，我买了一套《三国演义》的光盘，经常在家里播放温习。

高希希导演、朱苏进编剧的新《三国演义》电视连续剧播出，是2011年的事情，集数达到95集。我再一次边读书边追剧。尽管陈建斌、陆毅、于荣光等一批演员很卖力，电视剧却终归因为过于突出血腥的战争场面、强调人物之间的算计，且导演和编剧对原著多处地方进行了看起来过于自信的改编，窃以为，其艺术性远不如1994版《三国演义》电视剧。

撰写《管窥〈三国〉》期间，我一边在公园散步，一边听袁阔成先生讲的《三国演义》，有了感想就随手记在手机里，等回到家里，再和原著进行对照，分析不同。就这样坚持了半年时间。

究竟自己读了多少遍《三国演义》，我自己也数不清了。

二

2009年,《夜读水浒》在大象出版社出版之后,有些朋友称赞它赏析的角度新颖,社会化解读,接地气,语言浅近平易,一看就懂。这本书开本小,阅读起来很方便。我受了鼓舞,很快就有了评点《三国演义》的想法,且定名为《管窥〈三国〉》。

何以用"管窥"二字?

"管窥"二字见于《后汉书·章帝纪》:"朕在弱冠,未知稼之艰难,区区管窥,岂能照一隅哉!"又见于晋·葛洪《抱朴子·明本》:"而管窥诸生,臆断瞽说。"清·姚鼐《哭孔·约三十二韵》:"道德惭途说,文章劣管窥。"基本意思是说:从管中看物,比喻所见者小。

用"管窥"二字命名,一是觉得可以和《夜读水浒》之"夜读"相呼应,希望自己能沿着这种风格一直做下去,书的名字都想好了,如《大话西游》《醉看封神》《闲话隋唐》等。有朋友曾建议可以谈谈《红楼梦》,我总是报之一笑。我知道自己的水平,是断断不敢妄评《红楼梦》的。

二是延续《夜读水浒》的方式,仍按照故事情节进展进行点评,读到哪里有了想法,就在哪里开始评说,且点到为止,不做长篇、系统的评论。窃以为适当留白,让读者自己往下延伸和思考,会更有趣味性、可读性。

三是说自己只是一个普通的读书人(不是做学术研究的),一个小小的书贩子,泛泛而读,研究不深。我姑且言之,您姑且听之!如有不同看法,大家可以商榷。

三

《管窥〈三国〉》"立项"很早，但真正进入写作，却是在 2013 年。在较短的时间内，我购买了多种版本的《三国演义》，有普及本、绣像本、线装本、缩写本、阅读指导本等。当然还有大家、名家评点本，比如毛宗岗、易中天、李国文、沈伯俊等人的。还包括一些研究《三国》人物、军事、经济、计谋等的书籍。自己一边读，一边在书的旁边进行点评。每次用的笔都不一样，有蓝水、红水钢笔，也有圆珠笔和铅笔。

《三国演义》最初就是《三国志通俗演义》，是在《三国志》的基础上演绎而成。所以小说中的人物和故事，有的确实存在过、发生过；有的纯属虚构，在历史上找不到出处。比如，在第一回中，演义和历史就有多处不同（见《三国志通俗演义（文白对照本）》，周文业主编、邓宏顺编著，中州古籍出版社 2013 年 6 月版）：

1. 十常侍的人员数量及人员都不同；
2. 刘焉是否任职幽州长官；
3. 刘备的年龄；
4. 刘备、张飞与亡命来奔的关羽相聚之后，是否结拜为兄弟；
5. 刘、关、张是否有幽州破黄巾、救青州、救董卓之事。

类似的例子很多，不再一一列举。经过多次对比阅读，认真思考，征求一些朋友的建议之后，我决定以清人毛宗岗父子所评《三国演义》为底本，撇开与《三国》有关史书，只根据小说情节发展进行讨论。毕竟考证是学术家、学问家的事情，一般读者没有必要掺和进来。

四

在写的过程中，有感到痛苦的时候，也曾萌生过放弃的想法。

最初读了《三国演义》前几回，觉得人物走马灯似的，你方唱罢我又登台，乱七八糟，让人头晕。我就先从《三国演义》中一些比较有趣味的章节开始阅读。先"赤壁之战"，而后"官渡之战"。

过了大半年，又从头读起。我是耐着性子读完的，与郭沫若先生读《韩非子》类似。先生曾经说："韩非文章，完全是一种法西斯理论，读起来很不愉快。"但是研究百家争鸣、诸子百家，《韩非子》又是无法避开的，所以先生还是耐着性子读了数遍，直到弄通、弄懂。

2016年年底，在读至书中第八十八回"渡泸水再缚番王，识诈降三擒孟获"一节时，孟获的拜把子弟兄董荼那、阿会喃感谢诸葛亮第一次不杀之恩，趁孟获大醉时，绑了孟获，送到诸葛亮寨中。诸葛亮再次释孟获，可以理解，让人无法理解的是他还让董荼那、阿会喃随孟获一同回去。孟获回到本寨，就"尽皆杀之，弃尸于涧"。其实，董荼那、阿会喃二人被杀的结局，明眼人都能够想到，更何况是诸葛亮这位聪明绝顶之人。可诸葛亮偏偏让二人随孟获回去。这样做，诸葛亮明显对不起这两位帮过自己的朋友。此时的我竟不知该如何评价诸葛亮了。我觉得有点痛苦，足足停了一个多月才又继续写下去。这就是斗争的残酷性！

读至"失街亭"处，我曾有过彷徨。街亭之失，马谡固然有其不可推卸的责任，但是究竟谁应该为失街亭负责？只是一个马谡么？窃以为，派马谡、王平去街亭，诸葛亮本身就没有十足获胜的把握。

如果诸葛亮有的话，也就没有必要再派出几路人马支援马谡、王平了。况且刘备在白帝城托孤的时候，已经告诉诸葛亮"马谡不可大用"。根本原因还在于此时蜀汉的人才已经出现断层，捉襟见肘，人才不济了。这已经不是哪一个人所能够负得起的责任了。

前些日子，曾和一位朋友谈起这部书的写作。他说："你应该是以兴趣开始，以辛苦结束。"我说："确实如此。"

五

第一轮工作用了两年多的时间。当时自己想，先放一放再说吧。有一位做局长的老兄知道我在研究《三国》，也曾建议我不妨阅读阅读哲学书籍，比如：马克思主义哲学、《毛泽东选集》等，并言：说不定就会有新的看法和发现。此后，因为忙于《一知居书事》的整理和出版，书稿搁置了近一年半的时间。

有一次，收到《中原》杂志主编张建国先生约稿，我便集中整理了对"赤壁之战"的评论。受篇幅和字数限制，我进行了多次修改，最终，评文还是比先生要求的多了一千字。文章以《〈管窥三国〉之赤壁之战》为题刊登在《中原》杂志 2017 年第 4 期上，占了五个页码。这篇长文的刊载对我自己是一次小小的鼓励。不久，我又以此为题在一个文化论坛上开了讲座，反响还算不错，这对自己也是一次很好的锻炼。

2018 年年初，我将小说原文分段后，再将自己评论的文字附在段后，一个字一个字地输到电脑里。10 月 25 日，《管窥〈三国〉》的写作终于告一段落。当天早晨，我在自己的 QQ 空间里发了一条说说：

"少年时读三国,打打杀杀很有趣;青年时读三国,世界真复杂,哪里有真正的朋友;如今读三国,俱往矣!俱往矣!"

2020年3月,自己奉调到周口市新华书店任职。开始的时候,人生地不熟,不过自己可以掌握的时间相对多一些了,便又开始读《三国演义》了。我每天早上6点起床读一回,有了新的想法就记下来。

有一天,忽然想起自己曾经在《书中小识》中批评于丹老师点评《论语》《庄子》时附上原文的做法,说"不知道到底是谁在卖谁的书?"进而想到自己的《管窥〈三国〉》,也尽量不使用原文为好。说干就干。先将故事情节转述过来,而后进行点评。不做不知道,一做吓一跳。这才发现工作量太大。原文的文字很复杂、很多,特别是小说中一些精彩部分,需要进行一点一点地缩写。我给自己制定了计划,每周至少要完成一回的任务。就这样,对原文的改写用时近八个月。

六

最后,想说一下为什么使用"一知居主人曰"。

"一知居"是自己给自己的书房所起的名字,意思是一知半解的地方。自大学毕业之后,自己一直在做图书发行,见到的书多,收藏的书多。大部分书是看见了便简单翻翻,大体浏览一下,并没有真正去精读和深读,故有了"一知居"之名。

至于在本书中用"一知居主人曰",一是仿照在《夜读水浒》中"边走边写曰"的形式。"边走边写"是自己的网名,在QQ和微信中

常常使用。二是效仿司马迁先生《史记》中的"太史公曰"和近代著名作家孙犁先生的"芸斋主人曰"。

刘学武
2021 年 10 月 8 日

目 录

上

第一回　宴桃园豪杰三结义　斩黄巾英雄首立功⋯⋯⋯⋯⋯002

第二回　张翼德怒鞭督邮　何国舅谋诛宦竖⋯⋯⋯⋯⋯⋯012

第三回　议温明董卓叱丁原　馈金珠李肃说吕布⋯⋯⋯⋯⋯023

第四回　废汉帝陈留践位　谋董贼孟德献刀⋯⋯⋯⋯⋯⋯034

第五回　发矫诏诸镇应曹公　破关兵三英战吕布⋯⋯⋯⋯⋯043

第六回　焚金阙董卓行凶　匿玉玺孙坚背约⋯⋯⋯⋯⋯⋯054

第七回　袁绍磐河战公孙　孙坚跨江击刘表⋯⋯⋯⋯⋯⋯063

第八回　王司徒巧使连环计　董太师大闹凤仪亭⋯⋯⋯⋯⋯073

第九回　除暴凶吕布助司徒　犯长安李傕听贾诩⋯⋯⋯⋯⋯084

第十回　勤王室马腾举义　报父仇曹操兴师⋯⋯⋯⋯⋯⋯098

第十一回　刘皇叔北海救孔融　吕温侯濮阳破曹操⋯⋯⋯⋯108

第十二回	陶恭祖三让徐州	曹孟德大破吕布	118
第十三回	李傕郭汜大交兵	杨奉董承双救驾	127
第十四回	曹孟德移驾幸许都	吕奉先乘夜袭徐郡	139
第十五回	太史慈酣斗小霸王	孙伯符大战严白虎	152
第十六回	吕奉先射戟辕门	曹孟德败师渍水	167
第十七回	袁公路大起七军	曹孟德会合三将	185
第十八回	贾文和料敌决胜	夏侯惇拔矢啖睛	196
第十九回	下邳城曹操鏖兵	白门楼吕布殒命	205
第二十回	曹阿瞒许田打围	董国舅内阁受诏	221
第二十一回	曹操煮酒论英雄	关公赚城斩车胄	232
第二十二回	袁曹各起马步三军	关张共擒王刘二将	243
第二十三回	祢正平裸衣骂贼	吉太医下毒遭刑	252
第二十四回	国贼行凶杀贵妃	皇叔败走投袁绍	266
第二十五回	屯土山关公约三事	救白马曹操解重围	272
第二十六回	袁本初败兵折将	关云长挂印封金	284
第二十七回	美髯公千里走单骑	汉寿亭侯五关斩六将	293
第二十八回	斩蔡阳兄弟释疑	会古城主臣聚义	304
第二十九回	小霸王怒斩于吉	碧眼儿坐领江东	316
第三十回	战官渡本初败绩	劫乌巢孟德烧粮	328
第三十一回	曹操仓亭破本初	玄德荆州依刘表	341

第三十二回　夺冀州袁尚争锋　决漳河许攸献计 …………… 351

第三十三回　曹丕乘乱纳甄氏　郭嘉遗计定辽东 …………… 366

第三十四回　蔡夫人隔屏听密语　刘皇叔跃马过檀溪 ………… 379

第三十五回　玄德南漳逢隐沦　单福新野遇英主 …………… 391

第三十六回　玄德用计袭樊城　元直走马荐诸葛 …………… 399

第三十七回　司马徽再荐名士　刘玄德三顾茅庐 …………… 409

第三十八回　定三分隆中决策　战长江孙氏报仇 …………… 418

第三十九回　荆州城公子三求计　博望坡军师初用兵 ………… 430

第四十回　　蔡夫人议献荆州　诸葛亮火烧新野 …………… 440

中

第四十一回　刘玄德携民渡江　赵子龙单骑救主 …………… 452

第四十二回　张翼德大闹长坂坡　刘豫州败走汉津口 ………… 465

第四十三回　诸葛亮舌战群儒　鲁子敬力排众议 …………… 475

第四十四回　孔明用智激周瑜　孙权决计破曹操 …………… 490

第四十五回　三江口曹操折兵　群英会蒋干中计 …………… 499

第四十六回　用奇谋孔明借箭　献密计黄盖受刑 …………… 511

第四十七回　阚泽密献诈降书　庞统巧授连环计 …………… 522

第四十八回	宴长江曹操赋诗	锁战船北军用武	530
第四十九回	七星坛诸葛祭风	三江口周瑜纵火	536
第五十回	诸葛亮智算华容	关云长义释曹操	544
第五十一回	曹仁大战东吴兵	孔明一气周公瑾	554
第五十二回	诸葛亮智辞鲁肃	赵子龙计取桂阳	561
第五十三回	关云长义释黄汉升	孙仲谋大战张文远	570
第五十四回	吴国太佛寺看新郎	刘皇叔洞房续佳偶	580
第五十五回	玄德智激孙夫人	孔明二气周公瑾	591
第五十六回	曹操大宴铜雀台	孔明三气周公瑾	598
第五十七回	柴桑口卧龙吊丧	耒阳县凤雏理事	606
第五十八回	马孟起兴兵雪恨	曹阿瞒割须弃袍	617
第五十九回	许褚裸衣斗马超	曹操抹书间韩遂	626
第六十回	张永年反难杨修	庞士元议取西蜀	636
第六十一回	赵云截江夺阿斗	孙权遗书退老瞒	651
第六十二回	取涪关杨高授首	攻雒城黄魏争功	659
第六十三回	诸葛亮痛哭庞统	张翼德义释严颜	668
第六十四回	孔明定计捉张任	杨阜借兵破马超	678
第六十五回	马超大战葭萌关	刘备自领益州牧	688
第六十六回	关云长单刀赴会	伏皇后为国捐生	700
第六十七回	曹操平定汉中地	张辽威震逍遥津	713

第六十八回　甘宁百骑劫魏营　左慈掷杯戏曹操 …………… 725

第六十九回　卜周易管辂知机　讨汉贼五臣死节 …………… 736

第七十回　猛张飞智取瓦口隘　老黄忠计夺天荡山 …………… 743

第七十一回　占对山黄忠逸待劳　据汉水赵云寡胜众 …………… 751

第七十二回　诸葛亮智取汉中　曹阿瞒兵退斜谷 …………… 761

第七十三回　玄德进位汉中王　云长攻拔襄阳郡 …………… 770

第七十四回　庞令明抬榇决死战　关云长放水淹七军 …………… 779

第七十五回　关云长刮骨疗毒　吕子明白衣渡江 …………… 788

第七十六回　徐公明大战沔水　关云长败走麦城 …………… 798

第七十七回　玉泉山关公显圣　洛阳城曹操感神 …………… 806

第七十八回　治风疾神医身死　传遗命奸雄数终 …………… 815

第七十九回　兄逼弟曹植赋诗　侄陷叔刘封伏法 …………… 825

第八十回　曹丕废帝篡炎刘　汉王正位续大统 …………… 835

下

第八十一回　急兄仇张飞遇害　雪弟恨先主兴兵 …………… 846

第八十二回　孙权降魏受九锡　先主征吴赏六军 …………… 853

第八十三回　战猇亭先主得仇人　守江口书生拜大将 …………… 862

第八十四回	陆逊营烧七百里　孔明巧布八阵图	874
第八十五回	刘先主遗诏托孤儿　诸葛亮安居平五路	882
第八十六回	难张温秦宓逞天辩　破曹丕徐盛用火攻	893
第八十七回	征南寇丞相大兴师　抗天兵蛮王初受执	904
第八十八回	渡泸水再缚番王　识诈降三擒孟获	914
第八十九回	武乡侯四番用计　南蛮王五次遭擒	922
第九十回	驱巨兽六破蛮兵　烧藤甲七擒孟获	932
第九十一回	祭泸水汉相班师　伐中原武侯上表	945
第九十二回	赵子龙力斩五将　诸葛亮智取三城	956
第九十三回	姜伯约归降孔明　武乡侯骂死王朗	965
第九十四回	诸葛亮乘雪破羌兵　司马懿克日擒孟达	975
第九十五回	马谡拒谏失街亭　武侯弹琴退仲达	987
第九十六回	孔明挥泪斩马谡　周鲂断发赚曹休	1001
第九十七回	讨魏国武侯再上表　破曹兵姜维诈献书	1012
第九十八回	追汉军王双受诛　袭陈仓武侯取胜	1022
第九十九回	诸葛亮大破魏兵　司马懿入寇西蜀	1034
第一百回	汉兵劫寨破曹真　武侯斗阵辱仲达	1046
第一百零一回	出陇上诸葛妆神　奔剑阁张郃中计	1058
第一百零二回	司马懿占北原渭桥　诸葛亮造木牛流马	1071
第一百零三回	上方谷司马受困　五丈原诸葛禳星	1081

第一百零四回	陨大星汉丞相归天　见木像魏都督丧胆	1096
第一百零五回	武侯预伏锦囊计　魏主拆取承露盘	1107
第一百零六回	公孙渊兵败死襄平　司马懿诈病赚曹爽	1122
第一百零七回	魏主政归司马氏　姜维兵败牛头山	1136
第一百零八回	丁奉雪中奋短兵　孙峻席间施密计	1149
第一百零九回	困司马汉将奇谋　废曹芳魏家果报	1159
第一百一十回	文鸯单骑退雄兵　姜维背水破大敌	1171
第一百一十一回	邓士载智败姜伯约　诸葛诞义讨司马昭	1182
第一百一十二回	救寿春于诠死节　取长城伯约鏖兵	1192
第一百一十三回	丁奉定计斩孙綝　姜维斗阵破邓艾	1202
第一百一十四回	曹髦驱车死南阙　姜维弃粮胜魏兵	1213
第一百一十五回	诏班师后主信谗　托屯田姜维避祸	1224
第一百一十六回	钟会分兵汉中道　武侯显圣定军山	1235
第一百一十七回	邓士载偷渡阴平　诸葛瞻战死绵竹	1244
第一百一十八回	哭祖庙一王死孝　入西川二士争功	1256
第一百一十九回	假投降巧计成虚话　再受禅依样画葫芦	1265
第一百二十回	荐杜预老将献新谋　降孙皓三分归一统	1279
后　记		1296
参考书目		1299

上

第一回

宴桃园豪杰三结义　斩黄巾英雄首立功

"滚滚长江东逝水，浪花淘尽英雄。是非成败转头空。青山依旧在，几度夕阳红。白发渔樵江渚上，惯看秋月春风。一壶浊酒喜相逢。古今多少事，都付笑谈中。"

一知居主人曰：

每每读到明人杨慎这首《临江仙》，便会想起1994年开播的84集电视连续剧《三国演义》。杨洪基先生的男中音，浑厚而又清晰，唱出了一种历史的存在、一种历史的必然、一种历史的厚重。尤其最后一句，"古今多少事，都付笑谈中"，极具人生哲理，是大实话、大概括、大总结。

话说天下大势，分久必合，合久必分。周末七国分争，并入于秦。秦灭后，楚、汉分争，又并入汉。汉朝自高祖一统天下，后来光武中兴，传至献帝，遂分为三国。致乱之由，殆始于桓、灵二帝。桓帝禁锢善类，崇信宦官。及灵帝即位，曹节等弄权，窦武、陈蕃谋诛之，机事不密，

反为所害,中涓①自此愈横。

一知居主人曰:

第一句是对历史规律的总结,短短十四个字,简洁而掷地有声。其后三句是对周朝末年至三国之前历史的简述,是对第一句的解释。自"致乱之由"一句始,介绍了东汉桓、灵二帝在位时国家动乱的主要原因,是后面所述内容的引子。

建宁二年四月望日,金殿之上,一条大青蛇飞将下来,蟠于椅上。须臾不见。忽大雷大雨,加以冰雹,半夜方止。建宁四年二月,洛阳地震;又海水泛溢,沿海居民尽被卷入海中。光和元年,雌鸡化雄。六月朔,黑气十余丈,飞入温雄殿中。秋七月,有虹现于玉堂,五原山岸,尽皆崩裂。

一知居主人曰:

作者详细介绍宫中和世间种种异象,有点像巫婆装鬼,意在制造神秘气氛,为后面发生的事情造势。这种手法,在古代小说中常见。

帝问灾异之由,蔡邕上疏,以为此乃妇寺干政②之所致。帝览奏叹息,因起更衣。曹节在后窃视,悉宣告左右,遂以他事陷邕于罪,

---

① 中涓:官名。最初指宫中主清洁洒扫的太监,如《汉书·曹参传》:"高祖为沛公也,参以中涓从。"后世一般指宦官,如《明史·周朝瑞传》:"如辅臣阿中涓意,则其过滋大。"另有意思,泛指君主的左右亲信,如《旧五代史·梁书·朱珍传》:"太祖初起兵,珍与庞师古……八十余人,以中涓从。"

② 妇寺干政:妇人、宦官干预朝政,掌握实权。妇,指皇太后、皇后、皇帝乳母之类的人。寺,通"侍"。寺人,官名,古代宫中供使令的小臣。《周礼·天官·寺人》:"寺人掌王之内人及女宫之戒令。"后人称宦官为寺人。古时"妇寺干政"向来为国家之大忌。

放归田里。后张让、赵忠、封谞等十人朋比为奸，号为"十常侍"。帝尊信张让，呼为"阿父"。朝政日非，以致天下人心思乱，盗贼蜂起。

一知居主人曰：

此处交代蔡邕之受迫害，在后文中也有解释。天下皆知"十常侍"左右朝纲，昏天暗地，偏偏当今皇上不知情，可悲！此属于旁观者清，独当局者糊涂也。

巨鹿郡张角入山采药遇一老人。老人唤角至一洞中，以天书《太平要术》三卷授之，曰："汝得之，当代天宣化，普救世人；若萌异心，必获恶报。"角拜问姓名。老人曰："吾乃南华老仙也。"言讫，化阵清风而去。

一知居主人曰：

"汉初三杰"之一张良曾在沂水圯桥头受黄石公《太公兵法》，而后本领大增，终辅佐刘邦打下天下。此处不第秀才张角（又是一个姓张，当属巧合）受高人《太平要术》三卷，"晓夜攻习，能呼风唤雨"。此也可为"读书改变人生"之绝好例证。

中平元年正月，疫气流行，张角散施符水，为人治病。此后徒众日多，家家侍奉张角名字。讹言："苍天已死，黄天当立；岁在甲子，天下大吉。"张角遣马元义结交封谞，以为内应。张角与张宝、张梁私造黄旗，约期举事；并使弟子唐周驰书报封谞。唐周乃径赴省中告变。帝召何进调兵擒马元义，斩之。次收封谞等一干人下狱。张角闻知事露，星夜举兵。

一知居主人曰：

联络人唐周竟然直接到官府告发，可见张角用人失察。张角不得已仓促起义，开始声势浩大，官军望风披靡。但最后还是因为组

织过于散乱,缺乏纪律约束,很难形成较强的战斗力,被官军分而歼之,在意料之中。不过,汉室经此之乱,却是形成了军阀割据之态,一盘散沙之状。

需要注意,本节中有"次收封谞等一干人下狱"一句。

幽州太守刘焉出榜招募义兵,引出刘备。刘备不甚好读书,性宽和,寡言语,喜怒不形于色,素有大志。身长七尺五寸,两耳垂肩,双手过膝,目能自顾其耳,面如冠玉,唇若涂脂;昔刘胜之子刘贞坐酎金失侯,遗这一枝在涿县。玄德幼孤,事母至孝。家贫,贩屦织席为业。其家之东南,有一大桑树,高五丈余,遥望之,童童如车盖。相者云:"此家必出贵人。"玄德幼时,与乡中小儿戏于树下,曰:"我为天子,当乘此车盖。"叔父刘元起奇其言,故常资给之。

一知居主人曰:

刘焉发榜招军,引出刘备出场,自然而然。本段文字主要介绍刘备的长相、身世、职业、童年趣事、外界评价等,无不显示出刘备有帝王之相。只是开头第一句,"那人不甚好读书",当另有说法。唐人章碣《焚书坑》诗中有句"刘项元来不读书",说的是刘邦和项羽。原文此处提及刘备十五岁时,"尝师事郑玄、卢植,与公孙瓒等为友",为后面做铺垫。

刘备慨然长叹。随后一人厉声言曰:"大丈夫不与国家出力,何故长叹?"玄德回视其人,问其姓名。其人自称张飞,世居涿郡,卖酒屠猪。玄德则说自己本汉室宗亲,名刘备。今有志欲破贼安民,恨力不能,故长叹。飞曰:"吾颇有资财,当招募乡勇。"玄德甚喜,遂与同入村店中饮酒。

一知居主人曰：

未见其人，先闻其声，必是那粗莽之人。通过刘备的视角，点出张飞相貌："身长八尺，豹头环眼，燕颔虎须，声若巨雷，势如奔马。"用了豹、燕、虎、马四种动物形容，气势吓人。在《水浒传》第七回中，形容一个人物："那官人生的豹头环眼，燕颔虎须，八尺长短身材，三十四五年纪。"却是鲁智深眼中的林冲。虽外貌描写相似，但张飞和林冲的性格却大不同。

张飞一出场，未等对方询问，便自报家门，包括他的职业和财产，几句话之后，便邀人吃酒。张飞快人快语，倒也十分可爱。

刘备、张飞正饮间，见一大汉。玄德就邀他同坐，叩其姓名。其人自报关羽，河东解良人。闻此处招军破贼，特来应募。玄德遂以己志告之。同到张飞庄上。飞曰："吾庄后有一桃园，花开正盛；明日当于园中祭告天地，我三人结为兄弟，协力同心，然后可图大事。"玄德、云长齐声应曰："如此甚好。"

一知居主人曰：

刘备、张飞出场，关羽自然要接着出场。关羽出场便唤酒保："快斟酒来吃，我待赶入城去投军。"有点急性子，像张飞。此处也是通过刘备视角，说出关羽长相，"身长九尺，髯长二尺；面如重枣，唇若涂脂；丹凤眼，卧蚕眉，相貌堂堂，威风凛凛"。关羽与刘备第一次说话，便说出自己"因本处势豪倚势凌人，被吾杀了，逃难江湖，五六年矣"，不设防也。

次日于桃园中，三人焚香再拜而说誓："虽然异姓，既结为兄弟，则同心协力，救困扶危。上报国家，下安黎庶。不求同年同月同日生，只愿同年同月同日死。背义忘恩，天人共戮！"遂聚乡中勇士三百余

人，就桃园中痛饮一醉。正思虑间，遇中山大商张世平、苏双往北贩马，近因寇发而回。玄德诉说欲讨贼安民之意。二客大喜，愿将良马五十匹相送；又赠金银五百两，镔铁一千斤，以资器用。玄德谢别二客，便命良匠打造双股剑。云长造青龙偃月刀，又名"冷艳锯"，重八十二斤。张飞造丈八点钢矛。各置全身铠甲。共聚乡勇五百余人，来见邹靖。

一知居主人曰：

桃园三结义，刘、关、张一个头磕下去，"三国演义"大幕就此拉开。刘备要图大事，虽有三百余人，却是没有马匹、刀枪、资金等。恰恰此时来了两个大户，如同天上掉馅饼，赠马、赠金、赠镔铁，合该刘备起家。只是后文中对这两位中山大商再无交代，有些遗憾。

刘备来见邹靖。邹靖引见刘焉。玄德说起宗派①，刘焉大喜，遂认玄德为侄。刘焉令邹靖引玄德等前去破黄巾贼将程远志。两军相对，玄德出马，扬鞭大骂："反国逆贼，何不早降！"程副将邓茂出战。张飞挺丈八蛇矛直出，手起处，刺中邓茂心窝。程远志拍马舞刀，直取张飞，不防被云长刀起处挥为两段。

一知居主人曰：

刘焉、刘备虽是认了叔侄，但刘备这次战程远志，却受邹靖节制。刘备于两军阵前大骂，张飞杀了邓茂，关羽斩了程远志，都是初出茅庐，牛刀小试。彰了威风！

刘焉应邀派邹靖同玄德等人去青州解黄巾军之围。玄德最初兵

---

① 宗派：泛称宗教、政治、学术或宗族等方面的派别。《西游记》第十九回："你师兄叫做悟空，你叫做悟能，其实是我法门中的宗派。"

寡不胜。次日出奇兵三路夹攻，贼众大溃。太守龚景出城助战。贼势大败，剿戮极多。龚景犒军毕，邹靖欲回。玄德曰："近闻中郎将卢植与张角战于广宗，备昔曾师事卢植，欲往助之。"玄德自引本部投广宗来。至卢植军中，具道来意。卢植大喜。

一知居主人曰：

刘备虽初次战败，好在次日大获全胜，解了青州之围。邹靖要回幽州，刘备却言老师卢植在广宗与张角战，要去帮忙。与前面刘备第一次出场时的介绍文字"尝师事郑玄、卢植"照应。只是老师处并不需要，遂着刘备去颍川帮助皇甫嵩、朱儁。谁知两人刚刚取胜，皇甫嵩曰张梁、张宝"必投广宗去依张角。玄德可即星夜往助"，玄德领命，遂引兵复回，白白耽误了时间。

某夜，张梁、张宝兵败夺路而走，为曹操所拦住。操父曹嵩，本夏侯氏，因为中常侍曹腾之养子，故冒姓曹。操幼时，好游猎，喜歌舞，有权谋，多机变。操有叔父，见操游荡无度，尝怒之。嵩责操。一日，操见叔父来，诈倒于地，作中风状。叔父惊告嵩，嵩急视之。嵩曰："叔言汝中风，今已愈乎？"操曰："儿自来无此病。因失爱于叔父，故见罔耳。"嵩信其言。后叔父但言操过，嵩并不听。桥玄谓操曰："天下将乱，非命世之才不能济。能安之者，其在君乎？"何颙说："汉室将亡，安天下者，必此人也。"汝南许劭曰："子治世之能臣，乱世之奸雄也。"年二十，举孝廉，除洛阳北部尉。后为顿丘令，因黄巾起，拜为骑都尉。

一知居主人曰：

三国时期吴国人无名氏曾作《曹瞒传》："太祖少好飞鹰走狗，游荡无度，其叔父数言之于嵩，太祖患之。后行逢叔父于路，乃阳败面喁口，叔父怪而问其故，太祖曰：'卒中恶风。'叔父以告嵩。嵩

惊愕，呼太祖，太祖口貌如故。嵩问曰：'叔父言汝中风，已差乎？'太祖曰：'初不中风，但失爱于叔父，故见罔耳。'嵩乃疑焉，自后叔父有所告，嵩终不复信。太祖于是益得意矣。"①

战事正紧，罗贯中先生却用大段文字来介绍曹操本人，看似闲笔，却并不闲。将曹操少年老到、奸猾尽显于眼前。尤其曹操诈中风骗得叔父中计，非一般少年所能为。其间众人对曹操之评价，尤得玩味。特别是"许劭所言"一句，毛宗岗评曰："喜得恶，喜得险，喜得直，喜得无理，喜得不平常，喜得不怀好意。只此一喜，便是奸雄本色。"曹操在洛阳任职，有"中常侍蹇硕之叔，提刀夜行，操巡夜拿住，就棒责之"，却是值得赞扬。犯我规矩者，必惩罚之，断不管有无后台。曹操后来能够带兵打仗，此处初见端倪。

此处提及"后为顿丘令"。顿丘者，是汉时之清丰县也。有人认为曹操起家是在濮阳，有待考证。

玄德见一簇军马护送一辆槛车，车中却是卢植。玄德问其缘故。植曰："我围张角，将次可破。因角用妖术，未能即胜。朝廷差黄门左丰前来体探，问我索取贿赂。我答曰：'军粮尚缺，安有余钱奉承天使？'左丰挟恨，回奏朝廷，说我高垒不战，惰慢军心；因此朝廷震怒，遣中郎将董卓来代将我兵，取我回京问罪。"

一知居主人曰：

卢植曾经是刘备的老师。黄门诬陷卢植，暂且不说，却说刘、关、张兄弟三人对卢植一事的态度。张飞"要斩护送军人"，刘备说"朝廷自有公论，汝岂可造次"，关羽说"我等去无所依，不如且回涿郡"。三人态度迥然不同，却又符合三人性格。

---

① 《古文鉴赏辞典》，上海辞书出版社1997年1版1印。

假如真如卢植所言，大战在即，朝廷钦差黄门左丰，不说大力支持前线，却是明着索贿，足见朝廷用人失察。观古代小说，皇帝所派监军之类的人，多与前线将军不和。偏偏皇帝听信这类人等，造成诸多冤案。

第二回

张翼德怒鞭督邮　何国舅谋诛宦竖

张角正杀败董卓，忽遇刘关张冲杀，大败而走。卓问三人现居何职。玄德曰："白身。"卓甚轻之，不为礼。玄德出，张飞大怒曰："若不杀之，难消我气！"玄德与关公急止之。飞曰："若不杀这厮，反要在他部下听令，其实不甘！二兄要便住在此，我自投别处去也！"玄德曰："我三人义同生死，岂可相离？不若都投别处去便了。"飞曰："若如此，稍解吾恨。"

一知居主人曰：

董卓为刘备所救，本应存感激之心。却是因为刘备白身，"甚轻之，不为礼"。张飞大怒要杀之，刘备、关羽阻止，均在意料之中。张飞发了一通牢骚，但是心中火气并未散尽。后文中张飞怒鞭督邮，才算出了这口恶气。

于是三人连夜来投朱儁。朱儁围定宛城。城中断粮，韩忠使人出城投降。儁不许。玄德问何拒韩忠。儁曰："今海内一统，惟黄巾造反。若容其降，无以劝善。使贼得利恣意劫掠，失利便投降。此长寇之志，非良策也。"玄德曰："今四面围如铁桶，贼乞降不得，必然死战。万人一心，尚不可当，况城中有数万死命之人乎？"并献

计儁然之攻打西北。韩忠果引军弃城而奔。儁等率三军掩杀，射死韩忠，余皆四散奔走。

一知居主人曰：

叛军要投降，朱儁却是不允，并对刘备讲了一番所谓的道理。刘备无奈之下，献计引韩忠出城，在城外射死韩忠，自是救了城中数万人性命。此处可见刘备之仁。

孙坚，吴郡富春人，孙武子之后。生得广额阔面，虎体熊腰。年十七岁时，与父至钱塘，见海贼劫取商人财物，于岸上分赃。坚谓父曰："此贼可擒也。"遂奋力提刀上岸，扬声大叫，如唤人状。贼以为官兵至，弃财而走。坚杀一贼。由是荐为校尉。后会稽许昌造反，坚与郡司马招募勇士千余人，斩许昌并其子。臧旻上表奏其功，除坚为盐渎丞，又除盱眙丞、下邳丞。

一知居主人曰：

孙坚登场，叙述之中，可见其足智多谋。岸上擒贼一事，不免让人感慨，正是自古英雄出少年。

儁班师回京，诏封为车骑将军，河南尹。儁表奏孙坚、刘备等功。坚有人情，除别部司马上任去了。惟玄德不得除授，三人郁郁不乐，上街闲行。

一知居主人曰：

各路人等因为平黄巾一事，多少都有些封赏。唯独刘备没有人情，不得除授。其情其景，可以想象。若是换了别人，早就找地方喝闷酒去了。

玄德在街上见张钧，自陈功绩。钧大惊，入朝见帝，曰："今宜

斩十常侍，悬首南郊，遣使者布告天下，有功者重加赏赐，则四海自清平也。"十常侍奏帝曰："张钧欺主。"帝令逐出张钧。十常侍共议，**玄德除授安喜县尉。**

一知居主人曰：

刘备在街上遇见张钧，主动告诉对方自己的功绩，足见心中之委屈。张钧知道后，入朝见帝，陈述一番，为刘备叫屈，最后却是被逐出，有点冤。刘备得一县尉，"克日赴任"。帝和十常侍对刘备三人有安抚之意，也有故意撵出京城之意。

此处有"十常侍奏帝曰""十常侍共议"之语。要知道此前封谞因做张角之内应，已经被拿下。如今黄巾已平，封谞又官复原职了？此处让人不解。

玄德与关、张来安喜县署事一月，与民秋毫无犯，民皆感化。未及四月，朝廷要沙汰因军功为长吏者。玄德疑在遣中。适督邮行部至县，玄德出郭见督邮施礼。督邮坐于马上，惟微以鞭指刘备回答。关、张俱怒。及到馆驿，督邮南面高坐，玄德侍立阶下。良久，督邮问刘备出身。刘备自说乃中山靖王之后。剿戮黄巾三十余战，颇有微功，因得除今职。督邮大喝曰："汝诈称皇亲，虚报功绩！"玄德喏喏连声而退。归到县中。吏曰："督邮作威，无非要贿赂耳。"玄德曰："我与民秋毫无犯，那得财物与他？"次日，督邮先勒令县吏指称县尉害民。玄德几番自往求免，俱被门役阻住。

一知居主人曰：

看那刘备见督邮时诺诺连声的样子，不免让人想起两句俗语来："落水的凤凰不如鸡""人在屋檐下，不得不低头"。

督邮说"目今朝廷降诏，正要沙汰这等滥官污吏"是在为自己的傲慢寻找冠冕堂皇的理由。可见这督邮官职不大，却是深谙官场之道。

第二回　张翼德怒鞭督邮　何国舅谋诛宦竖

"坐于马上""鞭指""高坐""大喝"等词用得形象逼真。只是那督邮陷害刘备,有些过头。他不知道张飞和关羽两人并不是"省油的灯",遂惹出后面张飞鞭打督邮之事来。

张飞酒后乘马外出,见有人在馆驿门前痛哭。飞问其故,知道众老人不满督邮陷害哥哥所致。张飞大怒,拽出督邮,在门外狠打。玄德惊问其故。飞曰:"此等害民贼,不打死等甚!"玄德终是仁慈的人,急喝张飞住手。傍边转过关公来,曰:"兄长建许多大功,仅得县尉,今反被督邮侮辱。吾思枳棘丛中,非栖鸾凤之所①**。不如杀督邮,弃官归乡,别图远大之计。"玄德自取印绶,挂于督邮之颈。督邮归告定州太守,太守申文省府,差人捕捉。**

一知居主人曰:

"睁圆环眼,咬碎钢牙,滚鞍下马,径入馆驿,直奔后堂……揪住头发,扯出馆驿,直到县前马桩上缚住;攀下柳条,去督邮两腿上着力鞭打,一连打折柳条十数枝。"一连串的动作,酣畅淋漓,快人快事,让人读来觉得十分解恨。督邮见刘备过来,告曰:"玄德公救我性命!"全然没有了此前的耀武扬威。此时,关羽也主张杀掉督邮,这点值得注意。要不是刘备仁慈,这督邮险些丢了性命。刘备挂印绶而走,有些飘然,却也是无奈之举。刘备知道此时此刻已经与督邮结下梁子,再在此处,不会有好果子吃。临走之时,刘备教育督邮,"据汝害民,本当杀却;今姑饶汝命。吾缴还印绶,从此去矣",则显得有些迂腐了。

---

① 枳棘丛中,非栖鸾凤之所:长满荆棘乱草的灌木丛中,不是停留凤凰的地方,比喻嘈乱芜杂的环境不是英雄图大计的地方。

赵忠、张让差人问破黄巾将士索金帛，皇甫嵩、朱儁皆不肯与，赵忠等俱奏罢其官。帝又封赵忠等为车骑将军，张让等十三人皆封列侯。朝政愈坏，人民嗟怨。长沙、渔阳等地有人造反，表章雪片告急，十常侍皆藏匿不奏。

一知居主人曰：

灭黄巾，皇甫嵩、朱儁有功甚大，却是因为不肯施金帛与赵忠、张让等人，被密奏罢官。天下四处告急，因为信息被十常侍控制，皇帝无法得到准确消息，尚以为天下太平。所以，后面谏议大夫刘陶直言："天下危在旦夕，陛下尚自与阉宦共饮耶！"时，皇帝却说："国家承平，有何危急？"这样的皇帝如何能稳固江山？！

一日，帝在后园与十常侍饮宴，刘陶曰："四方盗贼并起，侵掠州郡。其祸皆由十常侍卖官害民，欺君罔上。朝廷正人皆去，祸在目前矣！"十常侍皆免冠跪伏于帝前曰："大臣不相容，臣等不能活矣！愿乞性命归田里，尽将家产以助军资。"言罢痛哭。帝怒谓陶曰："汝家亦有近侍之人，何独不容朕耶？"呼武士推出斩之。刘陶大呼："臣死不惜！可怜汉室天下，四百余年，到此一旦休矣！"

一知居主人曰：

十常侍一被人告，就立即表现出一副可怜兮兮的样子来，真是表演天才。刘陶当面揭露十常侍，毫不畏惧，真丈夫也！也与其职务"谏议大夫"名实相符，只是不被皇帝这昏君接受罢了。

武士拥陶出，方欲行刑，陈耽喝住，径入宫见帝。帝曰："毁谤近臣，冒渎朕躬。"耽曰："天下人民，欲食十常侍之肉，陛下敬之如父母，身无寸功，皆封列侯。况封谞等结连黄巾，欲为内乱。陛下今不自省，社稷立见崩摧矣！"帝曰："封谞作乱，其事不明。十常侍中，岂无

一二忠臣？"帝怒，命牵出，与刘陶皆下狱。是夜，十常侍于狱中杀之。

一知居主人曰：

陈耽已经知道刘陶为什么要被问斩，还正面抨击十常侍，虽以头撞阶苦谏，皇帝仍然不醒悟，怒将其下狱。最终两人均为十常侍所害。两人真是一片赤胆忠心，值得点赞！只可惜，忠臣未能遇明主，可怜！

从皇帝口中，我们知道：作为十常侍之一的封谞还在狱中，并没有在朝中任职。

刘虞领兵征张举、张纯。刘恢以书荐玄德见虞。虞令玄德为都尉，引兵直抵贼巢，与贼大战数日，挫动锐气。张纯专一凶暴，士卒心变，帐下头目刺杀张纯，将头纳献，率众来降。张举见势败，亦自缢死。渔阳尽平。刘虞表奏刘备大功。公孙瓒又表陈玄德前功，荐为别部司马，守平原县令。玄德在平原，颇有钱粮军马，重整旧日气象。

一知居主人曰：

刘备因为帮助幽州牧刘虞平了张举、张纯，"朝廷赦免鞭督邮之罪，除下密丞，迁高堂尉"，后为平原令，这是他政治生涯的转折点。这与刘恢、刘虞、公孙瓒先后推荐有关。可见，刘备此时虽位不及诸侯，却已拥有了一定的人脉。

至于张举、张纯两人，一被自己人所杀，一自缢而死，典型的乌合之众，此前他们却还要自称天子和大将军，笑话！

中平六年夏四月，灵帝病笃，召何进入宫，商议后事。何进起身屠家，因妹入宫为贵人，生皇子辩，遂立为皇后。进由是得权重任。帝又宠幸王美人，生皇子协。何后嫉妒，鸩杀王美人。协养于董太后宫中。董太后乃灵帝之母，解渎亭侯刘苌之妻也。初因桓帝无子，

灵帝入继大统，遂迎养母氏于宫中，尊为太后。董太后尝劝帝立协为太子。帝亦偏爱协，欲立之。

一知居主人曰：

这段关于后宫的叙述，读起来让人觉得有点乱。想起当下宫廷剧，多是女人之间的尔虞我诈、勾心斗角。

灵帝病笃，蹇硕奏曰："若欲立协，必先诛何进。"帝然其说，因宣进入宫。进至宫门，潘隐谓进曰："不可入宫。蹇硕欲谋杀公。"进大惊，急归私宅召诸大臣，欲尽诛宦官。曹操挺身出曰："宦官之势，起自冲、质之时；朝廷滋蔓极广，安能尽诛？倘机不密，必有灭族之祸。"进视之，叱曰："汝小辈安知朝廷大事！"

一知居主人曰：

若不是潘隐告密，何进必死无疑！看来，还是得在关键岗位有自己的人。何进知道蹇硕密谋杀他的事情后，竟然召集诸大臣商议，说明何进是没有主见的人。

此段文字中，何进明显看不起曹操，因为曹操此时不过是军校尉之类的下级军官。谁又能预料到此人后来竟会成大事！

潘隐至，说帝已崩。蹇硕与十常侍秘不发丧，矫诏宣何国舅入宫，绝后患，立皇子协为帝。说末了，使命至，宣进速入。操曰："今日之计，先宜正君位，然后图贼。"进曰："谁敢与吾正君讨贼？"袁绍挺身出。进大喜，遂点御林军五千。何进引何颙等大臣三十余员，相继而入，就灵帝柩前，扶立太子辩即皇帝位。蹇硕为中常侍郭胜所杀。硕所领禁军，尽皆投顺。

一知居主人曰：

潘隐两次通报消息，对何进有恩。后文何进专权时，却并没有

第二回　张翼德怒鞭督邮　何国舅谋诛宦竖

提拔潘隐,不知何故?

此时,袁绍却是当机立断,率军五千与何进入宫,立太子刘辩即位。十常侍此时并没有动作,在于他们此时并未掌握军队,不能与何进抗衡。蹇硕为郭胜所杀,两人均为"十常侍"中人,郭胜显然是为了自保。

袁绍建议何进今日可乘势尽诛中官。张让入告何后,说陷害大将军者止蹇硕一人,与他们无关,"今大将军听袁绍之言,欲尽诛臣等,乞娘娘怜悯!"何太后曰:"汝等勿忧,我当保汝。"宣何进入。太后密谓曰:"我与汝出身寒微,非张让等,焉能享此富贵?今蹇硕不仁,既已伏诛,汝何听信人言,欲尽诛宦官耶?"何进听罢,出谓众官曰:"其余不必妄加残害。"袁绍曰:"若不斩草除根,必为丧身之本。"进曰:"吾意已决,汝勿多言。"众官皆退。

一知居主人曰:

何进不听袁绍之语,没有乘势尽诛十常侍,很快就招来杀身之祸。何太后与何进是亲兄妹,却还要为张让等人求情,有"非张让等,焉能享此富贵"之语,显然属于糊涂虫。

次日,太后命何进参录尚书事。董太后宣张让等入宫商议曰:"何进之妹,始初我抬举他。今日他孩儿即皇帝位,内外臣僚,皆其心腹,威权太重,我将如何?"让奏请娘娘可临朝,垂帘听政①,并如此如此。董太后大喜。次日设朝,董太后降旨,封皇子协为陈留王,董重为

---

① 垂帘听政:意思是指皇后或太后临朝管理国家政事。垂帘,太后或皇后临朝听政,殿上用帘子遮隔。听,治理。《旧唐书·高宗纪下》:"时帝风疹不能听朝,政事皆决于天后。自诛上官仪后,上每视朝,天后垂帘于御座后,政事大小皆预闻之,内外称为二圣。"

骠骑将军，张让等共预朝政。

一知居主人曰：

董太后为灵帝之母，当下皇上是灵帝之子，董太后想争些权利，培植一些自己的势力。董太后此举，与张让等人撺掇有关。

张让奏请董太后中有句："重用臣等，大事可图矣。"属于明着要官。张让游走于何太后与董太后之间，董太后不给都不行。

何太后于宫中设一宴，请董太后赴席。酒至半酣，何太后再拜曰："我等皆妇人也，参预朝政，非其所宜……今我等宜深居九重，朝廷大事，任大臣元老自行商议，此国家之幸也。"董后大怒曰："汝鸩死王美人，设心嫉妒。今倚汝子为君，与汝兄何进之势，辄敢乱言！吾敕骠骑断汝兄首，如反掌耳！"何后亦怒曰："吾以好言相劝，何反怒耶？"董后曰："汝家屠沽小辈①，有何见识！"两宫互相争竞，张让等各劝归宫。

一知居主人曰：

董太后和何太后这场争斗，有点像泼妇骂街，一点儿也不文雅。当下何进（何太后之兄）掌握军权，董太后明显有些自不量力。董太后骂何太后"屠沽小辈"属于揭短，无异于当面打脸。何太后后面之举动，自是可以理解。两宫相争，且看那张让只是"各劝回宫"，并没有偏袒任何一方，足见张让之圆滑，这也为后面何太后接纳张让等人做了铺垫。

何后连夜召何进入宫。何进出，召三公共议。来早设朝，使廷

---

① 屠沽小辈：类似于杀猪买酒的低等人。屠沽，杀猪卖酒的。小辈，特指论资排辈不如另外一人的人。在书中，董太后说何后类似于杀猪卖酒的低等人，是讥讽她出身低贱。

臣奏董太后原系藩妃，合仍迁于河间安置，限日下即出国门。一面遣人起送董后；一面点禁军围董重府宅。董重知事急，自刎于后堂。张让、段珪见董后一枝已废，遂结交何进弟何苗并其母舞阳君，令早晚入何太后处，善言遮蔽。因此十常侍又得近幸。

一知居主人曰：

此处还有十常侍之说，窃以为不合适，因为蹇硕已经被杀，封谞因为通黄巾军下狱，实只剩八常侍也。

张让等人先在董皇后处，董太后倒台后，立马转投何太后处，且在两处皆得近幸，这说明张让等人是工于心计之人。

六月，何进暗使人鸩杀董后于河间驿庭。进托病不出。袁绍入见进，说张让等传言何进鸩杀董后，此时不诛阉宦，后必为大祸。今公兄弟部曲将吏，皆英俊之士。此天赞之时，不可失也。少顷，何进入白后，欲诛中涓。何后曰："中官统领禁省，汉家故事。先帝新弃天下，尔欲诛杀旧臣，非重宗庙也。"进本是没决断之人，听太后言，唯唯而出。

一知居主人曰：

袁绍所言"昔窦武欲诛内竖，机谋不密，反受其殃"是指汉灵帝时，窦武任大将军，辅佐朝政时，与太傅陈蕃定计剪除诸宦官。因窦武不听陈蕃建议，致使谋划泄露，结果兵败自杀，被枭首于洛阳都亭。

袁绍再次向何进提出建议诛杀阉宦。何进一句"且容商议"，说明此时还是下不了决心。何进将此事告诉何太后，可是何太后已经被张让等人拉拢住，迷惑了双眼，自是不允何进动手。

第三回
议温明董卓叱丁原　馈金珠李肃说吕布

何进要诛杀十常侍，太后不允，便要各镇勒兵来京。陈琳说："反外檄大臣，临犯京阙，英雄聚会，各怀一心。所谓倒持干戈，授人以柄，功必不成，反生乱矣。"曹操说："若欲治罪，当除元恶①，但付一狱吏足矣，何必纷纷召外兵乎？欲尽诛之，事必宣露。吾料其必败也。"何进却说二人"此懦夫之见也！""孟德亦怀私意耶？"

一知居主人曰：

何进一意孤行，发密诏星夜往各镇。不料，时因贿赂十常侍、结托朝贵而出任西凉刺史的董卓早有不臣之心，正苦于无缘由入京，"是时得诏大喜，点起军马，陆续便行"，此后汉室及洛阳百姓便遭大劫。正应了曹操那句"乱天下者，必进也"。何进当知俗语有言，"请神容易送神难"，况董卓这等恶神乎？！

董卓听了女婿兼谋士李儒所言，上表。其略曰，闻天下所以乱逆不止者，皆由张让等侮慢天常之故。臣闻扬汤止沸，不如去薪；

---

① 元恶：犹"元凶"，大恶之人；罪魁祸首。《书·康诰》："元恶大憝，矧惟不孝不友。"孔传："大恶之人犹为人所大恶，况不善父母、不友兄弟者乎。"

溃痈虽痛,胜于养毒①。臣敢鸣钟鼓入洛阳,请除让等。则社稷幸甚!天下幸甚!何进得表,出示大臣。郑泰谏曰:"董卓乃豺狼也,引入京城,必食人矣。"进曰:"汝多疑,不足谋大事。"卢植亦谏曰:"植素知董卓为人,面善心狠。一入禁庭,必生祸患。不如止之勿来,免致生乱。"进不听。

一知居主人曰:

众人皆说董卓此人有野心,唯独何进不信。不过后有一句,"进使人迎董卓于渑池,卓按兵不动"。足见董卓之狡猾,有先行"坐山观虎斗"而后"坐收渔利"之嫌。后面果然如此。何进见"郑泰、卢植皆弃官而去。朝廷大臣,去者大半"时,也应该考虑一下自己是否真的错了!偏偏他不考虑。

张让等人得知外兵将到,起杀何进之心,要何太后"宣大将军入宫谕止之。如其不从,臣等只就娘娘前请死"。何太后不解其意,竟然从了。陈琳等众人皆以为"太后此诏,必是十常侍之谋,切不可去。去必有祸"。何进独不信,笑曰:"此小儿之见也。吾掌天下之权,十常侍敢待如何?"后袁绍和曹操送至长乐宫前,被阻宫外。何进昂然直入,行至嘉德门前,伏甲齐出,将进砍为两段。

一知居主人曰:

"昂然"二字,用得甚为形象,彰显了何进高度的自信。何进恰恰就死于这种自信。自以为权大倾国,没想到在小河沟丢了性命。何进固然是张让等人谋害的,其妹何太后也是帮凶!

---

① 扬汤止沸,不如去薪;溃痈虽痛,胜于养毒:意思是用勺子反复舀起热水使它不沸腾,不如直接把燃烧的柴薪去掉;挑破毒疮虽然会痛,但好过不挑破而继续养着毒疮。也就是说,要从根本上解决问题,效果较好。长痛不如短痛,问题起于微末时就要动手解决,虽然会有弊端,但利大于弊。

袁绍久不见何进出来，乃于宫门外大叫。让等将何进首级掷出，宣谕曰："何进谋反，已伏诛矣！其余胁从，尽皆赦宥。"袁绍厉声大叫："阉官谋杀大臣！诛恶党者前来助战！"何进部将吴匡于青琐门外放火。袁术引兵突入宫庭，但见阉官，不论大小，尽皆杀之。袁绍、曹操斩关入内。

一知居主人曰：

张让只让何进入内，袁绍就知道事情不妙。见其久不出来，在外大叫属于正常反应。没想张让等人不自量力，竟然将何进首级隔墙扔出，袁绍、曹操等人此时不反，更待何时。赵忠、程旷、夏恽、郭胜等人被杀，是罪有应得，只是苦了其他阉官，并没有太多劣迹，糊里糊涂地死于乱中。

吴匡杀入内庭，见何苗亦提剑出。匡大呼曰："何苗同谋害兄，当共杀之！"众人俱曰："愿斩谋兄之贼！"苗欲走，四面围定，砍为齑粉。

一知居主人曰：

上回中有文，袁绍建议何进诛阉，何进之心未定，"左右密报张让，让等转告何苗，又多送贿赂。苗入奏何后云：'大将军辅佐新君，不行仁慈，专务杀伐。今无端又欲杀十常侍，此取乱之道也。'后纳其言。"今日何苗被杀，实是报应不爽。

张让、段珪劫拥少帝及陈留王，连夜奔走至北邙山。二更时分，河南中部掾吏闵贡人马赶至，大呼："逆贼休走！"张让见事急，遂投河而死。帝与陈留王不敢高声，伏于河边乱草之内。伏至四更，露水又下，腹中饥馁，相挤而哭。二人以衣相结，爬上岸边。正无奈何，忽有流萤千百成群，光芒照耀，只在帝前飞转。陈留王曰："此

天助我兄弟也！"遂随萤火而行，渐渐见路。五更，帝与王卧于草堆之畔。

一知居主人曰：

此前张让何等风光，今日却是投河而死，不免让人感慨"此一时，彼一时"！本段文字中，皇上与陈留王逃亡之惨状，不免让人觉得心疼。在宫中娇惯惯了的人，哪里受得了这番罪！两人随萤火而行的情节想来颇有趣味。

草堆前面是一所庄院。庄主夜梦两红日坠于庄后，惊觉，披衣出户，见庄后草堆上红光冲天，慌忙往视。庄主问曰："二少年谁家之子？"帝不敢应。陈留王指帝曰："此是当今皇帝，遭十常侍之乱，逃难到此。"庄主大惊，再拜曰："臣先朝司徒崔烈之弟崔毅也。因见十常侍卖官嫉贤，故隐于此。"遂扶帝入庄，跪进酒食。

一知居主人曰：

庄主问二人是谁家的孩子，皇帝不敢应，自是顾忌自己的面子，毕竟今日过于狼狈。陈留王言他是皇帝，自是缺乏自我保护意识。幸亏是遇见好人，家里有人曾经在朝为官，否则二人的命运就很难说了。当然，此时刘协只是个孩童，此种表现也属正常。

闵贡拿住段珪，问天子何在？珪言已在半路相失。贡遂杀段珪，悬头于马项下。自己独乘一马，随路追寻，偶至崔毅庄。毅见首级，问之。贡说详细。崔毅引贡见帝，君臣痛哭。贡曰："国不可一日无君，请陛下还都。"崔毅止有瘦马一匹，与帝乘。贡与陈留王共乘一马。离庄而行，不到三里，王允、淳于琼等一行人众，接着车驾。君臣皆哭。

一知居主人曰：

闵贡杀了段珪，十常侍时代彻底结束。这段文字有两处写到君

臣痛哭，只是各自哭的滋味不同而已。

　　车驾正行，忽见旌旗蔽日，尘土遮天，一支人马到来。百官失色，帝亦大惊。袁绍问是何人，对面一将飞出，只是厉声问天子何在。帝战栗不能言。陈留王勒马向前，叱问来者何人，卓曰："西凉刺史董卓也""特来保驾"。陈留王曰："既来保驾，天子在此，何不下马？"卓大惊，慌忙下马，拜于道左。陈留王以言抚慰董卓，自初至终，并无失语。卓暗奇之，已怀废立之意。是日还宫，见何太后，俱各痛哭。检点宫中，不见了传国玉玺。

　　一知居主人曰：

　　董卓第一次见袁绍，并不接袁绍问话，却是"厉声问：'天子何在？'"这不是做臣子的样子，以致皇帝误以为再次遭遇叛军，"战栗不能言"。董卓第一次出场，形象就不太好！

　　此处说不见了传国玉玺，后文孙坚在一枯井中发现，才知道是乱军之中一妇人携此物坠井而死。

　　董卓屯兵城外，每日带铁甲马军入城，横行街市，百姓惶惶不安。卓出入宫廷，略无忌惮。鲍信见袁绍，言董卓必有异心，可速除之。绍曰："朝廷新定，未可轻动。"鲍信见王允，亦言其事。允曰："且容商议。"信自引本部军兵，投泰山去了。

　　一知居主人曰：

　　鲍信看出董卓有野心，有心告知袁绍和王允，没想到两人都不果决。鲍信害怕被害，投泰山而去，自保也！

　　董卓招诱何进兄弟部下之兵，尽归掌握。私谓李儒曰："吾欲废帝立陈留王，何如？"李儒曰："今朝廷无主，不就此时行事，迟则

有变矣。"卓喜。次日大排筵会，遍请公卿。公卿皆惧董卓，谁敢不到。卓带剑入席。酒行数巡，卓教停酒止乐，乃厉声曰："今上懦弱，不若陈留王聪明好学，可承大位。吾欲废帝，立陈留王，诸大臣以为何如？"诸官听罢，不敢出声。

一知居主人曰：

董卓尽收何进兄弟手下，胆子够大。此也说明何进不得民心。董卓听李儒言，于宴席之上宣布废帝而立陈留王，诸官不敢出声，是怕董卓腰边之剑。

座上丁原大呼："不可！不可！汝是何人，敢发大语？天子乃先帝嫡子①**，初无过失，何得妄议废立！汝欲为篡逆耶？"卓怒叱曰："顺我者生，逆我者死！"欲斩丁原。时李儒见丁原背后一人生得器宇轩昂，手执方天画戟，怒目而视。李儒急进曰："今日饮宴之处，不可谈国政。来日向都堂公论未迟。"众人皆劝，丁原上马而去。**

一知居主人曰：

朝堂之上总算还有打抱不平者。丁原"推案直出"，动作干脆有力。他大声指责，一是出于正义；二是因为自己是荆州刺史，属于一方诸侯；三自是背后有吕布可以依靠。

董卓要斩丁原，被李儒拦下。因为李儒看到丁原背后之人虎视眈眈，不好惹，所以打了一个圆场。酒却是再也喝不下去了。

此处没有提及丁原背后之人，给读者留下悬念。

---

① 嫡子：指正室所生之子。存在平妻时，平妻之子亦为"嫡子"，但地位略低于正室之子。如正室无子，平妻所生的嫡子就完全等同于"嫡妻所生之子"。"嫡子"与"庶子"相对；"嫡子女"与"庶子女"相对。

卓问百官曰："吾所言，合公道否？"卢植曰："明公差矣。昔太甲不明，伊尹放之于桐宫；①昌邑王登位方二十七日，造恶三千余条，故霍光告太庙而废之。②今上虽幼，聪明仁智，并无分毫过失。公乃外郡刺史，素未参与国政，又无伊、霍之大才，何可强主废立之事？圣人云：'有伊尹之志则可，无伊尹之志则篡也。'"卓大怒，拔剑向前欲杀植。蔡邕、彭伯谏曰："卢尚书海内人望，今先害之，恐天下震怖。"卓乃止。王允曰："废立之事，不可酒后相商，另日再议。"于是百官皆散。

一知居主人曰：

前有丁原之责，此处才有卢植直言打破了众人皆哑之局面。董卓此时虽然有杀卢植之心，但是蔡邕、彭伯百般请求，不得不顾。幸有王允出来圆场，免了众人尴尬。此处并未见李儒有所表现，不知何故。

董卓按剑立于园门，忽见一人跃马持戟，于园门外往来驰骤。卓问李儒："此何人也？"儒曰："此丁原义儿：姓吕，名布，字奉先者也。主公且须避之。"

一知居主人曰：

吕布第二次出场，也是冷冷的，还是没有言语。书中借李儒之口，

---

① "昔太甲"二句：《史记·殷本纪》中记载，帝太甲既立三年，不明，暴虐，不遵汤法，乱德，于是伊尹放之于桐宫。三年，伊尹摄行政当国，以朝诸侯。帝太甲居桐宫三年，悔过自责，反善，于是伊尹乃迎帝太甲而授之政。帝太甲修德，诸侯咸归殷，百姓以宁。

② "故霍光"句：公元前74年，汉昭帝驾崩，大将军霍光主持，将昌邑王刘贺接至京城称帝。刘贺本就是酒色之徒，如今做了皇帝更是为所欲为。长安乌烟瘴气，官员百姓叫苦不迭。27天之后，霍光以皇太后的名义下旨，历数刘贺罪状，将其皇位废掉，贬斥为"海昏侯"。

说出吕布姓名。李儒建议董卓"且须避之","卓乃入园潜避",但董卓心中必然疑惑:李儒何以叫他如此?另,吕布突然来到这里,目的何在?

董卓自此记住了吕布,倒是事实。

次日,丁原引军城外搦战。卓引军出迎。吕布随丁建阳出到阵前。建阳大骂:"焉敢妄言废立,欲乱朝廷!"董卓未及回言,吕布飞马直杀过来。董卓慌走,建阳率军掩杀。卓兵大败。卓曰:"吾观吕布非常人也。吾若得此人,何虑天下哉!"

一知居主人曰:

第一次对战,董卓便败了,他没有想着如何打下一次仗,却对对方赞美有加,说明董卓有爱才之心。后文中曹操多有类似表现。谁也没有想到,董卓最终真的收了吕布,只可惜了那丁建阳!

听到董卓有收吕布之心,李肃说自己与吕布同乡,知吕布勇而无谋,见利忘义,愿意前往说其来降。卓大喜,曰:"汝将何以说之?"肃提出将董卓的赤兔马送给吕布,"再用金珠,以利结其心。某更进说词,吕布必反丁原,来投主公矣"。卓问李儒曰:"此言可乎?"儒曰:"主公欲破天下,何惜一马!"卓欣然与之。

一知居主人曰:

李肃出场想表现一下,是因为与吕布同乡,知吕布秉性。选择送赤兔马,是因大多武将都喜欢好马。另带金珠玉带若干,是为了表示诚意。董卓"欣然"答应,说明从心里想让李肃促成此事。后面"蒋干盗书"一节中蒋干和曹操的对话类似。

李肃强调吕布"勇而无谋,见利忘义",不知道董卓是否听得进去。他绝对不会想到,自己最终会命丧吕布之手。

李肃投吕布寨来，只说"有故人来见"。军人报知，布命入见。肃见布曰："贤弟别来无恙！"布揖曰："久不相见，今居何处？"李肃说有良马一匹，"特献与贤弟，以助虎威"。吕布见了此马，大喜。

一知居主人曰：

李肃初到吕布营中，只是叙说兄弟情义，是怕吕布有所戒备。李肃赠赤兔马与吕布，吕布大喜。李肃自知此次来访，已经有了胜算。

吕布说"将何以为报？"肃说："某为义气而来。岂望报乎！"布置酒相待。酒酣，肃说："肃与兄弟少得相见，令尊却尝会来。"布曰："兄醉矣！先父弃世多年，安得与兄相会？"肃大笑曰："非也！某说今日丁刺史耳。"布惶恐曰："某在丁建阳处，亦出于无奈。"李肃说凭吕布之才"功名富贵，如探囊取物，何言无奈而在人之下乎"？布曰："恨不逢其主耳。"肃笑曰："见机不早，悔之晚矣。"布曰："兄在朝廷，观何人为世之英雄？"肃曰："某遍观群臣，皆不如董卓。董卓为人敬贤礼士，赏罚分明，终成大业。"

一知居主人曰：

吕布得了赤兔马，要谢李肃。李肃拒绝，吕布心中不安，安排酒宴伺候，自然而然。酒酣之际，李肃提起"令尊却尝会来"，随即又说自己所言是丁建阳，无疑是打了吕布的脸。吕布说自己做了丁建阳的干儿子实属无奈之举。李肃觉得时机成熟，便推荐了董卓。

李肃步步为营，步步紧逼，吕布已经是一条鱼，上不上砧板已经由不得他了。

吕布曰："某欲从之，恨无门路。"李肃取金珠、玉带列于布前。叱退左右，告诉吕布："董公久慕大名，特令某将此奉献。赤兔马亦

董公所赠也。"吕布问："某将何以报之？"肃曰："如某之不才，尚为虎贲中郎将；公若到彼，贵不可言。"布曰："恨无涓埃之功①，以为进见之礼。"肃曰："功在翻手之间，公不肯为耳。"吕布沉吟良久曰："吾欲杀丁原，引军归董卓，何如？"肃曰："贤弟若能如此，真莫大之功也！但事不宜迟，在于速决。"约于明日来降。

一知居主人曰：

李肃见吕布心动，随即拿出金珠玉带，这彻底压垮了吕布。李肃说所有东西为董卓安排，让吕布心中受之有愧。紧接着李肃又说他没有才能尚且做了中郎将，吕布若到董卓手下，肯定会比他强。吕布自然要有投名状，李肃却不明说，吕布主动提出"吾欲杀丁原，引军归董卓"。李肃当即认可。

吕布见利忘义的形象跃然纸上。作者这种情节设计，颇符合吕布的性格。

是夜二更，布提刀径入丁原帐中。原正秉烛观书，曰："吾儿来有何事故？"布曰："吾堂堂丈夫，安肯为汝子乎！"原曰："奉先何故心变？"布向前一刀砍下丁原首级，大呼："丁原不仁，吾已杀之。肯从吾者在此，不从者自去！"军士散去大半。

一知居主人曰：

吕布说干就干，一点儿也不动脑筋多思考一会儿。

丁建阳没有死在两军阵前，却是稀里糊涂被自己干儿吕布杀在自己帐中，实在冤枉。吕布杀了丁建阳，大呼左右，军士散去大半，自是因为这些军士多为丁建阳旧部，但仍可以看出吕布平常为人。

---

① 涓埃之功：比喻很小的功劳。涓埃，细小的流水和尘埃；功，功劳。唐·杜甫《野望》："唯将迟暮供多病，未有涓埃答圣朝。"

次日，布持丁原首级，往见李肃。肃遂引布见卓。卓大喜，卓先下拜曰："卓今得将军，如旱苗之得甘雨也。"布纳卓坐而拜之曰："公若不弃，布请拜为义父。"卓以金甲锦袍赐布，畅饮而散。

　　一知居主人曰：

　　吕布来投董卓先是见李肃，一是因为两人有同乡之情，二是因为吕布在董卓营中，没有其他熟人，三是为了证明自己来投，李肃"功不可没"。

　　董卓见吕布"先下拜"，是为了证明自己的诚意。初次见面，吕布就主动"请拜为义父"，这家伙认干爹的举动，出人意料。这种做派，为人所不齿，难怪后面张飞一直骂他"三姓家奴"！

　　董卓自领前将军事。李儒劝早定废立。卓于省中设宴，会集公卿，令吕布将甲士千余，侍卫左右。是日，袁隗与百官皆到。酒行数巡，卓按剑曰："废帝为弘农王，立陈留王为帝。有不从者斩！"群臣惶怖莫敢对。袁绍挺身出曰："今上即位未几，并无失德。汝欲废嫡立庶，非反而何？"卓怒曰："天下事在我！我今为之，谁敢不从！汝视我之剑不利否？"袁绍亦拔剑曰："汝剑利，吾剑未尝不利！"两个要在筵上对敌。

　　一知居主人曰：

　　董卓得了吕布，再设宴请百官，说废立之事。自以为吕布在边上站着，百官敢怒不敢言，没想又跳出一个袁绍来。两人对话，都是咄咄逼人。两人话不投机，便要拔剑比试，局势有点紧张。

第四回
废汉帝陈留践位　谋董贼孟德献刀

　　董卓欲杀袁绍，被李儒制止。袁绍悬节①东门，奔冀州去了。卓谓袁隗曰："汝侄无礼，吾看汝面，姑恕之。废立之事若何？"隗曰："太尉所见是也。"卓曰："敢有阻大议者，以军法从事！"

　　一知居主人曰：

　　袁绍挂节而走，董卓与袁隗的一番对话，软中有硬，恩威并显。董卓是要为自己挽回一些面子吧。

　　宴罢，卓问周毖、伍琼曰："袁绍此去若何？"周毖曰："倘收豪杰以聚徒众，英雄因之而起，山东非公有也。不如赦之，拜为一郡守。"伍琼曰："袁绍好谋无断，不足为虑；诚不若加之一郡守，以收民心。"卓遂拜袁绍为渤海太守。

　　一知居主人曰：

　　董卓主动问周毖、伍琼如何处理袁绍，且听了两人建议，拜袁绍为渤海太守，是笼络人心之举。毕竟"袁氏树恩四世，门生故吏遍于天下"。伍琼评价袁绍"好谋无断"，非常准确。

---

① 悬节：意思为悬挂符节，表示弃官。《后汉书·袁绍传》："悬节于上东门，而奔冀州。"

九月朔，请帝升殿大会文武。卓拔剑在手，命李儒读策曰："帝天资轻佻，威仪不恪，居丧慢惰"，"陈留王协，圣德伟懋，规矩肃然"，"废皇帝为弘农王，皇太后还政，请奉陈留王为皇帝，应天顺人，以慰生灵之望"。李儒读策毕，卓叱左右扶帝下殿，解其玺绶，北面长跪，称臣听命。又呼太后去服候敕。

一知居主人曰：

"卓拔剑在手"出现，却没有写吕布在左右，意在写董卓之横。李儒宣读的策文是念给大臣们听的。董卓此举好像是为了国家大局，实则是个人好恶也。"帝后皆号哭，群臣无不悲惨"，其场面可以想象。

尚书丁管愤怒高叫曰："贼臣董卓，敢为欺天之谋，吾当以颈血溅之！"挥手中象简①**，直击董卓。卓大怒，喝武士拿下。卓命牵出斩之。管骂不绝口，至死神色不变。**

一知居主人曰：

武将打人用枪棒，文臣打人却是用象简，丁管此举属于顺手取材。纵然前面已经有卢植、丁原、袁绍之遭遇，丁管还主动出来与董卓拼命，真忠臣也！

卓命扶何太后、弘农王及帝妃唐氏于永安宫闲住，封锁宫门，禁群臣无得擅入。可怜少帝四月登基，至九月即被废。卓立陈留王协，即献帝，时年九岁。改元初平。董卓为相国，赞拜不名，入朝不趋，剑履上殿，威福莫比。

---

① 象简：即象笏，象牙制的手板。古代品位较高的官员朝见君主时所执，供指画和记事。《宋史·度宗纪》："陈宜中经筵进讲《春秋》终篇，赐象简、金御仙花带、鞍马。"

一知居主人曰：

凡事总要讲个秩序和规则，至少面子文章还是要做一做的。个人私欲过于膨胀，容易成为众矢之的。董卓离灭亡不远矣！

董卓为相国，李儒劝其擢用名流，以收人望。卓命征蔡邕，邕不赴。卓派人传话说："如不来，当灭汝族。"邕惧，只得至。卓大喜，一月三迁其官，拜为侍中。

一知居主人曰：

本书开篇，蔡邕因上疏议政，被十常侍构陷，放归田里，心中必戚戚然。今日董卓招之，本不从，卓扬言要杀其全家，蔡邕只好同意，是小人物的不得已。

至于董卓用蔡邕，且待之亲厚，并非真心，实为"霜打驴粪蛋——表面光"，做做样子而已。至于后文书中董卓暴尸于市，蔡邕伏尸大哭，则是显得有点迂腐了。

少帝与何太后、唐妃困于永安宫中，衣服饮食渐缺。少帝泪不曾干。一日，偶见双燕飞于庭中，吟诗曰："嫩草绿凝烟，袅袅双飞燕。洛水一条青，陌上人称羡。远望碧云深，是吾旧宫殿。何人仗忠义，泄我心中怨！"董卓时常使人探听。是日获得此诗，来呈董卓。卓遂命李儒带武士十人，入宫弑帝。

一知居主人曰：

或许有人会说，少帝困在宫中，自应小心翼翼，免得授董卓以柄，招来杀身之祸。其实即便如此，也难逃一死。砧上之鱼，什么时候被杀，如何杀，以什么理由杀，主人说了算。

少帝做诗，属于触景生情，反倒给董卓制造了一个杀他的罪名，故卓曰："怨望作诗，杀之有名矣。"

儒以鸩酒奉帝，帝问何故。儒曰："春日融和，董相国特上寿酒。"太后曰："汝可先饮。"儒怒曰："汝不饮耶？"呼左右持短刀白练于前。唐妃跪告曰："妾身代帝饮酒，愿公存母子性命。"儒叱曰："汝何人，可代王死？"乃举酒与何太后曰："汝可先饮？"儒催逼帝，帝曰："容我与太后作别。"乃大恸而作歌。歌罢，相抱而哭。太后大骂："董贼逼我母子，皇天不佑！汝等助恶，必当灭族！"儒大怒，双手扯住太后，直撺下楼；叱武士绞死唐妃；以鸩酒灌杀少帝。

一知居主人曰：

这段文字，有点凄凄惨惨戚戚。李儒今日杀人太多，且言"相国立等回报，汝等俄延，望谁救耶"，典型走狗状。

唐妃要替皇帝喝毒酒，可见其忠。太后"大骂何进无谋，引贼入京，致有今日之祸"，属于妇人临死之时的牢骚和无效埋怨。何进当时所为，还不是因为何太后自己耳朵根子软、为小人开脱，咎由自取所致。唯其所骂董卓、李儒，颇有凛然之气。也正因为此番大骂，被李儒索性扔下楼去，足见李儒之心狠手辣也！

越骑校尉伍孚见卓残暴，愤恨不平，尝于朝服内披小铠，藏短刀，欲伺便杀卓。一日，卓入朝，孚迎至阁下，拔刀直刺卓。卓气力大，两手抠住；吕布便入，揪倒伍孚。卓问曰："谁教汝反？"孚瞪目大喝曰："汝非吾君，吾非汝臣，何反之有？汝罪恶盈天，人人愿得而诛之！吾恨不车裂①汝以谢天下！"卓大怒，命牵出剖剐之。孚至死

---

① 车裂：就是把人的头和四肢分别绑在五辆车上，套上马匹或者牛，分别向不同的方向拉，这样把人的身体硬撕裂为五块，所以名为车裂。有时，执行这种刑罚时不用车，而直接用五条牛或马来拉，所以车裂也称五牛分尸或五马分尸。

骂不绝口。

一知居主人曰：

这段文字，精练至极。动作连贯，一气呵成。故转述时并未做更改。伍孚所答，很是畅快。《说岳全传》中，岳飞风波亭冤死之后，岳飞手下施全刺杀秦桧未果，情节与此类似。

董卓自此出入常带甲士护卫，属于做贼心虚。他万万没有想到，自己最终没有死在外人手中，却是死在了自己人（干儿吕布）手上。

袁绍闻知董卓弄权，乃差人赍密书来见王允。书略曰："卓贼欺天废主，人不忍言；而公恣其跋扈，如不听闻，岂报国效忠之臣哉？绍今集兵练卒，欲扫清王室，未敢轻动。公若有心，当乘间图之。如有驱使，即当奉命。"

一知居主人曰：

此段文字意在说明，王允有后面之动作，是受袁绍点化，非王允主动也。有袁绍在外大力支持，王允自然也就有了几分胆量和信心。

王允以过生日为名，设宴后堂，公卿皆至。酒行数巡，王允忽然掩面大哭。众官惊问何故。王允曰："董卓欺主弄权，社稷旦夕难保……此吾所以哭也。"于是众官皆哭。

一知居主人曰：

王允以自己过生日为名，召集众公卿在家中吃饭，实不得已。按说这么多人聚会，董卓应该有所反应，却未见。或许是董卓自认为已经稳坐朝堂，区区几个文臣小聚又能如何！

座中曹操抚掌大笑曰："满朝公卿，夜哭到明，明哭到夜，还能哭死董卓否？"允怒曰："汝祖宗亦食禄汉朝，今不思报国而反笑耶？"

操曰:"吾非笑别事,笑众位无一计杀董卓耳。"允避席问有何高见。操曰:"近日操屈身以事卓者,实欲乘间图之耳。今卓颇信操,操因得时近卓。"并提出借司徒七宝刀刺杀董卓。允曰:"孟德果有是心,天下幸甚!"遂亲自酌酒奉操。操沥酒设誓,允随取宝刀与之。操藏刀,饮酒毕,辞别而去。

一知居主人曰:

曹操说话不卑不亢,颇有力量。其动作也有"风萧萧兮易水寒"之悲壮。再看王允对曹操之态度,先是"怒曰",而后"避席问",最后"亲自酌酒奉曹",一百八十度大转弯,足见王允要杀董卓之决心和急迫。

次日,曹操至相府径入小阁。见董卓坐于床上,吕布侍立于侧。操曰:"马羸行迟耳。"卓顾谓布曰:"奉先可亲去拣一骑(西凉马)赐与孟德。"布领令而出。操暗忖曰:"此贼合死!"卓胖大不耐久坐,遂倒身而卧,转面向内。操又思曰:"此贼当休矣!"急掣宝刀在手,不想董卓仰面看衣镜中,急回身问曰:"孟德何为?"时吕布至阁外。操惶遽,乃持刀跪下曰:"有宝刀一口,献上恩相。"卓接视之,果宝刀也,递与吕布收了。操解鞘付布。卓引操出阁看马,操说"愿借试一骑。"操牵马出相府,加鞭望东南而去。

一知居主人曰:

曹操能够径入董卓住处,并且,董卓让吕布亲自为其挑西凉马,还"就教与鞍辔",说明董卓对曹操是很信任的。这与此前曹操对王允所言"今卓颇信操,操因得时近卓"相照应。

曹操刺杀董卓,虽然未成功,却步步惊心。曹操紧张程度,可从他心中所思看出来。曹操机变,堪称天衣无缝,不愧"一代奸雄"之称。

布曰："适来曹操似有行刺之状，及被喝破，故推献刀。"卓曰："吾亦疑之。"李儒至，卓告之。儒言操无妻小在京。今差人往召，如彼无疑便来。如不来则必是行刺。卓即差狱卒四人往唤操。去了良久，回报曰："操不曾回寓，乘马飞出东门。"儒曰："操贼心虚逃窜，行刺无疑矣。"卓大怒曰："我如此重用，反欲害我！"儒曰："此必有同谋者，待拿住曹操便可知矣。"卓遂遍行文书，捉拿曹操。

一知居主人曰：

按说吕布一番话应该点醒梦中人，不过董卓还是半信半疑。直到李儒发现曹操心虚逃窜才最终相信，并下令捉拿。文书之中有句"擒献者，赏千金，封万户侯"，足见董卓此时对曹操之恨。

前面走了袁绍，此番又走了曹操，反董卓的力量正在慢慢集结。此处不免让人想起《水浒传》中，不断有人起来造反，这些人最终汇成了一股洪流。

曹操在中牟县为军士所获，擒见县令。操说是客商，姓皇甫。县令陈宫曰："曾认得汝是曹操，如何隐讳！且把来监下。"至夜分，陈宫暗地取出，问何故自取其祸？操曰："汝既拿住我，便当解去请赏。"县令屏退左右，谓操曰："我非俗吏，奈未遇其主耳。"操曰："吾祖宗世食汉禄，若不思报国，与禽兽何异？吾屈身事卓者，欲乘间图之，为国除害耳。今事不成，乃天意也！"县令问他"将欲何往"？操曰："吾将归乡里，发矫诏，召天下诸侯兴兵共诛董卓。"陈宫说："感公忠义，愿弃一官，从公而逃。"是夜两人更衣易服，乘马投故乡来。

一知居主人曰：

曹操被捉住，诈称是姓皇甫的客商，不想县令陈宫当场识破。读曹操和陈宫的一番对话，觉得曹操一身正气，陈宫对曹操敬佩有加。

陈宫说走就走，也属于耿直之人。陈宫本来是捉拿罪犯的官员，

现却挂冠，和罪犯一起出走，足见董卓不得人心。

行至成皋，天色向晚。曹操说可在附近其父结义弟兄吕伯奢处住上一夜。二人入见伯奢。奢曰："我闻朝廷遍行文书，捉汝甚急，汝父已避陈留去了。汝如何得至此？"操告以前事，曰："若非陈县令，已粉骨碎身矣。"伯奢拜陈宫曰："小侄若非使君，曹氏灭门矣。使君宽怀安坐。"说罢，即起身入内。良久乃出，谓陈宫曰："老夫家无好酒，容往西村沽一樽来相待。"匆匆上驴而去。

一知居主人曰：

如果没有后文，此夜当是很美好的一夜。吕伯奢谢陈宫救曹操之恩，说明吕伯奢与曹家的关系不一般。当然如果一般关系，曹操也不会来此借住。

文中"良久乃出"四个字，有点突兀。怕是此时曹操已经有了疑心，怀疑吕伯奢在与人合计某些事情。再说，吕伯奢家中平常人员甚多，难道不会存放些酒么？！

操忽闻庄后有磨刀之声，曰："吕伯奢非吾至亲，此去可疑，当窃听之。"二人潜步入草堂后，但闻人语曰："缚而杀之，何如？"操曰："是矣！今若不先下手，必遭擒获。"曹遂与宫拔剑直入，不问男女，一连杀死八口。搜至厨下，却见缚一猪欲杀。宫曰："孟德心多，误杀好人矣！"。

一知居主人曰：

世间偏偏就有凑巧之事。

曹操只是闻得磨刀之声，却没有听见猪叫。这猪也有些邪乎，已经被缚，却没有弄出大动静来。众伙计中，如有一人说是杀猪，也不至于招来杀身之祸。要知此时，陈宫也拔剑杀人，说明他也意

识到两人的处境危险。最后，发现真的杀错了，两人只好匆匆离开。

曹操见伯奢骑驴携酒、果菜而来。伯奢问何故要走。曹操曰："被罪之人，不敢久住。"伯奢说已经安排招待，"速请转骑。"操不顾，策马便行。行不数步，忽拔剑复回，叫伯奢曰："此来者何人？"伯奢回头看时，操挥剑砍伯奢于驴下。宫大惊曰："适才误耳，今何为也？"操曰："伯奢到家，见杀死多人，安肯干休？若率众来追，必遭其祸矣。"宫曰："知而故杀，大不义也！"操曰："宁教我负天下人，休教天下人负我。"陈宫默然。

一知居主人曰：

如果说此前吕伯奢家中伙计被杀，属于误杀，还有可原谅之处，此处杀吕伯奢却是故意的，不免让人讨厌。曹操假说有人过来，吕伯奢扭头观望，曹操从背后杀之，想来是怕面对吕伯奢不解、恐怖、痛苦之眼神。陈宫埋怨之后，"默然"，或许其已经有了离开曹操，从此不再与曹操合作之心。后面"白门楼"一节与之照应。

曹操这句"宁教我负天下人，休教天下人负我"，被后世一些人当作办坏事的借口，估计曹操未曾料到。

第五回

发矫诏诸镇应曹公　破关兵三英战吕布

当夜在店中投宿。曹操先睡。陈宫寻思："我将谓曹操是好人，弃官跟他，原来是个狼心之徒！今日留之，必为后患。"拔剑要杀曹操。忽转念曰："我为国家跟他到此，杀之不义。不若弃而他往。"不等天明自投东郡。操醒，不见陈宫，寻思："此人见我说了这两句，疑我不仁，弃我而去。吾当急行，不可久留。"遂连夜到陈留。

一知居主人曰：

当夜在店中，"曹操先睡"，无所谓的样子。陈宫看在眼里，却是难眠。陈宫重新审视曹操，决定与之分道扬镳。开始时有杀掉曹操的想法，但是考虑到自己名声，最终作罢。曹操醒来之后，连夜出发，属于自保。既防附近百姓告官，也怕被陈宫算计。幸亏这次陈宫虽有杀曹操的机会但最终没有杀，否则便没有了后面的精彩。

曹操欲散家资，招募义兵。父言："此间有孝廉卫弘，疏财仗义，其家巨富。若得相助，事可图矣。"操置酒拜请卫弘到家，讲自家想法。没有想到卫弘竟曰："吾有是心久矣，恨未遇英雄耳。既孟德有大志，愿将家资相助。"操于是先发矫诏，而后竖旗招兵，上书"忠义"二字。应募之士，如雨骈集。

一知居主人曰：

曹父说得很有道理，独木不成林。欲成大事，必须有朋友、有帮手。曹操宴请卫弘，说出心中事。没想到卫弘有类似想法久矣，两人一拍即合。合该曹操成大事！

一日，乐进、李典来投。操皆留为帐前吏。夏侯惇年十四从师学武，有人辱骂其师，惇杀之，逃于外方。闻知曹操起兵，与夏侯渊各引千人来会。此二人本操之弟兄。操父曹嵩原是夏侯氏之子，过房与曹家，因此是同族。不数日，曹氏兄弟曹仁、曹洪各引千余来助。二人弓马熟娴，武艺精通。操大喜，于村中调练军马。

一知居主人曰：

此处重点介绍了夏侯惇、夏侯渊、曹仁、曹洪，这些都是曹操的近亲，后来都是曹操的左膀右臂！特别是"四方送粮食者，不计其数"，形势一片大好！一人振臂高呼，便有人自来投，说明曹操还算有些威望和人缘。这当然与大家都苦于董卓作乱有一定关系。

袁绍得操矫诏，来与曹操会盟。操作檄文以达诸郡。操发檄文去后，后镇诸侯皆起兵相应：南阳袁术、冀州韩馥、豫州孔伷、兖州刘岱、河内郡王匡、陈留张邈、东郡乔瑁、山阳袁遗、济北鲍信、北海孔融、广陵张超、徐州陶谦、西凉马腾、北平公孙瓒、上党张杨、乌程侯孙坚，诸路军马投洛阳来。

一知居主人曰：

在很短的时间之内，十八路诸侯就能成势，可见天下怨董卓者多矣。然其成也快也，散也快也，这是后话。一个组织、团队和联盟，若各位成员无组织、无纪律，只凭一腔热血，貌似强大，却是很难成就大事业！

公孙瓒路经平原县。玄德来迎。玄德曰："旧日蒙兄保备为平原县令，今闻大军过此，特来奉候，就请兄长入城歇马。"瓒指关、张而问。玄德曰："此关羽、张飞，备结义兄弟也。"瓒问今居何职？玄德答曰："关羽为马弓手，张飞为步弓手。"瓒叹曰："如此可谓埋没英雄！今董卓作乱，天下诸侯共往诛之。贤弟可弃此卑官，一同讨贼，力扶汉室，若何？"玄德曰："愿往。"张飞曰："当时若容我杀了此贼，免有今日之事。"云长曰："事已至此，即当收拾前去。"玄德、关、张引数骑跟公孙瓒来，曹操接着。

　　一知居主人曰：

　　刘备此时还只是一个小小县令，并不在曹操邀请之列，只因公孙瓒路过，刘备想还个人情。公孙瓒力邀刘备参与进来。这样刘备才有机会见十八路诸侯，才有三英战吕布，才有之后的为天下所知。说公孙瓒是刘备的伯乐，并不为过。

　　前面平黄巾时，刘、关、张曾遇董卓，当时张飞就有杀卓之心。如今张飞仍念念不忘，后悔不迭。相比而言，关羽看问题比较现实一些。

　　曹操大会诸侯。王匡建议"必立盟主"。操说袁绍"可为盟主"。绍再三推辞。众皆曰非本初不可，绍方应允。次日筑台三层，绍整衣佩剑，慨然而上，焚香再拜。众因其辞气慷慨，皆涕泗横流。歃血已罢，下坛。众扶绍升帐而坐，两行依爵位年齿①分列坐定。操行酒数巡，言曰："今日既立盟主，各听调遣，同扶国家，勿以强弱计较。"

---

① 年齿：指年纪、年龄。《庄子·徐无鬼》："舜举乎童土之地，年齿长矣，聪明衰矣，而不得休归。"

袁绍曰："绍虽不才，既承公等推为盟主，有功必赏，有罪必罚。"众皆曰惟命是听。绍曰："吾弟袁术总督粮草，应付诸营，无使有缺。"

一知居主人曰：

"众诸侯陆续安营下寨，连接二百余里"，可以说是浩浩荡荡。矫招天下讨伐董卓，曹操是最先倡导者，但曹操力推袁绍做盟主，主要因为"袁本初四世三公，门多故吏"，而曹操不过初出茅庐，号召力相对弱些。

人道是，兵马未动，粮草先行。袁绍做了盟主，第一件事是安排亲弟弟袁术掌管粮草，好像是"举贤不避亲"，其目的当是为了更好控制诸侯。此后，袁术与孙坚发生矛盾，恰恰就是在粮草上。

孙坚杀奔汜水关来。守关将士往洛阳丞相府告急。李儒接马得告急文书，径来禀卓。卓大惊，急聚众将商议。吕布挺身出曰："父亲勿虑。关外诸侯，布视之如草芥。愿提虎狼之师，尽斩其首，悬于都门。"卓大喜曰："吾有奉先，高枕无忧矣！"言未绝，华雄高声出曰："割鸡焉用牛刀？不劳温侯亲往。吾斩众诸侯首级，如探囊取物耳！"卓大喜，拨马步军五万，星夜赴关迎敌。

一知居主人曰：

其实董卓手下有能人，不只是吕布，还有华雄。只是华雄断断没有想到，自己此次出征，却成就了关羽一世英名。

吕布开口就喊了一句"父亲勿虑"，让人觉着别扭、恶心。董卓说"吾有奉先"，明显是表扬、炫耀之辞！

鲍信寻思孙坚既为前部，怕他夺了头功，暗拨其弟鲍忠径抄小路，直到关下搦战。华雄飞下关来，大喝："贼将休走！"鲍忠急待退，被华雄手起刀落，斩于马下，生擒将校极多。华雄派人来相府报捷，

卓加雄为都督。

一知居主人曰：

本不该鲍忠出征，只是哥哥鲍信想要头功。鲍忠没想到会遇到强手华雄，不到一个回合，便身首异处。说是鲍信害了亲弟弟，不为过。华雄斩了一个鲍忠，就派人到董卓处报捷，表功有些太急，也说明其格局并不大，注定不会走得太远。董卓立即封华雄一个都督。

孙坚引程普等四将指关上而骂。胡轸出关迎战。斗不数合，被程普刺中咽喉。坚挥军直杀至关前，关上矢石如雨。孙坚引兵回至梁东屯住，使人于袁绍处报捷，就于袁术处催粮。

或说术曰："孙坚乃江东猛虎；若打破洛阳，杀了董卓，正是除狼而得虎也。今不与粮，彼军必散。"术听之，不发粮草。孙坚军缺食，军中自乱。

一知居主人曰：

大战刚刚开始，十八路诸侯内部就开始互相掣肘，消耗力量。可见十八路诸侯是纸老虎，最终难成大事。

华雄从李肃之计，乘夜下关。到孙坚寨时，已是半夜，鼓噪直进。坚慌忙披挂上马，正遇华雄。后面李肃军到，竟放起火来。坚军乱窜。众将各自混战，止有祖茂跟定孙坚。坚取箭，连放两箭，皆被华雄躲过。再放第三箭时，因用力太猛，拽折了鹊画弓，只得弃弓纵马而奔。

一知居主人曰：

屋漏偏遇连阴雨，弓到用时不给力，或许是因为孙坚仓皇失措所致。华雄、李肃敢夜里出关，主动攻击孙坚，胆量够大的。

在祖茂坚持之下，孙坚脱帻换茂盔，分两路而走。雄军只望赤

帻者追赶，坚乃从小路得脱。祖茂将赤帻挂于人家烧不尽的庭柱上，却入树林潜躲。华雄军于月下遥见赤帻，不敢近前。用箭射之，方知是计，遂向前取了赤帻。祖茂于林后杀出，挥双刀欲劈华雄；雄大喝一声，将祖茂一刀砍于马下。

一知居主人曰：

追兵之下，祖茂和孙坚换了头上赤帻，分开而走，可见其智、其忠。只是他不该再出来"调戏"华雄，最终死于马下。毕竟华雄实力太强，一般人都不是他的对手。祖茂当三十六计走为上，莫再纠缠！

鲍信、孙坚连败，袁绍召集议事。诸侯并皆不语。绍举目遍视，见公孙瓒背后立着三人，容貌异常，都在那里冷笑。绍问曰："公孙太守背后何人？" 瓒呼玄德出曰："此吾自幼同舍兄弟，平原令刘备是也。"曹操曰："莫非破黄巾刘玄德乎？"瓒曰："然。"即令刘玄德拜见。瓒将玄德功劳，并其出身，细说一遍。绍曰："既是汉室宗派，取坐来。"命坐。备逊谢。乃坐于末位，关、张叉手侍立于后。

一知居主人曰：

貌似强大的十八路诸侯只是败了两场，"诸侯并皆不语"，是心照不宣，都想保留自己实力。公孙瓒大庭广众之下，细说刘备功劳及出身，值得称赞。

袁绍所言"吾非敬汝名爵，吾敬汝是帝室之胄耳"，似是无意之语，却是暴露了其只重名分、不重功劳之心态。

**华雄寨前大骂搦战，袁术手下俞涉、韩馥手下潘凤先后被斩。众皆失色。绍曰："可惜吾上将颜良、文丑未至！得一人在此，何惧华雄！"言未毕，一人大呼："小将愿往斩华雄头，献于帐下！"绍问何人。公孙瓒曰："此刘玄德之弟关羽也。"绍问现居何职。瓒曰："跟

随刘玄德充马弓手。"袁术大喝曰："汝欺吾众诸侯无大将耶？量一弓手，安敢乱言！与我打出！"

一知居主人曰：

华雄连斩两将，袁绍说自己手下大将颜良、文丑不在，否则便会如何如何。他也只是感慨一下而已，毕竟远水解不了近渴。这也是为后面颜良、文丑之出场做铺垫。

无人出战华雄，关羽主动请战，却被袁术"大喝"一顿，后面袁绍也说："使一弓手出战，必被华雄所笑。"可见小人物要想登上台面多么艰难！袁绍召集的会议上，袁术虽是亲兄弟，也不该"大喝"关羽，个人修养明显不够。

关羽要出战，被袁术喝住。曹操急止之曰："如其不胜，责之未迟。""华雄安知他是弓手？"关公曰："如不胜，请斩某头。"操教酾热酒一杯，与关公饮了上马。关公曰："酒且斟下，某去便来。"出帐提刀，飞身上马。众诸侯听得关外鼓声大振，喊声大举，如天摧地塌，岳撼山崩，众皆失惊。正欲探听，云长提华雄之头，掷于地上。其酒尚温。曹操大喜。

一知居主人曰：

这便是著名的"关云长温酒斩华雄"。关羽自此名闻天下，固然与自己武艺有关，却也与曹操力荐有很大关系。后面关羽与曹操的事情，自是可以理解了。

关羽斩了华雄，张飞高声大叫："不就这里杀入关去，活拿董卓，更待何时！"袁术大怒，喝曰："俺大臣尚自谦让，量一县令手下小卒，安敢在此耀武扬威！都与赶出帐去！"曹操曰："得功者赏，何计贵贱乎？"袁术曰："既然公等只重一县令，我当告退。"操曰："岂

可因一言而误大事耶？"命公孙瓒且带玄德、关、张回寨。众官皆散。曹操暗使人赍牛酒抚慰三人。

一知居主人曰：

关羽温酒斩华雄，本来应是可喜可贺之事，没想到大家不欢而散。可能是张飞说话过于鲁莽。当然也正是张飞之言，给了袁术（注意并不是十八路诸侯盟主袁绍）大怒不止的借口，并以退群相威胁。

曹操知道袁家势力太大，目前还惹不起。碍于大局，只好让公孙瓒先带刘、关、张。后来，又暗地里送些牛肉和酒过去，是犒赏，也是在笼络人心。

华雄眨眼之间被斩，李肃慌忙写告急文书，申闻董卓。卓急聚李儒、吕布等商议。儒曰："绍叔袁隗，现为太傅；倘或里应外合，深为不便，可先除之。"卓然其说，唤李傕、郭汜领兵围住太傅袁隗家，不分老幼，尽皆诛绝，先将袁隗首级去关前号令。

一知居主人曰：

上次袁隗出场是在第四回中，当时，袁绍顶撞董卓后负气而走。董卓告诉袁隗"汝侄无礼，吾看汝面，姑恕之"，是在为自己找回一些面子。这次全怪李儒这厮心眼太坏。侄子在外造反，当叔叔的又怎么管得了。可怜袁隗一家老幼很快成为刀下冤魂。按说袁绍与董卓有杀叔之恨，拿下洛阳之后应猛追董卓，可是袁绍并没有追，反而因此与曹操有隙。

董卓来到虎牢关。王匡引兵先到。吕布飞奔来迎。王匡将军马列成阵势，勒马门旗下看时，见吕布出阵，不免感慨"人中吕布，马中赤兔"！王匡回头问谁敢出战？河内名将方悦挺枪而出。不到五合，

被吕布刺于马下。匡军大败，四散奔走。布东西冲杀，如入无人之境。随后五路军马都至，一处商议，言吕布英雄，无人可敌。

一知居主人曰：

本段文字借王匡眼睛之打量将吕布好好夸奖一番。如果不是读者知道前面吕布的诸多丑事，必会认为这是一位儒将。

吕布搦战，八路诸侯，一齐上马。张杨部将穆顺被吕布手起一戟刺于马下。孔融部将武安国被吕布一戟砍断手腕，险些丧命。众诸侯回寨商议。曹操曰："吕布英勇无敌，可会十八路诸侯，共议良策。若擒了吕布，董卓易诛耳。"

一知居主人曰：

吕布出战，八面威风，八路诸侯手下两死一伤。曹操说"若擒了吕布，董卓易诛耳"，与不说并无两样。读至此处，觉得曹操可笑，他这种言语有些小儿科了。

吕布复引兵搦战。八路诸侯齐出。公孙瓒挥槊亲战吕布。战不数合，败走。吕布纵赤兔马赶来。张飞挺丈八蛇矛，飞马大叫："三姓家奴休走！燕人张飞在此！"吕布弃了公孙瓒，便战张飞。飞抖擞精神，酣战吕布。连斗五十余合，不分胜负。云长见了，把马一拍，舞八十二斤青龙偃月刀，来夹攻吕布。三匹马丁字儿厮杀。战到三十合，战不倒吕布。刘玄德掣双股剑，骤黄鬃马，刺斜里也来助战。这三个围住吕布。转灯儿般厮杀。八路人马，都看得呆了。

一知居主人曰：

张飞初次大战吕布，就腌臜吕布"三姓家奴"，可能是张飞听了不少吕布的消息。张飞也属于粗中有细。张飞在气势上便占了上风。

张飞与吕布不分胜负，关羽上前帮忙，接着刘备也上了。场面很恢宏，很好看，但总觉得三个人打人家一个，不太好，像是欺负人。如此情形，吕布焉有不败之道理。

第六回
焚金阙董卓行凶　匿玉玺孙坚背约

　　坚引程普、黄盖至袁术寨中相见。坚以杖画地曰："今我奋不顾身，亲冒矢石，来决死战者，上为国家讨贼，下为将军家门之私；而将军却听谗言，不发粮草，致坚败绩，将军何安？"术惶恐无言，命斩进谗之人，以谢孙坚。

　　一知居主人曰：

　　孙坚敢于当面诘责袁术，无所顾忌，直人也！只是苦了那"进谗之人"，稀里糊涂把命丧。说不定这人最初看到袁术采纳自己的建议，还沾沾自喜呢！当然，明眼人都能看出，他只不过是一替罪羊而已！

　　忽人报关上有将要见孙坚。坚唤来问时，乃董卓爱将李傕。傕曰："丞相所敬者，惟将军耳。今特使傕来结亲：丞相有女，欲配将军之子。"坚大怒，叱曰："董卓逆天无道，荡覆王室，吾欲夷其九族，以谢天下，安肯与逆贼结亲耶！吾不斩汝，汝当速去。"李傕抱头鼠窜，回见董卓，说孙坚如此无礼。

　　一知居主人曰：

　　董卓派李傕来孙坚处攀亲，是有意识瓦解十八路诸侯。只是孙坚并不答应，董卓碰得一鼻子灰。所倚重的干儿吕布只是败了一仗，

董卓便有与孙坚结亲之想法，有点操之过急。

李儒提出迁都，并以童谣为证："西头一个汉，东头一个汉。鹿走入长安，方可无斯难。"卓大喜曰："非汝言，吾实不悟。"遂引吕布星夜回洛阳，聚文武于朝堂商议迁都。杨彪、黄琬、荀爽提出异议。卓大怒曰："吾为天下计，岂惜小民哉！"即日罢三人为庶民。卓出上车，只见周毖、伍琼望车而揖。毖曰："今闻丞相欲迁都长安，故来谏耳。"卓大怒曰："我始初听你两个，保用袁绍。今绍已反，是汝等一党！"叱武士推出都门斩首。

一知居主人曰：

李儒提出迁都，并以童谣为证，只是为了证明自己的建议有一定根据。杨彪、黄琬、荀爽三人因为提出异议被贬为庶民在前，周毖、伍琼再谏就有些不识时务，反而让董卓想起前面放走袁绍、封袁绍为渤海太守一事，遂被杀。董卓此时已经有些气急败坏、失了方寸！

李儒曰："今钱粮缺少，洛阳富户极多，可籍没入官。但是袁绍等门下，杀其宗党而抄其家赀，必得巨万。"卓即差铁骑五千、遍行捉拿洛阳富户，共数千家，插旗头上大书"反臣逆党"，尽斩于城外，取其金赀。

李傕、郭汜尽驱洛阳之民数百万口，前赴长安。每百姓一队，间军一队，互相拖押；死于沟壑者，不可胜数。又纵军士淫人妻女，夺人粮食，啼哭之声，震动天地。如有行得迟者，背后三千军催督，军手执白刃，于路杀人。

一知居主人曰：

李儒为了给董卓迁都长安积累财富，出这招太损。只可怜这些富裕大户，本是安乐人家，转眼人财两空。迁都最苦者，还是百姓，

往往家破人亡，妻离子散。

    卓临行，教诸门放火，焚烧居民房屋，并放火烧宗庙宫府。南北两宫，火焰相接；长乐宫庭，尽为焦土。又差吕布发掘先皇及后妃陵寝，取其金宝。军士乘势掘官民坟冢殆尽。董卓装载金珠缎匹好物数千余车，劫了天子并后妃等，竟望长安去了。

    一知居主人曰：

    既然要走，就不给对手留下东西，索性一把火烧了。只是董卓这厮不但要活人的东西，还要把死人的东西也带走。掘人家坟墓，是伤天害理、遭雷劈的事情。看来董卓为了钱财，也顾不得礼节和脸面了。董卓临走将皇上劫走，却忙中出错，弄丢了传国玉玺，遂惹出后面诸多争执来！

    孙坚飞奔洛阳，先发兵救灭了火，令众诸侯各于荒地上屯住军马。曹操来见袁绍曰："今董贼西去，正可乘势追袭。本初按兵不动，何也？"绍曰："诸兵疲困，进恐无益。"操曰："董贼焚烧宫室，劫迁天子，海内震动，不知所归：此天亡之时也，一战而天下定矣。诸公何疑而不进？"众诸侯皆言不可轻动。操大怒曰："竖子①不足与谋！"遂自引兵万余，星夜来赶董卓。

    一知居主人曰：

    人道是应该穷追猛打，最忌讳半途而废。曹操在追不追董卓一事上与袁绍发生分歧，便可以知袁绍目光短浅，不足以成大事。曹操之骂，应该不是在大军帐中，而是在自己所属之人的面前。这时候，

---

① 竖子：对人的鄙称。犹言"小子"。《后汉书·文苑传下·祢衡》："操怒，谓融曰：'祢衡竖子，孤杀之犹雀鼠耳。'"

曹操还是应该有所顾忌的。不过曹操也没有想到这次孤军深入险些丧了性命。

董卓令吕布遇后。布正行间,曹操赶上。吕布大笑曰:"不出李儒所料也!"曹操出马,大叫:"逆贼!劫迁天子,流徙百姓,将欲何往?"吕布骂曰:"背主懦夫,何得妄言!"夏侯惇挺枪跃马,直取吕布。战不数合,李傕、郭汜引军从左右杀到,操急令曹仁迎敌。三路军马,势不可当。夏侯惇抵敌吕布不住,飞马回阵。布引铁骑掩杀,操军大败,回望荥阳而走。

一知居主人曰:

曹操遇到吕布,大骂:"逆贼!劫迁天子,流徙百姓,将欲何往?"其实这话应该是骂董卓的。吕布最多是一个狗腿子,是执行者。曹操没有吕布骂得直白!吕布骂曹操:"背主懦夫,何得妄言!"倒是直接。曹操也确实曾在董卓手下待过一段时间,且很吃得开。谁也不会想到曹操会刺董卓。不过,吕布在骂曹操的时候,不知是否想起自己曾亲手杀了干爹丁建阳?

时约二更,曹军正欲埋锅造饭,徐荣伏兵尽出。曹操夺路奔逃。荣搭上箭,射中操肩膊。操带箭逃命。两个军士伏于草中,见操马来,二枪齐发,操马中枪而倒。操被二卒擒住。曹洪飞马而来,挥刀砍死步军,下马救起曹操。操曰:"吾死于此矣,贤弟可速去!"洪曰:"公急上马!洪愿步行。"操曰:"贼兵赶上,汝将奈何?"洪曰:"天下可无洪,不可无公。"操曰:"吾若再生,汝之力也。"操上马,洪脱去衣甲,拖刀跟马而走。约走至四更余,一条大河,阻住去路。操曰:"命已至此,不得复活矣!"洪急扶操下马,脱去袍铠,负操渡水。才过彼岸,追兵已到,隔水放箭。操带水而走。比及天明,走三十余里,土冈

下少歇。忽然徐荣从上流渡河来追。操正慌急间，夏侯惇、夏侯渊引数十骑飞至，大喝："徐荣无伤吾主！"徐荣便奔夏侯惇，惇挺枪来迎。惇刺徐荣于马下，杀散余兵。

一知居主人曰：

这段文字，颇具戏剧性，可谓一波三折。曹操几次都有可能死，却都能够死里逃生，先后为曹洪、夏侯惇所救，足见曹操是一员福将。

曹操和曹洪一段对话，简单直白，及后来曹洪负曹操渡水，让人感动。曹洪是真忠臣也！只是夏侯惇对徐荣所喊："徐荣无伤吾主！"一句有些蹊跷！难道他们两个认识或者此前曾见过面，按说不该如此！

孙坚救灭宫中余火，屯兵城内。是夜星月交辉，乃按剑露坐，仰观天文。坚叹曰："帝星不明，贼臣乱国，万民涂炭，京城一空！"言讫，不觉泪下。傍有军士指曰："殿南有五色毫光起于井中。"坚唤军士下井打捞。捞起一妇人尸首，宫样装束，项下带一锦囊。取开看时，乃一玉玺，上有篆文八字云："受命于天，既寿永昌。"

一知居主人曰：

孙坚月下感慨时事，此情、此景、此月、此言，在很多古诗词里都看到过。毛宗岗先生评论说："在瓦砾场上看月，又在旧宫殿上看月，月色愈好，人情愈悲。孙坚泪洒数语，可当唐人怀古诗数首。"

是福不是祸，是祸躲不过。传国玉玺突然出现，出乎孙坚预料。孙坚自然也没想到，自己的命运马上会因之而急转直下。

坚得玺，问程普。普曰："此传国玺也。此玉是昔日卞和于荆山之下，见凤凰栖于石上，载而进之楚文王。解之，果得玉。秦二十六年，令良工琢为玺，李斯篆此八字于其上。二十八年，始皇巡狩至洞庭湖。

风浪大作,舟将覆,急投玉玺于湖而止。至三十六年,始皇巡狩至华阴,有人持玺遮道,与从者曰:'持此还祖龙。'言讫不见,此玺复归于秦。明年,始皇崩。后来子婴将玉玺献与汉高祖。后至王莽篡逆,孝元皇太后将玺打王寻、苏献,崩其一角,以金镶之。光武得此宝于宜阳,传位至今","今天授主公,必有登九五之分。此处不可久留,宜速回江东,别图大事。"坚曰:"汝言正合吾意。明日便当托疾辞归。"商议已定,密谕军士勿得泄漏。

　　一知居主人曰:

　　借程普之口说出传国玉玺的来历,有小品文的味道。只是程普劝孙坚回江东别图大事,最终却是害了孙坚。孙坚说"汝言正合吾意。明日便当托疾辞归",两人一拍即合。此处"密谕军士勿得泄露",有点"此地无银三百两"。孙权怕什么就来什么,马上被人在袁绍面前告了黑状。

　　李国文先生对此段有评论:从月下忧国忧民,至见玉玺而觊觎九五之分,孙坚也只不过是一个利禄小人耳。当时有此想法者,怕不只是孙坚一人,只是孙坚最先得到传国玉玺而已。

　　孙权军中有一袁绍乡人,连夜出营报袁绍玉玺一事。次日,孙坚来说有病欲归长沙。绍笑曰:"吾知公疾乃害传国玺耳。"坚失色曰:"此言何来?"绍曰:"玉玺乃朝廷之宝,公既获得,当对众留于盟主处,候诛了董卓,归复朝廷。今匿之而去,意欲何为?"坚曰:"玉玺何由在吾处?"绍曰:"建章殿井中之物何在?"坚曰:"吾本无之,何强相逼?"绍曰:"作速取出,免自生祸。"坚指天为誓曰:"吾若果得此宝,私自藏匿,异日不得善终,死于刀箭之下!"

　　一知居主人曰:

　　本节开头第一句,"孙权军中有一袁绍乡人",给人一种感觉:

老乡还是和老乡近。袁绍乡人告密，直接导致十八路诸侯散伙，只是一句"绍与之赏赐，暗留军中"带过，没有留下真名实姓，也不知所终。窃以为罗贯中先生实在有点对不住人家。

孙坚来辞袁绍，袁绍直接说明其是为玉玺故。孙坚坚决不承认。袁绍警告"作速取出，免自生祸"。孙坚不加思考，当面发誓：如果私藏，"异日不得善终，死于刀箭之下"。谁知毒誓成真！

众诸侯曰："文台如此说誓，想必无之。"绍唤军士出来作证。坚大怒，拔剑要斩那军士。绍亦拔剑曰："汝斩军人，乃欺我也。"绍背后颜良、文丑皆拔剑出鞘。坚背后程普、黄盖、韩当亦掣刀在手。众诸侯一齐劝住。坚随即上马，拔寨离洛阳而去。绍大怒，写书一封，差心腹人连夜往荆州送与刘表，教就路上截住夺之。

一知居主人曰：

孙坚既然发了毒誓，众诸侯自然信了，只是袁绍仍不信。袁绍叫老乡当面与孙坚对质。文中未见那老乡言语，孙坚便要杀了那人，足见孙坚心中有鬼。袁绍一句"汝斩军人，乃欺我也"，软中带硬。孙坚不得不考虑后果。

眼看袁绍和孙坚两方剑拔弩张，众诸侯做了和事佬。孙坚一走了之，袁绍却是要刘表"截住夺之"，而非杀之。十八路诸侯自此散伙。

曹操追董卓大败而回。袁绍置酒与操解闷。操叹曰："吾始兴大义，为国除贼。诸公既仗义而来，操之初意，欲烦本初引河内之众，临孟津、酸枣；诸将固守成皋，据敖仓，塞辘辕、太谷，制其险要；公路率南阳之军，驻丹、析，入武关，以震三辅。皆深沟高垒，勿与战，益为疑兵，示天下形势。以顺诛逆，可立定也。今迟疑不进，大失天下之望。操窃耻之！"绍等无言可对。既而席散，操见绍等各怀异心，

料不能成事，自引军投扬州去了。

一知居主人曰：

曹操孤军深入，败给董卓。在袁绍所摆宴席上，他讲了自己最初的想法。可在开始讨伐董卓之时，曹操并没有讲出来，有些蹊跷。今日却大发牢骚，大有批评众人之意。伤心之余，曹操自己先行去了扬州。

公孙瓒也拔寨北行。至平原，令玄德为平原相，自去守地养军。刘岱问乔瑁借粮。瑁推辞不与，岱引军突入瑁营，杀死乔瑁，尽降其众。袁绍见众人各自分散，就领兵拔寨投关东去了。

一知居主人曰：

曹操是这次讨伐董卓的发起人。他先走了，接着公孙瓒也跟着走了。没想到发生刘岱并了乔瑁一出，袁绍觉得局面难以控制，索性自己也走了。

回看当初十八路诸侯浩浩荡荡而来的情节，对比如今树倒猢狲散的情形，让人不得不感慨。对于董卓来说，有惊无险，高兴之际，再无所顾忌，继续作恶！

刘表，字景升，山阳高平人也，乃汉室宗亲。幼好结纳，与名士七人为友，时号"江夏八俊"。那七人是汝南陈翔、同郡范滂、鲁国孔昱、渤海范康、山阳檀敷、同郡张俭、南阳岑晊。另有延平人蒯良、蒯越，襄阳人蔡瑁为辅。

一知居主人曰：

此处用了大段文字介绍刘表这边，且说刘表有"江夏八俊"，还特别强调了那七人的籍贯，给人一种感觉：刘表手下大有人才，且来自五湖四海。其实力不可小瞧。

观后面情节的发展，从另一个角度来讲，刘表这边人才济济，却

是没有成就什么大事情，稀里糊涂归了曹操。说明刘表作为"一家之主"，昏庸无能，思路不清；"江夏八俊"虽然名满荆襄，能力却寥寥。

刘表接袁绍书，令蒯越、蔡瑁引兵截孙坚。孙坚问蒯越何故截吾去路？越曰："汝既为汉臣，如何私匿传国之宝？"坚大怒，命黄盖出战。蔡瑁舞刀来迎。斗到数合，盖挥鞭打瑁，正中护心镜。瑁拨回马走，孙坚乘势杀过界口。

一知居主人曰：

刘表接袁绍书，便立即引兵截住孙坚。此处，刘表怕也有觊觎玉玺之心。本回结束时，罗贯中先生评到"玉玺得来无用处，反因此宝动刀兵"，还是有一定道理的。

刘表此次战孙坚，蔡瑁先迎战，没想被黄盖打了护心镜，便拨回马走。从后面来看，蔡瑁有故意之嫌。

山背后刘表亲自引军来到。孙坚就马上施礼曰："景升何故信袁绍之书，相逼邻郡？"表曰："汝匿传国玺，将欲反耶？"坚曰："吾若有此物，死于刀箭之下！"刘表提出要搜看随军行李。坚怒曰："汝有何力，敢小觑我！"方欲交兵，刘表便退。坚纵马赶去，两山后伏兵齐起，背后蔡瑁、蒯越赶来，将孙坚困在垓心。亏得程普、黄盖、韩当三将死救得脱，夺路回江东。自此孙坚与刘表结怨。

一知居主人曰：

刘表与孙坚当场对峙，孙坚再发毒誓。刘表自己退而不战，却是有伏兵出来，围了孙坚。孙坚大败。两人从此结下梁子。

不过，前后两次，蔡瑁和蒯越出场次序并不一样，前面是"蒯越、蔡瑁"，后面却成了"蔡瑁、蒯越"，不知何故如此？

第七回

袁绍磐河战公孙　孙坚跨江击刘表

袁绍屯兵河内，缺少粮草。韩馥遣人送粮以资军用。逢纪说绍曰："冀州乃钱粮广盛之地，将军何不取之？"绍曰："未有良策。"纪说可驰书与公孙瓒："约以夹攻，瓒必兴兵。韩馥无谋之辈，必请将军领州事；就中取事，唾手可得。"瓒得书大喜，即日兴兵。

一知居主人曰：

韩馥好比是羊，袁绍好比是狼。羊好心孝敬狼，狼必然惦记上羊。公孙瓒得到夹攻韩馥的书信"大喜"，真的"即日兴兵"，显得很急迫。不料，公孙瓒最终却是空欢喜一场。

绍却使人密报韩馥。馥慌聚荀谌、辛评商议。谌曰："公孙瓒将燕、代之众，长驱而来，其锋不可当"，"今袁本初智勇过人，手下名将极广，将军可请彼同治州事，彼必厚待将军，无患公孙瓒矣。"韩馥即差关纯去请袁绍。耿武谏曰："袁绍孤客穷军，仰我鼻息，譬如婴儿在股掌之上，绝其乳哺，立可饿死。奈何欲以州事委之？此引虎入羊群也。"

一知居主人曰：

袁绍前面约公孙瓒夹击韩馥，转眼又告诉韩馥说公孙瓒要来攻打，这是袁绍故意为之。目的是吓唬韩馥，让其主动请自己入冀。

没想到韩馥竟然还真上当了。耿武明明白白地说"此引虎入羊群也"。韩馥竟然还说:"吾乃袁氏之故吏,才能又不如本初。古者择贤者而让之,诸君何嫉妒耶?"实在愚笨!"于是弃职而去者三十余人",说明韩馥这边看清形势者并不在少数。

数日后,绍引兵至。耿武、关纯拔刀而出,欲刺杀绍。绍将颜良立斩耿武,文丑砍死关纯。绍入冀州,以馥为奋威将军,以田丰、沮授、许攸、逢纪分掌州事,尽夺韩馥之权。馥懊悔无及,遂弃下家小,匹马往投张邈去了。

一知居主人曰:

耿武、关纯固然忠心可鉴,可惜实力太弱,他们哪里是颜良和文丑的对手,死于非命,有点可惜。袁绍入了冀州,很快站稳脚跟。韩馥知道要坏事,可惜后悔已晚。只是他逃跑之时,竟然"弃下家小",有些离谱!

公孙瓒遣弟公孙越来见袁绍,欲分其地。绍曰:"可请汝兄自来,吾有商议。"越辞归。行不到五十里,道旁闪出一彪军马,口称:"我乃董丞相家将也!"乱箭射死公孙越。从人逃回见公孙瓒。瓒大怒曰:"袁绍诱我起兵攻韩馥,他却就里取事;今又诈董卓兵射死吾弟,此冤如何不报!"尽起本部兵,杀奔冀州来。

一知居主人曰:

公孙瓒见袁绍接管冀州,竟然提出要与袁绍分杯羹,实在幼稚至极。不想最终又搭上了兄弟公孙越的性命。袁绍派人把公孙越杀了,却报董卓名字,意在嫁祸于人。公孙瓒这次聪明了,直接就认定袁绍是元凶。天下人都知道董卓现正在关中,怎么会无缘无故派人在冀州行凶?袁绍撒谎的水平实在太低!

绍知瓒兵至，亦领军出。二军会于磐河之上。瓒立马桥上，大呼曰："背义之徒，何敢卖我！"绍曰："韩馥无才，愿让冀州于吾，与尔何干？"瓒曰："昔日以汝为忠义，推为盟主；今之所为，真狼心狗行[①]之徒，有何面目立于世间！"袁绍大怒曰："谁可擒之？"言未毕，文丑策马挺枪，直杀上桥。

一知居主人曰：

看袁绍、公孙瓒二人对骂，颇有意思，好像都有个人的道理，都是对方不讲道理。只是韩馥并不在这里，否则他将是最伤心的：自己在不知不觉中被人做了一局，且丢了辖区。

文丑直赶公孙瓒出阵后，公孙瓒弓箭尽落，头盔堕地；披发纵马，奔转山坡；其马前失，瓒翻身落于坡下。文丑捻枪来刺。忽见转出一个小将，飞马挺枪，直取文丑。公孙瓒扒上坡去，看那少年：生得身长八尺，浓眉大眼，阔面重颐，威风凛凛。瓒部下救军到，丑拨回马去了。瓒忙下土坡，问小将姓名。对方自报赵云。瓒大喜，遂同归寨，整顿甲兵。

一知居主人曰：

公孙瓒被追，狼狈至极，命不该死，引出常山赵子龙。借公孙瓒之眼睛，写了赵云之翩翩形象。能够"与文丑大战五六十合，胜负未分"，可见赵云武艺高超。赵云说："本袁绍辖下之人。因见绍无忠君救民之心，故特弃彼而投麾下，不期于此处相见。"赵云解释自己曾在袁绍处待过，今天之"投名状"纯属巧合。

---

① 狼心狗行：意思是心肠似狼，行为如狗，比喻贪婪凶狠，卑鄙无耻。元·杨景贤《西游记》第四本第十三出："鹰头雀脑将身探，狼心狗行潜踪阚，鹅行鸭步怀愚滥。"

公孙瓒初得赵云，令其另领一军在后。遣大将严纲为先锋。严纲鼓噪呐喊，直取麹义。绍军都伏而不动。直到来得至近，一声炮响，八百弓弩手一齐俱发。纲被麹义斩于马下，瓒军大败。左右两军来救应，都被颜良、文丑射住。绍军并进，直杀到界桥边。麹义马到，斩杀执旗将，砍倒绣旗。公孙瓒见状，回马下桥而走。麹义撞着赵云。赵云挺枪跃马，直取麹义。战不数合，一枪刺麹义于马下。赵云一骑马飞入绍军。公孙瓒引军杀回，绍军大败。

一知居主人曰：

战场上的败与胜，只在转念之间。本来公孙瓒一败涂地，只是因为赵云，反败为胜。此处大大突出了赵云的作用。"左冲右突，如入无人之境"，后面赵云单骑救主场景与此处类似。

袁绍与田丰引着帐下持戟军士数百人，弓箭手数十骑，乘马出观，呵呵大笑曰："公孙瓒无能之辈！"忽见赵云冲到面前。弓箭手急待射时，云连刺数人，众军皆走。后面瓒军团团围裹上来。田丰曰："主公且于空墙中躲避！"众军士齐心死战，赵云冲突不入，绍兵大队掩至，颜良亦到，两路并杀。赵云保公孙瓒杀透重围，回到界桥。

一知居主人曰：

打仗不是闲庭信步。袁绍这次小败，是因其恃强轻敌，当然，也因赵子龙武艺超群。其间袁绍以兜鍪扑地，大呼曰："大丈夫愿临阵斗死，岂可入墙而望活乎！"颇有点视死如归、大义凛然的架势！

袁绍追赶公孙瓒不到五里，山背后喊声大起，闪出刘玄德、关云长、张翼德。当下三匹马，三般兵器，飞奔而来，直取袁绍。绍惊得魂飞天外，手中宝刀坠于马下，忙拨马而逃，众人死救过桥。公孙瓒亦收军归寨。玄德、关、张动问毕，瓒曰："若非玄德远来救我，

066　　　管窥《三国》上

几乎狼狈。"教与赵云相见。

一知居主人曰：

文中有一句值得注意，刘备"因在平原探知公孙瓒与袁绍相争，特来助战"。就是说，公孙瓒与袁绍相争，公孙瓒并没有通知刘备弟兄。刘备弟兄知道消息之后，主动前来帮忙，意在报知遇之恩。"玄德甚相敬爱（赵云），便有不舍之心"一句，绝非闲笔，在为后面赵子龙投奔刘备做铺垫。后"玄德与赵云分别，执手垂泪，不忍相离，玄德曰：'公且屈身事之，相见有日。'洒泪而别"，也是此意。

袁绍、公孙瓒两军相拒月余，有人报知董卓。李儒对卓曰："袁绍与公孙瓒，亦当今豪杰。现在磐河厮杀，宜假天子之诏，差人往和解之。二人感德，必顺太师矣。"卓曰："善。"次日便派人赍诏前去。绍出迎于百里之外，再拜奉诏。次日，至瓒营宣谕，瓒乃遣使致书于绍，互相讲和。二人自回京复命。瓒即日班师，又表荐刘玄德为平原相。云叹曰："某曩日①误认公孙瓒为英雄；今观所为，亦袁绍等辈耳！"

一知居主人曰：

袁绍和公孙瓒相争，董卓假天子之诏出来调停，意在笼络人心。没想到双方都接受了。袁绍"出迎于百里之外"，够隆重的，也有点急不可待。想一想不久前十八路诸侯讨伐董卓，不得不叹人心变化太快。公孙瓒又表荐刘备为平原相，是顺水人情，意在报答刘备的救命之恩。

至于赵云所言，虽是对公孙瓒的个人看法，值得玩味。很明显，赵云已经有离开之意。

---

① 曩日：意思是往日、以前。汉·赵晔《吴越春秋·勾践伐吴外传》："意者犹今日之姑胥，曩日之会稽也。"

袁术闻袁绍新得冀州，遣使来求马千匹。绍不与，术怒。自此兄弟不睦。又遣使问刘表借粮二十万，表亦不与。术恨之，密遣人遗书于孙坚，使伐刘表。其书略曰："前者刘表截路，乃吾兄本初之谋也。今本初又与表私议欲袭江东。公可速兴兵伐刘表，吾为公取本初，二仇可报。公取荆州，吾取冀州，切勿误也！"坚得书，聚帐下商议。程普曰："袁术多诈，未可准信。"坚曰："吾自欲报仇，岂望袁术之助乎？"便差黄盖安排战船，克日兴师。

一知居主人曰：

袁术要借人家东西，人家不给，很正常，袁绍却拨弄是非，做人实在不厚道，连自家兄长也不放过。

袁术遗书孙坚，述说前面袁绍所做龌龊事，意在挑起事端。程普说这是袁术阴谋，可惜孙坚听不进去，非要跨江击刘表，没想到自己此次离开江东却是没能再回来。

孙坚有四子，皆吴夫人所生：长子孙策；次子孙权；三子孙翊；四子孙匡。吴夫人之妹，即为孙坚次妻，亦生一子一女：子名朗；女名仁。坚又过房俞氏一子，名韶。坚有一弟，名静。坚临行，静引诸子列拜于马前而谏曰："今董卓专权，天子懦弱，海内大乱，各霸一方；江东方稍宁，以一小恨而起重兵，非所宜也。愿兄详之。"坚曰："弟勿多言。吾将纵横天下，有仇岂可不报！"孙策曰："如父亲必欲往，儿愿随行。"坚许之，遂与策登舟，杀奔樊城。

一知居主人曰：

此处，罗贯中先生用了大段文字介绍孙坚家庭成员，让人看到孙坚家族兴旺。孙策、孙权也逐一登场。

孙坚之弟孙静所言，有一定道理，只是此时孙坚已经下定决心要跨江击刘表。应孙策要求，孙坚带其出征，自也有让其锻炼一下、

树立其军中威信之意。

黄祖伏弓弩手于江边，见船傍岸，乱箭俱发。坚令诸军只伏于船中来往诱之。一连三日，船数十次傍岸。黄祖军只顾放箭，箭已放尽。坚却拔船上所得之箭，约十数万。当日正值顺风，坚令军士一齐放箭。岸上支吾不住，只得退走。

一知居主人曰：

赚得黄祖的箭再射向黄祖一方，让人不得不佩服孙坚之聪明。后面赤壁大战中诸葛亮"草船借钱"一节与此相似，只是后者是在夜间大雾之中。

孙坚亲自统兵追袭。黄祖布阵于野。孙策也全副披挂，挺枪立马于父侧。黄祖扬鞭大骂："江东鼠贼，安敢侵略汉室宗亲境界！"便令张虎搦战。坚阵内韩当出迎。两骑相交，战二十余合，陈生飞马来助。孙策扯弓搭箭，正射中陈生面门，应弦落马。张虎吃了一惊，被韩当一刀削去半个脑袋。程普纵马直来阵前。黄祖弃却头盔、战马，杂于步军内逃命。

一知居主人曰：

本来是韩当与张虎一对一的挑战，偏偏陈生想偷着上来助战。可惜陈生被孙策识破，被一箭射中面门而死。黄祖败走，"杂于步军内"，可谓凄凄惨惨戚戚！全不见刚才"扬鞭大骂"之威！

黄祖见刘表，言坚势不可当。表请蒯良商议。良曰："只可深沟高垒，以避其锋；却潜令人求救于袁绍，此围自可解也。"蔡瑁曰："子柔之言，真拙计也。兵临城下，将至壕边，岂可束手待毙！某虽不才，愿请军出城，以决一战。"刘表许之。蔡瑁出襄阳城外。孙坚将得胜

之兵，长驱大进。蔡瑁出马。坚曰："此人是刘表后妻之兄也，谁与吾擒之？"程普挺铁脊矛出马，与蔡瑁交战。不到数合，蔡瑁败走。坚驱大军，杀得尸横遍野。蔡瑁逃入襄阳。蒯良言瑁不听良策，以致大败，按军法当斩。刘表以新娶其妹，不肯加刑。

一知居主人曰：

蒯良主张先深沟高垒，再求救于袁绍。蔡瑁满不在乎，非要亲自带兵出战孙坚。可怜不到数合，大败。可惜了这些荆州之兵，稀里糊涂成为刀下之鬼。蒯良提出按法当斩蔡瑁，这是领兵的规矩。刘表却因为蔡瑁是自己的新小舅子，并没有加刑。后来，反而升了蔡瑁官职。

孙坚围住襄阳。忽一日，狂风骤起，将中军"帅"字旗竿吹折。韩当曰："此非吉兆，可暂班师。"坚曰："吾屡战屡胜，取襄阳只在旦夕；岂可因风折旗竿，遽尔罢兵！"遂不听韩当之言，攻城愈急。蒯良谓刘表曰："某夜观天象，见一将星欲坠。以分野度之，当应在孙坚。主公可速致书袁绍，求其相助。"

一知居主人曰：

中军"帅"字大旗旗杆被刮折，就有人认为将有凶事降临。当然，后面真发生了。类似写法，在《三国演义》中并不少见，这是为了渲染神秘气氛而故意为之。后面蒯良所言观天象，也是如此这般。

刘表写书，问谁敢突围而出。吕公应声愿往。蒯良曰："与汝军马五百，多带能射者冲出阵去，即奔岘山。他必引军来赶，汝分一百人上山，寻石子准备；一百人执弓弩伏于林中。但有追兵到时，不可径走；可盘旋曲折，引到埋伏之处，矢石俱发。若能取胜，放起连珠号炮，城中便出接应。如无追兵，不可放炮，趱程而去。"

一知居主人曰：

明明是要出城搬救兵，却又要抓住时机趁机偷袭敌人一下。蒯良此计谋甚高！

黄昏时分有人引兵出城。孙坚急上马引三十余骑，出营来看。军士报说："有一彪人马杀将出来，望岘山而去。"坚只引三十余骑赶来。吕公已于山林丛杂去处，上下埋伏。坚马快，单骑独来。坚大叫："休走！"吕公勒回马来战孙坚。交马只一合，吕公便走。坚随后赶入，却不见了吕公。坚方欲上山，忽然一声锣响，山上石子乱下，林中乱箭齐发。坚体中石、箭，脑浆迸流，人马皆死于岘山之内；寿止三十七岁。

一知居主人曰：

孙坚自恃艺高人胆大，带了三十余骑（尚且未必能胜），而后却是自己单枪匹马先冲过去。再好的猎人也挡不住群狼袭击，孙坚一命归天。再联系前面孙坚发过的两次毒誓，却是在今天应验了！

李国文先生评论此段有言："恃骄者必败，而且多败于不测。"

吕公截住三十骑，并皆杀尽，放起连珠号炮。城中黄祖、蒯越、蔡瑁分头引兵杀出，江东诸军大乱。黄盖听得喊声震天，引水军杀来，正迎着黄祖。战不两合，生擒黄祖。程普保着孙策，急待寻路，正遇吕公。程普纵马向前，战不到数合，一矛刺吕公于马下。

一知居主人曰：

黄祖先前战败，今日又被黄盖生擒，真是倒霉蛋一个！吕公被程普一矛刺死，再无机会去袁绍处搬救兵了。由此可见，孙坚手下并不弱于刘表手下，可惜孙坚先死了。

孙策知父亲被乱箭射死，已被刘表扛抬入城去了，放声大哭。策曰："父尸在彼，安得回乡！"黄盖曰："今活捉黄祖在此，得一人入城讲和，将黄祖去换主公尸首。"言未毕，桓阶曰："某与刘表有旧，愿入城为使。"桓阶入城见刘表，具说其事。表曰："文台尸首吾已用棺木盛贮在此。可速放回黄祖，两家各罢兵，再休侵犯。"桓阶拜谢欲行，阶下蒯良出曰："不可！不可！吾有一言，今江东诸军片甲不回。请先斩桓阶，然后用计。"

一知居主人曰：

黄盖建议以黄祖换回孙坚尸首，是不得已而为之。孙策明白，如果不见父亲尸首，回家必会被人埋怨。桓阶因与刘表有旧，故为此入城。没想到，刘表说"文台尸首吾已用棺木盛贮在此"，还算有君子风度。有人评说是刘表害怕事情闹得过大，不好收场，故意如此，也不是没有道理。

第八回
王司徒巧使连环计　董太师大闹凤仪亭

刘表同意用孙坚尸首换回黄祖，桓阶要回。蒯良提议杀桓阶，并说："今孙坚已丧，其子皆幼。乘此虚弱之时，火速进军，江东一鼓可得。若还尸罢兵，容其养成气力，荆州之患也。"表曰："吾有黄祖在彼营中，安忍弃之？"良曰："舍一无谋黄祖而取江东，有何不可？"表曰："吾与黄祖心腹之交，舍之不义。"遂送桓阶回营，相约以孙坚尸换黄祖。

一知居主人曰：

蒯良说的不是没有道理。孙坚刚死，孙策未立，上下军心并不稳，正好收拾。可惜刘表念及与黄祖是"心腹之交"，没有听从蒯良之谋。有句"当断不断，反受其乱"，后面孙策"引军居江都，招贤纳士，屈己待人，四方豪杰，渐渐投之"。孙家坐大，刘表再想收拾他们时已经没有机会了。

董卓闻孙坚已死，曰："吾除却一心腹之患也！"问孙策几岁？

或答曰十七岁，遂不以为意。自此愈加骄横，自号为"尚父"①，出入僭天子仪仗。董氏宗族，不问长幼，皆封列侯。离长安城二百五十里，别筑郿坞②，城郭高下厚薄一如长安，内盖宫室，仓库屯积二十年粮食，选少年美女八百，金玉、彩帛、珍珠堆积不知其数。家属都住在内。卓往来长安，公卿皆候送于横门外。卓常设帐于路，与公卿聚饮。

一知居主人曰：

孙坚死于刘表之手，董卓并没有假天子之诏安抚双方，缓解矛盾，是因为他与孙坚有过节，且今日孙策才17岁，尚小，故对孙策"不以为意"也。董卓愈加骄横，不想"多行不义必自毙"。

一日，卓出横门，百官皆送，卓留宴，适北地招安降卒数百人到。卓即命于座前，或断其手足，或凿其眼睛，或割其舌，或以大锅煮之。哀号之声震天，百官战栗失箸，卓饮食谈笑自若。

一知居主人曰：

百官相送，董卓留百官吃饭，似是关心下属，实则另有阴谋。一边欢声笑语，一边"哀号之声震天"，这种饭局，谁又能吃得下？而董卓却谈笑自若，真是残暴至极！

一日，卓于省台大会百官。酒至数巡，命吕布于筵上揪司空张温下堂。不多时，侍从托张温头入献。百官魂不附体。卓笑曰："诸

---

① 尚父：亦作"尚甫"，指周朝时期吕望，即姜尚姜子牙。意为可尊敬的父辈。后世用以尊礼大臣的称号。《诗·大雅·大明》："维师尚父，时维鹰扬。"一说为吕望之字。马瑞辰通释："'父'与'甫'同。甫为男子美称，尚父其字也，犹山甫、孔父之属。"

② 郿坞：据《后汉书·董卓传》："东汉初平三年，董卓筑坞于郿，高厚七丈，与长安城相埒，号曰'万岁坞'，世称'郿坞'。"

公勿惊。张温结连袁术，欲图害我，因使人寄书来，错下在吾儿奉先处。故斩之。公等无故，不必惊畏。"众官唯唯而散。

一知居主人曰：

袁术手下实在太笨，这是生死攸关的大事，怎么能下错书？如此马虎，下一步谁敢再和袁术合作！可怜张温看错了袁术，造反不成，反丢了自家性命。

司徒王允寻思席间之事，坐不安席。至夜深月明，策杖步入后园，立于荼蘼架侧，仰天垂泪。忽闻有人在牡丹亭畔，长吁短叹。允潜步窥之，乃府中歌伎貂蝉也。其自幼进府中，年方二八，色伎俱佳，允以亲女待之。是夜允听良久，喝曰："贱人将有私情耶？"貂蝉惊跪答曰："容妾伸肺腑之言。""妾蒙大人恩养，训习歌舞，优礼相待，妾虽粉身碎骨，莫报万一。近见大人两眉愁锁，必有国家大事，又不敢问。今晚又见行坐不安，因此长叹。不想为大人窥见。倘有用妾之处，万死不辞！"允以杖击地曰："谁想汉天下却在汝手中耶！随我到画阁中来。"

一知居主人曰：

主人心中有事，小女子看在心里，故也陪着长叹。不想被主人发现，只得以实情告知。一个小女子，能有这种情怀，且思虑缜密，说话有条理，不凡也。王允的最后一句话显得有点得意。

允到阁中，尽叱出妇妾。貂蝉惊伏于地曰："大人何故如此？"允曰："汝可怜汉天下生灵！"言讫，泪如泉涌。貂蝉曰："适间贱妾曾言：但有使令，万死不辞。"允跪而言曰："百姓有倒悬①之危，君

---

① 倒悬：头向下、脚向上悬挂着。比喻极其艰难、危险的困境。

第八回　王司徒巧使连环计　董太师大闹凤仪亭　　075

臣有累卵①之急,非汝不能救也。"遂陈述要用貂蝉离间董卓和吕布之计。貂蝉曰:"妾许大人万死不辞,望即献妾与彼。妾自有道理。"允曰:"事若泄漏,我灭门矣。"貂蝉曰:"大人勿忧。妾若不报大义,死于万刃之下!"允拜谢。

一知居主人曰:

王允在阁中见貂蝉,将妇妾都赶出,自是保密的需要。谁也不敢保证,府中没有董卓安插的细作。同时,王允也是为了顾忌自己的面子,他后面"叩头便拜""泪如泉涌""跪而言",这些动作是绝对不能让其他下人见到的。

王允将自己的离间计详细说与貂蝉,此处文字写了近百字,可见王允思虑周密。因为后面有步步为营之情节,故一知居主人就没有详细转述此处文字。

王允将家藏明珠嵌造金冠一顶,使人密送吕布。布大喜,亲到王允宅致谢。允预备嘉肴美馔,候吕布至,允出门迎迓,延之上坐。布曰:"吕布乃相府一将,司徒是朝廷大臣,何故错敬?"允曰:"允非敬将军之职,敬将军之才也。"布大喜。允殷勤敬酒,口称董太师并布之德不绝。布大笑畅饮。

一知居主人曰:

要想让人上当,先让对方不设防。王允送大礼在前,吕布来府中答谢在后,第一步也;王允出门亲迎吕布,且请坐了上座,夸"方今天下别无英雄,惟有将军耳",让对方产生优越感,第二步也;王允殷勤敬酒,夸之不绝,让吕布得意忘形,第三步也。至于第四步,则是貂蝉闪亮登场。

---

① 累卵:一层层堆起来的蛋,比喻局势极不稳定,随时可能垮台。

酒至半酣，貂蝉艳妆而出。布惊问何人。允曰："小女貂蝉也。"便命貂蝉与吕布把盏。两下眉来眼去。允佯醉曰："吾一家全靠着将军哩。"布请貂蝉坐，貂蝉假意欲入。允曰："将军吾之至友，孩儿便坐何妨。"貂蝉便坐于允侧。吕布目不转睛地看。又饮数杯，允指蝉谓布曰："吾欲将此女送与将军为妾，还肯纳否？"布出席谢曰："若得如此，布当效犬马之报！"布欣喜无限，频以目视貂蝉。貂蝉亦以秋波送情。少顷席散，允曰："本欲留将军止宿，恐太师见疑。"布再三拜谢而去。

一知居主人曰：

这场戏中，三人的表演各有特点。王允是故意为之，渐行渐近，并不失分寸。吕布已经醉了，不只是因酒，更因为迟来的美人。貂蝉是半推半就，秋波送情。

过了数日，允在朝堂伏地拜请董卓到家中赴宴。卓曰："司徒见招，即当趋赴。"允拜谢归家。次日晌午，董卓来到。左右持戟甲士百余，簇拥入堂。允于堂下再拜，卓命扶上，赐坐于侧。允曰："太师盛德巍巍，伊、周①不能及也。"卓大喜。进酒作乐，允极其致敬。

一知居主人曰：

王允请董卓到家中小酌，"趁吕布不在侧"，时机选得正好。如董卓带吕布前往，戏便没法进行下去。董卓见王允毕恭毕敬，诚心诚意，自是觉得不会有什么危险，也就只是带了一些甲士。

---

① 伊、周：伊尹（前1649年~前1550年），己姓，伊氏，名挚。杰出的政治家、思想家，中华厨祖。历事成汤、外丙、仲壬、太甲、沃丁五代君主，尊号"阿衡"，辅政五十余年，为商朝兴盛富强立下汗马功劳。周文王（约前1152年~约前1056年），姬姓，名昌，又称周侯、西伯、姬伯，岐周（今陕西岐山县）人。周朝奠基者，周太王之孙，季历之子，周武王之父。能敬老慈少，礼贤下士。

王允当日在家中,"水陆毕陈,于前厅正中设座,锦绣铺地,内外各设帏幔",做了充分的准备。第二天,董卓来,王允"具朝服出迎,再拜起居","堂下再拜",并高赞董卓有尹伊、周公之德才,董卓自是欢喜不已,越来越放松了。这才有了"天晚酒酣,允请卓入后堂。卓斥退甲士"。好戏即将拉开序幕。

允捧觞称贺曰:"允自幼颇习天文,夜观乾象,汉家气数已尽。太师功德振于天下,若舜之受尧,禹之继舜①,正合天心人意。"卓曰:"安敢望此!"允曰:"自古有道伐无道,无德让有德,岂过分乎!"卓笑曰:"若果天命归我,司徒当为元勋。"允拜谢。

一知居主人曰:

王允高唱赞歌,要董卓称帝,并说"夜观乾象",是上天所授。开始时董卓还有点不好意思,说:"安敢如此!"等王允再说,董卓说"司徒当为元勋",明显是心中已经接受。董卓已得意忘形了。

王允止留女使进酒供食。允曰:"偶有家伎,敢使承应。"卓曰:"甚妙。"允教放下帘栊,笙簧缭绕,簇捧貂蝉舞于帘外。舞罢,卓命近前。卓问:"此女何人?"允曰:"歌伎貂蝉也。"卓曰:"能唱否?"允命貂蝉执檀板低讴一曲。卓称赏不已。允命貂蝉把盏。卓擎杯问年龄,貂蝉曰:"贱妾年方二八。"卓笑曰:"真神仙中人也!"允起曰:"允欲将此女献上太师,未审肯容纳否?"卓曰:"如此见惠,何以报德?"允曰:"此

---

① 舜之受尧,禹之继舜:尧、舜、禹是古代中国历史中,自黄帝之后,黄河流域先后出现的三位部落联盟首领。传说中尧又称陶唐氏,发祥地在今山西汾河流域的运城和临汾。舜又称有虞氏,出生在姚墟。他担任部落联合体首领后,都蒲坂(今蒲州镇),活动中心在山西的西南部。大禹,姒姓夏后氏,名文命,字高密,号禹,后世尊称大禹,夏后氏首领。

女得侍太师,其福不浅。"卓再三称谢。允即命备毡车,先将貂蝉送到相府。卓亦起身告辞。允亲送董卓直到相府,然后辞回。

一知居主人曰:

酒至微醺,看人舞上一曲,自然而然,只是舞女之中有丽人,让董卓一眼看中。王允上次对吕布说貂蝉是自家小女,这次对董卓却说貂蝉是家中歌姬,是考虑到,若仍说是自家小女,则自己与董卓便要成翁婿,有占人便宜之嫌。王允主动献貂蝉与董卓,董卓并未推辞,只是说"何以报德",这一点倒是和吕布有些相似。

王允怕董卓后悔,直接派人将貂蝉送至相府,而后自己又送董卓到相府。表面上是王允对董卓尊敬,实则他是为了尽快将此事做成做实。

王允乘马而行。吕布骑马执戟而来,一把揪住衣襟,厉声问曰:"司徒既以貂蝉许我,今又送与太师,何相戏耶?"允急止之曰:"此非说话处,且请到草舍去。"

一知居主人曰:

王允先送貂蝉到府上,其目的就是让人告知吕布此事。果然如此。

布同允到家。允曰:"将军何故怪老夫?""将军原来不知!昨日太师在朝堂中,对老夫说:'我有一事,明日要到你家。'允因此准备小宴等候。太师饮酒中间,说:'我闻你有一女,名唤貂蝉,已许吾儿奉先。'老夫引貂蝉出拜公公。太师曰:'今日良辰,吾即当取此女回去,配与奉先。'将军试思:太师亲临,老夫焉敢推阻?"布曰:"司徒少罪。"布谢去。

一知居主人曰:

王允真是编故事高手。王允说董卓是以未来亲家的身份主动来

家中为吕布相亲，自己信以为真，这才送貂蝉过去了。不想吕布还真的信了，说自己"一时错见，来日自当负荆"，并"谢去"。其间王允还加了一句："小女颇有妆奁，待过将军府下，便当送至。"更是让人觉得他故事编的有鼻子有眼，由不得吕布不相信了。

次日，吕布在府中打听，绝不闻音耗①。径入堂中，寻问诸侍妾。侍妾对曰："夜来太师与新人共寝，至今未起。"布大怒，潜入卓卧房后窥探。时貂蝉起于窗下梳头，忽见窗外池中照一人影，极长大，头戴束发冠。偷眼视之，正是吕布。貂蝉故蹙双眉，做忧愁不乐之态，复以香罗频拭眼泪。

一知居主人曰：

吕布在府中等待佳音，却不见有人通知。去董卓处，才知道"太师与新人共寝"，自然大怒。但是还是畏于董卓淫威，不敢正面问罪，所以"房后窥探"。貂蝉正在窗下梳头，看见吕布，立马入戏，做忧愁不乐之态，意在激起吕布之怒！

这段文字实在简洁，读了数遍竟未能减一字。

吕布窥视良久，乃出；少顷，又入。卓已坐于中堂，见布来，问曰："外面无事乎？"布曰："无事。"侍立卓侧。卓方食，布偷目窃望，见绣帘内一女子往来观觑，微露半面，以目送情。布知是貂蝉，神魂飘荡。卓见布如此光景，心中疑忌，曰："奉先无事且退。"布怏怏而出。

一知居主人曰：

吕布从后窗窥视很久，又转到中堂，吕布内心的情感波澜跃然

---

① 音耗：音信；消息。《周书·晋荡公护传》："既许归吾于汝，又听先致音耗。"

纸上。董卓与吕布对答，言语寡淡。貂蝉以目送情，让吕布神魂颠倒。没想吕布之神态被董卓看到，董卓干脆一撵了之。

董卓自纳貂蝉后，月余不出理事。卓偶染小疾，貂蝉衣不解带，曲意逢迎，卓心愈喜。吕布入内问安，正值卓睡。貂蝉于床后探半身望布，以手指心，又以手指董卓，挥泪不止。布心如碎。卓朦胧双目，见布注视床后，目不转睛；回身一看，见貂蝉立于床后。卓大怒，叱布曰："汝敢戏吾爱姬耶！"唤左右逐出，今后不许入堂。

一知居主人曰：

董卓沉湎女色，不理事。董卓得病，貂蝉细致入微的照顾他，他自是更加高兴地享受着。貂蝉见吕布来，立马表演起来，让吕布心碎不已。两相对比，足见貂蝉表演艺术的高超。两人对视，再次被董卓看到。这次，吕布却是被逐出来，且被警告不得再入（上次是"无事且退"）。董卓、吕布两人之间的矛盾开始形成。

吕布路遇李儒，告知其故。儒急入见卓曰："倘彼心变，大事去矣。"卓曰："奈何？"儒曰："来朝唤入，赐以金帛，好言慰之，自然无事。"卓依言。次日，使人唤布入堂，慰之曰："吾前日病中，心神恍惚，误言伤汝，汝勿记心。"随赐金十斤，锦二十匹。布谢归，然身虽在卓左右，心实系念貂蝉。

一知居主人曰：

李儒是明白人：董卓今日之威，有赖于吕布之助。不过李儒只是提到以钱财来稳住吕布，想来吕布只是说了被董卓逐出之事，并未说明自己被逐之实。董卓向吕布道歉并赐金、锦，并未能安吕布之心。

第八回　王司徒巧使连环计　董太师大闹凤仪亭

吕布见董卓与献帝共谈,便乘间提戟投相府来,提戟入后堂。貂蝉让其在凤仪亭边等。吕布提戟径往。良久,见貂蝉,泣谓布曰:"自见将军,许侍箕帚。妾已生平愿足。谁想太师起不良之心,将妾淫污,妾恨不即死。止因未与将军一诀,故且忍辱偷生。今幸得见,妾愿毕矣!"吕布慌忙抱住,泣曰:"我知汝心久矣!只恨不能共语!"貂蝉手扯布曰:"妾今生不能与君为妻,愿相期于来世。"布曰:"我今生不能以汝为妻,非英雄也!"蝉曰:"妾度日如年,愿君怜而救之。"布曰:"我今偷空而来,恐老贼见疑,必当速去。"蝉牵其衣曰:"君如此惧怕老贼,妾身无见天日之期矣!"布提戟欲去。貂蝉曰:"闻将军之名,如雷灌耳,以为当世一人而已。谁想反受他人之制乎!"布羞惭满面,重复倚戟,回身搂抱貂蝉,不忍相离。

一知居主人曰:

文字中连续出现四次"提戟",一次"倚戟",引人注目,怕是后面要发生的事情,与吕布之戟有关系。

看貂蝉和吕布之间的对白,貂蝉还责备吕布因害怕董卓而不敢担当,好像对吕布真情有加。貂蝉目的很明确,在于激化董卓、吕布之间的矛盾。

董卓在殿上不见了吕布,连忙辞了献帝,登车回府;见布马系于府前;问门吏,吏答曰:"温侯入后堂去了。"卓径入后堂中,寻觅不见;唤貂蝉,蝉亦不见。急问侍妾,知貂蝉在后园看花。卓寻入后园,正见吕布和貂蝉在凤仪亭下共语。卓怒,大喝一声。布大惊,回身便走。卓抢了画戟,挺着赶来。吕布走得快,卓肥胖赶不上,掷戟刺布。布打戟落地。卓拾戟再赶,布已走远。

一知居主人曰：

吕布和貂蝉的眉目传情，董卓早已注意到。董卓在朝堂之上不见吕布，就怀疑他与貂蝉私约，匆匆回府。果然不出所料，董卓大恼。至此，董卓和吕布的矛盾已经公开化。只是此时，吕布还没有杀董卓之心，所以三十六计走为上。只差王允再加一把柴火了。

第九回

除暴凶吕布助司徒　犯长安李傕听贾诩

董卓追赶吕布出园门，没想被李儒撞倒。李儒扶起董卓，至书院中坐定。董卓问李儒"为何来此"，李儒说刚才在府门口遇到吕布，听吕布说"太师杀我"，才慌赶入园中劝解，不意误撞恩相。卓曰："叵耐逆贼！戏吾爱姬，誓必杀之！"儒曰："恩相差矣。昔楚庄王绝缨①之会，不究戏爱姬之蒋雄，后为秦兵所困，得其死力相救。今貂蝉不过一女子，而吕布乃太师心腹猛将也。太师若就此机会，以蝉赐布，布感大恩，必以死报太师。"卓沈吟良久曰："汝言亦是，我当思之。"儒谢而去。

一知居主人曰：

当局者迷，旁观者清。李儒深知吕布对于董卓的重要性，所以

---

① 楚庄王绝缨：见汉·刘向《说苑》。楚庄王赐群臣酒，日暮酒酣，灯烛灭，乃有人引美人之衣者，美人援绝其冠缨，告王曰："今者烛灭，有引妾衣者，妾援得其冠缨持之，趣火来上，视绝缨者。"王曰："赐人酒，使醉失礼，奈何欲显妇人之节而辱士乎？"乃命左右曰："今日与寡人饮，不绝冠缨者不欢。"群臣百有余人皆绝去其冠缨而上火，卒尽欢而罢。居三年，晋与楚战，有一臣常在前，五合五奋，首却敌，卒得胜之，庄王怪而问曰："寡人德薄，又未尝异子，子何故出死不疑如是？"对曰："臣当死，往者醉失礼，王隐忍不加诛也；臣终不敢以荫蔽之德而不显报王也，常愿肝脑涂地，用颈血湔敌久矣，臣乃夜绝缨者也。"遂败晋军，楚得以强，此有阴德者必有阳报也。

让董卓将貂蝉赐予吕布，并以"楚庄王绝缨"为例。董卓心有所动。李儒认为协调成功，故"谢而去"。按照常理，李儒应该是去吕布那里了。只是文中并未说。

可惜李儒高兴得有点太早了！

卓问貂蝉"何与吕布私通耶"。貂蝉说："在后园看花，妾见其心不良，恐为所逼，欲投荷池自尽，却被这厮抱住。正在生死之间，得太师来，救了性命。"董卓曰："我今将汝赐与吕布，何如？"貂蝉哭曰："妾宁死不辱！"欲拔剑自刎。卓慌夺剑拥抱曰："吾戏汝！"貂蝉倒于卓怀，大哭说："此必李儒之计也！儒与布交厚，故设此计；故不顾惜太师体面与贱妾性命。妾当生噬其肉！"董卓曰："吾安忍舍汝耶？"貂蝉说："虽蒙太师怜爱，但恐此处不宜久居，必被吕布所害。"卓曰："吾明日和你归郿坞去，同受快乐，慎勿忧疑。"蝉方收泪拜谢。

一知居主人曰：

董卓答应了李儒，但看到貂蝉哭哭啼啼，马上就改了主意，属于心中无定数。要董卓将貂蝉送与吕布，貂蝉竟然猜出是李儒的意思，顺手就告了李儒一状，可谓一箭双雕。

貂蝉提出"此处不宜久居"，是想让董卓离开老巢，好给王允留有机会。不得不说这个女子不简单，王允还真是选对人了。

次日，李儒入见董卓，说今日良辰可将貂蝉送与吕布。董卓说吕布与自己"有父子之分，不便赐与。我只不究其罪。汝传我意，以好言慰之可也"。李儒说："太师不可为妇人所惑。"董卓变色说："貂蝉之事，再勿多言；言则必斩！"李儒出，仰天叹曰："吾等皆死于妇人之手矣！"

一知居主人曰：

李儒来见董卓说貂蝉之事，自认为已经协调完毕，不想董卓反悔，出乎李儒意料。李儒提醒董卓，不能因小失大。没想董卓竟然问李儒"汝之妻肯与吕布否"？无异于当面打脸。李儒只好长叹一声离开。其痛苦之情，可以想象。

董卓即日下令还郿坞，百官俱拜送。貂蝉在车上，遥见吕布于稠人[①]**之内，眼望车中。貂蝉虚掩其面，如痛哭之状。车已去远，布缓辔于土冈之上，眼望车尘，叹惜痛恨。**

一知居主人曰：

临走之时，貂蝉仍不忘做表面文章，真戏子也！可怜吕布尚在梦中，认为貂蝉对自己是动了真感情。董卓和貂蝉去了郿坞，与吕布分处两地，王允计谋得以顺利进行。

王允见吕布，说自己最近因病没有出来，"今日太师驾归郿坞，只得扶病出送，却喜得晤将军。请问将军，为何在此长叹？"布曰："正为公女耳。"允佯惊曰："许多时尚未与将军耶？"布曰："老贼自宠幸久矣！"允佯大惊曰："不信有此事！"布将前事一一告允。允仰面跌足，半晌不语，乃言曰："不意太师作此禽兽之行！"因挽布手曰："且到寒舍商议。"

一知居主人曰：

这场戏中，王允表现很出色。事情明明都在王允的掌控和计划之中，他却明知故问，且"佯惊""佯大惊""仰面跌足"，不由得吕布不信。

王允问吕布为何在这里长叹，布说"正为公女耳"。此时此地，

---

① 稠人：众人。《史记·魏其武安侯列传》："稠人广众，荐宠下辈。"

吕布还有一种埋怨和赌气情绪。时机已经成熟，所以王允提出到家中坐坐！大戏即将开场！

在密室，布将凤仪亭相遇之事细述一遍。允说天下"非笑太师，笑允与将军耳！然允老迈无能之辈，不足为道。可惜将军盖世英雄，亦受此污辱也"！布怒气冲天，拍案大叫："誓当杀此老贼，以雪吾耻。"允急掩其口曰："将军勿言，恐累及老夫。"布曰："大丈夫生居天地间，岂能郁郁久居人下！"允曰："以将军之才，诚非董太师所可限制。"布曰："吾欲杀此老贼，奈是父子之情，恐惹后人议论。"

一知居主人曰：

两人对话，你来我往，应接不暇，各有心思（也可以用"各怀鬼胎"）。王允说"允老迈无能之辈，不足为道""老夫失语，将军息怒""将军勿言，恐累及老夫"。王允一直以弱者口气说话，王允说自己可以承受当下之辱，却又一再说"可惜将军盖世英雄，亦受此污辱也"。意在逼吕布说出造反之言。及至吕布说出一个"杀"字，王允微笑曰："将军自姓吕，太师自姓董。掷戟之时，岂有父子情耶？"及时消除了吕布的顾虑，坚定了吕布要杀董卓的决心。布奋然曰："非司徒言，布几自误！"他已经有点小兴奋了。

王允见吕布意已决，便说："将军若扶汉室，乃忠臣也，青史传名，流芳百世；将军若助董卓，乃反臣也，载之史笔，遗臭万年。"吕布避席下拜曰："布意已决，司徒勿疑。"允曰："但恐事或不成，反招大祸。"布遂拔刀刺臂出血为誓。允跪谢曰："汉祀不斩，皆出将军之赐也。切勿泄漏！临期有计，自当相报。"布慨诺而去。

一知居主人曰：

王允虽是一文臣，却能当机立断。见吕布有杀董卓之心，立即

将此事上升到政治高度,说一旦成功,吕布便是汉室忠臣,属于义举,可青史传名,流芳百世。吕布焉能不高兴?故刺臂为誓。从最后一句可见吕布离开之时信心满满!

这一连串的动作,节奏很快。毛宗岗先生评此处时有言:"一急一缓,一起一落,一反一正,一纵一收,比李肃劝杀丁建阳,更是淋漓痛快!"非常准确。

王允请孙瑞、黄琬商议。瑞说主上有疾新愈,可遣人往请董卓议事,另以天子密诏付吕布伏甲兵于朝门之内,诛杀董卓。琬说何人前去?瑞说:"吕布同郡骑都尉李肃,以董卓不迁其官,甚是怀怨。若令此人去,卓必不疑。"王允请吕布共议。布曰:"昔日劝吾杀丁建阳,亦此人也。今若不去,吾先斩之。"

一知居主人曰:

孙瑞拟推荐李肃招董卓来朝,设计够大胆的,也着实是一招妙棋。李肃毕竟是董卓谋士,董卓不会怀疑。加上,吕布和李肃是老乡,当年是李肃策反吕布杀了丁建阳,李肃已经没有退路。

从吕布言语中不难看出,吕布后悔当时听信李肃之言背离丁建阳,而且吕布现在恨李肃恨到咬牙切齿。

密请李肃至。吕布说:"昔日公说布使杀丁建阳而投董卓;今卓上欺天子,下虐生灵,罪恶贯盈,人神共愤。公可传天子诏往郿坞,宣卓入朝,伏兵诛之,力扶汉室,共作忠臣。尊意若何?"李肃曰:"我亦欲除此贼久矣,恨无同心者耳。今将军若此,是天赐也,肃岂敢有二心!"遂折箭为誓。

一知居主人曰:

为政千万别许诺,许诺就要尽快给别人兑现。否则朋友容易变

成仇人，出现大麻烦。

吕布请李肃来，软中有硬，没想到李肃早就对董卓有埋怨情绪，两人一拍即合。李肃慷慨答应，愿前往"钓鱼"。不过，值得注意的是，王允对李肃说"公若能干此事，何患不得显官"，王允已经开始对李肃许封官之诺了。或许有人认为"这是必须的"！

次日，李肃前到郿坞。人报天子有诏，卓教唤入。卓曰："天子有何诏？"肃曰："天子病体新痊，欲会文武于未央殿，议将禅位于太师。"卓曰："王允之意若何？"肃曰："王司徒已命人筑受禅台，只等主公到来。"卓大喜曰："吾夜梦一龙罩身，今日果得此喜信。时哉不可失！"便命心腹将李傕等四人领飞熊军守郿坞，自己即日回京。

一知居主人曰：

李肃告诉董卓，天子"议将禅位于太师"，就像天上掉下一个馅饼来，太突然了。董卓早有此心，窥视已久，今日终于来临，董卓大喜之态是他心情的自然流露。董卓问李肃"王允之意如何？"可以看出他现在对王允的信任。

董卓将四位大将及飞熊军留在郿坞，是他得意忘形、自以为是的结果。断断没有想到，此举恰恰给王允、吕布以机会。出发的时候，董卓还没有忘记许给李肃："吾为帝，汝当为执金吾。"绝对想不到他会被李肃打了黑枪。李肃表现得很镇静："拜谢称臣"。

卓入辞其母。母时年九十余矣，问曰："吾儿何往？"卓曰："儿将往受汉禅，母亲早晚为太后也！"母曰："吾近日肉颤心惊，恐非吉兆。"卓曰："将为国母，岂不预有惊报！"遂辞母而行。临行，谓貂蝉曰："吾为天子，当立汝为贵妃。"

第九回　除暴凶吕布助司徒　犯长安李傕听贾诩

一知居主人曰：

董卓去见母亲，是为了告知母亲他要"往授汉禅"，没想母亲说出自己今日感觉明显不祥。董卓巧妙解释，想来他心中也有一丝担忧瞬间而过。董卓对貂蝉也许诺，"貂蝉已明知就里，假作欢喜拜谢"。貂蝉与前面李肃一样，一样地在表演！

卓离开郿坞，行不到三十里，所乘之车忽折一轮，卓下车乘马。又行不到十里，马咆哮嘶喊，掣断辔头。卓问肃曰："车折轮，马断辔，其兆若何？"肃曰："乃太师应绍汉禅，弃旧换新，将乘玉辇金鞍之兆也。"卓喜而信其言。次日，正行间，忽然狂风骤起，昏雾蔽天。卓问肃曰："此何祥也？"肃曰："主公登龙位，必有红光紫雾，以壮天威耳。"卓又喜而不疑。既至城外，百官俱出迎接。只有李儒抱病在家，不能出迎。

一知居主人曰：

董卓出行第一天，"车折轮，马断辔"，第二天，"狂风骤起，昏雾蔽天"，这些都是不祥之兆，结果都被李肃轻松解释过去。且看董卓表现："喜而信其言""又喜而不疑"。百官出迎，唯独少了李儒，而董卓并没有在意。

吕布入相府贺。卓曰："吾登九五，汝当总督天下兵马。"布拜谢。是夜有十数小儿于郊外作歌，风吹歌声入帐。歌曰："千里草，何青青！十日卜，不得生！"歌声悲切。卓问李肃曰："童谣主何吉凶？"肃曰："亦只是言刘氏灭、董氏兴之意。"

一知居主人曰：

此前董卓先后向李肃、貂蝉许诺，此处又许吕布"总督天下兵马"，实属得意忘形。此处吕布"就帐前歇宿"，想来是监督董卓，恐

晚上出现变故。

童谣中,"千里草"为"董"字;"十日卜"为"卓"字,整条歌谣是说董卓将死。

次日,董卓要入朝,忽见一道人,手执长竿,上缚布一丈,两头各书一"口"字。卓问肃曰:"此道人何意?"肃曰:"乃心恙①之人也。"呼将士驱去。

一知居主人曰:

两个"口",便是"吕",意在说杀掉董卓的将是吕布。今日董卓上朝途中所遇道人所作所为,与上节中所传歌谣,均属于小说作者故意制造神秘氛围,不足信也!在古代小说中,这种方式常见。

卓进朝,李肃手执宝剑扶车而行。到北掖门,独有御车二十余人同入。董卓遥见王允等各执宝剑立于殿门,惊问肃,肃不应。王允大呼曰:"反贼至此,武士何在?"两旁转出百余人,持戟挺槊刺之。卓伤臂坠车,大呼:"吾儿奉先何在?"吕布厉声出曰:"有诏讨贼!"一戟直刺咽喉,李肃早割头在手。吕布大呼曰:"奉诏讨贼臣董卓!"将吏皆呼万岁。

一知居主人曰:

前面几节文字中,并没有提到李肃手中拿什么东西,本节开始时就说"李肃手执宝剑扶车而行",明显是在为后面"李肃早割头在手"做铺垫。

董卓所带军兵"尽挡在门外",想是董卓正在车上做帝王梦,没有在意。看到王允等各执宝剑,李肃并没有搭话,而是"推车直入"。

---

① 心恙:就是指心理有毛病,多指精神不正常。恙,毛病,疾病。

至此董卓恍然大悟。不过董卓自认为还有救命稻草吕布，不想正是吕布出手，一戟直要了他的性命。李肃割董卓之头，是为了解心头之恨，也是为了讨好王允、吕布等人。

吕布大呼曰："助卓为虐者，皆李儒也！谁可擒之？"李肃应声愿往。忽人报李儒家奴已将李儒绑缚来献。王允命缚赴市曹斩之；又将董卓尸首，号令通衢。卓尸肥胖，看尸军士以火置其脐中为灯，膏流满地。百姓过者，莫不手掷其头，足践其尸。王允又命吕布等领兵至郿坞抄籍董卓家产、人口。

一知居主人曰：

吕布提出要捉拿董卓同党李儒，李肃愿往，可见李肃与李儒之间亦有隙。另外，李肃也有想表功的心理。谁知李儒竟被自己家奴绑缚来献，一种"墙倒众人推"的样子。估计李儒平时对家奴过于苛刻，否则不会这样！李儒被杀，并没有什么言语，想来也只有自认倒霉了。

王允派吕布等人去郿坞，正合了吕布的心愿。看看后面吕布"至郿坞，先取了貂蝉"，便可知。

李傕等闻董卓已死，吕布将至，便引飞熊军连夜奔凉州去了。吕布至郿坞，先取了貂蝉。皇甫嵩命将坞中所藏良家子女，尽行释放。但系董卓亲属，不分老幼，悉皆诛戮。卓母亦被杀。卓弟董旻、侄董璜皆斩首号令。收籍坞中所蓄，不计其数。回报王允。

一知居主人曰：

吕布未到，董卓所倚重的李傕等将官便带兵而走，一是因为吕布武艺高强，众将害怕打不过，二是大家都觉得董卓已死，三十六计走为上，相对安全一些。

皇甫嵩命将坞中所藏良家子女，尽行释放，实属善举，值得称赞。只是董卓亲属，不分老幼，尽被诛杀，有些血腥。文中还重点说了董卓九十多岁老母也被杀，实在可怜。

忽人报曰："有一人伏其（董卓）尸而大哭。"允怒，须臾擒至。众官见是蔡邕，无不惊骇。允叱曰："汝为汉臣，乃不为国庆，反为贼哭，何也？"邕伏罪曰："邕虽不才，亦知大义，岂肯背国而向卓？只因一时知遇之感，不觉为之一哭，自知罪大。愿公见原。倘得黥首刖足，使续成汉史，以赎其辜，邕之幸也。"

一知居主人曰：

王允大宴群臣，举杯相庆，忽听大街之上有蔡邕哭董卓一事，自然觉得大煞风景，即派人去捉拿，并予以面叱。

蔡邕说自己有错在先，求王允放自己一马，宁愿受司马迁之辱，续成汉史。想法是好的，可惜只是蔡邕一厢情愿而已！

众官惜邕之才。马日磾密谓允曰："伯喈旷世逸才，若使续成汉史，诚为盛事。且其孝行素著，若遽杀之，恐失人望。"允曰："昔孝武不杀司马迁，后使作史，遂致谤书①**流于后世。方今国运衰微，朝政错乱，不可令佞臣执笔于幼主左右，使吾等蒙其讪议也。"日磾无言而退，私谓众官曰："王允其无后乎！"当下王允命将蔡邕下狱中缢死。一时士大夫闻者，尽为流涕。**

---

① 谤书：是指诽谤人的信件或书籍。泛称有直言指斥或毁谤内容的史传、小说等。这里指司马迁的《史记》。《后汉书·蔡邕传》："昔武帝不杀司马迁，使作谤书，流于后世。"李贤注："凡史官记事，善恶必书。谓迁所著《史记》，但是汉家不善之事，皆为谤也。"

一知居主人曰：

王允不听众官为蔡邕求情，执意将其"下狱中缢死"，一改前面之唯唯诺诺，足以说明其内心已经有些膨胀。故太傅马日䃅断言"王允其无后乎"！

《三国演义》原书中也有评论："后人论蔡邕之哭董卓，固自不是；允之杀之，亦为已甚。"清人毛宗岗评论："今人俱以蔡邕哭卓为非，论固正矣；然情有可原，事有足录。何也？士各为知己者死。设有人受恩桀、纣，在他人固为桀、纣，在此人则尧、舜也。董卓诚为邕之知己，哭而报之，杀而殉之，不为过也。犹胜今之势盛则借其余润，势衰则掉臂去之，甚至为操戈，为下石，无所不至者，毕竟蔡为君子，而此辈则真小人也。"

李傕等四人逃居陕西，上表求赦。王允说"独不赦此四人"。使者回报。傕曰："求赦不得，各自逃生可也。"贾诩说，如果"弃军单行，则一亭长能缚君矣"，不若"诱集陕人，并本部军马，杀入长安，与董卓报仇。事济，奉朝廷以正天下"。傕等然之，遂流言"王允将欲洗荡此方之人矣"！众皆惊惶。乃复扬言曰："徒死无益，能从我反乎？"众皆愿从。于是聚众杀奔长安来。路逢董卓女婿牛辅，李傕便与合兵，使为前驱。

一知居主人曰：

这段文字有点一波三折。李傕等人本来要向王允投降，如果王允答应，也就没有了下文。偏偏王允却是谁都可以大赦，"独不赦此四人"。李傕等见此无望，要作鸟兽散，偏偏贾诩说"则一亭长能缚君矣"，不如造反，成则为侯，不成再走不迟。李傕等人便决定造反，起兵攻打长安。他们攻打路上遇到董卓女婿带了人马，便如虎添翼，不仅势力大增，还有了为董卓报仇的名义！

西凉兵犯长安,王允与吕布商议。布曰:"量此鼠辈,何足数也!"遂引李肃将兵出敌。李肃正与牛辅相迎。牛辅抵敌不过,败阵而去。不想是夜二更,牛辅竟来劫寨。肃军不备,败走三十余里,折军大半,来见吕布,布大怒曰:"汝何挫吾锐气!"遂斩李肃。

一知居主人曰:

在除掉董卓的过程中,李肃出了大力,功不可没。谁想仅仅因为败了一场,就被吕布杀了,且"悬头军门",吕布有卸磨杀驴之嫌。不过,李肃知道的事情太多,对吕布的存在和发展存在一定威胁。吕布害怕将来有一日李肃会像对待董卓、李儒一样对他,便斩了李肃。

次日,吕布与牛辅对敌。牛辅大败而走。是夜牛辅唤心腹人胡赤儿商议如此。胡赤儿应允。是夜收拾金珠,弃营而走,随行者三四人。将渡一河,赤儿欲谋取金珠,竟杀死牛辅,将头来献吕布。布问起情由,从人出首:"胡赤儿谋杀牛辅,夺其金宝。"布怒,即将赤儿诛杀。

一知居主人曰:

胡赤儿出场,被牛辅当作心腹人,谁知最后牛辅就是被这心腹人夺了性命。可怜牛辅和其岳父董卓一样看人不准、用人不当。胡赤儿以牛辅之头作为投名状,献与吕布,谁知最后胡赤儿被吕布杀了。胡赤儿临死之时,自是后悔。此处,吕布杀胡赤儿,倒是有点曹操做事的风格。

吕布领军不等李傕列阵,便直冲过来。傕军退走五十余里,依山下寨。请人共议,提出要如此如此。众用其计。

吕布勒兵到山下,李傕引军搦战。布愤怒冲杀过去,傕退走上山。山上矢石如雨,布军不能进。郭汜在阵后杀来,布急回战。只闻鼓

声大震，汜军已退。布方欲收军，锣声响处，催军又来。未及对敌，背后郭汜又领军杀到。及至吕布来时，却又擂鼓收军去了。一连如此几日，欲战不得，欲止不得。激得吕布怒气填胸。忽然人报张济、樊稠竟犯长安，京城危急。布急领军回，无心恋战，只顾奔走。

一知居主人曰：

古代阵前交兵，擂鼓助威，鸣金收兵。李傕等人却是反其道而用之，意在涣散吕布军心。吕布个人虽然勇猛无比，但是，对方不与吕兵正面冲突，吕布有力使不上，心情自然烦闷。有人报京城危机，吕布只能仓促领军回走，不敢恋战。此处有一句"军士畏吕布暴厉"，有些突然，又似乎是在为后面发生的事情做铺垫。

数日之后，董卓余党李蒙、王方作为内应偷开城门，四路贼军一齐拥入。吕布拦挡不住，呼王允"同出关去，别图良策"。允曰："若蒙社稷之灵，得安国家，吾之愿也；若不获已，则允奉身以死。临难苟免，吾不为也。"吕布再三相劝，王允只是不肯。不一时，各门火焰竟天，吕布只得弃却家小，飞奔出关。

一知居主人曰：

董卓虽然罪恶滔天，却还是有一两个贴心走狗的。这不，西凉兵久攻长安不下，却是被董卓余党开门揖盗了，说明王允、吕布在肃清董卓余毒上做得不到位、不彻底。

吕布要王允和自己一起走，王允一番话，慷慨激昂、凛然正气，只是败局已定了！吕布这次出关"弃却家小"，让人不得不担心貂蝉的安全。此与前面韩馥离开冀州相似。

李傕、郭汜纵兵大掠。侍臣请天子上宣平门止乱。李傕等口呼"万岁"。献帝倚楼问曰："卿不候奏请，辄入长安，意欲何为？"李傕、

郭汜仰面奏曰："臣等特来报仇，非敢造反。但见王允，臣便退兵。"王允，闻知此言，奏曰："臣本为社稷计。事已至此，陛下不可惜臣，以误国家。"帝徘徊不忍。允跳下楼去，李傕、郭汜拔剑叱曰："董太师何罪而见杀？"允曰："董贼之罪，弥天亘地，不可胜言！受诛之日。长安士民，皆相庆贺，汝独不闻乎？"王允大骂："逆贼何必多言！我王允今日有死而已！"二贼手起，把王允杀于楼下。众贼杀了王允，一面又差人将王允宗族老幼，尽行杀害。士民无不下泪。

一知居主人曰：

李傕等人与皇帝搭话，直说"董太师乃陛下社稷之臣，无端被王允谋杀"。后面与王允对话中，却有"太师有罪；我等何罪，不肯相赦？"前后有些矛盾。

王允主动告诉皇上："陛下不可惜臣，以误国家。"敢作敢为！王允与李傕等人对话，不卑不亢，大义凛然，其忠勇可嘉！中间有文字说"允自宣平门楼上跳下楼去"，一介文臣"跳"下去之后还能够与人争执，莫非宣平门门楼不高么？

第十回
勤王室马腾举义　报父仇曹操兴师

　　李傕、郭汜欲弑献帝。张济、樊稠谏曰："不可。今日若便杀之，恐众人不服，不如仍旧奉之为主。"李、郭二人从其言。帝在楼上宣谕曰："王允既诛，军马何故不退？"李傕、郭汜曰："臣等有功王室，未蒙赐爵，故不敢退军。"帝曰："卿欲封何爵？"李、郭、张、樊四人各自写职衔献上，勒要官品，帝只得从之。

　　一知居主人曰：

　　这段文字，很有意思。臣子想做什么官，就写在纸上，递上去，皇上必须照单批下来。臣子"谢主隆恩"，领兵出城。滑稽至极！

　　李、郭要杀献帝，张、樊不允，觉得可以奉之为主，"赚诸侯入关，先去其羽翼，然后杀之，天下可图也"。四人手下只有区区几万西凉兵马，竟然狂妄到不知道自己是哪根葱了。

　　下令追寻董卓尸首，获得些零碎皮骨，以香木雕成形体，安凑停当，大设祭祀，用王者衣冠棺椁，迁葬郿坞。临葬之期，天降大雷雨，平地水深数尺，霹雳震开其棺，尸首提出棺外。李傕候晴再葬，是夜又复如是。三次改葬，皆不能葬，零皮碎骨，悉为雷火消灭。

一知居主人曰：

人道是死了之后"入土为安"最好，偏偏李傕等要找出董卓尸体重新安葬，且以王者之礼葬之。谁知天公又是下雨，又是雷劈，让老贼再次受罪，最后连零皮碎骨都荡然无存！难怪罗贯中老先生评论说："天之怒卓，可谓甚矣！"

李傕、郭汜既掌大权，残虐百姓。密遣心腹侍帝左右，观其动静。献帝此时举动荆棘。朝廷官员，并由二贼升降。因采人望①，特宣朱儁入朝封为太仆，同领朝政。

一知居主人曰：

想来献帝作为皇帝，没有丁点儿自由，实在窝囊。

一日，马腾、韩遂二将引军杀奔长安来。原来二人连结马宇、种邵、刘范为内应，受密诏共谋贼党。当下李、郭、张、樊一同商议御敌之策。贾诩坚持"深沟高垒，坚守以拒之。不过百日，彼兵粮尽，必将自退。"李蒙、王方却说"此非好计"。贾诩曰："今若即战，必当败绩。"李蒙、王方说："若吾二人败，情愿斩首。"贾诩无奈之下，只好派李蒙、王方迎战，另安排张、樊两将军屯兵于长安西二百里盩厔山，以备不测。

一知居主人曰：

李蒙、王方两人原是董卓余党，只因开城门迎李、郭等人有功，被封为校尉。不然，谁又知这两人是谁？大敌当前，四大将尚且害怕，独二人无知者无畏，夸下海口，"愿借精兵万人，立斩马腾、韩

---

① 人望：指有众人所属望、为众人所仰望的人。《后汉书·王昌传》："郎以百姓思汉，既多言翟义不死，故诈称之，以从人望。"

遂之头，献于麾下""吾若战胜，公亦当输首级与我"。贾诩只得同意，只是可怜这些当兵的。

马超，字孟起，马腾之子，年方十七岁。面如冠玉，眼若流星，虎体猿臂，彪腹狼腰；手执长枪，坐骑骏马，从阵中飞出。王方跃马迎战，不到数合，被马超刺于马下。李蒙见王方刺死，一骑马从马超背后赶来。超只做不知。马腾在阵门下大叫。声犹未绝，只见马超已将李蒙擒在马上。军士无主，望风奔逃。马腾、韩遂乘势追杀，大获胜捷，直逼隘口下寨，把李蒙斩首号令。

一知居主人曰：

马超出场这段文字写得甚好。借众人之眼光，写出了马超的风流倜傥；借与李、王两人之交锋，写马超武艺超群。尤其与李蒙一段，先擒终杀，马超像是故意在表演。

马超出场，用了"虎体猿臂，彪腹狼腰"八个字。回想在第一回中，张飞出场，作者用了"豹头环眼，燕颔虎须"。相比之下，马超更加威猛。

可怜李蒙、王方两个倒霉蛋，首战竟然遇见威猛将军马超，转眼之间成为枪下之鬼，再也无法与贾诩争论了。

李、郭信贾诩有先见之明，重用其计，只理会紧守关防，由他搦战，并不出迎。果然西凉军未及两月，粮草俱乏，商议回军。恰好长安城中马宇家僮出首家主与刘范、种邵，外连马腾、韩遂，欲为内应等情。李、郭大怒，尽收三家老少良贱斩于市，把三颗首级，直来门前号令。马腾、韩遂见军粮已尽，内应又泄，只得拔寨退军。李、郭随即派张济赶马腾、樊稠追韩遂。

一知居主人曰：

李、郭能够重用贾诩，说明两人还算聪明。马、韩尽管在城外闹腾不止，急于速战速决，可是人家拒不出城。恰在此时，内线被马宇家僮举报。两人无奈之下，只好退兵。

文中并未提及马宇家僮姓名，也未提到此人最后结局如何。后文中曹操曾遇到这种情况，却是将举报人也一并杀掉。

樊稠韩遂近陈仓，韩遂勒马曰："吾与公乃同乡之人，今日何太无情？"樊稠答道："上命不可违！"韩遂曰："吾此来亦为国家耳，公何相逼之甚也？"樊稠听罢，遂收兵回寨。

李傕之侄李别回报其叔。李傕大怒，便欲兴兵。贾诩说不妨如此如此。李傕大喜，便设宴请张济、樊稠。二将忻然赴宴。酒半阑，李傕忽然变色曰："樊稠何故交通韩遂，欲谋造反？"稠大惊，未及回言。只见刀斧手拥出，早把樊稠斩首于案下。吓得张济俯伏于地。李傕扶起曰："樊稠谋反，故尔诛之；公乃吾之心腹，何须惊惧？"将樊稠军拨与张济管领。张济自回弘农去了。

一知居主人曰：

樊稠放走了韩遂，却丢了自己的性命。

要想人不知，除非己莫为。既然做了，就应有所防备。樊稠还真的敢来参加宴会，最终稀里糊涂死于非命。只是李傕并没有杀掉张济，反将樊稠军拨与张济管领，属于明智之举。一是害怕樊稠手下兵变；二自是觉得如此折腾一下，张济不可能再有造反之心。

后面华容道关羽碍于旧情，放走曹操，最终诸葛亮只是吓唬一下，并未对云长有所惩罚。但是关羽败军之际，遭遇徐晃，希望徐晃抬抬手放自己一马。没想到徐晃打过招呼之后，依然大叫"若取得云长首级者，重赏千金"。关羽不解。徐晃说"今日乃国家之事，某不

敢以私废公"。

    李、郭自战败西凉兵，诸侯莫敢谁何。贾诩屡劝抚安百姓，结纳贤豪。自是朝廷微有生机。不想青州黄巾又起，聚众数十万，劫掠良民。太仆朱儁保举"非曹孟德不可"。李傕问"孟德今在何处"。儁曰："现为东郡太守，广有军兵。"李傕大喜，星夜草诏，差人赍往东郡，命曹操与鲍信一同破贼。

    一知居主人曰：

    遥想当年董卓乱政，其谋士李儒掠夺百姓，杀尽富裕之家，再看今日谋士贾诩，却是"抚安百姓，结纳贤豪"，百姓自然拥戴。不想黄巾再起，朱儁保举曹操出来灭贼，一世枭雄再出发，这次却是谁也挡不住了！

    操领旨会同鲍信，一同击贼于寿阳。鲍信杀入重地，为贼所害。操追赶贼兵，直到济北，降者数万。操即用贼为前驱，无不降顺。不过百余日，招安到降兵三十余万、男女百余万口。操择精锐者，号为"青州兵"，其余尽令归农。操自此威名日重。

    一知居主人曰：

    曹操会同鲍信灭贼，没想到第一战，鲍信就战死沙场。曹操用贼兵为前驱，便于收降贼兵的熟人，队伍自然很快壮大起来。曹操挑选精锐者打造成青州军，遣返其他人回乡务农，既提高了部队的战斗力，又发展了当地经济。一举两得，曹操真聪明人也！

    朝廷加曹操为镇东将军。操随即在兖州，招贤纳士。有荀彧、

荀攸叔侄来投。荀彧旧事袁绍,操与语大悦,曰:"此吾之子房① 也!"荀彧推荐程昱。操访得他在山中读书,拜请之。程昱来见,曹操大喜。程昱又推荐了荀彧的老乡郭嘉。彧猛省曰:"吾几忘却!"操征聘郭嘉共论天下之事。郭嘉又推荐刘晔。操即聘晔至。晔又荐满宠和吕虔二人。满宠、吕虔来后,又共荐毛玠。

一知居主人曰:

程昱是荀彧推荐的,曹操拜请之,程昱就来了,没有给曹操三顾山中的机会。程昱又立马推荐了郭嘉。荀彧、程昱、郭嘉三人合力服务曹操,成为曹操的主要智囊。

读完这段文字,觉得曹操这边"文有谋臣,武有猛将",即使曹操不想发展,恐怕也无法停住自己的脚步了!

一日,夏侯惇引典韦来见,说其"勇力过人。旧跟张邈,与帐下人不和,手杀数十人,逃窜山中。惇出射猎,见韦逐虎过涧,因收于军中。今特荐之于公""他曾为友报仇杀人,提头直出闹市,数百人不敢近。只今所使两枝铁戟,重八十斤,挟之上马,运使如飞"。操即令韦试之。韦挟戟骤马,往来驰骋。忽见帐下大旗为风所吹,岌岌欲倒。韦下马,喝退众军,一手执定旗杆,立于风中,巍然不动。操曰:"此古之恶来② 也!"

---

① 子房:张良,字子房,秦末汉初杰出谋臣,西汉开国功臣,政治家,与韩信、萧何并称为"汉初三杰"。

② 恶来:一说是商纣王的大臣,飞廉(又作蜚廉)之子,以勇力而闻名。武王伐纣之时,他被周武王处死。正史中记载较少,从记载中可以看出恶来是可以跟犀兕熊虎搏斗。后常用于比喻勇猛善战的勇士和战将。一说"恶"字在这里的意思是少,"来"是语气助词,并无实际意义。"古之恶来"就是指从古代看都很少。

一知居主人曰：

前有于禁引数百军人来投，文中只是数字带过。夏侯惇引典韦一人来投，却是写了十多行文字，足见罗贯中先生对典韦之爱。

夏侯惇夸典韦如何如何有才，曹操半信半疑，而后观典韦现场表演，大为震撼，竟然喊出："此古之恶来也！"曹操"遂命为帐前都尉，解身上棉袄，及骏马雕鞍赐之"。与典韦初次见面，曹操便如此重视，典韦又怎么能不死心踏地的为曹操卖命呢。

曹操遣泰山太守应劭往琅琊郡取父曹嵩。嵩当日接了书信，便与弟曹德及一家老小四十余人，径望兖州而来。

一知居主人曰：

曹操如今发达了，要接父亲来住，可以理解。只是曹嵩竟然将家中老小全部接来，"从者百余人，车百余辆"，浩浩荡荡，颇引人注意。

道经徐州，太守陶谦向欲结纳曹操，遂出境迎接，大设筵宴，款待两日。陶谦亲送曹嵩出郭，特差张闿将部兵护送。行到华、费间，大雨骤至，投一古寺歇宿。寺僧接入。嵩安顿家小，命张闿将军马屯于两廊。众军尽被雨打湿，同声嗟怨。张闿本是黄巾余党，勉强降顺陶谦，唤手下商议杀人劫财。是夜风雨未息，曹嵩正坐，忽闻四壁喊声大举。曹德提剑出看，就被搠死。曹嵩忙引一妾奔入方丈后，欲越墙而走。妾肥胖不能出，嵩慌急，与妾躲于厕中，为乱军所杀。张闿取财，放火烧寺，奔淮南去了。

一知居主人曰：

此事本来与陶谦没有任何关系，陶谦为了和曹操套近乎，便出城迎接，还高规格接待。派张闿兵护送，本是安全起见，谁知中间张闿起了歹心，杀人劫财而去，只是苦了陶谦。

当然，应劭也是够苦命的，本来是为做好事去了，谁想曹家遭此大难。他自是不敢回曹操处，遂"死命逃脱，投袁绍去了"。曹嵩本来可以逃命，只是因为牵挂小妾。小妾太胖，爬墙不过，两人只好躲在厕所里，没想到一起被杀了。

在《水浒传》中，李逵看到宋江接父亲上山，想起自己母亲，哭啼一番下山寻母亲去了。谁知回来途中，母亲不幸被老虎吃了。这属于天祸，而曹嵩之事却是属于人祸。

操闻之，哭倒于地。众人救起。操切齿曰："陶谦纵兵杀吾父，此仇不共戴天！吾今悉起大军，洗荡徐州，方雪吾恨！"遂留荀彧、程昱领军三万守鄄城、范县、东阿三县，其余尽杀奔徐州来。当有九江太守边让，与陶谦交厚，闻知徐州有难，自引兵五千来救。操闻之大怒，使夏侯惇于路截杀之。

一知居主人曰：

曹操为父报仇，一心要灭徐州陶谦，怕是此时并不知道是张闿所为，且非陶谦本意。曹操此举可以理解。只是"操令：但得城池，将城中百姓，尽行屠戮，以雪父仇"，做得却是有点过头了。

至于边让之死，让人觉得有点飞蛾扑火。遇到这种事情，大家躲还躲不及，边让自己硬往上凑，死得不值。十八路诸侯，再少一家！

陈宫闻曹操起兵欲尽杀百姓，星夜前来。操知是为陶谦作说客，欲待不见，又灭不过旧恩，只得相见。宫曰："陶谦乃仁人君子，非好利忘义之辈。尊父遇害，乃张闿之恶，非谦罪也。且州县之民，与明公何仇？杀之不祥。"操怒曰："公昔弃我而去，今有何面目复来相见？陶谦杀吾一家，誓当摘胆剜心，以雪吾恨！公虽为陶谦游说，其如吾不听何！"陈宫辞出，叹曰："吾亦无面目见陶谦也！"遂驰

马投陈留太守张邈去了。

一知居主人曰：

曹操讨伐陶谦，本不关陈宫的事。只是陈宫与陶谦交好，且觉得曹操不该尽杀百姓，所以才来劝。曹操明知陈宫来做说客，但是考虑到陈宫对自己有救命之恩，不得不见。

看两人之言语，虽然不多，却是火药味十足。两人谈不拢，在意料之中。按照一般道理，曹操知道自家父亲非陶谦所杀，策略应该有所改变。但他并没有改。当然如果改了，便不是曹操的个性了。这里不免让人想起曹操杀吕伯奢一家之后说的那句话——"宁教我负天下人，休教天下人负我。"当时也是面对陈宫说的。

操大军所到之处，杀戮人民，发掘坟墓。 陶谦仰天恸哭曰："我获罪于天，致使徐州之民，受此大难！"急聚众官商议。曹豹曰："某愿助使君破之。"陶谦出迎，远望操军如铺霜涌雪，中军竖起白旗二面，大书报仇雪恨四字。曹操纵马出阵，身穿缟素。陶谦欠身施礼曰："谦本欲结好明公，故托张闿护送。不想贼心不改，致有此事。实不干陶谦之故。望明公察之。"操大骂曰："老匹夫！杀吾父，尚敢乱言！谁可生擒老贼？"夏侯惇应声而出。陶谦慌走入阵。夏侯惇赶来，曹豹挺枪跃马，前来迎敌。

一知居主人曰：

曹操起家，不但杀人掠财，而且掘人坟墓，以作军用，实在可恶。故后文中陈琳所作《为袁绍檄豫州》有句："操又特置发丘中郎将，摸金校尉，所过隳突，无骸不露。"罗贯中虽是在撰写演义，却也不忘记写上这样一笔。第六回中，董卓携皇帝离开洛阳时，其手下也做过类似事情。

前有陈宫之劝，今有陶谦表白，按说曹嵩被杀之事已经很明了，

可是曹操还是坚持讨伐，不依不饶。想来曹操是以报杀父之仇为由来实现自己建功立业之雄心。

陶谦"慌走入阵"，可见从内心已经害怕曹操了，故回城后有言："曹兵势大难敌，吾当自缚往操营，任其剖割，以救徐州一郡百姓之命。"想法不错，曹操却未必答应。夏侯惇和曹豹刚要交兵，狂风大作，飞沙走石，这才免了一场血腥。

第十一回
刘皇叔北海救孔融　吕温侯濮阳破曹操

糜竺家世富豪，尝往洛阳买卖，乘车而回，路遇一美妇人，来求同载，竺乃下车步行，让车与妇人坐。妇人请竺同载。竺上车端坐，目不邪视。行及数里，妇人辞去。临别对竺曰："我乃南方火德星君也，奉上帝敕，往烧汝家。感君相待以礼，故明告君。君可速归，搬出财物。吾当夜来。"言讫不见。竺大惊，飞奔到家，将家中所有，疾忙搬出。是晚果然厨中火起，尽烧其屋。竺因此广舍家财，济贫拔苦。后陶谦聘为别驾从事。

一知居主人曰：

本来双方交兵，气氛正紧张之时，忽然说起糜竺的一段往事，也是趣事。糜竺看破世事，广舍家财，成就了自家名声。糜竺所求之人，本是北海孔融和青州田楷，并没有刘备。糜竺断断不会料到自己最终辅佐刘备了。

孔融，鲁国曲阜人也，孔子二十世孙，孔宙之子。自小聪明，

年十岁时，往谒河南尹李膺，阍人①难之，融曰："我系李相通家②。"及入见，膺问曰："汝祖与吾祖何亲？"融曰："昔孔子曾问礼于老子，融与君岂非累世通家？"膺大奇之。少顷，太中大夫陈炜至。膺指融曰："此奇童也。"炜曰："小时聪明，大时未必聪明。"融即应声曰："如君所言，幼时必聪明者。"炜等皆笑曰："此子长成，必当代之伟器也。"自此得名。后为中郎将，累迁北海太守。极好宾客，常曰："座上客常满，樽中酒不空。吾之愿也。"

一知居主人曰：

两则小故事，《后汉书·孔融传》中多有记载。故事意在说明孔融小时候口齿伶俐、天资聪明。此段曾多次被中学语文考试作为古文阅读题目用。

李国文先生曾有言，"恃才傲物的人，只可以做名士，不可以搞政治。若是偏要搅进官场浑水之中，十个有九个会遭到没顶之灾"。孔融便是这十分之九中的。

人报糜竺至。融请入见。竺言："曹操攻围甚急，望明公垂救。"融曰："吾与陶恭祖交厚，子仲又亲到此，如何不去？只是曹孟德与我无仇，当先遣人送书解和。如其不从，然后起兵。"融教一面点兵，一面差人送书。正商议间，忽报黄巾贼党管亥部杀来。孔融出城迎战。管亥曰："吾知北海粮广，可借一万石。"孔融叱曰："吾乃大汉之臣，守大汉之地，岂有粮米与贼耶！"管亥大怒，直取孔融。宗宝出马，战不数合，被管亥一刀砍于马下。孔融兵大乱，奔入城中。

---

① 阍人：本是周朝官名，掌晨昏启闭宫门。后世则通称守门人为阍人。

② 通家：指彼此世代交谊深厚、如同一家。

一知居主人曰：

糜竺来求，孔融信誓旦旦，答应要前去调停。没想到，半路杀出一个管亥来。管亥要向孔融借粮，并威胁说你借得借、不借也得借，口气甚狂。孔融虽然义正辞严，却是不经打的主儿，很快败进城里。糜竺本是来求救兵，却不想自己也被困在城中，故"怀愁，更不可言"。

次日，孔融登城遥望，忽见一人如入无人之境，直到城下大叫"开门"。孔融不识其人，不敢开门。贼众赶到壕边，那人回身连搠十数人下马，融才命开门引入。其人拜见孔融，言自己是太史慈，"某昨自辽东回家省亲，知贼寇城。老母说：'屡受府君深恩，汝当往救。'某故单马而来"。孔融大喜。

一知居主人曰：

孔融与太史慈并不认识，所以开始并没有打开城门让其入内，可以理解。后见太史慈杀敌十数人，才接他入城。原来孔融晓得太史慈是个英雄。太史慈远出，融常使人以粟帛赠其老母。这次母感融德，知道孔融有难，故特使太史慈来救。正是"好人终得好报"。

孔融赠太史慈衣甲鞍马。太史慈要出城杀贼。融曰："不可轻出。"慈曰："愿决一死战！"融曰："吾闻刘玄德乃当世英雄，若请得他来相救，此围自解。只无人可使耳。"慈曰："府君修书，某当急往。"融喜，修书付慈，慈擐甲上马，一骑飞出。连搠死数人，透围而出。管亥自引数百骑赶来，八面围定。慈倚住枪，拈弓搭箭，八面射之，无不应弦落马。

一知居主人曰：

孔融出于自救，要请刘备来，这才引出刘备再出场。这段文字十分简洁，太史慈武艺超群、英勇至极的形象如在目前。

太史慈星夜投见刘玄德,具言孔北海被围求救之事。玄德看毕,问慈"足下何人"?慈自报名太史慈,言"与孔融亲非骨肉,比非乡党,特以气谊相投,有分忧共患之意。今管亥暴乱,北海被围,孤穷无告,危在旦夕。"玄德敛容答曰:"孔北海知世间有刘备耶?"乃点精兵三千,往北海郡进发。

一知居主人曰:

太史慈一介武将,却能说出"闻君(刘备)仁义素著,能救人危急,故特令某冒锋突围,前来求救",言语委婉,实在少见。刘备并不直接回"中"或"不中",却要问"足下何人","孔北海知世间有刘备耶?"不难看出刘备此时此地有些小得意!

管亥望见玄德不以为意。云长早出直取管亥。数十合之间,劈管亥于马下。孔融驱兵出城。两下夹攻,大败群贼。孔融迎接玄德入城,大设筵宴庆贺。引糜竺来见玄德。玄德曰:"陶恭祖乃仁人君子,不意受此无辜之冤。"孔融希望刘备同往救之。玄德曰:"备非敢推辞,奈兵微将寡,恐难轻动。"孔融曰:"公岂独无仗义之心耶?"玄德曰:"请文举先行,容备去公孙瓒处,借三五千人马,随后便来。"融曰:"公切勿失信。"玄德曰:"公以备为何如人也?圣人云:自古皆有死,人无信不立。"孔融应允,教糜竺先回徐州去报,融便收拾起程。

一知居主人曰:

没想到管亥不经打,几个回合,便被关羽斩了。群龙无首,纵有数万兵马,又能如何?

孔融要玄德一起去救陶谦,玄德起初并不答应,后来被孔融逼得不得不说"借得军或借不得军,必然亲至"。

玄德见公孙瓒，具说欲救徐州之事。瓒曰："曹操与君无仇，何苦替人出力？"玄德曰："备已许人，不敢失信。"瓒曰："我借与君马步军二千。"玄德曰："更望借赵子龙一行。"瓒许之。玄德遂与关、张引本部三千人为前部，子龙引二千人随后，往徐州来。

一知居主人曰：

刘备要去救陶谦，公孙瓒开始并不许，却经不起刘备缠磨，答应给马步军两千。此前刘备曾对孔融说，要从公孙瓒处借三五千人马。刘备还要借赵子龙，可怜公孙瓒并未看出刘备真正目的，竟然答应了。其实刘备早已有收赵子龙之心。

刘玄德见孔融。融说曹操"善于用兵，未可轻战"。玄德曰："备令云长、子龙领军四千，在公部下相助；备与张飞杀奔曹营，径投徐州去见陶使君商议。"融大喜，会合田楷，为掎角之势；云长、子龙领兵两边接应。是日玄德、张飞引一千人马杀入曹兵寨边。张飞遇到于禁，更不打话，直取。两马相交，战到数合，玄德掣双股剑麾兵大进，于禁败走。张飞追杀，直到徐州城下。城上望见红旗白字，大书"平原刘玄德"，陶谦急令开门。

一知居主人曰：

要知道陶谦去请的是孔融，而非刘备。刘备却让孔融在外面，还安排关羽、赵云相助他。孔融觉得自己不用冒风险，自然乐得同意。其实，这里刘备明显耍了心眼。

玄德入城。陶谦见玄德仪表轩昂，语言豁达，便取徐州牌印，让与玄德。玄德愕然。谦曰："公乃汉室宗亲，正宜力扶社稷。老夫年迈无能，情愿将徐州相让。公勿推辞。"玄德离席再拜曰："刘备虽汉朝苗裔，功微德薄，为平原相犹恐不称职。今为大义，故来相助。

公出此言，莫非疑刘备有吞并之心耶？若举此念，皇天不佑！"谦曰："此老夫之实情也。"再三相让，玄德哪里肯受。

一知居主人曰：

刘备初来，陶谦就急于让出徐州，让人觉得陶谦为当前局势所困，实在不想再做徐州太守了，想一卸了之。不过，此时刘备纵有心思要徐州，也不敢表现出来。刘备这次绝对不是礼节性谦让！要知道此时孔融等人尚在城外等着呢！刘备刚刚出道，还不想落下不义之名。幸亏糜竺进曰："待事平之日，再当相让可也。"免了双方之间的尴尬。

玄德遣人赍书以达曹操，时曹操正在军中议事。操拆而观之，乃刘备书也。书略曰："备自关外得拜君颜，嗣后天各一方，不及趋侍。向者，尊父曹侯，实因张闿不仁，以致被害，非陶恭祖之罪也。目今黄巾遗孽，扰乱于外；董卓余党，盘踞于内。愿明公先朝廷之急，而后私仇；撤徐州之兵，以救国难。则徐州幸甚，天下幸甚！"曹操看书，大骂，命斩来使。郭嘉谏曰："刘备远来救援，先礼后兵，主公当用好言答之，以慢备心。然后进兵攻城，城可破也。"操从其言，款留来使，候发回书。

一知居主人曰：

曹操接到战书后，断断没想到是刘备所写。要知道，当下曹操的队伍已经基本成型。两者之间的争斗，哪里是一个小小的平原相所能够评论和调停的。刘备在信中一副长者的口气，说明曹嵩被杀实情之外，还说"愿明公先朝廷之急，而后私仇"。曹操此前纵然对刘备印象很好，也受不了这种奚落，所以大骂："刘备何人，敢以书来劝我！且中间有讥讽之意。"且要杀来使。幸亏郭嘉出面，来使才免于一死。

吕布自遭李、郭之乱,去投袁术。术怪吕布反覆不定,拒而不纳。投袁绍,绍纳之,与布共破张燕于常山。布自以为得志,傲慢袁绍手下将士。绍欲杀之,布乃去投张杨。杨纳之。时庞舒在长安城中,私藏吕布妻小,送还吕布。李傕、郭汜知之,遂斩庞舒,写书与张杨,教杀吕布。布因弃张杨去投张邈。恰好陈宫来见。宫说邈曰:"今曹操征东,兖州空虚,而吕布乃当世勇士,若与之共取兖州,霸业可图也。"张邈大喜。

一知居主人曰:

这段文字对吕布的行踪做了交代。让人觉得昔日大将军吕布实在可怜,如一条不断挪窝、煞是狼狈的癞皮狗。先投袁术,袁术不接。投袁绍,袁绍倒是接了。只是稍立战功,吕布就开始傲慢,导致袁绍要杀他。他就又投了张杨。李傕、郭汜要张杨杀掉吕布,吕布便投了张邈。李傕、郭汜还一路追杀,死死不放。

吕布武艺高强,品行却不端,谁都不想引狼入室!说吕布咎由自取,并不为过。在陈宫建议之下。张邈才收了吕布。吕布自然要报恩,这才有偷袭曹操后方一事。此处足见陈宫对曹操之恨!

中间有一细节:庞舒在长安私藏了吕布家小,现送还吕布,其中必有貂蝉。与前面吕布孤身一人离开长安做了呼应。

忽流星马飞报祸事。操问其故,报说吕布破兖州,进濮阳。止有鄄城、东阿、范县三处,死守得全,其余俱破。曹仁屡战不能胜,特此告急。郭嘉曰:"主公正好卖个人情与刘备,退军去复兖州。"操然之。

一知居主人曰:

曹操和陶谦大战在即,没想自己后方被吕布偷袭。曹操自是知

道"兖州有失，使吾无家可归矣，不可不亟图之"！也就采取了郭嘉的建议，做个顺水人情，即时答书与刘备，拔寨退兵。

注意，曹操接连两次采用郭嘉的建议，可见他对郭嘉之信任。这与后文中，吕布两次不用陈宫之计，形成鲜明对比。

曹兵已退。谦大喜，请孔融等赴城。饮宴既毕，谦延玄德于上座，曰："刘公乃帝室之胄，德广才高，可领徐州。"玄德曰："孔文举令备来救徐州，为义也。今无端据而有之，天下将以备为无义人矣。"糜竺曰："徐州殷富，户口百万，刘使君领此，不可辞也。"玄德曰："此事决不敢应命。"陈登曰："陶府君多病，不能视事，明公勿辞。"玄德坚执不肯。陶谦泣下曰："君若舍我而去，我死不瞑目矣！"云长曰："既承陶公相让，兄且权领州事。"张飞曰："又不是我强要他的州郡，他好意相让，何必苦苦推辞！"玄德曰："汝等欲陷我于不义耶？"只是不受。陶谦遂请玄德暂驻军小沛，以保徐州。众皆劝，玄德从之。

一知居主人曰：

陶谦再让徐州，糜竺、陈登、孔融都有言语，刘备领徐州明显是众望所归。关羽和张飞也说可以领徐州。但是刘备铁了心思，说了种种理由，只是不肯接受。

中间刘备有言："袁公路四世三公，海内所归，近在寿春，何不以州让之？"孔融曰："袁公路冢中枯骨，何足挂齿！"孔融说话过于刻薄，让人感觉不舒服！

本节最后一句，"陶谦劳军已毕，赵云辞去，玄德执手挥泪而别"，并非闲笔，让人感觉到刘备和赵云之间的感情日益加深，为后面赵云投刘备做足了铺垫。

曹仁言吕布势大，更有陈宫为辅。吕布知曹操回兵，已过滕县，

召副将薛兰、李封坚守兖州。陈宫急入见，问原因。布曰："吾欲屯兵濮阳，以成鼎足之势。"宫曰："差矣。薛兰必守兖州不住。"并建议在泰山附近坐等，伏击曹操。布曰："吾屯濮阳，别有良谋，汝岂知之！"遂不用陈宫之言，而用薛兰守兖州而行。陈宫闻曹兵至近，乃献计曰："今曹兵远来疲困，利在速战，不可养成气力。"布曰："吾匹马纵横天下，何愁曹操！待其下寨，吾自擒之。"

一知居主人曰：

应陈宫之劝，张邈才启用吕布。吕布自恃个人英勇，稍微有了一点战绩，就开始不再听陈宫建议，不该。还是曹操看透了吕布，"吾料吕布有勇无谋，不足虑也"。所以才敢冒险从泰山路过。如果吕布听了陈宫的建议，估计历史就要改写了！

次日，曹操陈兵于野。吕布当先出马。没想曹军大败，退三四十里。操从于禁建议，带曹洪等六将，夜袭吕布在濮阳之西的营寨。尽管吕布说"他今日输了一阵，如何敢来"，但还是接受陈宫建议，拨高顺并魏续、侯成引兵往守西寨。

曹操军至西寨，寨兵不能抵挡，曹操夺了寨，以为得逞。谁知将及四更，高顺方引军到，三军混战，将及天明，人报吕布自引救军来了。操弃寨而走。众将死战，操当先冲阵。

一知居主人曰：

与吕布军队正面对垒和偷袭吕布西寨，曹操都遭遇败绩，有些出人意料。第十回曾写到："操择精锐者,号为'青州兵'""曹操部下，文有谋臣，武有猛将，威震山东"，回看之后，觉得有些夸大。仅仅用远军疲劳来解释曹军之败，总觉得不太够。

梆子响处，箭如骤雨射将来。操无计可脱，大叫："谁人救我！"

马军队里，典韦踊出。手挺双铁戟，大叫："主公勿忧！"飞身下马，插住双戟，取短戟十数枝，挟在手中，顾从人曰："贼来十步乃呼我！"遂放开脚步，冒箭前行。布军数十骑追至。从人大叫曰："十步矣！"韦曰："五步乃呼我！"从人又曰："五步矣！"韦乃飞戟刺之，一戟一人坠马，并无虚发，立杀十数人。韦复飞身上马，挺一双大铁戟，冲杀入去。郝、曹、成、宋四将不能抵挡，各自逃去。典韦杀散敌军，救出曹操。

一知居主人曰：

这段文字，生动形象，扣人心弦，好在有惊无险。此处独显典韦一人武艺超群，而众将有点慌乱。"操回寨，重赏典韦，加为领军都尉"，一点儿也不过分。同时让人想起明人魏禧《大铁锤传》中描写大铁锤的文字："时鸡鸣月落，星光照旷野，百步见人。客驰下，吹觱篥数声。顷之，贼二十余骑四面集，步行负弓矢从者百许人。一贼提刀突奔客，客大呼挥椎，贼应声落马，马首裂。众贼环而进，客奋椎左右击，人马仆地，杀三十许人。"

第十二回

陶恭祖三让徐州　曹孟德大破吕布

吕布与陈宫商议，陈宫建议诈降。使濮阳城中富户田氏，密使人往操寨中下书，言"吕温侯残暴不仁，民心大怨。今欲移兵黎阳，止有高顺在城内。可连夜进兵，我为内应"。吕布从其计。操因新败，正在踌躇，忽报田氏人到，呈上密书。操大喜曰："天使吾得濮阳也！"重赏来人，一面收拾起兵。刘晔曰："布虽无谋，陈宫多计。只恐其中有诈，不可不防。"操从其言，分军三队，来至濮阳城下。

一知居主人曰：

陈宫设计诈降，并最终成功，是把握住了曹操急于求成的心理。尽管曹操手下刘晔（此时并不见郭嘉）提出异议，曹操还是信了陈宫。陈宫要田氏写信到曹操那里说"吕温侯残暴不仁，民心大怨"，估计吕布心中不太爽，此举有当面打脸之嫌。

陈宫之所以选择田氏前去诈降，是因为他是城中富户，"家僮千百，为一郡之巨室"，也是大户，有说服力。同时，田氏人多、财产多，短时间不容易搬移，田氏不会真投曹操。

整部书中，曹操中诈降计的次数较多，曹操让别人中诈降计的次数少之又少。

操见城上西门角上,有一"义"字白旗,心中暗喜。是日午牌,城门开处,侯成和高顺引军出战。操即使典韦出马,直取侯成。侯成抵敌不过,回马望城中走。高顺亦拦挡不住,都退入城中。有人乘势混过阵来见操,说是田氏之使,呈上密书。约"今夜初更时分,城上鸣锣为号,便可进兵。某当献门"。操引夏侯渊等四将,只等率兵入城。

一知居主人曰:

城内出来侯成、高顺两将,前几日刚交过手,曹营将官应知他们厉害。两将很快就败回城中,竟然没有人起疑,可能是因为大家都看到了西门角上的"义"字白旗。曹操喝曰:"我不自往,谁肯向前!"遂当先领兵直入。充满了必胜的自信。

时约初更,门上火把燎乱,城门大开,吊桥放落。曹操争先拍马而入。直到州衙,路上不见一人,操知是计,大叫:"退兵!"州衙中一声炮响,四门烈火,喊声如江翻海沸。典韦怒目咬牙,冲杀出去。典韦杀到吊桥,回头不见曹操,复杀入城,撞着李典,典韦问"主公何在"?李典曰:"吾亦寻不见。"韦曰:"汝在城外催救军,我入去寻主公。"典韦杀入城中,寻觅不见。再杀出城壕边,撞着乐进。进问"主公何在"?韦曰:"我往复两遭,寻觅不见。"进曰:"同杀入去救主!"两人到门边,城上火炮滚下,乐进马不能入。典韦冒烟突火,又杀入去,到处寻觅。

一知居主人曰:

这场战斗,虽然曹操兵败,但是典韦之勇可圈可点。典韦二次进城,遇到李典,典韦问李典:"主公何在?"之后,便安排李典外出搬救兵。典韦第三次进城,遇到乐进。乐进首先向典韦发问:"主公何在?"之后,两人同时往里杀,只是乐进未能杀入城中。两处

问话虽一字不差,却并未让人觉得文字重复!且可看出曹操处上下将官还是比较齐心的。

曹操火光里正撞见吕布挺戟跃马而来。操以手掩面,加鞭纵马竟过。吕布问曰:"曹操何在?"操反指曰:"前面骑黄马者是他。"吕布听说,弃了曹操,纵马向前追赶。

一知居主人曰:

吕布"从后拍马赶来,将戟于操盔上一击",而后向他发问,情况之危险,可以想象。好在曹操慌乱之中,比较理智,并没有乱了方寸,反指了一个方向,才化险为夷。吕布稍微细心一点,曹操就难逃此劫了。

曹操方到门道边,城门上崩下一条火梁来,正打着曹操战马后胯,那马扑地倒了。操用手托梁推放地上,手臂须发,尽被烧伤。典韦、夏侯渊两个同救起曹操,突火而出。

众将问安,操仰面笑曰:"误中匹夫之计,吾必当报之!"郭嘉曰:"计可速发。"操曰如此。嘉曰:"真良策也!"于是令军士挂孝发丧,诈言操死。早有人来濮阳报吕布。布随点起军马,杀奔马陵山来。将到操寨,伏兵四起。吕布死战得脱,折了好些人马。败回濮阳,坚守不出。

是年曹操因军中粮尽,引兵回鄄城暂住。吕布亦引兵出屯山阳就食。因此二处权且罢兵。

一知居主人曰:

曹操大败之后,竟然笑得出来,而且迅速改变战术,将计就计,用诈死计骗吕布前来,大败之,让人不得不赞叹他的机智和气魄!

曹操和吕布还要大战,却因"蝗虫忽起,食尽禾稻",双方都为

军粮所虑所困，不得不停！

陶谦病重，请糜竺、陈登议事。竺曰："正可就此而与之，玄德不肯辞矣。"谦大喜，使人请刘玄德商议军务。玄德到徐州，陶谦教请入卧内。谦曰："止因老夫病已危笃，朝夕难保。万望明公可怜汉家城池为重，受取徐州牌印，老夫死亦瞑目矣！"玄德曰："君有二子，何不传之？"谦曰："其才皆不堪任。"玄德曰："备一身安能当此大任？"谦举荐公孙乾曰："此人可使为从事。"又谓糜竺曰："刘公当世人杰，汝当善事之。"玄德终是推托，陶谦以手指心而死。

一知居主人曰：

陶谦请糜竺议事，糜竺提议请刘玄德领徐州事，陶谦竟然大喜。要知道此时陶谦病入膏肓，怎么喜得起来？

次日，徐州百姓府前哭拜"若不领此郡，我等皆不能安生矣！"关、张二公亦再三相劝。玄德乃许权领徐州事，尽取小沛军马入城，出榜安民；一面安排丧事。玄德等尽皆挂孝，大设祭奠。祭毕，葬于黄河之原。并将陶谦遗表申奏朝廷。

一知居主人曰：

上节中，"玄德固辞"。本节中，百姓哭拜，两兄弟相劝，刘玄德才"权领徐州"，实在啰唆、絮叨。要是换做曹操、吕布等人，早就拿下。难怪有人说刘玄德伪善！刘玄德这种性格缺点，在后面耽误了不少好事呢！

刘备为陶谦送葬，亲自挂孝进行祭奠，够真诚的。

操知刘玄德领徐州牧，大怒曰："我仇未报，汝不费半箭之功，坐得徐州！"即传号令去打徐州。荀彧谏曰："昔高祖保关中，光武

据河内，皆深根固本以制天下，进足以胜敌，退足以坚守，故虽有困，终济大业。明公本首事兖州，且河、济乃天下之要地，是亦昔之关中、河内也。今若取徐州，多留兵则不足用，少留兵则吕布乘虚寇之，是无兖州也。若徐州不得，明公安所归乎？今陶谦虽死，已有刘备守之。徐州之民，既已服备，必助备死战。"操曰："今岁荒乏粮，军士坐守于此，终非良策。"或建议"东略陈地，使军就食汝南、颍川"。

一知居主人曰：

曹操知道刘备领了徐州牧，大怒不止，"吾必先杀刘备，后戮谦尸，以雪先君之怨"！在意料之中。如果曹操不是前面险些被吕布抄了后路，徐州属于谁还不可知。曹操自然觉得刘备捡了一个大便宜。

曹操听取荀彧建议之后，转而"喜，从之"，说明曹操能够虚心听取谋士建议，及时修改计划。荀彧的建议很完整，有层次：一是举汉高祖和光武帝的例子，用前车之鉴说服曹操。二是论说兖州之重要和存在的问题，特别提出要防备吕布。三是认为刘备既然领了徐州牧，说明他有群众基础，徐州难取。"明公弃兖州而取徐州，是弃大而就小，去本而求末，以安而易危也。"四是提出攻打陈地，获得给养，养精蓄锐，待机而发。

曹操引兵先后略陈地及汝、颍。黄巾何仪、黄劭引众会于羊山。何仪令副元帅出战，不三合被典韦刺于马下。操引众乘势赶过羊山下寨。次日，黄劭自引军来。何曼出迎曹洪，大叫："我乃截天夜叉何曼也！谁敢与我厮斗？"何曼与曹洪战四五十合，胜负不分。曹洪诈败而走，用拖刀背砍中何曼，再复一刀杀死。黄劭不及提备，竟被李典生擒活捉过来。何仪奔走，遇一大汉，截住去路。只一合，被活挟过去。余众着忙，皆下马受缚。

一知居主人曰：

果然如荀彧所言，"（黄巾）贼兵虽众，都是狐群狗党，并无队伍行列"，"曹兵掩杀贼众，夺其金帛、粮食无数"。曹兵在这次战斗中的表现和前面战吕布相比，似乎不是同一支军队。

典韦追袭何仪到葛陂，壮士引军迎住。典韦曰："汝亦黄巾贼耶？"壮士曰："黄巾数百骑，尽被我擒在坞内！"韦曰："何不献出？"壮士曰："你若赢得手中宝刀，我便献出！"韦大怒，挺双戟向前来战。两个从辰至午，不分胜负，各自少歇。不一时，那壮士又出搦战，典韦亦出。直战到黄昏，各因马乏暂止。

一知居主人曰：

到目前为止，还没有说出壮士姓名，是作者在故意制造悬念。壮士说自己不是黄巾贼，要通过与典韦比武决定是否献出黄巾数百骑。两人连续斗了多时，不分胜负，有意思。

典韦手下飞报曹操。操大惊，忙引众将来看。次日，操见其人威风凛凛，心中暗喜，分付典韦，今日且诈败。次日，再令典韦引百余骑出。壮士笑曰："败将何敢复来！"典韦略战数合，便回马走。壮士只顾望前赶来，不提防连人带马，都落于陷坑之内，被钩手缚来见曹操。

一知居主人曰：

曹操看见典韦和壮士的武艺不分上下，顿生收服之心，说明曹操爱惜人才。在爱才方面，曹操表现得尤为突出。后文中赵子龙单骑救主、关云长千里走单骑，虽然有个人威武之原因，但是如果不是曹操爱才心切，这些事情恐怕难成。

曹操故意让典韦败了一次，那壮士并不知。第二天，典韦再出战，

壮士竟然将典韦奚落一番，却不料自己掉进典韦设下的马坑中。

问其乡贯姓名。 壮士说姓许名褚，谯国谯县人，"向遭寇乱，聚宗族数百人，筑坚壁于坞中以御之。一日寇至，吾令众人多取石子准备，吾亲自飞石击之，无不中者，寇乃退去。又一日寇至，坞中无粮，遂与贼和，约以耕牛换米。米已送到，贼驱牛至坞外，牛皆奔走回还，被我双手掣二牛尾，倒行百余步。贼大惊，不敢取牛而走。因此保守此处无事"。操曰："吾闻大名久矣，还肯降否？"褚曰："固所愿也。"遂招引宗族数百人俱降。

一知居主人曰：

许褚被缚来之后，"操下帐叱退军士，亲解其缚，急取衣衣之，命坐"，后"操拜许褚为都尉，赏劳甚厚"。由不得许褚不降。

许褚自己被抓了，还要给对方讲述一下自己的英雄故事，宣传一下自己的功夫，颇可爱。当然，曹操所言"吾闻大名久矣"，也是客套话，为的是许褚早些归降！

曹操班师， 曹仁、夏侯惇言近日兖州薛兰、李封军士皆出掳掠，城邑空虚。操遂引军径奔兖州。薛兰、李封只得引兵出城迎战。许褚曰："吾愿取此二人，以为贽见之礼。"操大喜。李封向前来迎。交马两合，许褚斩李封于马下。薛兰急走回阵，吊桥边李典拦住。薛兰引军投巨野而去。却被吕虔一箭射于马下。**曹操复得兖州。**

一知居主人曰：

许褚想拿下薛兰、李封，作为"贽见之礼"。许褚力战李封，只是交马两合，便斩了对方，打得确实漂亮。只是吕虔不识相，他一箭射死了薛兰，未能让许褚做得更完美一些。

曹操兵至濮阳，吕布欲出迎，陈宫谏："不可出战。待众将聚会后方可。"吕布曰："吾怕谁来？"遂引兵出阵，横戟大骂。许褚便出。斗二十合，不分胜负。操曰："吕布非一人可胜。"便差典韦助战，两将夹攻，最后六员将共攻吕布。布遮拦不住，拨马回城。城上田氏急令人拽起吊桥。布大叫："开门！"田氏曰："吾已降曹将军矣。"布大骂，奔定陶而去。操遂得濮阳，恕田氏旧日之罪。

一知居主人曰：

第五回中，曾有刘、关、张三英战吕布，今有许褚、典韦等六将共攻吕布，足见吕布武艺之高。

上次吕布、陈宫用田氏诈降之计，大败曹操。吕布没想到这次出城战曹，却是被田氏抄了后路。说明上次田氏出力之后，吕布、陈宫并未安抚田家。田氏这次降曹，是临时起意，事先没有和曹操联系。

"陈宫急开东门，保护吕布老小出城"，说明陈宫做人还算够意思。

刘晔曰："吕布乃猛虎也，今日困乏，不可少容。"操军至定陶，连日不战，引军退四十里下寨。正值济郡麦熟。操即令军割麦为食。细作报知吕布，布引军赶来。将近操寨，见左边一望林木茂盛，恐有伏兵而回。曹操考虑到吕布可能明日会来烧林，故只留鼓手于寨中擂鼓，将村中掳来男女在寨内呐喊，精兵多伏堤中。

一知居主人曰：

刘晔所言还是有些道理的。毛泽东主席诗"宜将剩勇追穷寇，不可沽名学霸王"（见《人民解放军占领南京》）便是此意。

吕布困在城中，眼睁睁看着军粮被曹操夺取，怎么能坐得住，他不急才怪！

却说吕布回报陈宫。宫曰："操多诡计，不可轻敌。"吕布曰："吾用火攻，可破伏兵。"乃留陈宫、高顺守城。布次日引大军来，遥见林中有旗，驱兵大进，四面放火，竟无一人。欲投寨中，却闻鼓声大震。正自疑惑不定，忽然寨后一彪军出。吕布纵马赶来。炮响处，堤内伏兵尽出。吕布料敌不过，落荒而走。布军三停去了二停，败卒回报陈宫，宫曰："空城难守，不若急去。"曹操将得胜之兵，杀入城中，势如劈竹。山东一境，尽被曹操所得。

一知居主人曰：

陈宫一再提醒吕布，吕布却是一意孤行，听不进去。这次陈宫"与高顺保着吕布老小，弃定陶而走"，忠心可鉴！

吕布本想偷袭曹操，挽回败局，没想到曹操早已做好准备。吕布偷鸡不成蚀把米，反而丢了定陶。此战奠定了曹操日后发展的基础。

第十三回
李傕郭汜大交兵　杨奉董承双救驾

吕布乃收集败残军马于海滨，众将皆来，欲再与曹操决战，陈宫曰："先寻取安身之地，那时再来未迟。"布曰："吾欲再投袁绍，何如？"宫曰："先使人往冀州探听消息，然后可去。"布从之。袁绍在冀州，谋士审配进曰："吕布，豺虎也。若得兖州，必图冀州。不若助操攻之，方可无患。"绍遂遣颜良将兵往助曹操。细作探知这个消息，飞报吕布。

一知居主人曰：

吕布本想去投袁绍，找个落脚点，没想到袁绍竟然派兵协助曹操来打自己。可见个人名声很重要。况且吕布上次曾在袁绍处待过一段时间，被袁绍撵了出来，灰溜溜的。这次吕布提出"吾欲再投袁绍"，真不知他是如何考虑的。

布与陈宫商议。宫说刘玄德新领徐州，可往投之。所以布竟投徐州来。有人报知玄德。玄德曰："布乃当今英勇之士，可出迎之。"糜竺曰："吕布乃虎狼之徒，不可收留。收则伤人矣。"玄德曰："前者非布袭兖州，怎解此郡之祸。今彼穷而投我，岂有他心！"张飞曰："哥哥心肠忒好。虽然如此，也要准备。"

一知居主人曰：

不知道刘玄德为什么感恩吕布，难道忘了"三英战吕布"一事。上次徐州被解围，只是曹操和吕布之战的副产品，并不是吕布执意要解徐州之围。另外，这里只有张飞极力反对，却是不见关羽言语。有人认为，关羽和吕布两人似乎有点惺惺相惜，我看未必。

玄德出城三十里，接着吕布。到州衙厅上，讲礼毕。布曰："近因曹贼不仁，侵犯徐州，蒙使君力救陶谦，布因袭兖州以分其势。不料反堕奸计，败兵折将。今投使君，共图大事，未审尊意如何？"玄德曰："陶使君新逝，无人管领徐州，因令备权摄①州事。今幸将军至此，合当相让。"遂将牌印送与吕布。吕布却待要接，只见关、张二公各有怒色。布佯笑曰："量吕布一勇夫，何能作州牧乎？"玄德又让。陈宫曰："强宾不压主，请使君勿疑。"玄德方止。

一知居主人曰：

刘备出城三十里去接，也算给足吕布面子。吕布介绍自己最近经历，中有一句，"飘零关东，诸侯多不能相容"，只是说了事实，并未说明原因。吕布初来乍到，寄人篱下，却说"今投使君，共图大事"，有点不自量力。刘备要让徐州，没想到吕布却待要接，吕布真是恬不知耻。好在陈宫老道，出面打了圆场。

吕布回请玄德，玄德与关、张同往。饮至半酣，布令妻女出拜玄德。玄德再三谦让。布曰："贤弟不必推让。"张飞瞋目大叱曰："我哥哥是金枝玉叶，你是何等人，敢称我哥哥为贤弟！"玄德与吕布陪话曰：

---

① 权摄：指暂时代理。宋·苏辙《乞差官权户部札子》："臣愚以谓方正官未到之间，当更差一二人时暂权摄。"

"劣弟酒后狂言,兄勿见责。"布默然无语。须臾席散。布送玄德出门,张飞跃马横枪而来,仍要与吕布"并三百合",玄德急令关公劝止。

一知居主人曰:

吕布称刘备"贤弟",惹急张飞。张飞非要和吕布斗三百回合,这时"关公劝飞出",符合关羽为人。吕布却是"默然无语",有道是"人在屋檐下,不得不低头"。次日吕布来辞,没想到刘备竟然将小沛让给吕布,贻害无穷。

其时李傕自为大司马,郭汜自为大将军,横行无忌,朝廷无人敢言。杨彪暗奏献帝离间计,让两人相害。帝乃书密诏付杨彪。彪即暗使夫人入郭汜府,乘间告汜妻曰:"闻郭将军与李司马夫人有染,其情甚密。"汜妻讶曰:"怪见他经宿不归!却干出如此无耻之事!"彪妻告归,汜妻再三称谢而别。

一知居主人曰:

"自为"两字,比较扎眼,充分体现了两人的蛮横。杨彪献离间计,却是让自家夫人(又是一个借助女人办事的人)出面去郭汜府中"胡说八道"。杨彪夫人假装无意(实则故意编造)间说出"郭将军与李司马夫人有染"之后,郭汜夫人虽"再三称谢",心中已是醋意大发。

过了数日,郭汜又将往李傕府中饮宴。妻曰:"傕性不测,况今两雄不并立,倘彼酒后置毒,妾将奈何?"汜不肯听,妻再三劝住。至晚间,傕使人送酒筵至。汜妻乃暗置毒于中,方始献入,汜便欲食。妻曰:"食自外来,岂可便食?"乃先与犬试之,犬立死。自此汜心怀疑。一日朝罢,李傕力邀郭汜赴家饮宴。至夜席散,汜醉而归,偶然腹痛。妻曰:"必中其毒矣!"急令将粪汁灌之,一吐方定。汜大怒曰:"吾与李傕共图大事,今无端欲谋害我,我不先发,必遭毒手。"遂密整

本部甲兵，欲攻李傕。

一知居主人曰：

世上本无事，庸人自扰之。郭汜夫人真是"最妒"。郭汜和李傕之间本来没有事情，妇人却偏要制造出事情来。郭汜夫人所做两件事情，虽性质不同（一是故意制造，二是故意捏造，上纲上线），但是两者目的却是一样。郭汜和李傕之间同志般的友谊就是这样被两个女人（另一个是杨彪夫人）破坏了。

早有人报知傕。傕亦大怒："郭阿多安敢如此！"遂点本部甲兵，来杀郭汜。两处合兵数万，在长安城下混战。傕侄李暹引兵围住宫院，用车二乘，一乘载天子，一乘载伏皇后。其余宫人内侍，并皆步走。拥出后宰门，正遇郭汜兵到，乱箭齐发，射死宫人不知其数。李傕随后掩杀，郭汜兵退，车驾冒险出城，拥到李傕营中。次日，郭汜知李傕劫了天子，领军来营前厮杀。帝后都受惊恐。

一知居主人曰：

郭汜又名郭多，"多"或为其乳名（小名）。正如曹操一样，小名曹瞒，小时族人呼为"阿瞒"。呼人小名，还在小名前加"阿"，这有两种情况，一种是关系非常亲密，别无猜忌；一种是猜忌很深，关系破裂，反目成仇，表示轻蔑。李傕呼郭汜为"郭阿多"明显属于后者。郭汜、李傕动刀兵，却是苦了老百姓，文中有"乘势掳掠居民"一句。当然，也苦了皇帝和宫人。

李傕和郭汜动兵之前，派侄子李暹先行劫了皇帝和太后在手，目的很明确，这是一个"宝"，控制在自己手中将来好办事。再看，郭汜打不过李傕，皇帝被李傕劫走。郭汜再来，却是"领兵入宫，尽抢掳宫嫔采女入营，放火烧宫殿"，有点"你李傕把牛牵走，我来拔个橛还总是可以的吧"之心理。

郭汜兵到，与李傕战，不利，且退。傕移帝后于郿坞，李暹监之，断绝内使，饮食不继，侍臣皆有饥色。帝令人问傕取米五斛，牛骨五具，以赐左右。没想到傕乃以腐肉朽粮与之，皆臭不可食。帝骂曰："逆贼直如此相欺！"杨琦急奏曰："傕性残暴。事势至此，陛下且忍之，不可撄其锋也。"帝乃低头无语，泪盈袍袖。

一知居主人曰：

董卓绝对没有想到，自己当年金屋藏娇之地，近日被李傕当作监视皇帝场所。皇帝也有意思，自己被李傕困着，却还要打肿脸充胖子，向李傕索要米和牛骨赐给左右，也难怪傕怒曰："朝夕上饭，何又他求？"反而送给他一些"臭不可食"的东西。皇帝还想摆谱，幸亏杨琦提醒。当然当下皇帝还是以活着为上，需要忍。

忽左右报，有一路军马前来救驾。帝知道是郭汜之后，"帝心转忧"。何以如此？皇帝自然知道郭汜和李傕是一路货色。即便到郭汜那里，也不会比这里强多少。

郭汜带兵来郿坞，李傕引兵出迎，鞭指郭汜而骂曰："我待你不薄，你如何谋害我！"汜曰："尔乃反贼，如何不杀你！"傕曰："我保驾在此，何为反贼？"汜曰："此乃劫驾，何为保驾？"傕曰："不须多言！我两个各不许用军士，只自并输赢。"二人便就阵前厮杀。战到十合。不分胜负。

一知居主人曰：

两人本为一丘之貉，同时造反，今日却互相指责对方为反贼。最后两人竟然约定单挑，"赢的便把皇帝取去罢了"。可见视皇帝为玩物矣。眼看俩人要撕咬到底，杨彪与众官出来调和，少了一场"好戏"！

杨彪者，杨修之父也！前面郭、李本来关系很好，却是被杨彪

第十三回　李傕郭汜大交兵　杨奉董承双救驾

的挑拨离间计破坏了。幸亏郭、李不知,如果知道,杨彪今日必然不保。

杨彪与朱儁等诣郭汜营中劝和,没想郭汜竟尽行监下。众官曰:"我等为好而来,何乃如此相待?"杨彪曰:"一劫天子,一劫公卿,意欲何为?"汜大怒,便拔剑欲杀彪。杨密力劝,汜乃放了杨彪、朱儁,其余都监在营中。彪谓儁曰:"为社稷之臣,不能匡君救主,空生天地间耳!"言讫,相抱而哭,昏绝于地。儁归家成病而死。

一知居主人曰:

杨彪等人本是来劝和的,没想到却被郭汜扣留。郭汜曰:"李傕劫天子,偏我劫不得公卿!"别人做坏事却成了他做坏事的理由,一副蛮不讲理的样子!可惜,"自此之后,傕、汜每日厮杀,一连五十余日,死者不知其数"。

李傕最喜左道妖邪之术,常使女巫击鼓降神于军中。贾诩屡谏不听。杨琦密奏帝曰:"臣观贾诩虽为李傕腹心,然实未尝忘君,陛下当与谋之。"正说之间,贾诩来到。帝乃屏退左右,泣谕诩曰:"卿能怜汉朝,救朕命乎?"诩拜伏于地曰:"固臣所愿也。陛下且勿言,臣自图之。"帝收泪而谢。少顷,李傕来见,带剑而入。帝面如土色。傕谓帝曰:"郭汜不臣,监禁公卿,欲劫陛下。非臣则驾被掳矣。"帝拱手称谢。

一知居主人曰:

看皇帝的两段表现,对于贾诩是"泣谕""收泪而谢",求其"救朕命";看到李傕,"面如土色"。李傕发了一通牢骚,皇帝"拱手称谢"。挨骂还要赔笑脸,让人觉得真窝囊,这哪里有皇帝的威风,尚不如老百姓活得自在些!

李傕所言,无理占三分,倒是比较强势!只是他不知道,自己

132　　管窥《三国》上

的命运马上要发生改变，只是还沉醉权力之中！

帝知皇甫郦能言，与李傕同乡，诏往两边解和。郦至汜营。汜曰："如李傕送出天子，我便放出公卿。"郦即来见李傕，傕曰："君试观我方略士众，足胜郭阿多否？"郦曰："今郭阿多劫公卿，而将军劫至尊，果谁轻谁重耶？"李傕大怒，拔剑叱曰："天子使汝来辱我乎？我先斩汝头！"杨奉、贾诩亦力劝，傕怒少息。诩遂推皇甫郦出。郦大叫曰："李傕不奉诏，欲弑君自立！"帝知之，急令皇甫郦回西凉。

一知居主人曰：

皇帝之所以让皇甫郦出面，是因为他善言，却是忘了他是李傕的老乡。这一点让郭汜不舒服。再者，皇甫郦先到郭汜营中，更不该！应先到李傕营中，摸摸李傕的底儿，看他有什么想法和条件。最终果然没有成功，且自己险些丧命。

皇甫郦见李傕曰："今天子以某是西凉人，与公同乡，特令某来劝和二公。汜已奉诏，公意若何？"这一句话，既有叙老乡之情，也有用天子之诏压人，希望李傕给自己一点儿面子。谁知道李傕并不买账，且要杀他。

皇甫郦一直大骂。胡邈劝他"恐于身不利"，是出于好意，谁知却挨了皇甫郦一顿臭骂。"汝亦为朝廷之臣，如何附贼？"明显皇甫郦上纲上线了。胡邈虽然明知道皇甫郦是在骂李傕，但是自己却是被整得灰头土脸、左右不是人！

李傕军中大半是西凉人和羌人。 皇甫郦扬言："李傕谋反，从之者即为贼党，后患不浅。"西凉人多有听郦之言，军心渐涣。傕知道后大怒，差王昌追。王昌知郦乃忠义之士，竟不往追，只回报。贾诩又密谕羌人曰："天子知汝等忠义，久战劳苦，密诏使汝还郡，后

当有重赏。"羌人正怨李傕不与爵赏,都引兵去了。

一知居主人曰:

老乡很重要!用好了,事半功倍;用不好,其杀伤力很大。皇甫郦与李傕便是证明。

再说李傕手下两位,都是胳膊肘往外拐的人。王昌糊弄李傕,说"郦已不知何往矣",其实根本没有去追皇甫郦;贾诩做得更绝,煽风点火,直接导致羌人出走。众人心已散,只是李傕尚在梦中。

皇上降诏封傕为大司马。傕喜曰:"此女巫降神祈祷之力也!"遂重赏女巫,却不赏军将。杨奉谓宋果曰:"吾等出生入死,身冒矢石,功反不及女巫耶!"宋果曰:"何不杀此贼,以救天子?"两人约定二更起事。不料有人报知李傕。傕大怒,擒宋果先杀之。杨奉在外,不见号火。李傕自将兵出,恰遇杨奉,混战到四更。奉不胜,引军投西安去了。李傕自此军势渐衰。

一知居主人曰:

再强大的力量,也经不起这样折腾。尤其是这种内部消耗,杀伤力更大。李傕一味地相信女巫,奖励女巫,却无视手下得力大将,大将焉能不埋怨!

忽人来报:"张济统领大军,自陕西来到,欲与二公解和;声言如不从者,引兵击之。"傕便卖个人情,先遣人赴张济军中许和。郭汜亦只得许诺。张济上表,请天子驾幸弘农。帝喜曰:"朕思东都久矣。今乘此得还,乃万幸也!"诏封张济为骠骑将军。济进粮食酒肉,供给百官。汜放公卿出营。傕收拾车驾东行,遣旧有御林军数百,持戟护送。

管窥《三国》 上

一知居主人曰：

原本郭汜和李傕为大，只是因为两者相伤，让张济有机会出来"主持工作"。正是两虎相斗，遂让狼坐大！郭、李两人虽然不满意，也无济于事。离开郿坞，也符合皇上心意，所以遂有此行。

车驾东行至霸陵，有军兵来至桥上拦住车驾。杨琦曰："圣驾过此，谁敢拦阻？"有二将出曰："吾等奉郭将军命，把守此桥，以防奸细。既云圣驾，须亲见帝，方可准信。"杨琦高揭珠帘。帝谕曰："朕躬在此，卿何不退？"众将皆呼"万岁"，驾乃得过。二将回报郭汜。汜曰："我正欲哄过张济，劫驾再入郿坞，你如何擅自放了过去？"遂斩二将，起兵赶来。众皆失色。

一知居主人曰：

郭汜手下两将够敬业的，一点儿没有做错，是亲自看到皇帝之后才放行的。他们哪里知道郭汜的心思？如果郭汜将想法事先告诉他们，那就会是另外一种结果。两将死得糊里糊涂，连名字都没有留下来。

杨奉屯终南山下，闻驾至，特来保护。汜将崔勇出马，大骂杨奉"反贼"。杨奉手下一将手执大斧，直取崔勇。只一合，斩崔勇于马下。杨奉乘势掩杀，汜军大败。奉乃收军来见天子。帝慰谕曰："卿救朕躬，其功不小！"奉顿首拜谢。帝曰："适斩贼将者何人？"奉乃引此将拜于车下，说此人姓徐，名晃，字公明。帝慰劳之。杨奉保驾至华阴驻跸①。

---

① 驻跸：意思是皇帝后妃外出，途中暂停小住或帝王出行时开路清道，禁止通行。《周书·宣帝纪》："昨驻跸金墉，备尝游览。"

一知居主人曰：

本来郭汜是来劫驾的，杨奉是护驾的，郭汜手下崔勇却骂杨奉是反贼，属于贼喊捉贼。杨奉与郭汜对阵，奉回顾阵中曰："公明何在？"很有气势，心中有数，这才不慌。徐晃也很给杨奉撑面子，走马斩了崔勇。

此段文字中，皇上的表现有点不可思议。本来惶惶如丧家之犬，见杨奉大败郭汜，心中稍安可以理解。却还问及打败敌人的将官是谁？可能是作者故意这样安排，意在引出徐晃。

郭汜引败军回，撞着李傕，说杨奉、董承救驾到山东，"必然布告天下，令诸侯共伐我等。三族不能保矣。"傕曰："我和你乘间合兵一处，至弘农杀了汉君，平分天下，有何不可！"汜喜诺。杨奉、董承与贼大战于东涧。傕、汜二人商议："我众彼寡，只可以混战胜之。"于是漫山遍野拥来。杨奉、董承两边死战。郭汜引军入弘农劫掠。

一知居主人曰：

没有永远的朋友，也没有永远的敌人，只有永远的利益。这不，郭汜、李傕两人又合兵一处了。却未见张济哪里去了，不可思议。只是这两个家伙"于路劫掠，所过一空"。后文中有"李傕、敦汜但到之处，劫掠百姓，老弱者杀之，强壮者充军。临敌则驱民兵在前，名曰：'敢死军'。"不免让人想起元代张养浩的《山坡羊·潼关怀古》中"兴，百姓苦；亡，百姓苦"。

中有一句，"百官宫人，符册典籍，一应御用之物，尽皆抛弃"，皇帝一行只顾逃命，其狼狈之相可以想象！

承、奉密传圣旨往河东，急召韩暹、李乐、胡才前来救应。那李乐亦是啸聚山林之贼，今不得已而召之。三处军闻天子赦罪赐官，

如何不来。贼势浩大，李乐军到，会于渭阳。郭汜令军士将衣服物件抛弃于道。乐军见衣服满地，争往取之，队伍尽失。傕、汜二军，四面混战，乐军大败。杨奉、董承遮拦不住，保驾北走，背后贼军赶来。**胡才被乱军所杀。**

一知居主人曰：

郭汜也算懂得些兵法。郭汜知道李乐所率人马草寇出身，乌合之众，爱财如命，所以"令军士将衣服物件抛弃于道"。李乐部下果然中计，只顾抢路上东西，乱哄哄失去了战斗力，遂大败。

此间，李乐"请天子上马先行"，皇上却说"朕不可舍百官而去"。危在旦夕，皇上还想显示自己的爱心呢？！抓紧逃命去吧！只是苦了胡才，才出场，就被杀了。

承、奉请天子弃车驾，步行到黄河岸边。李乐等寻得一只小舟作渡船。**凄凄惨惨戚戚，哭声震天。**既渡彼岸，帝左右止剩得十余人。杨奉寻得牛车一辆，载帝至大阳。绝食，晚宿于瓦屋中，野老进粟饭，上与后共食，粗粝不能下咽。李乐请帝入杨奉营暂歇。杨彪请帝都安邑县。驾至安邑，苦无高房，帝后都居于茅屋中。又无门关闭，四边插荆棘以为屏蔽。帝与大臣议事于茅屋之下，诸将引兵于篱外镇压。李乐等专权，百官稍有触犯，竟于帝前殴骂。故意送浊酒粗食与帝，帝勉强纳之。李乐、韩暹又连名保奏无徒[1]、部曲[2]、走卒[3]二百余名，并为校尉、御史等官。

---

[1] 无徒：指无赖之辈。元·关汉卿《望江亭》第四折："没来由遇着无徒，使尽威权。"

[2] 部曲：古代军队编制单位。大将军营五部，校尉一人；部有曲，曲有军候一人。在这里指部属、部下。宋·张元幹《叶少蕴生朝》诗："小试擒纵孰敢撄？部曲爱戴如父兄。"

[3] 走卒：指供人差遣奔走的奴仆。见《资治通鉴·唐昭宗天复三年》："师范遣走卒赍书至大梁，迪问以东方事，走卒色动。"

一知居主人曰：

行军如此狼狈，皇上还要"诏封李乐为征北将军，韩暹为征东将军"。目的是稳住李乐、韩暹两人，可以理解。不过，李乐、韩暹两人可能觉得只是自己升官不好意思，索性又给两百多名部下要了职位。"刻印不及，以锥画之，全不成体统"，一幅典型的群丑图！

第十四回

曹孟德移驾幸许都　吕奉先乘夜袭徐郡

董承、杨奉差人修洛阳宫院，欲还东都。李乐不从。董承曰："洛阳本天子建都之地，安邑乃小地面，如何容得车驾？"李乐曰："汝等奉驾去，我只在此处住。"承、奉乃奉驾起程。李乐暗令人结连李傕、郭汜，一同劫驾。董承、杨奉、韩暹知其谋，连夜护送车驾前奔箕关。李乐闻知，自引本部人马追赶。赶到箕山下，大叫："车驾休行！李傕、郭汜在此！"吓得献帝心惊胆战。杨奉曰："此李乐也。"遂令徐晃出迎之。两马相交，只一合，被徐晃一斧砍于马下。

一知居主人曰：

李乐真是无赖至极！自以为将皇帝留在手中，就可以为所欲为，偏偏大臣们不听他的。李乐看到自己目的没法达到，竟计划与郭汜、李傕联合劫驾。

李乐见皇帝一行要走，没有等郭、李赶到，自行追赶。他报的却是李傕、郭汜的号，毕竟人家两个实力大。没想到被杨奉识破，徐晃一斧子要了他的狗命，属于找死！活该！

帝入洛阳，见宫室烧尽，街市荒芜，满目皆是蒿草，宫院中只有颓墙坏壁。百官朝贺，皆立于荆棘之中。诏改兴平为建安元年。

是岁又大荒。洛阳居民，无可为食，尽出城去剥树皮、掘草根食之。尚书郎以下，皆自出城樵采，多有死于颓墙坏壁之间者。汉末气运之衰，无甚于此。

一知居主人曰：

曾经很辉煌，如今却苍凉。究竟谁之错，值得细思量。改"兴平"为"建安"又如何？如何建？谁来建？如何安？谁来安？大厦将倾已经无法挽回了！皇上也只有想想建安而已！

杨彪提出："今曹操在山东，兵强将盛，可宣入朝，以辅王室。"皇上准。彪即差使命赴山东。曹操在山东，知车驾已还洛阳。荀彧进曰："昔晋文公纳周襄王①，而诸侯服从；汉高祖为义帝发丧②，而天下归心。今天子蒙尘，将军诚因此时首倡义兵，奉天子以从众望，不世之略也。若不早图，人将先我而为之矣。"曹操大喜。正要收拾起兵，忽报有天使赍诏宣召。操接诏，克日兴师。

---

① 晋文公纳周襄王：公元前636年，周襄王姬郑发觉王后隗氏与周惠王子子带秘密勾结，立即废黜了隗后。子带引西戎兵攻占都城。姬郑避居于郑国，向各国诸侯求救，晋文公打着勤王的旗号，出兵生擒子带，然后迎姬郑回都城，将子带处死，平定了内乱。这次内乱，史称"子带之乱"。

② 汉高祖为义帝发丧：楚亡之后，项梁立熊心为楚王，仍号怀王。公元前207年，刘邦入咸阳，其后项羽大军抵达，项羽尊怀王为"义帝"，随后自行分封天下，刘邦被封为汉王，项羽则自立为"西楚霸王"。项羽把义帝徙至长沙郴县，途中命人将义帝杀害。《史记·高祖本纪》记载：项羽弑义帝，"汉王闻之，袒而大哭。遂为义帝发丧，临三日。发使者告诸侯曰：'天下共立义帝，北面事之。今项羽放杀义帝于江南，大逆无道。寡人亲为发丧，诸侯皆缟素。悉发关内兵，收三河士，南浮江汉以下，愿从诸侯王击楚之杀义帝者。'"后来，汉王刘邦以项羽暗杀义帝为开战理由出兵进攻项羽，建立汉朝。

一知居主人曰：

杨彪提出要曹操入朝，皇帝说"朕前既降诏。卿何必再奏，今即差人前去便了。"一副无精打采、无可奈何的样子。从荀彧所言中，可以看到，曹操也有救驾的想法。正要起兵前往，却是来了圣旨。曹操要睡觉，皇上主动送来了枕头，焉有不接之理。

本节中，杨彪对曹操有推荐之恩。不料，数年之后，杨彪之子杨修却死于曹操之手。

人报李傕、郭汜领兵将到。帝大惊。杨奉、韩暹曰："臣愿与贼决死战！"董承曰："城郭不坚，兵甲不多，战如不胜，当复如何？不若且奉驾往山东避之。"帝从其言，即日起驾望山东进发。百官无马，皆随驾步行。出了洛阳，行无一箭之地，但见无限人马来到。忽见一骑飞来，乃前差往山东之使命也，至车前拜启："曹将军尽起山东之兵，应诏前来"，"先差夏侯惇为先锋，引上将十员，精兵五万，前来保驾"。

一知居主人曰：

李傕、郭汜未到城下，皇帝便吓得要走。谁知出了洛阳走了不到一箭之地，就遇到无限人马，"帝、后战栗不能言"。最后才知道是曹操所派夏侯惇等人，"帝心方安"。一波三折，有点黑色幽默味道！

夏侯惇引许褚、典韦等，至驾前面君。须臾，曹洪、李典、乐进来见驾。洪奏曰："臣兄知贼兵至近，恐夏侯惇孤力难为，故又差臣等倍道而来协助。"帝曰："曹将军真社稷臣也！"遂命护驾前行。探马来报："李傕、郭汜领兵长驱而来。"惇乃与曹洪分为两翼，马军先出，步军后随，尽力攻击。傕、汜贼兵大败。于是请帝还洛阳故宫。夏侯惇屯兵于城外。

一知居主人曰：

先派夏侯惇、许褚、典韦来接驾，后又派曹洪、李典、乐进，曹操考虑问题比较周全。及至李傕、郭汜来，有一句"帝令夏侯惇分两路迎之"，让人不解。难道皇帝忽然找到了自信，还会指挥作战？

次日，曹操引大队人马到来。帝乃封操。李傕、郭汜议欲速战。贾诩谏曰："不如降之，求免本身之罪。"傕怒曰："尔敢灭吾锐气！"拔剑欲斩诩。众将劝免。是夜，贾诩单马走回乡里去了。次日，李傕军马来迎操兵。操先令许褚、曹仁、典韦领三百铁骑，于傕阵中冲突三遭，方才布阵。阵圆处，未及开言，许褚一刀先斩李暹。李别吃了一惊，倒撞下马，褚亦斩之，双挟人头回阵。曹操抚许褚之背曰："子真吾之樊哙①也！"鼓响一声，三军齐进。贼兵抵敌不住，大败而走。

一知居主人曰：

皇帝好像是开官职批发铺的，一见曹操就封其"领司隶校尉假节钺录尚书事"。当然，目的也很明确，在拉拢曹操。毕竟近段时间皇上深受李傕、郭汜之害！

贾诩劝李傕、郭汜与曹操讲和，后来证明是明智之举。没想到李傕等并不采纳，反而要斩贾诩，全没有了多年相处的情分。贾诩自然伤心至极，离开属于意料中的事情。没有了贾诩，李傕、郭汜便成了没头的苍蝇，其败速矣！

曹操说许褚"子真吾之樊哙也！"足见他对许褚之重视。不过此时曹操有以刘邦自居嫌疑，容易授人以柄。

---

① 樊哙（前242年~前189年）：沛人，出身寒微，西汉开国元勋，汉高祖刘邦麾下最勇猛的战将，深得刘邦信任。曾在鸿门宴时出面营救刘邦。

傕、汜望西逃命，忙忙似丧家之狗。自知无处容身，只得往山中落草去了。曹操回兵，仍屯于洛阳城外。杨奉、韩暹两个商议："今曹操成了大功，必掌重权，如何容得我等？"乃入奏天子，只以追杀傕、汜为名，引本部军屯于大梁去了。

一知居主人曰：

杨奉、韩暹真聪明人也！眼见着曹操兵多将广，很快会容不得自己。虽有救驾之功也未必济事，索性三十六计走为上。且找了个借口，冠冕堂皇。后文中曹操与董昭有对话，董说"此乃无谋之辈，明公何足虑也""虎无爪，鸟无翼，不久当为明公所擒，无足介意"。

一日，帝命人宣操入宫议事。操见那人眉清目秀，精神充足。操暗想大荒之年"官僚军民皆有饥色，此人何得独肥"？问之："公尊颜充腴，以何调理而至此？"对曰："某无他法，只食淡三十年矣。"操乃颔之；又问曰："君居何职？"对曰："某举孝廉。原为袁绍、张杨从事。今闻天子还都，特来朝觐，官封正议郎。济阴定陶人，姓董，名昭，字公仁。"曹操遂置酒帐中相待，令与荀彧相会。

一知居主人曰：

本来气氛很紧张，曹操与董昭却谈起养生来，有点小风趣，确也可以成为某些人吃素好的证明之一。不过，三十年如一日吃素，意志够坚强的，非一般人所能为。

董昭自我介绍，并不避讳先前曾经服务过袁绍、张杨，满满的自信。曹操"避席曰：'闻名久矣！幸得于此相见'"。显示爱才之心，也让人觉得曹操面子话太多、过于江湖了！

操与昭言语投机，问以朝廷大事。昭曰："明公兴义兵以除暴乱，入朝辅佐天子，此五霸之功也。但诸将人殊意异，未必服从。"建议

曹操"惟移驾幸许都为上策"……操执昭手而笑曰:"此吾之本志也。但杨奉在大梁,大臣在朝,不有他变否?"昭曰:"易也。以书与杨奉,先安其心。明告大臣,以京师无粮,欲车驾幸许都,近鲁阳,转运粮食,庶无欠缺悬隔之忧。大臣闻之,当欣从也。"操大喜。昭称谢而去。

一知居主人曰:

皇帝本来是让董昭去召曹操来宫中议事的,却没有想到董昭和曹操一场酒下来,反而给曹操一个挟皇帝到许都的建议。"操执昭手而笑曰",曹操明明听在心里却又说出自己有所顾虑。写得生动,妙不可言!"昭谢别,操执其手曰:'凡操有所图,惟公教之'"。毕恭毕敬,更显得曹操对董昭之心仪。只是董昭自回,却不见曹操跟着董昭去宫。难道董昭忘了自己来见曹操的目的?!此处当是罗贯中先生只顾写得快意却忽略事情的真实。

操是日与众谋士密议迁都之事。王立私谓刘艾曰:"吾观大汉气数将终,晋魏之地,必有兴者。"又密奏献帝曰:"代汉而有天下者,当在魏。"操闻之,使人告立曰:"知公忠于朝廷,然天道深远,幸勿多言。"操以是告彧。或曰:"正合董昭、王立之言。他日必有兴者。"操意遂决。次日奏曰:"东都荒废久矣,不可修葺,更兼转运粮食艰辛。许都地近鲁阳,城郭宫室,钱粮民物,足可备用。臣敢请驾幸许都,惟陛下从之。"帝不敢不从。群臣亦莫敢有异议。遂择日起驾。

一知居主人曰:

王立识破曹操心思,言与刘艾,并告诉皇上。曹操知道后,要王立"幸勿多言"。曹操这样说,与其说是一种劝诫,不如说更是一种恐吓和威胁。目前曹操实力还不算太大,不可能直接杀了王立。后来,曹操要皇帝迁都,竟无一人提出异议,说明曹操之警告有了效果。其实,王立既然识破,心中有数便罢,没有必要告诉他人,

反而为人所诟！

杨奉、韩暹拦路。操令许褚出马与徐晃交锋。战五十余合，不分胜败。操即鸣金收军，召谋士议"当以计招之"。满宠以"某向与徐晃有一面之交"请去劝降。

是夜满宠偷至徐晃面前，揖曰："故人别来无恙乎！"徐晃惊起。宠曰："某现为曹将军从事。今日于阵前得见故人，欲进一言，故特冒死而来。""公之勇略，世所罕有，奈何屈身于杨、韩之徒？曹将军……特遣宠来奉邀。公何不弃暗投明，共成大业？"晃喟然叹曰："吾固知奉、暹非立业之人，奈从之久矣，不忍相舍。"宠曰："岂不闻良禽择木而栖，贤臣择主而事。"晃起谢曰："愿从公言。"宠曰："何不就杀奉、暹而去，以为进见之礼？"晃曰："以臣弑主，大不义也。吾决不为。"宠曰："公真义士也！"晃遂连夜同满宠来投曹操。

一知居主人曰：

曹操想收降徐晃，满宠以自己与徐晃有一面之交前往，可以理解，说明满宠有责任与担当。满宠见徐晃所言语，符合劝降的步骤。既讲天下大事，又讲曹操的看法。这些都很正常。独满宠劝徐晃杀了杨奉、韩暹作为投名状，徐晃不允。想想前面吕布杀丁原而投董卓，包括后面杨奉追杀徐晃，也未见徐晃击杀旧主！徐晃真君子也。

曹操迎銮驾到许都，盖造宫室殿宇，立宗庙社稷。封董承等十三人为列侯。赏功罚罪，并听曹操处置。操自封为大将军武平侯，以荀彧为侍中尚书令，荀攸为军师，郭嘉为司马祭酒，刘晔为司空仓曹掾，毛玠、任峻为典农中郎将，催督钱粮，程昱为东平相，范成、董昭为洛阳令，满宠为许都令，夏侯惇、夏侯渊、曹仁、曹洪皆为将军，吕虔、李典、乐进、于禁、徐晃皆为校尉，许褚、典韦皆为

第十四回　曹孟德移驾幸许都　吕奉先乘夜袭徐郡

都尉。其余将士，各各封官。

一知居主人曰：

看曹操这次封官，很有意思。

前面李傕、郭汜自己写了职衔，勒令皇帝来封，至少还算是走了一下形式。这次却是曹操人家自己走上前台，"自封为大将军武平侯"，索性连皇帝的面子一点儿都不顾了！

再看，曹操先封朝廷旧臣，目的在于稳定大局，免得他们在皇帝身边说三道四，于己不利。再封自家阵营谋士，最后封手下大将。因为大将只会成败于某一件事，谋士却是可以成败全局的，足见曹操之用心。"自此大权皆归于曹操。朝廷大务，先禀曹操，然后方奏天子"，曹操之霸业雏形已现。

操聚众谋士共议曰："刘备屯兵徐州，自领州事；近吕布以兵败投之，备使居于小沛。若二人同心引兵来犯，乃心腹之患也。"许褚曰："愿借精兵五万，斩刘备、吕布之头，献于丞相。"荀彧曰："将军勇则勇矣，不知用谋……彧有一计，名曰二虎竞食之计。今刘备虽领徐州，未得诏命。明公可奏请诏命实授备为徐州牧，因密与一书，教杀吕布。事成则备无猛士为辅，亦渐可图；事不成，则吕布必杀备矣。"操从其言。

一知居主人曰：

曹操自己坐镇朝廷，开始考虑周围是否存在威胁，卧榻之旁绝不允许别人酣睡，一种典型的自我保护。只是如何处理，则要费一番考虑。许褚等武将只想用武力征服，荀彧却提出二虎竞食之计。曹操不出一兵一卒，可以坐收渔利，何乐而不为？这就是谋士比武将高明之处！

天使告诉刘备"君侯得此恩命，实曹将军于帝前保荐之力也"。玄德称谢。使者取私书递与玄德。玄德看罢，曰："此事尚容计议。"玄德连夜与众商议此事。张飞曰："吕布本无义之人，杀之何碍！"玄德曰："他势穷而来投我，我若杀之，亦是不义。"张飞曰："好人难做！"玄德不从。次日，吕布来贺。张飞扯剑上厅，要杀吕布。布大惊曰："翼德何故只要杀我？"张飞叫曰："曹操道你是无义之人，教我哥哥杀你！"玄德连声喝退。乃引吕布同入后堂，实告前因，并示曹操所送密书。布看毕，泣曰："此乃曹贼欲令我二人不和耳！"玄德曰："兄勿忧，刘备誓不为此不义之事。"吕布再三拜谢。备留布饮酒，至晚方回。关、张曰："兄长何故不杀吕布？"玄德曰："此曹孟德恐我与吕布同谋伐之，故用此计。"

一知居主人曰：

有些事情，本来就是两方的秘密，绝不可与第三方分享，但是刘备却将曹操之密信示以吕布。人说刘备软弱，余却认为刘备看破曹操心计，不想就此入瓮，反而想让吕布与曹操对决，自己好从中牟利。只是张飞不解，态度非常坚决，非要与吕布拼命！作者借张飞之口说出曹操要刘备杀吕布一事来，安排巧妙、别致。再观关羽之表现，先是不解，后来"点头道是"，值得思考！

使命见曹操，言玄德不杀吕布之事。荀彧又献驱虎吞狼①之计。操大喜，先发人往袁术处报说刘备上密表，要略南郡。次假天子诏要刘备讨袁术。

---

① 驱虎吞狼：意谓令此攻彼也，使之两相残杀，以让第三方坐收渔人之利。类似于三十六计中的"借刀杀人"，但不尽相同。操作者需要有高超的技术和手段，否则虎害大于狼害，后患无穷。

玄德在徐州，闻使命至，出郭迎接；开读诏书，却是要起兵讨袁术。玄德领命，送使者先回。糜竺曰："此又是曹操之计。"玄德曰："虽是计，王命不可违也。"遂点军马，克日起程。

一知居主人曰：

刘备真是可怜虫。曹操一计未成，再使一计。这次曹操所用计谋比上次更毒，且假天子之诏。刘备明知是计（虽然糜竺有所提示），却又无法讨价还价，只好服从！

玄德征求关、张意见。关公曰："弟愿守此城。"玄德曰："吾早晚欲与尔议事，岂可相离？"张飞曰："小弟愿守此城。"玄德曰："你守不得此城：你一者酒后刚强，鞭挞士卒；二者作事轻易，不从人谏。吾不放心。"张飞曰："弟自今以后，不饮酒，不打军士，诸般听人劝谏便了。"糜竺曰："只恐口不应心。"飞怒曰："吾跟哥哥多年，未尝失信，你如何轻料我！"玄德曰："弟言虽如此，吾终不放心。还请陈元龙辅之，早晚令其少饮酒，勿致失事。"陈登应诺。

一知居主人曰：

刘备自己要带兵出征，自要安排守徐州之人。关羽艺高而有谋，刘备路上少不得要和他商量；张飞虽勇但是嗜酒容易误事，刘备也是放心不下。二者选其一，最后确定张飞留下、陈登辅佐，刘备一再叮咛张飞"不饮酒，不打军士"。张飞答应得也很爽快，只是转眼就忘，最后还是因酒失了徐州，刘备丧失了好不容易获得的、唯一的立足之地！

按说刘、关、张三人不分家，这次刘备要出征，关羽和张飞却都争着留在家里，让人有些不解。

袁术收到曹操所报，知道刘备上表，要吞其州县。大怒曰："吾

正欲伐汝，汝却反欲图我！深为可恨！"乃使纪灵起兵杀奔徐州。两军会于盱眙。

一知居主人曰：

曹操给袁术说刘备告他，本来袁术就心眼不多，再加上袁术根本看不起刘备，认为"汝乃织席编屦之夫，今辄占据大郡，与诸侯同列"。这不，刘备真的来了，正好坐实了曹操的说法，双方自然要开打。曹操和荀彧听说之后，一定偷着乐。二虎竞食之计未成，驱虎吞狼之计却成功了，只不过，最终结果让曹操并不满意。

是日阵前纪灵大骂："刘备村夫，安敢侵吾境界！"玄德曰："吾奉天子诏，以讨不臣。汝今敢来相拒，罪不容诛！"关公与纪灵大战。三十合不分胜负。纪灵大叫少歇，关公便拨马回阵。纪灵遣副将荀正出马。关公说"只教纪灵来！"荀正曰："汝乃无名下将，非纪将军对手！"关公大怒，直取荀正，交马一合，砍荀正于马下。玄德驱兵杀将过去，纪灵大败。

一知居主人曰：

袁术手下纪灵与关羽大战三十回合，不分胜负，旁边的自然应该看出关羽武艺如何。偏偏纪灵的副将荀正出马，不知天高地厚，大骂关羽为"无名下将"（与"有名上将"相对比，一般都叫无名小卒，荀正却发明"无名小将"一说，也很独特）。凭关羽的性格，不怒才怪！一招未过，荀正就被关羽斩于马下，活该！当然也有些可怜！

玄德起身后，一应杂事，俱付陈元龙管理。军机大务，自家参酌，一日，张飞宴请各官，曰："今日尽此一醉，明日都各戒酒，帮我守城。"言罢与众官把盏。至曹豹面前，豹曰："我从天戒，不饮酒。"飞曰："我要你吃一盏。"豹惧怕，只得饮了一杯。张飞连饮几十杯，不觉大醉，

又起身把盏。至曹豹，豹曰："某实不能饮矣。"飞曰："你恰才吃了，如今为何推却？"豹再三不饮。曹豹告求曰："翼德公，看我女婿之面，且恕我罢。"飞曰："你女婿是谁？"豹曰："吕布是也。"飞大怒曰："我本不欲打你；你把吕布来唬我，我偏要打你！我打你，便是打吕布！"诸人劝不住。将曹豹鞭至五十，众人苦苦告饶方止。

一知居主人曰：

最初几天，张飞还能牢记兄长之嘱咐。时间长了，酒瘾发作，就开始不正常了。宴席之上，人家喝与不喝，坚持自愿。但在张飞这里却行不通，硬逼着人家喝，不喝就打！偏偏曹豹不喝，曹豹还提起自己是吕布的岳父。他并不知张飞偏偏就看不起吕布，所以曹豹想不挨鞭也不中了！

当然，曹豹最初也只是想让张飞看在吕布的面子上，不再逼自己喝酒而已，并无他意，可以理解！如果说是曹豹在炫耀，则有点委屈他了。

曹豹连夜赍书一封投吕布，备说张飞无礼，希望吕布趁机引兵来袭。吕布请陈宫来议。陈宫表示同意。布随即披挂上马，领骑先行。四更时分，吕布在曹豹配合下，赚开城门。众军齐入，喊声大举。张飞正醉卧府中，慌忙披挂，才出府门，正与吕布相迎。张飞此时酒犹未醒，不能力战。吕布素知飞勇，亦不敢相逼。张飞杀出东门。

曹豹见张飞只十数人护从，欺他醉，遂带百人赶来。飞见豹，大怒，拍马来迎。战了三合，曹豹败走。飞赶到河边，一枪正刺中曹豹后心，连人带马，死于河中。

一知居主人曰：

吕布还算聪明，知道张飞虽有醉意但还应有勇，所以并不相逼。"玄德家眷在府中，都不及顾了"，看来张飞也确实惊慌失措。吕布

入城之后,"令军士一百人守把玄德宅门,诸人不许擅入",自是因为刘备曾对自己有收留之恩。

自己吃几碗干饭,曹豹应该清楚。配合女婿吕布得了徐州即可,断断不该再追杀张飞。可能是因为曹豹心中被羞辱之火还在熊熊燃烧!没想到反送了自家性命!

张飞到盱眙来见玄德,具说曹豹与吕布里应外合,夜袭徐州。众皆失色。玄德叹曰:"得何足喜,失何足忧!"关公曰:"嫂嫂安在?"飞曰:"皆陷于城中矣。"关公顿足埋怨曰:"你当初要守城时说甚来?兄长分付你甚来?今日城池又失了,嫂嫂又陷了,如何是好!"

一知居主人曰:

刘备之叹,虽然有一种自我安慰和解嘲,但是其怅然和失望之情还是主要的。关羽所问和对张飞的埋怨,虽然有些突然,却也符合他的性格,属于"仁"!似乎也是在为后面的"屯土三约""曹营护嫂""千里走单骑"做了一种引子或铺垫。

只是这时"玄德默然无语",让人寻味。再看张飞"闻言,惶恐无地,掣剑欲自刎",则是满肚子后悔了!

第十五回
太史慈酣斗小霸王　孙伯符大战严白虎

　　关羽埋怨张飞，张飞要拔剑自尽。玄德向前抱住，夺剑掷地曰："古人云：'兄弟如手足，妻子如衣服。衣服破，尚可缝；手足断，安可续？'吾三人桃园结义，不求同生，但愿同死。今虽失了城池家小，安忍教兄弟中道而亡？况城池本非吾有。家眷虽被陷，吕布必不谋害，尚可设计救之。贤弟一时之误，何至遽欲捐生耶！"

　　一知居主人曰：

　　刘备所言"兄弟如手足，妻子如衣服"那句，上千年来，被好多人酒后所引用，也受到好多人的批判，被认为是男人轻视女人的表现。其实刘备的真正意思是：男人必须拥有自己的事业，否则不仅失去女人，还会失去一切。

　　刘备说"家眷虽被陷，吕布必不谋害"，还算没有看走眼。只是刘备"说罢大哭。关、张俱感泣"，三个男人一起哭，场面也真让人伤心。再往后看，刘备哭的次数越来越多！

　　袁术知吕布袭了徐州，星夜差人至吕布处，许以钱粮、马匹等，使夹攻刘备。布喜，令高顺袭玄德之后。玄德闻得此信，乘阴雨撤兵，弃盱眙而走。高顺与纪灵相见，就索所许之物。灵曰："公且回军，

容某见主公计之。"高顺回见吕布具述纪灵语。布正迟疑，忽有袁术书至。布怨骂袁术失信，欲起兵伐之。陈宫说"术据寿春，兵多粮广，不可轻敌"，"不如请玄德还屯小沛，使为我羽翼。他日令玄德为先锋，那时先取袁术，后取袁绍，可纵横天下矣"。布听其言，令人赍书迎玄德回。

一知居主人曰：

这段文字，读起来很费劲，一连看了三遍，方才领悟其中内容。

先说吕布和刘备之间。只因袁术许"粮五万斛、马五百匹、金银一万两、彩缎一千匹"，吕布就忘了前一段时间刘备对自己的帮助，派高顺抄刘备后路。幸亏刘备提前知晓，跑掉了。读到这里，隐隐约约可以听见"白门楼吕布殒命"一节中刘备所言了。

再说袁术和吕布之间。事先袁术许吕布以东西，但刘备跑后，却是不给了，借口说"高顺虽来，而刘备未除。且待捉了刘备，那时方以所许之物相送"，明显不是真心实意。吕布自然心中不悦，这时候陈宫提出不妨先安抚一下刘备，而后让刘备为自己出力。这种转折的力度有点太大，简直无法让人理解。

玄德东取广陵，被袁术劫寨，折兵大半。回来正遇吕布之使，玄德大喜。遂来到徐州。布恐玄德疑惑，先令人送还家眷。甘、糜二夫人见玄德，具说吕布如何照顾。玄德乃入城谢吕布。张飞恨吕布，不肯随往，先奉二嫂往小沛去了。玄德入见吕布拜谢。吕布见玄德说："我非欲夺城；因令弟张飞在此恃酒杀人，恐有失事，故来守之耳。"玄德曰："备欲让兄久矣。"布假意伪让玄德。玄德力辞，还屯小沛住扎。关、张心中不忿。吕布令人送粮米缎匹。自此两家和好。

一知居主人曰：

吕布、刘备、袁术之间，属于互相利用的关系！只是当前刘备

属于最弱者，没有讨价还价的资本。

按照一般道理，前面吕布占了自己地盘，抄了自家后路，关、张说"吕布乃无义之人，不可信也"。刘备绝对不该说"彼既以好情待我，奈何疑之"，但刘备却说出口了，有点不可思议。所以有人说刘备实在窝囊，但是想一想，刘备在夹缝之中流动，在大国间博弈，韬光养晦，再谋发展，也是没有办法的办法！故刘备有言："屈身守分，以待天时，不可与命争也。"

袁术大宴将士于寿春。人报孙策征陆康得胜而回。原来孙策自父丧之后，退居江南，礼贤下士。因陶谦与策母舅丹阳太守吴景不和，策乃移母并家属居于曲阿，自己投了袁术。术甚爱之，因使为怀义校尉，引兵攻泾县大帅祖郎得胜，复使攻陆康，今又得胜而回。

一知居主人曰：

曹操已经稳坐许都，刘备暂驻小沛，按说，该说孙家了，否则就不叫"三国"演义！这不，罗贯中先生笔锋一转，开说小霸王孙策了。不过，说就说吧，却是先从袁术大宴将士于寿春、孙策胜利归来复命开始。"术唤策至，策拜于堂下。问劳已毕，便令侍坐饮宴。"原来，此时孙策正在袁术这里打工！

文中袁术有句，"常叹曰：'使术有子如孙郎，死复何恨！'"觉得很熟悉，不免想起"生子当如孙仲谋"，后句是曹操对孙权（字仲谋）的赞叹之语，出自《吴历》，在辛弃疾的《南乡子·登京口北固亭有怀》发扬光大。袁术如此看重孙策，为什么又不加以重用？

当日筵散，策归营寨。见术席间相待之礼甚傲，心中郁闷，乃步月于中庭。因思父孙坚如此英雄，我今沦落至此，不觉放声大哭。忽见孙坚旧从事官朱治自外而入，大笑曰："伯符何故如此？……君

今有不决之事，何不问我，乃自哭耶！"策收泪而延之坐曰："策所哭者，恨不能继父之志耳。"治曰："君何不告袁公路，借兵往江东，假名救吴景，实图大业，而乃久困于人之下乎？"

一知居主人曰：

毛宗岗先生此处有两条评论，一是"袁术与孙坚同辈，其待策之傲，自以为父执耳。不知英雄固不论年。策虽小，犹虎也；术虽发白，不过一老牛而已"。一知居主人只知世间有言，"士为知己者死"，没听说过士需要为父辈们拼命。袁术既然喜欢孙策，就应为其提供平台，为其摇旗呐喊，予之足够的信任和权力。

二是"昔孙坚在洛阳时，曾于月下挥泪。今孙策在袁术处，亦于月下放声。一为国事伤情，一为家事发愤"。一知居主人认为：英雄轻易不落泪，落泪必是心痛时！孙策想起父亲当年一世英名，也是豪门大户，自己如今却是寄人篱下，任人摆布，不伤心没有道理！

孙策和朱治正商议间，袁术谋士吕范忽入曰："公等所谋，吾已知之。吾手下有精壮百人，暂助伯符一马之力。"策大喜，延坐共议。吕范曰："只恐袁公路不肯借兵。"策曰："吾有亡父留下传国玉玺，以为质当①。"范曰："公路欲得此久矣！以此相质，必肯发兵。"

一知居主人曰：

吕范作为袁术的谋士，却是为孙策献了脱身之计，"自毁长城"，这在某种程度上说明袁术用人不当、用人失察！吕范出场，前面冠以"袁术谋士"似乎是一种莫大的讽刺。孙策见吕范，孙策"大喜，延坐共议"，说明两人神交已久，非一般关系！

---

① 质当：典当，质押。

第十五回　太史慈酣斗小霸王　孙伯符大战严白虎

次日，策入见袁术，哭拜曰："父仇不能报，今母舅吴景，又为扬州刺史刘繇所逼。策老母家小，皆在曲阿，必将被害。策敢借雄兵数千，渡江救难省亲。"并提出"有亡父遗下玉玺，权为质当。"术闻有玉玺，取而视之，大喜曰："我借兵三千、马五百匹与你。平定之后，可速回来。你职位卑微，难掌大权。我表你为折冲校尉、殄寇将军。"策拜谢，遂引军马，择日起兵。

一知居主人曰：

看孙策和袁术对话，很有意思，各存鬼胎，却也都掩饰得很好。孙策先说自己家庭状况，这次出去是想"救难省亲"，合情合理。孙策怕袁术担心，投其所好，说可以将玉玺放在这里为质。袁术看到玉玺，心中大喜，却又说："吾非要你玉玺，今且权留在此。"表面文章，假情假意。而后说同意借兵及马匹若干，还说来了之后，予以提拔重用。其得意忘形赫然言语之中！

可惜，袁术并没有看透孙策真心，一只久困笼中的猛虎要出山了，哪里还会回来！

孙策行至历阳，见周瑜（字公瑾）领一军到。孙坚讨董卓之时，移家舒城，瑜与孙策同年，结为昆仲。瑜以兄事策。瑜叔周尚，为丹阳太守，今往省亲，到此与策相遇。策见瑜大喜，诉以衷情。瑜曰："某愿施犬马之力，共图大事。"策喜曰："吾得公瑾，大事谐矣！"便令与朱治、吕范等相见。瑜又推荐了江东"二张"，即谓张昭和张纮。二人皆有经天纬地之才，因避乱隐居于此。策令人赍礼往聘，俱辞不至。策乃亲到其家，与语大悦，力聘之，二人许允。

一知居主人曰：

孙策要回江东创业，没想路上遭遇周瑜。本来周瑜去"省亲"，也没想路上遭遇孙策。既是一种偶然，也有一种必然。用句俗话说，

该孙策成大事!

周瑜向孙策推荐了江东"二张",孙策派人去请,两人不出,在意料之中。如果两人轻易出山,便不是"有经天纬地之才"。因为有才华的人总是要显示一下自家身份的,况此时孙策还不是太有名气!孙策亲自去请,"与语大悦,力聘之,二人才允",再看后面刘备三顾茅庐请诸葛亮出山,颇有些类似!

有一问题存疑,莫非彭城张昭和广陵张纮在同一地方隐居?孙策只是亲自去了一地一次,就收了两个大谋士,真是赚大发了!

刘繇闻孙策兵至,聚众商议。张英曰:"某领一军屯于牛渚,纵有百万之兵,亦不能近。"言未毕,太史慈高叫愿为前部先锋。繇不允,派张英出迎。孙策出马,张英大骂,黄盖便出与张英战。不数合,忽然张英军中大乱,报说寨中有人放火。张英急回军。孙策乘势掩杀。张英弃了牛渚,望深山而逃。原来那寨后放火的是两员健将:蒋钦和周泰。二人皆遭世乱,聚人在洋子江中,劫掠为生;久闻孙策为江东豪杰,故特引其党前来相投。策大喜,遂进兵神亭。

一知居主人曰:

太史慈要出战孙策,刘繇不许,罗贯中先生说太史慈"不喜而退"。读至此处,初有些不解,再观前面刘繇所言:"你年尚轻,未可为大将,只在吾左右听命。"说明刘繇内心还是喜欢太史慈的,只是觉得他太年轻,不适合出战而已!

张英战黄盖,最终败走,并不是输在黄盖和孙策方面,而是输在不按常理出牌的"江洋大盗"蒋钦和周泰身上。是两人不请自来,在营中放火乱了张英阵脚。如果刘繇真要杀了张英,张英则实在是太冤枉了。

策问士人曰："近山有汉光武庙否？"士人曰："有庙在岭上。"策曰："吾夜梦光武召我相见，当往祈之。"张昭曰："不可。岭南乃刘繇寨，倘有伏兵，奈何？"策曰："神人佑我，吾何惧焉！"遂披挂上马，引程普等共十三骑，出寨上岭，到庙焚香。下马参拜已毕，策向前跪祝曰："若孙策能于江东立业，复兴故父之基，即当重修庙宇，四时祭祀。"祝毕，出庙上马，回顾众将说要过岭探看刘繇寨栅。诸将皆以为不可。策不从，遂同上岭，南望村林。

一知居主人曰：

汉光武帝刘秀是东汉的缔造者。恰是汉室江山颓废之时，孙策却说"吾夜梦光武召我相见，当往祈之"，是在给周围人传递一个信号：天降大任于我了。其目的在树立自己的核心地位！不过所选择地方却很危险。后面可知，如果不是周瑜及时赶到，孙策险些丧命于此。

小军飞报刘繇，说孙策探营。刘繇认为是"诱敌之计，不可追之"。太史慈曰："此时不捉孙策，更待何时！"遂不候刘繇将令，竟自披挂上马，绰枪出营，大叫曰："有胆气者，都跟我来！"诸将不动。惟有一小将曰："太史慈真猛将也！吾可助之！"拍马同行。众将皆笑。

一知居主人曰：

太史慈不顾刘繇将令，出营要战孙策！率性之人！然出则出矣！竟还呼朋引伴。没想到还真有一小将应声而出。只是没有见到其姓甚名谁，也不知最后结局如何！罗贯中先生愧对了这位勇敢的小将！

孙策正行过岭，只听得岭上叫："孙策休走！"策回头视之，见两匹马飞下岭来。策横枪立马于岭下待之。太史慈高叫曰："那个是孙策？"策曰："你是何人？"答曰："我便是东莱太史慈也，特来捉

孙策！"策笑曰："只我便是。你两个一齐来并我一个，我不惧你！我若怕你，非孙伯符也！"慈曰："你便众人都来，我亦不怕！"纵马横枪，直取孙策。策挺枪来迎。战五十合，不分胜负。程普等暗暗称奇。

一知居主人曰：

太史慈并不认识孙策，所以才会问"那个是孙策"。再看两个人之间的对话，孙坚一方有十三人，见对方只有两人，就说让对方两人一起上，自己一人出马。太史慈则说，你们全部上吧，我也不会怯你们！有点像小儿斗嘴。足见两个人都是血气方刚，当然，两人都有一定武艺，才敢如此！

太史慈佯输诈败，竟转过山背后。策大喝曰："走的不算好汉！"慈心自忖对方人多，索性"再引一程，教这厮没寻处，方好下手"。策一直赶到平川之地。慈兜回马再战，又到五十合。策一枪搠去，慈闪过，挟住枪；慈也一枪搠去，策亦闪过，挟住枪。两个用力只一拖，都滚下马来。两个弃了枪，揪住厮打，战袍扯得粉碎。策手快，掣了太史慈背上的短戟，慈亦掣了策头上的兜鍪。忽然刘繇接应军到来。程普等十二骑亦冲到。策与慈方才放手。双方混战，直到神亭岭下。后周瑜领军来到。刘繇自引大军杀下岭来。时近黄昏，风雨暴至，两下各自收军。

一知居主人曰：

太史慈和孙策之战，既斗勇，又斗谋，各有心机。但目的很明确，谁都不想轻易放了对方。两人既马上战，又马下战，类似两小儿打架，不分个胜败坚决不罢休！幸亏两人旗鼓相当！尤其是"策把戟来刺慈，慈把兜鍪遮架"一句，都是扯了对方的东西作为攻击对方的工具，颇有意思。幸亏黄昏时一场大雨，否则两人不知要斗到何时！

第十五回　太史慈酣斗小霸王　孙伯符大战严白虎

次日,孙策与刘繇对阵。孙策把枪挑太史慈的小戟,令军士大叫曰:"太史慈若不是走的快,已被刺死了!"太史慈亦将孙策兜鍪挑于阵前,令军士大叫曰:"孙策头已在此!"太史慈出马,要与孙策决个胜负。策欲出。程普说"某自擒之"。程普出到阵前,太史慈曰:"你非我之敌手,只教孙策出马来!"程普大怒,挺枪直取太史慈。两马相交,战到三十合,刘繇急鸣金收军。太史慈问:"何故收军?"原来是"周瑜领军袭取曲阿,有庐江松滋人陈武……接应周瑜入去。吾家基业已失,不可久留"。

一知居主人曰:

"两军呐喊,这边夸胜,那边道强",都在说对方的失败,却不提自己家中的损失,这是一种手段,意在提升自己这边的士气!程普要战太史慈,太史慈竟不屑一顾。两人交手很快结束,是另有原因。两人如果交手时间长了,只怕程普不是对手!

孙策攻薛礼。忽报刘繇等取牛渚。孙策自提大军竟奔牛渚。孙策曰:"吾今到此,你如何不降?"刘繇部将于糜出与策战不三合,被生擒过去,拨马回阵。繇将樊能见捉了于糜。挺枪来赶。那枪刚搠到策后心,策阵上军士大叫:"背后有人暗算!"策回头,忽见樊能马到,乃大喝一声,声如巨雷。樊能惊骇,倒翻身撞下马来,破头而死。策到门旗下,将于糜丢下,已被挟死。自此人皆呼孙策为"小霸王"。

一知居主人曰:

孙策战刘繇这一仗,打得威武。"一霎时挟死一将,喝死一将"。只不过于糜还曾与孙策战了两合,技不如人,没有办法。那樊能却是未及跟前,竟被吓得坠马而死。却偏偏名字之中有个"能"。真是有负于其父母。后张飞长坂桥断喝吓死夏侯杰与此类似!

孙策亲到秣陵城壕边，招谕薛礼投降。 城上暗放一冷箭，正中孙策左腿，翻身落马，众将急救起，还营拔箭。策令军中诈称主将中箭身死。军中举哀。拔寨齐起。薛礼听知孙策已死，连夜起城内之军，并张英、陈横出城来追。忽然伏兵四起，孙策当先出马，高声大叫曰："孙郎在此！"张英被陈武一枪刺死。陈横被蒋钦一箭射死。薛礼死于乱军中。策入秣陵，安辑居民。

一知居主人曰：

孙策攻打秣陵有些太顺。"众军皆惊，尽弃枪刃，拜于地下"，自是因为上一次见识了孙策的威风。"策令休杀一人"倒是出人意料。想来孙策应是觉得自己刚刚出道，先营造个好名声！

太史慈招得精壮来与刘繇报仇。 瑜令三面攻县，只留东门放走；离城二十五里，三路各伏一军。太史慈所招军大半是山野之民，不谙纪律。泾县城头，苦不甚高。当夜陈武短衣持刀，爬上城放火。太史慈见城上火起，上马投东门走。太史慈正走，后军赶至三十里，却不赶了。太史慈走了五十里，人困马乏，芦苇之中，喊声忽起。慈急待走，两下里绊马索齐来，将马绊翻了，生擒太史慈，解投大寨。孙策谓曰："我知子义真丈夫也。刘繇蠢辈，不能用为大将，以致此败。"慈见策待之甚厚，遂请降。策执慈手笑曰："神亭相战之时，若公获我，还相害否？"慈笑曰："未可知也。"策大笑，请入帐，邀之上坐。

一知居主人曰：

太史慈与孙策单打独斗，可能不分上下，若是周瑜参加进来，太史慈必输无疑。这次孙策和周瑜并不与太史慈进行正面冲突。围城时候，故意网开一面，且在出逃路上设下绊马索。人困马乏之时，纵是太史慈再有能力，也无济于事。后文中关羽败走麦城中有情节与此类似。

"策知解到太史慈,亲自出营喝散士卒,自释其缚,将自己锦袍衣之,请入寨中",说明孙策太喜欢太史慈了。前后想一想,太史慈降了孙策,顺理成章,在意料之中。此后两人对话,问得幽默,答得巧妙,免了众多尴尬。

慈曰:"欲自往收拾余众,以助明公。不识能相信否?"策与之相约"明日日中,望公来还"。慈应诺而去。诸将曰:"太史慈此去必不来矣。"策曰:"子义乃信义之士,必不背我。"众皆未信。次日,立竿于营门以候日影。恰将日中,太史慈引一千余众到寨。孙策大喜。于是孙策聚数万之众,下江东,安民恤众,投者无数。江东之民,皆呼策为"孙郎"。

一知居主人曰:

人与人交往,一旦形成互信,会产生极大合力。书中有语"众皆服策之知人",诚哉斯言!如果不是孙策相信太史慈,放他而去,太史慈也没有机会去引一千余众。

对于刘繇旧军,孙策采取"愿从军者听从,不愿为军者给赏归农",在曹操营中,并未见到过类似动作,实属孙策高明之处,注重收其心,而并非非要困其身。

严白虎闻策兵至,令弟严舆出兵,会于枫桥。策便欲出。张纮谏曰:"夫主将乃三军之所系命,不易轻敌小寇。愿将军自重。"策谢曰:"先生之言如金石,但恐不亲冒矢石,则将士不用命耳。"随遣韩当出马。比及韩当到桥上时,蒋钦、陈武早驾小舟从河岸边杀过桥里,乱箭射倒岸上军,二人飞身上岸砍杀。严舆退走。韩当直杀到阊门下,贼退入城里。

一知居主人曰：

严舆"横刀立马于桥上"，威风凛凛，谁知并未与韩当正面接触，便被蒋钦、陈武一顿乱箭，败入城内。原来是草包一个！

张纮在营中和孙策所言，说得都有道理，最终孙策还是听从张纮的建议。作者在此处设计这样一番对话，有"谶语"之嫌！

吴城连续三日无人出战。城上一员裨将指着城下大骂。太史慈拈弓取箭，"看我射中这厮左手！"说声未绝，弓弦响处，将那将左手反牢钉在护梁上。白虎大惊曰："彼军有如此人，安能敌乎！"遂商量求和。次日，使严舆出城，来见孙策。策请舆入帐饮酒。酒酣，问舆曰："令兄意欲如何？"舆曰："欲与将军平分江东。"策大怒曰："鼠辈安敢与吾相等！"命斩严舆。舆拔剑起身，策飞剑砍之，应手而倒，割下首级，送入城中。白虎弃城而走。

一知居主人曰：

太史慈箭射城上裨将，显得很勇武。"城上城下人见者，无不喝采"。城下之人，喝彩可以理解。城上之人也无不喝彩，说明了什么？难道暗示裨将与士兵的关系一般？

严舆奉兄命来见孙策，该吃吃该喝喝，还说"欲与将军平分江东"。这哪里是求和的样子？毕竟两家实力差别太大，且孙策明显处于优势，严舆不死才怪？！否则孙策有负"小霸王"之称！

白虎奔余杭，于路劫掠，被凌操领乡人杀败。后聚寇于西津渡口。程普与战，复大败之，连夜赶到会稽。会稽太守王朗，欲引兵救白虎。忽会稽余姚人虞翻出曰："不可。孙策用仁义之师，白虎乃暴虐之众，还宜擒白虎以献孙策。"朗怒叱之，翻长叹而出。

一知居主人曰：

严白虎连遭败绩，还不忘沿路劫掠，实在可恶。凌操领乡人大败之，可见其战斗力如何。即便这样，王朗仍要救严白虎，不免让人想起"秦桧也有二三相好"的俗语。可惜王朗不听虞翻之言，反受孙策奚落！

王朗会合白虎，陈兵于山阴之野。孙策谓王朗曰："吾兴仁义之兵，来安浙江，汝何故助贼？"朗骂曰："汝贪心不足！既得吴郡，而又强并吾界！今日特与严氏雪仇！"孙策大怒，正待交战，太史慈早出。王朗与慈战不数合，朗将周昕杀出助战；黄盖飞马接住周昕交锋。忽王朗阵后先乱，周瑜与程普引军从背后抄来。前后夹攻，王朗寡不敌众，与白虎、周昕杀条血路，拽起吊桥，坚闭城门。孙策赶到城下，四门攻打。

一知居主人曰：

王朗说话嗓门很大，尤其是"今日特与严氏雪仇"一语，气势汹汹，谁知却是如此不经打。不过，这次孙策大败王朗，与周瑜抄对方后路、让对方阵营自乱有关。纵观这几次战斗，周瑜计谋多多。孙策能很快在江东立住脚，周瑜功不可没！

王朗欲出兵决一死战。严白虎提出"坚壁勿出。不消一月，彼军粮尽，自然退走"。朗依其议。孙策连攻数日，不成。孙静曰："会稽钱粮，大半屯于查渎；其地离此数十里，莫若以兵先据其内。"策大喜，即于各门燃火，虚张旗号，设为疑兵，连夜撤围南去。周瑜进曰："王朗必然出城来赶，可用奇兵胜之。"策曰："吾今准备下了，取城只在今夜。"遂令军马起行。

一知居主人曰：

王朗听从严白虎建议，坚壁不出，短时间内让孙策也无可奈何。谁知孙策处还有高人，提出可先取对方的粮草所在。你不出来，我偏要诱你出来！并要在半路揍你。

王朗闻报，来敌楼上观望，心下迟疑。周昕曰："孙策走矣，特设此计以疑我耳。可出兵袭之。"严白虎曰："孙策此去，莫非要去查渎？"朗曰："查渎是我屯粮之所，正须提防。汝引兵先行，吾随后接应。"白虎与周昕出城追赶。离城二十余里，为孙策所拦。白虎大惊，便勒马回走。周昕舞刀来迎，被策一枪刺死。余众皆降。白虎杀条血路，望余杭而走，后被董袭所杀，首级被献给孙策。王朗奔逃海隅去了。孙策回军乘势取了城池。

一知居主人曰：

王朗最初还算清醒，只是"心下迟疑"，但最终还是没有耐住严白虎、周昕两人聒噪，决定派兵去追孙策，结果中了孙策的埋伏，周昕、严白虎都丢了性命。王朗，曾经的会稽太守，转眼之间也只能奔逃海隅了。想来王朗也会后悔，本就不该来趟严白虎与孙策这场浑水！

孙权与周泰守宣城，忽山贼四面杀至。时值更深，不及抵敌，泰抱权上马。数十贼众，用刀来砍。泰赤体步行，提刀杀贼。一贼跃马挺枪直取周泰，被泰扯住枪，拖下马来，夺了枪马，杀条血路，救出孙权。余贼远遁。周泰身被十二枪，金疮发胀，命在须臾。策闻之大惊。

一知居主人曰：

孙策外出开疆拓土，偏偏有贼惦记着孙策的后方。孙权真是命大，若不是周泰力大无穷，拼命相救，必死无疑。

第十五回　太史慈酣斗小霸王　孙伯符大战严白虎

董袭自己曾经"身遭数枪，得会稽一个贤郡吏虞翻荐一医者，半月而愈"。孙策乃令张昭与董袭同往聘请虞翻。翻至，策言及求医之意。翻说此人乃沛国谯郡人华佗。不一日引至。策见其人，童颜鹤发，飘然有出世之姿。请视周泰疮。佗投之以药，一月而愈。策大喜，厚谢华佗。江南皆平。

一知居主人曰：

周泰疮发，引出董袭。董袭引出虞翻，虞翻说了华佗。华佗出场，颇有点连环味道。华佗看到周泰，说"此易事耳"，相当轻松，后果然如此。可见其医术之高超，正是难者不会、会者不难。

孙策"遂进兵杀除山贼"，主动出击，有种"血债要用血来还"的架势！也足见其霸道之处！

孙策一面写表申奏朝廷，一面结交曹操，一面使人致书与袁术取玉玺。袁术暗有称帝之心，回书推托不还。急聚人商议，曰："孙策借我军马起事，今日尽得江东地面。乃不思根本，而反来索玺，殊为无礼。当以何策图之？"杨大将曰："孙策据长江之险，兵精粮广，未可图也。今当先伐刘备，以报前日无故相攻之恨，然后图取孙策未迟。"

一知居主人曰：

孙策上报朝廷，是为了争得名正言顺；结交曹操，是为了同一阵线；致信袁术，是为了索回放在他那里的玉玺。可惜，第三条算计错了，袁术早已要把玉玺据为己有，焉能退回。

袁术议事，召集三十余人，有点乱。人员如此众多，很难统一意见。杨大将的建议让刘备再一次躺着中枪，这可怜的大耳人！

第十六回
吕奉先射戟辕门　曹孟德败师淯水

　　杨大将献计欲攻刘备，曰："刘备军屯小沛，虽然易取，奈吕布虎踞徐州，前次许他金帛粮马，至今未与，恐其助备，今当令人送与粮食，以结其心，使其按兵不动，则刘备可擒。先擒刘备，后图吕布，徐州可得也。"术喜，便具粟二十万斛，令韩胤赍密书往见吕布。吕布甚喜，重待韩胤。胤回告袁术。

　　一知居主人曰：

　　本来袁术要征讨孙策，但是杨大将建议先收拾刘备，而且是假借吕布之手，有"一石二鸟"之意。

　　文章提及"吕布甚喜，重待韩胤"，好像是答应袁术了，但是看后面吕布举动，并不如此。作者有故弄玄虚之嫌。从吕布的为人处世来看，答应袁术应该是第一选择。

　　纪灵统兵进攻小沛。玄德聚众商议。张飞要出战。孙乾曰："今小沛粮寡兵微，如何抵敌？可修书告急于吕布。"张飞曰："那厮如何肯来！"玄德曰："乾之言善。"遂修书与吕布。吕布看了书，与陈宫计议曰："前者袁术送粮致书，盖欲使我不救玄德也。今玄德又来求救。吾想玄德屯军小沛，未必遂能为我害；若袁术并了玄德，则北连泰

山诸将以图我，我不能安枕矣：不若救玄德。"遂点兵起程。

一知居主人曰：

袁术派人来击刘备，刘备向吕布求救，不得已而为之。只是此处并没有见关羽说话，前面也有类似情况。张飞和吕布倒像是天生的一对冤家。

刘备致吕布信中有言，"伏自将军垂念，令备于小沛容身，实拜云天之德"；"亡在旦夕，非将军莫能救。望驱一旅之师，以救倒悬之急，不胜幸甚！"说得情真意切，也可怜至极。吕布也不是没有心眼，自己的安危必须是首先考虑的，所以与陈宫商议，还是去救刘备。

纪灵起兵到沛县东南。玄德虽然人少，也只得勉强出县。忽报吕布引兵也到。纪灵知吕布领兵来救刘备，急令人致书于吕布，责其无信。布笑曰："我有一计，使袁、刘两家都不怨我。"乃发使往纪灵、刘备寨中，请二人饮宴。玄德闻布相请，即便欲往。关、张曰："兄长不可去。吕布必有异心。"玄德曰："我待彼不薄，彼必不害我。"刘备到吕布寨中。布曰："吾今特解公之危。异日得志，不可相忘！"**布请玄德坐。关、张按剑立于背后。**

一知居主人曰：

吕布暗下决心，要做个和事佬，让两家罢兵。刘备要去吕布营中，关、张阻止，无果。刘备好像心中有数。吕布对刘备说"异日得志，不可相忘"，明显是一种炫耀和讽刺。谁知后面白门楼真的应验，刘备却是做了个落井下石的推手！

只是"人报纪灵到，玄德大惊，欲避之"。幸亏吕布说"吾特请你二人来会议，勿得生疑"。玄德"未知其意，心下不安"。一个典型的弱势形象！

纪灵入寨，见玄德在帐上坐，抽身便回。吕布向前一把扯回，如提童稚。灵曰："将军欲杀纪灵耶？"布曰："非也。"灵曰："莫非杀大耳儿乎？"布曰："亦非也。"灵曰："然则为何？"布曰："玄德与布乃兄弟也，今为将军所困，故来救之。"灵曰："若此则杀灵也？"布曰："无有此理。布平生不好斗，惟好解斗。吾今为两家解之。"灵曰："请问解之之法？"布曰："我有一法，从天所决。"乃拉灵入帐与玄德相见。二人各怀疑忌。布乃居中坐，使灵居左，备居右，且教设宴行酒。

一知居主人曰：

纪灵见刘备在吕布帐中，转身要回，属于本能反应。但是吕布扯纪灵如老鹰捉小鸡一般，足见吕布力气之大。再看此后纪灵与吕布的对话，纪灵尽是一种怯怯的口气，正常。只是这场饭局，三分之二的人尴尬至极，索然无味，场面可以想象。

酒行数巡，布曰："你两家看我面上，俱各罢兵。"玄德无语。灵曰："吾奉主公之命，提十万之兵，专捉刘备，如何罢得？"张飞大怒，拔剑在手。叱曰："吾虽兵少，觑汝辈如儿戏耳！你比百万黄巾如何？你敢伤我哥哥！"关公急止之曰："且看吕将军如何主意，那时各回营寨厮杀未迟。"吕布曰："我请你两家解斗，须不教你厮杀！"

一知居主人曰：

文字虽短，人物表现却是各异，特别形象。

"玄德无语"写得巧妙，典型的可怜虫，赫然纸上。纪灵有点发飙，遭到张飞呵斥，有句"你比百万黄巾如何？"意思也很明确：我们有战斗力！不信你试试！可见张飞虽然粗鲁，说出话来却是充满机智。关羽随和。

布大怒，教左右："取我戟来！"布提画戟在手，纪灵、玄德尽皆失色。布曰："我劝你两家不要厮杀，尽在天命。"令左右接过画戟，去辕门外远远插定。布曰："吾若一箭射中戟小枝，你两家罢兵，如射不中，你各自回营，安排厮杀。有不从吾言者，并力拒之。"纪灵私忖："戟在一百五十步之外，安能便中？且落得应允。待其不中，那时凭我厮杀。"便一口许诺。玄德自无不允。布都教坐，再各饮一杯酒。酒毕，布教取弓箭来。玄德暗祝曰："只愿他射得中便好！"只见吕布挽起袍袖，搭上箭，扯满弓，叫一声："着！"一箭正中画戟小枝。引得齐声喝采。

一知居主人曰：

在自己大帐之内，吕布一心要调停刘备和纪灵。可是"这边纪灵不忿，那边张飞只要厮杀"。吕布大怒在意料之中。只是他调停方法颇为奇特，不是一般人所能够想到的。言语之中，能够看到吕布的自信。

吕布射戟之时，纪灵和刘备想法写得甚妙。同样是答应，心态却不一样。纪灵认为吕布未必有这种本事，属于满不在乎；刘备却是暗地里祈祷，希望射中，自己也好免了一场火并。这次也该吕布露脸，竟然中了，如有神助！

当下吕布射中画戟小枝，呵呵大笑，掷弓于地，执纪灵、玄德之手曰："此天令你两家罢兵也！"喝教军士："斟酒来！"各饮一大觥。玄德暗称惭愧。纪灵默然半响，告布曰："将军之言，不敢不听。奈纪灵回去，主人如何肯信？"布曰："吾自作书复之便了。"酒又数巡，纪灵求书先回。布谓玄德曰："非我则公危矣。"玄德拜谢而回。次日，三处军马都散。

一知居主人曰：

这段文字，有点像是吕布一人在唱戏。射中画戟小枝，偏说这属于天意；纪灵说如何回复袁术，吕布说"吾自作书复之便了"，潇洒得意至极，充满自信；酒后告诉刘备："非我则公危矣。"更有一种炫耀。此时没有见张飞言语，怕是也暗自佩服起吕布的本事来！

纪灵见袁术，说吕布辕门射戟解和之事，并呈上书信。袁术大怒曰："吕布受吾许多粮米，反以此儿戏之事，偏护刘备。吾当自提重兵，亲征刘备，兼讨吕布！"纪灵曰："主公不可造次。吕布勇力过人，兼有徐州之地；若布与备首尾相连，不易图也。灵闻布妻严氏有一女，年已及笄①。主公有一子，可令人求亲于布，布若嫁女于主公，必杀刘备，此乃疏不间亲②之计也。"袁术遂遣韩胤为媒，往徐州求亲。

一知居主人曰：

并没有见袁术看信，袁术就开始大骂吕布，在于自己最终竹篮打水，空费了许多粮米。纪灵说"主公不可造次"，怕是惊诧于吕布的武艺还没有缓过劲来。纪灵一介武将，却建议袁术娶吕布之女为儿媳，有点出乎意料。

胤见吕布，说自家主公"仰慕将军，欲求令爱为儿妇，永结秦晋之好"。布谋于妻严氏。严氏曰："吾闻袁公路久镇淮南，兵多粮广，

---

① 及笄：又叫"既笄"。指古代汉族女子满 15 周岁结发，用笄贯之，因称女子满 15 周岁为及笄。也指已到了结婚的年龄。

② 疏不间亲：关系疏远者不参与关系亲近者的事。《管子·五辅》："夫然，则不下倍（背叛）上，臣不杀君，贱不逾贵，少不凌长，远不间亲，新不加旧，小不加大，淫不破义。凡此八者，礼之经也。"

早晚将为天子。若成大事，则吾女有后妃之望。只不知他有几子？"布曰："止有一子。"妻曰："既如此，即当许之。纵不为皇后，吾徐州亦无忧矣。"布遂许了亲事。韩胤回报袁术。术即备聘礼，令韩胤送至徐州。吕布受了，设席相待，留于馆驿安歇。

一知居主人曰：

孩子的婚事，吕布与严氏商量，再正常不过。但是，严氏了解和分析时事，非一般妇女所可为！只是其间忙活了韩胤，乐颠颠地在两边跑来跑去，也得了不少的好处！

次日，陈宫拜望韩胤。讲礼毕，坐定。宫乃叱退左右，对胤曰："谁献此计，教袁公与奉先联姻？意在取刘玄德之头。"胤失惊，起谢曰："乞公台勿泄！"宫曰："吾自不泄，只恐其事若迟，必被他人识破，事将中变。""吾见奉先，使其即日送女就亲，何如？"胤大喜，称谢曰："若如此，袁公感佩明德不浅矣！"宫遂辞别韩胤。

一知居主人曰：

陈宫见韩胤，直接点明袁术和吕布联姻幕后的阴谋，韩胤自然大惊。好在陈宫不是来拆台的，意在早点促成亲事，免得夜长梦多！韩胤也就放下心来。不幸的是，果然有人从中坏了此事，还是一位姓陈的。

陈宫入见，问吕布何日结亲。布曰："尚容徐议。"宫曰："今公与袁公路结亲，诸侯保无有嫉妒者乎？若复远择吉期，或竟乘我良辰，伏兵半路以夺之，如之奈何？为今之计。不许便休。既已许之，当趁诸侯未知之时，即便送女到寿春，另居别馆，然后择吉成亲，万无一失也。"布喜曰："公台之言甚当。"遂入告严氏，连夜具办妆奁，收拾宝马香车，令宋宪、魏续一同韩胤送女前去。鼓乐喧天，送出城外。

一知居主人曰：

其间，陈宫说"古者自受聘成婚之期，各有定例：天子一年，诸侯半年，大夫一季，庶民一月。"并说明吕布嫁女循三例均不可。看似陈宫有些繁琐，实则是在为最后要其立即送女出城做准备。

陈宫所言，不无道理。但是，吕布嫁女，非要"今夜"送走。虽是夜深人静，但是还是要"鼓乐喧天"，自然会有人知道。实在有些过急，反而坏了大事！

陈珪在家闻鼓乐之声。左右告以故。遂扶病来见吕布。珪曰："闻将军死至，特来吊丧。"布惊曰："何出此言？"珪曰："前者袁公路以金帛送公，欲杀刘玄德，而公以射戟解之。今忽来求亲，其意盖欲以公女为质，随后就来攻玄德而取小沛。小沛亡，徐州危矣。且彼或来借粮，或来借兵。公若应之，是疲于奔命，而又结怨于人。若其不允，是弃亲而启兵端也。况闻袁术有称帝之意，是造反也。彼若造反，则公乃反贼亲属矣，得无为天下所不容乎？"布大惊曰："陈宫误我！"急命张辽引兵，将女抢归，连韩胤都拿回监禁。令人回复袁术。陈珪又说吕布，使解韩胤赴许都。布犹豫未决。

一知居主人曰：

陈珪晓得吕布嫁女，看破"此乃疏不间亲之计也。玄德危矣"，特意到吕布处说自己对这件事的看法。陈珪见吕布第一句话，"闻将军死至，特来吊丧"。说得直白，也让人觉得晦气。也可能正是这句话，让吕布感到陈珪是自己人，是在为自己着想。可惜，吕布看错人矣！陈珪所言，若剥洋葱，层层递进，最后上升到"参与造反"的高度。由不得吕布不相信。

同样一件事，每人看法不同，可以理解，关键看吕布如何看待。吕布此后所做所言，左右摇摆，足见其并无主心骨，反不如夫人严

氏思路清晰。徒勇武，不足以成大事也！

最苦的是韩胤。转眼之间，稀里糊涂地从吕布的座上客成为阶下囚，当是百思不得其解！好在吕布并未听从陈珪言语将韩胤送至曹操处。此时陈宫在何处？未见交代。

有人报刘备在小沛招军买马，布曰："此为将者本分事，何足为怪。"正话间，宋宪、魏续至，告布曰："我二人奉明公之命，往山东买马，买得好马三百余匹。回至沛县界首，被强寇劫去一半。打听得是刘备之弟张飞，诈妆出贼，抢劫马匹去了。"吕布听了大怒，随即点兵往小沛来斗张飞。

一知居主人曰：

吕布左右摇摆，心中不宁，烦闷至极，忽报刘备派人劫了自己的马匹，烦恼终于有了"出口"，故怒而伐刘！

玄德慌忙领兵出迎吕布。玄德出马曰："兄长何故领兵到此？"布指骂曰："我辕门射戟，救你大难，你何故夺我马匹？"玄德曰："安敢夺兄马匹。"布曰："你便使张飞夺了我好马一百五十匹，尚自抵赖！"张飞挺枪出马曰："是我夺了你好马！你今待怎么？"布骂曰："环眼贼！你累次渺视我！"飞曰："我夺你马你便恼，你夺我哥哥的徐州便不说了！"布挺戟出马来战张飞，飞亦挺枪来迎。两个酣战一百余合，未见胜负。玄德恐有疏失，急鸣金收军入城。

一知居主人曰：

吕布来战，刘备有些不解。吕布明说之后，才知道原因在三弟身上。张飞敢做敢当，快意人生。吕布骂张飞"环眼贼"，张飞却说"我夺你马你便恼，你夺我哥哥的徐州便不说了"，只是没有说正是因为自己的过失才丢了徐州，有点小可爱！

吕布分军四面围定。玄德唤张飞责之。并令人至吕布营中，说情愿送还马匹，两相罢兵。布欲从之。陈宫曰："今不杀刘备，久后必为所害。"布听之，攻城愈急。

一知居主人曰：

刘备求情，吕布想饶过刘备。吕布自始至终看不起刘备，认为刘备不会有太大作为。倒是陈宫的一番提醒，让他认识到刘备的破坏力，"不从所请"。

玄德聚谋士商议。孙乾曰："曹操所恨者，吕布也。不若弃城走许都，投奔曹操，借军破布，此为上策。"玄德曰："谁可当先破围而出？"飞曰："小弟情愿死战！"玄德令飞在前，云长在后；自居于中，保护老小。当夜三更，乘着月明，出北门而走。正遇宋宪、魏续，被翼德一阵杀退，得出重围。后面张辽赶来，关公敌住。吕布见玄德去了，也不来赶，随即入城安民，令高顺守小沛，自己仍回徐州去了。

一知居主人曰：

这次刘备稀里糊涂丢了小沛，从此又开始流浪人生。一直到诸葛亮出山，才有了好的转机。说实在话，寄人篱下也是一个技术活儿，不是一般人所可以为的。好在刘备善哭，善于煽情，善于伪装！

玄德前奔许都，先使孙乾见曹操，言被吕布追逼一事，今特来相投。操曰："玄德与吾，兄弟也。"请入城相见。次日，玄德留关、张在城外，自带孙乾、糜竺入城。操待以上宾之礼。玄德备诉吕布之事，操曰："布乃无义之辈，吾与贤弟并力诛之。"玄德称谢。操设宴相待，至晚送出。

一知居主人曰：

十八路诸侯讨伐董卓时，曹操就知道刘、关、张的本事，所以曹操在这段文字中，称刘备为"兄弟""贤弟"，意在笼络这支力量。至于刘备留关、张在城外，只带孙、糜入城。一是怕关、张属于武将，言语不当，坏了大事；二是怕曹操有所忌讳，意在显示自己诚意；三来应是怕曹操不接受自己，也好城内、城外有所照应。

荀彧入见曹操曰："刘备，英雄也。今不早图，后必为患。"操不答。郭嘉入。操曰："荀彧劝我杀玄德，当如何？"嘉曰："不可……今玄德素有英雄之名，以困穷而来投，若杀之，是害贤也。天下智谋之士，闻而自疑，将裹足不前，主公谁与定天下乎？"操大喜曰："君言正合吾心。"次日，即表荐刘备领豫州牧。程昱谏曰："刘备终不为人之下，不如早图之。"操曰："方今正用英雄之时，不可杀一人而失天下之心。此郭奉孝与吾有同见也。"遂给兵给粮食，让刘备往豫州到任。进兵屯小沛，攻吕布。

一知居主人曰：

曹操手下三大谋士，荀彧、郭嘉和程昱。三人对刘备的态度差别太大。荀彧和程昱主张除掉刘备，郭嘉主张留下刘备。二比一，按说曹操应从"二"，最终却从了"一"，说明曹操个人有主见，有远见。毛宗岗先生评论郭嘉"数语非为刘备，实为曹操"，真也！曹操对程昱有言，"此郭奉孝与吾有同见也"。其大度之风可见也！

曹操正欲起兵征吕布，忽报说张济攻南阳，为流矢所中而死；其侄张绣用贾诩为谋士，结连刘表，屯兵宛城，欲兴兵犯阙夺驾。操大怒，欲讨之，又恐吕布来侵。荀彧曰："此易事耳。吕布无谋之辈，见利必喜。明公可遣使往徐州，加官赐赏，令与玄德解和。布喜，

则不思远图矣。"操曰:"善。"遂差人赍官诰并和解书往徐州。一面起兵亲讨张绣。

一知居主人曰:

曹操本来是要讨伐吕布的,后却给吕布加官赐赏,大加安抚;曹操本来是安排刘备去攻打吕布的,现在却"令(吕布)与玄德解和"。看似矛盾的建议全部出自荀彧,要知道荀彧全是从曹操阵营的利益最大化来考虑和安排的。

荀彧有言,"吕布无谋之辈,见利必喜",看来世间能看透吕布者并不在少数。

曹操军马至淯水下寨。贾诩劝张绣曰:"操兵势大,不可与敌,不如举众投降。"张绣从之,使贾诩至操寨通款①。操见诩应对如流,甚爱之,欲用为谋士。诩曰:"某昔从李傕,得罪天下。今从张绣,言听计从,不忍弃之。"乃辞去。次日引绣来见操,操待之甚厚。引兵入宛城屯扎,余军分屯城外。

一知居主人曰:

张绣来势汹汹,看似势力不小,谁知与曹操未战,只是自家谋士贾诩一句话,便要投降,实在外强中干。曹操要留下贾诩,贾诩却并没有从,还算有些骨气。

一日操醉,私问左右曰:"此城中有妓女否?"操之兄子曹安民密对曰:"昨晚小侄窥见馆舍之侧,有一妇人,生得十分美丽,问之,即绣叔张济之妻也。"操令安民领兵往取之。须臾,操见之,果然美丽。

---

① 通款:意思是与敌方通和言好。《晋书·阳裕载记》:"愿两追前失,通款如初,使国家有太山之安,苍生蒙息肩之惠。"

问其姓，妇答"乃张济之妻邹氏也"。操曰："夫人识吾否？"邹氏曰："久闻丞相威名，今夕幸得瞻拜。"操曰："吾为夫人故，特纳张绣之降。不然灭族矣。"邹氏拜曰："实感再生之恩。"操曰："今宵愿同枕席，随吾还都，安享富贵，何如？"邹氏拜谢。是夜，共宿于帐中。邹氏提出"久住城中，绣必生疑，亦恐外人议论"，操曰："明日同夫人去寨中住。"次日，移于城外安歇，唤典韦就中军帐房外宿卫。他人非奉呼唤，不许辄入。

一知居主人曰：

战事正紧，却出来曹操嫖妓一节，实在出乎意料。曹操侄子曹安民向叔叔介绍了张绣（张济的侄子）的婶子邹氏，两人对曹安民而言，辈分相当，真佩服这种特意组合，分明看到作者在一旁冷笑。曹操和邹氏的对话，你来我往，都很有分寸，自也足见曹操的虚伪！文中"因此，内外不通"颇有深意，后文自知也！

前文有"（曹操）一住数日，绣每日设宴请操"，现有"操每日与邹氏取乐，不想归期"。花天酒地，看似天下太平，曹操好色之本性开始暴露，警惕性慢慢丧失。殊不知一场暴风雨马上就要来临，曹操险些丧命。

张绣家人密报绣。绣怒曰："操贼辱我太甚！"便请贾诩商议。诩曰："此事不可泄漏。来日等操出帐议事，如此如此。"次日，张绣入曹操帐中告曰："新降兵多有逃亡者，乞移屯中军。"操许之。绣乃移屯，分为四寨，刻期举事。

一知居主人曰：

张绣降曹操，是贾诩建议的，说明其对曹操有好感。这次贾诩设计收拾曹操，说明曹操之所为，贾诩也很气愤。张绣所言"乞移屯中军"，曹操有些麻痹，竟然答应。却是让张绣带兵出城对自己住

地成了包围之势。

因畏典韦勇猛,张绣与偏将胡车儿商议。那胡车儿亦异人也。献计曰:"典韦之可畏者,双铁戟耳。主公明日可请他来吃酒,使尽醉而归。那时某便混入他跟来军士数内,偷入帐房,先盗其戟,此人不足畏矣。"绣甚喜,预先准备弓箭、甲兵,告示各寨。至期,令贾诩致意请典韦到寨,殷勤待酒。至晚醉归,胡车儿杂在众人队里,直入大寨。

一知居主人曰:

胡车儿不但"能负五百斤,日行七百里",勇猛无比,其所献计谋也很周密。完全可以想象,典韦一个人再有力气,没有可用武器,其杀伤力绝对大减。可惜典韦并不知情,如在梦中!

是夜曹操与邹氏饮酒,忽听帐外人言马嘶。曹操得回报是张绣军夜巡,不疑。时近二更,忽闻寨内呐喊,报说草车上火起。操曰:"军人失火,勿得惊动。"须臾,四下里火起。操始着忙,急唤典韦。

一知居主人曰:

开始时,曹操还有些警惕性,让人问一下外面出了什么事情。此后便麻痹了,不单是因为酒的作用,更是因为心在邹氏。

韦睡梦中听得金鼓喊杀之声,便跳起身来,却寻不见双戟。时敌兵已到辕门,韦急掣步卒腰刀在手。只见门首无数军马,各挺长枪,抢入寨来。韦奋力向前,砍死二十余人。马军方退,步军又到,两边枪如苇列。韦身无片甲,上下被数十枪,兀自死战。群贼不敢近,远远以箭射之,箭如骤雨。韦犹死拒寨门。怎奈韦背上又中一枪,大叫数声,血流满地而死。

一知居主人曰：

这场血战，真是惊人。"刀砍缺不堪用，韦即弃刀，双手提着两个军人迎敌，击死者八九人"，其情其景，可以想象，足见典韦力气之大。典韦"死了半晌，还无一人敢从前门而入者"，足见众人之惊骇！

曹操赖典韦当住寨门，得从寨后上马逃奔，只有曹安民步随。操右臂中一箭，马亦中三箭。亏得那大宛良马熬得痛，走得快。刚刚走到淯水河边，贼兵追至，安民被砍为肉泥。操急骤马冲波过河，才上得岸，贼兵一箭射来，正中马眼，那马扑地倒了。长子曹昂，以己所乘之马奉操。操上马急奔。曹昂却被乱箭射死。操乃走脱。路逢诸将，收集残兵。

一知居主人曰：

曹操之狼狈，可见一斑。老子所言"福兮祸之所伏"，诚哉斯言！曹安民之死，因为有一定过错，尚可以理解。只是曹昂将自己的马让与父亲（曹操还真的接受了）后被乱箭射死，太可惜了！书中并没有交代邹氏如何，或许死于乱军之中了。

时夏侯惇所领青州之兵劫掠民家。于禁将本部军于路剿杀，安抚乡民。青州兵走回迎操泣拜于地，言于禁造反。操大惊。须臾，夏侯惇等四将到。操言于禁造反，可整兵迎之，于禁见曹操等俱到，乃射住阵角，凿堑安营。或曰："今丞相已到，何不分辩，乃先立营寨耶？"于禁曰："今贼追兵在后，不时即至。若不先准备，何以拒敌？分辩小事，退敌大事。"后张绣军果然杀至。于禁身先出寨迎敌。绣军大败，追杀百余里。

第十六回　吕奉先射戟辕门　曹孟德败师淯水

一知居主人曰：

青州兵抢掠百姓，于禁带兵赶杀青州兵，意在保民，属于正义之举。夏侯惇等恶人先告状，说于禁造反。曹操竟然相信了。毕竟三人成虎，人言可畏。但是于禁见到曹操，并没有急于解释，而是先稳住阵脚，以迎追兵。张绣来追，于禁先行迎战。此处看，于禁属于仁慈之人，颇有计谋。

张绣最初捉曹操，曹操仓皇而走，是因为曹操沉湎酒色，没有在意。如今曹操已经与众大将会合，张绣还要追杀，无异于鸡蛋碰石头，果然大败。

曹操收军点将，于禁入见，备言青州之兵，肆行劫掠，大失民望，故杀之。操曰："不告我，先下寨，何也？"禁以前言对。操曰："将军在匆忙之中，能整兵坚垒，任谤任劳，使反败为胜，虽古之名将，何以加兹！"又设祭祭典韦，操亲自哭而奠之，众皆感叹。

一知居主人曰：

战张绣后，于禁见曹操，说前面事情。曹操"乃赐（于禁）以金器一副，封益寿亭侯；责夏侯惇治兵不严之过"，可谓赏罚分明。

曹操公开祭奠典韦时，说"吾折长子、爱侄，俱无深痛，独号泣典韦也"，足见曹操对典韦的内疚。但此语也不乏作秀之嫌。曹操善于利用各种场合做表面文章，各位不服不行！

曹操回到许都，派王则至徐州，布迎接入府，开读诏书：封布为平东将军，特赐印绶。又出操私书。布大喜。忽报袁术遣人至，布唤入问之。使言："袁公早晚即皇帝位，立东宫，催取皇妃早到淮南。"布大怒曰："反贼焉敢如此！"遂杀来使，将韩胤用枷钉了，与陈登一同王则上许都谢恩。且答书于操，欲求实授徐州牧。操知布

绝婚袁术，大喜，遂斩韩胤于市曹。

一知居主人曰：

曹操派人封吕布官职，并有私信，加上"王则在吕布面前极道曹公相敬之意"。吕布竟然大喜。恰此时袁术来说儿女婚事，吕布竟然斩了来使，并派人将韩胤送至曹操处。曹操也是"爽快"，立马斩了韩胤，意在于尽快挑起吕布和袁术相争，好渔翁得利。最可怜的是韩胤，死得不明不白！

想一想，世间如此冤枉之人，也并不是唯韩胤一人！

陈登密谏操曰："吕布，豺狼也，勇而无谋，轻于去就①，宜早图之。"操曰："吾素知吕布狼子野心，诚难久养。非公父子莫能究其情，公当与吾谋之。"操喜。登辞回，操执登手曰："东方之事，便以相付。"登点头允诺。

一知居主人曰：

吕布派陈登来谢曹操，陈登却在曹操面前说吕布诸多不是。陈登主动提出"丞相若有举动，某当为内应"。曹操何等聪明，立马"表赠陈珪秩中二千石，登为广陵太守"，等于达成协议。

在前面第十四回中，皇上派董昭来招曹操，董昭却是向曹操献了协天子迁许都之计，与本次类似。可见，用人很重要！

陈登回徐州见吕布，言："父赠禄，某为太守。"布大怒曰："汝不为吾求徐州牧，而乃自求爵禄！""今吾所求，终无一获。而汝父

---

① 轻于去就：轻率地离开一个地方而投靠另一个地方。意思是反复无常，没有标准和原则。轻，轻率；去，离开；就，靠近；去就，指去留。《三国志·魏志·吕布传》："登见太祖，因陈布勇而无计，轻于去就，宜早图之。"

子俱各显贵，吾为汝父子所卖耳！"遂拔剑欲斩之。登大笑曰："将军何其不明之甚也！""吾见曹公，言养将军譬如养虎，当饱其肉，不饱则将噬人。曹公笑曰：'不如卿言。吾待温侯，如养鹰耳：狐兔未息，不敢先饱，饥则为用，饱则飏去'。"布掷剑笑曰："曹公知我也！"

一知居主人曰：

吕布求做徐州牧不成，陈登父子作为吕布手下，却是发财的发财、升官的升官。即便不是吕布，也会大恼。在陈登一顿狡辩之后，吕布大笑，但自此与陈登父子必定有隙，此也正是曹操的目的。

第十七回

袁公路大起七军　曹孟德会合三将

袁术在淮南，地广粮多，又有玉玺，遂思僭①称帝号。大会群下议曰："吾家四世三公②，百姓所归。吾欲应天顺人，正位九五③。尔众人以为何如？"阎象曰："此事决不可行。"术怒曰："吾袁姓出于

---

① 僭：超越本分。旧时指地位低下的冒用地位在上的名义或礼仪、器物等。《诗·商颂·殷武》："不僭不滥，不敢怠遑。"

② 四世三公：指袁绍这个家族有四代人连续担任"三公"的职务。袁绍高祖父袁安为章帝时司徒、曾祖父袁敞为安帝时司空、祖父袁汤为桓帝时太尉、其父袁逢为献帝时司空、其叔父袁隗为献帝时司徒，四个世代中（自高祖父、曾祖父、祖父及迄其父共四世）均出现过担任三公（司徒、司空、太尉）职位的人物，故称袁绍的家世为四世三公。后指世代官居高位。袁术和袁绍是同父异母兄弟。袁绍自小过继大伯家中，这一家的官没有本家大，所以袁术自认为"根正苗红"。

③ 九五：代指我国古代的皇帝之位，皇帝乃上天之子，即中有正，古称之为九五之尊。九，谓阳爻；五，第五爻，指卦象自下而上第五位。《易·乾》："九五，飞龙在天，利见大人。"

陈①。陈乃大舜之后②。以土承火，正应其运。又谶云：代汉者，当涂高也③。吾字公路，正应其谶④。又有传国玉玺。若不为君，背天道也。吾意已决，多言者斩！"遂建号仲氏，立台省等官，不一而足。

一知居主人曰：

一个人想当皇帝，不是不可以，但是从自己嘴里说出，说明早就有野心，不易服众。最好是找一帮人，主动提出尊自己为皇帝，至少面子上好看。看着袁术，自我吹嘘有种种条件和吉兆，顺理成章可以当皇帝。有大臣提出异议，还非要杀人家。毛宗岗先生对此段有评论，说袁术"如此举动，又可恶，又可笑，又可丑，又可怜"。一意孤行，必行不远矣！

袁术因命使催取吕布之女为东宫妃，却闻布已将韩胤解赴许都，为曹操所斩，乃大怒，遂拜张勋为大将军，分七路征徐州。各路将领统领部下健将，克日起行。以纪灵为七路都救应使。术自引军三万，接应七路之兵。

---

① 袁姓出于陈：陈郡相当于今淮阳、太康、鹿邑等地，是袁氏始祖袁涛涂后裔的直系望地，以阳夏（太康）为世居，之后的袁氏支脉多出自这里。

② 陈乃大舜之后：周朝诸侯国陈国第一任君主陈胡公，亦称陈满、陈胡公满、虞胡公，妫姓，有虞氏，名满，字少汤，舜帝之后，陶正（掌管制作陶器的官）遏父之子。为陈氏与胡氏的得姓始祖。周武王曾将长女太姬嫁给他，备以三恪，奉祀虞舜。从胡公受封至公元前479年楚惠王杀陈湣公为止，陈国共历25世，延续568年。故有此说。

③ "又谶云"三句：字面意思是说灭亡汉朝就是涂高。这句说最早出现在《春秋谶》：汉家九百二十岁后，以蒙孙亡，授以丞相。代汉者，当涂高也。《春秋谶》是一部专门记录秦汉之前政治谶语的书，专门预言后世之事，实则为百家之一，不过到汉代时这本书已经失传了。

④ "吾字公路"二句：袁术字公路，"术"即城内的道路，"涂"通"途"，也是道路之意。因此，袁术认为"涂高"就是指自己，自己就是那个天命加身的人。

一知居主人曰：

袁术一怒之下，发七路兵马，讨伐吕布和曹操，浩浩荡荡，阵势颇为强大。可是袁术"命兖州刺史金尚为太尉，监运七路钱粮。尚不从，术杀之"，未战而先斩了己方之人，也是不祥之兆，让人觉得不爽！

吕布知道袁术于路劫掠将来，急召谋士商议。陈宫曰："徐州之祸，乃陈珪父子所招"，"可斩二人之头献袁术，其军自退。"布即命擒下陈珪、陈登。陈登大笑曰："何如是之懦也？吾观七路之兵，如七堆腐草，何足介意！"布曰："汝若有计破敌，免汝死罪。"陈登曰："术兵虽众，皆乌合之师，素不亲信"，细说可在从韩暹、杨奉处寻找突破口，"若凭尺书结为内应，更连刘备为外合，必擒袁术矣"。布令陈登先于下邳道上候韩暹。

一知居主人曰：

陈宫说徐州之灾为陈珪父子所致，吕布便拿下其父子。陈登说自己有破敌之策，吕布就释放他们，让他们出城劝降。说明此时吕布思路已乱，心中无数，有病乱投医也！陈宫再聪明，也难以挽救吕布之败势了。

暹引兵至，登入见。暹问曰："汝乃吕布之人，来此何干？"登笑曰："某为大汉公卿，何谓吕布之人？若将军者，向为汉臣，今乃为叛贼之臣，使昔日关中保驾之功，化为乌有，窃为将军不取也。且袁术性最多疑，将军后必为其所害。今不早图，悔之无及！"暹叹曰："吾欲归汉，恨无门耳。"登乃出布书。暹览书毕曰："吾已知之。公先回。吾与杨将军反戈击之。但看火起为号，温侯以兵相应可也。"登辞暹，急回报吕布。

一知居主人曰：

陈登访韩暹，凭三寸不烂之舌，轻松地劝说韩暹做了内应。此前文中有言出发之前，袁术"使李封、梁刚、乐就为催进使"，他们的作用又何在呢？可见袁术手下貌似强大，实则一盘散沙，并不堪击也！

吕布出城三十里下寨。张勋军到，料敌吕布不过，且退二十里屯住，待接应。二更时分，韩暹、杨奉分兵到处放火，接应吕家军入寨。勋军大乱。吕布乘势掩杀，张勋败走。吕布赶到天明，正撞纪灵接应。两军相迎，恰待交锋，韩暹、杨奉两路杀来。纪灵大败而走。

一知居主人曰：

袁术手下张勋作为总头领，遭遇吕布，未战而先怯，其败必然。况韩暹、杨奉两人早就答应陈登，做了吕布的内应。再看那纪灵，有辕门射戟一段，自是胆怯，大败也是必然。

吕布正追赶纪灵，只见一队军马，袁术身披金甲，立于阵前。布挺戟向前。术将李丰来迎战不三合，被刺伤弃枪而走。吕布麾兵冲杀，术军大乱。袁术败走，不上数里，关云长截住去路。关云长大叫："反贼！还不受死！"袁术败回淮南去了。吕布邀请云长并杨奉、韩暹等到徐州，大排筵宴，军士都有犒赏。

一知居主人曰：

袁术出场，俨然是天子架势，且大骂吕布是"背主家奴"。可惜不堪一击，大败。也该袁术不走运，逃跑途中竟然遭遇关羽。其实关羽来得并不突然，前面陈登献计时曾要吕布发书信于刘备处！关羽见袁术，自然记得袁术羞臊自己之事，肯定要出大力，所以"大杀了一阵"。

布保韩暹为沂都牧、杨奉为琅琊牧,欲留二人在徐州。陈珪曰:"不可。韩、杨二人据山东,不出一年,则山东城郭皆属将军也。"布然之,遂送二将暂于沂都、琅琊二处屯扎。陈登私问父曰:"何不留二人在徐州,为杀吕布之根?"珪曰:"倘二人协助吕布,是反为虎添爪牙也。"登乃服父之高见。

一知居主人曰:

韩暹、杨奉虽然是被陈登说服而投吕布,两人可能感激陈登,但是未必和陈登一心。他们和吕布,三人为众,合在一起,陈登父子就难以对付。所以先找个恰当的理由,支出城外再说。

姜毕竟是老的辣,在陈珪面前,陈登自愧不如。

袁术败回淮南,遣人向孙策借兵报仇。策怒曰:"汝赖吾玉玺,僭称帝号,背反汉室,大逆不道!吾方欲加兵问罪,岂肯反助叛贼乎!"遂作书以绝之。使者赍书回见袁术。术看毕,怒曰:"黄口孺子,何敢乃尔!吾先伐之!"杨大将力谏方止。

一知居主人曰:

毛泽东主席在《中国社会各阶级的分析》有言:"谁是我们的朋友,谁是我们的敌人,这是革命的首要问题。"袁术败回淮南,竟然要孙策来帮助自己,亏他想得出来,真是糊涂蛋一个!要知道"小霸王"孙策因为玉玺一事早就有讨伐袁术之心。

孙策自发书后,防袁术兵来,点军守住江口。忽曹操使至,拜策为会稽太守,令起兵征讨袁术。策乃商议。便欲起兵。张昭曰:"术虽新败,兵多粮足,未可轻敌。不如遗书曹操,劝他南征,吾为后应:两军相援,术军必败。万一有失,亦望操救援。"策从其言,遣使以此意达曹操。

一知居主人曰：

前面袁术刚刚向孙策求救，曹操使节这就来到，封官下诏，说明孙策位置之重要性。群雄割据，互相拉拢共同反对第三方，可以理解。

张昭所献计策，颇有意思。你曹操既然要我打袁术，你曹操先打好了，而后我来配合。原因很简单，这样可以避免孙策一方的力量被过度消耗！

袁术乏粮，劫掠陈留。曹操欲乘虚攻之，遂兴兵南征。兵至豫州界上，玄德引兵来迎。相见毕，玄德献上韩暹、杨奉之首级二颗。操曰："何以得之？"玄德曰："吕布令二人权住沂都、琅琊两县。不意二人纵兵掠民，人人嗟怨。因此备乃设一宴，诈请议事。饮酒间，掷盏为号，使关、张二弟杀之，尽降其众。今特来请罪。"操曰："君为国家除害，正是大功，何言罪也？"遂厚劳玄德，合兵到徐州界。

一知居主人曰：

刘备设下"鸿门宴"，当场将韩暹、杨奉杀了，有点不符合他的日常性格。一般都是别人算计刘备，这次刘备却是算计了别人。难道他不害怕吕布么？毕竟韩、杨对吕布是有功之人。刘备将两人首级献与曹操，有点像献投名状。后文中"吕布出迎，操善言抚慰，封为左将军，许于还都之时，换给印绶"，应该谈到刘备杀两人之事。

这个时候，刘备明显已经站在曹操一边了。

袁术令大将桥蕤引兵作先锋，会于寿春界口。桥蕤出马战夏侯惇，战不三合，被搠死。术军大败，奔走回城。忽报孙策攻江边西面，吕布攻东面，刘备、关、张引兵攻南面，操自引兵攻北面。术大惊，急聚众商议。杨大将曰："不如留军在寿春，不必与战。待彼兵粮尽，

必然生变。陛下且统御林军渡淮，一者就熟，二者暂避其锐。"术用其言，留李丰等四人坚守寿春，其余随袁术过淮了。

一知居主人曰：

袁术手下桥蕤"与夏侯惇战不三合，被夏侯惇搠死"，过于仓促，实在有愧于出场介绍时的"大将"二字。

孙、吕、刘、曹分别攻寿春，袁术四面楚歌。无计可施之时，竟然接受杨大将建议，安排一部分军队坚守寿春，自己却"将卒并库藏金玉宝贝，尽数收拾过淮去了"。其中"金玉宝贝"四字格外招眼，典型的守财奴！同时也让人看到袁术不可能再回寿春了。主帅离去，谁又肯在前线为之卖命？！

曹操催军速战，李丰等闭门不出。相拒月余，曹操处粮食将尽。仓官王垕入禀操曰："兵多粮少，当如之何？"操曰："可将小斛散之。"垕依命。操暗使人各寨探听，皆言丞相欺众。操乃密召王垕入曰："吾欲问汝借一物，以压众心，汝必勿吝。"垕曰："丞相欲用何物？"操曰："欲借汝头以示众耳。"垕大惊曰："某实无罪！"操曰："吾亦知汝无罪，但不杀汝，军必变矣。"垕再欲言时，操早呼刀斧手推出门外，一刀斩讫。于是众怨始解。

一知居主人曰：

王垕一介草民，最终死在了曹操的诡计之中。

明明是曹操让王垕小斛散粮，王垕也提及"兵士倘怨，如何"，曹操还是坚持。此后果然手下无不嗟怨。曹操找王垕，虽是商量，却是明着要借人家脑袋（谁家脑袋肯借？），却是容不得对方拒绝的，立马杀了人家，还悬头高竿，出榜晓示曰："王垕故行小斛，盗窃官粮，谨按军法。"老实巴交的王垕就这样无缘无故成了罪人！其实王垕也是敬业之人，只是没有想到自己会是这种结局。

至于曹操所言"汝死后，汝妻子吾自养之，汝勿虑也"，也未必真正落实。反正王垕已死，死无对证！对曹操而言，这一切已经无所谓了。

次日，操传令："如三日内不并力破城，皆斩！"操亲自至城下，督诸军搬土运石，填壕塞堑。城上矢石如雨，有两员裨将畏避而回，操掣剑亲斩于城下，遂自下马接土填坑。城上抵敌不住，曹兵争先上城，斩关落锁，大队拥入。李丰等四将都被生擒，操令皆斩于市。寿春城中，收掠一空。

一知居主人曰：

这段文字中，曹操的几个动作值得注意。他亲自到城下督军，掣剑亲斩畏避而回的两员裨将，亲自下马接土填坑及将袁术手下四位大将皆斩于市。我们可以想象曹操的急躁和霸道！这在其他战斗中没有出现过。这一切都是无粮惹的祸。再不速战速决，曹操必败！

曹操进入寿春之后，"焚烧伪造宫室殿宇、一应犯禁之物"，意在彰显自己是在维护汉室利益，属于正义之师。

曹操要渡淮追赶袁术。荀彧谏曰："不若暂回许都，待来春麦熟，军粮足备，方可图之。"操踌躇未决。忽报说张绣作乱，"曹洪拒敌不住，连输数阵"。操乃驰书与孙策，令其跨江布阵，以为刘表疑兵；自己即日班师，别议征张绣之事。临行，令玄德仍屯兵小沛，与吕布结为兄弟，互相救助，再无相侵。吕布自回徐州。操密谓玄德曰："吾令汝屯兵小沛。是掘坑待虎①之计也。公但与陈珪父子商议，勿致有失。某当为公外援。"

---

① 掘坑待虎：挖好坑等待老虎（中陷阱）。有十足的把握，以逸待劳。

一知居主人曰：

曹操退兵之前，连续做了三件事情：一是要孙权跨江布阵，迷惑、牵制刘表，自己好顺利班师；二是要刘备与吕布结为兄弟，面上是在做好事，实为麻痹吕布；三是告诉刘备"掘坑待虎"之计，意思很明确，自己早晚要收拾吕布。

曹操最后这一步棋走得足够大胆！当然，曹操看得很清楚，刘备已经不可能和吕布同流，也属于"疑人不用，用人不疑"之一种！

曹操引军回许都，人报段煨杀了李傕，伍习杀了郭汜，将头来献。天子升殿，会集文武，作太平筵宴。封段煨为荡寇将军、伍习为殄虏将军，各引兵镇守长安。二人谢恩而去。

一知居主人曰：

李傕、郭汜被杀。至此董卓手下四大将尽没，董卓时代彻底结束。曹操坐享其成，不用再操心长安地区的事情，完全可以腾出手来收拾张绣！

只是"李傕合族老小二百余口被活解入许都。操令分于各门处斩，传首号令"。毛宗岗先生评论此事时，用了"真是快事"四字，一知居主人不敢苟同。毕竟涉及二百余口人中无辜太多，场面过于血腥。

曹操征讨张绣，见一路麦已熟。老百姓害怕兵至，不敢刈麦。操使人远近遍谕村人父老，及各处守境官吏曰："吾奉天子明诏，出兵讨逆，与民除害。方今麦熟之时，不得已而起兵，大小将校，凡过麦田，但有践踏者，并皆斩首。军法甚严，尔民勿得惊疑。"百姓闻谕，无不欢喜称颂，望尘遮道而拜。官军经过麦田，皆下马以手扶麦，递相传送而过，并不敢践踏。

第十七回　袁公路大起七军　曹孟德会合三将

一知居主人曰：

天时不等人。收麦时间只是那么几天，否则就会毁在田里。民以食为天，民无粮必反。曹操深得此中道理，所以才发布命令。其中有句"但有践踏者，并皆斩首"，只是没有想到第一个无意中违反军纪的人竟是自己！

操乘马正行，忽田中惊起一鸠。那马窜入麦中，践坏了一大块麦田。操随呼行军主簿，拟议自己践麦之罪。主簿曰："丞相岂可议罪？"操曰："吾自制法，吾自犯之，何以服众？"欲自刎。郭嘉曰："古者《春秋》之义：法不加于尊①。丞相总统大军，岂可自戕？"操沉吟良久，乃曰："既《春秋》有法不加于尊之义，吾姑免死。"乃以剑割自己之发，掷于地曰："割发权代首。"使人以发传示三军。三军悚然，无不懔遵军令。

一知居主人曰：

成语"割发代首"正是来源于此。古人讲究身体发肤受之父母不可毁伤，割发可以算是不孝之大罪。作为这场戏的主角，曹操割发代首表演的味道浓一些，其真意在整顿军纪。故后人有诗评论说："十万貔貅十万心，一人号令众难禁。拔刀割发权为首，方见曹瞒诈术深。"不过，现在"割发代首"已经演变为对贪官污吏的处罚捉小放大的调侃。

张绣知操引兵来，急报刘表，使为后应。与雷叙、张先二将出城迎敌。两阵对圆，张绣出马，指操骂曰："汝乃假仁义无廉耻之人，

---

① 法不加于尊：《春秋》中并无"法不加于尊"这句话，是郭嘉杜撰，为曹操解脱而已。也因为此，就有了"礼不下庶人、刑不上大夫、法不施于尊者"之说。

与禽兽何异！"操大怒，令许褚出马。绣令张先接战。只三合，许褚斩张先于马下，绣军大败。操引军赶至南阳城下。绣入城，闭门不出。

一知居主人曰：

张绣大骂曹操为"假仁义无廉耻之人，与禽兽何异"！自是与前面曹操霸占张绣之婶一事对应。那次曹操还真是丢人了。

第十八回
贾文和料敌决胜　夏侯惇拔矢啖睛

贾诩见曹操绕城而观者三日，谓张绣曰："来日可令精壮之兵，饱食轻装，尽藏于东南房屋内，却教百姓假扮军士，虚守西北。"绣从其计。早有探马报曹操，操曰："中吾计矣！"日间只引军攻西北角。至二更时分，于东南角上爬过壕去，砍开鹿角。城中全无动静，众军一齐拥入。没想到一声炮响，伏兵四起。张绣亲驱勇壮杀来。曹军大败，出城奔走数十里。张绣直杀至天明方收军入城。曹操折兵五万余人，失去辎重无数。

一知居主人曰：

"强中自有强中手，能人背后有能人！"曹操自以为张绣中计了，却不料早被贾诩识破，贾诩设了机关正等曹操上钩。无论曹操，还是贾诩，都是在为对方制造假象，而后反其道而行之。

曹操这次失败，还在于骄傲，有点轻视张绣的实力了。

操军缓缓而行，至襄城，到淯水，操忽于马上放声大哭。众惊问其故，操曰："吾思去年于此地折了吾大将典韦，不由不哭耳！"因即下令屯住军马，大设祭筵，吊奠典韦亡魂。操亲自拈香哭拜，三军无不感叹。

一知居主人曰：

第十六回中，"又设祭祭典韦，操亲自哭而奠之，顾谓诸将曰：'吾折长子、爱侄，俱无深痛；独号泣典韦也！'众皆感叹。"第十七回中，"曹操至许都，思慕典韦，立祀祭之。封其子典满为中郎，收养在府"。本次败军之际，仍然不忘祭奠典韦，且"祭典韦毕，方祭侄曹安民及长子曹昂，并祭阵亡军士。连那匹射死的大宛马，也都致祭"。足见曹操对典韦之喜欢！

按说，逃跑都是快跑，而此时曹操却是"缓缓而行"，想来应有说法，后文可见。曹操想起典韦，在马上大哭，如小孩，颇可爱。想来大哭时，必用眼睛偷看周围将士。曹操虽是祭奠亡者，却是为了拉拢今日之将士。

次日，忽荀彧报说刘表和张绣截住归路。操答曰："吾日行数里，非不知贼来追我。然吾计划已定，若到安众，破绣必矣。"便催军行至安众县界。操乃令众军黑夜凿险开道，暗伏奇兵。及天色微明，刘表、张绣军会合，见操兵少，入险击之。操纵奇兵出，大破两家之兵。曹兵于隘外下塞。刘表、张绣各整败兵相见。表曰："何期反中曹操奸计！"绣曰："容再图之。"

一知居主人曰：

曹操败军之际，并没乱了方寸。至此时，我们便知道当初曹操缓缓而行在于钓张绣、刘表之鱼也。再看刘表所言，觉得自己不该如此落败，有哭笑不得之状，不免让人一笑。

后文中，曹操与荀彧有一段对话："荀彧问曰：'丞相缓行至安众，何以知必胜贼兵？'操曰：'彼退无归路，必将死战，吾缓诱之而暗图之，是以知其必胜也。'荀彧拜服。"

操得荀彧书，即日回兵。张绣知道后欲追。贾诩说不可追也，追之必败。刘表力劝绣引军同往追之。约行十余里，赶上曹军后队。曹军奋力接战，绣、表两军大败而还。绣谓诩曰："不用公言，果有此败。"诩说今可整兵再往追之。绣与表俱曰："今已败，奈何复追？"诩曰："今番追去，必获大胜；如其不然，请斩吾首。"绣信之。刘表不肯同往。绣自引军往追。操兵果然大败。忽山后一彪军拥出。绣遂收军回。刘表问贾诩缘由。诩曰："此易知耳。操军虽败，必有劲将为后殿，以防追兵；我兵虽锐，不能敌之也，故知必败。夫操之急于退兵者，必因许都有事；既破我追军之后，必轻车速回，不复为备；我乘其不备而更追之，故能胜也。"刘、张俱服。

一知居主人曰：

这一段文字，贾诩神机妙算，基本上猜对了曹操的心理和战术。只不过第一次，刘表和张绣不听贾诩之建议，非要追，结果遭遇败绩。第二次，刘表心有余悸，不从，张绣单兵直追，结果张绣获得大胜。最后刘表要贾诩细说端详，才大悟。贾诩当面对刘表说"将军虽善用兵，非曹操敌手"，胆子也够大的。

曹操闻报后军为绣所追，急回身救应，见绣军已退。败兵回告曹操说幸亏"山后这一路人马阻住中路"。操急问何人。那人乃镇威中郎将李通。操喜，封之为建功侯，守汝南西界。李通拜谢而去。曹操还许都，表奏孙策有功，封为讨逆将军，赐爵吴侯，谕令防剿刘表。

一知居主人曰：

前一节中，有"忽山后一彪军拥出。绣遂收军回"，并未说明是曹操的哪一支军队。本节中揭开谜底。原来是振威中郎将李通"近守汝南，闻丞相与张绣、刘表战，特来接应"。李通非曹操所邀、不

请自来也！不由感慨，曹操真是一名福将，危急时刻，总是有"贵人"相助，困难总能迎刃而解。

曹操封李通为建功侯，是因为李通解了张绣之围。曹操表奏孙策有功，封将赐侯，未见孙策有半点军功，其意在长远矣！

操回府，郭嘉入，袖出一书，说袁绍要出兵攻公孙瓒，特来借粮借兵。操曰："吾闻绍欲图许都，今见吾归，又别生他议。"遂拆书观之。

一知居主人曰：

因为知道袁绍要取许都，曹操才放下张绣、刘表，仓皇回许都。袁绍转换真快，说自己是要攻公孙瓒，来曹操处借粮借兵。鬼才相信！要知道此时袁绍的地盘和势力，在场面上，要比曹操大得多！

曹操见袁绍词意骄慢，乃问嘉曰："袁绍如此无状，吾欲讨之，恨力不及，如何？"嘉曰："今绍有十败，公有十胜，绍兵虽盛，不足惧也：绍繁礼多仪，公体任自然，此道胜也；绍以逆动，公以顺率，此义胜也；桓、灵以来，政失于宽，绍以宽济，公以猛纠，此治胜也；绍外宽内忌，所任多亲戚，公外简内明，用人惟才，此度胜也；绍多谋少决，公得策辄行，此谋胜也；绍专收名誉，公以至诚待人，此德胜也；绍恤近忽远，公虑无不周，此仁胜也；绍听谗惑乱，公浸润不行，此明胜也；绍是非混淆，公法度严明，此文胜也；绍好为虚势，不知兵要，公以少克众，用兵如神，此武胜也。公有此十胜，于以败绍无难矣。"操笑曰："如公所言，孤何足以当之！"

一知居主人曰：

郭嘉十胜十败之说，分析透彻，言语紧密，完全可以做一篇大文章。荀彧听了之后也说："十胜十败之说，正与愚见相合。绍兵虽众，

何足惧耶！"曹操自然深信无疑！

作为一个单位，手下团结，是领导的福分！

嘉曰："徐州吕布，实心腹大患。今绍北征公孙瓒，我当乘其远出，先取吕布，扫除东南，然后图绍，乃为上计。否则我方攻绍，布必乘虚来犯许都，为害不浅也。"操然其言，遂议东征吕布。荀彧曰："可先使人往约刘备，待其回报，方可动兵。"操从之，一面发书与玄德，一面厚遣绍使，密书答之云："公可讨公孙瓒。吾当相助。"绍得书大喜，便进兵攻公孙瓒。

一知居主人曰：

郭嘉分析曹操与袁绍之间十胜十败，却不主张先取袁绍，反而要其先取吕布。因为相比之下，吕布更毒更凶狠，更不讲规矩，更是唯个人利益至上。

曹操征吕布之前，"奏封绍为大将军、太尉，兼都督冀、青、幽、并四州"，并同意袁绍可讨公孙瓒，还允诺相助。目的明确，意在稳住袁绍，别在背后捣乱。

吕布在徐州，每当宾客宴会之际，陈珪父子必盛称其德。陈宫不悦，乘间告布曰："陈珪父子面谀将军，其心不可测，宜善防之。"布怒叱曰："汝无端献谗，欲害好人耶？"宫出叹曰："忠言不入，吾辈必受殃矣！"意欲弃布他往，却又不忍；又恐被人嗤笑，乃终日闷闷不乐。

一知居主人曰：

世人皆喜欢甜言蜜语，喜欢周围的人赞美和奉承自己，非吕布一人如此！只是在赞美和奉承面前，个人要心中有数，要存提防之心，毕竟自己知道自己能吃几两干饭。故不要轻易迷失自己，否则必坏

大事。

吕布却是容易迷失的那种人，陈宫提醒吕布属于好意，只是吕布已经听不进去，无可奈何，郁闷至极！

一日，陈宫在小沛围猎解闷，见一骑驿马飞奔。宫疑之，赶上问曰："汝是何处使命？"那使者慌不能答。陈宫令搜其身，得玄德答曹操书。宫即拿见吕布。布问其故。来使曰："曹丞相差我往刘豫州处下书，今得回书，不知书中所言何事。"布乃拆书细看。书略曰："奉明命欲图吕布，敢不夙夜用心。但备兵微将少，不敢轻动。丞相兴大师，备当为前驱。谨严兵整甲，专待钧命。"吕布大骂，遂将使者斩首。

一知居主人曰：

使者的胆量和能力很重要，聪明的可以成事，不聪明的则往往会坏事。刘备绝对不会想到，自己回曹操的密书会让陈宫得到，并恰逢陈宫正要劝吕布再次振奋之机。

一个细节值得注意。陈宫拿下使者，并没有马上拆开信件，而是送到吕布处，让吕布拆开，足见陈宫之小心也，也是为了让吕布了解真相。吕布见刘备给曹操的回信，竟然大骂"操贼焉敢如此！"发兵攻打的却是刘备，好像有些蹊跷！其实吕布心中清楚，事情起源还在于曹操处，刘备只不过是曹操可以利用的工具而已。

高顺等引兵出徐州，将至小沛。有人报知玄德。玄德急与众商议。孙乾曰："可速告急于曹操。"玄德曰："谁可去许都告急？"简雍出曰："某愿往。"玄德即修书付简雍，使星夜赴许都求援，一面整顿守城器具。

一知居主人曰：

刘备向曹操求救，想法甚好，但是事情出得突然，远水解不得

近渴。吕布势力太大，刘备败走小沛，意料之中。

玄德、孙乾、关羽、张飞分守四门，糜竺与其弟糜芳守护中军。原来糜竺有一妹，嫁与玄德为次妻。玄德与他兄弟有郎舅之亲，故令其守中军保护妻小。高顺军至，玄德在敌楼上问曰："吾与奉先无隙，何故引兵至此？"顺曰："你结连曹操，欲害吾主，今事已露，何不就缚！"言讫，便麾军攻城。玄德闭门不出。

一知居主人曰：

刘备做下什么事情自己应该晓得，还问高顺何以来此，属于明知故问。只是他不知道使者已经被吕布斩了。刘备也很有意思，你尽管来攻，我就是不出门，只等曹操来救。

紧急之间，罗贯中穿插了糜竺、糜芳与刘备的关系，看似闲笔，实则在为后面做铺垫，却也有趣。

次日，张辽攻打西门。云长在城上谓之曰："公仪表非俗，何故失身于贼？"张辽低头不语。辽引兵退至东门，张飞便出迎战。早有人报知关公。关公急来，见张飞方出城，张辽军已退。飞欲追赶，关公急召入城。飞曰："彼惧而退，何不追之。"关公曰："此人武艺不在你我之下。因我以正言感之，颇有自悔之心，故不与我等战耳。"飞乃悟。

一知居主人曰：

关羽和张辽两人属于英雄之间惺惺相惜。有今日之救，才有后面白门楼关羽为救张辽而下跪曹操。张飞实在鲁莽，险些坏了大事。从另外一方面来看，张辽对吕布的所作所为还是有一定看法的，并不是吕布的死党。

简雍至许都具言前事。操即聚众谋士议曰："吾欲攻吕布，不忧袁绍掣肘，只恐刘表、张绣议其后耳。"荀攸曰："二人新破，未敢轻动。吕布骁勇，若更结连袁术，纵横淮、泗，急难图矣。"郭嘉曰："今可乘其初叛，众心未附，疾往击之。"操从其言。即命夏侯惇与夏侯渊等领兵先行，自统大军陆续进发，简雍随行。

一知居主人曰：

曹操、荀攸所言，顾虑多多，全然没有此前对刘备的承诺。幸亏关键时候郭嘉力排众议，曹操才派夏侯惇等人去救刘备。否则刘备必毁矣！

早有探马报知高顺。顺飞报吕布。布先令侯成等引二百余骑接应高顺，离沛城三十里去迎曹军，自引大军随后接应。玄德在城中见高顺退去，知是曹家兵至，乃只留孙乾守城，糜竺、糜芳守家，自己却与关、张二公，提兵尽出城外，分头下寨，接应曹军。

一知居主人曰：

看来刘备这次还是没有沉住气，自以为来了救星，就擅自出城！导致"高顺（战夏侯惇）得胜，引军回击玄德。恰好吕布大军亦至，布与张辽、高顺分兵三路，来攻玄德、关、张三寨"，最后城破、家人被劫持！

夏侯惇挺枪搦战。高顺迎敌。战有四五十合，高顺败下阵来。惇纵马追赶，顺绕阵而走。曹性暗地拈弓搭箭，一箭射去，正中夏侯惇左目。惇急用手拔箭，不想连眼珠拔出，乃大呼曰："父精母血，不可弃也！"遂纳于口内啖之，仍复挺枪纵马，直取曹性。性不及提防，早被一枪搠透面门，死于马下。两边军士见者，无不骇然。夏侯惇纵马而回。高顺从背后赶来，麾军齐上，曹兵大败。夏侯渊救护其

兄而走。

一知居主人曰：

夏侯惇真是威武，被人射中眼睛，拔箭啖睛，疼痛之中，还亲手斩杀射箭之人。作者赞成夏侯惇，故本回题目中有"夏侯惇拔矢啖睛"。尽管如此，这次曹操还是大败。曹操一方准备不足，迎战有些过于仓促。

第十九回
下邳城曹操鏖兵　白门楼吕布殒命

吕布分军攻寨，关、张两军皆溃，玄德奔回沛城，急唤城上军士放下吊桥。吕布随后也到。城上欲待放箭，又恐射了玄德。被吕布乘势杀入城门。吕布招军入城。玄德见势已急，到家不及，只得弃了妻小，穿城而过，走出西门，匹马逃难，吕布赶到玄德家中，糜竺出迎，告布曰："吾闻大丈夫不废人之妻子。今与将军争天下者，曹公耳。玄德常念辕门射戟之恩，不敢背将军也。今不得已而投曹公，惟将军怜之。"

一知居主人曰：

小沛城上军士之尴尬，可以想象。一阵乱射，怕伤了自家主子。不射吧，眼看着吕布跟着刘备进了城，索性四散走了。

刘备舍弃家小，自己逃跑了。吕布听了糜竺之语，并未加害，且说"吾与玄德旧交，岂忍害他妻子"。但是，"便令糜竺引玄德妻小，去徐州安置"，吕布这是要把玄德妻小掌控在自己手里做筹码。

关、张二人各自收得些人马，往山中住扎。玄德匹马逃难，正行间，孙乾赶至。玄德曰："吾今两弟不知存亡，妻小失散，为之奈何？"孙乾曰："不若且投曹操，以图后计。"

一知居主人曰：

刘备见孙乾，先问兄弟情况，而后再问妻小如何，读起来让人感动。却又让人觉得不合情理，刘备这人太会作秀了。最后有句"玄德依言，寻小路投许都"，足见刘备之狼狈和小心翼翼。

一日，刘备到一家投宿，少年猎户刘安出拜。刘安闻豫州牧至，欲寻野味，一时不能得，乃杀其妻以食之。玄德曰："此何肉也？"安曰："乃狼肉也。"玄德饱食一顿。至晓将去，往后院取马，忽见一妇人杀于厨下，臂上肉已都割去。玄德惊问，方知昨夜食者，乃其妻之肉也。玄德不胜伤感，洒泪上马。刘安告玄德曰："本欲相随使君，因老母在堂，未敢远行。"玄德称谢而别，取路出梁城。见曹操之军，至中军旗下，与曹操相见，具说失沛城、散二弟、陷妻小之事。操亦为之下泪。

一知居主人曰：

与前面吕伯奢杀猪招待曹操相比，刘安杀妻招待刘备，让人读来觉十分血腥。"（刘备）说刘安杀妻为食之事，操乃令孙乾以金百两往赐之"。对于刘安此人，谁又敢将女儿再嫁给他，"子系中山狼"，免得再被刘安为讨好上司而杀了。

故事真实程度值得怀疑。作者设计这种情节，为了突显刘备深得民心。后来刘安如何，书中未见交代。

曹操来战吕布。时布已回徐州，欲同陈登往救小沛，令陈珪守徐州。陈登临行，珪谓之曰："昔曹公曾言东方事尽付与汝。今布将败，可便图之。"登曰："外面之事，儿自为之。倘布败回，父亲便请糜竺一同守城，休放布入，儿自有脱身之计。"珪曰："布妻小在此，心腹颇多，为之奈何？"登曰："儿亦有计了。"乃入见吕布曰："徐州四面

受敌，操必力攻，我当先思退步。可将钱粮移于下邳，倘徐州被围，下邳有粮可救。主公盍早为计？"布曰："元龙之言甚善。吾当并妻小移去。"遂令宋宪、魏续保护妻小与钱粮移屯下邳，一面自引军与陈登往救萧关。

一知居主人曰：

陈登只是建议"可将钱粮移于下邳"，吕布主动提出"吾当并妻小移去"，这恰恰中了陈登的诡计。陈珪在徐州的压力将大大减轻。不过，这次吕布没有将刘备妻小带走。大概属于危急时刻，又哪里顾得考虑别人家的。

至此吕布仍然相信陈登父子，却浑然不知陈家父子已经开始为他们自己的事情盘算了。刘备倒是因祸得福！

陈登提出"先到关探曹操虚实"，吕布许之。陈登先到关上。陈宫等接见。登曰："温侯深怪公等不肯向前，要来责罚"。宫曰："今曹兵势大，未可轻敌。吾等紧守关隘，可劝主公深保沛城，乃为上策。"陈登唯唯。至晚，上关而望，见曹兵直逼关下，乃乘夜连写三封书，拴在箭上，射下关去。

一知居主人曰：

陈宫让陈登告诉吕布"深保沛城，乃为上策"，陈登表面上是"唯唯"，心中却是因为知道陈宫想法而暗自高兴。

夜间陈登三箭究竟射给哪一方，此处并未交代，在后文中有"曹兵望见号火，一齐杀到，乘势攻击"，自可知也。按说，陈宫已经看出陈登父子异心，应该严加提防才是，却是没有加以约束，让陈登有机会和曹操约事。

次日陈登来见吕布说："某已留下陈宫守把，将军可于黄昏时杀

去救应。"布曰:"非公则此关休矣。"便教陈登先至关约陈宫为内应,举火为号,两边夹击。登径往报宫曰:"曹兵已抄小路到关内,恐徐州有失。公等宜急回。"宫遂弃关而走。登就关上放起火来。吕布乘黑杀至,陈宫军和吕布军在黑暗里自相掩杀。吕布直杀到天明,方知是计。急与陈宫回徐州。

一知居主人曰:

陈登在这边骗吕布出了徐州,那边又引陈宫出关。黑夜之中,自家人相互残杀,却不知曹操就在附近暗笑,要坐收渔利!

陈登在关上举火,吕布和曹操都当作了给自己的信号,意义却不一样。"一火二用",妙哉!

吕布、陈宫到徐州城边叫门时,城上乱箭射下。糜竺在敌楼上喝曰:"汝夺吾主城池,今当仍还吾主,汝不得复入此城也。"布大怒曰:"陈珪何在?"竺曰:"吾已杀之矣。"布回顾宫曰:"陈登安在?"宫曰:"将军尚执迷而问此佞贼乎?"

一知居主人曰:

在初版《三国演义》电视连续剧这场戏中,糜竺呵斥吕布,并说已经将陈珪杀了。镜头一转,却是陈珪也在城楼上,只是没有露面。老头儿藏在墙根下,一双眼睛眯缝着,正偷偷得意地笑呢!形象至极!

本回前面,糜竺在下邳,低三下四求吕布保全刘备妻小,今日糜竺却在徐州城墙上,大声呵斥吕布,义正词严。几天不见,天渊之别矣!

陈宫和吕布急投小沛,行至半路,见高顺、张辽。布问之,答曰:"陈登来报说主公被围,令某等急来救解。"宫曰:"此又佞贼之计也。"

布怒曰:"吾必杀此贼!"急驱马至小沛。只见小沛城上尽插曹兵旗号。原来曹仁袭了城池,引军守把。吕布于城下大骂陈登。登在城上骂曰:"吾乃汉臣,安肯事汝反贼耶!"布正待攻城,没想张飞、曹操先后赶来。吕布料难抵敌,引军东走。后又遭遇关云长。布无心恋战,与陈宫等杀开条路,径奔下邳。

一知居主人曰:

刚才吕布"令遍寻军中,却只不见(陈登)",再看这段文字,便知陈登并未闲着,而是报假信去赚高顺、张辽出小沛了。徐州、小沛等城池尽丢,路上遭遇重兵围剿,吕布此时已经惶惶如丧家之犬!

关、张相见,各洒泪言失散之事。两个一同引兵来见玄德,哭拜于地。玄德悲喜交集,引二人见曹操,随操入徐州。陈珪父子亦来参拜曹操。操设大宴,犒劳诸将。宴罢,操嘉陈珪父子之功,加封十县之禄,授登为伏波将军。

一知居主人曰:

关、张见面,说话之间,各自洒泪。两人来见玄德,却是"哭拜于地"。而在于刘备,则是"悲喜交集"。及等见了糜竺,言家属无恙,玄德才"甚喜"!刘、关、张之关系,你不佩服还真不行!

曹操宴请诸将,且看位置安排,"操自居中,使陈珪居右、玄德居左。其余将士,各依次坐",足见曹操对陈珪的尊敬和重视。毕竟在战吕布过程中,陈珪父子功不可没。或曰,未见陈登也?其实,有父陈珪坐上上座,子陈登不足提也!民间有句"父子不同席"也!

曹操得徐州,心中大喜,欲攻下邳。程昱曰:"布今止有下邳一城,若逼之太急,必死战而投袁术矣。布与术合,其势难攻。今可使能事者守住淮南径路,内防吕布,外当袁术。"操曰:"吾自当山东诸路。

其淮南径路，请玄德当之。"玄德曰："丞相将令，安敢有违。"次日，**玄德带孙乾、关、张出城。曹操自引兵攻下邳。**

一知居主人曰：

刘、关、张才在徐州聚齐，却又不得不出发。毕竟此时是在曹操屋檐底下，而不是自己曾经掌管的徐州。此一时，彼一时也。曹操让刘备等守淮南径路，也属于别有用心，毕竟此处在吕布和袁术之间，位置非常重要，但也很危险。

吕布在下邳，自恃粮食足备，且有泗水之险，安心坐守。陈宫曰："今操兵方来，可乘其寨栅未定，以逸击劳，无不胜者。"布曰："吾方屡败，不可轻出。待其来攻而后击之，皆落泗水矣。"遂不听陈宫之言。过数日，曹兵下寨已定。

一知居主人曰：

固守城池固然重要，但是掌握有利战机主动出击更重要。可惜吕布这次并没有听从陈宫之言，失去了翻盘的机会。想来，此时他的心理上已经出现障碍了！

曹操至城下叫吕布答话。操谓布曰："闻奉先又欲结婚袁术，吾故领兵至此。夫术有反逆大罪，而公有讨董卓之功，今何自弃其前功而从逆贼耶？倘城池一破，悔之晚矣！若早来降，共扶王室，当不失封侯之位。"陈宫在布侧大骂曹操奸贼，一箭射中其麾盖。操指宫恨曰："吾誓杀汝！"遂引兵攻城。

一知居主人曰：

两军阵前，曹操拿吕布和袁术之间的儿女婚事说事，未免有些小气。人家家里的事情，与你何干？

听了曹操之言，吕布说："丞相且退，尚容商议。"称曹操为"丞

相"，而非"曹贼"，说明吕布此时心有所思、心有所变。不料陈宫一箭正射在了曹操麾盖之上，彻底断了吕布投降曹操的机会。

陈宫建议吕布出屯于外，自己闭守于内，互为犄角之势。吕布说"公言极是"。布妻严氏闻之，出问曰："君欲何往？"布告以陈宫之谋。严氏曰："君委全城，捐妻子，孤军远出，倘一旦有变，妾岂得为将军之妻乎？"布踌躇未决，三日不出。宫入见曰："操军四面围城，若不早出，必受其困。"布曰："吾思远出不如坚守。"宫曰："近闻操军粮少，遣人往许都去取，早晚将至。将军可引精兵往断其粮道。"布然其言，复入内对严氏说此事。严氏泣曰："将军若出，陈宫、高顺安能坚守城池？倘有差失，悔无及矣！妾昔在长安，已为将军所弃，幸赖庞舒私藏妾身，再得与将军相聚。孰知今又弃妾而去乎？将军前程万里，请勿以妾为念！"言罢痛哭。

一知居主人曰：

陈宫的两次建议，都不失为妙计，吕布也表示同意，只是耐不住妻子严氏的纠缠，左右摇摆，最终放弃。严氏又说起前些年在长安被弃的事情，更让吕布难以取舍。正是：有智慧的女人会成就一个男人、一个家庭；没有智慧的女人会毁掉一个男人、一个家庭。

吕布愁闷不决，入告貂蝉。貂蝉曰："将军与妾作主，勿轻身自出。"布曰："汝无忧虑。吾有画戟、赤兔马，谁敢近我！"乃出谓陈宫："操军粮至者，诈也。操多诡计，吾未敢动。"宫出，叹曰："吾等死无葬身之地矣！"

一知居主人曰：

"布于是终日不出，只同严氏、貂蝉饮酒解闷"，这哪里是"解闷"，分明是落魄，在听天由命！曾经的英雄现在却沉湎于酒色，毁矣！

第十九回　下邳城曹操鏖兵　白门楼吕布殒命

前面"美人计"中，貂蝉的表现还算精明。这次对吕布所言，明显有些糊涂，却是"坚定"了吕布不再出城的"信心"，坏了吕布大事。吕布命丧白门楼，不写貂蝉下落。有人说，貂蝉最后随了关羽。窃以为属于信口一猜。看关羽之性格，是不可能收貂蝉的。

许汜、王楷建议吕布"将军旧曾与彼（袁术）约婚，今何不仍求之？"布即日修书着二人前去。是夜二更，张辽在前，郝萌在后，保着许汜、王楷杀出城去。抹过玄德寨，众将追赶不及，已出隘口。郝萌跟许、王而去。张辽引一半军回来，到隘口时，云长拦住。"未及交锋，高顺引兵出城救应，接入城中去了。"

一知居主人曰：

许汜、王楷建议吕布去求袁术，看似一条好主意，却是让吕布再次蒙羞。张辽、郝萌等人，过刘备寨，轻松得让人不可相信。这次，关羽遇到张辽，一笔带过，怕是作者在为关羽讳些什么！

许汜、王楷拜见袁术，呈上书信。术曰："前者杀吾使命，赖我婚姻！今又来相问，何也？"汜曰："此为曹操奸计所误，愿明上详之。"术曰："汝主不因曹兵困急，岂肯以女许我？"楷曰："明上今不相救，恐唇亡齿寒，亦非明上之福也。"术曰："奉先反复无信，可先送女，然后发兵。"许汜、王楷只得和郝萌回来。到玄德寨边，汜曰："日间不可过。夜半吾二人先行，郝将军断后。"夜过玄德寨，许汜、王楷先过去了。郝萌正行之次，遭遇张飞。只一合，被张飞生擒过去。

一知居主人曰：

吕布求救，袁术拒绝在意料之中，毕竟前面袁术派人为儿求婚，吕布让袁术丢了很大面子。尤其是将袁术手下韩胤送到曹操处被斩了。这次，袁术说吕布"可先送女，然后发兵"，明显有戏耍成分。

212　　管窥《三国》上

作为吕布手下,许汜、王楷两人只好姑且信之。

上次出巡的是关羽,张辽得以顺利回了徐州;这次出巡的却是猛张飞,他才不管三七二十一,立马生擒了郝萌。可见刘备前后防范之紧与松差别有点大。

张飞解郝萌,见玄德,玄德押往大寨见曹操。郝萌说吕布求救许婚一事。操大怒,斩郝萌于军门,传谕各寨,小心防守。各寨悚然。

玄德回营,分付关、张曰:"我等正当淮南冲要之处。二弟切宜小心在意,勿犯曹公军令。"飞曰:"捉了一员贼将,操不见有甚褒赏,却反来唬吓,何也?"玄德曰:"曹操统领多军,不以军令,何能服人?弟勿犯之。"关、张应诺而退。

一知居主人曰:

张飞捉了郝萌,刘备却亲自将他送到曹操处处理,足见刘备之小心翼翼。曹操说"如有走透吕布及彼军士者,依军法处治",未尝不是在敲打刘备。毕竟吕布手下已经从刘备巡防处突围去见了袁术。至于刘备对于关、张的解释,属于掩饰尴尬、搪塞一下而已。

许、王见吕布,具言袁术要求。布曰:"如何送去?"汜曰:"今郝萌被获,操必知我情,预作准备。若非将军亲自护送,谁能突出重围?"次夜二更,吕布将女以绵缠身,用甲包裹,负于背上,提戟上马。张辽、高顺跟着。将次到玄德寨前,关、张二人拦住去路,大叫:"休走!"布只顾夺路而行。玄德引军杀来。吕布终是缚一女在身上,不敢冲突重围。后面徐晃、许褚皆杀来,众军皆大叫曰:"不要走了吕布!"布只得仍退入城。

一知居主人曰:

袁术明显是在捉弄吕布,吕布竟也相信,并亲自负女出城,属

于有病乱投医。无奈曹操防守太紧，吕布根本无法突围！吕布"回到城中，心中忧闷，只是饮酒"，败象已现矣！后文荀攸分析"吕布屡败，锐气已堕。军以将为主，将衰则军无战心"，可谓精准。

曹操攻城，两月不下。忽报："河内太守张杨出兵东市①，欲救吕布；部将杨丑杀之，欲将头献丞相，却被张杨心腹将眭固所杀，反投犬城②去了。"操闻报，即遣史涣追斩眭固。

一知居主人曰：

曹操与吕布战得正酣，作者突然说张杨事。未见吕布求救，张杨却出兵来救，纯属自作多情，实在不可思议。张杨"出师未捷身先死"，竟被部下杀了。曹操说这属于"自灭"！

曹操说"吾欲舍布还都，暂且息战，何如？"荀攸急止曰："不可。彼陈宫虽有谋而迟。今布之气未复，宫之谋未定，作速攻之，布可擒也。"郭嘉曰："某有一计，下邳城可立破，胜于二十万师。"荀彧曰："莫非决沂、泗之水乎？"嘉笑曰："正是此意。"操大喜，即令军士决两河之水。

一知居主人曰：

曹操也有厌战情绪，书中并不多见。好在手下两大谋士，都主张继续围困吕布，让曹操吃了定心丸。

曹兵居高原，坐视水淹下邳。下邳城除了东门都被水淹。众军飞报吕布。布曰："吾有赤兔马，渡水如平地，又何惧哉！"乃日与

---

① 东市：根据中国历史地图，汉代没有"东市"这个地方。根据语言环境，该市在河内郡。
② 犬城：即"射犬"，河内郡野王县的一个聚邑。地在今河南沁阳市东北。

妻妾痛饮美酒，因酒色过伤，形容销减。一日取镜自照，惊曰："吾被酒色伤矣！自今日始，当戒之。"遂下令城中，但有饮酒者皆斩。

一知居主人曰：

曹操水淹下邳，只是苦了众百姓！吕布所言，实在让手下伤心。吕布镜中观自己形容憔悴，要手下戒酒，太随意了。想一想，众手下困在城中，没有其他活动，喝酒解闷再正常不过。

侯成有马十五匹，被后槽人[①]**盗去。侯成追杀后槽人，将马夺回。诸将作贺。侯成自酿的酒，欲与诸将会饮。恐吕布见罪，先以酒诣布府，说："托将军虎威，追得失马""酿得些酒，未敢擅饮，特先奉上微意。"布大怒曰："吾方禁酒，汝却酿酒会饮，莫非同谋伐我乎！"命推出斩之。宋、魏等诸将告饶。众将哀告，打了五十背花**[②]**后放归。**

一知居主人曰：

侯成有马被盗，追回后，大家喝酒庆贺，人之常理也。侯成主动来找吕布喝酒，也属于有了好事大家分享，可以理解。偏偏吕布不领情，认为侯成是在与自己作对，故意违反军纪。

常言道，人心情不好，看见谁都不顺眼。在众将求情之下，侯成仍然被"打了五十背花"。这里打的可不是侯成一人，是在打众多手下的脸，故"众将无不丧气"。军心已散，吕布焉能不败？！

宋宪、魏续探视侯成，侯成泣曰："非公等则吾死矣！"宪曰："布无仁无义，我等弃之而走，何如？"续曰："非丈夫也。不若擒布献曹公。"侯成曰："我因追马受责，而布所倚恃者，赤兔马也。"三人商

---

① 后槽人：养马的杂役工。后槽，指养马的地方。

② 背花：古代刑罚名称。用木棒打脊背，伤破的地方如背花，故以背花为打脊背。

定。是夜侯成盗了赤兔马。魏续开门放出。侯成到曹操寨,献上马匹,备言宋、魏准备献门。曹操闻此信,便押榜[1]数十张射入城去。

一知居主人曰:

将军不怜手下,手下必不敬将军。侯成盗了赤兔马献给曹操,让吕布失去宝贝坐骑,其战斗力必大减也。曹操射榜入城,目的在于蛊惑吕布军心,欲"不战而屈人之兵"!

次日平明,城外喊声震地。吕布大惊,提戟上城。责骂魏续,欲待治罪。曹兵望见城上白旗,竭力攻城,布只得亲自抵敌。从平明直打到日中,曹兵稍退。布少憩门楼,不觉睡着在椅上。宋宪赶退左右,先盗其画戟,便与魏续一齐动手,将吕布绳缠索绑,紧紧缚住。布从睡梦中惊醒,急唤左右,却都被二人杀散。把白旗一招,曹兵齐至城下。魏续大叫:"已生擒吕布矣!"夏侯渊尚未信。宋宪在城上掷下吕布画戟来,大开城门。曹兵一拥而入。

一知居主人曰:

侯成盗走了赤兔马,吕布心情不好,责骂魏续,符合情理。不过这样,更加坚定了魏续造反的决心。宋、魏等人捉了吕布,告诉夏侯渊。夏侯渊害怕有诈,一直等到宋宪将吕布的画戟扔下楼来,方才进城,有趣。毕竟武器是武将的护身之宝,哪里肯轻易离身?

曹操入城,令退了所决之水,出榜安民。与玄德同坐白门楼上,关、张侍立于侧,提过擒获一干人来。吕布虽然长大,却被绳索捆作一团,布叫曰:"缚太急,乞缓之!"操曰:"缚虎不得不急。"布见侯成、魏续、宋宪皆立于侧,乃谓之曰:"我待诸将不薄,汝等何忍背反?"宪曰:"听

---

[1] 押榜:指签发布告文书。押,画押签字。榜,官府的布告文书。

妻妾言，不听将计，何谓不薄？"布默然。须臾，众拥高顺至。操问曰："汝有何言？"顺不答。操怒命斩之。

一知居主人曰：

吕布属于败军之将，还要求曹操松松绳子，无聊至极。曹操说得明白，"缚虎不得不急"。吕布埋怨侯、魏、宋等人不该背叛自己，宋说吕布"听妻妾言，不听将计"。吕布"默然"，想来也是认同，有些后悔。

曹操属于爱才之人，这次并没有招降高顺。或许是因为高顺曾在下邳城外战败夏侯渊，曹操有些记仇！也有人分析说，高顺能力太强，一旦曹操收入麾下，肯定要给他很高的爵位。这会让一直都跟着曹操起家的老伙计们怎么想，曹操得不偿失。吕布虽然一直没有重用高顺，但是高顺忠心不二，被俘后，誓死不降，默然不语。高顺不能为曹操所用，就必须死。

陈宫被押至。操曰："吾心不正，公又奈何独事吕布？"宫曰："布虽无谋，不似你诡诈奸险。"操曰："公自谓足智多谋，今竟何如？"宫顾吕布曰："恨此人不从吾言！"操曰："今日之事当如何？"宫大声曰："今日有死而已！"操曰："公如是，奈公之老母妻子何？"宫曰："吾身既被擒，请即就戮，并无挂念。"操有留恋之意。宫径步下楼，左右牵之不住。操起身泣而送之。宫并不回顾，亦不开口，伸颈就刑。众皆下泪。操以棺椁盛其尸，葬于许都。

一知居主人曰：

陈宫和曹操好像是一对儿欢喜冤家。最初曹操逃难之际，陈宫竟然舍弃县官不做，跟随曹操出走，是下了很大决心的。可是听到曹操所言"宁教天下人负我，我不负天下人"后，陈宫毅然离开曹操。陈宫后来处处给曹操制造麻烦，令曹操头疼不已。

这次陈宫被捉，两人一见面，曹操说："公台别来无恙！"有奚落之意。谁料陈宫说出："汝心术不正，吾故弃汝！"让曹操很是尴尬。尽管如此，曹操还是想招降他，只是陈宫只求一死。陈宫说自己为什么不离开吕布，是因为"布虽无谋，不似你诡诈奸险"。想一想，大众面前，陈宫真敢说话。曹操言及陈宫老母妻子，陈宫说"吾闻以孝治天下者，不害人之亲。施仁政于天下者，不绝人之祀"，她们之"存亡，亦在于明公耳"。看似漠不关心，却是将了曹操一军。曹操有义务保全他们，所以操谓从者说："即送公台老母妻子回许都养老。怠慢者斩。"

方操送宫下楼时，布告玄德曰："公为坐上客，布为阶下囚，何不发一言而相宽乎？"玄德点头。及操上楼来，布叫曰："明公所患，不过于布。布今已服矣。公为大将，布副之，天下不难定也。"操回顾玄德曰！"何如？"玄德答曰："公不见丁建阳、董卓之事乎？"布目视玄德曰："是儿最无信者！"操令牵下楼缢之。布回顾玄德曰："大耳儿！不记辕门射戟时耶？"操令将吕布缢死，然后枭首。

一知居主人曰：

有人说，曹操原本是不想杀吕布的，只因为刘备那句"公不见丁建阳、董卓之事乎？"才下定决心杀之。窃以为，刘备说与不说，曹操都会杀吕布。曹操心中有数，毕竟吕布"三姓家奴"（张飞语），出尔反尔，唯利是图，劣迹斑斑，曹操未必能够驾驭住他。谁也不敢保证吕布将来不会背叛自己。同时，吕布也是曹操发展路上的一重大不稳定因素！

曹操诡计多端，未尝不是故意逼刘备说出此语，让刘备落下千古把柄和笑料！

武士拥张辽至。 操指辽曰:"这人好生面善。"辽曰:"濮阳城中曾相遇,如何忘却?"操笑曰:"你原来也记得!"辽曰:"只是可惜!"操曰:"可惜甚的?"辽曰:"可惜当日火不大,不曾烧死你这国贼!"操大怒曰:"败将安敢辱吾!"拔剑在手,亲自来杀张辽。辽全无惧色,引颈待杀。

一知居主人曰:

张辽虽然被曹操捉了,看到吕布责备刘备,张辽大叫:"吕布匹夫!死则死耳,何惧之有!"引得众人关注。再看与曹操对话,仍然不卑不亢,气得曹操"大怒"。也正是如此,张辽获得曹操喜欢。曹操历来杀人不眨眼,如果不是从内心喜欢张辽,又哪里会因刘备、关羽的一番话就留下的。

第二十回

曹阿瞒许田打围　董国舅内阁受诏

曹操举剑欲杀张辽，玄德攀住臂膊，云长跪于面前。玄德曰："此等赤心之人，正当留用。"云长曰："关某素知文远忠义之士，愿以性命保之。"操掷剑笑曰："我亦知文远忠义，故戏之耳。"乃亲释其缚，解衣衣之，延之上坐，辽感其意，遂降。

一知居主人曰：

人们常说，男儿膝下有黄金，岂是轻易肯跪人。更何况是名震天下的关羽。足见关羽与张辽关系不一般，当然两人属于英雄之间的惺惺相惜，互相尊敬，并不是拜把子兄弟！曹操笑着说是在开玩笑，属于一种自嘲，在为自己找个台阶下，也乐得做了个顺水人情。

张辽降了曹操，"为中郎将，赐爵关内侯，使招安臧霸"。霸"遂亦引本部军投降"，"臧霸又招安孙观、吴敦、尹礼来降"。吕布的时代到此结束。纵观吕布一世，不免有些感慨：武艺虽然高强，人也风流倜傥。只是为人不好，早早惨遭祸殃。至于吕布家人，后文中有语曹操"将吕布妻女载回许都"。

曹操大犒三军，拔寨班师。路过徐州，百姓焚香遮道，请留刘使君为牧。操曰："刘使君功大，且待面君封爵，回来未迟。"百姓叩谢。

操唤车骑将军车胄权领徐州。

一知居主人曰：

曹操说要表奏刘备，封爵而后回来。其实百姓越是焚香遮道要刘备留下，曹操越不可能将他留下。曹操不但将刘备带回许昌，而且"留玄德在相府左近宅院歇定"。因为将这只"老虎"留在身侧，曹操容易控制些。

次日，献帝设朝，操表奏玄德军功。玄德具朝服拜于丹墀。帝宣上殿，问曰："卿祖何人？"玄德奏曰："臣乃中山靖王之后，孝景皇帝阁下玄孙，刘雄之孙，刘弘之子也。"帝教取宗族世谱检看，令宗正卿宣读。帝排世谱，玄德乃帝之叔也。帝大喜，请入偏殿叙叔侄之礼。帝暗思："曹操弄权，国事都不由朕主，今得此英雄之叔，朕有助矣！"遂拜玄德为左将军、宜城亭侯。设宴款待毕，玄德谢恩出朝。自此人皆称为刘皇叔。

一知居主人曰：

原来刘备自己说是帝室之胄，别人未必相信，还会说他胡说八道，自己给自己贴标签，开他玩笑。这次，皇帝亲自让人查了帝王家谱，才知道是真的，且是"皇叔"。自此《三国演义》中也开始改"刘备""刘玄德"为"刘皇叔"了。

皇叔建功不小，皇帝好像觉得自己的春天就要来了。其实，皇叔没有皇帝想象中的实力，也无法让皇帝实现"咸鱼翻身"。

曹操回府，荀彧等入见曰："天子认刘备为叔，恐无益于明公。"操曰："彼既认为皇叔，吾以天子之诏令之，彼愈不敢不服矣。况吾留彼在许都，名虽近君，实在吾掌握之内，太尉杨彪系袁术亲戚，倘与二袁为内应，为害不浅。当即除之。"乃密使人诬告彪交通袁术，

遂收彪下狱，命满宠按治之。

一知居主人曰：

荀彧本来建议曹操要防备刘备，没想到曹操说自己心中有数，说刘备在自己掌控之中，"吾何惧哉？"倒是让他想起杨彪，说杨彪为"吾所虑者"。随即安排人诬告杨彪与袁术勾搭，将其下狱了。其实，欲加之罪何患无辞！

时北海太守孔融在许都，因谏操曰："杨公四世清德，岂可因袁氏而罪之乎？"操曰："此朝廷意也。"融曰："使成王杀召公，周公可得言不知耶？"操不得已，乃免彪官，放归田里。议郎赵彦愤操专横，上疏劾操不奉帝旨、擅收大臣之罪。操大怒，即收赵彦杀之。于是百官无不悚惧。

一知居主人曰：

孔融所说"使成王杀召公，周公可得言不知耶"？意思是假如成王要杀召公，周公敢说他不知道吗？周成王（姬诵）是周武王的儿子。召公是西周宗室，与周公姬旦、武王（姬发）应属同辈。周公是周武王姬发的弟弟。武王病死，其子成王年幼，由周公摄政。这是来讽刺曹操说杀杨彪是朝廷的意思，他自己不知道。

曹操本来要收拾杨彪，只因为孔融所言，不得已将其放了。毕竟孔融是北海太守，职位高，曹操还一时不敢动他。赵彦虽是在尽"议郎"职责，但是，正逢曹操烦闷不已的时候，也就成了被曹操用来显示权威、"杀鸡骇猴"的倒霉蛋。

程昱问操"何不乘此时行王霸之事？①"操曰："朝廷股肱尚多，未

---

① 行王霸之事：进行称王称霸的大事，书中指篡权称帝。

可轻动。"于是拣选良马等俱备，先聚兵城外，操入请天子田猎。帝曰："田猎恐非正道。"操曰："古之帝王，春蒐夏苗，秋狝冬狩。四时出郊，以示武于天下。"帝不敢不从，排銮驾出城。玄德与关、张引数十骑随驾出许昌。曹操骑爪黄飞电马，引十万之众，与天子猎于许田。

一知居主人曰：

曹操请皇上田猎，名义上是"今四海扰攘之时，正当借田猎以讲武"，实则是要试一下各位大臣对自己是否忠心。皇帝毕竟孱弱，不得不从。

"操与天子并马而行，只争一马头"，是故意做给人看的，是故意为了激怒异己出来挑衅自己的。再看看，"背后都是操之心腹将校"，故"文武百官，远远侍从，谁敢近前"。这哪里是皇上威武，而是曹操威武！

当日献帝驰马到许田，刘玄德起居道旁。帝曰："朕今欲看皇叔射猎。"玄德领命上马，忽草中赶起一兔。玄德射之，一箭正中那兔。帝喝采。转过土坡，忽见荆棘中赶出一只大鹿。帝连射三箭不中，顾谓操曰："卿射之。"操就讨天子宝雕弓、金鈚箭①，扣满一射，正中鹿背，倒于草中。群臣将校，见了金鈚箭，只道天子射中，都踊跃向帝呼"万岁"。

一知居主人曰：

先说刘备用自己的弓箭射中一兔子，皇帝喝采，看似闲笔，实则为后写曹操用皇帝宝弓和金鈚箭射一鹿做铺垫，凸显一种反差。群臣将校见射倒鹿的是金鈚箭，以为是皇帝射的（并不知道是曹操所

---

① 金鈚箭：在古代为诸侯、将相、帝王的专用品，代表了极高的权力，作为行使各项权力的凭证。

射),高呼"万岁",合情合理,并无过错。只是"曹操纵马直出,遮于天子之前以迎受之",实在不妥。"众皆失色"。

玄德背后云长大怒,提刀拍马便出,要斩曹操。玄德见了,慌忙摇手送目。关公见兄如此,便不敢动。玄德欠身向操称贺。操笑曰:"此天子洪福耳。"乃回马向天子称贺。围场已罢,宴于许田。宴毕,驾回许都。

一知居主人曰:

见曹操做得有些过头,众人不敢言。关羽大怒,拍马要斩曹操,英雄也。"剔起卧蚕眉,睁开丹凤眼",生动而又形象。幸亏刘备反应迅速,及时"摇手送目"以制之。且向曹操说"丞相神射,世所罕及"!及时掩饰过去!尽管如此,关羽之表现,还是被有些人看到了。但若换了张飞,说不定会闹出什么后果来。

田猎结束,曹操"竟不献还宝雕弓,就自悬带",和前面的几个动作一样,故意为之,做给人看。

回到住处,云长问玄德曰:"操贼欺君罔上,我欲杀之,为国除害,兄何止我?"玄德曰:"投鼠忌器①。操与帝相离只一马头,其心腹之人,周回拥侍。吾弟若逞一时之怒,轻有举动,倘事不成,有伤天子,罪反坐我等矣。"云长曰:"今日不杀此贼,后必为祸。"玄德曰:"且宜秘之,不可轻言。"

一知居主人曰:

刘备说的不是没有道理,要知道那么大的场面,对于突发事件,

---

① 投鼠忌器:老鼠靠近器物,用东西砸老鼠又怕砸坏老鼠附近的器物。比喻做事有所顾忌,不敢放手去干。

相信曹操阵营里还是做了周密安排的。说不定，未等关羽靠近曹操，就可能被制服。

献帝回宫，泣谓伏皇后曰：“朕自即位以来，奸雄并起：先受董卓之殃，后遭傕、汜之乱。常人未受之苦，吾与汝当之。后得曹操，以为社稷之臣。不意专国弄权，擅作威福。朕每见之，背若芒刺①。今日在围场上，身迎呼贺，无礼已极！早晚必有异谋，吾夫妇不知死所也！”伏皇后曰："满朝公卿，俱食汉禄，竟无一人能救国难乎？"

一知居主人曰：

读完献帝所言，就会发现作为皇帝也有难言之隐。说句实在话，献帝也真够背运的，总是才出虎穴，又入狼窝。他自己也是很清楚、清醒的，只是苦于无力回天，实在痛苦。言语之中，也有对刘备的失望。

清《顺治归山诗》中最后几句：“我本西方一衲子，因何生在帝王家？十八年来不自由，南征北讨几时休。我念撒手归山去，谁管千秋与万秋。"帝王生活真实于此足见一斑。

忽皇丈伏完自外而入曰：“帝、后休忧。吾举一人，可除国害。”帝掩泪问曰：“皇丈亦知操贼之专横乎？”完曰：“许田射鹿之事，谁不见之？但满朝之中，非操宗族，则其门下。若非国戚，谁肯尽忠讨贼？车骑将军国舅董承可托也。”帝曰：“董国舅多赴国难，朕躬素知。可宜入内，共议大事。”完曰：“陛下可制衣一领，取玉带一条，密赐董承。却于带衬内缝一密诏以赐之，令到家见诏，可以昼夜画策，神鬼不觉矣。"帝然之，伏完辞出。

---

① 背若芒刺：像芒和刺扎在背上，比喻因畏忌而极度不安。

一知居主人曰：

献帝和皇后正在感慨时事，没想皇丈伏完就在附近，全听到了。进来之后，直言献计。看起来有些唐突，伏完实则为女儿计，在情理之中。

只是伏完说"老臣无权，难行此事"，推荐了董承担当大任。老头也够细心的，提醒"陛下左右皆操贼心腹，倘事泄，为祸不深"，要皇上下密诏于董承。最终还是怕啥来啥，好在董承有惊无险。

帝乃咬破指尖，以血写一密诏，暗令伏皇后缝于玉带紫锦衬内，却自穿锦袍，宣董承入。帝曰："朕夜来与后说霸河之苦①，念国舅大功，故特宣入慰劳。"承顿首谢。帝引承出殿，上功臣阁内。帝焚香礼毕，中间画汉高祖容像。帝曰："祖宗如此英雄，子孙如此懦弱，岂不可叹！"因指左右二辅之像曰："此二人非留侯张良、鄼侯萧何耶？""卿亦当如此二人立于朕侧。""朕想卿西都救驾之功，未尝少忘，无可为赐。"因指所着袍带曰："卿当衣朕此袍，系朕此带，常如在朕左右也。"帝解袍带赐，承会意，穿袍系带，辞帝下阁。早有人报知曹操。

一知居主人曰：

帝做密诏在前，而后召见董承，没有直接说明，而是先感激当年董承救驾有功。帝将董承带到功臣阁里，"观画像"。故意问董承："吾高祖皇帝起身何地？如何创业？"引出董承亲述高祖功绩。而后帝言及自己如何懦弱，希望董承仿张良、萧何。此情此景，董承不可能不感激涕零，很快接下皇上所赐袍带。皇上密语曰："卿归可细

---

① 霸河之苦：指本书第十三回中，郭汜、李傕交兵。李傕挟持天子逃往弘农，大批官员被李傕处死。后李乐、韩暹等专权，"保奏无徒（流氓无赖）、部曲、巫医、走卒二百余名，并为校尉、御史等官"。皇帝"夜宿于瓦屋，野老进粟饭"，过着和乞丐一样的生活。后面"西都救驾"也指此事。

第二十回　曹阿瞒许田打围　董国舅内阁受诏

观之，勿负朕意。"神秘程度可见一斑，也足见帝之小心翼翼。

　　董承出阁，恰遇操来，只得立于路侧。操问何来？承说赐以锦袍玉带。操问何故见赐。承曰："因念某旧日西都救驾之功。"操曰："解带我看。"承迟延不解。操叱左右："急解下来！"看了半响，笑曰："果然是条好玉带！再脱下锦袍来借看。"承不敢不从。操亲自以手提起，看毕，自己穿在身上，问左右："长短如何？"左右皆称美。操曰："转赐与吾，何如？"承告曰："君恩所赐，不敢转赠。"操曰："莫非其中有谋乎？"承惊曰："某焉敢？丞相如要，便当留下。"操脱袍带还承。

　　一知居主人曰：

　　尽管献帝召见董承事情做得秘密，但是曹操还是知道了，这与伏完所言皇上身边有曹操细作相照应。只不过，曹操此时只是知道大概，并不知详细如何。

　　认真研究曹、董对话，实际上是一种侦察和反侦察之间的较量，看似你来我往、不愠不火，实则在斗智斗勇，刀光剑影，充满杀气。只不过曹操明显比董承气盛得多，毕竟董承在努力伪装自己。最后曹操说"公受君赐，吾何相夺？聊为戏耳"，说话轻松，却着实让董承吓出一身冷汗来！

　　董承至夜独坐书院中，反复看袍，并无一物。承思曰："天子赐我袍带，命我细观，必非无意。"随取玉带，亦并无一物。良久，倦甚。正欲伏几而寝，忽然灯花落于带上，烧着背衬。承惊拭之，一处烧破，微露素绢，隐见血迹。急拆开视之，乃天子手书血字密诏也。

　　一知居主人曰：

　　董承百思不得其解的形象跃然纸上。当然，献帝之所以做得如此严密，还是在防曹操的人。灯花落得奇哉，落得正是地方。正是：不巧不成书，诸君勿怀疑！

管窥《三国》上

董承览毕,涕泪交流,夜不能寐。晨起,复至书院中,将诏再三观看。忖量未定,隐几而卧。忽侍郎王子服至。见承伏几不醒,袖底压着素绢,微露"朕"字。子服默取看毕,藏于袖中,呼承曰:"国舅好自在!亏你如何睡得着!"承惊觉,不见诏书,魂不附体。子服曰:"汝欲杀曹公!吾当出首①。"承泣告曰:"若兄如此,汉室休矣!"子服曰:"吾戏耳。吾祖宗世食汉禄,岂无忠心?愿助兄一臂之力,共诛国贼。"承曰:"兄有此心,国之大幸!"子服曰:"当于密室同立义状,各舍三族,以报汉君。"承大喜,取白绢一幅,先书名画字。子服亦即书名画字。书毕,子服推荐吴子兰;董承推荐种辑、吴硕,并言二人"是吾心腹,必能与我同事"。

一知居主人曰:

董承保密工作做得不好,必有后患。尽管书中解释说"门吏知子服与董承交厚,不敢阻拦,竟入书院"。王子服轻易就能看到血诏,就是教训!幸亏王子服是"自己人",董承虚惊一场。作者这样写,意在为后面事发做铺垫。

正商议间,家僮报种辑、吴硕来探。承教子服暂避。承接二人入。辑曰:"许田射猎之事,君亦怀恨乎?"承曰:"虽怀恨,无可奈何。"硕曰:"吾誓杀此贼,恨无助我者耳!"辑曰:"为国除害,虽死无怨!"王子服从屏后出曰:"汝二人欲杀曹丞相!我当出首,董国舅便是证见。"种辑怒。承笑曰:"王侍郎之言乃戏耳。"便于袖中取出诏来。二人读诏,挥泪不止。承遂请书名。子服说"吾去请吴子兰来"。不多

---

① 出首:一是"自首",《晋书·华轶传》:"寻而轶败,恒藏匿轶二子及妻,崎岖经年。既而遇赦,恒携之出首。"二是检举、告发。《水浒传》第二回:"银子并书都拿去了,望华阴县里来出首。"书中是后者之意。

时子兰至，与众相见，亦书名毕。承邀于后堂会饮。

一知居主人曰：

真是"说曹操，曹操到"，董承刚向王子服推荐种辑、吴硕入伙，两人竟然不请自来。不过，这两人进董府是"家僮入报"的，待遇和王子服并不一样，

最初董承没有让王子服见种、吴二人。两人抨击曹操一番之后，王子服才出来，并说要去"出首"，及至种辑说到"忠臣不怕死！吾等死作汉鬼，强似你阿附国贼"！董承方才说了皇帝有血诏一事。

忽报马腾相探。承曰："只推我病，不能接见。"门吏回报。腾大怒曰："吾非无事而来，奈何拒我！"门吏入报，备言腾怒。承起曰："诸公少待，暂容承出。"随即出厅延接。礼毕坐定，腾曰："腾入觐将还，故来相辞，何见拒也？"承曰："贱躯暴疾，有失迎候，罪甚！"腾曰："面带春色，未见病容。"承无言可答。

一知居主人曰：

董承作为文臣，一直在朝中；马腾作为武将，长期在西凉，两人交集不是太多，董承最初拒绝见马腾，在意料之中。直到马腾说："我夜来在东华门外，亲见他锦袍玉带而出，何故推病耶！"董承就不得不见了。只不过，马腾对门子这番言语，未免不是有些话多，不过倒也符合其武将身份也！

腾嗟叹："皆非救国之人也！"承感其言，挽留之，问："何人非救国之人？"腾曰："许田射猎之事，吾尚气满胸膛；公乃国之至戚，犹自滞于酒色，而不思讨贼。"承恐其诈，佯惊曰："曹丞相乃国之大臣，朝廷所倚赖，公何出此言？"腾大怒曰："汝尚以曹贼为好人耶？""贪生怕死之徒，不足以论大事！"

一知居主人曰：

马腾感到无趣，便要离开，一句"皆非救国之人也"让董承发现了共同点，这才开始详谈。读马腾和董承之对话，可见董承之老道，步步为营，一步一步在探马腾的想法。这段文字里，董承有句"耳目甚近，请公低声"，此前并没有，其意在激出马腾的肺腑之言！

承知腾忠义，遂邀腾入书院，取诏示之。腾读毕，谓承曰："公若有举动，吾即统西凉兵为外应。"承请腾与诸公相见，取出义状，教腾书名。腾取酒歃血为盟曰："吾等誓死不负所约！"指坐上五人言曰："若得十人，大事谐矣。"承曰："忠义之士，不可多得。若所与非人，则反相害矣。"腾教取《鸳行鹭序簿》①来检看。检到刘氏宗族，乃拍手言曰："何不共此人商议？"众皆问何人。马腾不慌不忙，说出那人来，便是刘备。

一知居主人曰：

马腾看完血诏，竟然"毛发倒竖，咬齿嚼唇，满口流血"，可见其忠心及血性！

想到拉刘备入伙的不是董承，却是马腾一介武将，而且是在翻检文册中想起的，却也有趣！众皆不信，马腾曰："吾观前日围场之中，曹操迎受众贺之时，云长在玄德背后，挺刀欲杀操，玄德以目视之而止。玄德非不欲图操，恨操牙爪多，恐力不及耳。"可见马腾细心之处。

董承府中，今夜如此这般热闹，难免不会被人知道，危矣！

---

① 《鸳行鹭序簿》：鸳行鹭序，即鸳鹭行。比喻朝官的行列。鸳和鹭止有班，立有序，故称。鸳行、鹭序指朝官井然有序的行列。此处的《鸳行鹭序簿》，即是指当时在职官员的名册。

第二十一回
曹操煮酒论英雄　关公赚城斩车胄

次夜，董承往玄德处。玄德取酒相待。承问围场之中云长欲杀曹操，将军为何动目摆头而退之？玄德失惊曰："公何以知之？"承曰："人皆不见，某独见之。"玄德曰："舍弟见操僭越，故不觉发怒耳。"承掩面而哭曰："若尽如云长，何忧不太平哉！"玄德佯言曰："曹丞相治国，为何忧不太平？"承变色而起曰："公何诈也？"玄德曰："恐国舅有诈，故相试耳。"董承取衣带诏，玄德曰："公既奉诏讨贼，备敢不效犬马之劳。"书"左将军刘备"，并押字。

一知居主人曰：

前面是董承试探马腾，这次却是刘备试探董承，董承自然理解，毕竟乱世之中"防人之心不可无"！最后董承说："共聚十义，以图国贼。"玄德曰："切宜缓缓施行，不可轻泄。"让人隐隐觉得，要出大事！

董承让玄德看义状，上署个人名字即可，却是有每一个人的职务在上，不足信也！怕是说书人故意为之！

玄德在下处后园亲自种菜，以为韬晦之计。一日，关、张不在，许褚、张辽引人入园中曰："丞相有命，请使君便行。"玄德惊问曰："有

甚紧事？"许褚曰："不知。只教我来相请。"玄德只得入府见操。操笑曰："在家做得好大事！"唬得玄德面如土色。操执玄德手，直至后园，曰："玄德学圃不易！"玄德方才放心。

一知居主人曰：

刘备在义状署名之后，必定心虚，故今日许褚来请，刘备便问何事相请。许褚只说自己不知，刘备更加忐忑。况关、张不在身边，更是怯了三分。听曹操说一句"在家做得好大事"，玄德觉得事情可能败露，顿时面如土色。直到刘备知道曹操所言是他在园子里种菜一事，才稍稍放下心来。

操曰："适见枝头梅子青青，忽感去年征张绣时，道上缺水，将士皆渴；吾心生一计，以鞭虚指曰：'前面有梅林。'军士闻之，口皆生唾，由是不渴。今见此梅，不可不赏。又值煮酒正熟，故邀使君小亭一会。"玄德心神方定。

一知居主人曰：

曹操说的虽然是一个谎言，却让士兵们心中充满希望，激发动力，终于赶到目的地。曹操说出"望梅止渴"一事来，有味道！终于说明了他邀请刘备来的真正原因。

曹操和刘备在小亭对坐，开怀畅饮。酒至半酣，聚雨将至。从人遥指天外龙挂，操与玄德凭栏观之。操曰："使君知龙之变化否？"玄德曰："未知其详。"操曰："龙能大能小，能升能隐。大则兴云吐雾，小则隐介藏形。升则飞腾于宇宙之间，隐则潜伏于波涛之内。方今春深，龙乘时变化，犹人得志而纵横四海。龙之为物，可比世之英雄。玄德久历四方，必知当世英雄。请试指言之。"

一知居主人曰：

天上出现龙挂，偶然也！曹操与刘备论英雄，故意为之也！曹操言龙之文字，形象且大气，值得思考！或曰，也是曹操之所欲也！

玄德曰："备肉眼安识英雄？"操曰："休得过谦。"玄德曰："备叨恩庇，得仕于朝。天下英雄，实有未知。"操曰："既不识其面，亦闻其名。"玄德提及袁术，操笑曰："冢中枯骨，吾早晚必擒之！"玄德说袁绍，操笑曰："袁绍色厉胆薄，好谋无断；干大事而惜身，见小利而忘命：非英雄也。玄德说刘表，操曰："刘表虚名无实，非英雄也。"玄德又说孙策，操曰："孙策藉父之名，非英雄也。"玄德提及刘璋，操曰："刘璋虽系宗室，乃守户之犬耳，何足为英雄！"玄德曰："如张绣、张鲁、韩遂等辈皆何如？"操鼓掌大笑曰："此等碌碌小人，何足挂齿！"玄德曰："舍此之外，备实不知。"

一知居主人曰：

曹操和刘备煮酒论英雄，刘备装作愚笨，最初一直不肯接招。无奈之下，只得说了袁术、袁绍、孙策等人，都被曹操做了"恶评"！如果刘备开口就说出曹操是英雄，或许早就结束了。只是刘备一直坚持不说，应是故意为之，在于他也想知道曹操对这些人的真实看法！

本节中，刘备属于圆滑之人，曹操却是快人快语。

操曰："夫英雄者，胸怀大志，腹有良谋，有包藏宇宙之机，吞吐天地之志者也。"玄德曰："谁能当之？"操以手指玄德，后自指，曰："今天下英雄，惟使君与操耳！"玄德吃了一惊，手中所执匙箸，不觉落于地下。时正值天雨将至，雷声大作。玄德乃从容俯首拾箸曰："一震之威，乃至于此。"操笑曰："丈夫亦畏雷乎？"玄德曰："圣人迅雷

曹操煮酒論英雄

风烈必变,安得不畏?"将闻言失箸缘故,轻轻掩饰过了。

一知居主人曰:

想一想场面,其惊险程度可以预料。刘备也真会装模作样。需要感谢这场雷雨,否则刘备会有麻烦!刘备看起来很懦弱,但自此"操遂不疑玄德",目的已经达到。所以要说谁是"煮酒论英雄"的胜者?非刘备莫属也!

关、张二人从城外回,听得玄德被许褚、张辽请将去,慌忙来相府打听。闻说在后园,只恐有失,故手提宝剑,冲突而入。却见玄德与操对坐饮酒。操问二人何来。云长曰:"听知丞相和兄饮酒,特来舞剑,以助一笑。"操笑曰:"此非鸿门会,安用项庄、项伯乎?"玄德亦笑。操命:"取酒与二樊哙压惊。"关、张拜谢。须臾席散,玄德辞操而归。云长曰:"险些惊杀我两个!"玄德曰:"吾之学圃,正欲使操知我无大志;不意操竟指我为英雄,我故失惊落箸。又恐操生疑,故借惧雷以掩饰之耳。"关、张曰:"兄真高见!"

一知居主人曰:

关、张手提宝剑,闯进曹操后园,是在为刘备担心,真兄弟也!但此举也有些冒失。如果曹操此时心情不是甚好,说不定又会闹出什么事端。当然,曹操也会考虑关、张的武艺非曹营一般人所能比。所以,有言:"此非鸿门会,安用项庄、项伯乎?""取酒与二樊哙压惊。"

回到自己住处,刘备向关、张讲述刚才"煮酒论英雄"的细节,说些"故失""故借"之类言语,好像是自己游刃有余(现场却只能用"胆战心惊"),现在轻松道来,属一种自我安慰!

操次日请玄德。正饮间,满宠回。操召入问之。宠曰:"公孙瓒已被袁绍破了。"玄德急问曰:"愿闻其详。"宠曰:"瓒与绍战不利,

筑城围圈，圈上建楼，高十丈，名曰易京楼，积粟三十万以自守。战士出入不息，或有被绍围者，众请救之。瓒曰：'若救一人，后之战者只望人救，不肯死战矣。'遂不肯救。因此袁绍兵来，多有降者。瓒势孤，使人持书赴许都求救，不意中途为绍军所获。瓒又遗书张燕，暗约举火为号，里应外合。下书人又被袁绍擒住，却来城外放火诱敌。瓒自出战，伏兵四起，军马折其大半。退守城中，被袁绍穿地直入瓒所居之楼下，放起火来。瓒先杀妻子，然后自缢，全家都被火焚了。"

一知居主人曰：

满宠前来汇报袁绍事情，曹操并不瞒着刘备，足见其已对刘备有足够的信任。

作者借满宠之口，叙述了公孙瓒的灭亡。十八路诸侯再少一个。分析公孙瓒之败，一是自己只想筑城自保，明显处于被动；二是不救援自己被困在城外的手下，失了民心，导致他们多降了袁绍；三是两次派人外出求救，均为袁绍截下，反被袁绍利用打了一个措手不及；四是袁绍有手段，竟然"穿地直入瓒所居之楼下，放起火来"。公孙瓒焉有不败之理！

满宠向曹操说："绍弟袁术在淮南骄奢过度，不恤军民，众皆背反。术使人归帝号于袁绍。绍欲取玉玺，术约亲自送至，见今弃淮南欲归河北。若二人协力，急难收复。乞丞相作急图之。"玄德暗想曰："我不就此时寻个脱身之计，更待何时？"遂起身对操曰："术若投绍，必从徐州过，备请一军就半路截击，术可擒矣。"操笑曰："来日奏帝，即便起兵。"次日，玄德面奏君。操令玄德总督人马，差朱灵、路昭同行。玄德辞帝，帝泣送之。

一知居主人曰：

满宠向曹操说袁绍、袁术兄弟之间的事情，却不料让刘备寻到

了一个出走的机会。袁术要想投靠袁绍,必从徐州过。而徐州曾由刘备管辖,刘备对徐州状况熟悉,自是不二人选。

听到刘备要求,曹操笑了。这一笑,笑得出奇。此时曹操或许在想:是你刘备要出去的,你和袁术战,至少有一伤,我自可坐收渔翁之利。曹操却是忘了,当下刘备需要的是自由,才不会想得太多!

玄德星夜收拾,挂了将军印,催促便行。董承赶出十里长亭来送。玄德曰:"国舅宁耐。某此行必有以报命。"承曰:"公宜留意,勿负帝心。"关、张在马上问曰:"兄今番出征,何故如此慌速?"玄德曰:"吾乃笼中鸟、网中鱼,此一行如鱼入大海、鸟上青霄,不受笼网之羁绊也!"因命关、张催朱灵、路昭军马速行。

一知居主人曰:

刘备匆忙离开许都前往徐州,各方看法和想法不尽一致。董承十里长亭相送,让其"勿负帝心",说的是大家在义状上签名之事。关、张问及刘备何以如此匆忙,刘备说了真心话。正是:机不可失,失不再来。

郭嘉、程昱回,慌入谏曰:"丞相何故令刘备督军?"操曰:"欲截袁术耳。"程昱曰:"昔刘备为豫州牧时,某等请杀之,丞相不听;今日又与之兵:此放龙入海,纵虎归山也。"郭嘉曰:"丞相纵不杀备,亦不当使之去。望丞相察之。"操然其言,遂派许褚前去。

一知居主人曰:

郭嘉、程昱回来说放刘备去徐州存在重大隐患,曹操虽然恍然大悟,但还只是"遂令许褚将兵五百前往,务要追玄德转来",态度并不是太坚决,有应付郭嘉、程昱之意。

玄德见后面尘头骤起,遂下了营寨,令关、张各执军器,立于两边。许褚至,见严兵整甲,下马入营见玄德。褚曰:"奉丞相命,特请将军回去,别有商议。"玄德曰:"吾面过君,又蒙丞相钧语。今别无他议,公可速回,为我禀覆丞相。"许褚寻思丞相与刘备一向交好,曹操又不曾教来厮杀,索性领兵回见曹操,述玄德之言。操犹豫未决。程昱、郭嘉曰:"备不肯回兵,可知其心变矣。"操曰:"我有朱灵、路昭二人在彼,料玄德未必敢心变。况我既遣之,何可复悔?"

一知居主人曰:

刘备见许褚来追,许褚说丞相要其回去。刘备竟然直起腰杆说了一句"将在外,君命有所不受"。这是此前所没有说过的。假若与许褚来的还有其他将官,上万军马,刘备还敢如此胆大吗?许褚寻思曹刘"一向交好",自己没有必要得罪人,也就打道回府。

程昱、郭嘉仍在曹操一旁煽风点火,说刘备"心变"。曹操却是不信,说有朱灵、路昭在刘备处,刘必不敢造次。且说了一句"况我既遣之,何可复悔",有些自言自语,也有些自我解嘲,"遂不复追玄德"。后来的局面,还真应了郭嘉所言那句"古人云:一日纵敌,万世之患"。

玄德至徐州,刺史车胄出迎。孙乾、糜竺等都来参见。玄德知袁术将至,引军出,正迎着先锋纪灵至。张飞更不打话,直取纪灵。斗无十合,张飞大喝一声,刺纪灵于马下,败军奔走。袁术自引军来斗。玄德分兵三路,与术相见,骂曰:"汝反逆不道,吾今奉明诏前来讨汝!汝当束手受降,免你罪犯。"袁术骂曰:"织席编屦小辈,安敢轻我!"麾兵赶来。玄德暂退,让左右两路军杀出。杀得术军尸横遍野,**血流成渠**。

一知居主人曰：

从前面来看，纪灵多次为袁术出战，应该有一定本事。可是，这次遇到张飞，不出十合，就命丧张飞枪下。

这一仗，刘备打得快意，毕竟好长时间没有如此开心过。袁术已是技穷之黔驴，还在骂刘备是"织席编屦小辈"，有点不自量力。要说刘备也够晦气的，总是时不时有人揭他的老底。

袁术与刘备战，兵卒逃亡，不可胜计。又为嵩山雷薄、陈兰劫去钱粮草料。欲回寿春，又被群盗所袭，只得住于江亭。时当盛暑，粮食尽绝，只剩麦三十斛，分派军士。家人无食，多有饿死者。术乃命庖人取蜜水止渴。庖人曰："止有血水，安有蜜水！"术坐于床上，大叫一声，倒于地下，吐血斗余而死。时建安四年六月也。

一知居主人曰：

袁术被刘备打败之后，谁知祸不单行，曾经的部下雷薄、陈兰劫了钱粮草料，群盗袭了寿春，最后"止有一千余众，皆老弱之辈"，且"粮食尽绝"。即使到了这种地步，术嫌饭粗，不能下咽。偌大的一个"帝国"，如今凄凄惨惨戚戚，换谁心中都会郁闷。况袁术一心胸狭窄之人，最终吐血而死。袁术已死，十八路诸侯再少一路！

袁术已死，侄袁胤将灵柩及妻子奔庐江来，被徐璆尽杀之。徐璆夺得玉玺，赴许都献于曹操。操大喜，封徐璆为高陵太守。此时玉玺归操。

一知居主人曰：

玉玺转来转去，毁掉了不少人。最终徐璆得利。他将玉玺献给曹操，得了一个高陵太守。不要小看这一个太守，要知道曹操去世之后，葬于高陵地界。如果不是特别看重，曹操是不可能派他去这

种地方的。

玄德写表申奏朝廷,书呈曹操,令朱灵、路昭回许都;一面亲自出城,招谕人民复业。朱灵、路昭回许都见曹操,说玄德留下军马。操怒,欲斩二人。荀彧曰:"权归刘备,二人亦无奈何。"操乃赦之。

一知居主人曰:

错在曹操自己,追究朱、路何用?刘备已经成了气候,曹操即便杀了朱、路,又能如何?荀彧说得有理。曹操随即作罢。曹操在大臣的建议下,能够及时纠偏,当属于曹操的优点之一。

彧又曰:"可写书与车胄就内图之。"操从其计,暗使人来见车胄,传曹操钧旨①。胄随即请陈登商议此事。登曰:"此事极易。今刘备出城招民,不日将还。将军可命军士伏于瓮城边,只作接他,待马到来,一刀斩之。某在城上射住后军,大事济矣。"胄从之。陈登回见父陈珪,备言其事。珪命登先往报知玄德。登领父命,飞马去报,正迎着关、张,报说如此如此。

一知居主人曰:

曹操让车胄内图刘备,车胄不该与陈登协商。想一想前面吕布的诸多事情,车胄应该想到刘备和陈登的密切关系。车胄说与陈登,与直接说与刘备并无二样。陈登还装模作样地献计与车胄,车胄还听得很仔细,且从之。

关、张先回,玄德在后。张飞听得,便要去厮杀。云长说,既

---

① 钧旨:尊称上司的命令,是中国封建社会时对帝王将相下的命令或发表的言论的尊称。钧,古代重量单位,一钧,三十斤也。旨,意义,目的,要旨。

然"他伏瓮城边待我,去必有失。我有一计",且如此如此。飞然其言。当夜三更,冒充曹丞相差来张文远(即张辽)的人马到城边叫门。报知车胄,胄急请陈登议曰:"若不迎接,诚恐有疑;若出迎之,又恐有诈。"胄乃上城回言:"黑夜难以分辨,平明了相见。"城下答应:"只恐刘备知道,疾快开门!"车胄犹豫未定,城外一片声叫开门。车胄只得引军出城。跑过吊桥,大叫:"文远何在?"火光中只见云长提刀纵马直迎车胄,大叫曰:"匹夫安敢怀诈,欲杀吾兄!"车胄大惊,战未数合,拨马便回。到吊桥边,陈登乱箭射下,车胄绕城而走。云长赶来,手起一刀,砍于马下,割下首级,望城上呼曰:"反贼车胄,吾已杀之。众等无罪,投降免死!"诸军倒戈投降,军民皆安。

一知居主人曰:

陈登路遇关、张,将车胄要图刘备一事说与对方,关、张自是不高兴。未等刘备来到,关、张直接做主。夜间以张辽之名赚开城门,斩杀车胄。开始,车胄还恐有诈,但是经不起城下士兵们长时间叫喊,还是引兵出城。车胄之死,稀里糊涂。当然,关、张之成功,还得益于陈登之合作。

云长迎玄德,具言车胄欲害之事,今已斩首。玄德大惊曰:"曹操若来,如之奈何?"云长曰:"弟与张飞迎之。"玄德懊悔不已,遂入徐州。百姓父老,伏道而接。玄德到府,寻张飞,飞已将车胄全家杀尽。玄德曰:"杀了曹操心腹之人,如何肯休?"

一知居主人曰:

关羽自作主张杀了车胄,属于两家交兵、不得已而为之。张飞将车胄全家杀尽,却是可以避免的。张飞这次有点滥杀无辜。刘备认为,这样等于公开与曹操对立,曹操必来问罪!

第二十二回
袁曹各起马步三军　关张共擒王刘二将

刘备害怕曹操来问罪，陈登献计说曹操所惧者袁绍。袁绍虎踞多郡，带甲百万，文官武将极多，可到彼求救。玄德曰："绍向与我未通往来，今又新破其弟，安肯相助？"登曰："此间有一人与袁绍三世通家，若得其一书致绍，绍必来相助。"玄德问何人。登曰："此人乃公平日所折节①敬礼者，何故忘之？"玄德猛省曰："莫非郑康成②先生乎？"登笑曰："然也。"

一知居主人曰：

没想到陈登献计，竟然是要刘备投靠袁绍。要知道，刘备刚刚灭了袁术，两家有不共戴天之仇，陈登这一步棋也真够胆大的。谁知后面袁绍说："玄德攻灭吾弟，本不当相助，但重以郑尚书之命，不得不往救之。"竟然答应了，这说明袁绍、袁术虽是兄弟，关系却是一般般。

---

① 折节：降低自己身份之意。
② 郑康成：即郑玄。本书第一回中，曾叙及"（刘备）年十五岁，母使游学，尝师事郑玄、卢植，与公孙瓒等为友谊"，已做了铺垫，说明了郑康成是刘备的老师。故本节中郑玄出场，帮助刘备联系袁绍，并不唐突。

郑玄好学多才，尝受业于马融①。马融每当讲学必设绛帐，前聚生徒，后陈声妓，侍女环列左右。玄听讲三年，目不邪视，融甚奇之。及学成而归。融叹曰："得我学之秘者，惟郑玄一人耳！"玄家中侍婢俱通毛诗。桓帝朝，玄官至尚书。后因十常侍之乱，弃官归田，居徐州。玄德在涿郡时，已曾师事之。及为徐州牧，时时造庐请教，敬礼特甚。

一知居主人曰：

场面局势正紧，忽然加此一段叙述，且是温文尔雅之事，有闲笔之嫌，却有让人暂且放松紧张神经之妙。其中有句郑玄"听讲三年，目不邪视"，毅力可嘉。然其家中"侍婢俱通毛诗"，值得尊敬，却让人感到整天文绉绉的，并不太舒服，有这种必要么？

郑玄写书给袁绍。孙乾星夜往袁绍处。绍览毕，聚文武商议伐曹。谋士田丰曰："宜先遣人献捷天子，若不得通，乃表称曹操隔我王路，然后提兵屯黎阳。更于河内增益舟楫，缮置军器，分遣精兵，屯扎边鄙②。三年之中，大事可定也。"谋士审配曰："兴兵讨曹贼，易如反掌，何必迁延日月？"谋士沮授曰："曹操法令既行，士卒精练，比公孙瓒坐受困者不同。今弃献捷良策，而兴无名之兵，窃为明公不取。"谋士郭图曰："非也。兵加曹操，岂曰无名？公正当及时早定大业。"

一知居主人曰：

虽不知郑玄所写书信内容如何，但从郭图言中，"愿从郑尚书之

---

① 马融（79年～166年）：字季长。扶风郡茂陵县（今陕西兴平东北）人。东汉时期著名经学家，东汉名将马援的从孙。自少"美辞貌，有俊才"，以数次拒绝朝廷辟命而名重关西。学识渊博，遍注群经，使古文经学开始达到成熟境地。他设帐授徒，不拘儒者礼节，门人常有千人之多，卢植、郑玄等都是其门徒。明人辑有《马季长集》。

② 边鄙：接近边界的地方。

言，与刘备共仗大义，剿灭曹贼"，便可知大概。

未曾出兵，袁绍手下四大谋士便意见相左，有的主战，有的说不战；有的建议速战，有的说应该缓战。总之，"四人争论未定，绍踌躇不决"。曹操遇到类似问题，要比袁绍果断。后文中，荀彧对四人有所评价，且"此数人者，势不相容，必生内变"。此处可窥见一二。

忽许攸、荀谌自外而入。绍曰："郑尚书有书来，令我起兵助刘备，攻曹操。起兵是乎？不起兵是乎？"二人齐声应曰："明公以众克寡，以强攻弱，讨汉贼以扶王室：起兵是也。"绍便商议兴兵。先令孙乾回授郑玄、玄德，一面令审配等为统军，田丰等为谋士，颜良等为将军，望黎阳进发。

一知居主人曰：

袁绍见许攸、荀谌两人，一见面便说"二人多有见识，且看如何主张"。两人说完意见后，袁绍直接说"二人所见，正合我心"。当众人之面，袁绍夸赞少数人，等于批评其他人，有些不妥。因为同为谋士，地位相差无几。袁绍明显偏信两人，难免不会引起其他谋士的羡慕、嫉妒、恨！

分拨已定，郭图进曰："以明公大义伐操，必须数操之恶，驰檄各郡，声罪致讨，然后名正言顺。"绍从之，遂令书记陈琳草檄。琳素有才名，灵帝时为主簿，因谏何进不听，复遭董卓之乱，避难冀州，绍用为记室①**。当下领命草檄，援笔立就。**

---

① 记室：官名。东汉置，掌章表书记文檄。后世因之，或称记室督、记室参军等。秘书的代称。《后汉书·百官志一》："记室令史，主上表章，报书记。"

一知居主人曰：

郭图所言，在于强调讨伐曹操，应该"名言正顺""出师有名"，言自己属于正义一方，以求得其他力量的理解和支持，至少不给自己使绊子。用今天的语言，叫作"宣传也是生产力"。郭图没有想到，陈琳不负众望，撰写檄文，一举成名天下知！连曹操也大为赞赏！

绍大喜，即命使将此檄遍行州郡，于各处关津隘口张挂。曹操方患头风，卧病在床。左右将此檄传进，操见之，毛骨悚然，出了一身冷汗，不觉头风顿愈，顾谓曹洪曰："此檄何人所作？"洪曰："闻是陈琳之笔。"操笑曰："有文事者，必须以武略济之。陈琳文事虽佳，其如袁绍武略之不足何！"

一知居主人曰：

见到列举自己劣迹斑斑的檄文，曹操不但没有发怒，而且头疼立马消失，且"从床上一跃而起"，奇哉！具有这种心态的，在三国中，唯有曹操一人！若是换了别人，必是大怒不止。

唐人骆宾王《代李敬业讨武曌檄》（又名《代李敬业传檄天下文》），也是将武则天置于被告席上，列数其罪。借此宣告天下，共同起兵。据《新唐书》所载，武则天初观此文时，还嬉笑自若，当读到"一抔之土未干，六尺之孤何托"句时，惊问是谁写的，叹道："有如此才，而使之沦落不偶，宰相之过也！"可见此檄文煽动力之强了。

曹操商议迎敌。孔融来见操曰："袁绍势大，不可与战，只可与和。"荀彧曰："袁绍无用之人，何必议和？"融曰："袁绍士广民强。其部下如许攸、郭图、审配、逢纪皆智谋之士；田丰、沮授皆忠臣也；颜良、文丑勇冠三军；其余高览、张郃、淳于琼等俱世之名将。——何谓绍为无用之人乎？"彧笑曰："绍兵多而不整。田丰刚而犯上，

许攸贪而不智，审配专而无谋，逢纪果而无用：**此数人者，势不相容，必生内变，颜良、文丑，匹夫之勇，一战可擒。其余碌碌等辈，纵有百万，何足道哉！"孔融默然。操大笑曰："皆不出荀文若之料。"**

一知居主人曰：

对袁绍一方的评价，孔融和荀彧截然相反，这时候就需要曹操进行判断和把握了。曹操与袁绍相比，有思想，有主见。袁绍在这种情况下，往往优柔寡断，丧失良机。

曹操遂唤刘岱、王忠引军打着丞相旗号，去徐州攻刘备。刘岱旧为兖州刺史，及操取兖州，岱降于操，操用为偏将。操却自引大军二十万，进黎阳，拒袁绍。程昱曰："恐刘岱、王忠不称其使。"操曰："吾亦知非刘备敌手，权且虚张声势。"

一知居主人曰：

半段文字，中间叙述了刘岱降曹操一事。当年的十八路诸侯再少一路。只不过刘岱还活着。

曹操前面考虑着袁绍，后面还操心刘备。所以，曹操派刘岱、王忠去防着刘备，并做出曹操亲自带兵的样子。曹操知道两人不是刘备对手，一再嘱咐"不可轻进"。可是后来曹操变卦，居然差人催刘、王进战。结果露出破绽，二将被抓。

曹操引兵至黎阳。两军隔八十里，各自深沟高垒，相持不战。自八月守至十月。原来许攸不乐审配领兵，沮授又恨绍不用其谋，各不相和，不图进取。袁绍心怀疑惑，不思进兵，操乃唤吕布手下降将臧霸守把青、徐；于禁、李典屯兵河上；曹仁总督大军，屯于官渡。

一知居主人曰：

双方吵吵要交兵，相隔八十里下寨却不再前往。许攸、审配不合，

沮授心有怨气，又加上袁绍无主见，也就停滞不前。曹操一方，可能因为自觉实力不足，也就僵持着。最后曹操索性"自引一军，竟回许都"，不跟袁绍在这里耗着了。

刘岱、王忠引军离徐州一百里下寨。中军虚打"曹丞相"旗号，未敢进兵。玄德不知虚实，未敢擅动。忽曹操差人催刘岱、王忠进战。岱曰："丞相催促攻城，你可先去。"王忠曰："丞相先差你。"岱曰："我是主将，如何先去？"忠曰："我和你同引兵去。"岱曰："我与你拈阄，拈着的便去。"王忠拈着"先"字，只得分一半军马，来攻徐州。

一知居主人曰：

本来，这边也是僵持着，可能曹操觉得无聊，明知刘岱、王忠不是刘备对手，还要他们主动出击。战争是严肃事情，两个人却像小孩子过家家，通过抓阄决定谁先出兵。第一版《三国演义》电视剧演到此处时，做了延伸。王忠带兵而去，镜头给刘岱一个特写，满脸坏笑。原来刘岱所做两个纸阄上都是"先"，谁先抓，无论抓哪一个，拿在手里的都是"先"。雕虫小技尔！只是骗了那王忠。

玄德与陈登商议，登曰："操诡计百出，必以河北为重，亲自监督，却故意不建旗号，乃于此处虚张旗号：吾意操必不在此。"玄德曰："两弟谁可探听虚实？"张飞曰："小弟愿往。"玄德曰："汝为人躁暴，不可去。"云长曰："待弟往观其动静。"玄德曰："云长若去，我却放心。"于是云长引人马出徐州来。

一知居主人曰：

陈登分析得很有道理，事实也正是如此。刘备询问两位兄弟谁去曹营探个究竟。张飞快人快语，刘备不让其去，张飞说："便是有曹操也拿将来！"刘备更加不让他去了。因为张飞所言有违于刘备

的目的。到目前为止，刘备还不想与曹操撕破脸皮，发生正面冲突。

雪花乱飘。忠出曰："丞相到此，缘何不降？"云长曰："请丞相出阵，我自有话说。"忠曰："丞相岂肯轻见你！"云长大怒，骤马向前。王忠挺枪来迎。两马相交，云长拨马便走。王忠赶来。转过山坡，云长回马，舞刀直取。王忠拦截不住，要骤马奔逃，云长左手倒提宝刀，右手揪住王忠勒甲绦，拖下鞍鞒，横担于马上，回本阵来。

一知居主人曰：

上一回中，曹操和刘备"煮酒论英雄"，转眼之间，就是"时值初冬"，由不得你不叹息时间过得真快！

开始时，王忠貌似坚强，竟然高喊着要关羽投降，说曹操在这里。关羽提出要见曹操。王忠说"丞相岂肯轻见你"。关羽一生，就讨厌别人看不起自己，立马大怒。王忠真不堪打，回马一刀，便被活捉了。

云长押解王忠见玄德。玄德问："尔乃何人？现居何职？敢诈称曹丞相！"忠曰："焉敢有诈。奉命教我虚张声势，以为疑兵。丞相实不在此。"玄德教且暂监下。云长曰："某知兄有和解之意，故生擒将来。"玄德曰："吾恐翼德躁暴，杀了王忠，故不教去。"张飞曰："我去生擒刘岱来！"玄德说刘岱"也是一镇诸侯"，"不可轻敌"。飞曰："量此辈何足道哉！"玄德曰："只恐坏了他性命，误我大事。"飞引兵前进。

一知居主人曰：

按照武艺高低来讲，关羽杀掉王忠轻而易举，偏偏活捉，是因为关羽了解刘备的心思。刘备亲自说出派关羽的理由，张飞才算理解。张飞提出自己去捉刘岱，刘备一再说必须要活的。张飞说"如杀了，我偿他命"，有点小可爱。

刘岱坚守不出。张飞每日在寨前叫骂，数日之后，心生一计。日间却在帐中饮酒诈醉，寻军士罪过，打了一顿，缚在营中，曰："待我今夜出兵时，将来祭旗！"却暗使左右纵之去。军士得脱，径往刘岱营中来报二更劫寨之事。刘岱见降卒身受重伤，遂听其说。是夜三更时分，张飞自引精兵，先断刘岱后路；中路抢入寨中放火。刘岱伏兵恰待杀入，张飞两路兵齐出。岱军各自溃散。刘岱夺路而走，正撞见张飞，交马只一合，被张飞生擒过去。

一知居主人曰：

刘岱毕竟做过兖州太守，也深知张飞厉害，闭城不出在意料之中。不过最后还是求胜心切，听信降卒言语，"虚扎空寨，伏兵在外"，等张飞入瓮，熟不料自己却是中了张飞的计谋。若将张飞的计谋定为"苦肉计"，却又不怎么像，但效果很显著。

外传是二更劫寨，实际却在三更进行，刘岱军马正在疑惑之中，绝对放松警惕。张飞只派三十余人入寨放火，自己率大军却将刘岱军马包了饺子。刘岱不败，没有道理。

玄德谓云长曰："翼德自来粗莽，今亦用智，吾无忧矣！"亲自出郭迎之。飞曰："哥哥道我躁暴，今日如何？"玄德曰："不用言语相激，如何肯使机谋！"飞大笑。**玄德慌下马解刘岱缚，迎入徐州，放出王忠，一同管待。玄德曰**："前因车胄欲害备，故不得不杀之。丞相错疑备反，遣二将军前来问罪。备受丞相大恩，正思报效，安敢反耶？二将军至许都，望善言为备分诉，备之幸也。"刘岱、王忠答应。次日刘备尽还军马，送出郭外。

一知居主人曰：

关羽捉了王忠，带着人进徐州见刘备。张飞却是"使人先报入徐州"，而后再带刘岱回城。张飞的心情，可以理解。刘备亲自出城

迎接，也给足了张飞面子。

刘备见了刘岱，做法与见王忠同。回城之后，将王忠放出，并告诉两人他并未造反。

刘岱、王忠行不上十余里，张飞拦路，"我哥哥忒没分晓！捉住贼将如何又放了？"刘、王在马上发颤。关羽接着而来，飞马大叫："不得无礼！"两人方才放心。云长曰："既兄长放了，吾弟如何不遵法令？"飞曰："今番放了，下次又来。"云长曰："待他再来，杀之未迟。"两将连声告退曰："便丞相诛我三族，也不来了。"抱头鼠窜而去。

一知居主人曰：

既然刘备放了刘岱和王忠，张飞、关羽却又先后赶来，两人之对话，绝对是在演双簧，是刘备故意安排下的。是要两人回去之后，在曹操面前多些美言。张飞所言"便是曹操自来，也杀他片甲不回！"也是吓唬刘、王二人的。

云长、翼德回见玄德曰："曹操必然复来。"孙乾谓玄德曰："徐州受敌之地，不可久居。不若分兵屯小沛，守邳城，为掎角之势，以防曹操。"玄德用其言，令云长守下邳；孙乾等守徐州。玄德与张飞屯小沛。

一知居主人曰：

说归说，做归做，刘备还是要做好准备以对付曹操的。孙乾建议刘备分兵驻扎，成掎角之势，相当好。只是刘备屯小沛，甘、糜二夫人却随关羽下邳安置，有点不可思议。至于此后所言"甘夫人乃小沛人也，糜夫人乃糜竺之妹也"，纯粹闲笔而已。

第二十三回
祢正平裸衣骂贼　吉太医下毒遭刑

刘岱、王忠回见曹操具言刘备不反之事。操怒骂："辱国之徒，留你何用！"喝令推出斩之。经孔融劝谏，免其死。操欲伐玄德。孔融曰："可先使人招安张绣、刘表。"操遣刘晔往。晔先见贾诩，陈说曹公盛德。

一知居主人曰：

曹操派刘晔去劝张绣，刘晔并未直接面见张绣，却是先行拜见张绣手下第一谋士贾诩，用意很明白，是要贾诩知道自己所来之目的。且"诩乃留晔于家中"一夜，期间故事，尽可以想想，否则第二天不会出现贾诩"当面扯碎（袁绍）书，叱退来使"。

次日贾诩见张绣，说曹公遣刘晔招安之事。正议间，袁绍有使至。绣命入。看使者书信，亦是招安之意。诩问来使曰："近日兴兵破曹操，胜负何如？"使曰："隆冬寒月，权且罢兵。今以将军有国士之风，故来相请耳。"诩大笑曰："汝可便回见本初，道汝兄弟尚不能容，何能容天下国士乎！"当面扯碎书，叱退来使。

一知居主人曰：

袁绍来使，要招安张绣。张绣没做任何表态之前，贾诩就撕了

管窥《三国》上

书信，斥责使节。大庭广众之下，如此做派，有越权嫌疑，不妥。或许贾诩觉得自己在张绣这里特别重要，独一无二，也就无意之中越俎代庖了。

贾诩虽未明确表态降操，但实际行动已经证明了自己的立场了。注意，到目前为止，刘晔并没有和贾诩一起参见张绣。

张绣曰：""袁绍若至，当如之何？""诩曰：""不如去从曹操。""绣曰：""吾先与操有仇，安得相容？""诩曰：""夫曹公奉天子明诏，征伐天下，其宜从一也；绍强盛，我以少从之，必不以我为重，操虽弱，得我必喜，其宜从二也；曹公王霸之志，必释私怨，以明德于四海，其宜从三也。""绣从其言，请刘晔相见。晔盛称操德。绣大喜，即同贾诩等赴许都投降。

一知居主人曰：

前面曹操要贾诩留在自己这里，贾诩推辞了。这次在张绣面前大谈投曹操的诸多好处，说明刘晔做工作有了一定作用。

"绣见操，拜于阶下。操忙扶起，执其手曰：'有小过失，勿记于心'。"张绣再也没有了原来的霸气。至于贾诩所言，包括前面刘晔所言"丞相若记旧怨，安肯使某来结好将军乎？"未必可信，仿佛是作者为对应张绣的担心故意所为，不写也罢！

操即命绣作书招安刘表。贾诩进曰：""刘景升好结纳名流，今必得一有文名之士往说之。""操问：""谁人可去？""荀攸曰：""孔文举。""攸出见孔融曰：""公可当此任否？""融说有一朋友叫祢衡的，"才十倍于我。此人宜在帝左右，不但可备行人而已。我当荐之天子。"于是遂上表奏帝。帝览表，以付曹操。

一知居主人曰：

曹操要张绣招安刘表，贾诩提出刘表喜欢结纳名流，要有一文

第二十三回　祢正平裸衣骂贼　吉太医下毒遭刑

明之士前去。荀攸推荐了孔融。孔融却推荐了祢衡,并上表皇帝,极赞祢衡之才华。文字过于张扬,极具夸奖之能事。也正是因为孔融过于强调祢衡对朝廷的益处,反而受到曹操的反感。

孔融虽是好意,最终却毁掉了祢衡。有些人适合在野,有些人适合在朝。祢衡出山之日,就已经开始向黄泉路上走了。

操召衡至。祢衡仰天叹曰:"天地虽阔,何无一人也!"操曰:"何谓无人?""荀彧、荀攸、郭嘉、程昱,机深智远,虽萧何、陈平不及也。张辽、许褚、李典、乐进,勇不可当,虽岑彭①、马武②不及也。吕虔、满宠为从事,于禁、徐晃为先锋;夏侯惇天下奇才,曹子孝世间福将。安得无人?"衡笑曰:"公言差矣!此等人物,吾尽识之:荀彧可使吊丧问疾,荀攸可使看坟守墓,程昱可使关门闭户,郭嘉可使白词念赋,张辽可使击鼓鸣金,许褚可使牧牛放马,乐进可使取状读招,李典可使传书送檄,吕虔可使磨刀铸剑,满宠可使饮酒食糟,于禁可使负版筑墙,徐晃可使屠猪杀狗;夏侯惇称为完体将军,曹子孝呼为要钱太守。其余皆是衣架、饭囊、酒桶、肉袋耳!"

一知居主人曰:

祢衡与曹操对话之中,曹操高评自己手下,将他们与汉初开国名相萧何、陈平和东汉中兴名将岑彭、马武等人相比。祢衡并不曾在曹操营中待过,初次见面,就对曹操手下逐一恶评,讽刺挖苦至极,没有一丝褒扬,属于大不敬。

---

① 岑彭(?~35年):字君然,南阳棘阳(今河南新野县)人,东汉开国名将、军事家,"云台二十八将"之第六位。

② 马武(?~61年):字子张,南阳湖阳(今河南唐河湖阳镇)人,东汉开国名将,"云台二十八将"之第十一位。

操怒曰："汝有何能？"衡曰："上可以致君为尧、舜，下可以配德于孔、颜。岂与俗子共论乎！"时止有张辽在侧，掣剑欲斩之。操曰："吾正少一鼓吏，早晚朝贺宴享，可令祢衡充此职。"衡不推辞，应声而去。辽曰："此人出言不逊，何不杀之？"操曰："此人素有虚名，远近所闻。今日杀之，天下必谓我不能容物。彼自以为能，故令为鼓吏以辱之。"

一知居主人曰：

祢衡表扬自己时，却是使用了"天文地理，无一不通；三教九流，无所不晓"的词语，毫不谦虚，无疑是在羞辱曹操及其手下，不免让人大吃一惊！引得相对厚道的张辽也起了杀他之意。当然，曹操并没有应允，且做了解释。言语之中，颇有涵养，意味深长。或许曹操此时已经有了借刀杀人的计划。

来日，曹操大宴宾客，令鼓吏挝鼓。衡穿旧衣而入。遂击鼓为《渔阳三挝》。左右喝曰："何不更衣！"衡当面脱下旧破衣服，裸体而立，浑身尽露。坐客皆掩面。衡乃徐徐着裤，颜色不变。操叱曰："庙堂之上，何太无礼？"衡曰："欺君罔上乃谓无礼。吾露父母之形，以显清白之体耳！"操曰："汝为清白，谁为污浊？"衡曰："汝不识贤愚，是眼浊也；不读诗书，是口浊也；不纳忠言，是耳浊也；不通古今，是身浊也；不容诸侯，是腹浊也；常怀篡逆，是心浊也！吾乃天下名士，用为鼓吏，是犹阳货轻仲尼①，臧仓毁孟子②耳！欲成王霸之业，而如

---

① 阳货轻仲尼：典出《史记·孔子世家》。阳货是孔子同时代一个官家的家丁。有一次孔子去阳货的主人家做客，阳货看孔子年轻，面有饥色，衣服也不光鲜，就认为他是来蹭吃蹭喝的。

② 臧仓毁孟子：典出《孟子·梁惠王下》。是说鲁平公要去见孟子，但臧仓却在鲁平公面前诋毁孟子，使鲁平公因而未去会见。后用为贤者遭谤毁的典故。

此轻人耶?"

一知居主人曰:

这就是著名的"击鼓骂曹"一节。

本来曹操是要羞辱祢衡一番,特意让他去当鼓吏,为大家喝酒助兴。没想祢衡敲了一出《渔阳三挝》,竟然"坐客听之,莫不慷慨流涕,大出风头"。

按照惯例,敲鼓人要换新衣的,祢衡没换,已经有些奇葩。众人要他换新衣时,他竟然浑身尽露,大煞风景,搅了宴会。这还不算,祢衡借题发挥,当面将曹操骂了一顿,不留一点面子。语言尖酸刻薄,措辞恶毒。

孔融恐操杀衡,从容进曰:"祢衡罪同胥靡①,不足发明王之梦。"操指衡而言曰:"令汝往荆州为使。如刘表来降,便用汝作公卿。"衡不肯往。操教备马三匹,令二人扶挟而行,却教手下文武,整酒于东门外送之。

一知居主人曰:

孔融这段话,是为了安慰曹操。有人说曹操杀人如麻,在这一节中却没有当众杀祢衡。恰恰是孔融这句话起了作用,让曹操有台阶可下,不无道理。

曹操有心计,立即让祢衡出使刘表(这也是孔融最初推荐祢衡的主要原因)。祢衡不从,曹操"令二人扶挟而行"。你不想去也得去,不去不行!曹操心中怒气,完全可以想象出来。

---

① 胥靡:战国时代对某种家内男性奴隶的称谓,因被用绳索连着强制劳动,故名。来源于刑徒,主要从事筑城等土木工程。《墨子·天志下》:"不格者则系操而归,大夫以为仆、圉、胥靡。"

第二十三回　祢正平裸衣骂贼　吉太医下毒遭刑

荀彧曰："如祢衡来，不可起身。"衡至，下马入见，众皆端坐。衡放声大哭。荀彧问曰："何为而哭？"衡曰："行于死柩之中，如何不哭？"众皆曰："吾等是死尸，汝乃无头狂鬼耳！"衡曰："吾乃汉朝之臣，不作曹瞒之党，安得无头？"众欲杀之。荀彧急止之曰："量鼠雀之辈，何足污刀！"衡曰："吾乃鼠雀，尚有人性。汝等只可谓之蜾虫！"众恨而散。

一知居主人曰：

荀彧本想给祢衡整点难堪，没想到祢衡当众大哭，且说因大家是死尸，弄得大家哭笑不得。如果说祢衡击鼓骂曹还有可以原谅之处。这次当面挖苦、抨击众多官员，太不该，太另类了！

衡至荆州，见刘表毕，虽颂德，实讥讽。表不喜，令去江夏见黄祖。或问表曰："祢衡戏谑主公，何不杀之？"表曰："祢衡数辱曹操，操不杀者，恐失人望。故令作使于我，欲借我手杀之，使我受害贤之名也。吾今遣去见黄祖，使曹操知我有识。"众皆称善。

一知居主人曰：

后文曹操见韩嵩言，"祢衡辱吾太甚，故借刘表手杀之，何必再问？"这一次刘表倒是很聪明，识破了曹操计谋，转过身来，让祢衡去见黄祖。有人说，如果刘表找个理由将祢衡退还给曹操，才算高手。但是刘表没有这种胆量。那不是在明显与曹操作对么！

袁绍亦遣使至。表问众谋士曰："袁本初又遣使来，曹孟德又差祢衡在此，当从何便？"韩嵩进曰："今两雄相持，将军若欲有为，乘此破敌可也。如其不然，将择其善者而从之。今曹操善能用兵，贤俊多归，其势必先取袁绍，然后移兵向江东，恐将军不能御。莫若举荆州以附操，操必重待将军矣。"

一知居主人曰：

前面曹操劝降人刚走，袁绍使者今又来到。刘表成了大家都在拉拢的对象。韩嵩提了两种思路，要么"坐山观虎斗"，而后"坐收渔利"；要么择其善者而从之，从了曹操（而不是袁绍）。刘表心里明白，自己归哪一方，无疑就加重了哪一方获胜的砝码。刘表自是要权衡之后再权衡。所以派韩嵩"汝且去许都，观其动静，再作商议"。

嵩曰："君臣各有定分。嵩今事将军，虽赴汤蹈火，一唯所命。将军若能上顺天子，下从曹公，使嵩可也；如持疑未定，嵩到京师，天子赐嵩一官，则嵩为天子之臣，不复为将军死矣。"表曰："汝且先往观之。"嵩见操。操遂拜嵩为侍中，领零陵太守。嵩回见表，称颂朝廷盛德，劝表遣子入侍，表大怒曰："汝怀二心耶！"欲斩之。嵩大叫曰："将军负嵩，焉不负将军！"蒯良曰："嵩未去之前，先有此言矣。"刘表遂赦之。

一知居主人曰：

重赏另一方来的联络人，这是曹操的一贯做法，一则体现了自己对人家的重视，二则有离间对方之意。荀彧还有些不理解，还问"韩嵩来观动静，未有微功，重加此职何"。其实这与前面吕布派陈登来到曹营，曹操重赏陈家父子如出一辙。

不过，这次韩嵩去见曹操之前，曾对刘表说过，曹操有可能要奖赏自己。但是，可能没有想到"领零陵太守"一职。这奖赏还真是有点太重了。

人报黄祖斩了祢衡，表问其故，对曰："黄祖与祢衡共饮，皆醉。祖问衡曰：'君在许都有何人物？'衡曰：'大儿孔文举，小儿杨德祖。除此二人，别无人物。'祖曰：'似我何如？'衡曰：'汝似庙中之神，

第二十三回　祢正平裸衣骂贼　吉太医下毒遭刑　　259

虽受祭祀，恨无灵验！'祖大怒曰：'汝以我为土木偶人耶！'遂斩之。衡至死骂不绝口。"

一知居主人曰：

孔文举，即孔融，在本书已经出场"多日"。祢衡出山，便是孔文举的杰作。杨德祖，就是随后要出场的杨修，是杨震的玄孙、杨彪的儿子。

黄祖明显不是聪明之人。祢衡和黄祖喝酒，祢衡说黄祖"汝似庙中之神，虽受祭祀，恨无灵验！"黄祖怒而斩之。刘表再次出来装好人，令葬祢衡于鹦鹉洲边。曹操却是笑曰："腐儒舌剑，反自杀矣！"一个"笑"字，足以概括曹操此时的心情了。其"借刀杀人"之计终于实现，心中也自是出了一口恶气！

曹操不见刘表来降，便欲兴兵问罪。荀彧谏曰："袁绍未平，刘备未灭，而欲用兵江汉，是犹舍心腹而顺手足也。可先灭袁绍，后灭刘备，江汉可一扫而平矣。"操从之。

一知居主人曰：

曹操没有先击刘表，刘表要感谢荀彧。袁绍如果此后遭曹操骚扰，却是要恨死荀彧的。只是董承等人事发，曹操才最终决定东征刘备！

国舅染病，帝令吉平前去医治，旦夕不离。常见董长吁短叹，不敢动问。时值元宵，二人共饮。更余，承觉困倦和衣而睡。忽报王子服等四人至。服曰："大事谐矣！"承曰："愿闻其说。"王子服说刘表、袁绍和马腾、韩遂分别带兵远远而来，曹操尽起许昌兵马，城中空虚。可聚五家僮仆千余人将府围住，突入杀之。承披挂上马。夜至二鼓，董承手提宝剑直入操设宴后堂，大叫："操贼休走！"一

剑刺去，随手而倒。霎时觉来，乃南柯一梦①，口中犹骂"操贼"不止。

一知居主人曰：

夜有所梦，必是日有所想。日间无法做到的，也只有在梦中实现了。刘玄德离开之后，董承有心反曹却是无计可施，心中郁闷。看到曹操越来越横行霸道，久积成疾。元宵节留下吉平吃饭，席间却是自己睡着了。或许因为董承太困乏了，经常想事情，所以才有这次快意之梦。或正因为梦中这次大叫，引得家奴秦庆童注意。

吉平叫曰："汝欲害曹公乎？"承惊惧不能答。吉平曰："某虽医人，未尝忘汉……倘有用某之处，虽灭九族，亦无后悔！"承掩面而哭曰："只恐汝非真心！"平遂咬下一指为誓。承乃取出衣带诏，令平视之。平曰："不消诸公用心。操贼性命，只在某手中。""操贼常患头风，痛入骨髓；才一举发，便召某医治。如早晚有召，只用一服毒药，必然死矣。"承曰："救汉朝社稷者，皆赖君也！"

一知居主人曰：

按说，搞业务和搞政治原本互不搭界。吉平本一朝中太医，却也关心国家大事，值得点赞！但是他对细节注意不够，以至于后来被曹操轻松识破。

承心中暗喜，步入后堂，忽见家奴秦庆童同侍妾云英在暗处私语。承大怒，欲杀之。夫人劝免其死，各人杖脊四十，将庆童锁于冷房。

---

① 南柯一梦：出自唐·李公佐《南柯太守传》。有一个叫淳于棼的人，做梦到大槐安国做了南柯郡太守，享尽富贵荣华，醒来才知道是一场大梦，原来大槐安国就是住宅南边大槐树下的蚁穴，南柯郡就是大槐树南边的树枝。后来泛指一场梦，或比喻一场空欢喜。北宋·黄庭坚《戏答荆州王充道烹茶四首》中有句："为公唤觉荆州梦，可待南柯一梦成。"

庆童怀恨，黉夜①将铁锁扭断，跳墙而出，径入曹操府中。操唤入密室问之。庆童云："王子服、吴子兰、种辑、吴硕、马腾五人在家主府中商议机密，必然是谋丞相。家主将出白绢一段，不知写着甚的。近日吉平咬指为誓，我也曾见。"曹操藏匿庆童于府中，董承只道逃往他方去了，也不追寻。

一知居主人曰：

这次董承大意失荆州。或有人说，偏他们此事不该成功。董夫人求情留下了秦庆童，却给亲人留下了杀身之祸。

凡做事，最怕内鬼。因为内鬼知道得太多太细，尤其秦庆童在董家为奴，属于老资格，再加上与侍妾云英有染，其他家奴谁不让他三分，所以在府中比其他人方便多了。秦庆童到曹操处告密，只是说了王子服等六人，没有言及刘备。因为刘备签名是在自己馆中。从这一点推测，秦并未真见到签名义状。

次日，曹操诈患头风，召吉平用药。平暗藏毒药入府。操卧于床上。平曰："此病可一服即愈。"取药当面煎之。药已半干，平暗下毒药，亲自送上。操起曰："汝既读儒书，必知礼义：君有疾饮药，臣先尝之；父有疾饮药，子先尝之。汝为我心腹之人，何不先尝而后进？"平曰："药以治病，何用人尝？"平知事已泄，纵步向前，扯住操耳而灌之。操推药泼地，砖皆迸裂。

一知居主人曰：

曹操诈病请吉平来，吉平自以为有了机会，自是兴奋而来。曹操说的理由，没有任何问题，礼节古已有之。吉平此时知道事情败露，竟然"扯住操耳而灌之"。一介弱医哪里抵得住曹操的力气！正

---

① 黉夜：指深夜。元·王实甫《西厢记》第三本第三折："谁著你黉夜入人家，非奸做贼拿。"

是：有些机会突然出现太早，就需要考虑这里面是否出现问题了。

操未及言，左右已将吉平执下。操曰："吾岂有疾，特试汝耳！汝果有害我之心！"遂唤精壮狱卒，执平至后园拷问。将平缚倒于地。吉平面不改容。操笑曰："必有人唆使你来。你说出那人，我便饶你。"平叱之曰："汝乃欺君罔上之贼，天下皆欲杀汝，岂独我乎！"操再三磨问。平怒曰："我自欲杀汝，安有人使我来？"操教狱卒痛打。两个时辰之后，操恐打死，无可对证，令狱卒揪去静处，权且将息。

一知居主人曰：

没想到一个医生为自己所作所为，没有任何后悔之意。挺得住酷刑，只说是自己主动要做的，与别人没有任何关系，还不断大骂曹操无耻，坚强至极！既然如此，纵然吉平医术再高，曹操也不可能留下吉平了！

传令次日设宴，请众大臣饮酒。惟董承托病不来。王子服等皆恐操生疑，俱至。酒行数巡，操曰："筵中无可为乐，我有一人，可为众官醒酒。"教二十个狱卒"与吾牵来！"须臾，只见一长枷钉着吉平，拖至阶下。操曰："此人连结恶党，欲反背朝廷，谋害曹某。"操教先打一顿，昏绝于地，以水喷面。吉平苏醒，睁目切齿而骂曰："操贼！不杀我，更待何时！"操曰："同谋者先有六人。与汝共七人耶？"平只是大骂。王子服等四人面面相觑，如坐针毡。操教一面打，一面喷。操见不招，且教牵去。

一知居主人曰：

有些宴席，你不想参加也得参加。你来了可以不喝酒、不发言，但是你不来说明你不支持主家，分明是有立场。董承因病推辞，朝野皆知，可以理解。王子服等人不来，则没有道理。只是他们还蒙在鼓里，并不知道已经被告密。

曹操之所以采取摆宴之办法，一是希望将这些人一网打尽；二是有"杀鸡骇猴""敲山震虎"之意。

众官席散，操只留王子服等四人夜宴。四人魂不附体。操曰："汝四人不知与董承商议何事？"子服曰："并未商议甚事。"操曰："白绢中写着何事？"子服等皆隐讳。操教唤出庆童对证。子服曰："汝于何处见来？"庆童曰："你回避了众人，六人在一处画字，如何赖得？"子服曰："此贼与国舅侍妾通奸，被责诬主，不可听也。"操曰："吉平下毒，非董承所使而谁？"子服等皆言不知。操叱将四人拿住监禁。

一知居主人曰：

王子服等四人见吉平并无告密迹象，心中还有一些侥幸。及至四人被曹操单独留下，便知大事不好。更不要说秦庆童出来作证之后。

王子服说秦庆童"此贼与国舅侍妾通奸，被责诬主"，说法实在牵强。这种家丑之事，董承是不可能告诉别人的，即使是关系很铁的朋友！况且事发是前一天晚上的事情，王子服焉能知道？况此时王子服再找理由，曹操已经听不下去了。

次日，曹来探病。承只得出迎。操曰："缘何夜来不赴宴？"承曰："微疾未痊，不敢轻出。"操曰："此是忧国家病耳。"承愕然。操曰："国舅知吉平事乎？"承曰："不知。"操冷笑曰："国舅如何不知？"唤左右："牵来与国舅起病。"承举措无地。须臾，吉平被推至阶下。吉平大骂："曹操逆贼！"操指谓承曰："此人曾攀下王子服等四人，吾已拿下廷尉。尚有一人，未曾捉获。"因问平曰："谁使汝来药我？可速招出！"平曰："天使我来杀逆贼！"

一知居主人曰：

曹操来到董承府中，哪里是探病，分明是要落实证据、前来抓

人的。曹操也不是笨人，与董承简单寒暄之后，便直奔主题。带吉平来，旁敲侧击，并说其他四人已经拿下。此时，董承仍没有承认，还算坚强！

操怒教打吉平，曰："你原有十指，今如何只有九指？"平曰："嚼以为誓，誓杀国贼！"操教取刀来，就阶下截去其九指，曰："一发截了，教你为誓！"平曰："尚有口可以吞贼，有舌可以骂贼！"操令割其舌。平曰："且勿动手。吾今熬刑不过，只得供招。可释吾缚。"操遂命解其缚。平起身望阙拜曰："臣不能为国家除贼，乃天数也！"拜毕，撞阶而死。操令分其肢体号令。时建安五年正月也。

一知居主人曰：

人们常说十指连心，曹操一次就断了吉平九指，后又要割吉平舌头。吉平已知活着无望，索性装作答应，撞阶而死。即便这样，曹操令分其肢体号令。足见曹操心狠手辣，残酷至极！这一段时间，曹操怕是心中有负担，非要找个突破口出来不行！

操见吉平已死，教牵过秦庆童。操曰："国舅认得此人否？"承大怒曰："逃奴在此，即当诛之！"操曰："他首告谋反，今来对证，谁敢诛之？"承曰："丞相何故听逃奴一面之说？"操曰："王子服等吾已擒下，皆招证明白，汝尚抵赖乎？"即唤左右拿下，命从人直入董承卧房内，搜出衣带诏并义状。操看了，笑曰："鼠辈安敢如此！"遂命："将董承全家良贱，尽皆监禁，休教走脱一个。"

一知居主人曰：

好人死在证人手里。此前董承还想侥幸过关，秦庆童出来作证之后，董承恍然大悟，顿时失去了防线，崩溃了。更不要说后来在家中被搜出了实证。

第二十三回　祢正平裸衣骂贼　吉太医下毒遭刑

第二十四回
国贼行凶杀贵妃　皇叔败走投袁绍

曹操见了衣带诏，与众谋士商议，欲废却献帝，更择有德者立之。程昱谏曰："明公所以能威震四方，号令天下者，以奉汉家名号故也，今诸侯未平，遽行废立之事，必起兵端矣。"操乃止。只将董承等五人，并其全家老小，押送各门处斩。死者共七百余人。

一知居主人曰：

曹操提议废帝，程昱所言值得注意。程昱只是说现在天下未平，还不到时候，并没说坚决不行。

曹操在城中（而非战场之上）连杀七百余人，场面实在凄惨，难怪"城中官民见者，无不下泪"。曹操之所以这样，目的很明确，在于威慑众人，强化自己的权威！

贵妃乃董承之妹，帝幸之，已怀孕五月。当日帝正与伏皇后私论董承之事。忽见曹操带剑入后宫，帝大惊失色。操曰："董承谋反，陛下知否？"帝曰："董卓已诛矣。"操大声曰："不是董卓！是董承！"帝战栗曰："朕实不知。"操曰："忘了破指修诏耶？"帝不能答。

一知居主人曰：

"董卓""董承"，虽然一字之差，但是前者大奸，后者大忠。曹

操说董承造反,皇上说"董卓已诛",实故意为之,想含糊过关。及至曹操说到破指修诏之事,皇帝知道事发,故"不能答"。

操叱武士擒董妃至。帝告曰:"董妃有五月身孕,望丞相见怜。"操曰:"若非天败,吾已被害。"伏后告曰:"贬于冷宫,待分娩了,杀之未迟。"操曰:"欲留此逆种,为母报仇乎?"董妃泣告曰:"乞全尸而死,勿令彰露。"操令取白练。帝泣谓妃曰:"卿于九泉之下,勿怨朕躬!"泪下如雨。伏后亦大哭。操怒曰:"犹作儿女态耶!"叱武士勒死于宫门之外。操谕曰:"今后但有外戚宗族,不奉吾旨,辄入宫门者,斩。守御不严,与同罪。"又拨心腹人充御林军,令曹洪统领。

一知居主人曰:

皇帝如果不说董妃有孕,董妃或许还有可能活下来,既然说已经怀孕五月,董妃必不可活,曹操所言,"岂得复留此女,为吾后患!"强势之下,没有完卵。当然,曹操既然要杀,自然不会顾及什么理由了。

操问计程昱,昱说马腾屯军西凉,不可轻取;刘备在徐州分布掎角之势,不可轻敌。只是袁绍常有图许都之心。操曰:"备乃人杰也,今若不击,待其羽翼既成,急难图矣。袁绍虽强,事多怀疑不决,何足忧乎!"郭嘉自外而入。操问曰:"如何?"嘉曰:"绍性迟而多疑,其谋士各相妒忌,不足忧也。刘备新整军兵,众心未服,丞相引兵东征,一战可定矣。"操大喜,遂起军五路下徐州。

一知居主人曰:

曹操手下谋士,郭嘉作用不可估量。程昱对形势分析准确,并没有拿出具体建议,把选择权给了曹操。关键时候,还是郭嘉坚定了曹操的信心,先东征刘备。刘备若知是郭嘉提议,必恨之入骨。

只是天不假年华,郭嘉英年早逝。赤壁大战之后,曹操曾哭过

郭嘉。

玄德修书遣孙乾至河北。乾先见田丰。丰即引孙乾见绍。见绍形容憔悴，衣冠不整。丰曰："今日主公何故如此？绍曰："我将死矣！""吾生五子，惟最幼者极快吾意。今患疥疮，命已垂绝。吾有何心更论他事乎？"丰曰："今曹操东征刘玄德，许昌空虚，若以义兵乘虚而入，上可以保天子，下可以救万民。此不易得之机会也。"绍曰："吾亦知此最好，奈我心中恍惚，恐有不利。""五子中惟此子生得最异，倘有疏虞，吾命休矣。"遂不肯发兵。田丰以杖击地，跌足长叹而出。

一知居主人曰：

前面曹操说袁绍"事多怀疑不决"，郭嘉说袁绍"性迟而多疑"，今日果不其然，大事面前真糊涂。曹操征刘备，许都空虚，可以乘虚而入。攻击曹操的绝好机会，袁绍也认识到了，只是念及小儿病重，还说些"倘有疏虞，吾命休矣"胡话，难免让手下人失望！在整个过程中，田丰表现积极主动、睿智，可惜不具有决策权，空悲切！

至于袁绍对孙乾所说刘备"倘有不如意，可来相投，吾自有相助之处"，属于不得已而说的应付之语。

孙乾星夜回小沛。玄德大惊曰："似此如之奈何？"张飞曰："兄长勿忧。曹兵远来，必然困乏。乘其初至，先去劫寨，可破曹操。"玄德曰："素以汝为一勇夫耳。前者捉刘岱时，颇能用计。今献此策，亦中兵法。"乃从其言，分兵劫寨。

一知居主人曰：

远水不能解近渴。刘备想故技重施。不过，目前还真没有其他办法。可怜刘备高兴得太早！张飞劫寨之计，对刘岱用得，对曹操

268　　管窥《三国》上

却用不得。要知道当下曹操谋士济济，武将成群！

是夜，玄德、张飞分兵两队进发。张飞突入操寨，但见无多人马，四边火光大起，喊声齐举。飞急出寨外。张辽、许褚等八处军马杀来。飞杀条血路突围而走，只有数十骑跟定。还小沛，路已断，欲投徐州、下邳，又恐曹军截住，只得望芒砀山而去。

玄德将近寨门，忽后面冲出一军，先截去了一半人马。夏侯惇又到。玄德突围而走，夏侯渊从后赶来。玄德只有三十余骑跟随。小沛城中火起，只得弃了小沛。想去徐州、下邳，又见曹军漫山塞野，截住去路。玄德想起袁绍所言，遂望青州路而走。

一知居主人曰：

前面有一段文字，说是曹军行走之中，有东南风吹折青红牙旗一面，大家断定刘备夜间劫寨，属于牵强附会，故弄玄虚，说书人故意为之，故未复述。

张飞来劫寨，没想到曹操有所准备，无异于老绵羊错走狼群。再猛的张飞也抵不过八位大将一起来。况且张飞"所领军兵原是曹操手下旧军，尽皆投降去了"，并不奇怪。张飞败走芒砀山。刘备更不经打，早早地散了，不得已去投袁绍。不幸的是，路上遭遇李典，李典将其从骑全部掳走，刘备成了孤家寡人，实在可怜！

注意一下，张飞和刘备最初逃跑的路线惊人一致：首选小沛，不可得；再选徐州、下邳，也不可得。只是最后张飞上了芒砀山；刘备匹马下青州。

玄德奔至青州城下，门吏报袁绍长子袁谭。谭素敬玄德，当即开门接入公廨。玄德备言兵败相投之意。谭乃留玄德住下，发书报袁绍；一面差本州人马，护送玄德。至平原界口，袁绍亲自引众出

第二十四回　国贼行凶杀贵妃　皇叔败走投袁绍

邺郡三十里迎。玄德拜谢，绍忙答礼曰："昨为小儿抱病，有失救援，于心怏怏不安。"玄德曰："孤穷刘备，久欲投于门下，奈机缘未遇。今为曹操所攻，妻子俱陷，想将军容纳四方之士，故不避羞惭，径来相投。"绍大喜，相待甚厚，同居冀州。

一知居主人曰：

所幸曹操手下没有继续追赶，刘备才日行三百里，安全抵达青州。所幸袁谭素来敬仰刘备，否则发生意外也不是没有可能。

尽管刘备是败军之将，袁绍还是亲自出郭三十里相迎，也算给足刘备面子，还实话实说，"昨为小儿抱病，有失救援"。刘备何等聪明，立马做出一些可怜相，"望乞收录，誓当图报"。毕竟当下刘备先在袁绍处落脚是第一需要。

曹操当夜取了小沛，随即进兵攻徐州。糜竺、简雍弃城而走。陈登献了徐州。曹操大军入城，安民。

一知居主人曰：

陈登原是陶谦手下，不得已随了吕布；后背了吕布，降了曹操；关羽斩车胄，陈登随了刘备；今又背了刘备，降了曹操。与吕布相比，并不相上下。不知后来张飞见陈登否？如果见了，会不会也喊他"三姓家奴"？陈登再次降曹，曹操有何感想，书中未见。

其实这样的人追求的永远是利益，断无朋友之情可言！

曹操议取下邳。荀彧曰："云长保护玄德妻小，死守此城。若不速取，恐为袁绍所窃。"操曰："吾素爱云长武艺人材，欲得之以为己用，不若令人说之使降。"郭嘉曰："云长义气深重，必不肯降。若使人说之，恐被其害。"张辽出曰："某与关公有一面之交，愿往说之。"

管窥《三国》上

一知居主人曰：

对于关羽，曹操和郭嘉的态度都很明确，曹操想要其来降，郭嘉说关羽"义气深重，必不肯降"。作为手下，要为上司服务，服从上司安排。张辽听曹操一说，即愿往说之，毕竟在白门楼上关羽对张辽有救命之恩！

第二十五回
屯土山关公约三事　救白马曹操解重围

操即令徐州降兵数十径来降关公。关公以为旧兵，留而不疑。次日，夏侯惇来搦战。关公不出，惇使人辱骂。关公大怒，引人马出城。约战十余合，惇拨回马走。约赶二十里，关羽提兵便回。没想徐晃、许褚截住去路。关公夺路而走，两边伏兵箭如飞蝗，只好再回。徐、许接住交战。关公杀退二人，欲回下邳，夏侯惇又截住厮杀。战至日晚，关羽只得到一座土山，屯于山头，权且少歇。曹兵将土山围住。关公遥望下邳城中火光冲天，却是那诈降兵卒偷开城门，曹操入城。关公连夜几番下山，皆被乱箭射回。

一知居主人曰：

要想让对方投降，就让他处于绝境之地，程昱的计谋够歹毒的。程昱恰恰是利用了关羽惜民惜兵之心。

要知道此时，关羽并无刘备、张飞消息，心中自然烦闷，不出战夏侯惇在意料之中。只是到底禁不住曹军城下叫骂，怒而出城。出城之后，事情就随着程昱的计谋开始发展，关羽再无主动可言。困于土山之上，有力施展不得，自是"心中惊惶"。

捱到天晓，关羽欲整顿下山，张辽跑马上山来。关公曰："文远

欲来相敌耶？"辽曰："非也。想故人旧日之情。"遂弃刀下马。公曰："文远莫非说关某乎？"辽曰："不然。"公曰："然则文远将欲助我乎？"辽曰："亦非也。"又曰："玄德不知存亡，翼德未知生死。昨夜曹公已破下邳，军民尽无伤害，差人护卫玄德家眷，不许惊忧。如此相待，弟特来报兄。"关公怒曰："此言特说我也。吾今虽处绝地，视死如归。"

一知居主人曰：

一个"捱"字，足以概括此夜关羽心焦如焚，却又无可奈何。张辽来劝关羽，早早地"弃刀下马"，是为了显示诚意，也是害怕被关羽误解。张辽言"昔日蒙兄救弟，今日弟安得不救兄？"有拉近乎之意。而后讲当下形势，是想要关羽现实一点，没必要拿着鸡蛋碰石头。

张辽大笑曰："兄此言岂不为天下笑乎？"公曰："吾仗忠义而死，安得为天下笑？"辽曰："兄今即死，其罪有三。""当初刘使君与兄结义之时，誓同生死。今使君方败，而兄即战死，倘使君复出，欲求兄相助，而不可复得，岂不负当年之盟誓乎？其罪一也。刘使君以家眷付托于兄，兄今战死，二夫人无所依赖，负却使君依托之重。其罪二也。兄武艺超群，兼通经史，不思共使君匡扶汉室，徒欲赴汤蹈火，以成匹夫之勇，安得为义？其罪三也。"公沉吟曰："欲我如何？"辽曰不如降了曹操，"一者可以保二夫人，二者不背桃园之约，三者可留有用之身。"公曰："兄言三便，吾有三约。"一是"只降汉帝，不降曹操"；二是"二嫂处请给皇叔俸禄养赡，一应上下人等，皆不许到门"；三者是"但知刘皇叔去向便当辞去，三者缺一，断不肯降"。

一知居主人曰：

按说武将讲的是武艺，言语和计谋往往会有所短。可今日张辽说关羽一节，前有"三罪"，后有"三便"，终于引出关羽的"三约"。

还不得不佩服张辽的思维。

张辽对关羽所言"却打听刘使君音信,如知何处,即往投之。"与后面关羽的"三约"第三条,完全一致,此绝非张辽本意,目的自是先劝关羽降曹再说。后文中张辽与曹操言语之中有"丞相更施厚恩以结其心,何忧云长之不服也?"相一致!

张辽回见曹操,先说降汉不降曹之事。操笑曰:"吾为汉相,汉即吾也。此可从之。"辽又言:"二夫人欲请皇叔俸给,并上下人等不许到门。"操曰:"吾于皇叔俸内,更加倍与之。至于严禁内外,乃是家法,又何疑焉!"辽又曰:"但知玄德信息,虽远必往。"操摇首曰:"然则吾养云长何用?此事却难从。"辽曰:"岂不闻豫让①'众人国士'之论乎?刘玄德待云长不过恩厚耳。"操曰:"文远之言甚当,吾愿从此三事。"张辽再往山上回报关公。关公曰:"暂请丞相退军,容我入城见二嫂,告知其事,然后投降。"张辽再回,以此言报曹操。操即传令,退军三十里。

---

① 豫让:战国时期晋国正卿智伯瑶的家臣。公元前453年,赵、韩、魏联手在晋阳之战中攻打智氏,智伯瑶兵败身亡。为了给主公智伯瑶报仇,豫让用漆涂身,吞炭使哑,暗伏桥下,谋刺赵襄子未遂,后为赵襄子所捕。临死时,求得赵襄子衣服,拔剑击斩其衣,以示为主复仇,然后伏剑自杀,留下了"士为知己者死,女为悦己者容"的历史典故。明人方孝孺《豫让论》中评论说:"豫让臣事智伯,及赵襄子杀智伯,让为之报仇。声名烈烈,虽愚夫愚妇莫不知其为忠臣义士也。呜呼!让之死固忠矣,惜乎处死之道有未忠者存焉——何也?观其漆身吞炭,谓其友曰:'凡吾所为者极难,将以愧天下后世之为人臣而怀二心者也。'谓非忠可乎?及观其斩衣三跃,襄子责以不死于中行氏,而独死于智伯。让应曰:'中行氏以众人待我,我故以众人报之;智伯以国士待我,我故以国士报之。'"

一知居主人曰：

这一节，张辽成了传话筒，忙得不亦乐乎！幸亏有他，其他人还真做不到、做不好！其间操笑曰"吾为汉相，汉即吾也"，也暴露了曹操的野心、自得和自信！

关公入下邳，见人民安妥不动，径到府中。来见二嫂。二夫人急出迎之。公拜于阶下曰："使二嫂受惊，某之罪也。"二夫人曰："皇叔今在何处？"公曰："不知去向。"二夫人曰："二叔今将若何？"公曰："关某出城死战，被困土山，张辽劝我投降，我以三事相约。曹操已皆允从，故特退兵，放我入城。我不曾得嫂嫂主意，未敢擅便。"二夫人问："那三事？"关公将上项三事，备述一遍。甘夫人曰："昨日曹军入城，我等皆以为必死；谁想毫发不动，一军不敢入门。叔叔既已领诺，何必问我二人？"公曰："嫂嫂放心，关某自有主张。"二夫人曰："叔叔自家裁处，凡事不必问俺女流。"

一知居主人曰：

关羽降汉（不说降曹）之前，先向两位嫂子汇报。毕竟刘备将两位夫人托付给自己，自己没有尽到责任。再者，关羽进城是想亲自验证一下张辽所言是否真实。荀彧知道之后，说："不可，恐有诈。"但曹操说："云长义士，必不失信。"可见关羽在曹操心中的位置。按照道理，曹操是不可能随便相信人的。

关羽进下邳之后，两位夫人先问皇叔在哪里，属于正常。再问关羽要如何，也属于正常。却没有问及张飞如何，则是有点不正常了。甘夫人话中有句，"只恐日后曹操不容叔叔去寻皇叔"，有些突兀，此绝非一般女性所能考虑到的。小说作者似乎在暗示着一种什么。

关公来见曹操。操出辕门相接。关公曰："败兵之将，深荷不杀

第二十五回　屯土山关公约三事　救白马曹操解重围

之恩。"操曰:"素慕云长忠义,今日幸得相见,足慰平生之望。"关公曰:"文远代禀三事,蒙丞相应允,谅不食言。"操曰:"吾言既出,安敢失信。"关公曰:"关某若知皇叔所在,虽蹈水火、必往从之。**此时恐不及拜辞,伏乞见原。**"操曰:"**玄德若在,必从公去,但恐乱军中亡矣。公且宽心,尚容缉听。**"关公拜谢。操设宴相待。

一知居主人曰:

曹操亲自出辕门接关羽,并设宴相待,规格甚高。只是文中并未见曹操带手下文武随从,不知作者何意?

观本节中关羽和曹操对话,面上看似缓和,实则有一种心理上的较量。关羽是要曹操承诺"三事",尤其是一旦知道刘备下落马上就走。曹操虽然说"安敢失信",但是马上说了一句刘备"恐乱军中亡矣",意思是说你已经没有机会了。曹操如此晦气之话,并未引起关羽反感,或许心中有所认同!

曹操还许昌。关公亲自护车而行。于路安歇馆驿,操使关公与二嫂共处一室。关公乃秉烛立于户外,自夜达旦,毫无倦色。操愈加敬服。既到许昌,操拨一府与关公居住。关公分为两院,内门拨老军把守,自居外宅。

一知居主人曰:

曹操耍歪心眼,偏偏关羽不吃这一套。只是这次关公秉烛却没有民间所言"关公夜读《春秋》"一事,且是"立于户外"也!小说作者在这里说曹操对关羽"愈加敬服",绝不是随便说说而已。后面关羽能"千里走单骑",这里应该是伏笔之始。

操引关公朝见献帝,帝命为偏将军。公谢恩归宅。操次日设大宴,会众谋臣武士,以客礼待关公,延之上座;又备绫锦及金银器皿相送。

关公都送与二嫂收贮。关公自到许昌,操待之甚厚:小宴三日,大宴五日;又送美女十人。关公尽令伏侍二嫂。却又三日一次于内门外问二嫂安。二夫人曰"叔叔自便",关公方敢退回。

一知居主人曰:

这一段文字,曹操对关羽大献殷勤,封官、大宴、送金银绸缎、送美女等,不辞辛苦,费尽心机,此前没有见过曹操对哪个人如此好过!关羽却是洁身自爱,做事很有方寸,所以"操闻之,又叹服关公不已"。这次是"叹服",态度又进了一步!

一日,操见关公所穿绿锦战袍已旧,度其身品,取异锦作战袍一领相赠。关公受之,穿于衣底,上仍用旧袍罩之。操笑曰:"云长何如此之俭乎?"公曰:"某非俭也……不敢以丞相之新赐而忘兄长之旧赐,故穿于上。"操叹曰:"真义士也!"

一知居主人曰:

按照道理,关羽在曹操处,曹操所赐战袍,应该穿在外面,光鲜亮丽,但是关羽却穿在里面,旧袍仍套在外面。曹操问及,关羽答曰"旧袍乃刘皇叔所赐,某穿之如见兄面"。此时曹操"口虽称羡,心实不悦",估计是已经认识到让关羽真心降服的希望不大了。

一日,忽报:"内院二夫人哭倒于地。"关公整衣跪于内门外,问为何。甘夫人曰:"我夜梦皇叔身陷于土坑之内,觉来与糜夫人论之,想在九泉之下矣!"关公曰:"梦寐之事,不可凭信,此是嫂嫂想念之故。请勿忧愁。"适曹操请关公赴宴。公往见操。操见公有泪容,问其故。公曰:"二嫂思兄痛哭,不由某心不悲。"操笑而频以酒相劝。

一知居主人曰:

二夫人梦见刘备陷于土坑之内,故醒来痛哭,关羽来劝,讲话

也很自如。曹操来请,却是从曹操视角里知道"公有泪容"。男儿有泪不轻弹,只是未到动情时。关羽劝二夫人之事,其内心之苦可见一斑。曹操之表现,却是充满坏笑。

公醉,自绰其髯而言曰:"生不能报国家,而背其兄,徒为人也!"操问曰:"云长髯有数乎?"公曰:"约数百根。每秋月约退三五根。冬月多以皂纱囊裹之,恐其断也。"操以纱锦作囊,与关公护髯。次日,早朝见帝。帝见关公一纱锦囊垂于胸次,问之。关公奏曰:"臣髯颇长,丞相赐囊贮之。"帝令当殿披拂,过于其腹。帝曰:"真美髯公也!"因此人皆呼为"美髯公"。

一知居主人曰:

关羽心情烦闷,很快醉酒,自然不过。此时曹操也很有意思,却是以关羽的胡子来转移话题。且以纱锦作囊,与关公护髯,却不想上得朝堂,被皇上夸赞,成就了关羽"美髯公"的美名!

一日操请关公宴。临散出府,操曰:"公马因何而瘦?"关公曰:"贱躯颇重,马不能载,因此常瘦。"操令牵一马来。操指曰:"公识此马否?"公曰:"莫非吕布所骑赤兔马乎?"操曰:"然也。"遂并鞍辔送与关公。关公再拜称谢。操不悦曰:"吾累送美女金帛,公未尝下拜;今吾赠马,乃喜而再拜,何贱人而贵畜耶?"关公曰:"吾知此马日行千里,今幸得之,若知兄长下落,可一日而见面矣。"

一知居主人曰:

此段文字,知道吕布之赤兔马最终归了关羽。只是第二十回中有句"将吕布妻女载回许都",却从此不见了貂蝉!

此前曹操送美女、金帛,关羽并没有称谢。这次曹操送赤兔马,关羽却是"再拜称谢"。曹操问及何以如此,没想关羽说"若知兄长

下落,可一日而见面矣",有点"哪壶不开提哪壶",故操"愕然而悔",不过已大为晚矣!

操问张辽曰:"吾待云长不薄,而彼常怀去心,何也?"张辽则往见关公。辽曰:"我荐兄在丞相处,不曾落后?"公曰:"深感丞相厚意。只是吾身虽在此,心念皇叔,未尝去怀。"辽曰:"玄德待兄未必过于丞相,兄何故只怀去志?"公曰:"吾固知曹公待吾甚厚。奈吾受刘皇叔厚恩,誓以共死,不可背之。吾终不留此。要必立效以报曹公,然后去耳。"辽曰:"倘玄德已弃世,公何所归乎?"公曰:"愿从于地下。"辽乃告退,具以实告曹操。操叹曰:"事主不忘其本,乃天下之义士也!"荀彧曰"彼言立功方去,若不教彼立功,未必便去"。操然之。

一知居主人曰:

前面一直是张辽周旋于曹操和关羽之间,玉成此事。故这次曹操要张辽出面,去探关羽真实心思。解铃还须系铃人。张辽自然要去,也不得不去。张辽问话小心翼翼,还是知道了关羽的想法。尤其是张辽说假如刘备死了怎么办,关羽"愿从于地下",知"公终不可留"。

关羽和张辽说了一句"要必立效以报曹公,然后去耳",被曹操、荀彧记住。故后来袁绍来攻,关羽主动请战,曹操"未敢烦将军。早晚有事,当来相请"。至于后来请关羽出战,属于颜良武艺高强,曹操不得已而为之。

玄德旦夕烦恼。绍问何故。玄德曰:"二弟不知音耗,妻小陷于曹贼。上不能报国,下不能保家。安得不忧?"绍商议破曹之策。田丰谏曰:"前操攻徐州,许都空虚,不及此时进兵。今徐州已破,操兵方锐,未可轻敌。不如以久持之,待其有隙而后可动也。"绍曰:

"待我思之。"因问玄德曰:"田丰劝我固守,何如?"玄德曰:"曹操欺君之贼,明公若不讨之,恐失大义于天下。"绍曰:"玄德之言甚善。"遂欲兴兵。田丰又谏。绍怒曰:"汝等弄文轻武,使我失大义!"田丰顿首曰:"若不听臣良言,出师不利。"绍大怒,欲斩之。玄德力劝,乃囚于狱中。

一知居主人曰:

田丰所言不无道理。至于此处刘备一改原来的怯懦,执意劝袁绍攻曹操,存有私心。在刘备美言之下,袁绍也有些膨胀,要出兵,还把田丰下了大狱。

沮授见田丰下狱,乃会其宗族,尽散家财,与之诀曰:"吾随军而去,胜则威无不加,败则一身不保矣!"众皆下泪送之。绍遣大将颜良作先锋,进攻白马。沮授谏曰:"颜良性狭,虽骁勇,不可独任。"绍曰:"吾之上将,非汝等可料。"

一知居主人曰:

沮授仿佛看透了事情,未出征而先尽散家财,有个性,有黑色幽默之味道。后面庞德出战关羽与此类似。

沮授评价颜良,实话实说。可惜袁绍任性,过于信任颜良,已经容不得别人说三道四。

操亲临白马,靠土山扎住。遥望山前平川旷野之地,颜良排成阵势。操骇然,回顾宋宪曰:"吾闻汝乃吕布部下猛将,今可与颜良一战。"宋宪领诺,直出阵前。颜良大喝一声,纵马来迎。战不三合,斩宋宪于阵前。曹操大惊曰:"真勇将也!"魏续曰:"杀我同伴,愿去报仇!"操许之。续上马持矛,径出阵前,大骂颜良。良更不打话,照头一刀,劈魏续于马下。操曰:"今谁敢当之?"徐晃应声而出,

与颜良战二十合，败归本阵。诸将栗然。

一知居主人曰：

开战在前，手下谋士曾经说过颜良威武，曹操不可能不记在心中。这次曹操见颜良，却是回顾吕布旧将宋宪曰："吾闻汝乃吕布部下猛将，今可与颜良一战。""吕布部下"四个字好刺眼！宋宪果然"不负曹操"，不到三合便身死。魏续有点自负，立马上场。谁知不到一合，也身首异处。当年缚吕布者，均死在颜良手下，也算是朋友一场。

"操见连斩二将，心中忧闷"，而非痛苦。当是因为宋宪、魏续都是背主之人，这样走了，也免了曹操心中的芥蒂。

程昱曰："某举一人可敌颜良。"操问是谁。昱曰："非关公不可。"操曰："吾恐他立了功便去。"昱曰："刘备若在，必投袁绍。今若使云长破袁绍之兵，绍必疑刘备而杀之矣。备既死，云长又安往乎？"操大喜，遂差人去请关公。

一知居主人曰：

前面曹操与荀彧商量不给关羽立功机会，可能程昱不在现场。程昱此计要关羽出战颜良，有"一石二鸟"之毒。想来程昱已经知道刘备在袁绍处。这样安排符合关羽所言不立功不离开曹营，关羽自然不好拒绝；关羽立功打的袁绍手下，若袁绍败了必迁怒于刘备，说不定会杀掉刘备。至于关公即入辞二嫂，后领诺而出，有点出乎常人意料，颇见关羽之仁。

关羽直至白马来见曹操。操叙说："特请云长商议。"关公曰："容某观之。"操置酒相待。忽报颜良搦战。操引关公上土山观看。操与关公坐，诸将环立。曹操指山下颜良排的阵势曰："如此雄壮！"关

公曰："以吾观之，如土鸡瓦犬①耳！"操又曰："麾盖之下，绣袍金甲，持刀立马者，乃颜良也。"关公谓操曰："如插标卖首耳！"操曰："未可轻视。"关公起身曰："某虽不才，愿去万军中取其首级，来献丞相。"张辽曰："军中无戏言，云长不可忽也。"

一知居主人曰：

人就怕比。关羽艺高人胆大，本就是傲气之人，心中佩服的也就那么几个人。曹操越是说颜良之勇，越会激起关羽的斗志。张辽所言虽是好意，属于提醒，却是助燃了关羽的激情。

关公奋然上马，跑下山来。河北军如波开浪裂，关公径奔颜良。颜良正在麾盖下，方欲问时，早已跑到面前，被云长手起一刀，刺于马下。忽地下马，割了颜良首级，飞身上马，如入无人之境。河北兵将不战自乱。曹军乘势攻击，抢夺极多。关公纵马上山，众将尽皆称贺。公献首级于操前。操曰："将军真神人也！"关公曰："某何足道哉！吾弟张翼德于百万军中取上将之头，如探囊取物耳。"操大惊，回顾左右曰："今后如遇张翼德，不可轻敌。"

一知居主人曰：

前面宋、魏转眼之间死在颜良刀下，这次颜良死得也够快的，一点儿准备都没有，还没等问清对方姓名，就一命呜呼。比温酒战华雄一节，还要迅速！

曹操夸关羽，关羽却说三弟张飞更厉害。按说不符合关羽的性格，小说作者这样设计，想来意味深长。曹操惊诧之余，还真的信了，"令写于衣袍襟底以记之"。大人物的小动作，有趣！也为后面长坂坡张

---

① 土鸡瓦犬：也作"土鸡瓦狗"。用泥捏的鸡，用瓦做的狗。比喻徒有虚名而无实用的东西，不堪一击。

飞喝退曹兵做了铺垫!

此后,曹操"表奏朝廷,封云长为汉寿亭侯,铸印送关公",足见曹操对关羽之尊重。"汉寿亭侯"的称呼便是自此开始。

第二十六回
袁本初败兵折将　关云长挂印封金

袁军奔回，报说颜良被一赤面长须使大刀者斩去。绍惊问曰："此人是谁？"沮授曰："此必是刘玄德之弟关云长也。"绍大怒，指玄德曰："汝弟斩吾爱将，汝必通谋，留尔何用！"唤推出斩之。玄德从容进曰："明公只听一面之词，而绝向日之情耶？备自徐州失散，二弟云长未知存否。天下同貌者不少，岂赤面长须之人，即为关某也？明公何不察之？"袁绍闻玄德之言，责沮授曰："误听汝言，险杀好人。"仍请玄德上帐坐。

一知居主人曰：

幸亏袁绍属于没主张之人，否则刘备必死无疑！不过，刘备说的也不是没有道理，大千世界，"天下同貌者不少"。

只是袁绍不该责沮授，毕竟沮授是出于好意。沮授心中必然感到窝囊，心也开始与袁绍渐行渐远。

文丑请战，要为颜良雪恨。袁绍大喜曰："吾与十万军兵，便渡黄河，追杀曹贼！"沮授曰："不可。今宜留屯延津，分兵官渡，乃为上策。"绍怒曰："皆是汝等迟缓军心，迁延日月，有妨大事！"沮授出，遂托疾不出。玄德曰："备蒙大恩，无可报效，意欲与文将军

同行：一者报明公之德，二者就探云长的实信。"绍喜，唤文丑同领前部。文丑曰："刘玄德屡败之将，于军不利。既主公要他去时，某分三万军，教他为后部。"

一知居主人曰：

文丑出场，先闻其声，后见其人。文丑"身长八尺，面如獬豸"，却是从刘备所观写出，作者安排甚妙。

袁绍要文丑过黄河击曹操，沮授提出"若轻举渡河，设或有变，众皆不能还矣"。忠言逆耳。没想到袁绍大怒，沮授遂称病不出。袁绍败相已经开始显现。

刘备请求与文丑一起出战，大头领袁绍同意了，文丑却不同意，认为刘备是"屡败之将"，跟着晦气，遂七三分兵而进。文丑有些张狂，不想自己死期将至矣！

文丑渡黄河已据延津之上。操传令粮草先行，军兵在后。吕虔不解。操曰："粮草在后，多被剽掠，故令在前。"虔曰："倘遇敌军劫去，如之奈何？"操曰："且待敌军到时，却又理会。"虔心疑未决。操在后军，听得前军发喊，急教人看时，报说："文丑兵至，我军皆弃粮草，四散奔走。"操以鞭指南阜曰："此可暂避。"操令军士皆解衣卸甲少歇，尽放其马。文丑军掩至。手下又来抢马，自相杂乱。曹操却令军将一齐下土阜击之，文丑军大乱，自相践踏。文丑止遏不住，只得拨马回走。

一知居主人曰：

军事上有句话，"兵马未动，粮草先行"，但是粮草也大多放在队伍当中或者最后压阵，可这次曹操却剑走偏锋，偏偏让粮草先行，众人多不理解。及至文丑手下劫了粮草，队伍大乱，曹操派军击之。此时，大家方才恍然大悟，却是曹操妙计。后文中，曹操回许都，

曾对吕虔说:"昔日吾以粮草在前者,乃饵敌之计也。惟荀公达知吾心耳。"与此遥遥对应!

其中有个细节,众将见文丑来,要求"急收马匹,退回白马"!荀攸不许,说"此正可以饵敌,何故反退"?"操急以目视荀攸而笑。攸知其意,不复言"。目视而笑,很是逼真。曹操知道荀攸懂得了自己的意思,其间不单单有得意的成分。

文丑见张辽、徐晃赶上,拈弓搭箭,正射张辽。张辽低头急躲,一箭射中头盔。坐下战马却被文丑一箭射中面颊。马跪倒前蹄,张辽落地。文丑回马复来,徐晃截住厮杀。晃料敌不过,拨马而回。文丑忽见关羽当头提刀飞马而来。战不三合,文丑心怯,拨马绕河而走。关公赶上文丑,脑后一刀,将文丑斩下马来。曹操大驱人马掩杀。河北军大半落水,粮草马匹仍被曹操夺回。

一知居主人曰:

张辽、徐晃武艺高强,可不是一般人物,但是迎战文丑过程中,张辽马失前蹄,徐晃拨马而回,足见文丑之厉害。只是文丑见了关羽,战不三合,就被关羽斩于马下。不得不叹关羽之勇!

随后刘备带兵赶到,知道是关羽所为,本想出面相认,可惜袁绍一方兵败如山倒,容不得自己。无奈之下,还是败回,心中却是高兴得很,"原来吾弟果然在曹操处!"且成了侯!

袁绍至官渡。郭图、审配见袁绍,"今番又是关某杀了文丑,刘备佯推不知。"袁绍骂曰:"大耳贼焉敢如此!"少顷,玄德至,绍令推出斩之。玄德曰:"某有何罪?"绍曰:"你故使汝弟又坏我一员大将。"玄德曰:"曹操素忌备,今知备在明公处,恐备助公,故特使云长诛杀二将。公知必怒。此借公之手以杀刘备也。"袁绍曰:"玄德之

言是也。汝等几使我受害贤之名。"遂请玄德上帐而坐。玄德谢曰："荷明公宽大之恩，无可补报，欲令一心腹人持密书去见云长，使知刘备消息，彼必星夜来到，辅佐明公，共诛曹操，以报颜良、文丑之仇，若何？"袁绍大喜。玄德修下书札，未有人送去。

一知居主人曰：

袁绍知道关羽杀了文丑，骂刘备"大耳贼"，推出要斩。但听了刘备说袁绍此正中曹操借刀杀人之计，又立马变脸，奉刘备为上宾。这般忽左忽右，变得比"小儿变脸"还快，真是毫无主见。轻易表态，弄得有些手下灰头土脸，不知如何是好。

刘备说自己可以修书至关羽处，关羽必来降。谁知，书倒是修了，却是没有人送达。有意思，不过，后来最终还是让袁绍手下南阳陈震送达了！

曹操正在大宴众官，忽人报黄巾刘辟、龚都在汝南甚是猖獗，"曹洪累战不利，乞遣兵救之"。云长闻言，进言"愿施犬马之劳，破汝南贼寇"。操曰："云长建立大功，未曾重酬，岂可复劳征进？"公曰："关某久闲，必生疾病。愿再一行。"曹操壮之，点兵五万，使于禁、乐进为副将，次日便行。

一知居主人曰：

关羽斩颜良、诛文丑，为曹操出了大力。曹操自然对关羽放松了警惕，更何况在宴席之上，所以顺利答应关羽征讨汝南的要求。且"壮之"，场面够大。第二天，酒醒之后，荀彧说："云长常有归刘之心，倘知消息必去，不可频令出征。"曹操回复"今次收功，吾不复教临敌矣"。看似应付之语，实则心中后悔不迭。

云长将近汝南，当夜拿了两个细作。云长认得一人是孙乾，遂

第二十六回　袁本初败兵折将　关云长挂印封金

叱退左右，问今何为在此处？乾曰："某自逃难，飘泊汝南，幸得刘辟收留。今将军为何在曹操处？未识甘、糜二夫人无恙否？"关公细说一遍。乾曰："近闻玄德公在袁绍处，欲往投之，未得其便。今刘、龚二人归顺袁绍，相助攻曹。"关公曰："既兄在袁绍处，吾必星夜而往。但恨吾斩绍二将，恐今事变矣。""吾见兄长一面，虽万死不辞。今回许昌，便辞曹操也。"

一知居主人曰：

第二十四回中，只是说"糜竺、简雍守把不住，只得弃城"，陈登献了徐州，并未言及孙乾消息。此时孙乾出现，有些突兀。从孙乾口中，才知道这段日子他在何处。

孙乾见关羽，并没有问皇叔在哪里，却是主动问及甘、糜二夫人，好像问得蹊跷。其实不然，自是因为让关羽和两夫人住下邳是孙乾所献计谋。孙乾知道关羽应该和两位夫人在一起。

本段文字，最后有一句，"当夜密送孙乾去了"，并未说明是去了袁绍那里，还是刘辟处。想来去后者那里的可能性大一些。孙乾有言"吾当先往探彼虚实，再来报将军"。因为刘备在袁绍处的消息并不确凿。至少需要先把刘辟等人要假让汝南的事情做下来再说。

次日，关公引兵出，龚都披挂出阵。关公曰："汝等何故背反朝廷？"都曰："汝乃背主之人，何反责我？"关公曰："我何为背主？"都曰："刘玄德在袁本初处，汝却从曹操，何也？"关公更不打话，拍马舞刀向前。龚都便走，关公赶上。都回身告关公曰："故主之恩，不可忘也。公当速进，我让汝南。"关公会意，驱军掩杀。刘、龚佯输诈败，四散去了。云长夺得州县，安民已定，班师回许昌。

一知居主人曰：

看关公与龚都对话，有点像演双簧。要知道于禁、乐进随军。后面，

管窥《三国》 上

果然有刘备在袁绍处的消息，关羽老军听到，于禁也听到了。

毛宗岗说此段时有言，"让汝南者，欲其立功报曹，以便速去耳"。余独不信。关羽屯土三约，刘辟、龚都等人怎会知道。刘、龚两人保存实力，想与关羽一并降袁绍当为主要原因。

曹操出郭迎接，赏劳军士。宴罢，云长回家参拜二嫂。甘夫人曰："叔叔两番出军，可知皇叔音信否？"公答曰："未也。"关公退，二夫人于门内痛哭曰："想皇叔休矣！二叔恐我妹妹烦恼，故隐而不言。"正哭间，有一随行老军，于门外告曰："主人现在河北袁绍处。"夫人曰："汝何由知之？"军曰："跟关将军出征，有人在阵上说来。"夫人急召云长责之曰："皇叔未尝负汝，汝今受曹操之恩，顿忘旧日之义，不以实情告我，何也？"关公顿首曰："兄今委实在河北。未敢教嫂嫂知者，恐有泄漏也。事须缓图，不可欲速。"公退，寻思去计，坐立不安。

一知居主人曰：

关羽班师回许都，曹操出郭相迎，摆宴招待，给足了关羽面子。只是曹操断断没有想到，关羽已经知道刘备人在何处，出走之心已定矣！

关羽并不急于将皇叔消息告诉两位夫人，一是为了保密，防备居所周围的曹操细作；二是没有确定最后的日子，不说免得两位夫人操心。只是那多嘴的随行老军说穿了帮！

于禁将关羽知刘备在河北一事报与曹操。操令张辽来探关公意。关公正闷坐，张辽入贺曰："闻兄在阵上知玄德音信，特来贺喜。"关公曰："故主虽在，未得一见，何喜之有！"辽曰："兄与玄德交，比弟与兄交何如？"公曰："我与兄，朋友之交也；我与玄德，是朋友

第二十六回　袁本初败兵折将　关云长挂印封金

而兄弟、兄弟而主臣者也，岂可共论乎？"辽曰："今玄德在河北，兄往从否？"关公曰："昔日之言，安肯背之！文远须为我致意丞相。"张辽如实回告曹操。

一知居主人曰：

张辽毕竟和关羽是好朋友，说话直奔主题，很坦诚。关羽也知道张辽来的目的，并不遮掩，直接说明心思。

张辽将关羽的想法告诉曹操，曹操却说"吾自有计留之"。未免过于自信！

忽报有故人相访。关公请入却不相识。那人称是袁绍部下陈震。关公大惊，急退左右，问曰："先生此来，必有所为？"震出书一缄，递与关公。公视之，乃玄德书也。其略云："备与足下，自桃园缔盟，誓以同死。今何中道相违，割恩断义？君必欲取功名、图富贵，愿献备首级以成全功。书不尽言，死待来命。"关公看书毕，大哭曰："某非不欲寻兄，奈不知所在也。安肯图富贵而背旧盟乎？"

一知居主人曰：

前面张辽（曹操的说客）刚走，刘备的使者（却是袁绍的部下）马上来了，整得关羽应接不暇，节奏够快的。

上一次在汝南，孙乾来访，关羽"叱退左右"；这一次陈震来访，关羽"急退左右"，足见关羽做事小心谨慎。

观刘备致关羽书，言辞很严厉，问责也很明确。按说不是刘备的风格。或许是因为人在屋檐下，刘备不得不如此。关羽应该理解。要记住，关羽在此处又一"大哭"，少见。

陈震要关羽宜速往见。关公曰："人生天地间，无终始者，非君子也。吾来时明白，去时不可不明白。""容某辞却曹操，奉二嫂来

相见。"震说如曹操不允将如何。公曰:"吾宁死,岂肯久留于此!"关羽主动写书答云:"窃闻义不负心,忠不顾死。羽自幼读书,粗知礼义,观羊角哀、左伯桃之事①,未尝不三叹而流涕也。前守下邳。内无积粟,外听援兵;欲即效死,奈有二嫂之重,未敢断首捐躯,致负所托;故尔暂且羁身,冀图后会。近至汝南,方知兄信;即当面辞曹公,奉二嫂归。羽但怀异心,神人共戮。披肝沥胆,笔楮难穷。瞻拜有期,伏惟照鉴。"陈震得书自回。

一知居主人曰:

陈震要关羽速去见刘备,关羽所说一番话并不意外。毕竟前面关羽曾与曹操有约,不可能随随便便就走。想来这也是关羽被后世封为圣人的主要原因之一。

关羽回刘备书,讲了自己近期经历,可谓情真意切,让人感动。

关公拜辞曹操。操知来意,乃悬回避牌于门。关公怏怏而回,命旧日跟随人役,收拾车马,早晚伺候。分付宅中,所有原赐之物,尽皆留下,分毫不带。次日再往相府,门首又挂回避牌。关公一连去了数次,皆不得见。乃往张辽家相探,辽亦托疾不出。

一知居主人曰:

前面曹操"吾自有计留之",信誓旦旦,谁想却是这种避而不见的手段,不免让人觉得可笑。此时,曹操也在揣摩关羽,纵然你要离去,但总要与我见上一面吧,我偏不给你机会。至于张辽,最是尴尬,毕竟他是中间人。

---

① 羊角哀、左伯桃之事:羊角哀,战国末期燕国人,与左伯桃为友,闻楚王善待士,同赴楚,值雨雪粮少,左伯桃遂并衣食与哀,入树中死。哀独行仕楚,显名当世,启树发左伯桃尸改葬之,后亦自杀。有成语"羊左之交"。

关公思曰:"此曹丞相不容我去之意。"即写书一封,书略曰:"羽少事皇叔,誓同生死;皇天后土,实闻斯言。前者下邳失守,所请三事,已蒙恩诺。今探知故主现在袁绍军中,回思昔日之盟,岂容违背?新恩虽厚,旧义难忘。兹特奉书告辞,伏惟照察。其有余恩未报,愿以俟之异日。"写毕封固,差人去相府投递。一面将所受金银一一封置库中,悬汉寿亭侯印于堂上,请二夫人上车。关公率领旧日跟随人役,护送车仗,径出北门。门吏挡之。关公怒目横刀,大喝一声,门吏皆退避。关公既出门,谓从者曰:"汝等护送车仗先行,但有追赶者,吾自当之,勿得惊动二位夫人。"从者推车,望官道进发。

一知居主人曰:

关羽知道曹操在故意回避自己,索性留书一封,叙说自己要践行屯土三约,并无什么过错。最后说了一句"其有余恩未报,愿以俟之异日",则是为后面赤壁大战中华容道释放曹操留下伏笔。关羽挂印封金,毫无索取,走得坦然,走得仗义,走得顶天立地!

第二十七回

美髯公千里走单骑　汉寿亭侯五关斩六将

曹操正论关公之事，人报关羽已经出城，众皆愕然。蔡阳说愿将铁骑三千，去生擒关某。操曰："不忘故主，来去明白，真丈夫也。汝等皆当效之。"遂叱退蔡阳。程昱曰："若纵之使归袁绍，是与虎添翼也。不若追而杀了，以绝后患。"操曰："吾昔已许之，岂可失信！彼各为其主，勿追也。"因谓张辽曰："云长封金挂印，财贿不以动其心，爵禄不以移其志，此等人吾深敬之。想他去此不远，我一发结识他做个人情。汝可先去请住他，待我与他送行。"张辽领命，单骑先往。曹操随后而来。

一知居主人曰：

蔡阳要追杀关羽，被曹操斥退；程昱提议要杀，也被曹操拒绝。曹操反而在众将面前对关羽大加赞誉，还嘱咐众将向他学习。

曹操不但不追杀关羽，"更以路费征袍赠之，使为后日记念"，其思维超前、超宽，非一般人所具有！曹操让张辽前去，是做个顺水人情。张辽乐得去做。

这段文字中，作者强调"在曹操诸将中，独蔡阳不服关公，故今日欲往追之"，自是有所指。这次曹操不允许。蔡阳自然不服气、不死心。偏偏后面两人在古城遭遇，蔡阳要为外甥报仇，结果关羽

一刀斩了蔡阳。

"自张辽而外，只有徐晃与云长交厚"。关羽自己也有这种感觉，但是在"走麦城"一节，关羽与徐晃有过遭遇，徐晃却没有放过关羽，大大出乎关羽之意料。

云长护送车仗，按辔徐行。忽听背后张辽大叫："云长且慢行！"关公自己勒马按刀，问曰："文远莫非欲追我回乎？"辽曰："非也。丞相知兄远行，欲来相送，特先使我请住台驾，别无他意。"关公曰："便是丞相铁骑来，吾愿决一死战！"遂立马于桥上望之。

一知居主人曰：

此时关羽觉得张辽必是来追回自己的，所以对张辽有些冷淡，有防备心理。毕竟曹操属于奸诈之人，关羽有所领教，故可以理解。只是他这次错怪了张辽。估计此时张辽心里也是凉凉的。前面张辽土山劝关羽一场，与此类似！

曹操飞奔前来，许褚、徐晃等人陪同。关公见手中皆无军器，始放心。操问云长行何太速？关公欠身答曰："关某前曾禀过丞相。今故主在河北，不由某不急去。累次造府，不得参见，故拜书告辞，封金挂印，纳还丞相。"操曰："吾欲取信于天下，安肯有负前言。恐将军途中乏用，特具路资相送。"一将托过黄金一盘。关公曰："累蒙恩赐，尚有余资。留此黄金以赏将士。"操笑曰："锦袍一领，略表寸心。"令一将捧袍过来。云长用刀尖挑锦袍披于身上，回头称谢，遂下桥望北而去。许褚曰："此人无礼太甚，何不擒之？"操曰："彼一人一骑，吾数十余人，安得不疑？吾言既出，不可追也。"曹操自引众将回城，于路叹想云长不已。

一知居主人曰：

曹操与关羽对话，你来我往，有问有答，都是不卑不亢，都有范儿，并不失礼节。曹操赠金，关羽坚决不受。曹操自然知道武将喜欢战袍，故以赠之。这次关羽倒是没有拒绝，想来也是顾及曹操在众人之前的面子。但是关羽仍然不敢下马，以刀尖挑来，且迅速离开，小心的对！

曹操既然有意放关羽走，却是没有安排有关文书。想来是故意为之，希望关羽能够回头。最后发现实在没有回头余地，也为了避免自己手下无谓的牺牲，才让人一路下书而来。

关公不见车仗，心慌，四下寻之。只见一少年飞奔前来。少年弃枪下马，自报襄阳人廖化，流落江湖，劫掠为生，"恰才同伴杜远下山巡哨，误将两夫人劫掠上山。吾问从者，知是大汉刘皇叔夫人，且闻将军护送在此，吾即欲送下山来。杜远出言不逊，被某杀之。今献头与将军请罪"。关公教急取二夫人下山。关公下马叉手于车前问候。二夫人曰："若非廖将军保全，已被杜远所辱。"关公乃拜谢。廖化欲以部下人送关公。关公寻思此人终是黄巾余党，乃谢却之。廖化拜送金帛，关公亦不受。廖化自引人伴投山谷中去了。

一知居主人曰：

关羽只顾和曹操言语，却不料前行的车仗被杜远劫了。幸亏有廖化出现，二夫人方才免了一劫。

廖化有心归于关羽，但是关羽这次并没有接纳，自是因为心中对廖化之意有所疑。况且当务之急是要寻找皇叔，哪里顾得招兵买马。只是关公断断没有想到，后来会发生"西蜀无大将，廖化作先锋"！

廖化这次来也匆匆，去也匆匆，一闪而过，且有些自作多情、自讨没趣之憾！

天晚投一村庄。庄主胡华出迎，问将军姓甚名谁？关公施礼曰："吾乃刘玄德之弟关某也。"胡华曰："莫非斩颜良、文丑的关公否？"公曰："便是。"胡华大喜。关公曰："车上还有二位夫人。"胡华便唤妻女请二夫人入内室款待，自于草堂款待关公。胡华说桓帝时自己曾为议郎，致仕归乡。小儿胡班在荥阳太守王植处为从事。若从此处经过，有一书寄与小儿。关公允诺。次日取了胡华书信，投洛阳来。

一知居主人曰：

关羽路过陌生村庄，应人之问，直接报了真实姓名，并没做任何防备，足以说明关羽很自信。平民百姓对他不会有什么伤害。想来，这也是关羽身后在百姓中威信颇高的原因之一。

关羽马上要"过五关斩六将"，却来村庄小住，属于轻松一站，却并非闲笔。正是胡华让关羽带信与儿子胡班，才有胡班力救关羽一节！

关公至东岭关，孔秀出关来迎。关公下马与孔秀施礼。秀问将军何往？公曰："某辞丞相，特往河北寻兄。"秀曰："必有丞相文凭？"公曰："因行期慌迫，不曾讨得。"秀曰："待我差人禀过丞相，方可放行。"关公曰："待去禀时，须误了我行程。"秀曰："法度所拘，不得不如此。"关公曰："汝不容我过关乎？"秀曰："汝要过去，留下老小为质。"关公大怒，举刀就杀孔秀。秀退入关去，鸣鼓聚军，披挂上马，杀下关来。关公纵马提刀，直取孔秀。只一合，钢刀起处，孔秀尸横马下。众军便走。

一知居主人曰：

关羽要过东岭关，最初还是比较客气的，毕竟自己是有求于人。孔秀要查验"文凭"，属于职责所在、例行公事，也无过错。说到"文凭"，关羽不说曹操不给，只是说"不曾讨得"。孔秀坚持要关羽回

美髯公千里走單騎

去拿,关羽说那样会误了行程。三句话不投机,关羽就要开打。关羽之所以这么急,还在于害怕后面有大兵追来。

关羽斩颜良、文丑一事,村居的胡华都知道,孔秀不可能不知道。与关羽搭话之后,好不容易跑回关内,闭关自保等人来助当为上策,却还要披挂出关,属于自找死、不可活!最后关羽所言,"吾杀孔秀,不得已也,与汝等无干。借汝众军之口,传语曹丞相,言孔秀欲害我,我故杀之"。用意很明显:一是要大家告诉曹操,杀孔秀非自己本意;二是一人做事一人当,为众军开脱。

洛阳太守韩福急聚众将商议。孟坦曰:"若不阻挡,必有罪责。"韩福曰:"今不可力敌,只须设计擒之。"孟坦献计,商议停当。关公车仗已到。韩福问:"来者何人?"关公马上欠身言曰:"吾汉寿亭侯关某,敢借过路。"韩福曰:"若无文凭,即系逃窜。"关公怒曰:"东岭孔秀,已被吾杀。汝亦欲寻死耶?"孟坦轮双刀来取关公。关公拍马来迎。战不三合,孟坦拨回马便走。不想关公马快,只一刀将孟坦砍为两段。关公勒马回来,韩福尽力放了一箭,正射中关公左臂。公用口拔出箭,飞马径奔韩福。手起刀落,带头连肩,斩于马下。

一知居主人曰:

孟坦献暗箭之计与韩福,且亲自出马来诱关羽。只是不想关公赤兔马快,孟坦未及回到自家阵营,就身首异处,可惜!韩福倒是成功射中关羽左臂。只是关羽太厉害了,忍痛拔箭之后,力劈华山一般,斩了韩福。

偌大的一个洛阳关,却是三个人演了一出戏,最后关羽胜出。

关公连夜投汜水关来。把关将卞喜闻知,寻思一计。安排已定,出关迎接。公下马相见。喜曰:"将军名震天下,谁不敬仰!今归皇叔,

足见忠义!"关公诉说斩孔秀、韩福之事。卞喜曰:"将军杀之是也。某见丞相,代禀衷曲①。"关公甚喜,同上马过了氾水关,到镇国寺前。寺内有一僧法名普净,是关公同乡,已知卞喜意,向前与关公问讯。卞喜见普净叙出乡里之情,乃叱之曰:"吾欲请将军赴宴,汝僧人何得多言!"关公曰:"不然。乡人相遇,安得不叙旧情耶?"

一知居主人曰:

卞喜比韩福聪明一些,先稳住关羽再说。关羽细说前事,卞喜毕恭毕敬。关公听后"甚喜",说明其警惕性明显减弱。如不是寺中僧人加老乡普净和尚及时暗示,关羽险些入瓮。

常言道,老乡见老乡,两眼泪汪汪。两人多说两句,人之常情。卞喜不该马上痛斥普净。怕是这时候,关羽已经明显有些不舒服了。及至"普净以手举所佩戒刀,以目视关公",关公心中自是明白,故"命左右持刀紧随"。

卞喜请关公于法堂筵席。关公问"是好意,还是歹意?"关公早望见壁衣中有刀斧手,"吾以汝为好人,安敢如此!"卞喜知事泄,大叫左右下手!左右方欲动手,皆被关公拔剑砍之。卞喜下堂绕廊而走,关公弃剑执大刀来赶。卞喜暗取飞锤掷打关公。关公用刀隔开锤,一刀劈卞喜为两段。看二嫂,早有军人围住。这些人见关公来,四下奔走。关公谢普净。普净曰:"贫僧此处难容,收拾衣钵,亦往他处云游也。后会有期,将军保重。"

一知居主人曰:

关羽艺高人胆大,在筵席之上,直面诘问卞喜。卞喜知道泄密,要左右动手。没想关羽早已看在眼里,一一砍了。卞喜自己也没能

---

① 衷曲:衷情、心事。

走掉,被关羽斩了。树倒猢狲散,军人便各自散了。整场有惊无险。

普净知道自己不该过问寺外之事,犯了规矩,故他出寺云游去了。毕竟人多嘴杂,普净是在保护自己!及至普净和尚再次出场,关羽已经败走麦城了。

荥阳太守王植与韩福是两亲家,闻得关公杀了韩福,商议欲暗害关公。关公到时,王植出关,喜笑相迎。关公诉说寻兄之事。植曰:"且请入城,馆驿中暂歇一宵,来日登途未迟。"关公见王植意甚殷勤,遂请二嫂入城。馆驿中皆铺陈了当。植使人送筵席至馆驿。关公请二嫂晚膳毕,就正房歇定。令从者各自安歇。

一知居主人曰:

王植和韩福属于儿女亲家,亲家为关羽所杀,哪有不报仇的道理。关羽来了,王植喜笑相迎,绝对不正常。只是关羽不知而已!"关公亦解甲憩息",说明他此时此地真正放下心来。幸亏胡班出场,与前面胡华留关羽村中居住一节相呼应。至于中间"王植请公赴宴,公辞不往",想是在汜水关有前车之鉴,怕也与身体太累有关。

王植密唤胡班,胡班领命安排妥当。胡班寻思"久闻关云长之名,不识如何模样,试往窥之"。潜至厅前,见关公灯下凭几看书。失声叹曰:"真天人也!"公问何人,胡班自报姓名。关公曰:"莫非许都城外胡华之子否?"班曰:"然也。"公唤从者取书付班。班看毕,叹曰:"险些误杀忠良!"遂密告曰:"王植心怀不仁,欲害将军。"关公忙披挂上马,请二嫂上车,尽出馆驿,果见军士各执火把听候。关公急来到城边,城门已开(胡班所为)。关公出城不到数里,王植人马赶来。关公勒马,大骂:"匹夫!我与你无仇,如何令人放火烧我?"王植拍马挺枪,被关公拦腰一刀砍为两段。

一知居主人曰：

王植安排胡班夜烧关羽驻地，只是说"关某背丞相而逃，又于路杀太守并守关将校，死罪不轻！"并未说自己与韩福是儿女亲家，意在告诉胡班自己是公事公办，不要有什么顾虑。

此前胡班本不认识关羽，只是羡慕，如今日之追星族。偷窥关羽，不想失声叹了句"真天人也"被关羽发现。关羽将胡华书信给了胡班。胡班遂将王植所安排事情告知，设法救了关羽。关羽出城之后，"于路感胡班不已"，与后面胡班归蜀遥遥对应。

中间有关羽观书细节，"见关公左手绰髯，于灯下凭几看书"。世上所流通关羽《夜读〈春秋〉》画卷中，也多是右手执书、左手绰髯，或许与个人阅读习惯有关，或许是因为前面关羽左臂被韩福用箭射伤所致。

行至滑州界首，刘延出郭而迎。关公马上欠身而言曰："太守别来无恙！"延曰："公今欲何往？"公曰："辞了丞相，去寻家兄。"延曰："玄德在袁绍处，绍乃丞相仇人，如何容公去？"公曰："昔日曾言定来。"延曰："今黄河渡口关隘，夏侯惇部将秦琪据守，恐不容将军过渡。"公曰："太守应付船只，若何？"延曰："船只虽有，不敢应付。"公曰："我前者诛颜良、文丑，亦曾与足下解厄。今日求一渡船而不与，何也？"延曰："只恐夏侯惇知之，必然罪我。"

一知居主人曰：

关羽见刘延第一句话是"太守别来无恙"，绝不是随意问候，意在提醒刘延是否记得自己的好来，前面白马之役中刘延是东郡太守，关羽解了其围。

关羽求刘延给一渡船好过河，刘延直言自己害怕夏侯惇追究，有船也不敢派（尚不如说没有船）。关公知刘延无用之人，并没有怪

罪刘延，遂自行离开。毕竟前面杀人已经不少。不过，关羽却从刘延处知道黄河渡口秦琪那里不容易对付过去。也算是刘延对关羽的一种支持吧！

到黄河渡口，秦琪问"来者何人？"关公曰："汉寿亭侯关某也。"琪问"今欲何往？"关公曰："欲投河北去寻兄长刘玄德，敬来借渡。"琪曰："丞相公文何在？"公曰："吾不受丞相节制，有甚公文！"琪曰："你便插翅，也飞不过去！"关公大怒曰："你知我于路斩戮拦截者乎？"琪曰："你只杀得无名下将，敢杀我么？"关公怒曰："汝比颜良、文丑若何？"秦琪大怒，纵马提刀直取关公。二马相交，只一合，关公刀起，秦琪头落。关公曰："当吾者已死，余人不必惊走。速备船只，送我渡河。"军士急撑舟傍岸。关公请二嫂上船渡河。

一知居主人曰：

关羽见秦琪，五句对话之中有四句，一点儿也不像前面客客气气，都是直奔主题，咄咄逼人，好不客气。秦琪虽然大怒出战，说前面五位都是"无名下将"，可惜技不如人，只一合便被关羽杀了。

关羽五关斩六将，第一关，东岭关砍了孔秀；第二关，洛阳斩了孟坦、韩福；第三关，沂水关劈了卞喜；第四关，汜水关腰斩王植；第五关，黄河渡口杀了秦琪。至此千里走单骑告一段落。这一段关羽最为得意和风光，也因此名声大噪。关羽引以为豪。不过关羽也自叹曰："吾非欲沿途杀人，奈事不得已也。曹公知之，必以我为负恩之人矣。"有内疚之意。此也为华容道放曹埋下伏笔。

分析这一段，如果曹操下决心要除掉关羽的话，关羽绝对不可能有如此之作为。关羽武艺再高，也架不住群狼，也经不住士兵们乱箭齐发！再看这六将的水平，本领和智谋远远低于曹操身边的那些人。他们和关羽差别太大，多是一合毙命。当然也正是这一次过

于顺利的突围，让关羽养成了自负、自大、武断、傲慢的脾气，种下了最后走麦城的种子，也是孙权拿下关羽之后不敢稍留、直接一斩了之的原因。

忽见孙乾自北而来，关公勒马视之。乾曰："某往河北结好袁绍，请玄德同谋破曹之计。不想河北将士，各相妒忌。田丰尚囚狱中；沮授黜退不用；审配、郭图各自争权；袁绍多疑，主持不定。某与刘皇叔商议，先求脱身之计。今皇叔已往汝南会合刘辟去了。恐将军不知，反到袁绍处，或为所害，特遣某于路迎接将来。幸于此得见。"关公教孙乾拜见夫人。夫人问其动静。孙乾备说详细。二夫人皆掩面垂泪。关公依言径取汝南来。

一知居主人曰：

这边只顾叙述关羽千里走单骑，英雄一时，偏偏忘了刘皇叔过得怎样。这不，孙乾再次突然出现，通过孙乾之口，知道刘皇叔已经离开袁绍，现在汝南。这样就免了关羽再走弯路子了。

第二十八回

斩蔡阳兄弟释疑　会古城主臣聚义

关公向汝南进发，不想夏侯惇从后追来。孙乾保车仗前行。关公问曰："汝来赶我，有失丞相大度。"夏侯惇曰："丞相无明文传报，汝于路杀人，又斩吾部将，无礼太甚！我特来擒你，献与丞相发落！"言讫，便拍马挺枪欲斗。

一知居主人曰：

夏侯惇说的不无道理。夏侯惇未见曹操半张放人公文，害怕将来曹操怪罪。毕竟关羽"于路杀人"。只是两人正要过招，曹操的公文远远而来。真是"说曹操，曹操到"！

一骑飞来，来使取出公文，谓夏侯惇曰："丞相敬爱关将军忠义，恐于路关隘拦截，故遣某特赍公文，遍行诸处。"惇曰："关某于路杀把关将士，丞相知否？"来使曰："此却未知。"惇曰："我只活捉他去见丞相，待丞相自放他。"关公怒曰："吾岂惧汝耶！"拍马持刀，直取夏侯惇。战不十合，忽又一使者飞至。惇问来使曰："丞相叫擒关某乎？"使者曰："非也。丞相恐守关诸将阻挡关将军，故又差某驰公文来放行。"惇曰："丞相知其于路杀人否？"使者曰："未知。"惇曰："既未知其杀人，不可放去。"指挥手下军士将关公围住。关公大怒，

舞刀迎战。

一知居主人曰：

夏侯惇要战关羽，两次被来使打断。来使只说曹丞相要放行关羽。夏侯惇两次质问使者，丞相是否知道关羽一路杀人。使者只说"未知"。其实有两种解释，一是使者不知道曹操是否知道关羽一路杀人；二是说曹操不知道关羽所为。按照一般道理，关羽千里走单骑数日，曹操不可能不知道关羽所作所为。夏侯惇懂得这个道理。只是此处，夏侯惇已经有些红眼，非要战关羽不行！

两个正欲交锋，张辽飞马而来，大叫："云长、元让，休得争战！"二人各勒住马。张辽近前言曰："奉丞相钧旨：因闻知云长斩关杀将，恐于路有阻，特差我传谕各处关隘，任便放行。"惇曰："秦琪是蔡阳之甥。他将秦琪托付我处，今被关某所杀，怎肯干休？"辽曰："我见蔡将军，自有分解。既丞相大度，教放云长去，公等不可废丞相之意。"夏侯惇只得将军马约退。

一知居主人曰：

还是张辽来了管用。因为张辽是中间人，无论在哪方说话，都有一定可信度。张辽告知夏侯惇，说丞相已经知道关羽所为，但还是要大家"任便放行"。夏侯惇说秦琪是蔡阳外甥，自己将来无法交待。张辽也将事情揽了过去。夏侯惇无奈之下，只得散了。有好事者曰：好端端一场争斗，却被张辽搞散了！

辽曰："云长今欲何往？"关公曰："闻兄长又不在袁绍处，吾今将遍天下寻之。"辽曰："既未知玄德下落，且再回见丞相，若何？"关公笑曰："安有是理！文远回见丞相，幸为我谢罪。"说毕，与张辽拱手而别。于是张辽与夏侯惇领军自回。

一知居主人曰：

张辽本为放行关羽而来，此时却还要劝关羽不走，出自真心。可惜关羽，还是坚持要走。关羽说"回见丞相，幸为我谢罪"，也绝不是面子上好看，也是真心。毕竟自己一路上杀了不少曹兵曹将，个个都是鲜活的生命啊。

忽值大雨滂沱，关公只好到一庄院借宿。庄内一老人出迎，自报名为郭常，"久闻大名，幸得瞻拜"。遂宰羊置酒相待。黄昏时候，一少年引数人入庄，径上草堂。郭常唤曰："吾儿来拜将军。"关公问何来。常曰："射猎方回。"少年见过关公，即下堂去了。常流泪曰："止生此子，不务本业，惟以游猎为事。是家门不幸也！"关公曰："方今乱世，若武艺精熟，亦可以取功名，何云不幸？"常曰："他若肯习武艺，便是有志之人。今专务游荡，无所不为。老夫所以忧耳！"关公亦为叹息。

一知居主人曰：

正说国家大事，忽然又开说家庭小事，颇有意思。关公问话，不见少年回答。少年只是见过关公，即下堂去了，少年明显地对客人不热情、不礼貌。郭常言家门不幸，关羽也为之叹息，仁也！

夜深，关公与孙乾忽闻后院马嘶人叫，提剑往视之。只见郭常之子倒在地上叫唤，从人正与庄客厮打。从人曰："此人来盗赤兔马，被马踢倒。我等闻叫唤之声，起来巡看，庄客们反来厮闹。"公怒曰："鼠贼焉敢盗吾马！"恰待发作，郭常奔至，告偷马者正是不肖子。关公曰："此子果然不肖，适才老翁所言，真知子莫若父也。我看翁面，且姑恕之。"遂分付看好马，后各自散了。次日，郭常夫妇出拜于堂前，谢曰："犬子冒渎虎威，深感将军恩恕。"关公令唤出："我以正言教之。"

常曰:"不知何处去了。"

一知居主人曰：

郭子偷马不成，反被马踢倒在地。看郭子纵使喜欢游猎，也是笨蛋一个。若不是关羽今日借住郭家，事先知道郭子情况，早就怒而杀之了。不过郭子并未当面认错，也未闲着，而是"于四更时分，又引数个无赖之徒，不知何处去了"。第二天，关羽本想替郭常正面管教一下，未果。

关公取山路而行。不及三十里，拥出百余人，为首一头裹黄巾；另一是郭常之子。黄巾者曰："快留下赤兔马，放你过去！"关公大笑曰："无知狂贼！汝既从张角为盗，亦知刘、关、张兄弟三人名字否？"黄巾者曰："我只闻赤面长髯者名关云长，却未识其面。汝何人也？"公乃解开须囊，出长髯令视之。其人滚鞍下马，揪郭常之子拜献于马前。对方自报名裴元绍，自张角死后啸聚山林，今早郭子来报，特邀某来劫夺此马。郭常之子拜伏乞命。关公曰："吾看汝父之面，饶你性命！"郭子抱头鼠窜而去。

一知居主人曰：

雁过留声，人过留名。在裴元绍心中，只知道关羽是美髯公，并未见过其人。关羽今日亮出长髯，不费一刀一枪，裴便服了，还揪出郭子，说明个中原因。

公问元绍"何以知吾名？"元绍说因为卧牛山上的周仓曾说将军盛名，恨无门路相见。关公曰："绿林中非豪杰托足之处。公等今后可各去邪归正，勿自陷其身。"正说话间，遥望周仓来到。关公乃立马待之。那人黑面长身，见了关公，惊喜曰："此关将军也！"疾忙下马，俯伏道傍曰："周仓参拜。"关公曰："壮士何处曾识关某来？"仓细说

端详,曰,"今日幸得拜见。愿将军不弃,收为步卒,早晚执鞭随镫,死亦甘心!"

一知居主人曰:

作者借裴元绍之口,说出周仓出身。没想到,又是一个"说曹操,曹操到",周仓真的来了。

在周仓心中,关公原来只是个传说,早就想投,今天却是亲自见了,哪肯轻易错过机会,必死打烂缠也要跟着。

公见其意甚诚,乃谓曰:"汝若随我,汝手下人伴若何?"周仓问及手下,不曾想众人皆曰:"愿从。"关公车前禀问二嫂。甘夫人曰:"前廖化欲相投,叔既却之,今何独容周仓之众耶?"公遂谓周仓曰:"非关某寡情,奈二夫人不从。汝等且回山中,待我寻见兄长,必来相招。"周仓顿首告曰:"仓乃一粗莽之人,失身为盗;今遇将军,如重见天日,岂忍复错过!若以众人相随为不便,可令其尽跟裴元绍去。仓只身步行,跟随将军,虽万里不辞也!"关公再以此言告二嫂。甘夫人曰:"一二人相从,无妨于事。"关羽让周仓拨人伴随裴元绍去。元绍怏怏而别。

一知居主人曰:

关羽有心收周仓及众人随队,甘夫人却提及前面廖化被拒之事,虽说"我辈女流浅见,叔自斟酌"。傻子也知道甘夫人的真实意思。所以关公拒绝了周仓之意。周仓顿首求"只身步行,跟随将军"。关公执意不过,再告诉两夫人。还是甘夫人表态"无妨于事"。关羽遂收了周仓。此处并未见糜夫人有什么言语。

关公往汝南进发。遥见一座山城。土人曰:"此名古城。数月前有一将军,姓张,名飞,引数十骑到此,将县官逐去,占住古城,

招军买马,积草屯粮。今聚有三五千人马,四远无人敢敌。"关公喜曰:"吾弟自徐州失散,一向不知下落,谁想却在此!"乃令孙乾先入城通报,教来迎接二嫂。

一知居主人曰:

关羽从土人口中,得知张飞消息,满心高兴。只是高兴得太早,绝对不会想到见面之后,张飞并不认可。张飞认为关羽卖主求荣,险些发生冲突。

孙乾入城见飞,具言玄德在汝南,云长从许都送二位夫人至此。张飞更不回言,随即披挂上马,径出北门。孙乾惊讶,不敢问。关公拍马来迎。只见张飞圆睁环眼,挥矛向关公便搠。关公连忙闪过,便叫:"贤弟何故如此?岂忘了桃园结义耶?"飞喝曰:"你既无义,有何面目来与我相见!""你背了兄长,降了曹操,封侯赐爵。今又来赚我!我今与你拼个死活!"关公说可问二位嫂嫂。二夫人呼曰:"三叔何故如此?"飞曰:"嫂嫂住着。且看我杀了负义的人。"甘夫人曰:"二叔因不知你等下落,故暂时栖身曹氏。"糜夫人曰:"二叔向在许都,原出于无奈。"飞曰:"嫂嫂休要被他瞒过了!忠臣宁死而不辱。大丈夫岂有事二主之理!"

一知居主人曰:

这一节中,张飞真有个性,只是按照自己的理解和思路去做事,连两位夫人的话也听不进去。孙乾在其中显得很尴尬,好像是孙乾没有向张飞解释清楚关羽之事似的。后文孙乾有话,"云长特来寻将军",还被张飞呵斥一顿,"如何你也胡说!他那里有好心,必是来捉我!"

关公曰:"贤弟休屈了我。""我若捉你,须带军马来。"飞把手指曰:

"兀的不是军马来也!"关公回顾,果见曹军一彪人马来到。张飞大怒曰:"今还敢支吾么?"挺丈八蛇矛便搠将来。关公急止之曰:"贤弟且住。你看我斩此来将,以表我真心。"飞曰:"你果有真心,我这里三通鼓罢。便要你斩来将!"关公应诺。须臾,曹军至。蔡阳大喝曰:"你杀吾外甥秦琪,却原来逃在此!吾奉丞相命,特来拿你!"关公更不打话,举刀便砍。张飞亲自擂鼓。只见一通鼓未尽,关公刀起处,蔡阳头已落地。众军士俱走。关公活捉执认旗的小卒过来,问取来由。小卒告说:"蔡阳闻将军杀了他外甥,十分忿怒,要来河北与将军交战。丞相不肯,因差他往汝南攻刘辟。不想在这里遇着将军。"关公闻言,教去张飞前告说其事。

一知居主人曰:

张飞和关羽误解正深,几乎要伸手干仗了。偏偏蔡阳来了,做了冤大头。蔡阳也是自不量力,纵有深仇大恨,也要考虑一下自己的实力。倒是蔡阳之死,平息了张飞和关羽的纠纷。即便曹操知道了,也会说蔡阳"活该""找死"!

关羽杀了蔡阳,张飞还是半信半疑,最后"飞将关公在许都时事细问小卒;小卒从头至尾,说了一遍,飞方才信"。看来张飞虽是大老粗,不过这次心还挺细的。

军士报城南门外有十数骑来的甚紧,张飞心中疑虑,看时知道是糜竺、糜芳等人。竺说兄弟徐州失散之后,逃难回乡。后来知云长降了曹操,主公在河北。昨于遇一伙客人,说有一姓张的将军,如此模样,今据古城。度量必是将军,故来寻访。飞曰:"云长兄与孙乾送二嫂方到,已知哥哥下落。"众人入城。二夫人诉说关公历过之事,张飞方才大哭,参拜云长。二糜亦俱伤感。张飞亦自诉别后之事,一面设宴贺喜。

一知居主人曰：

刘备手下失散后开始逐渐复聚，只是少了老大。本节中"张飞方才大哭"。大老粗大哭，哭中五味杂陈！有辛苦，有误会，自也有委屈！

次日，张飞欲与关公同赴汝南。关公说自己与孙乾先去探听兄长消息。飞允诺。关公与孙乾奔汝南来。刘辟、龚都接着，关公便问："皇叔何在？"刘辟曰："皇叔到此住了数日，为见军少，复往河北袁本初处商议去了。"关公怏怏不乐。孙乾曰："不必忧虑。再苦一番驱驰，仍往河北去报知皇叔，同至古城便了。"

一知居主人曰：

张飞这次还算听话，从了关羽的安排。

只是关羽和刘备再次错过。关羽去河北，刘备在汝南。这次来汝南，刘备却又去了河北。刘备之所以再回袁绍处，当还是为自己考虑。毕竟自己手下人员太少，实在经不起折腾。一旦曹操得知自己在汝南，必来围剿。

关公回至古城，与张飞说知此事。张飞便欲同至河北。关公曰："有此一城，便是我等安身之处，未可轻弃。我还与孙乾同往袁绍处，寻见兄长，来此相会。贤弟可坚守此城。"飞曰："兄斩他颜良、文丑，如何去得？"关公曰："不妨。我到彼当见机而变。"并唤周仓："我今抄近路去寻兄长。汝可往卧牛山招此一枝人马，从大路上接来。"仓领命而去。

一知居主人曰：

"兄斩他颜良、文丑，如何去得？"一句，从张飞嘴里说出来，真是不容易。这次回河北，关羽想起了裴元绍一班人马，有些突然，

可惜最终没有见到。后文知道，裴元绍匪性不改，欲劫赵子龙，反被赵子龙杀了。

关公与孙乾投河北来，将至界首，乾曰："将军未可轻入，只在此间暂歇。待某先入见皇叔，别作商议。"关公依言。遥望前村有一所庄院，便到彼投宿。一老翁携杖而出，与关公施礼。公具以实告。老翁自报名讳关定："久闻大名，幸得瞻谒。"遂命二子出见，款留关公。

一知居主人曰：

来的时候，关羽还说"不妨。我到彼当见机而变"，今到了袁绍地界，还是听从孙乾建议，留在一村庄，孙乾先去了。毕竟关羽斩了袁绍手下两位大将，有些心虚，更有不宁。从后文中知道，袁绍已经知道关羽来河北，且有杀他之心。

孙乾入冀州见玄德，玄德请简雍至，共议脱身之计。次日，玄德见袁绍，"刘景升镇守荆襄九郡，兵精粮足，宜与相约，共攻曹操"，"此人是备同宗，备往说之，必无推阻"。绍曰："若得刘表，胜刘辟多矣。"遂许。

玄德出，简雍进曰："玄德此去，必不回矣。某愿与偕往：一则同说刘表，二则监住玄德。"绍然其言。郭图谏绍曰："刘备前去说刘辟，未见成事；今又使与简雍同往荆州，必不返矣。"绍曰："汝勿多疑，简雍自有见识。"

一知居主人曰：

"三个臭皮匠，便是一个诸葛亮"。刘备、孙乾、简雍商议脱身之计，名义上借口都很好。刘备说自己要前去荆州说服刘表共同破曹；简雍说刘备这家伙可能要走，我一起前往，替您看着他。两人看起来都是为袁绍做事，其实是"狼狈为奸""包藏祸心"。郭图识破了，

偏偏袁绍糊涂虫一个。郭图实话实说，反被批评，最后"郭图嗟呀而出"。可见袁绍手下有能人，只是袁绍不会用。

绍又曰："近闻关云长已离了曹操，欲来河北。吾当杀之，以雪颜良、文丑之恨！"玄德曰："明公前欲用之，吾故召之。今何又欲杀之耶？且颜良、文丑比之二鹿耳，云长乃一虎也：失二鹿而得一虎，何恨之有？"绍笑曰："吾实爱之，故戏言耳。公可再使人召之，令其速来。"玄德曰："即遣孙乾往召之可也。"绍大喜从之。

一知居主人曰：

袁绍和刘备关于关羽的对话，值得玩味。真真假假，还真是难辨。袁绍说自己只是戏言而已，也未必可信。刘备再把关羽比作虎，将颜良、文丑比作鹿，但是关羽毕竟难以收降。袁绍应该已经知道关羽千里走单骑的事情了。刘备给孙乾设计的借口是到边境上接关羽来见袁绍，袁绍倒是答应得很痛快！

玄德先命孙乾出城，回报关公；又与简雍辞了袁绍，上马出城。行至界首，孙乾接着，同往庄上。关公迎门接拜，执手啼哭不止。

一知居主人曰：

男儿轻易不流泪，只是未到伤心时。几个人好不容易见面，最喜欢哭的刘备没有哭，倒是关羽"执手啼哭不止"，不免让人想起，前面张飞也有类似一哭。

关定领二子拜于草堂之前。玄德问其姓名。关公曰："此人与弟同姓，有二子：长子关宁，学文；次子关平，学武。"关定"欲遣次子跟随关将军"。玄德曰："年几何矣？"定曰："十八岁矣。"玄德曰："既蒙长者厚意，吾弟尚未有子，今即以贤郎为子，若何？"关定大喜，

便命关平拜关公为父，呼玄德为伯父。

一知居主人曰：

刘备要单飞，气氛很紧张。书中忽然插了关羽收关平为义子一事，缓缓而言。关定两个儿子的基本情况，由关公亲自说出；关平认关羽为父，先有刘备说出，倒也奇特。颇有一种皆大欢喜的感觉。

玄德恐袁绍追之，急收拾起行。关公教取路往卧牛山来。正行间，忽见周仓引数十人带伤而来。问其何故受伤，仓将裴元绍被人刺死、山寨被人占了、自己也身中三枪一事说了一遍。关公纵马当先，玄德在后，径投卧牛山来。周仓在山下叫骂，只见那将全副披挂，持枪骤马，引众下山。玄德早挥鞭出马大叫曰："来者莫非子龙否？"那将见了玄德，滚鞍下马，拜伏道旁。原来果然是赵子龙。

一知居主人曰：

要说裴元绍之死，想一想，还真有点刘备阵营中内讧的感觉。因为此前裴元绍也想和周仓一起随了关羽，只是关羽碍于甘夫人之言，没有让其跟着走。如果真走了，也就不会遭遇此难。这属于小人物的悲哀！当然，事情容不得假设，大家也只是快活快活嘴而已。

玄德、关公问赵云何以至此。云曰："云自别使君，不想公孙瓒不听人言，以致兵败自焚。袁绍屡次招云，云想绍亦非用人之人，因此未往。后欲至徐州投使君，又闻徐州失守，云长已归曹操，使君又在袁绍处。云几番欲来相投，只恐袁绍见怪。四海飘零，无容身之地。前偶过此处，适遇裴元绍下山来欲夺吾马，云因杀之，借此安身。近闻翼德在古城，欲往投之，未知真实。今幸得遇使君！"玄德、关公亦诉前事。玄德曰："吾初见子龙，便有留恋不舍之情。"云曰："云奔走四方，择主而事，未有如使君者。今得相随，大称平生。

虽肝脑涂地，无恨矣。"当日就烧毁山寨，率领人众，尽随玄德前赴古城。

一知居主人曰：

通过赵云自己介绍，了解了赵云这一段时间里的遭遇。赵云用了"四海飘零，无容身之地"，很容易让人想起"英雄无用武之地"的那种尴尬和无奈！

玄德兄弟重聚，孙乾、简雍、糜竺、糜芳复投，又新得了赵云、关平、周仓等人，还有四五千兵马。至此，刘备也算事业有点小成，再也不用看别人的颜色行事了。

袁绍见玄德不回，大怒，欲起兵伐之。郭图曰："刘备不足虑。曹操乃劲敌也，不可不除。刘表虽据荆州，不足为强。江东孙伯符威镇三江，地连六郡，谋臣武士极多，可使人结之，共攻曹操。"绍从其言，即修书遣陈震为使，来会孙策。

一知居主人曰：

刘备成功外逃，袁绍自是后悔不已，可以想象。不过，这次郭图谏言袁绍联合孙权抗曹，袁绍倒是爽利答应，抓紧落实了。

第二十九回
小霸王怒斩于吉　碧眼儿坐领江东

孙策自霸江东，兵精粮足。建安四年，袭取庐江，败刘勋，收降华歆。自此声势大振，乃遣张纮往许昌上表献捷。曹操知孙策强盛，叹曰："狮儿难与争锋也！"遂以曹仁之女许配孙策幼弟孙匡，两家结婚。留张纮在许昌。孙策求为大司马，曹操不许。策恨之，常有袭许都之心。

一知居主人曰：

这段文字不长，却可见曹操对孙权有拉有打，多管齐下。将曹仁侄女许给孙策小弟，是拉拢；留孙策之使张纮在许昌，是瓦解；不答应孙策为大司马，是拒绝，免得养狮为患。

吴郡太守许贡暗遣使上书于曹操。其略曰："孙策骁勇，与项籍① 相似。朝廷宜外示荣宠，召还京师；不可使居外镇，以为后患。"不想使者渡江时被将士所获，解赴孙策处。策观书大怒，斩其使，遣人假意请许贡议事。贡至，策出书示之，叱曰："汝欲送我于死地

---

① 项籍：即项羽。项羽（前232年～前202年），名籍，字羽，泗水下相（今江苏宿迁市区）人。秦末农民起义领袖，杰出军事家，楚国名将项燕之孙。

耶！"命武士绞杀之。贡家属皆逃散。有家客[①]三人，欲为许贡报仇，恨无其便。

一知居主人曰：

项籍者，项羽也。

许贡所言孙策"与项籍相似"在于骁勇，实则还有一层意思，孙家在江东也是名门贵族，具有很大的号召力和影响力，只是没有说出。否则信中不会有"不可使居外镇，以为后患"一句。

许贡写给曹操的密信，没有到曹操那里，反被孙策获得，许贡被斩。不知最终曹操是否知道此事，没见记述。后面张松曾给刘备写密信。未及发出，被其兄举报，张松遂为刘璋所斩，与此类似。

有句话叫"除恶务尽"，许贡家客有三人在逃，也恰恰是这三人最终害了孙策！毕竟孙策在明处，防不胜防。

一日，孙策会猎于西山，纵马上山逐一大鹿。林中有三人持枪带弓而立。策问："汝等何人？"答曰："乃韩当军上也。在此射鹿。"策方举辔欲行，一人拈枪望策左腿便刺。策大惊，急取佩剑，剑刃忽坠，止存剑靶在手。一人拈弓搭箭射来，正中孙策面颊。策拔面上箭，取弓回射放箭之人，应弦而倒。那二人举枪向孙策乱搠，大叫曰："我等是许贡家客，特来为主人报仇！"策别无器械，只以弓拒之，且拒且走。二人死战不退。策身被数枪，马亦带伤。危急之时，程普引数人至，将两人砍为肉泥。看孙策时，被伤至重，以刀割袍，裹其伤处，救回吴会养病。

一知居主人曰：

孙策会猎，本是高兴之事，却是因为自己匹马单枪，遭人暗算，

---

① 家客：犹门客。

还是有点大意了。再看郭嘉对孙策的评价,"轻而无备,性急少谋,乃匹夫之勇耳,他日必死于小人之手",还是比较中肯的。

孙策上山逐鹿,却是没有带枪。只得以剑来挡住。可惜"剑刃忽坠,止存剑靶在手"。后面寻华佗,也不遇。给人冥冥之中注定该有这一劫。

许贡三家客击伤孙策,最终导致孙策死亡。如此大事,三人却是没有留下个人姓名。有好事者,可以将此段进行改变,拍一部家族复仇之类的电影或电视剧,如《赵氏孤儿》,应该有味道,有票房!史杰鹏先生倒是将这段故事演绎成了一部小说,名为《刺杀孙策》!

孙策受伤而回,寻华佗不遇,止有徒弟在吴。其徒曰:"箭头有药,毒已入骨。须静养百日,方可无虞。若怒气冲激,其疮难治。"孙策为人最是性急,恨不得即日便愈。二十余日后,忽闻张纮有使者自许昌回,策唤问之。使者曰:"曹操甚惧主公;其帐下谋士,亦俱敬服;惟有郭嘉不服。"策问郭嘉有何言语。使者不敢言。策怒,固问之。使者只得告曰:"郭嘉曾对曹操言主公不足惧也:轻而无备,性急少谋,乃匹夫之勇耳,他日必死于小人之手。"策闻言,大怒曰:"匹夫安敢料吾!吾誓取许昌!"便欲商议出兵。张昭谏曰:"今何因一时之忿,自轻万金之躯?"忽报袁绍遣使陈震至。震具言袁绍欲结东吴为外应,共攻曹操。策大喜,即日会诸将于城楼上。

一知居主人曰:

孙策受伤,派人寻华佗不遇,只是从其徒弟那里获得保守疗法。孙策派张纮出使曹操,结果被曹操留下。张纮又派自己的使者来孙策处。孙策问使者一二,可以理解。这使者也真是老实,竟然将郭嘉对孙策的恶评实话实说,导致孙策发怒!随后见袁绍使者陈震之后,又"大喜"。一怒一喜,均不利于孙策病体康复。

孙策宴请陈震。忽见诸将纷纷下楼。左右曰："有于神仙者，今从楼下过。"策凭栏观之，见一道人立于当道，百姓俱焚香伏道而拜。策怒曰："是何妖人？快与我擒来！"左右告曰："此人姓于名吉。""寓居东方，往来吴会，普施符水，救人万病，无有不验。"策喝令："速速擒来！违者斩！"

一知居主人曰：

孙策病体正在恢复，自然情绪不稳定，见饮酒之间众将纷纷下楼，去拜"于神仙"，自感在大家心中竟不若小小道人，权威遭遇挑战。左右越是说"当世呼为神仙，未可轻渎"，孙策越是大怒，势必要斩于吉。

左右拥于吉至楼上。策叱曰："狂道怎敢煽惑人心！"于吉曰："贫道乃琅琊宫道士，顺帝时曾入山采药，得神书于阳曲泉水上，号曰《太平青领道》，凡百余卷，皆治人疾病方术。贫道得之，惟务代天宣化，普救万人，未曾取人毫厘之物，安得煽惑人心？"策曰："汝毫不取人，衣服饮食，从何而得？"叱左右斩之。张昭谏曰："于道人在江东数十年，并无过犯，不可杀害。"策曰："吾杀之，何异屠猪狗！"策怒未息，命且囚于狱中。众官俱散。

一知居主人曰：

于吉上楼之后，不知好歹，不卑不亢，我行我素，自吹自擂。幸亏张昭等人苦谏，这才将于吉囚于狱中。好端端的一场饭局就这样不欢而散。

"众官皆苦谏，陈震亦劝"，这句话很有意思。孙策没有当场杀掉于吉，还在于陈震起了关键作用。毕竟陈震是袁绍的使者，属于客人。在客人面前，孙策总要给些面子的，属于人之常情。

孙策归府，吴太夫人唤孙策入后堂，谓曰："吾闻汝将于神仙下于缧绁①。**此人多曾医人疾病，军民敬仰，不可加害。**"策曰："此乃妖人，能以妖术惑众，不可不除！"夫人再三劝解。策曰："母亲勿听外人妄言，儿自有区处。"乃出唤狱吏取于吉来问。原来狱吏皆敬信于吉，吉在狱中时，尽去其枷锁。及策唤取，方带枷锁而出。策访知大怒，痛责狱吏，仍将于吉械系下狱。

一知居主人曰：

孙策坚持不信于吉之歪门邪道，即使母亲亲自说了，也无济于事。既然母亲一说再说，孙策决定取于吉出来询问。谁知"狱吏皆敬信于吉，吉在狱中时，尽去其枷锁"。上有政策，下有对策。于吉哪里是坐牢，是在享受。看到大家深陷迷局，孙策自然大怒不止！

张昭等数十人，连名作状，拜求孙策，乞保于神仙。策曰："公等皆读书人，何不达理？昔交州刺史张津，听信邪教，鼓瑟焚香，常以红帕裹头，自称可助出军之威，后竟为敌军所杀。此等事甚无益，诸君自未悟耳。吾欲杀于吉，正思禁邪觉迷也。"

一知居主人曰：

连张昭这样的重要大臣，都在替于吉求情，更让孙策认识到问题的重要性。

孙策以张津为例，有出处。《三国志·孙策传》裴松之注引《江表传》："诸将复连名通白事陈乞之，策曰：'昔南阳张津为交州刺史，舍前圣典训，废汉家法律，尝著绛帕头，鼓琴烧香，读邪俗道书，云以助化，卒为南夷所杀。此甚无益，诸君但未悟耳。'"

---

① 缧绁：古时捆绑犯人的绳索。引申为监狱。《史记·太史公自序》："而太史公遭李陵之祸，幽于缧绁。"

不过,依照时间来讲,孙策是在建安五年(200年)把于吉害死的,而张津是在建安八年(203年)才担任交州刺史。所以,张津的死比孙策杀于吉晚。孙策不可能提到张津的死因。

吕范建议让于吉祈雨以赎罪,策允。吉取绳自缚于烈日之中。于吉谓众人曰:"吾求三尺甘霖,以救万民,然我终不免一死。"将及午时,狂风骤起。时已近午,有阴云却不见雨,孙策叱将于吉扛上柴堆,四下举火。忽见黑烟一道,冲上空中,一声响亮,雷电齐发,大雨如注。顷刻之间,街市成河,溪涧皆满。于吉仰卧于柴堆之上,大喝一声,云收雨住,复见太阳。孙策勃然大怒,叱曰:"**晴雨乃天地之定数,妖人偶乘其便,你等何得如此惑乱!**"策叱武士将于吉一刀斩头落地。

一知居主人曰:

张昭、吕范等谋士如此相信于吉法术,让人不免疑惑:孙策最初受伤寻华佗不遇,为什么没有想到请于大仙呢?

于吉登坛求雨,众人曰:"若有灵验,主公必然敬服。"于吉曰:"气数至此,恐不能逃。"足见于吉有自知之明,知道自己气数已尽,自己终究斗不过孙策的权威。

于吉开始登坛求雨,"百姓观者,填街塞巷";下雨之后,"众官及百姓,共将于吉扶下柴堆,解去绳索,再拜称谢";"官民俱罗拜于水中,不顾衣服"。足见于吉在百姓和官员中的影响。恰恰这种现象,坚定了孙策斩杀于吉的决心。众官力谏,策怒曰:"尔等皆欲从于吉造反耶!"上升到政治的高度。众官见主公真正大怒,遂不敢言语。所以有人说,不是孙策非要杀于吉,而是官民所表现的虔诚逼着孙策非杀于吉不可。

是夜风雨交作,及晓,不见了于吉尸首。守尸军士报知孙策。策怒,

欲杀守尸军士。忽见于吉从堂前徐步而来。策大怒，正欲拔剑斫之，忽然昏倒于地，半响方苏。吴太夫人谓策曰："吾儿屈杀神仙，故招此祸。"策曰："吾命在天，妖人决不能为祸。何必禳耶！"夫人自令左右暗修善事禳解。是夜二更，策卧于内宅，忽然阴风骤起，灯灭而复明。灯影之下，见于吉立于床前。策大喝曰："吾平生誓诛妖妄，以靖天下！汝既为阴鬼，何敢近我！"取床头剑掷之，忽然不见。吴太夫人闻之，转生忧闷。策乃扶病强行，以宽母心。母谓策曰："吾已令人设醮于郡之玉清观内，汝可亲往拜祷，自然安妥。"

一知居主人曰：

读至此处，笔者也有些毛骨悚然，究竟是真的，还是孙策出现幻觉，反正是很瘆人。孙策立场虽然坚决，身体却是已经经不起折腾了。

策勉强乘轿至玉清观。策焚香而不谢。忽香炉中烟起不散，结成一座华盖，上面端坐着于吉。策怒，唾骂之；走离殿宇，又见于吉立于殿门首，怒目视策。策顾左右曰："汝等见妖鬼否？"左右皆云未见。策愈怒，拔佩剑望于吉掷去，一人中剑而倒。众视之，乃前日动手杀于吉之小卒，被剑斫入脑袋，七窍流血而死。

一知居主人曰：

杀于吉之人，被孙策当作于吉杀了，给人一种感觉，像是报应。孙策并不是在梦中杀人，却是心力交瘁，误杀了自己人。后面曹操说自己梦中喜欢杀人，真杀了人，却被杨修识破，认为是故意装的。

比及出观，又见于吉入观门来。策遂坐于观前，命武士拆毁之。却见于吉立于屋上，飞瓦掷地。策大怒，传令逐出本观道士，放火烧毁殿宇。火起处，又见于吉立于火光之中。策怒归府，又见于吉

立于府门前。

一知居主人曰：

于吉如同撕不开的烂棉花，算是缠上孙策了。时时处处都有于吉的影子，估计孙策内心也有一种胆怯了。

策乃不入府，出城外下寨，唤众将商议，欲起兵助袁绍夹攻曹操。众将俱曰："主公玉体违和①，未可轻动。且待平愈，出兵未迟。"是夜孙策宿于寨内，又见于吉披发而来。策于帐中叱喝不绝。次日，吴太夫人召策回府。策乃归见其母。夫人泣曰："儿失形矣！"策即引镜自照，不觉失惊。言未已，忽见于吉立于镜中。策拍镜大叫一声，金疮迸裂，昏绝于地。夫人令扶入卧内。须臾苏醒，自叹曰："吾不能复生矣！"

一知居主人曰：

孙策内心已经憔悴至极，仍然不忘与袁绍夹攻曹操，怕是也有一种转移自己内心烦躁不安的意思。

从于吉出场亮相，至这里。一知居主人读了数遍，竟然不知该如何评？孙策一代霸王，坚持自己主张，不迷信邪术，按照现在道理来讲，是绝对正确的。但是，文中叙述诸多事情，却又无法做出合理解释。说是巧合，也不尽可信。看上海人民美术出版社连环画《小霸王孙策》一册，自始至终没有谈及本节。想来也是有所顾虑。看毛宗岗先生所评，也总是连说"种种兴妖作怪，神仙必不为此"多次。

孙策随召张昭等诸人，及弟孙权，嘱付曰："子布等幸善相吾弟。"

---

① 违和：身体失于调理而不适。多用作称他人患病的婉辞。宋·欧阳修《嘉祐七年与王懿敏公书》："昨日公谨相过，乃云近少违和，岂非追感悲戚使然邪？"

乃取印绶与孙权曰："若举江东之众，决机于两阵之间，与天下争衡，卿不如我；举贤任能，使各尽力以保江东，我不如卿。卿宜念父兄创业之艰难，善自图之！"权大哭，拜受印绶。

策告母曰："望母朝夕训之（孙权）。父兄旧人，慎勿轻怠。""弟才胜儿十倍，足当大任。"又唤诸弟曰："汝等并辅仲谋。宗族中敢有生异心者，众共诛之。骨肉为逆，不得入祖坟安葬。"又唤妻乔夫人谓曰："吾与汝不幸中途相分，汝须孝养尊姑。"言讫，瞑目而逝。年止二十六岁。

一知居主人曰：

孙策托付后事，先后是张昭、孙权、吴太夫人、诸弟，最后是自己夫人，层次很分明，言语也各有侧重。人道回光返照，或许如此。

只是孙策临死，还把自己与孙权进行比较，且对母亲说"倘内事不决，可问张昭；外事不决，可问周瑜"，告诉夫人"可嘱其转致周郎，尽心辅佐吾弟，休负我平日相知之雅"。稀罕！出人意料！

孙权哭倒于床前。张昭曰："此非将军哭时也。宜一面治丧事，一面理军国大事。"权乃收泪。张昭请孙权出堂，受众文武谒贺。孙权生得方颐大口，碧眼紫髯。昔汉使刘琬入吴，因语人曰："吾遍观孙氏兄弟，虽各才气秀达，然皆禄祚不终①。惟仲谋形貌奇伟，骨格非常，乃大贵之表，又享高寿，众皆不及也。"

一知居主人曰：

张昭说的看似无情，却是有道理。孙策之死，属于家事。孙权先主持大局，确保江东稳定，才是第一要务。

作者此处之所以引刘琬之言，是为了说明孙权接孙策之职，属

---

① 禄祚不终：是指一个人的福禄不能长久。禄祚，亦作"禄胙"。犹福禄。

于正常，天生的才华，只有点牵强附会。

孙权掌江东之事，经理未定，人报周瑜自巴丘提兵回吴。权曰："公瑾已回，吾无忧矣。"当下周瑜哭拜于孙策灵柩之前。吴太夫人出，以遗嘱之语告瑜，瑜拜伏于地曰："敢不效犬马之力，继之以死！"少顷，孙权入。周瑜拜见毕，权曰："愿公无忘先兄遗命。"瑜顿首曰："愿以肝脑涂地，报知己之恩。"

一知居主人曰：

周瑜"自巴丘提兵回吴"，"提兵"两个字好刺眼，反不如不要。无君主指令，手下私自提兵而回，属于大忌讳。即便是亲戚，也不能宽恕。

巴丘在今湖南岳阳。汉晋时期，洞庭湖亦称巴丘湖，巴丘城在三国时享有盛名。周瑜闻听孙策受伤，就开始回来。途中听说孙策去世，星夜奔丧。可见巴丘离吴郡之远。

权曰："今承父兄之业，将何策以守之？"瑜曰："子布贤达之士，足当大任。瑜不才，恐负倚托之重，愿荐一人以辅将军。"权问何人。瑜曰："姓鲁，名肃，字子敬，临淮东川人也。此人胸怀韬略，腹隐机谋。早年丧父，事母至孝。其家极富，尝散财以济贫乏。瑜为居巢长之时，将数百人过临淮，因乏粮，闻鲁肃家有两囷米，各三千斛，因往求助。肃即指一囷相赠，其慷慨如此。平生好击剑骑射，寓居曲阿。祖母亡，还葬东城。"权大喜，即命周瑜往聘。

一知居主人曰：

第十五回中，周瑜初见孙策，便荐了张昭、张纮，今日又荐鲁肃于孙权，可见周瑜并不是心胸狭窄容不得他人之人。至于后来与诸葛亮之争，各为其主的成分大些。今日鲁肃出场，从周瑜口中说出，

且多是盛赞之语，蛮有趣味。

瑜奉命亲往，具道孙权相慕之意。肃曰："近刘子扬约某往巢湖，某将就之。"瑜曰："昔马援①对光武云：当今之世，非但君择臣，臣亦择君。今吾孙将军亲贤礼士，纳奇录异，世所罕有。足下不须他计，只同我往投东吴为是。"肃从其言，遂同来见孙权。

一知居主人曰：

孙权有心收鲁肃，却是让周瑜前往。鲁肃稍加谦虚，便欣然答应，并不如后面刘备寻诸葛亮，却是亲自前往，且三顾！当然还有一个因素，原来周瑜和鲁肃有过交往，属于熟人。

权甚与之谈论，终日不倦。一日，权留鲁肃共饮，至晚同榻抵足而卧。夜半，权问肃曰："方今汉室倾危，四方纷扰。孤承父兄余业，思为桓、文之事，君将何以教我？"肃曰："昔汉高祖欲尊事义帝而不获者，以项羽为害也。今之曹操可比项羽，将军何由得为桓、文乎？肃窃料汉室不可复兴，曹操不可卒除。为将军计，惟有鼎足江东以观天下之衅。今乘北方多务，剿除黄祖，进伐刘表，竟长江所极而据守之；然后建号帝王，以图天下。此高祖之业也。"权闻言大喜，披衣起谢。

一知居主人曰：

鲁肃认为"曹操不可卒除"，孙权可以"惟有鼎足江东以观天下之衅"，一旦有机会"剿除黄祖，进伐刘表，竟长江所极而据守之"，不禁有些吃惊。一直认为鼎立之局面为诸葛亮首创，今读知此处，

---

① 马援（前14年～49年）：字文渊，扶风茂陵（今陕西兴平东北）人，东汉著名的军事家。因功累官伏波将军，封新息侯。

才知最初为鲁肃所提。最后有句,"次日厚赠鲁肃,并将衣服帷帐等物赐肃之母",说明孙权会笼络人心。

今夜孙权和鲁肃抵足而眠,谈天下大事;后面有刘备和诸葛亮隆中对答,相映成趣。

肃又荐诸葛瑾(字子瑜)见孙权,说此人博学多才,事母至孝,琅琊南阳人也。权拜之为上宾。瑾劝权勿通袁绍,且顺曹操,然后乘便图之。权依言,遣陈震回,以书绝袁绍。

一知居主人曰:

周瑜荐了鲁肃,鲁肃又推荐了诸葛瑾。这种风气在孙吴一方很普遍。人才不断档,想来也是三国归晋、孙吴坚持最久的原因之一。

诸葛瑾出山,便献了绝袁绍联合曹操之计。孙权没有彷徨、忐忑,立马答应,立即执行,说明孙权也是一个敢说敢干、有主见的主儿!

书中说诸葛瑾,并没有说其弟诸葛亮。原因很简单,诸葛亮尚在隆中,没有出山,此时介绍两人关系还不是时候。

曹操欲起兵下江南。张纮谏曰:"乘人之丧而伐之,既非义举;若其不克,弃好成仇:不如因而善遇之。"操然其说,即奏封孙权为将军,兼领会稽太守;即令张纮为会稽都尉,赍印往江东。孙权大喜,又得张纮回吴,即命与张昭同理政事。张纮又荐顾雍于孙权。说此人乃蔡邕之徒,为人少言语,不饮酒,严厉正大。权以为丞,行太守事。自是孙权威震江东,深得民心。

一知居主人曰:

张纮见孙权,得到重用,被安排与张昭共理政事。张纮也不负孙权,推荐了顾雍出来辅佐。这种现象在曹操最初创业之时也曾出现过。

第三十回

战官渡本初败绩　劫乌巢孟德烧粮

陈震具说前面事情。袁绍大怒，遂起冀、青等处人马，攻取许昌。夏侯惇发书告急。曹操起军前往迎敌。绍兵临发，田丰从狱中上书谏曰："今且宜静守以待天时，不可妄兴大兵，恐有不利。"逢纪谮曰："主公兴仁义之师，田丰何得出此不祥之语！"绍因怒，欲斩田丰。众官告免。绍恨曰："待吾破了曹操，明正其罪！"

一知居主人曰：

原来说得好好的，与孙策共同夹击曹操。现在换了孙权，忽然不合作了。袁绍肯定认为是曹操从中捣鬼。如果真是这样，曹操就属于躺着中枪了。谁也不会想到是诸葛瑾的建议！

田丰在监狱之中，尚且关心"国家大事"，其忠心可鉴。只是遭遇逢纪谗言，袁绍却是不再相信，还要杀之。怎不令忠臣寒心？

袁绍出兵，浩浩荡荡，"旌旗遍野，刀剑如林"，谁知纸老虎一群，并不经打，很快一败涂地！

行至阳武，下定寨栅。沮授曰："我军虽众，而勇猛不及彼军；彼军虽精，而粮草不如我军。彼军无粮，利在急战；我军有粮，宜且缓守。若能旷以日月，则彼军不战自败矣。"绍怒曰："田丰慢我军心，

吾回日必斩之。汝安敢又如此！"叱左右："将沮授锁禁军中，待我破曹之后，与田丰一体治罪！"于是下令，将七十万大军，东西南北，周围安营，连络九十余里。

一知居主人曰：

田丰所言，袁绍可以不理。沮授冒险进言，袁绍还是不听。按说袁绍也曾是一路诸侯，即便是猪脑子，也该想一想了——大家为什么都这样说？只是一意孤行，一副找死的节奏。

曹军新到官渡。荀攸提出"利在急战。若迁延日月，粮草不敷，事可忧矣"。操曰："所言正合吾意。"袁绍立马阵前。曹操出马，以鞭指袁绍曰："吾于天子之前，保奏你为大将军，今何故谋反？"绍怒曰："汝托名汉相，实为汉贼！罪恶弥天，甚于莽、卓，乃反诬人造反耶！"操曰："吾今奉诏讨汝！"绍曰："吾奉衣带诏讨贼！"操怒，使张辽出战。张郃来迎。二将斗了四五十合，不分胜负。许褚纵马助战，高览挺枪接住。四员将捉对儿厮杀。曹操令夏侯惇、曹洪，各引军齐冲彼阵。审配便令放起号炮，两下万弩并发，中军内弓箭手一齐拥出阵前乱射。曹军大败。

一知居主人曰：

曹操和袁绍阵前对骂，都说自己出师有名，为皇家计。其实各怀鬼胎，天下谁人不知。只是苦了这些参战的普通士兵。

张辽和张郃大战五十多回合，不分胜负，"曹操见了，暗暗称奇"，实际上又动了收降张郃的心思。曹操真爱才，也难怪那么多人愿意为之拼命。

曹操本想趁乱冲阵，却不料审配早有准备，早早地"拨弩手一万，伏于两翼；弓箭手五千，伏于门旗内"。箭比人快，曹兵必败无疑！

第三十回　战官渡本初败绩　劫乌巢孟德烧粮

袁绍移军逼近官渡下寨。审配说如此如此。绍从之，于各寨内选精壮军人，用铁锹土担，齐来曹操寨边，垒土成山。曹营内见袁军堆筑土山，欲待出去冲突，被审配弓弩手当住咽喉要路，不能前进。十日之内，筑成土山五十余座，上立高橹，分拨弓弩手于其上射箭。曹军大惧，皆顶着遮箭牌守御。

一知居主人曰：

审配办法虽笨，效果却是很好，看到最后一句"曹军皆蒙楯伏地，袁军呐喊而笑"。其情其景可以想象。

刘晔进曰："可作发石车以破之。"操令晔进车式，连夜造发石车数百乘，分布营墙内，正对着土山上云梯。候弓箭手射箭时，营内一齐拽动石车，炮石飞空，往上乱打。弓箭手死者无数。袁军号其车为"霹雳车"，不敢登高射箭。审配令军人用铁锹暗打地道，直透曹营内，号为"掘子军"。曹兵望见袁军于山后掘土坑，报知曹操。晔曰："此袁军不能攻明而攻暗，发掘伏道，欲从地下透营而入耳。""可绕营掘长堑，则彼伏道无用也。"操连夜差军掘堑。袁军掘伏道到堑边，果不能入。

一知居主人曰：

山外有山，人外有人。刘晔连续献计，破了审配之策。曹操善于纳谏，且马上付之行动。这一点比其他诸侯相对聪明。作为谋士，自己所言被主子采纳，自也是乐陶陶的，此后会更加忠心耿耿。

曹操守官渡，两月之后，军力渐乏，粮草不继。意欲弃官渡退回许昌，乃作书遣人赴许昌问荀彧。彧以书报之。书略曰："承尊命，使决进退之疑。愚以袁绍悉众聚于官渡，欲与明公决胜负，公以至弱当至强，若不能制，必为所乘：是天下之大机也。绍军虽众，而

不能用；以公之神武明哲，何向而不济！今军实虽少，未若楚、汉在荥阳、成皋间也。公今画地而守，扼其喉而使不能进，情见势竭，必将有变。此用奇之时，断不可失。惟明公裁察焉。"曹操得书大喜，令将士效力死守。

一知居主人曰：

曹操两月之内没有大的突破，萌生退意，却专一写信向留守许都的荀彧请教，足见曹操对荀彧的信任！荀彧还是要求曹操坚守一段时间，速战速决，最终解决袁绍！曹操信心再增！

绍军约退三十余里。徐晃部将史涣巡哨获得袁军细作。说早晚韩猛运粮至军前接济。徐晃便将此事报知曹操。荀攸曰："若遣一人引轻骑数千，从半路击之，断其粮草，绍军自乱。"操遂差徐晃将带史涣先出，张辽、许褚引兵救应。当夜韩猛押粮车数千辆，山谷内徐晃、史涣引军截住去路。韩猛飞马来战，徐晃接住厮杀。史涣便杀散人夫，放火焚烧粮车。韩猛抵当不住，拨回马走。徐晃催军烧尽辎重。袁绍军中，望见西北上火起，正惊疑间，败军报粮草被劫！绍急遣张郃、高览去截，遇徐晃，恰欲交锋，背后张辽、许褚军到。两下夹攻，杀散袁军，四将合兵一处，回官渡寨中。曹操大喜。又分军于寨前结营，**为掎角之势。**

一知居主人曰：

开头第一句"绍军约退三十余里"，袁绍何以如此？让人不可理解。逼近曹操，成压制之势，不是更好吗？或许是袁绍也有点倦了。

曹操本已经"粮草不继"，这次徐晃、史涣有机会劫袁绍粮草，却又尽烧了粮草。读曹操、荀攸言语，其中虽没有此意，但是"史涣便杀散人夫，放火焚烧粮车"。他一个小小将官，绝对不敢自作主张，必是得了某种暗示的。

韩猛败军还营，绍大怒，欲斩韩猛，众官劝免。审配曰："行军以粮食为重，不可不用心提防。乌巢乃屯粮之处，必得重兵守之。"袁绍曰："吾筹策已定。汝可回邺都监督粮草，休教缺乏。"审配领命而去。袁绍遣大将淳于琼，部领督将眭元进、韩莒子、吕威璜、赵睿等，引二万人马，守乌巢。

一知居主人曰：

审配无论如何，还算有点计谋。如今审配也要走了，袁绍本身无主见，不败才怪！袁绍安排淳于琼守乌巢，且文中明言所带将官不少，余总觉得是一种很大的讽刺。不过一群草包而已！

曹操军粮告竭，急发使教荀彧速措办粮草，星夜解赴军前。使者赍书行不上三十里，被袁军捉住，缚见谋士许攸。许攸少时曾与曹操为友。搜得使者所赍曹操书信，径来见绍曰："曹操屯军官渡，与我相持已久，许昌必空虚；若分一军星夜掩袭许昌，则许昌可拔，而操可擒也。今操粮草已尽，正可乘此机会，两路击之。"绍曰："曹操诡计极多，此书乃诱敌之计也。"攸曰："今若不取，后将反受其害。"

一知居主人曰：

前面曹操手下捉了袁绍送粮草的使者，用荀攸之计，烧了粮草。这次袁绍却捉了曹操往许都求粮的使者，却不听许攸之计。相似的过程，却是不同的结果，全在人为！

文中介绍许攸时，有"少时曾与曹操为友"一句，颇让人惊奇。不知曹操是否知道许攸在袁绍处？从下文看，袁绍却是早就知道许攸"与曹操有旧"，估计早有防备之心。

许攸曾与曹操为友，这次献计与袁绍分兵许昌、当面击曹，计谋不可为不毒。此属于各为其主，与人品无关！幸亏袁绍没有接纳，否则曹操真危矣！后文中有："攸曰：'吾曾教袁绍以轻骑乘虚袭许都，

首尾相攻。'操大惊曰：'若袁绍用子言，吾事败矣。'"

有使者自邺郡来，呈上审配书。书中言许攸在冀州时，尝滥受民间财物，且纵令子侄辈多科税，钱粮入己，今已收其子侄下狱矣。绍见书大怒曰："滥行匹夫！尚有面目于吾前献计耶！汝与曹操有旧，想今亦受他财贿，为他作奸细，啜赚①吾军耳！本当斩首，今权且寄头在项！可速退出，今后不许相见！"许攸出，仰天叹曰："忠言逆耳，竖子不足与谋！吾子侄已遭审配之害，吾何颜复见冀州之人乎！"遂欲拔剑自刎。左右夺剑劝曰："公既与曹公有旧，何不弃暗投明？"

一知居主人曰：

有人批评许攸不该背叛袁绍，其实许攸出走是为了自保。许攸虽和曹操有旧，但最初还是献计帮助袁绍的，只不过袁绍不理而已。审配出谗言，潜害许攸，袁绍却是深信不疑，硬是将稍有才华且知道袁绍处众多事情的许攸逼到了曹操一方，遂使得曹操不利局面得到改变。

审配远在外地，也不忘记潜害许攸。可见两人之间积怨太深。袁绍几大谋士，田丰在狱，沮授不随，今又审、许不合，可见所率队伍貌似强大，实则一盘散沙矣！

许攸径投曹寨，曹军拿住。攸曰："我是曹丞相故友，快与我通报，说南阳许攸来见。"军士忙报入寨中。时操方解衣歇息，闻许攸到，携手共入，操先拜于地。攸慌扶起曰："公乃汉相，吾乃布衣，何谦恭如此？"操曰："公乃操故友，岂敢以名爵相上下乎！"攸曰："某

---

① 啜赚：撮弄、哄骗。宋·宋慈《宋提刑洗冤集录·降颁新例·检验法式》："州县司吏，通行捏合虚套元告词，因啜赚元告绝词文状。"

不能择主,屈身袁绍,言不听,计不从,今特弃之来见故人。愿赐收录。"操曰:"子远肯来,吾事济矣!愿即教我以破绍之计。"

一知居主人曰:

许攸被曹军拿住,开口第一句"我是曹丞相故友",明显有些卖资格,幸亏拿他之人不是倔强的人!(参见后面许攸之结局,才有此评论)。

曹操知道许攸来了,"不及穿履,跣足出迎,遥见许攸,抚掌欢笑,携手共入,操先拜于地"。想一想自己在袁绍处的尴尬,许攸怎能不感动。有人说是曹操有求于许攸方才如此。窃以为,还是不要这样考虑吧!

攸曰:"公今军粮尚有几何?"操曰:"可支一年。"攸笑曰:"恐未必。"操曰:"有半年耳。"攸拂袖而起,趋步出帐曰:"吾以诚相投,而公见欺如是,岂吾所望哉!"操挽留曰:"子远勿嗔,尚容实诉:军中粮实可支三月耳。"攸笑曰:"世人皆言孟德奸雄,今果然也。"操亦笑曰:"岂不闻兵不厌诈!"遂附耳低言曰:"军中止有此月之粮。"攸大声曰:"休瞒我!粮已尽矣!"操愕然曰:"何以知之?"攸乃出操与荀彧之书以示之曰:"此书何人所写?"操惊问曰:"何处得之?"攸以获使之事相告。

一知居主人曰:

看两人对话,许攸越想知道真实情况,曹操却总是含糊其词,有来有往,有意思。及至许攸将曹操与荀彧的书信取出,曹操才不得不实话实说。曹操虽然对许攸之来,表现得很是欢迎,但还是心存芥蒂,怕许攸是做袁绍的探子而来。

操执其手曰:"子远既念旧交而来,愿即有以教我。"攸曰:"明

公以孤军抗大敌，而不求急胜之方，此取死之道也。攸有一策，不过三日，使袁绍百万之众，不战自破。明公还肯听否？"操喜曰："愿闻良策。"攸曰："袁绍军粮辎重，尽积乌巢，今拨淳于琼守把，琼嗜酒无备。公可选精兵诈称袁将蒋奇领兵到彼护粮，乘间烧其粮草辎重，则绍军不三日将自乱矣。"操大喜，重待许攸，留于寨中。

一知居主人曰：

世间事情，多是坏在内部。今日许攸一气之下，将淳于琼的特点告知曹操，且提了假装护粮实去烧粮的妙计！曹操留许攸在军中，也是其精细之处！后文曹操有言"彼若有诈，安肯留我寨中"便是证明。

次日，操准备往乌巢劫粮。张辽曰："袁绍屯粮之所，安得无备？丞相未可轻往，恐许攸有诈。"操曰："不然，许攸此来，天败袁绍。今吾军粮不给，难以久持。若不用许攸之计，是坐而待困也。彼若有诈，安肯留我寨中？且吾亦欲劫寨久矣。今劫粮之举，计在必行，君请勿疑。"辽曰："亦须防袁绍乘虚来袭。"操笑曰："吾已筹之熟矣。"便教荀攸等守大寨，一军伏于左，一军伏于右，以备不虞。

一知居主人曰：

借张辽之问，曹操说出了自己所思、所想、所判断。张辽提醒袁绍来袭。曹操何等聪明，去袭击别人，别人可能不备，但自己必然要做好防止别人来袭之准备。

曹操、张辽等一行打着袁军旗号，军士皆束草负薪，人衔枚，马勒口，望乌巢进发。是夜星光满天。沮授仰观天象。大惊曰："祸将至矣！"遂连夜求见袁绍。时绍已醉卧，听说沮授有密事启报，唤入问之。授曰："恐有贼兵劫掠之害。乌巢屯粮之所，不可不提备。"

绍怒叱曰:"汝乃得罪之人,何敢妄言惑众!"授出,掩泪叹曰:"我军亡在旦夕,我尸骸不知落何处也!"

一知居主人曰:

沮授被监押,还在为袁绍考虑乌巢粮草之事,忠心可嘉。只可惜袁绍不听,反而认为沮授妖言惑众。如果袁绍听了,曹操夜袭乌巢必然难成。

袁绍不听沮授所言便罢,却还"因叱监者曰:'吾令汝拘囚之,何敢放出!'遂命斩监者,别唤人监押沮授"。

曹操过袁绍别寨,寨兵问是何处军马。操使人应曰:"蒋奇奉命往乌巢护粮。"袁军见自家旗号,遂不疑惑。凡过数处,并无阻碍。及到乌巢,四更已尽。操教军士将束草周围举火,众将校鼓噪直入。时淳于琼醉卧帐中,闻鼓噪之声,连忙跳起问:"何故喧闹?"言未已,早被挠钩拖翻。眭元进、赵睿见屯上火起,急来救应。曹军飞报曹操,说:"贼兵在后,请分军拒之。"操大喝曰:"诸将只顾奋力向前,待贼至背后,方可回战!"于是众军将无不争先掩杀。一霎时,火焰四起,烟迷太空。眭、赵皆被曹军所杀,粮草尽行烧绝。淳于琼被擒见操,操放回绍营。

一知居主人曰:

淳于琼一出场,作者便有言"那淳于琼性刚好酒,军士多畏之。既至乌巢,终日与诸将聚饮"。许攸与曹操说话之间也提到"琼嗜酒无备"。今夜果然"淳于琼方与众将饮了酒,醉卧帐中"。淳于琼被捉之后,被曹操"割去其耳鼻手指,缚于马上,放回绍营",成了羞辱袁绍的工具。最后还是袁绍问了情况之后,"怒,立斩之"。如此窝囊,淳于琼反不如死在曹操手中完美!至少会被看作袁绍一方的"烈士"!

袁绍知是乌巢有失，急召文武商议。张郃曰："某与高览同往救之。"郭图曰："不可。曹军劫粮，曹操必然亲往；操既自出，寨必空虚，可纵兵先击曹操之寨；操闻之，必速还：此孙膑围魏救赵之计也。"张郃曰："非也。曹操多谋，外出必为内备，以防不虞。今若攻操营而不拔，琼等见获，吾属皆被擒矣。"郭图曰："曹操只顾劫粮，岂留兵在寨耶！"再三请劫曹营。

一知居主人曰：

好些日子不见郭图，今日忽然出来说话。张郃说援救乌巢；郭图献"围魏救赵"之计。袁绍采纳了两人的建议：遣张郃往官渡击曹营；遣蒋奇（虽然计谋是张郃所提出的）领兵救乌巢。

曹操伪作淳于琼部下收军回寨，至山僻小路，正遇蒋奇军马。奇军问之，称是乌巢败军奔回，奇遂不疑，驱马径过。张辽、许褚忽至，大喝："蒋奇休走！"奇措手不及，被张辽斩于马下，尽杀蒋奇之兵。又使人当先伪报云："蒋奇已自杀散乌巢兵了。"袁绍因不复遣人接应乌巢，只添兵往官渡。

张郃、高览攻打曹营，夏侯惇、曹仁、曹洪一齐冲出。三下攻击，袁军大败。比及接应军到，曹操又从背后杀来，四下围住掩杀。张郃、高览夺路走脱。

一知居主人曰：

袁绍所派两路军马，尽遭败绩。只是败的原因不一致，蒋奇是中了曹操的换装之计；张郃等却是因为曹操所派人等防守严密，被"守株待兔"而已。

郭图恐张郃、高览回寨证对是非，先于袁绍前谮曰："二人素有降曹之意，今遣击寨，故意不肯用力，以致损折士卒。"绍大怒，遂

遣使急召二人。郭图先使人报二人云："主公将杀汝矣。"及绍使至，高览问曰："主公唤我等为何？"使者曰："不知何故。"览遂拔剑斩来使。郃大惊。览曰："袁绍听信谗言，必为曹操所擒。吾等岂可坐而待死？不如去投曹操。"郃曰："吾亦有此心久矣。"于是二人往曹操寨中投降。夏侯惇曰："张、高二人来降，未知虚实。"操曰："吾以恩遇之，虽有异心，亦可变矣。"遂开营门命二人入。二人倒戈卸甲，拜伏于地。操曰："若使袁绍肯从二将军之言，不至有败。今二将军肯来相投，如微子去殷，韩信归汉[1]也。"

一知居主人曰：

袁绍、张郃、高览三人无不感谢郭图，都认为郭图于己有恩，不料此事全坏在郭图身上。郭图因一己之私，两边说谎，反而逼走了张郃、高览。张郃最初还有些徘徊，只是高览出手太快，拔剑斩了袁绍来使。两人到曹操处，封官晋侯，又怎么会不死心塌地为曹操卖命呢！所以后文中马上有"许攸又劝曹操作速进兵，张郃、高览请为先锋"。袁绍再次大败。

荀攸献计曰："今可扬言调拨人马，一路取酸枣，攻邺郡；一路取黎阳，断袁兵归路。袁绍闻之，必然惊惶，分兵拒我。我乘其兵动时击之，绍可破也。"操用其计，使大小三军，四远扬言。袁绍闻

---

[1] 微子去殷，韩信归汉：意为弃暗投明，良臣择主而事。微子，商末周初朝歌人，本名开。微子是商王帝乙之长子，纣王庶兄。微子多次亲谏纣王，见"纣终不可谏"。箕子认为"今诚得治国，国治身死不恨；为死，终不得治，不如去"。微子便远离纣王逃到微。韩信（？～前196年），汉初军事家。淮阴（今属江苏）人。自幼熟读兵书，怀安邦定国之志。家境贫寒，常食不果腹，曾受胯下之辱。陈胜、吴广起义后，韩信始投项梁，继随项羽，但不受项羽重用。后又投奔汉王刘邦。初始刘邦看不起韩信，经丞相萧何力荐，才拜韩信为大将。

报大惊,急遣袁谭救邺郡,辛明救黎阳。曹操探知,八路齐出,直冲绍营。袁军俱无斗志,遂大溃。袁绍披甲不迭,单衣幅巾上马。幼子袁尚后随。张辽等将引军追赶袁绍。绍急渡河,尽弃图书车仗金帛,止引随行八百余骑而去。

一知居主人曰:

这次袁绍之败,是在被曹操牵着鼻子走,过于被动,没有自己的思路。想一想,袁绍手下谋士几乎散尽,全是一群窝囊武将,没人出谋划策,焉能不败!

只是"所杀八万余人,血流盈沟,溺水死者不计其数",场面实在过于血腥了!不免想起元·张养浩在《山坡羊·潼关怀古》中的那句话:"兴,百姓苦;亡,百姓苦。"

操获全胜,将所得金宝缎匹,给赏军士。于图书中检出书信一束,皆许都及军中诸人与绍暗通之书。左右曰:"可逐一点对姓名,收而杀之。"操曰:"当绍之强,孤亦不能自保,况他人乎?"遂命尽焚之,更不再问。

一知居主人曰:

对手下与袁绍来往书信,焚而不看,是曹操聪明之处,自是最佳处理方式。因为有些事情,知道反不如不知道。况且最初自己与袁绍相比,差距太大。有人欲结好袁绍,可以理解。自己目前上下齐心,兵强马壮,何必庸人自扰,自找分心,自我猜疑。

袁绍兵败而奔,沮授因被囚禁,急走不脱,为曹军所获,擒见曹操。操素与授相识。授见操,大呼曰:"授不降也!"操曰:"本初无谋,不用君言,君何尚执迷耶?吾若早得足下,天下不足虑也。"因厚待之,留于军中。授乃于营中盗马,欲归袁氏。操怒,乃杀之。

授至死神色不变。操叹曰："吾误杀忠义之士也！"命厚礼殡殓，为建坟安葬于黄河渡口，题其墓曰："忠烈沮君之墓。"

一知居主人曰：

沮授之死，堪称悲壮。袁绍虽然不听他的，他却并不辱袁绍。尽管曹操百般劝说，沮授还是坚持，主动"找"死。与当年白门楼上陈宫之死有些相似，只是沮授并没有大骂曹操。曹操处理沮授后事，也让人无话可说。

第三十一回

曹操仓亭破本初　玄德荆州依刘表

众闻绍在,又皆蚁聚。军势复振,议还冀州。军行之次,夜宿荒山。绍于帐中闻远远有哭声,私往听之。却是败军相聚,诉说丧兄失弟、弃伴亡亲之苦,皆曰:"若听田丰之言,我等怎遭此祸!"绍大悔曰:"吾不听田丰之言,兵败将亡;今回去,有何面目见之耶!"次日,逢纪来。绍曰:"吾不听田丰之言,致有此败。吾今归去,羞见此人。"逢纪因谮曰:"丰在狱中闻主公兵败,抚掌大笑曰:果不出吾之料!"袁绍大怒曰:"竖儒①怎敢笑我!我必杀之!"遂命使者先往冀州狱中杀田丰。

一知居主人曰:

自己不听谋士忠言,铸成如此大错,不但不承认错误,还要为了自己的面子,诛杀谋士,袁绍真是昏庸!沮授为其而死,实在不该!逢纪这人也是可恶,添油加醋,有意做了袁绍斩杀田丰的推手。

---

① 竖儒:对儒生的鄙称。《史记·郦生陆贾列传》:"沛公骂曰:'竖儒!夫天下同苦秦久矣,故诸侯相率而攻秦,何谓助秦攻诸侯乎?'"司马贞索隐:"竖者,僮仆之称,沛公轻之,以比奴竖,故曰'竖儒'也。"

田丰在狱中。一日，狱吏来见丰曰："与别驾贺喜！"丰曰："何喜可贺？"狱吏曰："袁将军大败而回，君必见重矣。"丰笑曰："吾今死矣！"狱吏问曰："人皆为君喜，君何言死也？"丰曰："袁将军外宽而内忌，不念忠诚。若胜而喜，犹能赦我；今战败则羞，吾不望生矣。"忽使者赍剑至传袁绍命。丰曰："吾固知必死也。"乃自刎于狱中。闻者皆为叹惜。

一知居主人曰：

一般人看个热闹，聪明人才能看到门道。田丰太熟悉袁绍为人，所以分析袁绍百分之百准确。田丰遗言"大丈夫生于天地间，不识其主而事之，是无智也！今日受死，夫何足惜！"也是对自己的一种总结。

文中写狱吏态度之变化，首先是向田丰贺喜；听田丰真言，"狱吏未信"；有使来取田丰之命，"狱吏方惊"；田丰要自杀，"狱吏皆流泪"。这种转折笔法，很形象。

沮授、田丰先后而亡，袁绍身边再无耿直之人，其败亡之势加速，唯袁绍不知也。

袁绍回冀州，不理政事。袁谭守青州；袁熙守幽州；袁尚是后妻刘氏所出，绍甚爱之，留在身边。刘氏劝立尚为后嗣，绍乃与审配、逢纪、辛评、郭图四人商议。袁绍曰："今外患未息，内事不可不早定，吾将议立后嗣：长子谭，为人性刚好杀；次子熙，为人柔懦难成；三子尚，有英雄之表，礼贤敬士，吾欲立之。公等之意若何？"郭图曰："三子之中，谭为长，今又居外；主公若废长立幼，此乱萌也……主公且理会拒敌之策，立嗣之事，毋容多议。"袁绍踌躇未决。

一知居主人曰：

战事正紧，袁绍经不起后妻刘氏缠磨，开始考虑后嗣之事。郭

图明知道袁绍执意要立袁尚为后嗣，没有表示反对，而是说"今军威稍挫，敌兵压境，岂可复使父子兄弟自相争乱耶？"提出先行搁置，属于聪明！自然，也有滑头的成分在里面。

袁绍有三子，"审、逢二人，向辅袁尚，辛、郭二人，向辅袁谭，四人各为其主"，独没有人赞成袁熙。袁绍也认为"次子熙，为人柔懦难成"。

操引兵陈列于河上，见父老数人，须发尽白，乃命入帐中赐坐，问之曰："老丈多少年纪？"答曰："皆近百岁矣。"操曰："吾军士惊扰汝乡，吾甚不安。"父老曰："袁本初重敛于民，民皆怨之。丞相兴仁义之兵，吊民伐罪①，官渡一战，破袁绍百万之众，正应当时殷馗②之言，兆民可望太平矣。"操笑曰："何敢当老丈所言？"遂取酒食绢帛赐老人。

一知居主人曰：

曹操来击袁绍，"有土人箪食壶浆以迎之"，说明袁绍在自己辖区内并没有威信。基础不牢，地动山摇，袁绍焉能不败？再观几位父老，虽是近百岁之人，谈起国事，却能说出个子丑寅卯来，不简单，阅历深厚矣！

曹操号令三军："如有下乡杀人家鸡犬者，如杀人之罪！"军规堪为严格，让军民镇服。一句"操亦心中暗喜"，其得意扬扬之形象，

---

① 吊民伐罪：慰问受苦的人民，讨伐有罪的统治者。吊，慰问；伐：讨伐。《孟子·滕文公下》："诛其罪，吊其民，如时雨降，民大悦。"

② 殷馗：幽州辽东郡（今辽宁省）人，东汉时期人，善晓天文。《三国演义》《三国志》都有提及。"殷馗之言"是指"桓帝时，有黄星见于楚、宋之分，辽东人殷馗善晓天文，夜宿于此，对老汉等言。黄星见于乾象，正照此间。后五十年，当有真人起于梁、沛之间"。

跃然纸上。

　　袁绍引四州之兵，来到仓亭下寨。次日，操引诸将出阵，绍亦引三子一甥到阵前。操曰："本初计穷力尽，何尚不思投降？直待刀临项上，悔无及矣！"绍大怒。袁尚欲于父前逞能，飞马出阵。徐晃部将史涣挺枪早出。两骑相交，不三合，尚拨马刺斜而走。史涣赶来，袁尚拈弓搭箭，翻身背射，正中史涣左目，坠马而死。袁绍大队人马拥将过来，混战大杀一场，各鸣金收军还寨。

　　一知居主人曰：

　　第一次劫袁绍粮草，史涣立了大功。没想到这次刚一开战，就战死沙场。史涣之死，在于大意，只以为是袁尚胆怯，却没有想到袁尚回马射箭。

　　袁尚出场，"拈弓搭箭，翻身背射，正中史涣左目"，动作实在漂亮、潇洒！

　　操商议破绍之策。程昱献十面埋伏之计，操然其计。次日，十队先进，埋伏已定①。至半夜，许褚引兵前进，伪作劫寨之势。袁绍五寨人马一齐俱起。许褚回军便走。袁绍引军赶来，比及天明，赶至河上。曹军无去路，操大呼曰："前无去路，诸军何不死战？"众军回身奋力向前。许褚飞马当先，力斩十数将。袁绍退军急回，背后曹军赶来。正行间，先后三次遭遇夏侯渊和高览、乐进和于禁、李典和徐晃截杀一阵。袁绍父子胆丧心惊，奔入旧寨。令三军造饭，方欲待食，张辽、张郃径来冲寨。绍慌上马，前奔仓亭。途中曹洪、

---

① 十队先进，埋伏已定：即十面埋伏。意思是四面八方广布伏兵。表现一种不可逆转的军事态势。这个典故出自楚汉相争的垓下之战。源于《史记·淮阴侯列传》。

夏侯惇挡住去路。绍奋力得脱。袁熙、高干皆被箭伤。绍抱三子痛哭一场，不觉昏倒。众人急救，绍口吐鲜血不止，叹曰："吾自历战数十场，不意今日狼狈至此！此天丧吾也！"教辛评、郭图随袁谭前往青州；袁熙仍回幽州，高干仍回并州。袁绍引袁尚等入冀州养病，令尚与审配、逢纪暂掌军事。

一知居主人曰：

曹操和袁绍这一战，刀光剑影，血流成河，场面宏大。只是苦了袁绍，刚刚恢复的些许元气再次大伤，惶惶如惊弓之鸟。

曹操重赏三军。众皆劝操急攻袁绍。操曰："冀州粮食极广，审配又有机谋，未可急拔。现今禾稼在田，恐废民业，姑待秋成后取之未晚。"正议间，忽荀彧有书到，报说："刘备在汝南得刘辟、龚都数万之众。闻丞相提军出征河北，乃令刘辟守汝南，备亲自引兵乘虚来攻许昌。丞相可速回军御之。"操大惊，留曹洪屯兵河上，虚张声势。操自提大兵往汝南来迎刘备。

一知居主人曰：

曹操没有听众人之劝继续追击，曹操说"现今禾稼在田，恐废民业，姑待秋成后取之未晚"。这和战前曹操所传军令"如有下乡杀人家鸡犬者，如杀人之罪"如出一辙，意在爱民惜民。正好荀彧来书说刘备攻许昌，曹操遂往刘备方向而来。

玄德欲袭许都。正遇曹兵杀来，玄德于穰山下寨，军分三队。曹操兵至，玄德鼓噪而出。操布成阵势。玄德出马于门旗下。操以鞭指骂曰："吾待汝为上宾，汝何背义忘恩？"玄德曰："汝托名汉相，实为国贼！吾乃汉室宗亲，奉天子密诏，来讨反贼！"操大怒，教许褚出战。玄德背后赵云挺枪出马。二将相交三十合，不分胜负。

忽然喊声大震，关羽和张飞分别从东南角和西北角上冲突而来。三处一齐掩杀。曹军远来疲困，大败而走。玄德得胜回营。

一知居主人曰：

刘备力量稍大一些，就开始想收拾曹操。按说曹操军力要比刘备大得多，曹操这次却是败了，主要原因还在于曹军远来疲困、刘备部却是有备而等。

场上，刘备"于马上朗诵衣带诏"，雄赳赳、气昂昂，高声大嗓门，全然没有此前的怯懦之形。谁知，好景不长，刘备又开始颠沛流离、仗剑走天涯，寄人篱下。

忽报龚都运粮被曹军围住，玄德令张飞去救。又报夏侯惇径取汝南，玄德急遣云长救之。不一日，飞马来报夏侯惇已打破汝南，刘辟弃城而走，云长现今被围。玄德大惊。又报张飞去救龚都，也被围住。忽报寨外许褚搦战。玄德不敢出战，候至天黑离寨，转过土山，火把齐明，山上大呼曰："休教走了刘备！丞相在此专等！"玄德慌寻走路。赵云挺枪跃马，杀开条路，玄德掣双股剑后随。正战间。许褚追至，与赵云力战。背后于禁、李典又到。玄德落荒而走。

一知居主人曰：

"次日，又使赵云搦战。操兵旬日不出。玄德再使张飞搦战，操兵亦不出。玄德愈疑。"可惜刘备没有猜透。其实这些日子，曹操并没有闲着，而是安排兵马去打扫外围战场。转眼之间，变被动为主动，刘备反而开始穷于应付。

捱到天明，玄德侧首一军冲出，刘辟引败军千余骑，护送玄德家小前来。孙乾、简雍、糜芳亦至，诉说："夏侯惇军势甚锐，因此弃城而走。曹兵赶来，幸得云长挡住，因此得脱。"玄德曰："不知云

管窥《三国》上

长今在何处？"刘辟曰："将军且行，却再理会。"行到数里，前面张郃拥出，大叫："刘备快下马受降！"玄德方欲退后，只见山头上红旗磨动，高览从山坞内拥出。玄德欲拔剑自刎，刘辟急止之曰："容某死战，夺路救君。"言讫，与高览交锋。战不三合，被高览一刀砍于马下。玄德正慌，方欲自战，高览后军忽然自乱，赵云冲阵而来，枪起处，高览翻身落马。

一知居主人曰：

玄德两头无路，仰天大呼曰："天何使我受此窘极耶！事势至此，不如就死！"这一番自言自语与前面袁绍所言有些类似。此时此地，想来刘备也有些后悔，本来属于"小富"，可偏安汝南，也会自在一段时间，偏偏不自量力，要取许都。毕竟手里握着的是鸡蛋，曹操是坚硬的石头。

本段文字中只是说"高览翻身落马"，却没有说死了，后面并没有再出场。

玄德大喜。云挺枪杀散后队，又来前军独战张郃。郃与云战三十余合，拨马败走。云乘势冲杀，被郃兵守住山隘，路窄不得出。正夺路间，只见云长等引三百军到。两下相攻，杀退张郃。各出隘口，占住山险下寨。玄德使云长寻觅张飞。原来张飞去救龚都，龚都已被夏侯渊所杀。飞奋力杀退夏侯渊，迤逦赶去，却被乐进围住。云长路逢败军，寻踪而去，杀退乐进，与飞同回见玄德。人报曹军大队赶来，玄德教孙乾等保护老小先行。玄德与关、张、赵云在后，且战且走。操见玄德去远，收军不赶。玄德败军不满一千，狼狈而奔。

一知居主人曰：

关、张、赵再勇猛无比，也架不住群狼！况且还带着一些文臣、家属。如此拖家带口，自然会分了大将们的心。所有给人一种感觉，

三人一直处于仓皇自保状态。

读这三节,感觉如蒙太奇一般,节奏相当快!

前至汉江,玄德权且安营。土人知是玄德,奉献羊酒,乃聚饮于沙滩之上。玄德叹曰:"诸君皆有王佐之才[①]**,不幸跟随刘备。备之命窘,累及诸君。今日身无立锥,诚恐有误诸君。君等何不弃备而投明主,以取功名乎?"众皆掩面而哭。云长曰:"兄言差矣。昔日高祖与项羽争天下,数败于羽;后九里山一战**[②]**成功,而开四百年基业。胜负兵家之常,何可自隳其志!"**

一知居主人曰:

稍微修整,刘备便开始总结,自责感慨,说大家不妨散了,各投明主,免得耽误你们的前程。大家很感动,"众皆掩面而哭"。这一次是大家哭了、刘备没哭。这种情况,按说,应该谋士出面安慰刘备,却是关羽以高祖和项羽事情规劝刘备,出人意料。张飞不可能这样说,因为从来不见张飞读书。

孙乾提出"刘景升坐镇九郡,兵强粮足,更且与公皆汉室宗亲,何不往投之?"玄德曰:"但恐不容耳。"乾曰:"某愿先往说之,使景升出境而迎主公。"玄德大喜,便令孙乾星夜往荆州。

---

① 王佐之才:是指某人(或谋臣)具有非凡的治国能力。出自《汉书·董仲舒传》。王佐,即为"佐王"(古汉语倒装)。王,君主或帝王,多指国家元首;佐,辅佐;才,才干、能力、智谋。

② 九里山之战:九里山为今徐州西北角。刘邦和项羽曾两次在这里进行激烈战斗。公元前205年,汉王刘邦袭彭城,与楚霸王大战,惨败,死者众,淮水为之不流。公元前202年,楚汉决战于九里山,张良夜里吹箫瓦散楚兵,韩信领兵占了彭城。楚汉势力对比发生重大变化。关羽所言应是后面一战。

一知居主人曰：

关键时候，还得孙乾出力。孙乾说出可"使景升出境而迎主公"。自己一帮人处于落魄之中，要去人家屋檐下，却要让人出境而迎，不知这种自信出自哪里？莫非在于刘备皇叔的身份？后面孙乾还真成功了，刘表亲自出郭三十里迎接。

孙乾见刘表，乾曰："刘使君天下英雄，虽兵微将寡，而志欲匡扶社稷。汝南刘辟、龚都素无亲故，亦以死报之……今使君新败，欲往江东投孙仲谋。荆州刘将军礼贤下士，士归之如水之投东，何况同宗乎？"表大喜曰："玄德，吾弟也。久欲相会而不可得。今肯惠顾，实为幸甚！"蔡瑁谮曰："不可。刘备先从吕布，后事曹操，近投袁绍，皆不克终①**，足可见其为人……不如斩孙乾之首，以献曹操，操必重待主公也。"孙乾正色曰："前此相从，不得已也。今闻刘将军汉朝苗裔，谊切同宗，故千里相投。"刘表叱蔡瑁。蔡瑁惭恨而出，刘表命孙乾先往报玄德，亲自出郭三十里迎接。玄德见表，执礼甚恭。表亦相待甚厚。玄德引关、张等拜见刘表，同入荆州。**

一知居主人曰：

看孙乾说刘表辞，先说刘备有本事，当下只是小不如意，还编了"今使君新败，欲往江东投孙仲谋"，有"此地不留爷，自有留爷处"的架势，自然不忘吹嘘刘备一番，不卑不亢，有根有据，不像是投靠之人，倒像是来给刘表做好事的。

没想到，刘表也正有此意。只是那蔡瑁并不高兴。要知道，当年刘备投袁绍，是刘备一个人，匹马单枪，成不了气候。这一次，

---

① 克终：谓善终。《三国志·蜀志·马良传》："其人吉士，荆楚之令，鲜于造次之华，而有克终之美。"

刘备来投刘表，却是一个庞大的群体，是有能力"浑水摸鱼"的。蔡瑁担心不是没有道理。

曹操知玄德已投奔刘表，要攻之。程昱曰："袁绍未除，而遽攻荆襄，倘袁绍从北而起，胜负未可知矣。不如还兵许都，养军蓄锐，待来年春暖，然后引兵先破袁绍，后取荆襄。南北之利，一举可收也。"操然其言，提兵回许都。次年春正月，操复商议兴兵，亲统大军前赴官渡屯扎。

一知居主人曰：

曹操要追刘备，被程昱制止。说当下相比，袁绍对曹操的危险更大。言外之意，就是刘备新败，投了刘表。刘表懦弱，一时半会儿不会掀起什么浪来。两者选其重，还是要先收拾袁绍。曹操比较善于纳谏，从了。

次年，出兵袁绍之前，先派大将夏侯惇、满宠镇守汝南，防刘表、刘备来袭，见其细心。仍留荀彧留许都，见曹操对荀彧的信任和厚爱。

第三十二回
夺冀州袁尚争锋　决漳河许攸献计

袁绍今方稍愈，议攻许都。审配谏曰："军心未振，尚当深沟高垒，以养军民之力。"正议间，报曹操来攻冀州。绍曰："吾当自领大军出迎。"袁尚曰："父亲病体未痊，不可远征。儿愿提兵前去迎敌。"绍许之，并使人往请袁谭、袁熙、高干，同破曹操。袁尚自斩史涣之后，自负其勇，不待袁谭等兵至，自引兵出黎阳，与曹军前队相迎。张辽当先出马，袁尚挺枪来战，不三合，大败，急急奔回冀州。

一知居主人曰：

袁绍身体方愈，就要讨伐曹操，报仇之心仍在，说明袁绍和曹操之间的矛盾无法化解。不想曹操主动来攻。袁绍要亲自出迎，袁尚主动请战，袁绍马上同意，是有意让袁尚立战功、树威信。

袁尚上次打了胜仗之后，可能觉得自己非常了得。不想这次遭遇张辽，不出三合就大败而回。袁绍"又受了一惊，旧病复发，吐血数斗，昏倒在地"。正是袁尚本想孝顺一下，却适得其反，反而加速了父亲的死亡。

袁绍病势渐危。刘夫人急请审配、逢纪至袁绍榻前，商议后事。绍但以手指而不能言。刘夫人曰："尚可继后嗣否？"绍点头。审配

便就榻前写了遗嘱。绍翻身大叫一声,又吐血斗余而死。袁绍既死,刘夫人便将袁绍所爱宠妾五人尽行杀害。审配、逢纪立袁尚为大司马将军,领四州牧,遣使报丧。

一知居主人曰:

看袁绍之死,实在昏昏闷闷、窝囊至极。袁绍已经不能言,即使不愿意让袁尚为大将军,已经无法掌握局面,也唯有点头。

刘夫人本该守丧,却首先收拾袁绍所爱宠妾五人,且"髡其发,刺其面,毁其尸",足见此妇人之恶毒、自私。袁尚不但不制止,反而助纣为虐,"恐(袁绍)宠妾家属为害,并收而杀之"。

袁谭知父死,与郭图、辛评商议。图曰:"主公不在冀州,审配、逢纪必立显甫为主矣。当速行。"辛评曰:"审、逢二人,必预定机谋。今若速往,必遭其祸。"郭图曰:"可屯兵城外,观其动静。某当亲往察之。"谭依言。郭图遂入冀州,见袁尚。尚问:"兄何不至?"图曰:"因抱病在军中,不能相见。"尚曰:"吾受父亲遗命,立我为主,加兄为车骑将军。目下曹军压境,请兄为前部,吾随后便调兵接应也。"

一知居主人曰:

毛宗岗先生读至此处,说"尚既僭立,谭不奔丧;尚固不弟,谭亦不子"。窃以为有些欠妥。袁谭明知道此时入冀州,等于往火坑里跳,故不去奔丧可以理解。再看后面,曹操去世之后,曹丕对诸兄弟的做法,便可知袁谭若入冀州的后果。

袁尚不让袁谭入城奔丧,直接任命其为车骑将军,前去应战曹操,倒是有些不合情理了。

袁尚直接让兄长迎战曹操。郭图提出军中无人商议良策,要审配、逢纪为辅。尚曰:"吾亦欲仗此二人早晚画策,如何离得!"图说:"然

则于二人内遣一人去,何如?"尚不得已,乃令二人拈阄,拈着者便去。逢纪拈着,遂同郭图赴袁谭军中。纪至谭军,见谭无病,心中不安,献上印绶。谭大怒,欲斩逢纪。郭图密谏曰:"只款留逢纪在此,以安尚心。待破曹之后,却来争冀州不迟。"谭从其言。

一知居主人曰:

郭图在本节中既奸又滑。郭图提出要审配、逢纪随军,目的很明确,就在于削弱袁尚的左右。袁尚开始并不答应。郭图退而求其次,提出两个人去一个。没想袁尚竟然同意了。真是有其父必有其子。

审配和逢纪,两人谁去袁谭处,通过抓阄确定,有些过于儿戏了吧。想来审配、逢纪二人心中也不会高兴,因为自己只不过是袁尚手中的一个阄矣,自己被别人卖了还在替人家瞎操心!

袁谭拔寨起行,与曹军相抵。谭遣汪昭出战。徐晃迎敌。战不数合,汪昭被徐晃斩于马下。谭军大败,入黎阳,求救于尚。尚与审配发兵五千余人相助。曹操遣乐进、李典引兵于半路两头围住尽杀之。袁谭知后大怒,责骂逢纪。纪曰:"容某作书致主公,求其亲自来救。"纪作书,谭遣人致袁尚。配曰:"郭图多谋,前次不争而去者,为曹军在境也。今若破曹,必来争冀州矣。不如不发救兵,借操之力以除之。"尚从其言,不肯发兵。使者回报,谭大怒,立斩逢纪,议欲降曹。

一知居主人曰:

袁谭大败求救,袁尚开始只是派了五千余人,还算有点良心。再次求救,竟然不再发兵,逢纪随即被斩,成了袁谭的撒气桶。说逢纪之死,与审配有关系,有一定道理。因为审配肯定会预测到这一结果。

审配第二次提议不再发兵,且明说要"借操之力以除之"。目的

很明确，在于确保袁尚的地位，不失为一条计谋。袁尚竟然同意，但是要知道两人同父异母，这哪里有骨肉之情啊！

细作密报袁尚说袁谭有降曹之意。尚与审配议曰："使谭降曹，并力来攻，则冀州危矣。"乃留审配并苏由固冀州，自领大军来黎阳救谭。大将吕旷、吕翔兄弟二人愿为前部。尚点兵三万，先至黎阳。谭闻尚自来，大喜，遂罢降曹之议。随后袁熙、高干到城外，屯兵三处，每日出兵与操相持。尚屡败，操兵屡胜。

一知居主人曰：

袁尚第一次发兵，第二次却不发兵。这一次袁谭没有求救，袁尚只是风闻其要降曹，却主动发兵，且亲自出马。这主儿忽而东，忽而西，做事情欠考虑，哪里是"一把手"之作为？"谭屯兵城中，尚屯兵城外，为掎角之势"，虽在兵法上属于互为响应，但是袁尚并不入黎阳城，想来袁尚是怕遭袁谭暗算。要知道这次审配没有随从，袁尚更无主见。

袁谭前一会儿想降曹，这一会儿又决定不降了。曹操知道了，心中必不是滋味。

建安八年春二月，操分路攻打，袁谭、袁熙、袁尚、高干皆大败，弃黎阳而走。操引兵追至冀州，谭与尚入城坚守；熙与干离城三十里下寨，虚张声势。操兵连日攻打不下。郭嘉提出不如南下荆州讨刘表，"以候袁氏兄弟之变。变成而后击之，可一举而定也"。操善其言，命贾诩守黎阳，曹洪守官渡。操引大军向荆州进兵。

一知居主人曰：

袁氏兄弟一方大败，袁尚、袁谭两人入了冀州城，袁熙在城外。要知道袁尚长期在冀州城，其实力和影响要大一些。郭嘉见冀州久

攻不下，便提出南下攻刘表，他知道"袁氏废长立幼，而兄弟之间，权力相并，各自树党，急之则相救，缓之则相争"。静等袁谭、袁尚兄弟自相残杀，再回头轻而易举收拾残局。此计甚妙！后面果然如此！

袁谭与郭图、辛评议曰："我为长子，反不能承父业；尚乃继母所生，反承大爵。心实不甘。"图曰："主公可勒兵城外，只做请显甫、审配饮酒，伏刀斧手杀之，大事定矣。"适别驾王修自青州来，谭告之。修曰："兄弟者，左右手也。今与他人争斗，断其右手，而曰我必胜，安可得乎？夫弃兄弟而不亲，天下其谁亲之？"谭怒。使人去请袁尚。尚与审配商议。配曰："此必郭图之计也。主公若往，必遭奸计，不如乘势攻之。"尚遂引兵五万出城。袁谭见袁尚引军来，情知事泄。尚见谭大骂。谭亦骂曰："汝药死父亲，篡夺爵位，今又来杀兄耶！"二人亲自交锋，袁谭大败，奔平原，尚收兵还。

一知居主人曰：

"谭、尚知曹军自退，遂相庆贺"，有点兄弟同心，其利断金。只可惜昙花一现，转眼之间，兄弟就变了脸。如有外患，兄弟往往能同仇敌忾；没有外患，则兄弟要相互清算！若外患再来，兄弟却无法再和好如初矣！

袁谭、袁尚果然中曹操、郭嘉之计。若袁绍地下有知，怕也羞愧难当，毕竟是自己生前所铸的错，所种下的因，导致今日兄弟相残。"尚亲冒矢石，冲突掩杀。"看来，袁尚这人战兄长比战曹操还拼命呢！

本节中穿插别驾王修一节。王修来也忽也，去也忽也。袁谭主动将自己欲宴杀袁尚、审配一事告知王修。王修只是说了真实想法，希望袁谭"彼谗人离间骨肉，以求一朝之利，愿塞耳勿听也"。被叱退，并不见下文。有人说王修告密，但也只是猜测，毕竟书中并无实证。

在第三十三回中，王修再次出现，只是那时袁谭已经为曹操所杀，他是出来哭袁谭的。

袁谭与郭图再议进兵。尚自引兵出冀州。两阵对圆，岑璧出骂阵。尚手下吕旷来。战无数合，旷斩岑璧于马下。谭兵又败，再奔平原。审配劝尚进兵，追至平原。谭抵挡不住，退入平原，坚守不出。尚三面围城攻打。谭与郭图计议。图曰："今城中粮少，彼军方锐，势不相敌。愚意可遣人投降曹操，使操将兵攻冀州，尚必还救。将军引兵夹击之，尚可擒矣。若操击破尚军，我因而敛其军实以拒操。操军远来，粮食不继，必自退去。我可以仍据冀州，以图进取也。"谭从其言。

一知居主人曰：

袁谭计划自己先投降曹操，与曹操联合夹击灭了自家兄弟袁尚，最后再将曹操撵走，自己坐享其成。可以说计划很丰满，只是现实太骨感。套用民间有句话，"想得美"！当下袁谭之实力，抗袁尚尚不过，更不要说对付老谋深算的曹操了。如果真是这样，那曹操就太小儿科了。论起辈分，曹操当是袁谭之叔辈，要知道姜还是老的辣！不过，此计划与前面郭嘉所献计谋有点类似，不过适用对象不同而已！

袁谭确定降曹，修书一封，命辛评之弟辛毗出使。毗星夜赍书往见曹操，时操屯军西平，未及与刘备交锋。辛毗见操，具言袁谭相求之意。操看书毕，聚文武计议。程昱曰："袁谭被袁尚攻击太急，不得已而来降，不可准信。"吕虔、满宠亦曰："丞相既引兵至此，安可复舍表而助谭？"荀攸曰："以愚意度之，天下方有事，而刘表坐保江、汉之间，不敢展足，其无四方之志可知矣。袁氏据四州之地，

带甲数十万，若二子和睦，共守成业，天下事未可知也。今乘其兄弟相攻，势穷而投我，我提兵先除袁尚，后观其变，并灭袁谭，天下定矣。此机会不可失也。"操大喜。

一知居主人曰：

对于袁谭要降一事，曹操手下看法并不一致。程昱说根本不要相信；吕虔、满宠说既来之、则安之，先收拾刘表；荀攸说，正是定北方四州的绝佳机会。曹操只是大喜，却没有直接表态，而是要听听辛毗怎么说。

不知作者是否故意安排，近期一连出现三对兄弟关系：袁谭和袁尚；吕旷和吕翔；辛评和辛毗。但三者关系却有很大之别。第一组正在互斗；第二组还算团结；第三组却是各有心思，一心向袁，一心向曹。

曹操邀辛毗饮酒，问袁谭是真降还是假降、袁尚的军队真的不可战胜？毗对曰："袁氏连年丧败，兵革疲于外，谋臣诛于内；兄弟谗隙，国分为二；加之饥馑并臻，天灾人困。无问智愚，皆知土崩瓦解，此乃天灭袁氏之时也。今明公提兵攻邺，袁尚不还救，则失巢穴；若还救，则谭踵袭其后。以明公之威，击疲惫之众，如迅风之扫秋叶也……况四方之患，莫大于河北。河北既平，则霸业成矣。愿明公详之。"操大喜曰："恨与辛佐治相见之晚也！"即日督军还取冀州。

一知居主人曰：

郭图向袁谭荐辛毗出使曹操，是说降曹操之事，现在辛毗反倒为曹操分析局势，献上灭袁氏之计，未免让人寒心。是郭图看错人？还是郭图故意？想来是前者。因有"有病乱投医"一语，郭图瞎眼矣！袁氏之灭，急剧加速。

袁谭降曹，要与曹操夹击袁尚，倒是救了刘备一次。只是好时

光不长，曹操定了四州之后，未加休整，又直接收拾刘备。

袁尚知曹军渡河，急引军还邺，命吕旷、吕翔断后。袁谭赶来，被吕旷、吕翔兄弟截住。谭曰："吾父在日，吾并未慢待二将军，今何从吾弟而见逼耶？"二将闻言，下马降谭。谭曰："勿降我，可降曹丞相。"二将因随谭归营。谭候操军至，引二将见操。谭请操攻取冀州。操曰："方今粮草不接，搬运劳苦，我由济河，遏淇水入白沟，以通粮道，然后进兵。"令谭且居平原。

一知居主人曰：

袁谭一句话竟然能招降为袁尚断后的吕氏兄弟，说明此二人毕竟是袁绍旧将，并非真心服从袁尚。

袁谭携吕氏二兄弟降曹，曹操处理方式却是不尽相同。"操大喜，以女许谭为妻，即令吕旷、吕翔为媒"，"封吕旷、吕翔为列侯，随军听用"。后面可以看到，曹操答应袁谭的是虚的，有望梅止渴之似，对吕氏兄弟却是真金白银。不过，曹操将袁谭和吕氏兄弟分开，也是出于拆散他们的考虑。

郭图谓袁谭曰："曹操以女许婚，恐非真意。今又封赏吕旷、吕翔，带去军中，此乃牢笼河北人心。后必终为我祸。主公可刻将军印二颗，暗使人送与二吕，令作内应。"谭依言，遂刻将军印二颗，暗送与二吕。二吕受讫，径将印来禀曹操。操大笑曰："谭暗送印者，欲汝等为内助，待我破袁尚之后，就中取事耳。汝等且权受之，我自有主张。"自此曹操便有杀谭之心。

一知居主人曰：

郭图第一时间看出曹操的真实用意，却是没有看透一起来降的吕氏兄弟。袁谭用军印两颗来试探、安抚和拉拢吕氏兄弟，并告诉

了降曹的真实意图。不等将来郭图"待操破了袁尚,可乘便图之",吕氏兄弟径直来告诉了曹操,这说明吕氏兄弟从袁谭也非真心实意,至此正好过河拆桥。曹操知道实底,并没有立即行动,没有声张,真是老谋深算。唯独袁谭和郭图犹在梦中!

袁尚与审配商议之后,使尹楷屯毛城;沮授之子沮鹄守邯郸;审配与陈琳守冀州。袁尚以马延、张顗为先锋,连夜起兵攻打袁谭。谭知尚来近,告急于操。操曰:"吾今番必得冀州矣。"正说间,适许攸自许昌来,闻尚又攻谭,入见操曰:"丞相坐守于此,岂欲待天雷击杀二袁乎?"操笑曰:"吾已料定矣。"遂令曹洪先进兵攻邺,操自引一军来攻尹楷。

一知居主人曰:

曹操大兵压境,袁尚、审配不说先战曹操,却仍是要先战袁谭。可能认为曹操实力太大,不好应付。袁谭实力较弱,先拿下再说。兄弟相争,让曹操、许攸等笑话不已。许攸忽然自许昌来,自有帮助曹操之意,毕竟他对袁绍一方十分熟稔。当然,许攸也没有想到,自己再无回许昌的机会了。

曹操兵临本境,楷来迎。楷出马,操曰:"许仲康安在?"许褚应声而出,纵马直取尹楷。楷措手不及,被许褚一刀斩于马下。余众尽被操招降。兵取邯郸。沮鹄来迎。张辽出马,战不三合,鹄大败,辽从后追赶。辽急取弓射之,应弦落马。操指挥掩杀,众皆奔散。

一知居主人曰:

尹楷来战,曹操点名道姓让许褚出马。许褚不负曹操厚望,干脆麻利,斩了尹楷。曹操此举,颇为自信。后面张辽却没有了这种待遇。似乎作者在此有某种暗示,与后面许褚斩杀许攸有关。

本节中，沮授之子沮鹄为张辽所杀，父子尽为袁家尽忠。《三国演义》中这种例子并不少。

操抵冀州。 操令三军绕城筑起土山，又暗掘地道以攻之。审配设计坚守，法令甚严。东门守将冯礼因酒醉有误巡警，配痛责之。冯礼怀恨，潜地出城降操。操问破城之策，礼曰："突门①内土厚，可掘地道而入。"审配每夜亲自登城点视军马。当夜望见城外无灯火。配曰："冯礼必引兵从地道而入也。"急唤精兵运石击突闸门，门闭，冯礼及三百壮士皆死于内。操折了这一场，遂罢地道之计。

一知居主人曰：

曹操攻冀州，与前面审配筑山、挖地道攻曹，如出一辙。难道曹操就没有别的办法了？

冯礼出走降曹，与前面吕布手下侯成降曹过程基本相似，都是因为酒醉误事被责，不满而走。冯礼献计掘地道（实际上曹操正在进行中）入城，并亲自带队。冯礼只为立头功，却不料审配技高一筹，冯礼失败身死，只可惜那三百人陪葬了。

袁尚闻冀州被困，乃掣兵回救。 部将马延献计。尚从其言，自领大军先行。早有细作去报曹操。操曰："彼若从大路上来，吾当避之；若从西山小路而来，一战可擒也。吾料袁尚必举火为号，令城中接应。吾可分兵击之。"于是分拨已定。袁尚至阳平亭，离冀州十七里，一边靠着滏水。尚令军士堆积柴薪干草，至夜焚烧为号。遣李孚扮作曹军都督，直至城下。审配认得是李孚声音，放入城中，说袁尚等

---

① 突门：正式城门以外的秘密出口。《墨子·备突》："城百步一突门，突门各为窑灶。"孙诒让间诂："此城内所为以备敌者。"

候接应，约举火为号。

一知居主人曰：

兄弟相杀正热闹，不想曹操先后破了尹楷、沮鹄，围困了冀州，袁尚不得不回援老窝。这种情况发生，彻底打乱了袁尚的计划，进入被动。李孚扮曹军入城见审配，此计可谓聪明。只是相约举火为号，早已被曹操猜透，袁尚、审配却不知。

李孚献计出城，审配从其论。次日，城上竖起冀州百姓投降白旗。操曰："此是城中无粮，教老弱百姓出降，后必有兵出也。"操教张辽、徐晃各引军伏于两边。操自乘马张麾盖至城下，果见城门开处，百姓手持白旗而出。百姓才出尽，城中兵突出。操教将红旗招张辽、徐晃齐出乱杀，城中兵只得复回。操自飞马到吊桥边，城中弩箭如雨，射中操盔，险透其顶。众将急救回阵。

一知居主人曰：

李孚提出"发老弱残兵并妇人出降，彼必不为备，我即以兵继百姓之后出攻之"。如此以平民百姓为挡箭牌，有些太损。只是此计早早被曹操识破，曹操等百姓过后，就让张辽、徐晃杀出，袁兵不得不回城。不过，曹操断断没有料到，和上次下邳城被陈宫射中麾盖一样，被射中头盔，好在有惊无险！

操更衣换马，来攻尚寨，尚自迎敌。两军混战，袁尚大败。尚引退往西山下寨，令人催马延、张颌军来。不知曹操已使二吕招安了二将。曹操即日进兵攻打西山，先使二吕、马延、张颌截断袁尚粮道。尚夜走滥口。安营未定，四下火光并起，伏兵齐出，军大溃，退走五十里，势穷力极，只得遣阴夔至操营请降。操佯许之，却连夜使张辽、徐晃劫寨。尚尽弃印绶等，望中山而逃。

一知居主人曰：

曹操再次来战袁尚，"更衣换马"。更衣是必需的，为何换马？前面文字并未提及战马受伤，不知其意何在。

袁尚本指望马延、张颛来帮忙，不想二将已经被二吕招安降曹。救星转眼成了对手，防不胜防。曹操立马"封二将为列侯"，又立马遣二将和二吕直接进入战场，你们自己人和自己人斗吧，越激烈越好。曹操这样做实在有点太坏、太阴、太损。这四位将官也无可奈何，硬着头皮也要上，谁让咱投降了人家呢？

有人说，曹操假意接受袁尚来降，却又派张辽、徐晃劫了人家寨子，实在不仁义、不地道。其实曹操所为完全可以理解。袁谭已经来降（虽非真意），再答应袁尚来降，万一两兄弟成为同盟，曹营必会大乱。曹操早已下定决心收拾袁谭，决不允许有人来帮助他。

操回军攻冀州。许攸献计曰："何不决漳河之水以淹之？"操然其计，先差军于城外掘壕堑，周围四十里。审配在城上见操军在城外掘堑，却掘得甚浅。配暗笑曰："此欲决漳河之水以灌城耳。壕深可灌，如此之浅，有何用哉！"遂不为备。当夜曹操添十倍军士并力发掘，比及天明，广深二丈，引漳水灌之。

一知居主人曰：

许攸本是袁绍手下，今日却献计水淹冀州城，未免太狠。因为此计若成，最终受伤害最深的还是老百姓。也怪审配有些大意，以至于"城中水深数尺。更兼粮绝，军士皆饿死"。文中并没写百姓如何，或许作者认为，百姓淹、饿致死皆在意料之中，故不必言。

辛毗用枪挑袁尚印绶衣服，招安城内之人。审配大怒，将辛毗家属老小尽斩于城上，将头掷下。辛毗号哭不已。审配之侄审荣，

素与辛毗相厚，见辛毗家属被害，心中怀忿，乃密写献门之书，拴于箭上射下城来。军士拾献辛毗，毗将书献操。次日天明，审荣大开西门，放曹兵入。辛毗跃马先入，军将随后，杀入冀州。审配在东南城楼上，见操军已入城中，引数骑下城死战，正迎徐晃交马，为徐晃生擒。

一知居主人曰：

辛毗投降曹操，想必袁氏一方多数人已经知道。打仗本来是武将们的事情，辛毗躲在曹操营中即可。可他偏偏来到阵前逞能，羞辱袁尚，结果惹恼了审配。审配全然不顾辛评的面子，"将辛毗家属老小八十余口，就于城上斩之"。后来，"徐晃生擒审配，绑出城来。路逢辛毗，毗咬牙切齿，以鞭鞭配首"，辛毗也算出了心中一口恶气。

人人都是叔侄一家亲，可是这次审配的侄子审荣却是看不惯叔叔杀了辛毗家小，私下致信辛毗，相约偷偷献了城门。遂致曹兵入城，审配为徐晃所拿。和此前审配以许攸的侄子有案在查，说许攸难辞其咎，最终导致许攸出走，遥相呼应，如一条黑色幽默。

本节中"操先下令：如入冀州，休得杀害袁氏一门老小"，看似有些突兀，实则在为后文中曹丕闯进袁府做铺垫。或许与审配杀辛毗全家也有关系，说明曹操考虑问题比较周密。

徐晃解配见操。操曰："汝知献门接我者乎？"配曰："不知。"操曰："此汝侄审荣所献也。"配怒曰："小儿不行，乃至于此！"操曰："昨孤至城下，何城中弩箭之多耶？"配曰："恨少！恨少！"操曰："今肯降吾否？"配曰："不降！不降！"辛毗哭拜于地要曹操杀了审配。配曰："吾生为袁氏臣，死为袁氏鬼，不似汝辈谗谄阿谀之贼！可速斩我！"操教牵出。临受刑，叱曰："吾主在北，不可使我面南而死！"乃向北跪，引颈就刃。操怜其忠义，命葬于城北。

一知居主人曰：

曹操见到审配，直言是审配之侄子审荣献了城门，是为打击一下审配的傲气。再说自己被审配射中头盔之事，也一直记在心中。尽管这样，审配还是坚持不降，最终引颈就刃，大义凛然，忠心可鉴，颇为壮烈！

曹操如何安排审配之侄审荣，书中未见记述，有点稀罕。央视版《三国演义》中却将剧情改为：审荣已知城池不可守，于是大开城门，然后当着城外曹军的面自刎身亡。实在不合情理。

操方欲随众将入城，只见刀斧手拥陈琳至。操谓之曰："汝前为本初作檄，但罪状孤可也，何乃辱及祖父耶？"琳答曰："箭在弦上，不得不发耳。"左右劝操杀之；操怜其才，乃赦之，命为从事。

一知居主人曰：

曹操对陈琳说"何乃辱及祖父耶"有调侃之意。陈琳却说"箭在弦上，不得不发耳"。似乎有一种潜台词：丞相若为弦，吾也为你发。毛宗岗先生评论此事时说，"曹操头风亏得陈琳医治，此时不杀只算谢医"，自属于调侃之语！

唐武则天赦替别人写檄文讨伐自己的骆宾王无罪，与此相似，尽在惜才。或许武则天正是受曹操本次大赦陈琳一事启发。他人姑且言之，余辈也姑且信之吧！

操长子曹丕，字子桓，时年十八岁。丕初生时，有云气一片，其色青紫，圆如车盖，覆于其室，终日不散。有望气者，密谓操曰："此天子气也。令嗣贵不可言！"丕八岁能属文，有逸才，博古通今，善骑射，好击剑。

管窥《三国》上

一知居主人曰：

战事正紧，忽然插叙曹丕经历，节奏顿时缓了下来。且故意借人之言渲染曹丕出生之况，意在说曹丕称帝命中注定！在作者描述中，曹丕几乎是完美之人！前后并不多见。

第三十三回

曹丕乘乱纳甄氏　郭嘉遗计定辽东

时操破冀州，丕随父在军中，先领随身军，径投袁绍家，下马拔剑而入。有一将当之。丕叱退，入后堂见二妇人啼哭，拔剑欲斩之。忽见红光满目，遂问"汝何人也"？后知一妇人是袁绍之妻刘氏，另一妇人袁熙之妻甄氏也。丕拖此女近前，见披发垢面。丕以衫袖拭其面而观之，对刘氏曰："吾乃曹丞相之子也。愿保汝家。汝勿忧虑。"遂按剑坐于堂上。操至绍府门下，问曰："谁曾入此门来？"守将对曰："世子在内。"操唤出责之。刘氏出拜曰："非世子不能保全妾家，愿献甄氏为世子执箕帚。"操教唤出，甄氏拜于前。操视之曰："真吾儿妇也！"

一知居主人曰：

也许命中注定曹丕和甄氏该有这段缘分。按说，丞相有命，诸人不许入绍府。但是，偏偏他是曹家大公子，谁又敢硬挡在大门之外。

曹丕"见甄氏玉肌花貌，有倾国之色"，只是说"愿保汝家。汝勿忧虑"。袁绍之妻刘氏主动向曹操提出"愿献甄氏为世子执箕帚"。此时刘氏有自保之意，袁熙非刘氏亲出，故刘氏虽是甄氏的婆婆，也未必亲近。曹操位高权重，名门望族，长子曹丕尚未结婚，而甄氏却是已婚。操看过之后，竟然同意婚事，遂令曹丕纳之，让今人

不可理解。或曰，与当时风俗并不相悖。

前面曹操要将自己之女嫁与袁绍长子袁谭为妻，最终不成；今日曹操之子却要娶袁绍次子袁熙之妻为妻，却成功了。关系有点乱。

操亲往袁绍墓下设祭，顾谓众官曰："昔日吾与本初共起兵时，本初问吾曰：'若事不辑，方面何所可据？'吾问之曰：'足下意欲若何？'本初曰：'吾南据河，北阻燕代，兼沙漠之众，南向以争天下，庶可以济乎？'吾答曰：'吾任天下之智力，以道御之，无所不可。'此言如昨，而今本初已丧，吾不能不为流涕也！"众皆叹息。一面写表申朝。操自领冀州牧。

一知居主人曰：

曹操以胜利者的身份祭奠袁绍，"再拜而哭甚哀"，好像是情深义重，实则作秀。并大庭广众之下，说出当年起家之时自己与袁绍的一番对话，有自我表扬之嫌。

"操以金帛粮米赐绍妻刘氏"，不知刘氏会有什么感想。要知道在她的撮合之下，她和曹操属于亲家。至于曹操下令"河北居民遭兵革之难，尽免今年租赋"，在于收拢民心，为今后长治久安做准备。

曹操统领众将入冀州城，许攸纵马近前，以鞭指城门而呼操曰："阿瞒，汝不得我，安得入此门？"操大笑。众将闻言，俱怀不平。一日，许褚走马入东门，正迎许攸，攸唤褚曰："汝等无我，安能出入此门乎？"褚怒曰："吾等千生万死，身冒血战，夺得城池，汝安敢夸口！"攸骂曰："汝等皆匹夫耳，何足道哉！"褚大怒，拔剑杀攸，提头来见曹操，说"许攸如此无礼，某杀之矣。"操曰："子远与吾旧交，故相戏耳，何故杀之！"深责许褚，令厚葬许攸。

一知居主人曰：

本节中，许攸一改原先的低调，似乎发疯了。曹操的小名"阿瞒"，哪里是他可以随便叫的，况且是大庭广众之下，高声大叫。

许褚杀了许攸，有"许"姓内斗之嫌。许攸之死，全在于居功自傲，不知道低调。许攸被许褚所杀，属于秀才遇着兵，再有道理，也抵不上许褚一剑。

许攸死了，曹操手下谋士会高兴，因为许攸献计最终灭袁绍，夺了他们的功劳；曹操手下武将也高兴，再也不用听许攸总是在耳旁叽叽喳喳、聒噪不已；曹操也是偷着乐，再也不会有人敢肆无忌惮地喊自己小名儿。至于曹操"深责许褚""厚葬许攸"则属于做给人看，表面文章，不可当真。人死如灯灭，反正许攸已经死翘翘了！

曹操令人遍访冀州贤士。有人推荐崔琰，说他"数曾献计于袁绍，**绍不从，因此托疾在家**"。操即召琰为本州别驾从事，而谓曰："昨按本州户籍，共计三十万众，可谓大州。"琰曰："今天下分崩，九州幅裂，二袁兄弟相争，冀民暴骨原野，丞相不急存问风俗，救其涂炭，而先计校户籍，岂本州士女所望于明公哉？"操闻言，改容谢之，待为上宾。

一知居主人曰：

要想事业兴旺，必须招纳人才。招纳人才，还需要不拘一格，不问过去，只问人品、当下和未来。曹操每到新地方，总是会重用当地人才，是其高明之处。这样省去好多麻烦，一是当地人才熟悉当地环境人文风俗，治安很快会稳下来，二是不会增加太多治理负担和成本。

崔琰出山之后，直说曹操"不急存问风俗，救其涂炭，而先计校户籍"不对，真有个性！

操已定冀州，使人探袁谭消息。时谭引兵劫掠甘陵、安平、渤海、河间等处，闻袁尚败走中山，乃统军攻之。尚无心战斗，径奔幽州投袁熙。谭尽降其众，欲复图冀州。操使人召之，谭不至。操大怒，驰书绝其婚，自统大军征之，直抵平原。

一知居主人曰：

袁家老根据地冀州已经被曹操占领，袁谭和袁尚兄弟还在外面争斗不止，真是袁绍的两个"好孩子"。幸亏老二袁熙没有参加，否则将更乱更热闹。其实，老二最吃亏，媳妇已经成了别人（曹丕）的床上人了。

曹操招袁谭，袁谭不来。知道来了没有好果子吃，怕曹操卸磨杀驴。曹操"驰书绝其婚"，其实心中就没有安排此事。正好利用这个机会，有个了结。袁谭一方早就看破此计，故不在意。

谭求救于刘表。表请玄德商议。玄德曰："今操已破冀州，兵势正盛，袁氏兄弟不久必为操擒，救之无益。况操常有窥荆襄之意，我只养兵自守，未可妄动。"表曰："何以谢之？""可作书与袁氏兄弟，以和解为名，婉词谢之。"谭得表书，知表无发兵之意，又自料不能敌操，遂走保南皮。曹操追至南皮，时天气寒肃，河道尽冻，粮船不能行动。操令百姓敲冰拽船，百姓闻令而逃。操大怒，欲捕斩之。百姓闻得，乃亲往营中投首①。操曰："汝等快往山中藏避，休被我军士擒获。"

一知居主人曰：

刘备本是在别人篱下，属于漂泊之人，如此参与刘表政事，名

---

① 投首：投案自首。《前汉书平话》卷上："楚之臣钟离昧、季布二人，赦到，投首到官者无罪，官职依旧封之。"

第三十三回　曹丕乘乱纳甄氏　郭嘉遗计定辽东

不正、言不顺，很容易遭到刘表手下人嫉妒。可是刘表偏偏请教，刘备又不得不说，难矣！

曹操在南皮招老百姓敲冰拽船，老百姓都逃跑了。曹操欲捕斩之，老百姓却来自首。曹操觉得他们可怜，但是自己"若不杀汝等，则吾号令不行；若杀汝等，吾又不忍"，左右为难。最后给他们提出要求，"百姓皆垂泪而去"。看来，残暴的家伙，也有其可爱的一面。

袁谭引兵出城，与曹军相敌。两阵对圆，操出马以鞭指谭而骂曰："吾厚待汝，汝何生异心？"谭曰："汝犯吾境界，夺吾城池，赖吾妻子，反说我有异心耶！"操大怒，使徐晃出马。谭使彭安接战。两马相交，不数合，晃斩彭安于马下。谭军败走，退入南皮。操遣军四面围住。谭着慌，使辛评见操约降。操曰："袁谭小子，反覆无常，吾难准信。汝弟辛毗，吾已重用，汝亦留此可也。"评曰："丞相差矣。"操知其不可留，乃遣回。评回见谭，言操不准投降。谭叱曰："汝弟现事曹操，汝怀二心耶？"评闻言，气满填胸，昏绝于地。谭令扶出，须臾而死。谭亦悔之。

一知居主人曰：

两军阵上，曹操与袁谭对话，和当年与袁绍对话，意思相近！只是言语之中有"赖吾妻子"，明显有些不妥。因为甄氏是袁谭之弟袁熙的妻子。本回最初已经有过交代。

曹操挽留辛评，出自真心，只是辛评"某闻主贵臣荣，主忧臣辱。某久事袁氏，岂可背之"，谁知回去之后，还是遭到袁谭误解，被冷嘲热讽一番之后气愤而死。袁谭既然不相信辛评，又何必让他出使曹操！袁谭真是有些发昏！至此其手下谋士，只剩下郭图一人，袁谭之灭，已现端倪。

郭图献计与谭，来日出城战曹。谭从其言。当夜尽驱南皮百姓，皆执刀枪听令。次日平明，大开四门，军在后，驱百姓在前，一齐拥出，直抵曹寨。自辰至午，胜负未分，操见未获全胜，弃马上山，亲自击鼓。谭军大败。曹洪奋威突阵，正迎袁谭，举刀乱砍，谭竟被曹洪杀于阵中，郭图急驰入城中。乐进望见，拈弓搭箭，射下城壕，人马俱陷。操引兵入南皮，安抚百姓。袁熙部将焦触、张南倒戈卸甲，特来投降。操封为列侯。

一知居主人曰：

冀州城中，李孚和审配曾经先驱百姓出城，而后士兵跟着突围。这次郭图、袁谭出南皮城，再用此计。上一次早早被曹操识破，众百姓无碍。可惜这一次百姓没有上一次幸运，"百姓被杀者无数"。

本次"两军混战，自辰至午，胜负未分，杀人遍地"，场面可以想象。曹操也是杀得性起，亲自击鼓助威。最终袁谭为曹洪所杀，郭图被乐进射死。袁谭这一支人马最终灰飞烟灭矣！

曹操下令将袁谭头挂北门外号令，敢有哭者斩。青州别驾王修布冠衰衣，哭于头下。左右拿来见操。操曰："汝知吾令否？"修曰："知之。"操曰："汝不怕死耶？"修曰："我生受其辟命①，亡而不哭，非义也。畏死忘义，何以立世乎！若得收葬谭尸，受戮无恨。"操曰："河北义士，何其如此之多也！可惜袁氏不能用！若能用，则吾安敢正眼觑此地哉！"遂命收葬谭尸，礼修为上宾。因问之曰："今袁尚已投袁熙，取之当用何策？"修不答。操曰："忠臣也。"操用郭嘉其言，随差袁氏降将焦触、张南等分三路进攻幽州；使李典、乐进会合张燕，

---

① 辟命：意思是征召、任命。《后汉书·贾逵传》："均字少宾，安贫好学，隐居教授，不应辟命。"

打并州，攻高干。袁尚、袁熙弃城引兵，星夜奔辽西投乌桓去了。

一知居主人曰：

青州别驾王修前面力劝袁谭不要兄弟相残，被袁谭骂了一通，转眼没有了消息。这次忽然出来哭袁谭，出人意料。他是什么时候来到南皮，书中也未交代。

曹操问王修何以如此，王修义正辞严。不免让人想起前面董卓之死，暴尸于市，蔡邕曾有一哭。曹操被王修之言感动，允许其为袁谭收尸，并"以为司金中郎将"。问及王修下一步如何收拾袁尚、袁熙。王修并不答，有主见。后面徐庶进曹营，与之类似。

幽州刺史乌桓触聚众官议背袁向曹之事。乌桓触先言："吾知曹丞相当世英雄，今往投降，有不遵令者斩。"依次歃血，循至别驾韩珩。珩乃掷剑于地，大呼曰："吾受袁公父子厚恩，今主败亡，智不能救，勇不能死，于义缺矣！若北面而降操，吾不为也！"众皆失色。乌桓触曰："事之济否，不待一人。韩珩既有志如此，听其自便。"乌桓触乃出城径来降操。操大喜，加为镇北将军。

一知居主人曰：

乌桓触背袁向曹，属于自保，也是不得不采取的明智之举。虽然乌桓触当场明示"有不遵令者斩"，但是韩珩大呼反对，最终乌桓触还是"推珩而出"，放了韩珩，说明乌桓触还是比较人性化的，道不同不相为谋！

忽探马报乐进等攻打并州，高干守住壶关口，不能下。操自勒兵前往。操集众将共议。荀攸曰："若破干，须用诈降计方可。"操然之。唤降将吕旷、吕翔，附耳低言如此如此。吕旷等引军数十，直抵关下，说二人不得已而降曹。曹操为人诡谲，薄待他们，今还扶旧主。

请开关相纳。高干未信,只教二将自上关说话。二将卸甲弃马而入,谓干曰:"曹军新到,可乘其军心未定,今夜劫寨。某等愿当先。"干喜从其言,是夜教二吕当先,引万余军前去。将至曹寨,背后喊声大震,伏兵四起。高干知是中计,急回壶关城,乐进、李典已夺了关,高干往投单于。

一知居主人曰:

前面曹操安排吕氏兄弟去攻幽州,李典、乐进攻并州。这次安排吕氏兄弟诈降并州,有点太突然了,不可思议。要知道幽州是河北北部、北京和天津方向,而并州却是山西太原方向。其间地理上差距,太大了。

高干抵得住曹操的硬攻,却没有识破吕氏兄弟的诈降,去偷袭曹营,最终稀里糊涂丢了并州,太大意了。

操领兵拒住关口,使人追袭高干。干到单于界,正迎北番左贤王。干下马拜伏于地,言曹操吞并疆土,今欲犯王子地面,万乞救援,同力克复,以保北方。左贤王曰:"吾与曹操无仇,岂有侵我土地?汝欲使我结怨于曹氏耶!"斥退高干。干寻思无路,只得去投刘表。行至上洛,被都尉王琰所杀,将头解送曹操。曹封琰为列侯。

一知居主人曰:

看看高干也够可怜的了。"不远万里"想投左贤王,却吃了闭门羹。左贤王碍于曹操有实力,不接受,也不是没有道理。在世上,谁都想自保。高干想投刘表,不失为一种策略。却在路上为王琰所杀,且被王琰当作投名状献给曹操,王琰得了一个列侯。人们常说,人背运时,喝口凉水也塞牙,信矣!

操商议西击乌桓。曹洪等说防止刘备、刘表乘虚袭许都,请回

师勿进。郭嘉曰:"主公虽威震天下,沙漠之人恃其边远,必不设备。乘其无备,卒然击之,必可破也。且袁绍与乌桓有恩,而尚与熙兄弟犹存,不可不除。刘表坐谈之客①耳,自知才不足以御刘备,重任之则恐不能制,轻任之则备不为用。虽虚国远征,公无忧也。"操曰:"奉孝之言极是。"遂望前进发。

一知居主人曰:

本节中,如果不是郭嘉坚持,曹操几乎要回军许都了。

郭嘉所言无非三层意思,一是乌桓当下无备,可以击,出击必胜;二是袁尚、袁熙在乌桓处,防止以后做大,今日必须除之;三是刘表、刘备不足为虑,因为刘表驾驭不了刘备,刘备在刘表处属于鸡肋,刘表想用刘备,还又不敢重用。

但见黄沙漠漠,狂风四起,道路崎岖,人马难行。操有回军之心,问于郭嘉。嘉此时不服水土,卧病车上。操泣曰:"因我欲平沙漠,使公远涉艰辛,以至染病,吾心何安!"嘉曰:"某感丞相大恩,虽死不能报万一。"操曰:"吾见北地崎岖,意欲回军,若何?"郭嘉提出"不如轻兵兼道以出,掩其不备"。遂留郭嘉于易州养病。

一知居主人曰:

需要注意的是,曹操行军途中,有回军之心,二次问计于郭嘉,"操泣曰",足见曹操对郭嘉很看重。

袁绍旧将田畴深知此境,建议"不如回军,从卢龙口越白檀之险,出空虚之地,前近柳城,掩其不备。蹋顿可一战而擒也"。操封田畴为靖北将军,作向导官,为前驱,张辽为次,操自押后,倍道轻骑而进。

---

① 坐谈之客:指只能坐而清谈,没有办事能力的人。

至白狼山，正遇袁熙、袁尚会合蹋顿等数万骑前来。操自勒马登高望之，乃以麾授辽。辽引许褚等分四路下山，奋力急攻，蹋顿大乱。辽拍马斩蹋顿于马下，余众皆降。袁熙、袁尚引数千骑投辽东去了。

一知居主人曰：

关键时候，还是曹操能决断。见袁氏兄弟及蹋顿数万骑兵来，张辽有为难情绪。曹操见对方"无队伍，参差不整"，认为其战斗力不会太高，再者对方无备，自己一方在山上，有天然地理优势，所以决定"敌兵不整，便可击之。后果然大胜，且斩了蹋顿。

操收军入柳城，封田畴为柳亭侯，以守柳城。畴涕泣曰："某负义逃窜之人耳，蒙厚恩全活，为幸多矣；岂可卖卢龙之寨以邀赏禄哉！死不敢受侯爵。"操义之，乃拜畴为议郎。操回至易州，因谓众将曰："孤前者乘危远征，侥幸成功。虽得胜，天所佑也，不可以为法。诸君之谏，乃万安之计，是以相赏。后勿难言。"

一知居主人曰：

曹操这次胜利，田畴功不可没。曹操要封田畴为柳亭侯，田畴坚决不干。田畴之气节虽不如王修之不言语，却是比吕氏兄弟等人值得点赞。

曹操胜利后，重赏先前谏者，意在拉拢人心，稳定队伍。这一点，曹操要比袁绍高明得多。其实战前袁绍手下谋士并不算少，但是袁绍听不进谏言，还杀了田丰等人。人心涣散，自然也就没有人愿意给袁绍效劳了。

操到易州时，郭嘉已死数日。操往祭之，大哭曰："奉孝死，乃天丧吾也！"回顾众官曰："诸君年齿，皆孤等辈，惟奉孝最少，吾欲托以后事。不期中年夭折，使吾心肠崩裂矣！"有人将嘉临死所

封之书呈上曰："郭公临亡，亲笔书此，嘱曰：丞相若从书中所言，辽东事定矣。"操拆书视之，点头嗟叹。诸人皆不知其意。次日，夏侯惇等人禀曰："辽东太守公孙康，久不宾服。今袁熙、袁尚又往投之，必为后患。不如乘其未动，速往征之，辽东可得也。"操笑曰："不烦诸公虎威。数日之后，公孙康自送二袁之首至矣。"诸将皆不肯信。

一知居主人曰：

如果说前面曹操哭袁绍，属于作秀，这次哭郭嘉可是真哭。纵观前面几次战役，只要郭嘉参加，都能够力排众议，高瞻远瞩，有自己独到的见解，而且每次曹操都予以采纳。这次遗书所示，曹操也是坚信不疑。回许都之后，"又表赠郭嘉为贞侯，养其子奕于府中"。

本节曹操卖了一个大大的关子，并不急于告诉手下文武。当下曹操势力正盛正强，手下建议急追袁氏兄弟，还可以趁机灭了公孙康，有一番道理。但是曹操偏偏不许，且说自有人送二袁之首来，任性、自信。细心者会想到可能与郭嘉之遗书有关。

辽东太守公孙康知袁熙、袁尚来投，聚属官商议。公孙恭曰："袁绍在日，常有吞辽东之心。今袁熙、袁尚兵败将亡，无处依栖，来此相投，是鸠夺鹊巢①**之意也。若容纳之，后必相图。不如赚入城中杀之，献头与曹公，曹公必重待我。"康曰："只怕曹操引兵下辽东，又不如纳二袁使为我助。"恭曰："可使人探听。如曹兵来攻，则留二袁；如其不动，则杀二袁，送与曹公。"康从之。**

一知居主人曰：

对于接不接纳袁家兄弟，公孙康手下意见不一致。公孙恭开始坚决反对，因为接纳他们易导致曹操来攻，不值得。公孙康说，不

---

① 鸠夺鹊巢：斑鸠抢占喜鹊窝。比喻强占他人的居处或措置不当等。

如纳了他们，助我击曹。公孙恭反应也够快的，随即说了一个边走边看的折中方案。

袁熙、袁尚至辽东，两人密议曰："今暂投之，后当杀公孙康而夺其地，养成气力而抗中原。"商议已定，入见公孙康。不一日，细作回报："曹公兵屯易州，并无下辽东之意。"公孙康大喜。相见礼毕，命坐。时天气严寒，尚见床榻上无裀褥，谓康曰："愿铺坐席。"康瞋目言曰："汝二人之头，将行万里！何席之有！"尚大惊。康叱曰："左右何不下手！"刀斧手拥出，砍下二人之头，用木匣盛贮，使人来见曹操。

一知居主人曰：

袁氏兄弟刚到辽东，就对公孙康动了夺权杀人之心，大错特错。要知道自己是被曹操紧追，来找栖身之地。不过，此也正应了前面公孙恭之言"来此相投，是鸠夺鹊巢之意"。后袁氏兄弟反被杀，不足怜也！其实"康留于馆驿，只推有病，不即相见"。袁氏兄弟就应该考虑到公孙康有所顾虑。可能这两个家伙只顾考虑如何杀掉公孙康，脑子热过头了。

曹操虽然没有追击袁氏兄弟，但其不追反而收到了比追击要好的效果，且己方没有任何损失，有"不战而屈人之兵"之神效。

夏侯惇、张辽入禀曰："如不下辽东，可回许都。"操曰："待二袁首级至，即便回兵。"众皆暗笑。忽报公孙康遣人送二袁首级至，众皆大惊。操大笑曰："不出奉孝之料！"封公孙康为襄平侯、左将军。众官问曰："何为不出奉孝之所料？"操遂出郭嘉书以示之。众皆踊跃称善。操还冀州，使人先扶郭嘉灵柩于许都安葬。

一知居主人曰：

时操按兵不动，手下性急，说与其这样不如回许都。曹操不受其扰，还算有耐心。及至公孙康遣人送袁熙、袁尚首级至，这才说出缘由，并说了郭嘉遗书的内容。"操引众官复设祭于郭嘉灵前"。

再看本节中曹操手下的表情，很有意思：曹操说待二袁首级至就回兵，"众皆暗笑"，是笑曹操异想天开、痴人说梦；公孙康送二袁首级到，"众皆大惊"（曹操却是大笑），惊曹操何以判断如此准确；曹操揭开谜底，"众皆踊跃称善"，既有庆贺之意，也有"原来如此"的感觉。

第三十四回

蔡夫人隔屏听密语　刘皇叔跃马过檀溪

程昱等请曰："今还许都，可早建下江南之策。"操笑曰："吾有此志久矣。"是夜宿于冀州城东角楼上，仰观天文。操指曰："南方旺气灿然，恐未可图也。"攸曰："以丞相天威，何所不服！"正看间，忽见一道金光从地而起。攸曰："此必有宝于地下。"操令人掘之，出一铜雀。攸曰："昔舜母梦玉雀入怀而生舜。今得铜雀，亦吉祥之兆也。"操大喜，遂命筑铜雀台于漳河之上。约计一年而工毕。曹植进曰："若建层台，必立三座"，中间高者名为铜雀；左为玉龙；右为金凤。更作两条飞桥，横空而上。"操曰："吾儿所言甚善。他日台成，足可娱吾老矣！"遂留曹植与曹丕在邺郡造台。

一知居主人曰：

按说，和平富裕时期才会大搞建筑，现在四州刚刚平定，百业待兴，曹操却下令大兴土木，建造铜雀台，且会用时一年以上，有违常规。或许是因为荀攸那句"昔舜母梦玉雀入怀而生舜。今得铜雀，亦吉祥之兆也"触动了曹操的某一根神经。至于曹操说自己会在上面养老，属于随便之言语，并不符合曹操好强的性格，不足信也！

操班师回许都。聚众南征刘表。荀彧曰："大军方北征而回，未

可复动。且待半年，养精蓄锐，刘表、孙权可一鼓而下也。"操从之，遂分兵屯田。

一知居主人曰：

这次官渡之战，曹操居然带回袁绍五六十万人马。如何养这些兵马，却是一个大问题。曹操分兵屯田，正是此意。

原来曹操只想收拾刘表一处，但是这次荀彧却提出休养一年半载，将刘表、孙权一起收拾了。曹操欣然同意，一个大的计划开始酝酿了。

一日，刘表、刘备正饮酒，忽报降将张武、陈孙在江夏共谋造反。表惊曰："二贼又反，为祸不小！"玄德请往讨之。表大喜，点三万军，与玄德前去。不一日，刘备来到江夏。张、陈引兵来迎。玄德望见张武所骑之马，曰："此必千里马也。"言未毕，赵云挺枪而出。不三合，将张武一枪刺落马下，并随手牵马回阵。陈孙随赶来夺。张飞挺矛直出，将陈孙刺死。众皆溃散。

一知居主人曰：

刘表听说张武、陈孙造反，竟然吃惊。谁知两人如此不经打，转眼之间，赵云杀了张武，张飞斩了陈孙。这次平叛成功，刘备大出风头，自然也引起荆州人士的警惕，估计是刘备所没有想到的。

战斗之间，形势紧张。偏偏刘备喜欢上张武的坐骑，随口说出。听者有心，赵云杀了张武，直接将其坐骑拉回本队。诸君不要以为闲笔，后面好多故事都与此马有关。

玄德平复江夏诸县，班师而回。表出郭迎，设宴庆功。酒至半酣，表曰："吾弟如此雄才，荆州有倚赖也。但忧南越不时来寇，张鲁、孙权皆足为虑。"玄德曰："弟有三将，足可委用：使张飞巡南越之境；

云长拒固子城,以镇张鲁;赵云拒三江,以当孙权。何足虑哉?"表喜,欲从其言。蔡瑁有言告其姊蔡夫人。蔡夫人夜对刘表曰:"荆州人多与刘备往来,不可不防之。今容其居住城中,无益,不若遣使他往。"表曰:"玄德仁人也。"蔡氏曰:"只恐他人不似汝心。"

一知居主人曰:

刘表对刘备所言,只是担心张鲁、孙权,却是没有提及曹操。恰恰此时,北面的曹操正如老虎、狮子,在短暂休息后,马上就要迎面扑来。刘表却是一点儿感觉都没有。说明其眼光短浅,对政治和军事并不敏感,至少不高。

人酒后好说话,还容易说大话。看似醉话,其实都是出自内心。刘备一生谨慎,这次酒后也没能管住自己的嘴巴。蔡瑁说"刘备遣三将居外,而自居荆州,久必为患"有一定道理。关键位置都是刘备的手下,难免他们不会拥兵自重,劝刘备取代刘表。

蔡夫人晚上睡觉之前("夜对")将自己的想法告诉刘表,也叫吹"枕头风"。虽然刘表并不相信,但其"沉吟不答",则表示刘表一定有了另外的想法。

次日出城,刘表见玄德所乘之马极骏,称赞不已。刘备说是张武之马,遂将此马送与刘表。表大喜,骑回城中。蒯越见而问之。越曰:"此马眼下有泪槽,额边生白点,名为的卢,骑则妨主。张武为此马而亡。主公不可乘之。"表听其言。次日请玄德饮宴,曰:"贤弟不时征进,可以用之。敬当送还。"玄德起谢。表又曰:"贤弟久居此间,恐废武事。襄阳属邑新野县,颇有钱粮。弟可引本部军马于本县屯扎,何如?"玄德领诺。次日,谢别刘表,引本部军马径往新野。

一知居主人曰:

本节中,刘表见刘备所骑之马颇好,夺人所爱。刘备做了个顺

水人情（并不知道此马妨主，如果知道，肯定不会给刘表），让出。蒯越见了，说此马妨主。刘表自然心中不悦，就找个理由，将马送还刘备。一匹马转眼之间转了一个来回。可笑！

刘表让刘备去新野驻扎，说明蔡夫人的谗言有了效果！刘备立马答应，也有自己的考虑。总在荆州刘表屋檐底下混，自己也不是太舒服。

刘备要出城门，荆州幕宾伊籍在马前长揖曰："公所骑马，不可乘也。"玄德忙下马问之。籍曰："昨闻蒯异度对刘荆州云：此马名的卢，乘则妨主。因此还公。公岂可复乘之？"玄德曰："深感先生见爱。但凡人死生有命，岂马所能妨哉！"

一知居主人曰：

第一天，刘备将马送给刘表，刘表在路上遇到蒯越，蒯越说此马妨主；第二天，刘表将马还刘备；第三天，刘备骑马出城，遇到伊籍，伊籍说"昨闻蒯异度对刘荆州云"，这是什么样的信息传播速度啊！不得不让人怀疑。不过，刘备所言，坦坦荡荡，让人佩服！好人自有好报，后面恰恰是此马救了刘备一命。

"籍服其高见，自此常与玄德往来"，遂有后面伊籍两次向刘备报信，救刘备于危险之地。

玄德到新野，军民皆喜，政治一新。建安十二年春，甘夫人生刘禅。是夜有白鹤一只，飞来县衙屋上，高鸣四十余声，望西飞去。临分娩时，异香满室。甘夫人尝夜梦仰吞北斗，因而怀孕，故乳名阿斗。

一知居主人曰：

当年刘备离开徐州，移兵小沛；今日出荆州，兵屯新野。看似都是从权力核心边缘化了，情况却是不同。上次是吕布反客为主，

取了刘备的徐州,刘备不得不下乡。这次却是刘备在刘表处落脚,是刘表主动让刘备下乡。相同的是,刘备无论在小沛,还是在新野,都治理得不错,甚得民心。

本节介绍刘禅(小名阿斗)的出生。和前面曹丕出世一样,小说作者多有神秘渲染,制造迷信氛围,不足信也。

此时曹操正统兵北征。玄德说刘表曰:"今曹操悉兵北征,许昌空虚,若以荆襄之众,乘间袭之,大事可就也。"刘表说无此意。玄德默然。

一知居主人曰:

在曹操带兵北讨袁绍时,刘备主动往荆州劝说刘表起兵取许都,但是刘表说"吾坐据九郡足矣,岂可别图?"小富即安,不偷不抢。刘备也没有办法,毕竟人家刘表是荆州老大。这一点,恰恰被曹操、郭嘉等人看透。

表邀入后堂饮酒。酒至半酣,表忽然长叹。玄德问何故长叹?表曰:"吾有心事,未易明言。"玄德再欲问时,蔡夫人出立屏后。刘表垂头不语。须臾席散,玄德自归新野。

一知居主人曰:

刘表与刘备在后堂饮酒期间,忽然刘表长叹,想说自己心事却说不出来,明显有苦衷。刘备欲再问,蔡夫人关键时候现身,刘表不再言语。足以说明刘表之蔡夫人要比袁绍之刘夫人厉害,听政、参政程度之深,让刘表也无可奈何。

至是年冬,闻曹操得大胜回许都,玄德甚是感慨。忽一日,刘表请玄德赴荆州相会。玄德随使而往。刘表请刘备入后堂饮宴。因

谓玄德曰："近闻曹操提兵回许都，势日强盛，必有吞并荆襄之心。昔日悔不听贤弟之言，失此好机会。"玄德曰："若能应之于后，未足为恨也。"

一知居主人曰：

本节情形基本与上次相似，但也有不同之处。这次是刘表主动请刘备而来，说了自己后悔没有抓住机会取许都。刘表开始有危机感了。

酒酣，表忽潸然泪下。玄德问其故。表曰："吾有心事，前者欲诉与贤弟，未得其便。"玄德曰："兄长有何难决之事？"表曰："前妻陈氏所生长子琦，为人虽贤，而柔懦不足立事；后妻蔡氏所生少子琮，颇聪明。吾欲废长立幼，恐碍于礼法；欲立长子，争奈蔡氏族中，皆掌军务，后必生乱，因此委决不下[①]。"玄德曰："自古废长立幼，取乱之道。若忧蔡氏权重，可徐徐削之，不可溺爱而立少子也。"表默然。

一知居主人曰：

这次刘表终于说出了自己的心事。刘表所遇问题，与袁绍当年基本相似。也是小儿子为后妻所生，小儿子聪明，自己喜欢小儿子。

刘表和刘备虽是宗亲，但是立谁为储君则是刘表家事。刘表自己拿捏不定，刘备说："倘有用弟之处，弟虽死不辞。"且讲了自己的想法。这无异于在"干涉内政"。即便对刘表无所谓，但是对当事双方来说，刘备明显说得有点多了。后来，刘备也"自知语失"。

文章虽然没有明说蔡夫人在哪里，但从后文中知道，"蔡夫人素

---

① 委决不下：意思是一再犹豫，不能决定下来。明·冯梦龙《喻世明言》第三十二卷："心中委决不下。其妻长舌夫人王氏适至，问道：'相公有何事迟疑？'"

疑玄德，凡遇玄德与表叙论，必来窃听。是时正在屏风后。闻玄德此言，心甚恨之"。

玄德起身如厕。因见己身髀肉复生，亦不觉潸然流涕。表见玄德有泪容，怪问之。玄德长叹曰："备往常身不离鞍，髀肉皆散。今久不骑，髀里肉生。日月磋跎，老将至矣，而功业不建。是以悲耳！"表曰："吾闻贤弟在许昌，与曹操青梅煮酒，共论英雄。贤弟尽举当世名士，操皆不许，而独曰：'天下英雄，惟使君与操耳！'以曹操之权力，犹不敢居吾弟之先，何虑功业不建乎？"**玄德乘着酒兴，失口答曰：**"备若有基本，天下碌碌之辈，诚不足虑也。"**表闻言默然。玄德托醉而起，归馆舍安歇。**

一知居主人曰：

本节中，刘备所感所言，说起来，很励志。但是，刘表说了"煮酒论英雄"一事，刘备竟言"备若有基本，天下碌碌之辈，诚不足虑也。"大概是过于得意了，全然忘了自己当下正在刘表屋檐之下栖身，让刘表做何感想，后文说刘表"口虽不言，心怀不足"，蔡夫人吹风时也说刘备"甚轻觑人，足见其有吞并荆州之意"。

刘表退入内宅，闷闷不乐。蔡夫人说自己于屏后听得刘备之言，提出"我今若不除，必为后患"。表不答，但摇头而已。蔡氏密召蔡瑁入，商议此事。瑁曰："请先就馆舍杀之。"蔡氏然其言。瑁连夜点军。

一知居主人曰：

蔡夫人提出要除掉刘备，刘表并没有答应，只是摇头。没想到，蔡夫人找来蔡瑁，蔡瑁建议先杀后奏。幸亏伊籍及时告知，刘备才免了一劫。

第三十四回　蔡夫人隔屏听密语　刘皇叔跃马过檀溪

玄德在馆舍中秉烛而坐，三更以后方欲就寝，伊籍忽叩门而入。伊籍将蔡瑁之谋，报知玄德，催促玄德速速起身。玄德曰："未辞景升，如何便去？"籍曰："公若辞，必遭蔡瑁之害矣。"玄德乃谢别伊籍，星夜奔回新野。比及蔡瑁领军到馆舍时，玄德已去远矣。

一知居主人曰：

开头第一句，说刘备秉烛而坐，并没有读书或者与别人谈话。此时刘备酒后发呆？还是自己在忏悔？或许兼而有之。总之，很有趣，很形象。

伊籍要刘备快走，刘备说没有辞别刘表，走了是不是不好？迂腐也！或许是故意作秀，说给伊籍听！

瑁悔恨无及，乃写诗一首于壁间，径入见表曰："刘备有反叛之意，题反诗于壁上，不辞而去矣。"表不信，亲诣馆舍观之，果有诗四句。诗曰："数年徒守困，空对旧山川。龙岂池中物，乘雷欲上天！"刘表见诗大怒，拔剑言曰："誓杀此无义之徒！"行数步，猛省曰："吾与玄德相处许多时，不曾见他作诗。此必外人离间之计也。"遂回步入馆舍，用剑尖削去此诗，弃剑上马。

一知居主人曰：

蔡瑁这人实在太坏，竟然冒充刘备在馆舍墙上题了反诗，并请刘表亲临现场。幸亏刘表立场坚定，最终没有相信蔡瑁谗言。

反诗在《水浒传》中也多次出现。比如第三十九回中，宋江醉酒后在九江浔阳楼上所题，成为黄文炳拿下他的证据。再如第六十回中，宋江为逼卢俊义上山，吴用胡诌、卢俊义写在自己墙上的藏头诗，有"卢俊义反"，结果被下人李固所告，险些丧命。可见他们都没有刘备的时运好。

蔡瑁请求往新野擒刘备。刘表说："未可造次。"属于姐夫吵孩子

他舅。没说的，唯有执行。

蔡瑁和蔡夫人向刘表提出要大会众官于襄阳。且说"公子年幼，恐失于礼节"。刘表说身体不便，可请刘备前来待客。瑁暗喜，便差人去请玄德。

玄德奔回新野。忽使者至，请赴襄阳。孙乾曰："昨见主公匆匆而回，意甚不乐。愚意度之，在荆州必有事故。今忽请赴会，不可轻往。"玄德方将前项事诉与诸人。云长说刘备自己想多矣，"刘荆州并无嗔责之意。外人之言，未可轻信。襄阳离此不远，若不去，则荆州反生疑矣。"张飞曰："筵无好筵，会无好会，不如休去。"赵云曰："某将马步军三百人同往，可保主公无事。"玄德曰："如此甚好。"遂与赵云即日赴襄阳。

一知居主人曰：

刘表没有看出蔡夫人、蔡瑁真实心思，刘备却看出来了。刘表让刘备代替自己参加襄阳大会，正中两人下怀。碍于刘表面子，刘备不得不参加。

明知山有虎，也要山中行。只是自己做好准备罢了。这次没有习惯性地带上关羽、张飞，却是带上赵云。或许因为赵云年轻、外交形象好一些、做事谨慎。

蔡瑁出郭迎接，意甚谦谨。随后见刘琦、刘琮两位公子俱在，并不疑忌。是日玄德于馆舍暂歇。赵云引三百军围绕保护。云披甲挂剑，行坐不离左右。刘琦告玄德曰："父亲气疾作，不能行动，特请叔父待客，抚劝各处守牧之官。"玄德曰："吾本不敢当此；既有兄命，不敢不从。"

一知居主人曰：

本来刘备很紧张，看到刘表的两位公子均在，也就放下心来。其实两位公子对蔡瑁和蔡夫人的计划，未必知道。后来刘琦转达刘表之言，刘备更是觉得不像想象中的那种紧张气氛。至于蔡瑁，表现越是谦恭，越见其诈！

次日，人报九郡四十二州官员俱已到齐。蔡瑁说"刘备世之枭雄，久留于此，后必为害，可就今日除之。"蒯越说："恐失士民之望。"瑁曰："吾已密领刘荆州言语在此。"越曰："既如此，可预作准备。"遂计议安排停当。

一知居主人曰：

蔡瑁提出收拾刘备，蒯越开始并不同意。及至蔡瑁说是刘表之意，这才配合。作为蒯越也是没有办法，他不可能，也没有时间再去刘表那里核实（现在襄阳而非荆州），再说蔡瑁是刘表小舅子，手握兵权。有人埋怨蒯越不该参与进来，未免不是有些苛刻。

当日大张筵席。玄德乘的卢马至州衙。玄德主席，二公子两边分坐。文聘、王威入请赵云赴席。云推辞不去。玄德令云就席，云勉强应命而出。蔡瑁在外收拾得铁桶相似，只待半酣，号起下手。酒至三巡，伊籍起把盏，至玄德前，以目视玄德，低声谓曰："请更衣①！"玄德会意，即起如厕，伊籍疾入后园，接着玄德，附耳报曰："蔡瑁设计害君，城外东、南、北三处，皆有军马守把。惟西门可走，公宜速逃！"玄德大惊，急解的卢马，从后园门出，匹马望西门而走。

---

① 更衣：古代上厕所的婉辞。汉·王充《论衡·四讳》："夫更衣之室，可谓臭矣；鲍鱼之肉，可谓腐矣。然而，有甘之更衣之室，不以为忌；肴食腐鱼之肉，不以为讳。"

门吏问之，玄德不答，加鞭而出。门吏当之不住，飞报蔡瑁。瑁即上马引军随后追赶。

一知居主人曰：

无论你计划再好，就怕自己人对外示好。如果不是伊籍第二次报信，这次刘备必死无疑。刘备来的时候，警惕性尚且很高。但是，过了一天，感觉天下太平，慢慢松弛下来。大堂之上，赵云本来不离刘备左右，不同意离开，还是被他派走，入了另席。

蔡瑁考虑问题还不周密，如果将刘备的卢马另外看管起来，事情就不会是这样的了。

玄德行无数里，前有大溪，拦住去路，那檀溪阔数丈，水通襄江，其波甚紧。玄德到溪边，见不可渡。遥望追兵将至。玄德曰："今番死矣！"遂纵马下溪。行不数步，马前蹄忽陷，浸湿衣袍。玄德加鞭大呼曰："的卢，的卢！今日妨吾！"言毕，那马忽从水中涌身而起，一跃三丈，飞上西岸。玄德如从云雾中起。玄德跃过溪西，顾望东岸。蔡瑁已赶到溪边，大叫："使君何故逃席而去？"玄德曰："吾与汝无仇，何故欲相害？"瑁曰："吾并无此心。使君休听人言。"玄德见瑁手将拈弓取箭，急拨马望西南而去。

一知居主人曰：

刘备不顾从者，匹马出了襄阳，一路狂奔，惶惶如丧家之犬，其狼狈之相可以想象。人人都说的卢妨主，这次恰恰是的卢超常发挥，救了刘备一命。所以瑁谓左右曰："是何神助也？"

事已至此，蔡瑁明显在加害刘备，蔡瑁再向刘备做出解释，实在多余。无论如何，刘备都不会相信了。

第三十五回

玄德南漳逢隐沦[①]　单福新野遇英主

赵云引军奔出西门，正迎着蔡瑁，急问曰："吾主何在？"瑁曰："使君逃席而去，不知何往。"赵云是谨细之人，不肯造次。遥望大溪，别无去路，乃复回马，喝问蔡瑁曰："汝请吾主赴宴，何故引着军马追来？"瑁曰："九郡四十二州县官僚俱在此，吾为上将，岂可不防护？"云曰："汝逼吾主何处去了？"瑁曰："闻使君匹马出西门，到此却又不见。"云惊疑不定，直来溪边看时，只见隔岸一带水迹。云暗忖曰："难道连马跳过了溪去……"云再回马时，蔡瑁已入城去了。云乃拿守门军士追问，皆说："刘使君飞马出西门而去。"云再欲入城，又恐有埋伏，遂急引军归新野。

一知居主人曰：

在本节中，幸亏是赵云做事谨慎，这种情况，若是换了关羽、张飞，早就与蔡瑁打起来了。

赵云从西门出来，追问蔡瑁，知道刘备向西而走。来到河边，看到水迹，知道有人过去。再回城门问守门军士，确认刘备从此而出。并没有带兵入城，恐有埋伏。足见赵云之精细也！

[①]　隐沦：此处指隐者。唐·杜甫《赠韦左丞丈》诗："此意竟萧条，行歌非隐沦。"

玄德跃马过溪，似醉如痴。迤逦望南漳策马而行，日将沉西。正行之间，见一牧童，立马观之。牧童亦停牛罢笛，熟视玄德，曰："将军莫非破黄巾刘玄德否？"玄德惊问曰："汝乃村僻小童，何以知吾姓字！"牧童曰："我本不知，因常侍师父，有客到日，多曾说有一刘玄德，身长七尺五寸，垂手过膝，目能自顾其耳，乃当世之英雄，今观将军如此模样，想必是也。"

一知居主人曰：

刘备跃马过溪之后，作者用了"似醉如痴"来说刘备的心情，再恰当不过。一番惊吓之后侥幸逃生自然大喜过望。一悲一喜转化太快，刘备所想"此阔涧一跃而过，岂非天意！"也在情理之中。

刘备忽遇小牧童。小牧童竟然说出他的名字，让刘备喜出望外。刘备自然会跟着问何以如此？作者就通过牧童之言语将刘备相貌刻画一番。趣意文字。

有一细节，"一牧童跨于牛背上，口吹短笛而来。玄德叹曰：'吾不如也！'"应是刘备心理真实写照。想一想自己戎马半生，颠沛流离，并不如一牧童自在得意，"叹"得自然而然。

玄德曰："汝师何人也？"牧童说老师是司马徽，道号"水镜先生"。玄德曰："汝师与谁为友？"小童说老师与庞德公、庞统为友。玄德曰："庞德公乃庞统何人？"童子说他们是叔侄，曰："一日，我师父在树上采桑，适庞统来相访，坐于树下，共相议论，终日不倦。吾师甚爱庞统，呼之为弟。"玄德曰："汝师今居何处？"牧童遥指曰："前面林中，便是庄院。"玄德曰："吾正是刘玄德。汝可引我去拜见你师父。"

一知居主人曰：

刘备问牧童谁是其师，正常不过。再问老师与谁为友，或许认

为刘备问得多余。其实不然，前面牧童说"因常侍师父，有客到日，多曾说"，才知道刘备长相。原来伏笔在那里！

通过两人对话，知道司马徽、庞德公、庞统三人，这三人此后对刘备都有很大帮助，尤其是庞统。刘备直到要见司马徽，才说"我正是刘玄德"，甚为老道也！

童子引玄德到庄前下马，进中门闻琴声甚美。玄德教童子且休通报，侧耳听之。琴声忽住。一人笑而出曰："必有英雄窃听。"童子曰："此即吾师水镜先生也。"玄德视其人，松形鹤骨，器宇不凡。慌忙进前施礼。水镜曰："公今日幸免大难！"玄德惊讶不已。小童曰："此刘玄德也。"水镜请入草堂，分宾主坐定。水镜问曰："明公何来？"玄德曰："偶尔经由此地，因小童相指，得拜尊颜！"水镜笑曰："公不必隐讳。公今必逃难至此。"玄德遂以襄阳一事告之。水镜曰："吾观公气色，已知之矣。"

一知居主人曰：

这段文字，司马徽一副仙风道骨做派，让人羡慕。有两处奇特之处，一是竟然知道门外有英雄窃听他弹琴（应是先生听力很好）；二是说"公今日幸免大难"（因为见刘备衣襟尚湿）。刘备只说自己偶经此地，后被司马徽一语点破，刘备才实话实说。

司马徽与刘备见面，都没有自报家门，尤其是刘备。但是皆是从牧童口中说出，有味道。因为当下唯有小童同时认得两位大人物。

司马徽问玄德曰："何故至今犹落魄不偶[①]耶？"玄德说自己命途

[①] 落魄不偶：古代一种迷信观念，认为偶数好，奇数不好。落魄：倒霉、潦倒；不偶：运气不好。

多寨。**水镜说因为将军左右不得其人,"关、张、赵云,皆万人敌,惜无善用之之人。若孙乾、糜竺辈,乃白面书生,非经纶济世之才也。"玄德说自己"尝侧身以求山谷之遗贤,奈未遇其人何!"司马徽说荆襄诸郡有小儿谣言,其中"天命有归""龙向天飞"应在刘备身上。玄德闻言惊谢曰:"备安敢当此!"水镜曰:"伏龙、凤雏,两人得一,可安天下。"玄德曰:"伏龙、凤雏何人也?"水镜抚掌大笑曰:"好!好!"玄德再问时,水镜说天色已晚,明天再说。玄德饮膳毕,即宿于草堂之侧。**

一知居主人曰:

司马徽为刘备分析手下文武,十分中肯,醍醐灌顶,如拨云雾。司马徽以荆襄民谣为例,说刘备当有大出息,同时推荐伏龙、凤雏。刘备想知道他们是谁,司马徽却卖起关子,让刘备自己体会和寻找。这才引起后面刘备只要见到一士人就认为是伏龙、凤雏,造成一些不必要误会。此正是小说手法也。

玄德因思水镜之言,寝不成寐。约至更深,忽听一人叩门而入,水镜曰:"元直何来?"玄德起床密听之,闻其人答曰:"久闻刘景升善善恶恶,特往谒之。及至相见,徒有虚名,盖善善而不能用,恶恶而不能去者也。故遗书别之,而来至此。"水镜曰:"公怀王佐之才,宜择人而事,奈何轻身往见景升乎?且英雄豪杰,只在眼前,公自不识耳。"其人曰:"先生之言是也。"玄德闻之大喜,暗忖此人必是伏龙、凤雏,即欲出见,又恐造次。

一知居主人曰:

刘备听司马徽的一番话,自然会有所想,迫切想知道真实情况,加上初来乍到,自是难以入眠。失眠的人最敏感,屋外略有风吹草动,就禁不住出来看一看。司马徽一句"元直何来?"听书人都知道是徐

庶来了，只是刘备不知。

通过元直言语，知道他去见刘表，没有得到重用，遂遗书离开。司马徽也认为刘表没有前途。猛然说了一句"且英雄豪杰，只在眼前，公自不识耳"，自然指刘备。让人怀疑司马徽已经知道刘备在外面偷听，故意为之。好在刘备还懂得一些礼节，没有直接闯进司马徽屋内。

天明，玄德求见水镜，问曰："昨夜来者是谁？"水镜曰："此吾友也。"玄德求与相见。水镜曰："此人欲往投明主，已到他处去了。"玄德请问其姓名。水镜笑曰："好！好！"玄德再问："伏龙、凤雏，果系何人？"水镜亦只笑曰："好！好！"玄德拜请水镜出山相助，同扶汉室。水镜曰："山野闲散之人，不堪世用。自有胜吾十倍者来助公，公宜访之。"正谈论间，忽闻庄外人喊马嘶，是赵云连夜来巡。

一知居主人曰：

本节中，司马徽很是风趣。刘备越是想知道真实情况，司马徽越是环顾左右而言他，并不往下接刘备的话。刘备要司马徽出山帮助自己，被司马徽婉拒，但是话中"自有胜吾十倍者来助公，公宜访之"，是另有一番暗示。

玄德与赵云上马。行不数里，云长、翼德来接。玄德说跃马檀溪之事，共相嗟讶。到县中与孙乾等商议，从孙乾言，致书刘表，说前面诸事。孙乾赍书至荆州。刘表问："吾请玄德襄阳赴会，缘何逃席而去？"孙乾具言蔡瑁设谋相害，赖跃马檀溪得脱。表大怒，急唤蔡瑁责骂曰："汝焉敢害吾弟！"命推出斩之。蔡夫人出，哭求免死，表怒犹未息。孙乾告曰："若杀蔡瑁，恐皇叔不能安居于此矣。"表乃责而释之，派刘琦至玄德处请罪。

一知居主人曰：

孙乾要刘备致书刘表，不外乎两层意思：一是看看这次事件是不是刘表的安排；二是看看刘表是否知道蔡瑁设谋相害一事，等于是告知刘表自己的遭遇。

刘表果然不知，当场还要力斩蔡瑁，其这样做有些仓促。虽然经孙乾求情，刘表饶了蔡瑁。但是，蔡瑁知道是刘备致书所致，其间的梁子已经结下，不可能再缓和了。

琦奉命赴新野，玄德接着，设宴相待。酒酣，琦忽然堕泪。玄德问其故。琦曰："继母蔡氏，常怀谋害之心。侄无计免祸，幸叔父指教。"玄德劝以小心尽孝，自然无祸。次日，琦泣别。玄德乘马送琦出郭，因指马谓琦曰："若非此马，吾已为泉下之人矣。"琦曰："此非马之力，乃叔父之洪福也。"说罢。相别。刘琦涕泣而去。

一知居主人曰：

刘琦奉刘表之命来新野安慰刘备，刘琦却在酒酣之时感慨自身遭遇，几乎是刘表的翻版。刘琦希望刘备指教，是把刘备当作自己亲人了。刘备只是说要"小心尽孝"而已，属于一种搪塞。一是因为他和刘琦并不相知；二是害怕自己再酒后失言，惹出麻烦来。

玄德回马入城，忽见市上一人，葛巾布袍，皂绦乌履，歌曰："天地反覆兮，火欲殂；大厦将崩兮，一木难扶。山谷有贤兮，欲投明主；明主求贤兮，却不知吾。"玄德闻歌，暗思："此人莫非水镜所言伏龙、凤雏乎？"遂下马相见，邀入县衙。问其姓名，答是颖上人单福，"久闻使君纳士招贤，欲来投托，未敢辄造。故行歌于市，以动尊听耳。"玄德大喜，待为上宾。

一知居主人曰：

刘备一心寻找伏龙、凤雏，几乎要到神经的地步了。所以这次徐庶出现，他就认为人家是伏龙、凤雏。徐庶这次既然是主动出现，却不报自家真名实姓，假托"单福"。两者相映成趣！

单福看刘备坐骑，曰："此非的卢马乎？虽是千里马，却只妨主，不可乘也。"玄德曰："已应之矣。"遂具言跃檀溪之事。福曰："某有一法可禳……公意中有仇怨之人，可将此马赐之。待妨过了此人，然后乘之，自然无事。"玄德闻言变色曰："公初至此，不教吾以正道，便教作利己妨人之事，备不敢闻教。"福笑谢曰："向闻使君仁德，未敢便信，故以此言相试耳。"玄德亦改容起谢曰："备安能有仁德及人，惟先生教之。"福曰："可见使君之仁德及人也。"玄德乃拜单福为军师。

一知居主人曰：

刘备坐骑是的卢，知道的人真不少。最初是蒯越为刘表说的卢，刘表信以为真，将的卢还了刘备。此后伊籍为刘备说马，刘备并没有在意，恰恰马跃檀溪，救了刘备一命。这次徐庶为刘备说的卢，又进了一步，劝说刘备"公意中有仇怨之人，可将此马赐之"，刘备闻言变色。后来徐庶说明意在试探，刘备方改容。

曹操常有取荆州之意。吕旷、吕翔禀曹仁曰："愿请精兵五千，取刘备之头，以献丞相。"曹仁大喜。玄德得报，请单福商议，自有安排。吕旷、吕翔引军来到。玄德大呼曰："来者何人，敢犯吾境？"吕旷出马曰："奉丞相命，特来擒汝！"赵云出马，不数合，一枪刺吕旷于马下。吕翔引军便走，遇关云长冲杀一阵，折兵大半，夺路走脱。行不到十里，吕翔被张飞一矛刺中，翻身落马而死。

一知居主人曰：

吕旷、吕翔主动请战，想法很好，意在好好表现一番。曹仁答应。吕旷阵前高声大叫，自言"吾乃大将吕旷也"，真是不知天高地厚。没想到两人首战，先后遭遇赵云、张飞，眨眼间灰飞烟灭，命丧于疆场之上。

曹仁听说二吕被杀，军士多被活捉，大惊，与李典商议。典曰："二将欺敌而亡，今只宜按兵不动，申报丞相，起大兵来征剿，乃为上策。"仁曰："不然。今二将阵亡，死折许多军马，此仇不可不急报。量新野弹丸之地，何劳丞相大军？"典曰："刘备人杰也，不可轻视。"仁曰："公何怯也！"典曰："某非怯战，但恐不能必胜耳。"仁怒曰："公怀二心耶？吾必欲生擒刘备！"典曰："将军若去，某守樊城。"仁曰："汝若不同去，真怀二心矣！"典不得已，只得与曹仁点起二万五千军马，渡河投新野而来。

一知居主人曰：

二吕被杀，曹兵大败。曹仁要出兵，李典建议稍微缓一下。曹仁执意不从，且说李典"公怀二心耶"，临阵主将们发生不合，犯了兵家大忌。李典提出自己守樊城，曹仁说他"真怀二心"。曹仁说话如此霸道，恐怕还是与他和曹操同"曹"有关。李典不得已，只得随了曹仁。

第三十六回

玄德用计袭樊城　元直走马荐诸葛

曹仁起本部之兵，欲踏平新野。玄德问计。福言如此如此。玄德预先准备已定。忽报"曹仁引大军渡河来了"。单福遂请玄德出军迎敌。赵云出马。曹仁命李典出阵，与赵云交锋。约战十数合，李典料敌不过，拨马回阵。各罢兵归寨。李典言："彼军精锐，不可轻敌，不如回樊城。"曹仁大怒曰："汝未出军时，已慢吾军心；今又卖阵，罪当斩首！"便喝刀斧手推出李典要斩。众将苦告方免。

一知居主人曰：

表面上是曹仁与刘备在新野干仗，暗地里徐庶派关羽取了樊城（对应了前面李典提出自己要去守樊城）。李典战赵云不过，再正常不过，可是曹仁却认为李典是在"卖阵"，还要斩李典，太过分了。如此之下，谁又肯为主帅卖命。同为一"曹"，带兵水平却有天壤之别。

曹仁摆下八门金锁阵，被单福识破，再输一阵，方信李典之言。因复请典商议，言："刘备军中必有能者，吾阵竟为所破。"李典曰："吾虽在此，甚忧樊城。"曹仁曰："今晚去劫寨。如得胜，再作计议；如不胜，便退军回樊城。"李典曰："不可。刘备必有准备。"仁曰："若

如此多疑，何以用兵！"遂不听李典之言。

一知居主人曰：

本节中，曹仁举止实在有些矛盾。曹仁输了一阵，就请出李典，给人一种感觉，知错就改，有自知之明。可是，曹仁提出夜间劫寨，李典提出异议，曹仁却又不能接受。李典必然觉得憋屈，既然不听，你又为甚要请我来。

单福料定"今夜曹仁必来劫寨"，密密分拨已毕。至二更，曹仁兵将近寨，只见寨中四围火起。曹仁知有准备，急令退军。赵云掩杀将来。仁不及收兵回寨，急望北河而走。将到河边，才欲寻船渡河，岸上张飞杀到。曹军大半淹死水中。曹仁渡过河面，奔至樊城，没想到关羽已取樊城多时矣！云长追杀过来。曹仁又折了好些军马，星夜投许昌。

一知居主人曰：

曹仁刚愎自用，听不进李典建议，非要偷袭刘备。却不料刘备早有准备，有点"请君入瓮"味道。结果大败。且丢了樊城。好在李典还算是个人物，并不与曹仁计较，"保护曹仁下船渡河"。

玄德引军入樊城，县令刘泌出迎。刘泌请玄德到家，设宴相待。只见一人侍立于侧。玄德视其人器宇轩昂，问是何人。泌曰："此吾之甥寇封，本罗侯寇氏之子也，因父母双亡，故依于此。"玄德爱之，欲嗣为义子。刘泌欣然从之，遂使寇封拜玄德为父，改名刘封。玄德带回，令拜云长、翼德为叔。云长曰："兄长既有子，何必用螟

蛉①？后必生乱。"玄德曰："吾待之如子，彼必事吾如父，何乱之有！"云长不悦。

一知居主人曰：

刘备提出收寇封为义子，刘泌自然高兴，属于高攀。只是关羽说"后必生乱"。但最后刘备还是收了，关羽不悦。可见，刘封一出场，关羽就看不惯。后面诸多事端，小说作者在此伏了一笔。

此段刘备也很有意思，才小有胜利，竟然有了认干儿子的想法。爱之越深，失望越多。

曹仁、李典回许都，见曹操，泣拜于地请罪。操曰："胜负乃军家之常。但不知谁为刘备画策？"曹仁言是单福之计。操曰："单福何人也？" 程昱笑曰："此非单福也。**此人乃颍川徐庶，字元直。单福乃其托名耳。**"操曰："徐庶之才，比君何如？"昱曰："十倍于昱。"操曰："惜乎贤士归于刘备！羽翼成矣？奈何？"昱曰："徐庶虽在彼，丞相要用，召来不难。"操曰："安得彼来归？"昱曰："徐庶为人至孝。幼丧其父，止有老母在堂。现今其弟徐康已亡，老母无人侍养。丞相可使人赚其母至许昌，令作书召其子，则徐庶必至矣。"操大喜，**使人星夜前去取徐庶母。**

一知居主人曰：

曹仁和李典败回许都，曹操并没有大怒，而是说"胜负乃军家之常"。实在出乎意料。想来与曹仁同为一"曹"有关系。

曹仁言是单福助了刘备，曹操郁闷之时，程昱点明单福便是徐

---

① 螟蛉：是一种绿色小虫。蜾蠃是一种寄生蜂，它常捕捉螟蛉存放在窝里，产卵在它们身体里，卵孵化后就拿螟蛉作食物。古人误认为蜾蠃不产子，喂养螟蛉为子，因此用"螟蛉"比喻义子。《诗经·小雅·小宛》："螟蛉有子，蜾蠃负之。"

庶，并言徐之经历，说徐之才气，并献计招徐，此为程昱做谋士之职。但此后徐母骂操，最后刚烈自缢、徐庶进曹营一计不献，好端端一个家庭如此散了，则是程昱断断没有料到的。

"此人幼好学击剑。中平末年，尝为人报仇杀人，披发涂面而走，为吏所获。问其姓名不答，吏乃缚于车上，击鼓行于市，令市人识之，虽有识者不敢言，而同伴窃解救之。乃更姓名而逃，折节向学①，遍访名师，尝与司马徽谈论。"

一知居主人曰：

徐庶出场多时，作者一直没有介绍。今日借程昱之口，说出徐庶出身及经历，方式也够特别的。徐庶属于谋士出身，竟然有报仇杀人之经历，也够特别的。

不一日，徐母至，操厚待之。曹操说徐庶今助刘备背叛朝廷，希望能作书唤回许都，必有重赏。徐母曰："刘备何如人也？"操曰："沛郡小辈，妄称'皇叔'，全无信义，所谓外君子而内小人者也。"徐母厉声曰："汝何虚诞之甚也！吾久闻玄德乃中山靖王之后，孝景皇帝阁下玄孙，屈身下士，恭己待人，仁声素著，世之黄童、白叟、牧子、樵夫皆知其名：真当世之英雄也。吾儿辅之，得其主矣。汝虽托名汉相，实为汉贼。乃反以玄德为逆臣，欲使吾心背明投暗，岂不自耻乎！"言讫，取石砚便打曹操。操大怒，叱武士执徐母出，将斩之。

一知居主人曰：

曹操本属于大气之人，本节却容不得一老太太当面揭穿老底，

---

① 折节向学：改变旧习，发愤读书。折节：改变过去的志趣和行为。《后汉书·段颎传》："颎少便习弓马，尚游侠，轻财贿，长乃折节好古学。"

要杀人家，伪矣！从后面言语，知道老太太对刘备还是有所了解、心中有数的，却又偏偏问曹操"刘备何如人也"？及至曹操说出一通关于刘备的"坏话"，老太太针锋相对地逐条扬刘批曹，酣畅淋漓，让人吃惊。说明老太太虽身在乡下，但对于时事也有所关心。

曹操要杀徐母，程昱急止之，曰："徐母触忤丞相者，欲求死也。丞相若杀之，则招不义之名，而成徐母之德。徐母既死，徐庶必死心助刘备以报仇矣；不如留之，使徐庶身心两处，纵使助刘备，亦不尽力也。且留得徐母在，昱自有计赚徐庶至此，以辅丞相。"操遂不杀徐母。

一知居主人曰：

程昱为曹操计，可谓周全，只是最终苦了徐庶、徐母一家人。

程昱诈言曾与徐庶结为兄弟，待徐母如亲母，时常馈送物件，必具手启。徐母因亦作手启答之。程昱赚得徐母笔迹，仿其字体，诈修家书一封，差人径奔新野。庶知有家书至，急唤入。庶拆封视之。书曰："近汝弟康丧，举目无亲。正悲凄间，不期曹丞相使人赚至许昌，言汝背反，下我于缧绁，赖程昱等救免。若得汝降，能免我死。如书到日，可念劬劳之恩①，星夜前来，以全孝道，然后徐图归耕故园，免遭大祸。吾今命若悬丝，专望救援！更不多嘱。"徐庶览毕，泪如泉涌。

一知居主人曰：

曹操来硬的，徐母不认；程昱来软的，装作亲近，却是换来徐

---

① 劬劳之恩：指父母辛劳养育子女之恩。明·施耐庵《水浒传》第一一九回："在京师图个荫子封妻，光耀祖宗，报答父母劬劳之恩。"

第三十六回　玄德用计袭樊城　元直走马荐诸葛

母之信任和手书。程昱断断不知，自己正在把徐母往阴间里送。

徐庶接到家书，"览毕，泪如泉涌"，持书来辞刘备。有人说，徐庶如此聪明之人，竟然没有识得书之真假，不可为聪明人。窃以为如此评徐庶，实属不通人情。徐庶至孝，看信后，知道母为曹所拘，且"近汝弟康丧，举目无亲"，母亲"命若悬丝，专望救援"！心中必然十万火急，又怎会往真假方面考虑。怪就怪程昱信写得真切、书仿得真！

徐庶见玄德，只好说自己真名徐庶，为逃难更名单福。曾到刘表处，看是无用之人，故作书别之。夜访司马徽，司马徽说刘豫州在此，何不事之？故作狂歌于市，以动使君。幸蒙不弃，即赐重用。争奈老母被曹操赚至许昌囚禁，将欲加害。老母手书来唤，庶不容不去。玄德闻言大哭曰："子母乃天性之亲，元直无以备为念。待与老夫人相见之后，或者再得奉教。"又"乞再聚一宵，来日饯行"。孙乾密谓玄德说徐庶尽知我军中虚实，"我其危矣。主公宜苦留之，切勿放去。"玄德曰："不可。使人杀其母，而吾用其子，不仁也；留之不使去，以绝其子母之道，不义也。吾宁死，不为不仁不义之事。"众皆感叹。

一知居主人曰：

徐庶来辞别刘备，不得已说了自己真名，更名单福只是为了逃难。别词之中，说了自己曾经到司马徽庄上一叙，自是对应了前面。

徐庶见刘备，无论徐庶，还是刘备所表现，均为性情中人。只是孙乾所言，与前面程昱所言暗合，此前，一知居主人一直认为孙乾属于大丈夫，本次却是小肚鸡肠。当然，他也是在为刘备的安危所计，不属于个人之间的恩怨！

玄德请徐庶饮酒，玄德曰："备闻公将去，如失左右手。"玄德与

徐庶并马出城，至长亭，下马相辞。**玄德举杯谓徐庶曰："备分浅缘薄，不能与先生相聚。望先生善事新主，以成功名。"庶泣曰："某才微智浅，深荷使君重用。今不幸半途而别，实为老母故也。"玄德曰："先生既去，刘备亦将远遁山林矣。"庶曰："使君宜别求高贤辅佐，共图大业，何便灰心如此？"玄德曰："天下高贤，无有出先生右者。"庶曰："某樗栎庸材①，何敢当此重誉。"临别又顾谓诸将曰："愿诸公善事使君。"**

一知居主人曰：

对话之中，刘备说如果徐庶走了，自己也将"远遁山林"。不管刘备是否出于真心，却是击中了徐庶心中的"软肋"，所以徐庶力劝刘备求高贤再图大业。最后劝"诸公善事使君"也是真心真意。

此情此景，不只是刘备、徐庶伤感，"诸将无不伤感"，恐怕读者读了之后，也会伤感的。这段文字，罗贯中老先生实在过于煽情。当然正因为刘备很珍惜徐庶，才有了后面走马荐诸葛一事来。

此节中，徐庶有言，"纵使曹操相逼，庶亦终身不设一谋"。既是对刘备的一种承诺，也是对曹操所作所为的无声反抗。后面，徐庶真的恪守了这一原则。

玄德连送数程。庶辞曰："不劳使君远送，庶就此告别。"玄德就马上执庶之手曰："先生此去，天各一方，未知相会却在何日！"说罢，泪如雨下。庶亦涕泣而别。玄德立马于林畔，看徐庶匆匆而去。玄德哭曰："元直去矣！吾将奈何？"凝泪而望，却被一树林隔断。玄德以鞭指曰："吾欲尽伐此处树木，因阻吾望徐元直之目也。"

---

① 樗栎庸材：比喻平庸无用的人。常用作谦辞。樗，臭椿；栎，橡树，不成材的树木。《庄子·逍遥游》："吾有大树，人谓之樗，其大本拥肿而不中绳墨，其小枝卷曲而不中规矩。立之途，匠者不顾。"

一知居主人曰：

前一节中，有"二人相对而泣，坐以待旦"；本节中有"（刘备）泪如雨下。庶亦涕泣而别"。场面实在感人。更有玄德哭曰："元直去矣！吾将奈何？"像是问天！最后命人砍伐树木，"因阻吾望徐元直之目也。"这足以说明此时刘备有些无助，心乱如麻！也有哭自己事业刚刚发展却遭此难的心理在！

正望间，忽见徐庶拍马而回。玄德曰："元直复回，莫非无去意乎？"遂欣然拍马向前迎问曰："先生此回，必有主意。"庶勒马谓玄德曰："某因心绪如麻，忘却一语：此间有一奇士，只在襄阳城外二十里隆中。使君何不求之？"玄德曰："敢烦元直为备请来相见。"庶曰："此人不可屈致，使君可亲往求之。若得此人，无异周得吕望、汉得张良也。"玄德曰："此人比先生才德何如？"庶曰："以某比之，譬犹驽马并麒麟、寒鸦配鸾凤耳。此人每尝自比管仲①、乐毅②；以吾观之，管、乐殆不及此人。此人有经天纬地之才，盖天下一人也！"

一知居主人曰：

徐庶远走，忽然回来，刘备以为徐庶有心不走，自是惊喜。没想到徐庶返回是推荐人的，让刘备和读者都会有些小失望。

---

① 管仲（前723年~前645年）：名夷吾，字仲，颍上（今安徽颍上县）人。春秋时期法家代表人物。公元前698年，开始辅佐公子纠。公元前685年，得到鲍叔牙推荐，担任国相，辅佐齐桓公成为春秋五霸之首。对内大兴改革、富国强兵；对外尊王攘夷，九合诸侯，一匡天下，被尊称为"仲父"。

② 乐毅：子姓，乐氏，名毅，字永霸。中山灵寿人，战国后期杰出的军事家、战略家，魏将乐羊后裔，拜燕上将军，受封昌国君，辅佐燕昭王振兴燕国。公元前284年，他统帅燕国等五国联军攻打齐国，连下七十余城，创造了中国古代战争史上以弱胜强的著名战例，报了强齐伐燕之仇。

再看徐庶和刘备对话。徐庶推荐人，只是说此人很有才华，需要刘备前去拜访，却一直没有说出此人姓名。刘备好像也有些糊涂了，只是想知道此人与徐庶相比何人更高一筹。作者渲染了一种很神秘的氛围。

玄德喜曰："愿闻此人姓名。"庶说此人乃琅琊阳都人诸葛亮，字孔明，汉司隶校尉诸葛丰之后。父亲早逝，亮从其叔玄，家于襄阳。后玄卒，亮与弟诸葛均躬耕于南阳。尝好为《梁父吟》。居卧龙冈，因自号为"卧龙先生"。"此人乃绝代奇才，使君急宜枉驾见之。若此人肯相辅佐，何愁天下不定乎！"玄德曰："昔水镜先生曾为备言：'伏龙、凤雏，两人得一，可安天下。'今所云莫非即'伏龙、凤雏'乎？"庶曰："凤雏乃襄阳庞统也。伏龙正是诸葛孔明。"玄德踊跃曰："今日方知伏龙、凤雏之语。何期大贤只在目前！"

一知居主人曰：

本节中，通过徐庶叙述，介绍了诸葛亮的基本情况，且徐庶极具夸奖之能事，吊足了刘备的胃口。所以刘备最后有言，"非先生言，备有眼如盲也！"

从徐庶收到母亲书信来见刘备，细说一二，刘备"闻言大哭"。刘备请徐庶饮酒，"二人相对而泣"。天明郊外饯行，刘备言语之间，"泪如雨下"。徐庶别过，刘备"哭曰""凝泪而望"，并让人伐了挡住视线的树林。此情此景，不免让人潸然泪下。可是，徐庶回头荐人，"玄德喜曰"。徐庶荐诸葛，言其乃绝代奇才，刘备竟然"踊跃曰"。半晌哭泣，转眼大喜过望，断不是一般人士可做，足见刘备深谙帝王之术也！

徐庶荐了孔明，再别玄德，策马而去。玄德闻徐庶之语，方悟

第三十六回　玄德用计袭樊城　元直走马荐诸葛

司马德操之言,似醉方醒,如梦初觉。引众将回至新野,便具厚币,同关、张前去南阳请孔明。

一知居主人曰:

"似醉方醒,如梦初觉"八个字用得甚妙,刘备渴求人才之心跃然纸上。曹操为刘备关上了一扇门,没想到另一扇大门要徐徐打开了。

徐庶既别玄德,乘马直至卧龙冈下,入草庐见孔明。庶曰:"庶本欲事刘豫州,奈老母为曹操所囚,驰书来召,只得舍之而往。临行时,将公荐与玄德。玄德即日将来奉谒,望公勿推阻,即展平生之大才以辅之,幸甚!"孔明闻言作色曰:"君以我为享祭之牺牲①乎!"说罢,拂袖而入。庶羞惭而退,赴许昌见母。

一知居主人曰:

徐庶感其(刘备)留恋之情,走马荐了诸葛。为稳妥起见,自己先到孔明处做了解释,希望先生能够出山建功立业。这是徐庶细心之处。但是孔明"闻言作色""拂袖而去",出乎徐庶和读者的意料。徐庶感到羞愧,属于自然!

---

① 牺牲:祭神用的牲畜。《左传·曹刿论战》:"牺牲玉帛,弗敢加也,必以信。"

第三十七回
司马徽再荐名士　刘玄德三顾茅庐

徐庶到许昌。曹操遂命荀彧、程昱等一班谋士迎之。庶见操。操曰："公乃高明之士，何故屈身而事刘备乎？"庶曰："某幼逃难，流落江湖，偶至新野，遂与玄德交厚，老母在此，幸蒙慈念，不胜愧感。"操曰："正可晨昏侍奉令堂①，吾亦得听清诲矣。"庶拜谢而出。

一知居主人曰：

徐庶来许昌，曹操派荀彧、程昱等人迎。程昱心情当是最为复杂，对徐庶有内疚之心。因为是他献计招来徐庶的。徐母骂曹、曹要杀徐母，他在现场；赚徐母手书、仿写家书致徐处，又是程昱所为。大幕已经拉开，作为一介谋士，程昱已经左右不了局势，只有被拖着往下走了。

徐庶急见其母。母大惊，继而大怒："汝既读书，须知忠孝不能两全。岂不识曹操欺君罔上之贼？刘玄德仁义布于四海，况又汉室之胄，汝既事之，得其主矣，今凭一纸伪书，更不详察，遂弃明投暗，

---

① 令堂：指对别人母亲的尊称，敬辞。明·吾邱瑞《运甓记·剪发延宾》："方才小价说，你北堂截发供榛脯。世上有此贤德之母，小弟既忝与仁兄倾盖交欢，敢请令堂一见。"

自取恶名，真愚夫也！吾有何面目与汝相见！"徐庶拜伏于地。母自转屏风后。少顷，家人报曰："老夫人自缢于梁间。"徐庶慌入救时，母气已绝。徐庶哭绝于地，良久方苏。曹操使人吊问，又亲往祭奠。

一知居主人曰：

徐庶进曹营，没想母亲自缢。"徐庶葬母柩于许昌之南原，居丧守墓。凡操有所赐，庶俱不受"，足见徐庶之决心。读到此处，不免想起，当年关云长在曹营，曹操所赐，其有所受有所不受，毕竟关云长拖（刘备之）家带口，有活命之必需。

徐庶一直坚守最初对刘备的承诺，"纵使曹操相逼，庶亦终身不设一谋"，遂有了"徐庶进曹营——一言不发"之说。后面赤壁大战前夕，庞统献连环计被徐庶识破。徐庶也只是找了一个借口去了散关。故说徐庶"身在曹营心在汉"也不为过。

曹操只是羁绊住了徐庶的肉身之体，并没有获其真心拥戴。这种结局绝非曹操和程昱最初之意，活脱脱一种悲剧！

玄德正欲往隆中谒诸葛亮，人报有一先生特来相探。整衣出迎，才知道是司马徽。玄德拜问曰："备自别仙颜，因军务倥偬，有失拜访。今得光降，大慰仰慕之私。"徽曰："闻徐元直在此，特来一会。"玄德曰："近因曹操囚其母，徐母遣人驰书，唤回许昌去矣。"徽曰："此书必诈也。元直不去，其母尚存。今若去，母必死矣！"玄德惊，徽曰："徐母高义，必羞见其子也。"

一知居主人曰：

刘备想诸葛亮几乎到了入魔的地步。只要有人来访，都认为是诸葛亮。前几日，徐庶主动去访司马徽，谈得很欢。今日司马徽来访徐庶，却是未遇。

在刘备访诸葛之前，罗贯中先生插了这样一节，看似闲笔，实

则妙笔。一则解释了前些日子刘备在山庄所住当夜有人访司马徽之惑；二则印证了徐庶进曹营、徐母自杀的必然。

玄德说徐庶临走推荐了诸葛亮，不知"其人若何"。徽笑曰："元直欲去，自去便了，何又惹他出来呕心血也？"玄德曰："先生何出此言？"司马徽说孔明与崔州平、石广元、孟公威、徐元直为密友，"惟孔明独观其大略。尝抱膝长吟，而指四人曰：公等仕进可至刺史、郡守。众问孔明之志若何，孔明但笑而不答。每常自比管仲、乐毅，其才不可量也。"云长曰："孔明自比此二人，毋乃太过？"徽笑曰："以吾观之，不当比此二人；我欲另以二人比之。""可比兴周八百年之姜子牙、旺汉四百年之张子房也。"众皆愕然。徽下阶相辞欲行，玄德留之不住。

一知居主人曰：

诸葛亮没有出山，就屡屡被人提起，特别是司马徽再次推荐的时候，说诸葛亮才华如何如何，更加计刘备下定决心要请诸葛出山。值得注意的是，司马徽将诸葛亮比作姜子牙、张子房，与徐庶所言惊人的相似。

司马徽说诸葛亮每每自比管仲、乐毅。"时云长在侧曰：'某闻管仲、乐毅乃春秋战国名人，功盖寰宇。孔明自比此二人，毋乃太过？'"关云长熟读春秋，自知管仲、乐毅之才，对诸葛亮质疑，在情理之中。诸葛亮在关羽心中的第一印象已经初具：会说大话！

司马徽来也匆匆，去也匆匆，最后出门仰天大笑曰："卧龙虽得其主，不得其时，惜哉！"言罢，飘然而去。过得真是神仙日子，堪为潇洒。不过司马徽最后这句话，耐人寻味，有谶语之嫌！也像是对诸葛亮后半生的一种总结。与前面所言司马徽说徐庶"何又惹他（诸葛亮）出来呕心血也？"相呼应。

第三十七回　司马徽再荐名士　刘玄德三顾茅庐

次日，玄德同关、张等来隆中。遥望山畔数人，荷锄耕于田间，而作歌曰："苍天如圆盖，陆地似棋局。世人黑白分，往来争荣辱。荣者自安安，辱者定碌碌。南阳有隐居，高眠卧不足！"玄德闻歌，勒马唤农夫问曰："此歌何人所作？"答曰："乃卧龙先生所作也。"玄德曰："卧龙先生住何处？"农夫曰："自此山之南，一带高冈，乃卧龙冈也。冈前疏林内茅庐中，即诸葛先生高卧之地。"玄德谢之，策马前行。不数里，遥望卧龙冈，果然清景异常。

一知居主人曰：

本节之描述，颇有晋人陶渊明《桃花源记》之遗风！同时，未见其人，先闻其名。个人有作品被传唱，不是一般人所能为，更加让刘备神往。

玄德来到庄前，一童出问。玄德曰："汉左将军、宜城亭侯、领豫州牧、皇叔刘备，特来拜见先生。"童子曰："我记不得许多名字。"玄德曰："你只说刘备来访。"童子曰："先生今早少出。"玄德曰："何处去了？"童子曰："踪迹不定，不知何处去了。"玄德曰："几时归？"童子曰："归期亦不定，或三五日，或十数日。"玄德惆怅不已。玄德从关羽言，离开前嘱付童子："如先生回，可言刘备拜访。"

一知居主人曰：

刘备初访诸葛亮，不知装的什么架子，竟然在名字前面加了"汉左将军、宜城亭侯、领豫州牧、皇叔"这么多官位，有点"王婆卖瓜，自卖自夸"。童子当然不领情，故有语"我记不得许多名字"。刘备最后一句话，"如先生回，可言刘备拜访"，纯属多余。童子有告知的义务么？况且从对话中，明显能够体会到童子的应付。

童子所言先生"踪迹不定，不知何处去了"，不免让人想起唐·贾岛《寻隐者不遇》中有句："只在此山中，云深不知处。"

刘备回新野途中，见崔州平。二人对坐于林间石上。州平曰："将军何故欲见孔明？"玄德曰："欲见孔明，求安邦定国之策耳。"州平笑着说，自高祖斩蛇起义，"至今二百年，民安已久，故干戈又复四起。此正由治入乱之时，未可猝定也。将军欲使孔明斡旋天地，补缀乾坤，恐不易为，徒费心力耳。岂不闻'顺天者逸，逆天者劳'；'数之所在，理不得而夺之；命之所在，人不得而强之'乎？"玄德曰："但备身为汉胄，合当匡扶汉室，何敢委之数与命？""蒙先生见教。但不知孔明往何处去了？"州平曰："吾亦欲访之，正不知其何往。"玄德请崔去新野，州平曰："愚性颇乐闲散，无意功名久矣。"言讫，长揖而去。

一知居主人曰：

刘备隆中一寻诸葛亮不遇，回来途中遇到崔州平。崔州平所言，与司马徽所言，既有相似，也有不同。崔州平话说天下大事，明显有宿命论，自然不合刘备胃口。所以，谈着谈着，刘备忽然说了一句"蒙先生见教。但不知孔明往何处去了"，道不同不相为谋，明显有些烦了。至于让崔州平跟自己回新野，只是面子上的话、让让而已。好在崔州平有自知之明，回绝了刘备。关羽没有言语，倒是张飞快人快语，说了一句"孔明又访不着，却遇此腐儒，闲谈许久"！

过了数日，玄德使人探听。回报孔明已回矣。玄德便教备马。张飞曰："量一村夫，何必哥哥自去，可使人唤来便了。"玄德叱曰："孔明当世大贤，岂可召乎！"遂上马再往访。关、张相随。时值隆冬，天气严寒，彤云密布。张飞曰："天寒地冻，尚不用兵，岂宜远见无益之人乎！"玄德曰："吾正欲使孔明知我殷勤之意。如弟辈怕冷，可先回去。"飞曰："死且不怕，岂怕冷乎！但恐哥哥空劳神思。"

一知居主人曰：

上次刘备寻诸葛亮，"遥望山畔数人，荷锄耕于田间"，本次出

发却是"时值隆冬,天气严寒","行无数里,忽然朔风凛凛,瑞雪霏霏。山如玉簇,林似银妆",季节之变化,岂是可以用"数日"来解释的?

本节中,关羽没有言语,但是并不代表他对隆中访诸葛亮一事没有观点。张飞倒是满腹牢骚,不过,张飞所言,也都是出自对刘备的忠心。玄德最后一句,"勿多言,只相随同去。"有大人吵孩子的味道,蛮有趣!

将近茅庐,闻路傍酒店中有人作歌。玄德立马听之。一人歌罢,又有一人击桌而歌。二人歌罢,抚掌大笑。玄德曰:"卧龙其在此间乎!"遂下马入店。玄德揖而问曰:"二公谁是卧龙先生?"长须者曰:"公何人?欲寻卧龙何干?"玄德曰:"某乃刘备也。欲访先生,求济世安民之术。"长须者说:"吾乃颍川石广元,此位是汝南孟公威。"玄德喜曰:"敢请二公同往卧龙庄上一谈。"广元曰:"吾等皆山野慵懒之徒,不省治国安民之事,不劳下问。明公请自上马,寻访卧龙。"

一知居主人曰:

刘备上次偷听徐庶和司马徽谈话,这次却是偷听石广元、孟公威吟咏。上次没有敢进屋,这次却是直接进入酒店问候。因为思孔明情切,开门见山就说"二公谁是卧龙先生",屋内两人并没有先报自己名字,反问刘备"公何人?欲寻卧龙何干?"与前面情况类似。初次见面,刘备就邀石、孟一起访卧龙,未免唐突,有悖于常理。石广元婉拒,正常。

玄德到卧龙冈庄前扣门问童子"先生今日在庄否"。童子曰:"现在堂上读书。"玄德大喜。至中门,只见门上大书一联云:"淡泊以明志。宁静而致远。"玄德正看间,忽闻吟咏之声,见草堂之上,一少年拥炉抱膝而歌。玄德待其歌罢,上草堂施礼曰:"备久慕先生,无缘拜会。

昨因徐元直称荐,敬至仙庄,不遇空回。今特冒风雪而来。得瞻道貌,实为万幸!"那少年慌忙答礼曰:"将军莫非刘豫州,欲见家兄否?"玄德惊讶。少年曰:"某乃卧龙之弟诸葛均也","(家兄)昨为崔州平相约,出外闲游去矣","往来莫测,不知去所。"玄德曰:"刘备直如此缘分浅薄,两番不遇大贤!"

一知居主人曰:

童子并不知刘备来找哪一个,只是说先生"现在堂上读书。"刘备便是大喜。刘备高兴之余,并没有冲动,还是比较懂得礼仪,"立于门侧窥之",及至"先生"歌完,方才上前自报名号,说自己为何而来。不想眼前"先生"是诸葛家族之中的老三诸葛均,刘备空欢喜一场。

张飞曰:"那先生既不在,请哥哥上马。"玄德曰:"我既到此间,如何无一语而回?"张飞曰:"问他则甚!风雪甚紧,不如早归。"玄德叱止之。均曰:"家兄不在,不敢久留车骑,容日却来回礼。"玄德曰:"岂敢望先生枉驾。数日之后,备当再至。愿借纸笔作一书,留达令兄,以表刘备殷勤之意。"均遂进文房四宝。玄德呵开冻笔,写书。及至写罢,递与诸葛均收了。均送出,玄德再三殷勤致意而别。

一知居主人曰:

两顾茅庐,诸葛亮仍是不在,张飞闹着要走。提出"问他则甚!风雪甚紧,不如早归。"怕是此句被诸葛均听到,诸葛均说:"家兄不在,不敢久留车骑。容日却来回礼。"看似应付,却明显有送客之意。好在最后看到刘备还算谦恭,备下笔墨让刘备留书信一封。

刘备问诸葛均曰:"闻令兄卧龙先生熟谙韬略,日看兵书,可得闻乎?"均曰:"不知。"有点出乎意料。诸葛亮名声已经在外,老叟皆知,难道独弟不知。怕只是不想告诉刘备吧!

刘备方上马欲行，忽见童子叫"老先生来也"。玄德视之，一人暖帽遮头，狐裘蔽体，骑着一驴，踏雪而来。转过小桥，口吟诗一首。玄德闻歌曰："此真卧龙矣！"滚鞍下马，"先生冒寒不易！刘备等候久矣！"那人慌忙答礼。诸葛均在后曰："乃家兄岳父黄承彦也。"玄德曰："适间所吟之句，极其高妙。"承彦曰："老夫在小婿家观《梁父吟》，记得这一篇；适过小桥，偶见篱落间梅花，故感而诵之。"并说"老夫也来看他"。玄德闻言，上马而归。

一知居主人曰：

刘备越是渴望见到诸葛亮，诸葛亮越是迟迟不露面。二顾茅庐，出现的是三弟诸葛均；回新野途中见到的却是诸葛亮的岳父黄承彦。老岳父触景生情，吟诵女婿作品中的文字，可爱，也可见其对这位女婿的看重。没想到老头也是来看女婿的，也是未遇！

后面在第八十四回中，夷陵之战，刘备大败，陆逊追击，被困"八阵图"中，黄承彦将其安全带出。与关羽华容道义释曹操有异曲同工之妙。当然也有人说，属于老岳父为了第三方利益出面坏了自家女婿的好事情。

第三十八回

定三分隆中决策　战长江孙氏报仇

　　来年早春，刘备乃令卜者揲蓍，选择吉期，斋戒三日，薰沐更衣，欲再谒孔明。关、张不悦。关公曰："兄长两次亲往拜谒，其礼太过矣。想诸葛亮有虚名而无实学，故避而不敢见。"玄德曰："不然，昔齐桓公欲见东郭野人①，五反而方得一面。"张飞曰："量此村夫，何足为大贤。今番不须哥哥去。他如不来，我只用一条麻绳缚将来！"玄德叱曰："汝岂不闻周文王谒姜子牙②之事乎？""今番汝休去，我自与云长去。"

---

① 齐桓公欲见东郭野人：东郭野人是春秋齐桓公时期的一个贤士。据刘向《新序·杂事》载："齐桓公见小臣稷，一日三至不得见也。从者曰：'万乘之主，见布衣之士，一日三至而不得见，亦可以止矣。'桓公曰：'不然。士之傲爵禄者，固轻其主；其主傲霸王者，亦轻其士。纵夫子傲爵禄，吾庸敢傲霸王乎？'五往而后得见。天下闻之，皆曰：'桓公犹下布衣之士，而况国君乎？'于是相率而朝，靡有不至。"

② 周文王谒姜子牙：出自《史记·齐太公世家》："太公望吕尚者，东海上人。其先祖尝为四岳，佐禹平水土甚有功。虞夏之际封于吕，或封于申，姓姜氏。夏商之时，申、吕或封枝庶子孙，或为庶人，尚其后苗裔也。本姓姜氏，从其封姓，故曰吕尚。吕尚盖尝穷困，年老矣，以渔钓奸周西伯。西伯将出猎，卜之，曰'所获非龙非彲，非虎非罴；所获霸王之辅'。于是周西伯猎，果遇太公于渭之阳，与语大说，曰：'自吾先君太公曰"当有圣人适周，周以兴"。子真是邪？吾太公望子久矣。'故号之曰'太公望'，载与俱归，立为师。"

飞曰："既两位哥哥都去，小弟如何落后！"玄德曰："汝若同往，不可失礼。"飞应诺。

一知居主人曰：

读至本节，发现自己曾有一个误区，三顾茅庐，却是跨了两个阴历年度的。原文写得明白"光阴荏苒，又早新春"。

这一次刘备为了访诸葛，进行了抽卦签、斋戒、沐浴更衣等仪式，仪式隆重而严肃，遭到关羽、张飞两人同时不悦。关羽认为可能是诸葛亮避而不见；张飞直说"只用一条麻绳缚将来"！好在刘备执意坚持，关、张也无可奈何，只是从了。张飞与刘备对话，张飞颇具儿童趣味。并不像关羽此时心中有数，已经有些轻视诸葛亮了。

刘备三人乘马往隆中。离草庐半里之外，玄德正遇诸葛均。玄德忙施礼，问曰："令兄在庄否？"均曰："昨暮方归。将军今日可与相见。"言罢，飘然自去。玄德曰："今番侥幸得见先生矣！"张飞曰："此人无礼！便引我等到庄也不妨，何故竟自去了！"玄德曰："彼各有事，岂可相强。"

一知居主人曰：

三顾茅庐，刘备在"草庐半里之外"（注意离庐并不远）见到诸葛均。诸葛均只说兄长"昨暮方归"，便"飘然自去"。诸葛均此前与刘备一行曾见过面，也知刘备来请老兄出山。按照常理，诸葛均应领刘、关、张回庐拜见哥哥。可诸葛均没有这样做，竟然自己走掉了，有悖常理。张飞人虽然粗鲁，却也是懂得这些道理！毛宗岗先生说："若使诸葛均一见玄德，便连忙回转报出孔明迎门相揖，则不成其为卧龙先生了。"

三人来到庄前叩门。玄德曰："有劳仙童转报，刘备专来拜见先

第三十八回　定三分隆中决策　战长江孙氏报仇

生。"童子曰:"今日先生虽在家,但今在草堂上昼寝未醒。"玄德曰:"既如此,且休通报。"分付关、张二人,只在门首等着。玄德徐步而入,拱立阶下。半响,先生未醒。关、张在外立久,入见玄德犹然侍立。张飞大怒,谓云长曰:"这先生如何傲慢!见我哥哥侍立阶下,他竟高卧,推睡不起!等我去屋后放一把火,看他起不起!"云长再三劝住。玄德仍命二人出门外等候。

一知居主人曰:

刘备三顾茅庐,却是让关、张在门外等着,自是考虑到两人来时已经带有一定情绪。刘备见诸葛亮在草堂昼寝,不敢打扰。不知不觉,半响过去。关、张进来,张飞勃然大怒,要烧草堂,符合张飞性格。只是关羽再三劝住,没有火上浇油。冥冥之中,关羽有一种冷笑出来:想看事情究竟会如何发展下去。

刘备望堂上时,见先生翻身将起,忽又朝里壁睡着。童子欲报。玄德曰:"且勿惊动。"又立了一个时辰,孔明才醒,口吟诗曰:"大梦谁先觉?平生我自知。草堂春睡足,窗外日迟迟。"孔明吟罢,翻身问童子曰:"有俗客来否?"童子曰:"刘皇叔在此,立候多时。"孔明乃起身曰:"何不早报!尚容更衣。"

一知居主人曰:

这两节中,刘备表现的足够耐心。当然,刘备也有一种心态,毕竟今日访着诸葛亮,与他交谈只是今天早晚的事情。不过,孔明还真能睡。醒来之后,并没有急于见刘备,而是"转入后堂。又半响,方整衣冠出迎",似乎在有意考量刘备的耐心。不过,这种较量,最终诸葛亮还是输给了刘备。

玄德见孔明身长八尺,面如冠玉,头戴纶巾,身披鹤氅,飘飘

然有神仙之概。玄德下拜曰:"久闻先生大名,如雷贯耳。昨两次晋谒,不得一见,已书贱名于文几,未审得入览否?"孔明曰:"南阳野人,疏懒性成,屡蒙将军枉临,不胜愧赧。"二人叙礼毕,分宾主而坐,童子献茶。

一知居主人曰:

刘备自报家门,开头说自己是"汉室末胄、涿郡愚夫",而不是第一次所言官衔多多,明显谦逊多了。诸葛亮所对"南阳野人,疏懒性成"。两相对比,都有第一次见面的寒暄和谦虚,相映成趣。

茶罢,孔明曰:"昨观书意,足见将军忧民忧国之心,但恨亮年幼才疏,有误下问。"玄德曰:"司马德操之言,徐元直之语,岂虚谈哉?望先生不弃鄙贱,曲赐教诲。"孔明曰:"亮乃一耕夫耳,安敢谈天下事?二公谬举矣。"玄德曰:"大丈夫抱经世奇才,岂可空老于林泉之下?愿先生以天下苍生为念,开备愚鲁而赐教。"孔明笑曰:"愿闻将军之志。"玄德屏人促席而告曰:"汉室倾颓,奸臣窃命,备不量力,欲伸大义于天下,而智术浅短,迄无所就。惟先生开其愚而拯其厄,实为万幸!"

一知居主人曰:

诸葛亮所言"昨观书意",与此前诸葛均所言兄长"昨暮方归"遥相呼应。诸葛亮要刘备讲述自己的理想时,刘备"屏人促席而告",却是有点过于敏感、神秘,保护过当。毕竟到目前为止,知道诸葛亮真正才华的并不是太多,谁又会在他身边安排奸细?!

孔明曰:"自董卓造逆以来,天下豪杰并起。曹操势不及袁绍,而竟能克绍者,非惟天时,抑亦人谋也。今操已拥百万之众,挟天子以令诸侯,此诚不可与争锋。孙权据有江东,已历三世,国险而民附,此可用为援而不可图也。荆州北据汉、沔,利尽南海,东连

第三十八回　定三分隆中决策　战长江孙氏报仇

吴会，西通巴、蜀，此用武之地，非其主不能守，是殆天所以资将军，将军岂有意乎？益州险塞，沃野千里，天府之国，高祖因之以成帝业。今刘璋暗弱，民殷国富，而不知存恤，智能之士，思得明君。将军既帝室之胄，信义著于四海，总揽英雄，思贤如渴，若跨有荆、益，保其岩阻，西和诸戎，南抚彝、越，外结孙权，内修政理。待天下有变，则命一上将①将荆州之兵以向宛、洛，将军身率益州之众以出秦川，百姓有不箪食壶浆以迎将军者乎？诚如是，则大业可成，汉室可兴矣。此亮所以为将军谋者也。惟将军图之。"

一知居主人曰：

刘备短短几句话，竟然引得诸葛亮长篇大论，一气呵成，明显胸有成竹。中心意思很明确。曹操势力太大，不可与争锋；孙权久居江东，可为援而不可图也。当下之急，就是要拿下荆州，攻下益州，建立自己的根据地。有了一定基础之后，再说兴复汉室之大业！

孔明命童子取一画轴挂于中堂，指谓玄德曰："此西川五十四州之图也。将军欲成霸业，北让曹操占天时，南让孙权占地利，将军可占人和。先取荆州为家，后即取西川建基业，以成鼎足之势，然后可图中原也。"玄德闻言，避席拱手谢曰："先生之言，顿开茅塞，使备如拨云雾而睹青天。但荆州刘表、益州刘璋，皆汉室宗亲，备安忍夺之？"孔明曰："亮夜观天象，刘表不久人世；刘璋非立业之主：久后必归将军。"玄德闻言，顿首拜谢。

一知居主人曰：

诸葛亮说完自己的思路，又取出一画轴，给人一种早有准备但

---

① 上将：指地位高的将领。不同于今日军衔制中的"上将"（将官中的一级，低于大将，高于中将）。

等明主来(不是"待价而沽")的感觉。诸葛亮提出"先取荆州为家,后即取西川建基业",刘备茅塞顿开之余,也有一种顾虑,毕竟刘表、刘璋都是汉室宗亲啊!

玄德拜请孔明"愿先生不弃鄙贱,出山相助"。孔明曰:"亮久乐耕锄,懒于应世,不能奉命。"玄德泣曰:"先生不出,如苍生何!"言毕,泪沾袍袖,衣襟尽湿。孔明见其意甚诚,乃曰:"将军既不相弃,愿效犬马之劳。"玄德大喜,遂命关、张入,拜献金帛礼物。孔明固辞不受。玄德曰:"此非聘大贤之礼,但表刘备寸心耳。"孔明方受。于是玄德等在庄中共宿一宵。次日,诸葛均回,孔明嘱付曰:"吾受刘皇叔三顾之恩,不容不出。汝可躬耕于此,勿得荒芜田亩。待我功成之日,即当归隐。"

一知居主人曰:

刘备三顾茅庐,终于得见诸葛亮。诸葛亮细说天下大势,"玄德闻言,顿首拜谢"。刘备力邀诸葛出山,诸葛亮说自己"久乐耕锄,懒于应世,不能奉命"。不想,"玄德泣曰:'先生不出,如苍生何!'言毕,泪沾袍袖,衣襟尽湿"。诸葛不得已答应"愿效犬马之劳",谁料,玄德竟然"大喜"。一泣一喜,眨眼之间,可见刘备是个绝好的演员。也可见刘备此时求才之心。从某种意义可以说,诸葛亮是刘备哭出山的。

三顾茅庐之间,牢骚最多者,张飞也。动不动就要把诸葛亮"捉来",但是张飞知错能改,后来对诸葛亮尊敬有加。而期间关羽只是在第一次时候说了一句"不如且归,再使人探听",第三次去访时说,"兄长两次亲往拜谒,其礼太过矣。想诸葛亮有虚名而无实学,故避而不敢见。兄何惑于斯人之甚也!"没有过多言语。隐隐让人感觉到,关云长对诸葛亮之不冷不热,也正是自此而起。

玄德待孔明如师，食则同桌，寝则同榻，终日共论天下之事，孔明曰："曹操于冀州作玄武池以练水军，必有侵江南之意。可密令人过江探听虚实。"玄德从之，使人往江东探听。

一知居主人曰：

诸葛亮听到的是曹操在冀州练水军，诸葛亮、刘备却让人往江东探听。知道罗贯中先生下一步要叙述江东之事，但是这种转折，实在过于牵强！

建安七年，曹操破袁绍，遣使命孙权遣子入朝随驾。权犹豫未决。张昭曰："操欲令我遣子入朝，是牵制诸侯之法也。然若不令去，恐其兴兵下江东，势必危矣。"周瑜曰："将军承父兄遗业，兼六郡之众，兵精粮足，将士用命，有何逼迫而欲送质于人？""不如勿遣，徐观其变，别以良策御之。"吴太夫人曰："公瑾之言是也。"权遂从其言，谢使者，不遣子。自此曹操有下江南之意。

一知居主人曰：

此节前面一段，说孙权承父兄基业，开宾馆于吴会。文有阚泽、严畯、薛综、程秉、朱桓、陆绩等数人至江东；良将得吕蒙、陆逊、徐盛、潘璋、丁奉等人。文武诸人，共相辅佐，由此江东称得人之盛。

建安七年，曹操要孙权遣子入朝随驾。曹操选择时机有讲究，是在破了袁绍之后，有炫耀和恐吓之意！虽说此例古已有之，但孙权当前形势正蒸蒸日上，岂肯轻易受制于人。吴太夫人、周瑜也有此意（张昭有所顾虑），故孙权"谢使者，不遣子"（这个使者在《三国演义》属于比较幸运的了。使者被斩，在本书中并不是少数）。只是"但正值北方未宁，无暇南征"，曹操心有余而力不足，遂让孙权有机会扩充自己地盘，开始讨伐黄祖。

建安八年十一月，孙权引兵伐黄祖，战于大江之中。祖军败绩。权部将凌操，轻舟当先，杀入夏口，被黄祖部将甘宁一箭射死。凌操子凌统，时年方十五岁，奋力往夺父尸而归。权见风色不利，收军还东吴。

一知居主人曰：

孙权引兵伐黄祖，权部将凌操为甘宁一箭射死。凌操十五岁儿子凌统奋力夺回父亲尸体，杀父之仇自然郁结于心。此时，凌操和甘宁各为其主，所作均无可厚非。

孙权弟孙翊为丹阳太守，督将妫览、郡丞戴员二人，常有杀翊之心。乃与翊从人边洪结为心腹，共谋杀翊。时翊设宴相待诸将县令。翊妻徐氏美而慧，极善卜《易》，是日卜一卦，大凶，劝翊勿出会客。翊不从。至晚席散，边洪带刀跟出门外，即抽刀砍死孙翊。妫览、戴员乃归罪边洪，斩之于市。

一知居主人曰：

孙权之弟孙翊为丹阳太守，"性刚好酒，醉后尝鞭挞士卒。"此属于酒风不好，后患无穷。孙翊最终为身边人边洪所杀。其实张飞也有类似毛病。前面刘备讨伐袁术，留张飞守徐州。不久张飞酒后耍威风，打了吕布岳父曹豹五十鞭，结果曹豹反水，徐州被吕布夺了。张飞弃城而走，还算幸运。后文书中，刘备要雪恨东吴报关羽之仇，要张飞监造白盔白甲。张飞酒后鞭挞范疆、张达等人，结果被范、张二人要了性命。

妫览、戴员产生杀主之心，用心结交孙翊身边人边洪为心腹，属于共谋。边洪在一次酒局之后，"带刀跟出门外，即抽刀砍死孙翊"。边洪觉得大功告成，自认为即使得不到一官半职，也会得些赏钱。洋洋得意之间，谁知被妫览、戴员斩于市。

边洪死得有点稀里糊涂，连辩解的机会都没有，反落下"弑主"骂名、世人厌恶。现在看来，边洪属于思想不成熟，满以为对别人忠心耿耿，能分得半杯羹，却不料成了别人谋事的工具，首先被祭了旗！

妫览、戴员乘势掳峻家资侍妾。妫览见徐氏美貌，曰："汝当从我，不从则死。"徐氏曰："夫死未几，不忍便相从。可待至晦日，设祭除服，然后成亲未迟。"览从之。徐氏密召孙高、傅婴入府，泣告曰："先夫在日，常言二公忠义。今妫、戴二贼，谋杀我夫，只归罪边洪，将我家资童婢尽皆分去。妫览又欲强占妾身，妾已诈许之，以安其心。二将军可差人星夜报知吴侯，一面设密计以图二贼，雪此仇辱，生死衔恩！"言毕再拜。孙、傅皆泣曰："我等平日感府君①恩遇，今日所以不即死难者，正欲为复仇计耳。"

一知居主人曰：

徐氏首次出场，作者使用了"美而慧"，为后面妫览要强占徐氏做了铺垫。同时说徐氏"极善卜《易》"，说明徐氏属于聪慧之人。本节中，徐氏所言所做，可见一斑。只是那妫览尚在做梦，不想自己正慢慢进入徐氏圈套、死期将至矣！

妫览要徐氏从了自己，理由是"吾为汝夫报仇"。不料徐氏早就知道他是元凶，是主导者，边洪只是一个马前卒而已，也是一个牺牲品。

至晦日，徐氏先召孙、傅伏于密室之中，设祭于堂上。祭毕，沐浴薰香，浓妆艳裹，言笑自若。妫览闻之甚喜。至夜，徐氏遣婢妾请览入府在堂中饮酒。既醉，徐氏乃邀入密室。览喜而入。徐氏

---

① 府君：汉朝时期称太守为府君。《玉台新咏·古诗为焦仲卿妻作》："府君得闻之，心中大欢喜。"

大呼曰："孙、傅二将军何在！"二人持刀跃出。妫览被登时杀死。徐氏复传请戴员赴宴。员入府来，亦被二将所杀。使人诛戮二贼家小，及其余党。徐氏遂重穿孝服，将妫、戴首级，祭于孙翊灵前。不一日，孙权自领军马至丹阳，封孙高、傅婴为牙门将，取徐氏归家养老。

一知居主人曰：

上节中，徐氏招孙、傅两人，分两路并行，一边自作准备，一边派人通知孙权带大兵来丹阳。本节中，收拾妫览、戴员，也是分了两路。一是妫览要占徐氏男女之间的便宜，徐氏要他一个人来家中再正常不过。妫览没想到是请君入瓮，死于非命。另外，接下来再单独收拾戴员一个人就容易多了。戴员恐怕正准备看妫览笑话，并不设防！也稀里糊涂成了刀下之鬼！

不过，观徐氏之前后，也属于演技高超之人！或许有人会说，实不得已而为之。说是奇女子，却并不为过。

建安十二年冬十月，吴太夫人病危，召周瑜、张昭二人至，谓曰："我本吴人，幼亡父母，与弟吴景徙居越中。后嫁与孙氏，生四子。长子策生时，吾梦月入怀；后生次子权，又梦日入怀。卜者云：梦日月入怀者，其子大贵。不幸策早丧，今将江东基业付权。望公等同心助之，吾死不朽矣！"又嘱权曰："汝事子布、公瑾以师傅之礼，不可怠慢。吾妹与我共嫁汝父，则亦汝之母也。吾死之后，事吾妹如事我。汝妹亦当恩养，择佳婿以嫁之。"言讫遂终。

一知居主人曰：

吴太夫人虽然病危，思路却是很清晰，公私分明。先召周瑜、张昭，说的国家大事，要他们同心帮助孙权；后再招孙权于床前，说的是家中之事。最后还提及要孙权好生照顾妹妹，择佳婿以嫁之，是为后面刘备招亲之引子。

至来年春，孙权欲伐黄祖。张昭、周瑜意见相左。适吕蒙入见，说黄祖部将甘宁来降。甘宁，巴郡临江人，有气力，好游侠。尝招合亡命，纵横于江湖之中。腰悬铜铃，人听铃声。又尝以西川锦作帆幔，时人皆称为"锦帆贼"。曾引众投刘表。见表不能成事，即欲来投东吴，却被黄祖留在夏口。黄祖乃待宁甚薄。苏飞屡荐宁于祖。祖总是说"劫江之贼，岂可重用"！宁因此怀恨。宁恐江东恨其救黄祖杀凌操之事，故托吕蒙带话。吕蒙说主公求贤若渴，不会记旧恨，况前面属于各为其主，又何恨焉？宁欣然引众渡江。孙权大喜曰："吾得兴霸，破黄祖必矣。"

一知居主人曰：

甘宁欲投孙权，却在途中被黄祖"留住"。孙权初攻黄祖，甘宁建奇功。谁知黄祖不但没有提拔甘宁，反而"待宁甚薄"，且云"宁乃劫江之贼，岂可重用！"甘宁本就游走于江湖，自是不满，所以投了孙权，且又帮助孙权灭了黄祖。

千错万错，还在于黄祖的错。既然不重用甘宁，当初又何必要硬留下人家。有为就应该给人家位置，莫问出身。出力得不到认可，谁又肯长期为主子卖命？后面刘玄德见刘表时有言，"黄祖性暴，不能用人，故致此祸"，评价到位。

权曰："兴霸来此，大获我心，岂有记恨之理？请无怀疑。愿教我以破黄祖之策。"宁曰："今汉祚日危，曹操终必篡窃。南荆之地，操所必争也。刘表无远虑，其子又愚劣，不能承业传基，明公宜早图之，若迟，则操先图之矣。今宜先取黄祖。祖今年老昏迈，务于货利；侵求吏民，人心皆怨；战具不修，军无法律。明公若往攻之，其势必破。既破祖军，鼓行而西，据楚关而图巴、蜀，霸业可定也。"孙权曰："此金玉之论也！"遂命周瑜为大都督，总水陆军兵；吕蒙

为前部先锋；董袭与甘宁为副将；权自领大军十万，征讨黄祖。

一知居主人曰：

甘宁之来，坚定了孙权征讨黄祖的决心。从言语来看，甘宁不但武艺高强，其计谋也是甚高。分析天下局势，断断不像一般江湖小贼。其实上节中，作者借吕蒙之口，已经说甘宁"颇通书史"。

不过，甘宁与孙权的一番对话，只是说曹操之强、刘表无远虑、黄祖年老昏迈，却没有评价刘备。想来当是此时刘备居无定所，实力甚微，尚未引起大家注意。偏偏后面这些事情都让刘备做成了。历史就是这样捉弄人的。

孙权讨伐黄祖，黄祖迎敌。陈就、邓龙各引一队艨艟截住沔口。东吴兵至，艨艟上鼓响，弓弩齐发，兵不敢进。甘宁、董袭选小船百余只，每船用精兵五十人：二十人撑船，三十人各披衣甲，手执铜刀，不避矢石，直至艨艟傍边，砍断大索，艨艟遂横。甘宁飞上艨艟，将邓龙砍死。陈就弃船而走。吕蒙跳下小船，自举橹棹，直入船队，放火烧船。陈就急待上岸，被吕蒙当胸一刀砍翻。苏飞于岸上接应，无奈东吴诸将势不可当。苏飞落荒而走，被潘璋生擒，径至船中来见孙权。权命左右以槛车囚之，待活捉黄祖，一并诛戮。

一知居主人曰：

黄祖一方用艨艟截住沔口，将大索系定艨艟于水面上，本以为这样高枕无忧，却忽略了甘宁是海上飞贼出身。甘宁划小战斗单位，用群狼战术，趁机砍断大锁，造成"野渡无人舟自横"，一个个分割完毕，聚而歼之。很容易让人想起后面赤壁之战中曹操的做法，不过孙刘联军是用火攻破了此阵，手段不同而已。

第三十九回

荆州城公子三求计　博望坡军师初用兵

孙权督众攻打夏口，黄祖遂弃江夏，望荆州而走。甘宁料得黄祖必走荆州，乃于东门外伏兵等候。祖突出东门，甘宁拦住。祖于马上谓宁曰："我向日不曾轻待汝，今何相逼耶？"宁叱曰："吾昔在江夏，多立功绩，汝乃以'劫江贼'待我，今日尚有何说！"祖拨马而走。甘宁冲开士卒，直赶将来，忽见程普从后面赶来。宁慌忙拈弓搭箭，背射黄祖，祖中箭翻身落马。宁枭其首级，回见孙权。权命以木匣盛贮黄祖首级，待回江东祭献于亡父灵前。

一知居主人曰：

黄祖自己是如何做的，应该很清楚，这时候甘宁已经降了江东，黄祖再说什么也无济于事。甘宁害怕程普争功，遂射杀黄祖。说不定程普只是随便路过，甘宁的想法有些想当然。甘宁本节中所作所为，好像与黄祖有不共戴天之仇！

权班师回江东。苏飞在槛车内，密使人告甘宁求救。宁曰："飞即不言，吾岂忘之？"至吴会，权命将苏飞枭首，与黄祖首级一同祭献。甘宁入见，顿首哭告曰："某向日若不得苏飞，则骨填沟壑矣，安能效命将军麾下哉？今飞罪当诛，某念其昔日之恩情，愿纳还官爵，

以赎飞罪。"权曰:"彼既有恩于君,吾为君赦之。但彼若逃去奈何?"宁曰:"飞得免诛戮,感恩无地,岂肯走乎!若飞去,宁愿将首级献于阶下。"权乃赦苏飞,止将黄祖首级祭献。

一知居主人曰:

毕竟在黄祖那里时,苏飞对甘宁有恩,甘宁没有不力保苏飞的理由。最终,孙权被甘宁感动,赦免了苏飞。与白门楼上关羽求情曹操最终张辽获救类似。正是多行好事,必有善报。

祭毕设宴,大会文武庆功。正饮酒间,凌统大哭而起,拔剑在手,直取甘宁。宁忙举坐椅以迎之。权连忙劝住,谓统曰:"兴霸射死卿父,彼时各为其主,不容不尽力。今既为一家人,岂可复理旧仇?万事皆看吾面。"凌统叩头大哭曰:"不共戴天之仇,岂容不报!"权与众官再三劝之,凌统只是怒目而视甘宁。权即日命甘宁往夏口镇守,以避凌统。宁拜谢自去了。权封凌统为承烈都尉。统只得含恨而止。

一知居主人曰:

甘宁杀了黄祖,孙权升甘宁为都尉,今日孙权又大会群臣庆功,甘宁自然是在兴头上。偏偏凌统出来要报父仇,搅局了。好在孙权思路清晰,快刀斩乱麻,出面,"兴霸射死卿父,彼时各为其主,不容不尽力",且将二人分别派出,不得见面。孙权、凌统、甘宁所为,均没有错,错就错在诸侯争霸,两国交兵,各为其主,均不得已而为之。

刘表请玄德赴荆州议事。孔明曰:"此必因江东破了黄祖,故请主公商议报仇之策也。某当与主公同往,相机而行,自有良策。"玄德留云长守新野,令张飞引人马跟随。玄德在马上谓孔明曰:"今见景升,当若何对答?"孔明曰:"当先谢襄阳之事。他若令主公去征讨江东,切不可应允,但说容归新野,整顿军马。"玄德来到荆州,

留张飞屯兵城外,与孔明入城见刘表。

一知居主人曰:

刘表请刘备议事,孔明主动请从。刘备自然答应,毕竟两人正处于蜜月期。孔明提醒刘备不可以答应刘表征讨江东,与隆中对思路一致。刘备、孔明来荆州,张飞随行。但进荆州城之前,让张飞屯兵城外,意在示弱,免得刘表手下怀疑。当然,也有遥相呼应之用意。

玄德见刘表,请罪于阶下。表曰:"吾已悉知贤弟被害之事。当时即欲斩蔡瑁之首,以献贤弟。因众人告危,故姑恕之。贤弟幸勿见罪。"玄德曰:"非干蔡将军之事,想皆下人所为耳。"

一知居主人曰:

刘备见刘表,首先"请罪于阶下",不免让人疑惑刘备何罪之有。反而让刘表心感内疚。此后,刘备还为蔡瑁开脱,因为他自然知道刘表和蔡瑁的关系,实在让人感到虚伪!

表曰:"今江夏失守,黄祖遇害,故请贤弟共议报复之策。"玄德曰:"今若兴兵南征,倘曹操北来,又当奈何?"表曰:"吾今年老多病,不能理事,贤弟可来助我。我死之后,弟便为荆州之主也。"玄德曰:"兄何出此言!量备安敢当此重任。"孔明以目视玄德。玄德曰:"容徐思良策。"遂辞出。回至馆驿,孔明曰:"景升欲以荆州付主公,奈何却之?"玄德曰:"景升待我,恩礼交至,安忍乘其危而夺之?"孔明叹曰:"真仁慈之主也!"

一知居主人曰:

说来,刘备也是有福之人。前面有陶谦三让徐州,今日刘表也提出要让荆州(按照道理,刘表应该让给儿子的)。刘备婉辞。此时"孔

明以目视玄德",刘备马上辞出,形象,有趣!

刘琦来见。玄德接入。琦泣拜曰:"继母不能相容,性命只在旦夕,望叔父怜而救之。"玄德曰:"此贤侄家事耳,奈何问我?"孔明微笑。玄德求计于孔明,孔明曰:"此家事,亮不敢与闻。"少时,玄德送琦出,附耳低言曰:"来日我使孔明回拜贤侄,可如此如此,彼定有妙计相告。"琦谢而去。

一知居主人曰:

刘琦来馆驿问刘备安身之计,怀着真诚之心。刘备却是以家事为由,不言。但是,最后却私言刘琦,此事可以问孔明。刘备在耍"坏心眼"!

次日,玄德只推腹痛,孔明代回拜刘琦。公子邀入后堂。茶罢,琦说不见容于继母,希望孔明相救。孔明曰:"亮客寄于此,岂敢与人骨肉之事?"说罢要走。琦乃挽留孔明入密室共饮。饮酒之间,琦又乞先生相救。孔明曰:"此非亮所敢谋也。"又欲辞去。

一知居主人曰:

刘备装病,孔明代刘备回访刘琦,却不知是刘备给诸葛亮设了一个局。此后刘琦两次求计,一次是喝茶之后,二次是饮酒期间,均被孔明明确拒绝。诸葛亮心中有顾虑,在情理之中。

琦曰:"琦有一古书,请先生一观。"乃引孔明登一小楼,孔明知道被欺骗之后作色而起,欲下楼,只见楼梯已撤去。琦告曰:"今日上不至天,下不至地,出君之口,入琦之耳,可以赐教矣。"孔明曰:"疏不间亲,亮何能为公子谋?"刘琦掣剑欲自刎。孔明止之曰:"已

有良策。""公子岂不闻申生、重耳之事①乎？申生在内而亡,重耳在外而安。今黄祖新亡,江夏乏人守御,公子何不上言,乞屯兵守江夏。"琦再拜谢。

一知居主人曰：

要说刘琦有点笨,但是第三次以古书诱孔明上楼,却是别出心裁,让孔明也上了当。当刘琦说要拔剑自刎。孔明方才言及"申生、重耳之事"。最后"孔明辞别,回见玄德,具言其事。玄德大喜"。

玄德之所以大喜,不过有三：一是刘备有点耍小聪明成功之后的得意；二是听了孔明之计,刘备觉得三顾茅庐很值；至于第三则是在自己的努力下,亲戚得到妙计暂且自保。

次日,刘琦上言,欲守江夏。刘表请玄德共议。玄德曰："江夏重地,固非他人可守,正须公子自往。东南之事,兄父子当之；西北之事,备愿当之。"表曰："近闻曹操于邺郡作玄武池以练水军,必有南征之意,不可不防。"玄德曰"备已知之,兄勿忧虑。"遂拜辞回新野。刘表令刘琦引兵往江夏镇守。

一知居主人曰：

刘琦要去江夏,刘表犹豫不决,请刘备共议,刘备自然会同意刘琦所请。因为此事刘琦、刘备、孔明早已心知肚明,意见一致,唯独刘表蒙在鼓里。另外刘琦出走,对蔡夫人和蔡瑁等人来说,也是巴不得的事情。

---

① 申生、重耳之事：相传春秋时代,晋献公的妃子骊姬为了让自己的儿子奚齐继位,就设毒计谋害太子申生,申生被逼自杀。申生的弟弟重耳,为了躲避祸害,流亡出走。在流亡期间,重耳受尽了屈辱。十九年后,重耳回国做了君主,就是著名春秋五霸之一晋文公。所以"申生在内而亡,重耳在外而生",比喻主动避祸保存自己。

曹操罢三公之职，自以丞相兼之。夏侯惇进曰："近闻刘备在新野，每日教演士卒，必为后患，可早图之。"操即命夏侯惇领兵直抵博望城。荀彧谏曰："刘备英雄，今更兼诸葛亮为军师，不可轻敌。"惇曰："刘备鼠辈耳，吾必擒之。"徐庶曰："将军勿轻视刘玄德。今玄德得诸葛亮为辅，如虎生翼矣。"操曰："诸葛亮何人也？"庶曰："亮字孔明，道号卧龙先生。有经天纬地之才，出鬼入神之计，真当世之奇才，非可小觑。""庶如萤火之光，亮乃皓月之明也。"夏侯惇曰："元直之言谬矣。"惇奋然辞曹操，引军登程。

一知居主人曰：

夏侯惇提出南征刘备，曹操派他带队在意料之中，况且夏侯与曹家关系密切。只是荀彧和徐庶一再建议夏侯惇不可轻敌，夏侯惇并不在意。尤其是徐庶说诸葛亮属于奇才，夏侯惇竟然口吐狂言，"吾看诸葛亮如草芥耳，何足惧哉！吾若不一阵生擒刘备，活捉诸葛，愿将首级献与丞相"，不自量力，后果然大败！

徐庶对夏侯惇说诸葛有才，曹操竟然先说一句："诸葛亮何人也？"徐庶简单解释之后，曹操紧跟一句："比公若何？"说明此时曹操对诸葛亮尚不太了解。毕竟曹操长期在北方，对荆襄一带名人谋士了解太少。

玄德自得孔明，以师礼待之。关、张二人不悦，曰："孔明年幼，有甚才学？兄长待之太过！又未见他真实效验！"玄德曰："吾得孔明，犹鱼之得水也。两弟勿复多言。"关、张见说，不言而退。

一知居主人曰：

玄德自得孔明，以师礼待之，自然引起关、张不悦。毕竟桃园三结义在先，三顾茅庐在后。玄德说"吾得孔明，犹鱼之得水也"，给人一种新人新婚的感觉！

一日，有人送氂牛尾至。玄德取尾亲自结帽。孔明入见，正色曰："明公无复有远志，但事此而已耶？"玄德投帽于地而谢曰："吾聊假此以忘忧耳。"孔明曰："明公自度比曹操若何？"玄德曰："不如也。"孔明曰："明公之众，不过数千人，万一曹兵至，何以迎之？"玄德曰："吾正愁此事，未得良策。"孔明曰："可速招募民兵，亮自教之，可以待敌。"玄德遂招新野之民，得三千人。孔明朝夕教演阵法。

一知居主人曰：

有人送氂牛尾至，玄德亲自结帽。不免让人想起他当年卖履织席为业，及至后来在许都种菜浇园，一副小手工业者的架势！曹操、孙权绝对不会如此！难怪诸葛亮要批评刘备。

夏侯惇杀奔新野。张飞闻知，谓云长曰："可着孔明前去迎敌便了。"正说之间，玄德召二人入，谓曰："夏侯惇引兵到来，如何迎敌？"张飞曰："哥哥何不使'水'去？"玄德曰："智赖孔明，勇须二弟，何可推调？"关、张出，玄德请孔明商议。孔明曰："但恐关、张二人不肯听吾号令；主公若欲亮行兵，乞假剑印。"玄德便以剑印付孔明，孔明遂聚集众将听令。张飞谓云长曰："且听令去，看他如何调度。"

一知居主人曰：

夏侯惇来伐新野。看那张飞言语，与云长言"可着孔明前去迎敌便了"。刘备问计，张飞说"哥哥何不使'水'去"？明显地带有情绪。

孔明自然知道关、张当下并不服气，所以行兵之前先向刘备借了剑印，免得二人有令不遵。刘备何等聪明，随即答应。这才确保了博望坡之胜。

孔明令云长往豫山埋伏，曹军至，且放过。但看南面火起，可纵兵出击，焚其后面辎重粮草。令翼德引军去安林背后山谷中埋伏，

只看南面火起，便可纵火烧博望城旧屯粮草处。关平、刘封引军预备引火之物，在博望坡后两边等候，至初更兵到，便可放火。又命赵云为前部，只要输。刘备自引军为后援。

一知居主人曰：

博望坡诸葛亮初用兵，层次清晰，各路自有任务，调配完毕，包括刘备也被安排在内。孔明独独没有说自己在哪里，也难怪后面关羽提出疑问、张飞大笑不已。有人说，诸葛亮是故意为之，是为了引关、张说话，好树立权威。

云长曰："我等皆出迎敌，未审军师却作何事？"孔明曰："我只坐守县城。"张飞大笑曰："我们都去厮杀，你却在家里坐地，好自在！"孔明曰："剑印在此，违令者斩！"二人去了。众将今虽听令，却都疑惑不定。孔明让玄德就博望山下屯住。来日黄昏来到便弃营而走。但见火起，即回军掩杀。孔明命孙乾、简雍准备筵席，安排"功劳簿"伺候。

一知居主人曰：

关、张提出异议，玄德在一旁帮助孔明解围，"岂不闻'运筹帷幄之中，决胜千里之外'？二弟不可违令。"幸亏诸葛亮早已剑印在手，张飞冷笑而去。云长曰："我们且看他的计应也不应，那时却来问他未迟。"明显心中并不服气。

看到众人疑惑不已，刘备似乎也没有如先前那样心中镇定，"亦疑惑不定"了。

时当秋月，商飙①**徐起。夏侯惇与于禁等望见前面尘头忽起。**知

---

① 商飙：亦作"商飙"，指秋风。晋·陆机《园葵诗》："时逝柔风戢，岁暮商飙飞。"

道前面是博望城，后面是罗川口。惇忽然大笑："今观其用兵，乃以此等军马为前部，与吾对敌，正如驱犬羊与虎豹斗耳！吾于丞相前夸口，要活捉刘备、诸葛亮，今必应吾言矣。"遂自纵马向前。赵云出马。惇骂曰："汝等随刘备，如孤魂随鬼耳！"云大怒，纵马来战。不数合，云诈败而走。约走十余里，回马又战。不数合又走。韩浩前谏，说可能有埋伏。惇曰："敌军如此，虽十面埋伏，吾何惧哉！"遂直赶至博望坡。一声炮响，玄德引军冲将过来。夏侯惇笑谓韩浩曰："此即埋伏之兵也！吾今晚不到新野，誓不罢兵！"催军前进。玄德、赵云退后便走。

一知居主人曰：

本节中，夏侯惇有两次大笑，自满自大形象跃然纸上。他未曾与赵云交过手，自然不知道赵云的厉害。连韩浩提醒他"赵云诱敌，恐有埋伏"也全然不顾，一直追下去。断断不知道一场火灾正在不远处等着。只是可惜了众军士的性命！

时天色已晚，浓云密布，又无月色，且夜风愈大。夏侯惇只顾催军赶杀。典曰："南道路狭，山川相逼，树木丛杂，倘彼用火攻，奈何？"禁曰："吾当往前为都督言之；君可止住后军。"李典大叫："后军慢行！"人马走发，那里拦当得住？于禁骤马大叫："前军都督且住！"夏侯惇见于禁便问何故。禁告知李典所言。夏侯惇猛省，即回马令军马勿进。言未已，早望见一派火光烧着，四面八方，尽皆是火。曹家人马，自相践踏。夏侯惇冒烟突火而走。李典遭遇关羽，纵马混战，夺路而走。于禁投小路奔逃去了。夏侯兰被张飞一枪刺于马下。韩浩夺路走脱。天明才收军。杀得尸横遍野，血流成河。

一知居主人曰：

有道是吃一堑、长一智，上次，李典和曹仁偷袭刘备营寨，吃

过火的亏。只可惜他们今天发现的时候,已经来不及了。地面狭窄,队伍过大不好调头。况且夏侯惇已经跑到队伍最前面。夏侯惇是最高长官,李典、于禁在中间发号施令,不太管事儿,曹军遂有此大败。

孔明收军。关、张二人相谓曰:"孔明真英杰也!"行不数里,见糜竺、糜芳引军簇拥着一辆小车。车中端坐孔明也。关、张下马拜伏于车前。须臾,玄德、赵云、刘封、关平等皆至,收聚众军,把所获粮草辎重,分赏将士,班师回新野,新野百姓望尘遮道而拜,曰:"吾属生全,皆使君得贤人之力也!"

一知居主人曰:

博望坡一战,诸葛亮的最大收获,与其说是战胜了夏侯惇,还不如说是在刘备阵营中树立了自己的威信和地位。尤其是赢得了关羽和张飞的认可。

当然,虽然关、张二人相谓曰"孔明真英杰也",后来"关、张下马拜伏于车前",但从后面可以看出,关羽和张飞俩人对诸葛亮的佩服程度有一定差别,不尽相同。

第四十回

蔡夫人议献荆州　诸葛亮火烧新野

玄德问孔明求拒曹兵之计。孔明曰："新野小县，不可久居，近闻刘景升病在危笃，可乘此机会，取彼荆州为安身之地，庶可拒曹操也。"**玄德曰：**"公言甚善。但备受景升之恩，安忍图之！"**孔明曰：**"今若不取，后悔何及！"**玄德曰：**"吾宁死，不忍作负义之事。"**孔明曰：**"且再作商议。"

一知居主人曰：

刘备求计于孔明，却又不听孔明的。刘备的理由很充分，孔明也无可奈何。若换了曹操，早就找个"莫须有"的理由取而代刘表了。

刘备顾忌刘家面子，不忍取荆州，后来却被蔡家兄妹轻易送给了曹操。不过，即使如此，也没有见刘备有后悔之意。

夏侯惇败回许昌，自缚见曹操，伏地请死。操释之。惇曰："惇遭诸葛亮诡计，用火攻破我军。"**操曰：**"汝自幼用兵，岂不知狭处须防火攻？"**惇曰：**"李典、于禁曾言及此，悔之不及！"**操乃赏二人。**

一知居主人曰：

和上次曹仁战败一样，曹操对夏侯惇并没有追究。不过，一句"汝自幼用兵，岂不知狭处须防火攻"，也足让夏侯惇羞愧难当。夏侯惇

440　　　管窥《三国》上

实话实说，李典、于禁受赏，说明夏侯惇思路还算清晰，让李、于心中稍安。

惇曰："刘备如此猖狂，真腹心之患①也，不可不急除。"操曰："吾所虑者，刘备、孙权耳，余皆不足介意，今当乘此时扫平江南。"便传令起大兵五十万，令曹仁、曹洪；张辽、张郃；夏侯渊、夏侯惇；于禁、李典为前四队，操自领诸将为第五队。又令许褚为折冲将军，为先锋。选定建安十三年秋七月丙午日出师。

一知居主人曰：

夏侯惇新败，当进行深刻检讨。其再提讨伐刘备，则有点不符合情况。曹操所言，暴露了他要扫平江南的野心。也可以看出曹操对刘备、孙权之外的军阀们（包括刘表）并不放在心上。

孔融谏曰："刘备、刘表皆汉室宗亲，不可轻伐；孙权虎踞六郡，且有大江之险，亦不易取。今丞相兴此无义之师，恐失天下之望。"**操怒曰**："刘备、刘表、孙权皆逆命之臣，岂容不讨！"遂叱退孔融，下令："如有再谏者，必斩。"孔融出府，仰天叹曰："以至不仁伐至仁，安得不败乎！"

一知居主人曰：

曹操要挥师南下，孔融力谏不可。曹操怒，叱退孔融，且言"如有再谏者，必斩"。如果此时，孔融"熄火"也就算了，偏偏在出府之后，仰天长叹，言语不多，却已定性。尤其说这次活动必败，自是损了曹操的形象、坏了曹操的兴致。不过，看看后面，孔融预测还真准确，

---

① 腹心之患：比喻严重的祸患。宋·司马光《资治通鉴·后梁太祖乾化元年》："云代与燕接境，彼若扰我城戍，动摇人情，吾千里出征，缓急难应，此亦腹心之患也。"

只是孔融已经没有机会看到。

郗虑家客闻此言，报知郗虑。虑常被孔融侮慢，心正恨之，以此言入告曹操，且曰："融平日每每狎侮丞相，又与祢衡相善，衡赞融曰'仲尼不死'，融赞衡曰'颜回复生'。向者祢衡之辱丞相，乃融使之也。"操大怒，遂命廷尉捕捉孔融。融有二子，时方在家中对坐弈棋。左右问"二公子何不急避"，二子曰："破巢之下，安有完卵乎？"言未已，廷尉又至，尽收融家小并二子，皆斩之，号令融尸于市。京兆脂习伏尸而哭。操闻之，欲杀之。荀彧曰："今融死而来哭，乃义人也，不可杀。"操乃止，习收融父子尸首而葬之。

一知居主人曰：

孔融不幸，就在于此语被"心正恨之"的郗虑密报曹操。郗虑这厮还添油加醋，说孔融与祢衡"相善"，且互相有赞。前面祢衡裸衣骂曹，曹操依然记恨在心，有所忌讳。此时杀孔融、"尽收融家小并二子，皆斩之"则在意料之中了。

孔融所言被郗虑家客举报给郗虑，也很奇葩。说明这家客有一定的政治敏锐性，同时，也说明郗虑没少在家中讨论过孔融的事情，被家客深记在心。

孔融七岁让梨，有谦谦君子之风。其二子也有。不想进入官场，却此等结局。此也告诉世人"宁得罪君子，不得罪小人""官场要慎言，说话有风险"。孔融之缺点，荀彧提到"闻脂习常谏融曰：公刚直太过，乃取祸之道"。

荆州刘表病重，使人请玄德来托孤。玄德引关、张至荆州见刘表。表曰："我病已入膏肓，不久便死矣，特托孤于贤弟。我子无才，恐不能承父业，我死之后，贤弟可自领荆州。"玄德泣拜曰："备当竭力

以辅贤侄，安敢有他意乎！"

一知居主人曰：

第三十八回中，刘备诸葛亮第一次见面，诸葛亮就提出"先取荆州为家，后即取西川建基业"，刘备曰："荆州刘表、益州刘璋，皆汉室宗亲，备安忍夺之？"

第三十九回中，刘备拜见刘表，说天下大事。刘表说："吾今年老多病，不能理事，贤弟可来助我。我死之后，弟便为荆州之主也。"结果刘备仍然推辞。

第四十回中，火烧博望之后，曹操又来。诸葛亮说不妨就此接了荆州，可为安身之地。且说"今若不取，后悔何及"，刘备再次拒绝，"吾宁死，不忍作负义之事！"

这次刘表"请玄德托孤"，说自己已经"病入膏肓"，"贤弟可自领荆州"。没想刘备仍然固执己见，"泣拜曰：'备当竭力以辅贤侄。'"此时，刘备接下荆州，顺理成章，此后便省却好多事情。哪里还会有此后几回中的颠沛流离？

稍加细心，便会发现，这次刘备见刘表，却是"引关、张至荆州"，并没有带诸葛亮。或许是因为诸葛亮一直建议刘备先取荆州的缘故！

人报曹操自统大兵至。玄德急辞刘表，星夜回新野。刘表病中闻此信，吃惊不小，商议写遗嘱，令玄德辅佐长子刘琦为荆州之主。蔡夫人闻之大怒，关上内门，使蔡瑁、张允二人把住外门。

一知居主人曰：

刘备不在，刘琦远在江夏，刘表自身病入膏肓，已经成为蔡家兄妹掌上之物。刘表想再按照自己的思路安排后事，已经晚矣！

刘琦来至荆州探病，方到外门，蔡瑁当住曰："公子奉父命镇守

江夏，其任至重。今擅离职守，倘东吴兵至，如之奈何？若入见主公，主公必生嗔怒，病将转增，非孝也。宜速回。"

一知居主人曰：

刘琦知父病危，从江夏匆匆回荆州探望，结果被蔡瑁以刘琦"镇守江夏，其任甚重"（冠冕堂皇之词，实则荒唐之言）回绝。刘琦"立于门外，大哭一场，上马仍回江夏"，实在有些窝囊。"刘表病势危笃，望刘琦不来；至八月戊申日，大叫数声而死。"

读到此处，不免让人潸然泪下。亲生父子，最终却不能相见，难免刘琦要"大哭一场"。一哭父亲病危，自己却不得见；二哭自己身单力薄，孤立无助；三哭刘家基业恐要在他这一代灰飞烟灭。再往后看，刘琦已经变得心灰意冷，此处已现端倪。

刘表既死，蔡夫人等假写遗嘱，令刘琮为荆州之主，然后举哀报丧。时刘琮年方十四岁，聚众言曰："吾父弃世，吾兄现在江夏，更有叔父玄德在新野。汝等立我为主。倘兄与叔兴兵问罪，如何解释？"李珪建议请大公子为荆州之主，命玄德一同理事。蔡瑁叱曰："汝何人，敢乱言以逆主公遗命！"李珪大骂曰："汝内外朋谋，假称遗命，废长立幼，眼见荆襄九郡，送于蔡氏之手！故主有灵，必当殛汝！"蔡瑁大怒，喝令左右推出斩之。李珪至死大骂不绝。于是蔡瑁遂立刘琮为主。蔡氏宗族，分领荆州之兵。就葬刘表之柩于襄阳城东汉阳之原，并不告刘琦与玄德。

一知居主人曰：

荆州局势，已经被蔡家控制，刘琮不想做荆州之主，也由不得他了。明明是阴谋篡权，纵然一个李珪站出来，也无济于事。"众官未及对"，字数不多，却足见现场之压抑。看蔡瑁安排，仿佛他是大王，刘琮是手下，"蔡夫人自与刘琮前赴襄阳驻扎，以防刘琦、刘备"。

曹操径望襄阳而来。琮大惊,遂请蒯越、蔡瑁等商议。傅巽进言曰:"不特曹操兵来为可忧,今大公子在江夏,玄德在新野,我皆未往报丧,若彼兴兵问罪,荆襄危矣。"琮曰:"计将安出?"巽曰:"不如将荆襄九郡,献与曹操,操必重待主公也。"琮叱曰:"孤受先君之基业,坐尚未稳,岂可便弃之他人?"蒯越曰:"今曹操南征北讨,以朝廷为名,主公拒之,其名不顺。且主公新立,外患未宁,内忧将作。荆襄之民,闻曹兵至,未战而胆先寒,安能与之敌哉?"琮曰:"诸公善言,非我不从。但以先君之业,一旦弃与他人,恐贻笑于天下耳。"

一知居主人曰:

曹操来袭,刘琮手下不想如何拒敌于国门之外,而是一门心思要投降曹操,荆州焉能不灭?!尤其是傅巽所言,不担心外部来袭击者,却先害怕自己人先来问罪。不免让人想起抗战时期蒋介石所提出的"攘外必先安内"政策来,看来古已有之。

做荆州之主,本非刘琮之真心。上台不久,曹操来袭,手下主张降曹。祖宗留下的江山,在自己手中让出,刘琮总觉得面子上不好看,正在徘徊,下面又一位劝降的人出场了。

王粲昂然而进曰:"傅公悌、蒯异度之言甚善,何不从之?"粲博闻强记。尝观道旁碑文一过,便能记诵。观人弈棋,棋局乱,粲复为摆出,不差一子。又善算术。其文词妙绝一时。年十七,辟为黄门侍郎,不就。后因避乱至荆襄,刘表以为上宾。粲曰:"曹公兵强将勇,足智多谋。擒吕布于下邳,摧袁绍于官渡,逐刘备于陇右,破乌桓于白狼,枭除荡定者,不可胜计。今以大军南下荆襄,势难抵敌。傅、蒯二君之谋,乃长策也。"琮曰:"但须禀告母亲知道。"只见蔡夫人从屏后转出,"既是仲宣、公悌、异度三人所见相同,何必告我。"于是刘琮意决,便写降书。

第四十回　蔡夫人议献荆州　诸葛亮火烧新野

一知居主人曰：

刘琮新立，与母亲在襄阳镇守。曹操刚到，未及出战，傅巽、蒯越请降。刘琮并不想听。王粲出场，细说利害。刘琮开始有些动摇，说须告诉母亲。谁知蔡夫人"从屏后转出"（不免让人一惊，她一直就在现场，有"垂帘听政"之嫌），说既然三人所见相同，"何必告我"，"于是刘琮意决，便写降书"。只是整个过程中，为什么蔡瑁没有片言只语？从四十一回中可以知道，蔡瑁和张允都在襄阳啊！

王粲容貌瘦弱，身材短小，出场时候，作者使用了"昂然而进"四个字，个中情景，不难想象。此间插叙王粲小时候种种聪明之事，说起天下事情口若悬河，偏偏是地地道道的投降派，隐隐有讽刺之意。

蔡瑁等武将降曹，还有些用处，蔡夫人和刘琮降曹却是没有什么用处了。王粲有言"将军不可迟疑，致生后悔"。及至蔡夫人真的后悔时，局势却已经无法逆转了。

刘琮令宋忠往曹操军前投献。宋忠至宛城见曹操，献上降书。操大喜，重赏宋忠。宋忠取路回荆襄。忽遇到关云长。回避不迭，被云长唤住。忠初时隐讳，后被云长盘问不过，只得一一实告。云长大惊，随捉宋忠至新野见玄德，备言其事。玄德闻之大哭。张飞曰："事已如此，可先斩宋忠，随起兵渡江，夺了襄阳，杀了蔡氏、刘琮，然后与曹操交战。"玄德曰："你且缄口。我自有斟酌。"乃叱宋忠曰："你知众人作事，何不早来报我？可速去。"

一知居主人曰：

宋忠代表刘琮去见曹操，献了降书，得了重赏，心中美滋滋的。谁知好景不长，回来路上遇到关云长。三哄两吓唬，说了实情。按照张飞说法，非杀宋忠不行。只是刘备正"闻之大哭"，在为刘表去世伤心，认为"今虽斩汝，无益于事"。宋忠才得以"拜谢，抱头鼠

窜而去"。

曹操告诉宋忠"分付教刘琮出城迎接，便着他永为荆州之主"，前半句是真，后半句却是一个幌子！

玄德正忧闷间，伊籍来。玄德感伊籍昔日相救之恩，降阶迎之，再三称谢。籍说刘琦"恐使君不知（荆州之变），特差某赍哀书呈报，并求使君尽起麾下精兵，同往襄阳问罪"，玄德看书毕，曰："机伯只知刘琮僭立，更不知刘琮已将荆襄九郡献与曹操矣！"籍大惊曰："使君从何知之？"玄德具言拿获宋忠之事。籍建议以吊丧为名，直取襄阳。孔明曰："机伯之言是也。主公可从之。"玄德垂泪曰："吾兄临危托孤于我，今若执其子而夺其地，异日死于九泉之下，何面目复见吾兄乎？"孔明曰："如不行此事，今曹兵已至宛城，何以拒敌？"玄德曰："不如走樊城以避之。"

一知居主人曰：

玄德正忧闷，伊籍到来。玄德"降阶迎之，再三称谢"。自是对应了第三十回中，伊籍曾两次报信救了刘备性命。刘备这种做派让外人一眼便看出属于知道感恩之人。从此处看，长坂坡赵子龙单骑救主之后，刘备掷孩子，就不足为奇了。

伊籍来见刘备，建议刘备以吊丧为名，前赴襄阳，诱刘琮出迎，拿下，诛其党类。孔明也言"主公可从之"。但是刘备态度很坚决，仍是不从。眼看再一次失去得荆州的大好机会，诸葛亮也无可奈何。毕竟"胳膊拗不过大腿"。

刘备一贯谦虚，在刘表和荆州的事情上，却是一意孤行、固执不可摧。看此后两三回中，读者都不免为刘备捏一把汗。

曹兵已到博望。玄德与孔明商议拒敌之计。孔明曰："前番一把火，

烧了夏侯惇大半人马；今番曹军又来，必教他中这条计。"便差人四门张榜，晓谕居民："无问老幼男女，愿从者，即于今日皆跟我往樊城暂避，不可自误。"差孙乾调拨船只，救济百姓；差糜竺护送各官家眷到樊城。一面聚诸将听令。孔明分拨已定，乃与玄德登高瞭望，只候捷音。

一知居主人曰：

眼看着取襄阳，刘备不允。曹兵来到博望，诸葛亮再次想用火攻收拾曹兵。不过，上次是在野外沟壑之中，这次却是在新野城中。预备工作很重要，故先迁了城中百姓。

许褚杀奔新野来。午牌时分，来到鹊尾坡，望见一簇人马尽打青、红旗号，许褚催军向前。对方分为四队，青、红旗各归左右。许褚勒马，飞报前队曹仁。曹仁曰："此是疑兵，必无埋伏。可速进兵。我当催军继至。"许褚至林下追寻时，不见一人。时日已坠西。许褚方欲前进，只听得山上大吹大擂。抬头看时，只见山顶上左玄德，右孔明，二人对坐饮酒。许褚大怒，引军寻路上山。山上擂木炮石打将下来，不能前进。又闻山后喊声大震。天色已晚。曹仁领兵到，教且夺新野城歇马。

一知居主人曰：

许褚感觉附近有伏兵，先行将队伍叫停。许褚请示曹仁，曹仁却不许停下。许褚没有办法，"复回坡前，提兵杀入"。原因很简单，曹仁比他官大，他必须服从。许褚上山攻刘备，失败。天色将晚，只好进新野县城，却不料正好进了诸葛亮圈套。

曹兵至新野城下，四门大开，并无阻当，亦不见一人。曹洪说且在城安歇。此时各军走乏，都已饥饿，皆去夺房造饭。曹仁、曹

洪就在衙内安歇。初更已后，狂风大作。守门军士飞报火起。曹仁曰："此必军士造饭不小心，遗漏之火，不可自惊。"说犹未了，接连几次飞报，西、南、北三门皆火起。曹仁急令众将上马时，满县火起，上下通红。曹仁引众将突烟冒火，寻路奔走，闻说东门无火，急急奔出东门。军士自相践踏，死者无数。

一知居主人曰：

曹仁进新野，发现是空城，只是说"此是势孤计穷，故尽带百姓逃窜去了"，却不往深处想。脑子过于简单。此时，纵然许褚有想法，也不会再告诉曹仁了。毕竟有前车之鉴。

管窥《三国》 中

刘学武 注评

中州古籍出版社
·郑州·

中

第四十一回
刘玄德携民渡江　赵子龙单骑救主

　　曹军在新野城中挨了火烧，出城接连遭遇赵云、糜芳、刘封等人截杀。好不容易到了白河边上，谁知关羽早在上游等候多时，放水直流而下。曹仁好不容易行到博陵渡口，遭遇张飞引军从下流杀将来，截住混杀。张飞忽遇许褚，便与交锋。许褚不敢恋战，夺路走脱。张飞赶来，接着玄德、孔明，与刘封等一齐渡河，尽望樊城而去。孔明教将船筏放火烧毁。曹仁收拾残军，使曹洪去见曹操，具言失利之事。操大怒曰："诸葛村夫，安敢如此。"催动三军，尽至新野下寨。

　　一知居主人曰：

　　先遇火灾，后遭水淹，想来这些曹兵也真够倒霉的。怪只怪曹仁无谋、诸葛聪明。曹仁遭遇兵败，并没有自己去见曹操，却是派了曹洪前去，是耍小聪明。

　　诸葛亮先烧博望，后烧新野，曹军接连失败，曹操觉得实在没有面子，大怒不止。只是曹操没有骂当家的刘备，而是开骂做军师的诸葛亮，有趣！

　　曹操要取樊城。刘晔提出不如先招降刘备，"备即不降，亦可见

我爱民之心；若其来降，则荆州之地，可不战而定也"，并建议安排徐庶前去。操曰："他去恐不复来。"晔曰："他若不来，贻笑[①]于人矣。"操召徐庶至，说："我本欲踏平樊城，奈怜众百姓之命。公可往说刘备：如肯来降，免罪赐爵。若更执迷，军民共戮，玉石俱焚。"

一知居主人曰：

刘晔想不战而驱人之兵，并建议让徐庶去见刘备，都在情理之中。毕竟徐庶与刘备相熟，且在刘备营中待过一段时间。针对曹操的怀疑，刘晔充满自信，相信徐庶必回。

至于曹操与徐庶言语，可谓语重心长，也不乏忐忑，有所顾虑。"吾知公忠义，故特使公往，愿勿相负"，明显有恭维和拉拢之意。曹操对下属这般言语，并不多见。

徐庶至樊城，见玄德、孔明，共诉旧日之情。庶曰："曹操使庶来招降使君，乃假买民心也，今彼分兵八路，填白河而进。樊城恐不可守，宜速作行计。"玄德欲留徐庶。庶谢曰："今老母已丧，抱恨终天。身虽在彼，誓不为设一谋，公有卧龙辅佐，何愁大业不成。"玄德不敢强留。

一知居主人曰：

徐庶铁了心不再帮助曹操。无奈之下，出使刘备。到了之后劝降之词未说一句，却直说曹操行动计划，看起来有点"乱来"。想来徐庶此举大大出乎刘晔和曹操的意料。刘备挽留徐庶，徐庶曰"某若不行，恐惹人笑"，却在刘晔意料之中。

徐庶回，言玄德并无降意。操大怒，即日进兵。孔明建议弃樊

---

① 贻笑：遗留下笑话。《晋书·吕光载记》："欲全卿名节，不使贻笑将来。"

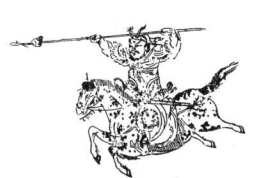

城，取襄阳暂歇。玄德曰："奈百姓相随许久，安忍弃之？"孔明曰："可令人遍告百姓：有愿随者同去，不愿者留下。"先使云长往江岸整顿船只，令孙乾、简雍在城中声扬。两县之民齐声大呼曰："我等虽死，亦愿随使君！"即日号泣而行。玄德于船上望见，大恸曰："为吾一人而使百姓遭此大难，吾何生哉！"欲投江而死，左右急救止。闻者莫不痛哭。船到南岸，回顾百姓，有未渡者，望南而哭。

一知居主人曰：

孔明建议进行战略转移，刘备不舍百姓。百姓也愿随刘备一起出发。"扶老携幼，将男带女，滚滚渡河，两岸哭声不绝。"这种场面，无论是谁看了都会感到伤心，更不要说刘备了。但是刘备要投江而死，似乎作秀的成分更重一些。既然要死，为什么还要带这么多百姓一起出发？当然，周围那么多人，谁又会眼看着刘备去死呢？！

玄德行至襄阳东门，大叫开开城门。刘琮惧而不出。蔡瑁、张允叱军士乱箭射下。魏延径上城楼，大喝："刘使君乃仁德之人，今为救民而来投，何得相拒！"当下轮刀砍死守门将士，开门放下桥，大叫："刘皇叔快领兵入城，共杀卖国之贼！"不想城内文聘飞马引军而出。魏延大怒，便来交战。玄德曰："本欲保民，反害民也！吾不愿入襄阳！"孔明提议先去江陵。玄德同意。于是望江陵而走。魏延与文聘交战，从巳至未，手下兵卒皆已折尽。延拨马而逃，却寻不见玄德，自投长沙太守韩玄去了。

一知居主人曰：

刘备来到襄阳，本以为刘琮镇守，进城暂且休整不成问题。没想到蔡瑁、张允并不接纳。刘表手下大将魏延造反要引刘备入城，后与文聘两人大战。刘备和孔明眼看进襄阳无望，竟然置魏延于不顾，改往江陵去了。魏延手下兵卒皆已折尽，再寻刘备却是不见。魏延

本为刘备计，刘备却不领情。弄得自己两边不是人，灰头土脸。想他独自下场之时，心中必不是滋味。

本节中有一句，"襄阳城中百姓，多有乘乱逃出城来，跟玄德而去"。似乎有点不现实。魏延和文聘在城门口大战，百姓怎么出来。作者拍刘备的马屁，也需要根据情况。说是城郊百姓跟了刘备，还应可以。

玄德路过刘表之墓，玄德率众将拜于墓前，哭告曰："辱弟备无德无才，负兄寄托之重，罪在备一身，与百姓无干①。望兄英灵，垂救荆襄之民！"忽哨马报说曹操大军已屯樊城，正收拾船筏，马上渡江赶来。众将皆曰："今拥民众数万，日行十余里，似此几时得至江陵？倘曹兵到，如何迎敌？不如暂弃百姓，先行为上。"玄德泣曰："举大事者必以人为本。今人归我，奈何弃之？"

一知居主人曰：

在紧急状况下，刘备还敢停下来祭奠刘表，真够胆大。不过刘备是真哭，自是感慨刘表一生。并不像前面曹操哭袁绍，属于假哭、作秀。

本节中，刘备一"哭"一"泣"。前面哭的是刘表，希望刘表垂救荆襄之民；后面"泣"的百姓在跟着自己受苦，自己却无力拯救。效果都很明显，营造了很悲的氛围。前者"言甚悲切，军民无不下泪"；后者"百姓闻玄德此言，莫不伤感"。

玄德拥着百姓，缓缓而行。孔明曰："追兵不久即至。可遣云长

---

① 无干：意思是不相干、无关。《老残游记》第二十回："倘若犯了案，你有这个凭据，就与你无干了。"

往江夏求救于公子刘琦。教他速起兵乘船会于江陵。"玄德从之,即修书令云长同孙乾领五百军往江夏求救;令张飞断后;赵云保护老小;其余俱管顾百姓而行。

一知居主人曰:

诸葛亮奔走之中并不忙乱,已经开始布局,后面效果可见。诸葛亮这样安排也是没有办法的事情。就目前这样的一个摊子,只好将就着吧!看看,关羽所带队伍,区区只有五百人,也够可怜的。"每日只走十余里便歇",速度也够慢的。

曹操使人渡江至襄阳,召刘琮相见。琮惧怕不敢往见。蔡瑁、张允请行。王威密告琮曰:"将军既降,玄德又走,曹操必懈弛无备。愿将军奋整奇兵,设于险处击之,操可获矣。获操则威震天下,中原虽广,可传檄而定。此难遇之机,不可失也。"琮以其言告蔡瑁。瑁叱王威曰:"汝不知天命,安敢妄言!"威怒骂曰:"卖国之徒,吾恨不生啖汝肉!"瑁欲杀之,蒯越劝止。

一知居主人曰:

王威所言诚然是好计谋,只是献错了人。王威将计谋说给刘琮;刘琮马上说给了蔡瑁。想来很有意思。刘琮天生胆小,怎会成大事。况且军权为蔡瑁、张允等把持。倒是蒯越表现不错,及时劝止蔡瑁杀王威,够同事意思。后面,刘琮和蔡夫人赴任青州刺史时,也唯有王威跟随。

瑁与张允同至樊城。操问:"荆州军马钱粮,今有多少?"瑁说军队马、步、水三军共二十八万,"钱粮大半在江陵。其余各处,亦足供给一载"。"大小战船,共七千余只,原是瑁等二人掌管。"操遂加瑁为镇南侯、水军大都督,张允为助顺侯、水军副都督。操又曰:"其

子降顺，吾当表奏天子，使永为荆州之主。"荀攸曰："蔡瑁、张允乃谄佞之徒，主公何遂加以如此显爵，更教都督水军乎？"操笑曰："吾岂不识人！止因吾所领北地之众，不习水战，故且权用此二人。待成事之后，别有理会。"

一知居主人曰：

曹操此时封蔡瑁、张允二人显爵，别有目的。一是为了让他们向刘琮传话，好让刘琮安心来降；二是为了让这二人替自己操练水军，好与孙权、刘备争雄。至于"卸磨杀驴"的想法，曹操此时已经有了。所以后面蒋干盗书回来之后，曹操几乎是不加思索就将二人斩了，不足为奇！此处荀攸与曹操对话，正是为后面做了铺垫。

观本节中，蔡瑁在曹操面前言语，再观上节中蔡瑁对王威所言，反差之大，一个天上，一个地下，真是"两面人"。再看其与张允的表现，"二人大喜拜谢""二人大喜而退"，丑相毕显。作者更是用了"瑁等辞色甚是谄佞"一句话来概括。

蔡瑁、张允归见刘琮，具言："曹操许保奏将军永镇荆襄。"琮大喜！次日，与母蔡夫人赍捧印绶兵符，亲自渡江拜迎曹操。操抚慰毕，即引随征军将，进屯襄阳城外。蔡瑁、张允令襄阳百姓焚香拜接。曹操俱用好言抚谕。入城至府中坐定，即召蒯越近前，抚慰曰："吾不喜得荆州，喜得异度也。"遂封蒯越为江陵太守、樊城侯；傅巽、王粲等皆为关内侯；而以刘琮为青州刺史，便教起程。琮闻命大惊，辞曰："琮不愿为官，愿守父母乡土。"操曰："青州近帝都，教你随朝为官，免在荆襄被人图害。"琮再三推辞，曹操不准。

一知居主人曰：

曹操当着蔡瑁与张允之面，说"吾当表奏天子，使（刘琮）永为荆州之主"。进城之后封蒯越、王粲等人，是为了离间刘琮与部下，

且表示一种宽容。后面派于禁追杀,斩草除根则是避免后患。做得天衣无缝,只是欺骗了众人。曹操对刘琮母子的态度两天三变,让人寒心。如果说曹操属于不得已而为之,有失公理。因为曹操完全可以不这样。

琮只得与母蔡夫人同赴青州。只有王威相随。操唤于禁嘱咐追杀刘琮母子。于禁领众赶上,大喝曰:"我奉丞相令,教来杀汝母子!可早纳下首级!"蔡夫人抱刘琮而大哭。于禁喝令军士下手。王威奋力相斗,竟被众军所杀。军士杀死刘琮及蔡夫人,于禁回报曹操,操重赏于禁。便使人往隆中搜寻孔明妻小,却不知去向。原来孔明先已令人搬送至三江内隐避矣。操深恨之。

一知居主人曰:

于禁杀人,还要说出一番道理,是在告诉刘琮母子自己"出师有名",不是擅作主张,好让他们死得明白。蔡夫人抱刘琮大哭,想是最为后悔。手无缚鸡之力,现为人案上刀俎,后悔又有何用。

最初刘琮只是觉得交出大权,做个安乐侯,从此不问政治,落得个清闲自在,做梦也不会想到最终还会招来杀身之祸!刘琮如果不是生在"帝王之家",自然会有另外一种结局,至少可以颐养天年吧!再看孔明妻小,早已被孔明接走。刘琮母子与之相比,天壤之别矣!

襄阳既定,荀攸进言抓紧进攻江陵,免得刘备扎根。操曰:"孤岂忘之!"诸将中却独不见文聘。操使人寻问,方才来见。操曰:"汝来何迟?"对曰:"为人臣而不能使其主保全境土,心实悲惭,无颜早见耳。"言讫,歔欷流涕。操曰:"真忠臣也!"除江夏太守,赐爵关内侯,便教引军开道。

一知居主人曰：

前面文聘与魏延有一战，逼走了魏延。此处单说文聘降曹之事，与后面刘备当面叱问文聘，遥相呼应。

探马报刘备带领百姓日行止十数里，距离只三百余里。操教精选五千铁骑，星夜赶来。玄德引十数万百姓、三千余军马，一程程挨着往江陵进发。赵云保护老小，张飞断后。孔明曰："云长往江夏去了，绝无回音，不知若何。"玄德曰："敢烦军师亲自走一遭。刘琦感公昔日之教，今若见公亲至，事必谐矣。"孔明允诺，便同刘封引五百军先往江夏求救去了。

一知居主人曰：

不知刘备作何想的，赵云、张飞、关羽都已有所安排，这次却又让孔明、刘封前往江夏。三千兵马，再走五百。身边只剩下简雍、糜竺、糜芳等，还会有什么战斗力，只有挨打的份了。

当日玄德深夜在当阳城外景山驻扎。至四更时分，曹兵掩至。玄德大惊，急上马引本部精兵迎敌。玄德死战。正在危迫之际，幸得张飞引军至，杀开一条血路，救玄德望东而走。文聘当先拦住，玄德骂曰："背主之贼，尚有何面目见人！"文聘羞惭满面，引兵自投东北去了。

一知居主人曰：

看了全书，很难见到刘备如此一"骂"！不知此时此地他有什么资格骂文聘？底气何来？况且，文聘刚刚万不得已降了曹操，时间尚不足两日。刘备为曹操所逼，连日来一路狂奔，只顾逃命，又怎会知道文聘消息。窃以为，此处情节设计有些欠妥。好在文聘还算有点儿良心，自行退了，否则今天刘备的"户口本"要废了！

张飞保着玄德，且战且走。奔至天明，闻喊声渐渐远去，玄德方才歇马。看手下随行人，止有百余骑。玄德大哭曰："十数万生灵，皆因恋我，遭此大难；诸将及老小，皆不知存亡，虽土木之人，宁不悲乎！"

一知居主人曰：

一片凄凄惨惨戚戚，刘备哭得很有道理。"老小并糜竺、糜芳、简雍、赵云等一干人，皆不知下落"，在后面讲述中，一一出现。

忽见糜芳面带数箭，踉跄而来，说赵云反投曹操去了。玄德叱曰："子龙是我故交，安肯反乎？"张飞曰："他今见我等势穷力尽，或者反投曹操，以图富贵耳！"玄德曰："子龙从我于患难，心如铁石，非富贵所能动摇也。"糜芳曰："我亲见他投西北去了。"张飞曰："待我亲自寻他去。若撞见时，一枪刺死！"玄德曰："休错疑了。岂不见你二兄诛颜良、文丑之事乎？子龙此去，必有事故。吾料子龙必不弃我也。"张飞那里肯听，引二十余骑，至长坂桥。

一知居主人曰：

糜芳说赵子龙投降曹操，刘备坚持不信，张飞却觉得有可能。刘备以关羽为例劝说，张飞还是不相信。可见，张飞与赵云关系并不是很好。倒是给人一种悬念：赵子龙究竟去了哪里？听作者后面娓娓道来。

张飞见桥东有一带树木，飞生一计：教所从二十余骑，都砍下树枝，拴在马尾上，在树林内往来驰骋，冲起尘土，以为疑兵。飞却亲自横矛立马于桥上，向西而望。

一知居主人曰：

张飞在长坂坡砍树枝以为疑兵，倒是粗中有细，可爱！此计和

前面诸葛亮火烧新野等连在一起，反倒更让曹操觉得是诸葛亮在后面谋划。

　　赵云自四更时分，杀至天明，寻不见玄德，又失了玄德老小，云自思曰"今日军中失散，有何面目去见主人？不如去决一死战，好歹要寻主母与小主人下落"！正走之间，见简雍卧在草中。云急问曰："曾见两位主母否？"雍曰"二主母弃了车仗，抱阿斗而走"，自己"被一将刺了一枪，跌下马来，马被夺了去。我争斗不得。"云乃借一匹与简雍骑坐，又着卒护简雍先去报与主人："我上天入地，好歹寻主母与小主人来。如寻不见，死在沙场上也！"

　　一知居主人曰：
　　本节中，说了赵云向曹操方向奔走的原因，是为了寻找甘、糜二夫人与小主人阿斗。保护他们是赵云的责任所在，赵云不得不在乱人之中苦苦寻觅。慌乱之中，救下简雍，赵云并没有忘记要他向刘备汇报自己的事情，安排也算妥当。
　　赵云见简雍，不问简雍伤在何处，先问"曾见两位主母否"？足见赵云之心切。

　　赵云望长坂坡而去。遇到护送车仗军士，被箭射倒在此，问二夫人消息。军士说见甘夫人披头跣足，随一伙百姓妇女投南而走。云急纵马望南赶去。只见一伙百姓数百人，相携而走。云大叫曰："内中有甘夫人否？"夫人在后面望见赵云，放声大哭。云下马插枪而泣曰："使主母失散，云之罪也！糜夫人与小主人安在？"甘夫人曰："糜夫人与阿斗不知何往。我独自逃生至此。"

　　一知居主人曰：
　　场面实在有点太乱。此时赵云只是找到了甘夫人，却是并没有

见糜夫人与阿斗。"革命尚未成功",还需继续努力!

赵云见一伙人,男女数百人,找起来很麻烦,也就站在一处高喊"内中有甘夫人否",属于急中生智,忙而不乱。果然有效,得见甘夫人。

赵云见一马上绑着糜竺。曹仁部将淳于导正要解去献功。赵云大喝一声,一枪将淳于导刺落马下。救了糜竺,夺得马二匹。云请甘夫人上马,直送至长坂城。张飞横矛立马于桥上,大叫:"子龙!你如何反我哥哥?"云曰:"我寻不见主母与小主人,因此落后,何言反耶?"飞曰:"若非简雍先来报信,我今见你,怎肯干休也!"云问主公在何处?飞曰:"只在前面不远。"云要糜竺保甘夫人先行,自己仍往寻糜夫人与小主人去。

一知居主人曰:

赵云先后救下甘夫人和糜竺,带在身边毕竟不方便,也就前来送至安全之处,属于明智之举。

只是张飞所言两句,有些矛盾。既然简雍已经说过赵云如何,张飞第一句竟然还是:"子龙!你如何反我哥哥?"赵云安排糜竺保甘夫人先行,而没有请张飞保护,明显有些不悦。好在赵云并没有与张飞计较,又继续寻找糜夫人和阿斗了。

赵云见一将手提铁枪,背剑,跃马而来。更不打话,只一合,把那将一枪刺倒。原来那将乃曹操随身背剑之将夏侯恩也。赵云看靶上有金嵌"青釭"二字,知是宝剑。云插剑提枪,复杀入重围,回顾手下从骑,已没一人,只剩得孤身。

一知居主人曰:

夏侯恩本是背剑之将,当不离曹操左右。只是"夏侯恩自恃勇

力，背着曹操，只顾引人抢夺掳掠。不想撞着赵云，被他一枪刺死，夺了那口剑"。夏侯恩不该胡乱串岗，占便宜不成，反丢了自家性命，活该！

云逢百姓，便问糜夫人消息。忽一人说只在前面墙缺内。赵云果然见糜夫人抱着阿斗坐于墙下枯井之傍啼哭。赵云要夫人上马，糜夫人曰："不可！将军岂可无马！此子全赖将军保护。妾已重伤，死何足惜！"乃将阿斗递与赵云曰："此子性命全在将军身上！"糜夫人弃阿斗于地，翻身投入枯井中。赵云见夫人已死，恐曹军盗尸，掩盖枯井。将阿斗抱护在怀，绰枪上马。

一知居主人曰：

在曹兵围困之中，赵子龙坐骑纵然是宝马，但已经战了多时，必然疲劳。赵云一心想让夫人上马先走，自己左右跟着。两个大人，一个孩子，根本无法走远。赵云三番五次请，夫人只是不肯上马。云厉声曰："夫人不听吾言，追军若至，为之奈何？"赵云情绪有些失控，可以理解。糜夫人最后牺牲了自己，逼着赵云带阿斗离开。也属于明智之举。

曹洪部将晏明引一队步军至，持三尖两刃刀来战赵云。不三合，被赵云一枪刺倒，杀散众军，冲开一条路。正走间，河间张郃拦路。云更不答话，挺枪便战。约十余合，云不敢恋战，夺路而走。背后张郃赶来，云加鞭而行，不想趷跶一声，连马和人，颠入土坑之内。张郃挺枪来刺，忽然一道红光，从土坑中滚起，那匹马平空一跃，跳出坑外。张郃见了，大惊而退。

一知居主人曰：

赵云斩晏明，不足一提。但与张郃十余合，却是可圈可点。马

陷进土坑里面，又能出来，真是天助赵云也！不免让人想起刘备马跃檀溪一回，异曲同工。

赵云纵马正走，马延、张颛、焦触、张南前后拦住去路。赵云力战四将，曹军一齐拥至。云乃拔青釭剑乱砍，手起处，血如涌泉。

曹操在山顶上，望见一将所到之处，威不可当，急问左右是谁。曹洪飞马下山大叫曰："军中战将可留姓名！"云应声曰："吾乃常山赵子龙也！"曹洪回报曹操。操曰："真虎将也！吾当生致之。"遂令飞马传报各处："如赵云到，不许放冷箭，只要捉活的。"因此赵云得脱此难，此亦阿斗之福所致也。这一场杀砍倒大旗两面，夺槊三条；前后枪刺剑砍，杀死曹营名将五十余员。

一知居主人曰：

纵观"赵子龙单骑救主"一节，出场人多并不乱，情节紧凑，惊险迭出，引人入胜。赵子龙也确实威武，功夫了不得，单枪匹马，杀来杀去，如入无人之地。但是，如果不是曹操爱才，认为赵子龙"真虎将也！吾当生致之"，且令飞马传报各处"只要捉活的"，赵子龙早就会死于非命了。即便是十个、八个，也无济于事。只是可惜那五十多员将官和不计其数的曹兵都用性命做了赵子龙的陪衬。

第四十二回
张翼德大闹长坂坡　刘豫州败走汉津口

赵云杀透重围，已离大阵，血满征袍。正行间，钟缙、钟绅二人拦住赵云厮杀。赵云挺枪便刺，钟缙挥大斧来迎，战不三合，被云刺落马下。背后钟绅持戟赶来，马尾相衔。云急拨转马头，左手持枪隔过画戟，右手拔出青釭宝剑砍去，带盔连脑，砍去一半，绅落马而死。

一知居主人曰：

钟缙、钟绅兄弟出场，一个使大斧，一个使画戟，显得很威武，且口出大话，要"赵云快下马受缚"。谁知赵云虽然已经战了好长时间，但还足以对付这两兄弟。一被刺死，一被砍死，兄弟俩实在可惜了。

赵云到得桥边，已经人困马乏。见张飞立于桥上，云大呼曰："翼德援我！"飞曰："子龙速行，追兵我自当之。"此时两人倒是配合默契！

云行二十余里，见玄德与众人憩于树下。云下马伏地而泣。玄德亦泣。云喘息而言前面事情，曰："怀抱公子，身突重围。赖主公洪福，幸而得脱。适来公子尚在怀中啼哭，此一会不见动静，多是不能保也。"遂解视之，原来阿斗正睡着未醒。云喜曰："幸得公子无

恙！"双手递与玄德。玄德接过，掷之于地曰："为汝这孺子，几损我一员大将！"赵云忙向地下抱起阿斗，泣拜曰："云虽肝脑涂地，不能报也！"

一知居主人曰：

民间有歇后语，"刘备摔孩子——收买人心"，其实并不准确。看原文，知道原来不是"摔"，而是"掷"。按照《现代汉语词典》（第7版）中解释："摔"是"用力往下扔"；"掷"则是"扔"之意。"摔"往往高过头顶；"掷"则是平行往下方扔，用力较小。刘备此时动作，更多的是为了安慰赵云而已。

上一回中，赵云与糜夫人争执之中，"糜夫人乃弃阿斗于地"；这一次，倒是被亲爹"掷"了一次。形象便更不佳，给人一种傻傻的印象，但绝对不是"大智若愚"那种。

文聘追赵云至长坂桥，只见张飞倒竖虎须，圆睁环眼，手绰蛇矛，立马桥上，又见桥东树林之后，尘头大起，疑有伏兵，便勒住马，不敢近前。俄而，曹仁、李典等各路都至。见飞怒目横矛，立马于桥上，又恐是诸葛孔明之计，都不敢近前。扎住阵脚，一字儿摆在桥西，使人飞报曹操。

一知居主人曰：

赵子龙力杀重围，曹操手下众将尚且心有余悸，这次又碰见闻名天下的猛张飞，自然害怕，心怯半截！这些人何等聪明，且等待，等领导来了再作计议。

桥后疑兵，都认为是诸葛亮所计，却是委屈了张飞的。

操从阵后来。张飞见后军青罗伞盖、旄钺旌旗来到，料得是曹操无疑。厉声大喝曰："我乃燕人张翼德也！谁敢与我决一死战？"

声如巨雷。曹操回顾左右曰:"我向曾闻云长言:翼德于百万军中,取上将之首,如探囊取物。今日相逢,不可轻敌。"张飞睁目又喝曰:"燕人张翼德在此!谁敢来决死战?"飞望见曹军有所动,又挺矛喝曰:"战又不战,退又不退,却是何故!"

一知居主人曰:

张飞第一声,曹操"急令去其伞盖",且想起当年关羽所言;张飞再吆喝一声,曹操"见张飞如此气概,颇有退心";张飞吆喝第三声,曹操"回马而走",且"冠簪尽落,披发奔逃"。领导都走了,"诸军众将一齐望西奔走"。本节之中,曹操全然没有了领导的风范!

曹军也是如此,张飞第一声,"曹军闻之,尽皆股栗";第二声,"曹操后军阵脚移动";第三声,"曹操身边夏侯杰惊得肝胆碎裂,倒撞于马下"。

曹操骤马望西而走,张辽、许褚赶上扯住辔环。张辽曰:"料张飞一人,何足深惧!今急回军杀去,刘备可擒也。"曹操令张、许探听消息。张飞见曹军退,并不追赶。速唤回原随二十余骑,来见玄德,具言去马尾树枝、断桥一事。玄德曰:"吾弟勇则勇矣,惜失于计较。""曹操多谋。汝不合拆断桥梁,彼必追至矣"。飞曰:"他被我一喝,倒退数里,何敢再追?"玄德曰:"若不断桥,彼恐有埋伏,不敢进兵,今拆断了桥,彼料我无军而怯,必来追赶。"张、许回报张飞已拆断桥梁而去矣。操曰:"彼断桥而去,乃心怯也。"

一知居主人曰:

张飞长枪一横,三声喝退曹兵,吓死了夏侯杰,一时起了很大作用。人人都说"好人经不起夸""粗人自是粗人",张飞退兵之时,迅速换回二十多骑兵,去掉马尾树枝(不该!),拆断桥梁(更不该!)。见到刘备,细说端详,有"邀功"倾向。不想刘备点破此事。

第四十二回　张翼德大闹长坂坡　刘豫州败走汉津口

尽管如此，张飞还说，"他被我一喝，倒退数里，何敢再追？"有些强词夺理。只是后来，果然被曹操识破，继续追赶。张飞此节中所为，断断不可认为是"百密难免一疏"。

曹操传令速搭浮桥过河。李典曰："此恐是诸葛亮之诈谋，不可轻进。"操曰："张飞一勇之夫，岂有诈谋！"李典这家伙有点看笑话，曹操却是全然顾不得刚才的惊慌失措了。

玄德行近汉津，忽见后面曹军远来，急命赵云准备抵敌。曹操下令"今刘备釜中之鱼，阱中之虎。若不就此时擒捉，如放鱼入海，纵虎归山矣。"忽关羽领一队军马从山坡后飞出，大叫曰："我在此等候多时了！"原来关云长去江夏借得军马，特地从此路截出。曹操即勒住马回顾众将曰："又中诸葛亮之计也！"传令大军速退。

一知居主人曰：

前面李典有言，曹操还充满自信。曹操见刘备处于绝境，誓要捉之。谁知半路杀出关羽来，曹操骤然心惊。战斗尚未开展，曹操又退走了。曹操心里也是一波三惊！

云长追赶十数里，即回军保护玄德等到汉津，已有船只伺候，云长请玄德并甘夫人、阿斗至船中坐定。云长问曰："二嫂嫂如何不见？"玄德诉说当阳之事。云长叹曰："曩日猎于许田时，若从吾意，可无今日之患。"玄德曰："我于此时亦'投鼠忌器'①耳。"

一知居主人曰：

关羽追赶十数里，不敢再追，自是害怕事情露馅。关羽回见刘备，

---

① 投鼠忌器：想用东西打老鼠，又怕打坏了近旁的器物。比喻做事有顾忌，不敢放手干。出自《汉书·贾谊传》："里谚曰：'欲投鼠而忌器'，此善谕也。"

知糜夫人事，感慨起许田之事，也只是说说而已。大敌当前，远水不解近渴，还是继续逃命要紧！

刘备见南岸有舟船如蚁，顺风而来。玄德大惊。至近，见刘琦立于船头上。琦过船哭拜曰："闻叔父困于曹操，小侄特来接应。"玄德大喜。忽然江西南上许多战船乘风唿哨而至，刘琦惊曰："非曹操之军，即江东之军也，如之奈何？"玄德出船头视之，见孔明、孙乾在船头上。玄德慌请过船。玄德大悦。孔明建议刘备到夏口，公子回江夏，为掎角之势。刘琦请刘备暂至江夏，帮助整顿军马。玄德遂留下云长守夏口，与孔明、刘琦共投江夏。

一知居主人曰：

刘备大惊，惊出刘琦来援，刘备遂大喜。见江上又有船来，书中只说刘琦大惊，刘备也必然吃惊，惊出孔明和孙乾来援。刘备又大悦。幸亏刘备身体尚可，否则会一惊一喜，不犯病才怪呢？！

曹操见云长引军截出，疑有伏兵，不敢来追；又恐水路先被玄德夺了江陵，便星夜提兵赴江陵来。荆州治中邓义、别驾刘先料不能抵敌曹操，遂出郭投降。曹操入城、安民已定，释韩嵩之囚，加为大鸿胪。其余众官，各有封赏。

一知居主人曰：

关羽追曹操没有多远，自回。曹操会追关羽，自也不敢匆忙，害怕再次中了埋伏。荆州，军事重镇，曹操得来却是全不费功夫。

曹操进入江陵之后，"释韩嵩之囚"。第二十三回，刘表让韩嵩去拜曹操，没想到曹操拜韩嵩为侍中，领零陵太守。回来之后，刘表大怒，要斩韩嵩。韩嵩自辩，蒯越力谏，"刘表遂赦之"。可见韩嵩并无牢狱之灾。不知作者何来本节之安排？毛宗岗评论此处时有

句,"韩嵩之囚在二十三回中,至此方照应",也是不妥!

曹操与众将议曰:"今刘备已投江夏,恐结连东吴,是滋蔓①也,当用何计破之?"荀攸曰:"我今大振兵威,遣使驰檄江东","孙权必惊疑而来降,则吾事济矣。"操从其计,一面发檄遣使赴东吴,一面计点马步水军共八十三万,诈称一百万,水陆并进,船骑双行,沿江而来,寨栅联络三百余里。

一知居主人曰:

曹操也想到刘备有可能会投靠孙权。荀彧建议"请孙权会猎于江夏,共擒刘备,分荆州之地,永结盟好"。看来这一次孙权成为香饽饽了。曹操水路急进,目标不外乎有二:一是追剿刘备;二是给孙权施加压力,逼孙权就范,达到共同围猎刘备之目的。

孙权屯兵柴桑郡,闻曹操大军至襄阳,刘琮已降,今又取江陵,集众谋士商议。鲁肃曰:"荆州与国邻接,江山险固,士民殷富。吾若据而有之,此帝王之资也。今刘表新亡,刘备新败,肃请奉命往江夏吊丧,因说刘备使抚刘表众将,同心一意,共破曹操。备若喜而从命,则大事可定矣。"权喜从其言,即遣鲁肃赍礼往江夏吊丧。

一知居主人曰:

曹操和刘备战得正酣,孙权也没有闲着,不过一直在观望之中,害怕一不小心战火烧到自己家里。孙权也在想着荆州之地,不只是刘备。鲁肃今日提出联刘抗曹,也是他一贯坚持的。至于鲁肃到江夏吊丧,只是一个借口而已。毕竟人家刘表家里早就发过丧了,属

---

① 滋蔓:生长蔓延。常喻祸患的滋长扩大。《后汉书·史弼传》:"陛下隆于友于,不忍遏绝,恐遂滋蔓,为害弥大。"

第四十二回 张翼德大闹长坂坡 刘豫州败走汉津口 471

于马后炮。

刘备至江夏，孔明曰："曹操势大，急难抵敌，不如往投东吴孙权，以为应援。使南北相持，吾等于中取利，有何不可？"玄德曰："安肯相容耶？"孔明笑曰："今操引百万之众，虎踞江汉，江东安得不使人来探听虚实？若有人到此，亮借一帆风，直至江东，凭三寸不烂之舌，说南北两军互相吞并。"玄德曰："此论甚高。但如何得江东人到？"正说间，人报鲁肃来吊丧。

一知居主人曰：

曹操想联手孙权打刘备；孙权想联手刘备抗曹；刘备想联合孙权抗曹，"使南北相持，吾等于中取利"。此后孔明还有一句，"若南军胜，共诛曹操以取荆州之地；若北军胜，则我乘势以取江南可也"。看到这里，有一句话叫作"没有永远的朋友，只有永远的利益"，信矣！再看后面曹与孙、孙与刘之间的合合分分、分分合合无不符合这一规律。

刘备正要联系孙权，苦于没人，正好此时鲁肃来了，孔明说"大事济矣"，颇有一种"说曹操，曹操到"的意外惊喜。

孔明问刘琦曰："往日孙策亡时，襄阳曾遣人去吊丧否？"琦曰："江东与我家有杀父之仇，安得通庆吊之礼！"孔明曰："然则鲁肃之来，非为吊丧，乃来探听军情也。"

一知居主人曰：

刘琦所指是第七回中，孙坚跨江击刘表，孙坚死于乱箭之中。故鲁肃这次过来，一般人都知其意在探听虚实。有人曾言，"出于自己生存之需要，不可能也往往变成可能"，不由得你不信。此后，诸葛亮三气周瑜之后，过江吊丧与此类似。

孔明谓玄德曰："鲁肃至，若问曹操动静，主公只推不知，再三问时，主公只说可问诸葛亮。"肃入城吊丧。收过礼物，刘琦请肃与玄德相见。礼毕，邀入后堂饮酒，肃曰："久闻皇叔大名，无缘拜会，今幸得见。实为欣慰。近闻皇叔与曹操会战，必知彼虚实。敢问操军约有几何？"玄德曰："备兵微将寡，一闻操至即走，竟不知彼虚实。"鲁肃曰："闻皇叔用诸葛孔明之谋，两场火烧得曹操魂亡胆落，何言不知耶？"玄德曰："除非问孔明，便知其详。"肃曰："孔明安在？愿求一见。"

一知居主人曰：

刘备真是憨厚之人，听从孔明安排，中规中矩。想来是刘备正处于落魄之中，好不容易在孔明指导下打了两次胜仗，自是心服口服。刘备和鲁肃饮酒对话，属于互相探底。刘备让鲁肃与孔明探讨，鲁肃求见，"玄德教请孔明出来相见"，说明孔明就在附近。想来，鲁肃心中会有一丝不悦！先生既然在这里，为什么开始不一起出现呢？！自不知是事先两个人商量好的。

肃问曰："愿闻目今安危之事。"孔明曰："曹操奸计，亮已尽知，但恨力未及，故且避之。"说将往投苍梧太守吴巨。肃曰："吴巨粮少兵微，自不能保，焉能容人？"孔明曰："今且暂依之，别有良图。"肃曰："孙将军虎踞六郡，兵精粮足，又极敬贤礼士，江表英雄，多归附之。今为君计。莫若遣心腹往结东吴，以共图大事。"孔明曰："与孙将军素来无旧，恐虚费词说。且别无心腹之人可使。"肃曰："肃不才，愿与公同见孙将军，共议大事。"玄德曰："孔明是吾之师，顷刻不可相离。"肃坚请孔明同去。玄德佯不许。孔明曰："事急矣，请奉命一行。"玄德方才许诺。鲁肃遂与孔明登舟，望柴桑郡来。

一知居主人曰：

这一场，刘备和孔明双簧演得真好，偏偏骗了那鲁肃。

孔明本来已经有联系孙权的意思，却偏偏不主动说出，只是强调刘备与苍梧太守吴臣有旧，想去那里发展。来回两次交谈之后，鲁肃终于耐不住性子，说了东吴的实底。且主动提出自己可以做孙、刘之媒人。刘备一副不情愿的样子，半推半就，顺水推舟，最后还是让诸葛亮过江见孙权。

第四十三回

诸葛亮舌战群儒　鲁子敬力排众议

　　鲁肃、孔明登舟望柴桑郡来。二人在舟中共议。鲁肃谓孔明曰："先生见孙将军，切不可实言曹操兵多将广。"孔明曰："不须子敬叮咛，亮自有对答之语。"及船到岸，肃请孔明于馆驿中暂歇，先自往见孙权。

　　一知居主人曰：

　　诸葛亮随鲁肃过江，船未及岸，鲁肃第一次嘱咐，诸葛亮第一次应付。鲁肃请孔明在馆驿中安歇，并没有直接带他去面见孙权，是因为害怕孙权说他唐突，属于细节上的安排。

　　权急召鲁肃问曰："子敬往江夏体探虚实，若何？"肃曰："已知其略，尚容徐禀。"权将曹操檄文示肃曰："操昨遣使赍文至此，孤先发遣来使，现今会众商议未定。"肃接檄文观看。其略曰："孤近承帝命，奉词伐罪。旄麾南指，刘琮束手；荆襄之民，望风归顺。今统雄兵百万，上将千员，欲与将军会猎于江夏，共伐刘备，同分土地，永结盟好。幸勿观望，速赐回音。"鲁肃看毕曰："主公尊意若何？"权曰："未有定论。"

　　一知居主人曰：

　　曹操致孙权的檄文，从鲁肃口中念出，有点别致。认真分析檄

文内容，意思不过有五：一是"近承帝命，奉词伐罪"，出师有名，你孙权不要有精神负担；二是"刘琮束手"、荆襄"望风归顺"、"统雄兵百万，上将千员"，有炫耀之意；三是"会猎于江夏，共伐刘备"，目的很明确，是说你孙权不要和刘备"沆瀣一气"，我要收拾的是刘备；四是"同分土地，永结盟好"，参加会猎，你会得到好处，绝对不会让你白干活；五是"幸勿观望，速赐回音"，软中带硬：这件事情你想干也得干、不想干也得干。

曹操所写信件，孙权只是在朝堂之上让鲁肃看了，并没有其他动作。可是袁阔成先生所讲《三国演义》至本回中，说鲁肃拿了这封信，前往宾馆示于诸葛亮。这种解释实在不妥。一是不符合礼仪，曹操给孙权的信，属于国家机密，孙权没有理由让诸葛亮看；二是文中并没有任何交代；三是在下回中，周瑜入见孙权之时，有言"权即取檄文与周瑜看"一句，"取"字，何等庄重？！

张昭曰："曹操拥百万之众，借天子之名，以征四方，拒之不顺。且主公大势可以拒操者，长江也。今操既得荆州，长江之险，已与我共之矣，势不可敌。以愚之计，不如纳降，为万安之策。"众谋士皆曰："子布之言，正合天意。"孙权沉吟不语。张昭又曰："主公不必多疑。如降操，则东吴民安，江南六郡可保矣。"孙权低头不语。

一知居主人曰：

本回刚开始，张昭分析局势，说不如纳降，众谋士齐声附和，孙权沉吟不语；张昭再次分析，说纳降之益处，孙权低头不语。孙权明显不同意张昭的建议，自己在思考之中，左右徘徊之中，明显存在一种煎熬。后文中孙权对鲁肃有言"诸人议论，大失孤望"。

须臾，权起更衣，鲁肃随于权后。权知肃意，乃执肃手而言曰：

"卿欲如何？"肃曰："恰才众人所言，深误将军。众人皆可降曹操，惟将军不可降曹操。"权曰："何以言之？"肃曰："如肃等降操，当以肃还乡党，累官故不失州郡也；将军降操，欲安所归乎？位不过封侯，车不过一乘，骑不过一匹，从不过数人，岂得南面称孤哉！众人之意，各自为己，不可听也。将军宜早定大计。"

一知居主人曰：

大堂之上，多数言降曹，鲁肃没有当面反驳，性格使然。在孙权上厕所的路上，鲁肃追随于后，阐明自己的主张，深得孙权理解。这不乏是一种相当稳当的策略。

权叹曰："诸人议论，大失孤望。子敬开说大计，正与吾见相同。此天以子敬赐我也！"肃曰："肃引诸葛瑾之弟诸葛亮在此，主公可问之，便知虚实。"权曰："卧龙先生在此乎？"肃曰："现在馆驿中安歇。"权曰："今日天晚，且未相见。来日聚文武于帐下，先教见我江东英俊，然后升堂议事。"肃领命而去。

一知居主人曰：

孙权说出自己的想法，并要研究抗曹之法。鲁肃推出诸葛亮自然而然。鲁肃介绍诸葛亮是诸葛瑾之弟，意在增加诸葛亮的可信度。

孙权没有忙于召见诸葛亮，而是说明日先让诸葛亮见一下江东英俊，意在让大家争论一下，也好统一思想。不想引出"舌战群儒"一节，让诸葛亮大放光芒！

次日鲁肃至馆驿中见孔明，又嘱曰："今见我主，切不可言曹操兵多。"孔明笑曰："亮自见机而变，决不有误。"肃乃引孔明至幕下。

一知居主人曰：

鲁肃第二次嘱咐诸葛亮说话要小心，诸葛亮还是没有正面回答，

只是应付。

早见张昭、顾雍等一班文武二十余人，峨冠博带，整衣端坐。孔明逐一相见，各问姓名。施礼已毕，坐于客位。张昭等见孔明丰神飘洒，器宇轩昂，料道此人必来游说。

一知居主人曰：

表面上一团和气，心中却都是暗流涌动。见说张昭等人"峨冠博带，整衣端坐"，不知怎的，脑中竟然蹦出"道貌岸然"四个字来。

张昭先以言挑之，说自己是江东微末之士，问先生高卧隆中时是否自比管、乐？孔明曰："此亮平生小可之比也。"昭说听说刘备得先生，如鱼得水，欲席卷荆襄，"今一旦以属曹操，未审是何主见？"孔明自思必须先难倒张昭，遂答曰："我主刘豫州躬行仁义，不忍夺同宗之基业，故力辞之。刘琮孺子，听信佞言，暗自投降，致使曹操得以猖獗。今我主屯兵江夏，别有良图，非等闲可知也。"

一知居主人曰：

无论按照哪种规矩，张昭作为江东第一谋臣，率先向诸葛亮提问（说发难也不是不可），都是应该的。张昭最初表现得很谦虚，但心眼却是有点坏。张昭先问诸葛亮自比于管、乐之事，实则在为诸葛亮制造陷阱。诸葛亮自然心里明白。

昭曰："先生在草庐之中，但笑傲风月，抱膝危坐。今既从事刘豫州，当为生灵兴利除害，剿灭乱贼。且刘豫州未得先生之前，尚且纵横寰宇，割据城池，今得先生，人皆仰望……何先生自归豫州，曹兵一出，弃甲抛戈，望风而窜。上不能报刘表以安庶民，下不能辅孤子而据疆土。乃弃新野，走樊城，败当阳，奔夏口，无容身之

第四十三回　诸葛亮舌战群儒　鲁子敬力排众议

地。是豫州既得先生之后，反不如其初也。管仲、乐毅，果如是乎？"孔明听罢，哑然而笑曰："新野山僻小县，人民稀少，粮食鲜薄，豫州不过暂借以容身，岂真将坐守于此耶？夫以甲兵不完，城郭不固，军不经练，粮不继日，然而博望烧屯，白河用水，使夏侯惇、曹仁辈心惊胆裂。窃谓管仲、乐毅之用兵，未必过此。至于刘琮降操，豫州实出不知，且又不忍乘乱夺同宗之基业，此真大仁大义也。当阳之败，豫州见有数十万赴义之民，扶老携幼相随，不忍弃之，日行十里，不思进取江陵，甘与同败，此亦大仁大义也……昔高皇数败于项羽，而垓下一战成功，此非韩信之良谋乎？夫信久事高皇，未尝累胜。盖国家大计，社稷安危，是有主谋。"张昭并无一言回答。

一知居主人曰：

文字表面上很温和，却是唇枪舌剑。

张昭果然问及三顾茅庐之前刘备尚还有些地盘，如今得了先生之后，却是一路流浪，又怎么说是刘备得了先生"如鱼得水"呢？诸葛亮一一作答，说事实，摆道理，以刘邦与韩信为例，行云流水一般，弄得张昭灰头土脸，败下阵来。诸葛亮所言也是对前一阶段刘备所作所为一种很好的总结，给人一种豁然开朗的感觉。

虞翻抗声问曰："今曹公兵屯百万，将列千员，龙骧虎视，平吞江夏，公以为何如？"孔明曰："曹操收袁绍蚁聚之兵，劫刘表乌合之众，虽数百万不足惧也。"虞翻冷笑曰："军败于当阳，计穷于夏口，区区求救于人，而犹言'不惧'，此真大言欺人也！"孔明曰："刘豫州以数千仁义之师，安能敌百万残暴之众？退守夏口，所以待时也。今江东兵精粮足，且有长江之险，犹欲使其主屈膝降贼，不顾天下耻笑。由此论之，刘豫州真不惧操贼者矣！"虞翻不能对。

一知居主人曰：

虞翻与孔明针锋相对。首先一方认为曹操实力太大，一方认为曹操属于乌合之众。两人马上转到对刘备的看法，一方嘲笑刘备属于败军之将，还敢言勇；一方认为刘备属于待时而动。孔明抓住机会，进行反击，说刘备力量虽小，尚有抗曹之心，孙权实力雄厚，却有降曹之心，不免为天下笑！弄得虞翻哑口无言。

步骘问曰："孔明欲效仪、秦之舌，游说东吴耶？"孔明曰："步子山以苏秦①、张仪②为辩士，不知苏秦、张仪亦豪杰也。苏秦佩六国相印，张仪两次相秦，皆有匡扶人国之谋，非比畏强凌弱，惧刀避剑之人也。君等闻曹操虚发诈伪之词，便畏惧请降，敢笑苏秦、张仪乎？"步骘默然无语。

一知居主人曰：

步骘本想以苏秦、张仪靠耍嘴皮子游走于诸侯间以讽刺孔明，却没想到，孔明以苏秦、张仪也是豪杰，不畏强凌弱进行反击，说步骘之流只是见了曹操书信便畏惧请降，又哪里有资格笑话苏、张！讲得甚妙！

---

① 苏秦（？~前284年）：字季子，雒阳（今河南洛阳市）人。战国时期著名的纵横家、外交家和谋略家。早年投入鬼谷子门下，学习纵横之术。学成游历多年，潦倒而归。随后，刻苦攻读《阴符》，游说列国，得到燕文公赏识，出使赵国，提出"合纵"六国以抗秦的战略思想，并最终组建合纵联盟，任"从约长"，兼佩六国相印，使秦国十五年不敢出兵函谷关。

② 张仪（？~前309年）：魏国安邑（今山西万荣县王显乡张仪村）人。战国时期著名的纵横家、外交家和谋略家。早年入于鬼谷子门下，学习纵横之术。出山之后，首创"连横"的外交策略，游说六国入秦。得到秦惠文王赏识，封为相国，奉命出使游说各国，以"横"破"纵"，促使各国亲善秦国，受封为武信君。

薛综问孔明如何评价曹操？孔明答曰："曹操乃汉贼也，又何必问？"综曰："公言差矣。汉传世至今，天数将终。今曹公已有天下三分之二，人皆归心。刘豫州不识天时，强欲与争，正如以卵击石，安得不败乎？"孔明厉声曰："薛敬文安得出此无父无君之言乎！夫人生天地间，以忠孝为立身之本。公既为汉臣，则见有不臣之人，当誓共戮之，臣之道也。今曹操祖宗叨食汉禄，不思报效，反怀篡逆之心，天下之所共愤。公乃以天数归之，真无父无君之人也！不足与语！请勿复言！"薛综满面羞惭，不能对答。

一知居主人曰：

孔明已经明说曹操属于汉贼，薛综却还要尊曹操为"曹公"，结果被孔明批评为"真无父无君之人也"，纯属于自找无趣也！

陆绩问："曹操虽挟天子以令诸侯，犹是相国曹参①之后。刘豫州虽云中山靖王苗裔，却无可稽考，眼见只是织席贩屦之夫耳，何足与曹操抗衡哉！"孔明笑曰："曹操既为曹相国之后，则世为汉臣矣。今乃专权肆横，欺凌君父，是不惟无君，亦且蔑祖，不惟汉室之乱臣，亦曹氏之贼子也。刘豫州堂堂帝胄，当今皇帝，按谱赐爵，何云无可稽考？且高祖起身亭长，而终有天下；织席贩屦，又何足为辱乎？"陆绩语塞。

一知居主人曰：

陆绩也不知是哪根神经出了问题，竟然与孔明讨论起曹操和刘

---

① 曹参（？～前190年）：字敬伯，泗水郡沛县（今江苏徐州市沛县）人。西汉开国功臣、军事家、政治家，初仕秦国，起家沛县狱掾。公元前209年，参加沛县起兵。身经百战，反秦灭楚，屡建战功。刘邦定都长安后，论功行赏，功居第二，赐爵平阳侯。出任齐国丞相，辅佐齐王刘肥。汉惠帝即位，继任萧何为相国，秉承"萧规曹随，休养生息"，为文景之治奠定了良好的物质和理论基础。

备的出身来。曹操是宦官之子，刘备是帝室之胄，天下共知！最后被孔明讥"公小儿之见，不足与高士共语！"属于自取其辱！

陆绩说曹操属于曹参之后，被孔明借题发挥。说既然曹操是曹参之后，应该如何如何。而现在却如何如何，更属于"不惟无君，亦且蔑祖，不惟汉室之乱臣，亦曹氏之贼子也"。

严峻忽问孔明治何经典？孔明曰："且古耕莘伊尹，钓渭子牙，张良、陈平①**之流。邓禹**②**、耿弇**③**之辈，皆有匡扶宇宙之才，未审其生平治何经典。岂亦效书生，区区于笔砚之间，数黑论黄，舞文弄墨而已乎？"严峻低头丧气而不能对。**

一知居主人曰：

严峻之言，有点"酸"也！严峻开始说孔明"皆强词夺理，均非正论，不必再言"，批评的味道很浓，后又问起孔明治何经典。结果被孔明讽刺，"寻章摘句，世之腐儒也，何能兴邦立事？"

程德枢大声曰："公好为大言，未必真有实学，恐适为儒者所笑耳。"孔明答曰："儒有君子小人之别。君子之儒，忠君爱国，守正恶邪，务使泽及当时，名留后世。若夫小人之儒，惟务雕虫，专工翰墨，

---

① 陈平(？~前179年)：阳武户牖乡(今河南原阳东南)人，西汉王朝开国功臣，《史记》称之为陈丞相。主要功绩是六出奇计，协助刘邦统一天下；与周勃平定诸吕，迎立刘恒为帝等。

② 邓禹(2年~58年)：字仲华，南阳新野(今河南新野县)人。东汉开国名将，"云台二十八将"之首。

③ 耿弇(3年~58年)：字伯昭，扶风茂陵(今陕西兴平市)人，汉族。东汉开国元勋、军事家，"云台二十八将"第四位。耿弇将围点打援、声东击西、引蛇出洞等战术发挥到了极致，受历代军界推崇。

第四十三回　诸葛亮舌战群儒　鲁子敬力排众议

青春作赋，皓首穷经。笔下虽有千言，胸中实无一策。且如扬雄以文章名世，而屈身事莽，不免投阁而死，此所谓小人之儒也。虽日赋万言，亦何取哉！"程德枢不能对。众人见孔明对答如流，尽皆失色。

一知居主人曰：

程德枢本来讽刺诸葛亮好说大话，未必有真才实学，会被儒者笑话。结果，诸葛亮把儒者分为君子和小人两类，前者忠君爱国，守正恶邪；后者笔下虽有千言，胸中实无一策。诸葛亮等于变着法子表扬了自己，将程德枢归于"小人"之列。

张温、骆统二人欲问难。忽黄盖自外而入，厉声言曰："孔明乃当世奇才，君等以唇舌相难，非敬客之礼也。曹操大军临境，不思退敌之策，乃徒斗口耶！"当时谓孔明曰："愚闻多言获利，不如默而无言。何不将金石之论为我主言之，乃与众人辩论也？"孔明曰："诸君不知世务，互相问难，不容不答耳。"于是黄盖与鲁肃引孔明入。

一知居主人曰：

黄盖本次出场，未见其人，只听其声，却是快人快语。黄盖言语也表明了自己的立场。孔明见孙权，黄盖在场，自然是对后来黄盖献苦肉计的一种铺垫。真是"老将不老"啊！一个小小粮官竟然能闯到朝堂之上，也属于奇葩！也足见黄盖与孙权的关系并不一般。

至中门，正遇诸葛瑾，孔明施礼。瑾曰："贤弟既到江东，如何不来见我？"孔明曰："弟既事刘豫州，理宜先公后私。公事未毕，不敢及私。望兄见谅。"瑾曰："贤弟见过吴侯，却来叙话。"说罢自去。

一知居主人曰：

哥哥诸葛瑾在江东为孙权做事，诸葛亮不可能不知道。为什么不先拜见兄长？自是害怕别人说闲话，也害怕陷兄长于尴尬之地。

这一些细节,也告诉我们,诸葛亮大放光芒的时候,诸葛瑾并不在现场。想来应是诸葛瑾主动回避的。下回中,诸葛瑾夜见周瑜中,有句话,"因舍弟为使,瑾不敢多言",可见一斑。

鲁肃曰:"适间所嘱,不可有误。"孔明点头应诺。孙权降阶而迎,优礼相待。鲁肃立于孔明之侧。孔明致玄德之意毕,偷眼看孙权暗思:"此人相貌非常,只可激,不可说。等他问时,用言激之便了。"

一知居主人曰:

鲁肃第三次嘱咐诸葛亮,诸葛亮看似答应,心中未必然。鲁肃立于孔明之侧,目的很明确,是害怕孔明乱说话。孔明看了孙权之后,却是盘算一番,下定决心,要实话实说了。

献茶已毕,孙权曰:"多闻鲁子敬谈足下之才,今幸得相见,敢求教益。"孔明曰:"不才无学,有辱明问。"权曰:"足下近在新野,佐刘豫州与曹操决战,必深知彼军虚实。"孔明曰:"刘豫州兵微将寡,更兼新野城小无粮,安能与曹操相持。"权曰:"曹兵共有多少?"孔明曰:"马步水军,约有一百余万。"权曰:"莫非诈乎?"孔明曰:"非诈也……以此计之,不下一百五十万。亮以百万言之,恐惊江东之士也。"

一知居主人曰:

孙权与孔明略加寒暄,就直奔主题。孔明直言曹操军马"不下一百五十万。亮以百万言之,恐惊江东之士也"。再看此时,"鲁肃在旁,闻言失色,以目视孔明,孔明只做不见"。至此,憨厚的鲁肃先生已经无法控制局面了,只好听任诸葛亮说下去了。果然,孙权被彻底激怒,如了诸葛亮的意!

权问曹操部下战将有多少？孔明说不止一二千人。权曰："今曹操平了荆、楚，复有远图乎？"孔明曰："即今沿江下寨，准备战船，不欲图江东，待取何地？"权曰："若彼有吞并之意，战与不战，请足下为我一决。"孔明曰："向者宇内大乱，故将军起江东，刘豫州收众汉南，与曹操并争天下。今操芟除大难，略已平矣；近又新破荆州，威震海内。纵有英雄无用武之地，故豫州遁逃至此。愿将军量力而处之：若能以吴、越之众，与中国抗衡，不如早与之绝；若其不能，何不从众谋士之论，按兵束甲，北面而事之？"权未及答。孔明又曰："将军外托服从之名，内怀疑贰之见①，事急而不断，祸至无日矣！"权曰："诚如君言，刘豫州何不降操？"孔明曰："况刘豫州王室之胄，英才盖世，众士仰慕。事之不济，此乃天也。又安能屈处人下乎！"孙权听了孔明此言，不觉勃然变色，拂衣而起，退入后堂。众皆哂笑而散。

一知居主人曰：

孙权向诸葛亮问计，诸葛亮说要么战、要么降。孙权没有言语。诸葛亮进而说"事急而不断，祸至无日矣！"孙权明显有些不耐烦，反问刘备为什么不降曹操。结果诸葛亮说刘备是帝室之胄，安能屈处人下！不免让人想起，前面鲁肃所言东吴谁都可以降曹，唯独孙权不可以降曹的事情。诸葛亮当面对孙权不敬，（后面鲁肃有言，"先生之言，藐视吾主甚矣"），孙权焉能不怒。不过，孙权开始上套了，此也正是诸葛亮想要达到的效果！

鲁肃责孔明曰："先生何故出此言？幸是吾主宽洪大度，不即面责。"孔明仰面笑曰："何如此不能容物耶！我自有破曹之计，彼不问

---

① 疑贰之见：指犹豫拿不定主意。疑贰：疑惑、拿不定主意。

我，我故不言。"肃曰："果有良策，肃当请主公求教。"孔明曰："吾视曹操百万之众，如群蚁耳！但我一举手，则皆为齑粉矣！"肃闻言，便入后堂见孙权。权怒气未息，顾谓肃曰："孔明欺吾太甚！"肃曰："臣亦以此责孔明，孔明反笑主公不能容物。破曹之策，孔明不肯轻言，主公何不求之？"权回嗔作喜曰："原来孔明有良谋，故以言词激我。我一时浅见，几误大事。"便同鲁肃重复出堂，再请孔明叙话。权见孔明，谢曰："适来冒渎威严，幸勿见罪。"孔明亦谢曰："亮言语冒犯，望乞恕罪。"

一知居主人曰：

本节中，文字不长，颇具有戏剧性。鲁肃对诸葛亮态度变化有点快，开始时"责"，而后听了诸葛亮所言，又进去见孙权，向孙权建议向诸葛亮问破曹之计。孙权的态度也变化极快、极大，一开始是"不觉勃然变色，拂衣而起"，鲁肃进后堂之后，孙权尚怒气未息。不过听了鲁肃一番话后，"回嗔作喜"，最后出后堂，谢孔明，"邀孔明入后堂，置酒相待"。唯有诸葛亮镇定自若，因为一切都在按计划进行，一切都在自己掌控之内！

但是中间最忙活的是鲁肃，没有鲁肃，孙刘不可能联合！

数巡之后，权曰："今数雄已灭，独豫州与孤尚存。孤不能以全吴之地，受制于人。吾计决矣。非刘豫州莫与当曹操者，然豫州新败之后，安能抗此难乎？"孔明曰："豫州虽新败，然关云长犹率精兵万人；刘琦领江夏战士，亦不下万人。曹操之众，远来疲惫，近

追豫州，轻骑一日夜行三百里，**此所谓强弩之末，势不能穿鲁缟**①**者也。且北方之人，不习水战。荆州士民附操者，迫于势耳，非本心也。今将军诚能与豫州协力同心，破曹军必矣。操军破，必北还，则荆、吴之势强，而鼎足之形成矣。成败之机，在于今日。惟将军裁之。"权大悦曰："先生之言，顿开茅塞。吾意已决，更无他疑。即日商议起兵，共灭曹操！"就送孔明于馆驿安歇。**

一知居主人曰：

孙权所言，表示了自己的决心，也有颇为自得的心态，同时提出了联刘抗曹的想法。诸葛亮的一大段话，则是介绍了刘备当前的实力（还算可以），同时分析了曹操军队的一些短板，这才进一步增强了孙权的信心。孙权也是血性之人，"遂令鲁肃将此意传谕文武官员"，说做就做，说干就干，投降派切莫再来烦人！

张昭知孙权欲兴兵，急入见权曰："若听诸葛亮之言，妄动甲兵，此所谓负薪救火②**也。"孙权只低头不语。顾雍曰："刘备因为曹操所败，故欲借我江东之兵以拒之，主公奈何为其所用乎。"孙权沉吟未决。张昭等出，鲁肃入见曰："适张子布等，又劝主公休动兵，力主降议，此皆全躯保妻子之臣，为自谋之计耳。愿主公勿听也。"孙权尚在沉吟。肃曰："主公若迟疑，必为众人误矣。"权曰："卿且暂退，容我三思。"肃乃退出。**

---

① 强弩之末，势不能穿鲁缟：谚语，意思是强弩发射出去的箭，到最后，连薄薄的绢都穿透不了。比喻强大的力量已衰竭，不起作用。《汉书·韩安国传》："臣且闻之，冲风之衰，不能起毛羽；强弩之末，力不能入鲁缟。夫盛之有衰，犹朝之必暮也。"

② 负薪救火：是指背着柴草去救火。比喻用错误的方法消灭灾害，结果反而使灾害扩大。《韩非子·有度》："其国乱弱矣，又皆释国法而私其外，则是负薪而救火也，乱弱甚矣。"

一知居主人曰：

诸葛亮陈述利害关系，孙权答应联合破曹。但是主降派仍不死心。张昭急见孙权以袁绍与曹操比，认为"此所谓负薪救火也"。再看此时，"孙权只低头不语"。顾雍也说："主公奈何为其（指刘备一方）所用乎？""孙权沉吟未决"。鲁肃说完之后，孙权"卿且暂退，容我三思"。足以说明孙权一番豪气之后，又开始心中无数。

孙权退入内宅，寝食不安，犹豫不决。吴国太见权如此，问曰："何事在心，寝食俱废？"权曰："今曹操屯兵于江汉，有下江南之意。问诸文武，或欲降者，或欲战者。欲待战来，恐寡不敌众；欲待降来，又恐曹操不容：因此犹豫不决。"吴国太曰："汝何不记吾姐临终之语乎？"孙权如醉方醒，似梦初觉，想出这句话来。

一知居主人曰：

孙权寝食不安。吴国太问及原因，孙权细说端详。吴国太说"汝何不记吾姐临终之语乎"？让孙权茅塞顿开！周公瑾马上闪亮登场，赤壁大战前奏开始响起。孙权在左右掂量、忐忑之中，最终还是坚持联刘抗曹了。

诸葛亮入东吴舌战群儒，风光至极，看似潇洒。除了计谋和嘴皮子，刘备一方便再也没有可以倚仗的底气。打仗需要人马和粮草，刘备却是少得可怜，而且老是被曹操在后面追着打。所以，无论是历史记载，还是演义演绎，都强调赤壁之战打败曹操的是"孙刘联军"，孙吴在前，孙吴是主导，刘备们只是打打下手。但是，大出风头的却是刘备们，战利品并没有少得。对孙吴而言，真有点太不公平了。

第四十四回

孔明用智激周瑜　孙权决计破曹操

　　吴国太见孙权疑惑不决，说当年姐姐有遗言，"今何不请公瑾问之？"权大喜，即遣使往鄱阳请周瑜。原来周瑜在鄱阳湖训练水师，闻曹操大军至汉上，便星夜回柴桑郡议军机事。使者未发，周瑜已先到。鲁肃与瑜最厚，先来接着，将前项事细述一番。周瑜曰："子敬休忧，瑜自有主张。今可速请孔明来相见。"鲁肃上马去了。

　　一知居主人曰：

　　孙权犹豫不决之时，吴国太一句话让他想起周瑜。孙权要遣使往鄱阳请周瑜议事。没想到，"使者未发，周瑜已先到"。说明周瑜也是心急如火。

　　按照道理，武将在外，没有君主调令，不得随意来朝。周瑜此为，一则可以看到周瑜的自信；二则可以看出周瑜与孙权的关系绝对不一般（并不是说亲戚关系）。只是周瑜并未拜见孙权，只先和鲁肃在一起合计，要听听文臣武将的反应而已。按照当下说法，就是了解一下来自基层群众的声音。

　　周瑜方才歇息，张昭、顾雍、张纮、步骘四人来相探。张昭曰："都督知江东之利害否？"瑜曰："未知也。"昭曰："昭等劝主公且降

之，庶免江东之祸。不想鲁子敬从江夏带刘备军师诸葛亮至此，彼因自欲雪愤，特下说词以激主公。"瑜曰："公等之见皆同否？"顾雍等曰："所议皆同。"瑜曰："吾亦欲降久矣。公等请回，明早见主公，自有定议。"昭等辞去。**

一知居主人曰：

张昭、顾雍等人，一群文臣，周瑜"接入堂中坐定"。张昭说"江东之利害"，周瑜说"未知也"，典型的装糊涂。张昭说"劝主公请降之"。周瑜竟说"吾亦欲降久矣"，而后说"明早见主公，自有定议"。周瑜附和的目的很单一，是为了让张昭等人早些离开。

少顷，程普、黄盖、韩当等一班战将来见。瑜迎入，各问慰讫。程普曰："都督知江东早晚属他人否？"瑜曰："未知也。"普曰："今主公听谋士之言，欲降曹操，此真可耻可惜之事！吾等宁死不辱。望都督劝主公决计兴兵，吾等愿效死战。"瑜曰："将军等所见皆同否？"黄盖忿然而起："吾头可断，誓不降曹！"众人皆曰："吾等都不愿降！"瑜曰："吾正欲与曹操决战，安肯投降！将军等请回。瑜见主公，自有定议。"程普等别去。

一知居主人曰：

程普、黄盖等人，一帮老将，周瑜"迎入"。程普直问说"知江东早晚属他人否"，周瑜也说"未知也"，是故作淡定。程普等人表示要"宁死不辱"，"愿效死战"。周瑜竟言"吾正欲与曹操决战，安肯投降"，与前面对张昭所言恰恰相反。不过紧跟一句"瑜见主公，自有定论"，为自己留下余地。免得有人早早将自己想法报与孙权，否则就有些被动了。

又未几，诸葛瑾、吕范等文官相候。瑜迎入，讲礼方毕，诸葛瑾曰：

"舍弟诸葛亮自汉上来,言刘豫州欲结东吴,共伐曹操,文武商议未定。因舍弟为使,瑾不敢多言,专候都督来决此事。"瑜曰:"以公论之若何?"瑾曰:"降者易安,战者难保。"周瑜笑曰:"瑜自有主张。来日同至府下定议。"瑾等辞退。

一知居主人曰:

诸葛瑾、吕范等人,也是一班文臣,周瑜"迎入"。这些人属于左右摇摆,没有主见的人。周瑜只是一句"瑜自有主张,来日同至府下定议",草草打发走了。

又报吕蒙、甘宁等一班儿来见。瑜请入,亦叙谈此事。有要战者,有要降者,互相争论。瑜曰:"不必多言,来日都到府下公议。"众乃辞去。周瑜冷笑不止。

一知居主人曰:

吕蒙、甘宁等人,一群年轻将领来,周瑜"迎入"。这些人有人要战、有人要降,聒噪不已,周瑜早有些不耐烦,言语之中,明显在撵人。他们走后,周瑜"冷笑不止",明显地看不起这班人了。此前,足见周瑜之多智多谋,只是下一波人就显得技高一筹了。

至晚,人报鲁子敬引孔明来拜。瑜出中门迎入。叙礼毕,分宾主而坐。肃先问瑜曰:"和与战二策,主公不能决,一听于将军。将军之意若何?"瑜曰:"来日见主公,便当遣使纳降。"鲁肃愕然曰:"江东基业,已历三世,岂可一旦弃于他人?"瑜曰:"江东六郡,生灵无限;若罹兵革之祸,必有归怨于我,故决计请降耳。"肃曰:"不然。以将军之英雄,东吴之险固,操未必便能得志也。"二人争辩,孔明只袖手冷笑。瑜曰:"先生何故哂笑?"孔明曰:"笑子敬不识时务耳。"肃曰:"先生如何反笑我不识时务?"孔明曰:"公瑾主意欲降操,甚为

合理。"瑜曰:"孔明乃识时务之士,必与吾有同心。"

一知居主人曰:

第五波则是诸葛亮和鲁肃,周瑜"出中门迎入。叙礼罢,分宾主坐下",则有明显的恭敬之意了。

周瑜、鲁肃、诸葛亮三人见面,很精彩的一部戏。周瑜遮遮掩掩,不说实话;鲁肃直来直去,极力争辩,坚决不能降曹;诸葛亮自然看得出周瑜内心,所以只是"袖手冷笑"。诸葛亮早已看破,降曹绝对不是周瑜的本意,周瑜是在有意说给自己听而已!只是鲁肃过于老实,尚在梦中!

孔明曰:"操极善用兵,天下莫敢当……今数人皆被操灭,天下无人矣。独有刘豫州不识时务,强与争衡。今孤身江夏,存亡未保。将军决计降曹,可以保妻子,可以全富贵。国祚迁移,付之天命,何足惜哉!"鲁肃大怒曰:"汝教吾主屈膝受辱于国贼乎!"孔明曰:"只须遣一介之使,扁舟送两个人到江上。操一得此两人,百万之众,皆卸甲卷旗而退矣。"瑜曰:"用何二人,可退操兵?"孔明曰:"操本好色之徒,久闻江东乔公有二女,长曰大乔,次曰小乔,有沉鱼落雁之容,闭月羞花之貌……今虽引百万之众,虎视江南,其实为此二女也。将军何不去寻乔公,以千金买此二女,差人送与曹操,操得二女,称心满意,必班师矣。"瑜曰:"操欲得二乔,有何证验?"孔明说曹子建曾作《铜雀台赋》,"赋中之意,单道他家合为天子,誓取二乔"。瑜曰:"此赋公能记否?"孔明即时诵《铜雀台赋》。周瑜听罢,骂曰:"老贼欺吾太甚!"

一知居主人曰:

本节中,鲁肃曾"大怒",很少见。足见老实人轻易不发火,发起火来也吓人。诸葛亮借用周瑜要降曹之事往下说出可以效仿范蠡献西施之计。诸葛亮无中生有,说曹操此次南征,不为别的,只是

为了"得江东二乔，置之铜雀台，以乐晚年，虽死无恨矣"，并引了曹植的《铜雀台赋》为据，说其中有句"揽'二乔'于东南兮，乐朝夕之与共"。其实曹植原句为"连二桥于东西兮，若长空之蝃蝀"，诸葛亮此时偷梁换柱，大大刺激了周瑜的神经，周瑜"勃然大怒，离座指北而骂"。

孔明急起止之曰："今何惜民间二女乎？"瑜曰："公有所不知：大乔是孙伯符将军主妇，小乔乃瑜之妻也。"孔明佯作惶恐之状，曰："事须三思，免致后悔。"瑜曰："吾承伯符寄托，安有屈身降操之理？适来所言，故相试耳。吾自离鄱阳湖，便有北伐之心，虽刀斧加头，不易其志也！望孔明助一臂之力，同破曹贼。"孔明曰："若蒙不弃，愿效犬马之劳，早晚拱听驱策。"瑜曰："来日入见主公，便议起兵。"孔明与鲁肃辞出，相别而去。

一知居主人曰：

诸葛亮假装不知周瑜、孙权与二乔之关系，以"昔单于屡侵疆界，汉天子许以公主和亲"为例，认为不过是小事一桩，周瑜自不必发急。实则在火上浇油也。

周瑜说明关系，孔明佯作惶恐之状，曰："亮实不知。失口乱言，死罪！死罪！"诸葛亮虽然告罪，此时心中却是沾沾自喜、洋洋得意，以为大功即将告成也！

周瑜再说："吾与老贼誓不两立！"诸葛亮再劝："事须三思，免致后悔。"周瑜终于耐不住性子，说了真话。诸葛亮目的基本达到。此后周瑜有一句："来日入见主公，便议起兵。"有越权之嫌，不过也足见周瑜被激之程度。

周瑜未见孙权之前，驻地颇为热闹，当晚有五波人来访，如走马灯式的，前四波属于不请自来，最后诸葛亮是周瑜派鲁肃去请的。

只是每波人员不同,观点不同,周瑜表现也不尽相同,有趣。

次日,孙权升堂。周瑜入见。瑜曰:"近闻曹操引兵屯汉上,驰书至此,主公尊意若何?"权即取檄文与周瑜看。瑜看毕,笑曰:"老贼以我江东无人,敢如此相侮耶!""主公曾与众文武商议否?"权曰:"有劝我降者,有劝我战者。吾意未定,故请公瑾一决。"瑜曰:"谁劝主公降?"权曰:"张子布等皆主其意。"瑜即问张昭曰:"愿闻先生所以主降之意。"昭曰:"曹操挟天子而征四方,动以朝廷为名;近又得荆州,威势愈大……今操艨艟战舰,何止千百?水陆并进,何可当之?不如且降,更图后计。"瑜曰:"此迂儒之论也!江东自开国以来,今历三世,安忍一旦废弃?"

一知居主人曰:

朝堂之上,周瑜敢于当堂诘问同朝为臣的老先生张昭,语言犀利,单刀直入,绝对不是一般人所能为之。仅仅是个人握有"真理",尚不足以如此,主要还是因为周瑜和孙权有亲戚,且孙权极其喜欢他。

瑜曰:"操虽托名汉相,实为汉贼。将军以神武雄才,仗父兄余业,据有江东,兵精粮足,正当横行天下,为国家除残去暴,奈何降贼耶?且操今此来,多犯兵家之忌:北土未平,马腾、韩遂为其后患,而操久于南征,一忌也;北军不熟水战,操舍鞍马,仗舟楫,与东吴争衡,二忌也;又时值隆冬盛寒,马无藁草,三忌也;驱中国士卒,远涉江湖,不服水土,多生疾病,四忌也。操兵犯此数忌,虽多必败。将军擒操,正在今日。瑜请得精兵数万人,进屯夏口,为将军破之!"权矍然起曰:"今数雄已灭,惟孤尚存。孤与老贼,誓不两立!卿言当伐,甚合孤意。此天以卿授我也。"瑜曰:"臣为将军决一血战,万死不辞。只恐将军狐疑不定。"权拔佩剑砍面前奏案一角曰:"诸官将

有再言降操者，与此案同！"言罢，便将此剑赐周瑜，即封瑜为大都督，如文武官将有不听号令者，即以此剑诛之。瑜受剑，对众言曰："吾奉主公之命，率众破曹。诸将官吏来日俱于江畔行营听令。如迟误者，依七禁令五十四斩施行。"言罢，辞了孙权，起身出府。

一知居主人曰：

本节文字，周瑜可谓意气风发、风流倜傥。他分析当前局势，说曹操有"四忌"，层次很清晰，论据很精准，应该是受了诸葛亮的启发，并加以发挥。孙权砍桌子以示决心，并授权周瑜，任命周瑜为大都督，是为确保周瑜的核心地位。

周瑜请孔明议事。孔明至。周瑜求破曹良策。孔明曰："孙将军心尚未稳，不可以决策也。"瑜曰："何谓心不稳？"孔明曰："心怯曹兵之多，怀寡不敌众之意。将军能以军数开解，使其了然无疑，然后大事可成。"瑜复入见孙权。瑜曰："来日调拨军马，主公心有疑否？"权曰："但忧曹操兵多，寡不敌众耳。"瑜笑曰："夫以久疲之卒，御狐疑之众，其数虽多，不足畏也。瑜得五万兵，自足破之。"权抚瑜背曰："卿可与子敬、程普即日选军前进。孤当续发人马，多载资粮，为卿后应。"

一知居主人曰：

在第四十三回中，张昭等人力劝孙权降曹。鲁肃趁孙权如厕之时，说"众人皆可降曹操，唯将军不可降曹操"。孙权叹息说："诸人议论，甚失孤望。子敬说大计，正与吾见相同。此天以子敬赐我也！"

在本回中，周瑜离开诸葛亮，夜拜孙权，陈述现状以宽孙权之心。最后，孙权"抚瑜背曰：'公瑾此言，足释吾疑。子布（张昭）无谋，甚失孤望。独卿与子敬（鲁肃），与孤同心耳'"。

孙权对鲁肃的评价前后对应。同时，也说明孙权很会夸奖人，会笼络人，表扬人并不失君臣之度，特别是最后所言，"卿前军倘不

如意，便还就孤。孤当亲与操贼决战，更无他疑"，无论是谁，听着孙权这番话，心里都暖和和的。

周瑜谢出，暗忖孔明"计画^①**又高我一头。久必为江东之患，不如杀之"。乃令人连夜请鲁肃入帐议事。肃曰："不可。"瑜曰："此人助刘备，必为江东之患。"肃曰："诸葛瑾乃其亲兄，可令招此人同事东吴，岂不妙哉？"瑜善其言。**

一知居主人曰：

孙权大堂之上力言抗曹。周瑜回去之后说与诸葛亮。诸葛亮说孙权"心尚未稳"。周瑜再次见孙权，果如诸葛亮所言。"周瑜暗忖曰：'孔明早已料着吴侯之心。'遂生杀其之心。"

周瑜要杀诸葛亮不属于个人恩怨，属于各为其主，有一定合理之处。但是大战在即，要杀了人家，却是欠考虑了。所以，招来鲁肃之后，鲁肃说："不可。今操贼未破，先杀贤士，是自去其助也。"鲁肃提出可以招降诸葛亮。

次日，瑜升中军帐。程普年长于瑜，今瑜爵居其上，心中不乐，令长子程咨自代。瑜令众将曰："吾今奉命讨之，诸君幸皆努力向前。大军到处，不得扰民。赏劳罚罪，并不徇纵^②**。"令毕，分为五队，安排四方巡警使，催督六郡官军，水陆并进，克期取齐。程咨回见父程普，说周瑜调兵，动止有法。普大惊曰："吾素欺周郎懦弱，不足为将。今能如此，真将才也！我如何不服！"遂亲诣行营谢罪。**

---

① 计画：计虑，谋划。古人计事必用手指画，使其事易见，故称。《战国策·秦策三》："昭王新说蔡泽计画，遂拜为秦相，东收周室。"

② 徇纵：徇私纵容。《清史稿·世祖纪二》："今所举多冒滥，所劾多微员，大贪大恶乃徇纵之，何补吏治。"

一知居主人曰：

周瑜掌握兵权，程普自恃资格老，托病不出，令长子程咨自代。周瑜并未追究原因，可见周瑜也有心胸开阔之时。周瑜派兵完毕，程咨回见父亲，说周瑜调兵，动止有法。普大惊，遂亲诣行营谢罪。瑜亦逊谢。程普有错就改，属于爽快之人、可爱之人也。不免让人想起战国时期廉颇与蔺相如的故事来。

次日，瑜请诸葛瑾使令弟事东吴，孙权既得良辅，兄弟又得相见。诸葛瑾径来见孔明。孔明接入，哭拜，各诉阔情。瑾泣曰："弟知伯夷、叔齐①乎？"孔明暗思："此必周郎教来说我也。"遂答曰："夷、齐古之圣贤也。"瑾曰："夷、齐虽至饿死首阳山下，兄弟二人亦在一处。我今与你同胞共乳，乃各事其主，不能旦暮相聚。视夷、齐之为人，能无愧乎？"孔明曰："兄所言者，情也；弟所守者，义也。弟与兄皆汉人。今刘皇叔乃汉室之胄，兄若能去东吴，而与弟同事刘皇叔，则上不愧为汉臣，而骨肉又得相聚，此情义两全之策也。不识兄意以为何如？"瑾思曰："我来说他，反被他说了我也。"遂无言回答，起身辞去。见周瑜细述孔明之言。

一知居主人曰：

兄弟见面，并未说些家常事情。因为各为其主，各有心事，也只好做得官样文章。诸葛瑾以历史入手劝诸葛亮投吴；诸葛亮却以当今国情及传统，力劝诸葛瑾共扶刘备。其实两人心中都明白，谁也劝不动谁。诸葛瑾老实疙瘩，实话实说，诸葛亮明显技高一筹。

---

① 伯夷、叔齐：商末孤竹君之二子。相传其父遗命要立叔齐为继承人。孤竹君死后，叔齐让位给伯夷，伯夷不受，叔齐也不愿登位，先后都逃到周国。周武王伐纣，二人叩马谏阻。武王灭商后，他们耻食周粟，采薇而食，饿死于首阳山。见《吕氏春秋·诚廉》《史记·伯夷列传》。

第四十五回
三江口曹操折兵　群英会蒋干中计

瑜领兵起行，邀孔明同往。孔明欣然从之。一日，周瑜分拨已定，使人请孔明议事。孔明至，瑜曰："昔曹操兵少，袁绍兵多，而操反胜绍者，因用许攸之谋，先断乌巢之粮也……我已探知操军粮草，俱屯于聚铁山。先生久居汉上，熟知地理。敢烦先生与关、张、子龙辈，吾亦助兵千人，星夜往聚铁山断操粮道。彼此各为主人之事，幸勿推调。"孔明暗思："此因说我不动，设计害我。我若推调，必为所笑。不如应之，别有计议。"乃欣然领诺。瑜大喜。孔明辞出。

一知居主人曰：

周瑜既然有了杀诸葛亮之心，就总想早一天做成此事。这不，明知曹操强大，偏要诸葛亮等人前去劫曹操粮道。诸葛亮也看出周瑜心思，不过自有妙计，故欣然领诺。周瑜大喜，也是一种窃喜，一种得意的喜。不过，他马上就喜不起来了。

鲁肃问周瑜使孔明劫粮是何用意？瑜说要借曹操之手杀之。肃往见孔明。以言挑之曰："先生此去可成功否？"孔明笑曰："吾水战、步战、马战、车战，各尽其妙，何愁功绩不成，非比江东公与周郎辈止一能也。"肃曰："吾与公瑾何谓一能？"孔明曰："公等于陆地但

能伏路把关；周公瑾但堪水战，不能陆战耳。"

肃告知周瑜。瑜怒曰："何欺我不能陆战耶！不用他去！我自引一万马军。"肃又告孔明。孔明笑曰："公瑾令吾断粮者，实欲使曹操杀吾耳。吾故以片言戏之，公瑾便容纳不下。目今用人之际，只愿吴侯与刘使君同心，则功可成。如各相谋害，大事休矣……公瑾若去，必为所擒……望子敬善言以告公瑾为幸。"鲁肃连夜回见周瑜，备述孔明之言。瑜摇首顿足曰："此人见识胜吾十倍，今不除之，后必为我国之祸！"肃曰："今用人之际，望以国家为重。"瑜然其说。

一知居主人曰：

期间鲁肃一会儿"肃闻言，乃往见孔明"，一会儿"肃乃以此言告知周瑜"，一会儿"肃又将此言告孔明"，一会儿"鲁肃遂连夜回见周瑜，备述孔明之言"等。鲁肃表现异常，完全没有谦谦君子之风。其实，鲁肃已知周瑜有杀诸葛亮之心，心急如焚，总是害怕诸葛亮上了周瑜的当，是在用力撮合成孙刘联盟抗曹之势。鲁肃有句"且待破曹之后，图之未晚"，想来应付周瑜的成分要更重一些。

孔明一去东吴，杳无音信，刘备让糜竺去探听虚实。竺驾小舟径至周瑜大寨前。军士入报周瑜，瑜召入。竺致玄德相敬之意。瑜设宴款待糜竺。竺曰："孔明在此已久，今愿与同回。"瑜曰："孔明方与我同谋破曹，岂可便去？吾亦欲见刘豫州，共议良策……若豫州肯枉驾来临，深慰所望。"竺应诺拜辞而回。肃问瑜曰："公欲见玄德，有何计议？"瑜曰："玄德世之枭雄，不可不除。"鲁肃再三劝谏，瑜只不听，遂传密令。

一知居主人曰：

刘备派糜竺前来周瑜处要见诸葛亮，周瑜不但不让见面，反而要赚刘备前来。鲁肃问周瑜缘由。周瑜说："吾今乘机诱至杀之，实

为国家除一后患。"读到此处，便让人觉得周瑜嫉贤妒能，越来越不可爱了。

糜竺言周瑜之意。玄德便教收拾快船一只，只今便行。云长谏曰："周瑜多谋之士，又无孔明书信，恐其中有诈，不可轻去。"玄德曰："我今结东吴以共破曹操，周郎欲见我，我若不往，非同盟之意。"云长曰："兄长若坚意要去，弟愿同往。"刘备答应，并安排翼德与子龙守寨。遂与云长乘小舟飞棹赴江东。军士飞报周瑜。瑜问："带多少船只来？"军士答曰："只有一只船，二十余从人。"瑜笑，命刀斧手先埋伏定，然后出寨迎接。玄德引云长等直到中军帐，分宾主而坐。周瑜设宴相待。

一知居主人曰：

糜竺说周瑜之意，刘备立马就要出发，说明思想有些放松，对局势有些误判。倒是关羽提醒，说周瑜可能不怀好意。但是从当下局势来看，"明知山有虎，偏向山中行"，从大局出发，刘备还真是不得不去。关羽主动提出和刘备一同去，也好有个照应。刘备一方已经有足够考虑，周瑜的计划眼看要泡汤。

孔明偶来江边，闻说玄德来此与都督相会，吃了一惊，急入中军帐窃看动静。只见周瑜面有杀气，两边壁衣中密排刀斧手。孔明大惊曰："似此如之奈何？"回视玄德，谈笑自若。却见玄德背后一人，按剑而立，乃云长也。孔明喜曰："吾主无危矣。"遂不复入，仍回身至江边等候。

一知居主人曰：

孔明听说刘备来周瑜大寨，大吃一惊。但看到寨中，关羽在刘备背后按剑而立，心稍放下，遂离开。因为诸葛亮相信关羽之能力

足以稳定局面！

酒行数巡，瑜猛见云长按剑立于玄德背后，忙问何人。玄德曰："吾弟关云长也。"瑜惊曰："非向日斩颜良、文丑者乎？"玄德曰："然也。"瑜大惊，汗流满背，便斟酒与云长把盏。

一知居主人曰：

及至关羽与刘备同来。虽然帐内、帐外伏有众多刀斧手，但是周瑜看到关羽之后，全然没有了先前的风流倜傥。"一物降一物"，关云长的存在，自也成了周瑜的一块心病。

少顷，鲁肃入。玄德曰："孔明何在？烦子敬请来一会。"瑜曰："且待破了曹操，与孔明相会未迟。"玄德不敢再言。云长以目视玄德。玄德会意，即起身辞瑜。玄德来至江边，见孔明已在舟中。孔明曰："主公知今日之危乎？"玄德愕然曰："不知也。"孔明曰："若无云长，主公几为周郎所害矣。"玄德方才省悟。孔明安排一番，一再提醒曰切勿有误。"但看东南风起，亮必还矣。"玄德再欲问时，孔明催促玄德作速开船。言讫自回。

一知居主人曰：

尽管周瑜进行阻挠，刘备、诸葛亮最终还是在江边见了一面。及至诸葛亮说破，刘备才知道自己刚才属于有惊无险。一番安排之后，诸葛亮催促刘备上路，自是害怕周瑜再有突然动作。

周瑜回至寨中，鲁肃入问曰："公既诱玄德至此，为何又不下手？"瑜曰："关云长，世之虎将也，与玄德行坐相随，吾若下手，他必来害我。"肃愕然。

一知居主人曰：

作者如此设计周瑜和鲁肃的对话，并不符合鲁肃的性格。鲁肃此前并不支持周瑜要杀刘备。现在这样说，有看笑话嫌疑，反而让周瑜心里不舒服，会产生无名之火。

周瑜初见关羽，便被关羽的威武所折服，出人意料，概周瑜为关羽名声所累。

忽报曹操遣使至。瑜唤入。使者呈上书，瑜大怒，更不开看，将书扯碎，掷于地下，喝斩来使。肃曰："两国相争，不斩来使。"瑜曰："斩使以示威！"遂斩使者，将首级付从人持回。随令来日四更造饭，五更开船，鸣鼓呐喊而进。

一知居主人曰：

周瑜送走玄德，曹操下书之人来了。周瑜大怒，并不看书，直接要斩来使。尽管鲁肃说不符合外交规则，但是周瑜还是坚持，遂斩。可见周瑜此时心中烦恼至极。可怜这下书的小人物来得不是时候，稀里糊涂成了周瑜刀下之鬼。此事周瑜欠考虑、过于烦躁。

曹操知周瑜毁书斩使，大怒，便唤蔡瑁等为前部，自为后军，催督战船到三江口。早见东吴船只，蔽江而来。甘宁坐在船头上大呼曰："吾乃甘宁也！谁敢来与我决战？"蔡瑁令弟蔡壎前进。两船将近，甘宁拈弓搭箭，望蔡壎射来，应弦而倒。宁驱船大进，万弩齐发。曹军不能抵当。甘宁等三路战船，纵横水面。周瑜又催船助战。曹军中箭着炮者，不计其数，从巳时直杀到未时。

一知居主人曰：

周瑜与曹操三江口之战，以少胜多。书中有句，"曹军大半是青、徐之兵，素不习水战，大江面上，战船一摆，早立脚不住"，说了战

败的主要原因，也是为后面船船相锁、走起来如平地做铺垫。

"周瑜虽得利，只恐寡不敌众，遂下令鸣金，收住船只"，毕竟是第一仗，有试探之意。周瑜不敢孤军深入，害怕中了埋伏，也显示了足够的机智和狡猾。

曹军败回。操唤蔡瑁、张允责之曰："东吴兵少，反为所败，是汝等不用心耳！"蔡瑁曰："荆州水军，久不操练；青、徐之军，又素不习水战。故尔致败。今当先立水寨，令青、徐军在中，荆州军在外，每日教习精熟，方可用之。"操曰："汝既为水军都督，可以便宜从事，何必禀我！"于是张、蔡二人，自去训练水军。

一知居主人曰：

曹操将蔡瑁、张允叫来，本想好好教训他们一顿。没想到蔡瑁说了战败的主要原因之后，曹操所言，有埋怨之意，再无他话。毕竟目前曹操还需要利用他们为自己训练水军，那才是大局！

当夜瑜登高观望，见西边火光接天。瑜心惊。次日，瑜命收拾楼船一只，带着鼓乐，随行健将数员，一齐上船迤逦前进。瑜暗窥曹军水寨，大惊曰："此深得水军之妙也！"问："水军都督是谁？"左右曰："蔡瑁、张允。"瑜思曰："二人久居江东，谙习水战，吾必设计先除此二人，然后可以破曹。"正窥看间，早有曹军飞报曹操。操命纵船擒捉。瑜急教收起矴石，望江面上如飞而去。比及曹寨中船出时，周瑜的楼船已离了十数里远，追之不及。

一知居主人曰：

周瑜艺高人胆大，偷看人家营寨，竟然还要"命下了矴石，楼船上鼓乐齐奏"，自也是因为自信。后来，所幸安全脱身，曹操船只追之不及。

操问"吾当作何计破之?"言未毕,蒋干出曰:"某自幼与周郎同窗交契,愿凭三寸不烂之舌,往江东说此人来降。"曹操大喜。操问曰:"子翼与周公瑾相厚乎?"干曰:"丞相放心。干到江左,必要成功。"操问:"要将何物去?"干曰:"只消一童随往,二仆驾舟,其余不用。"操甚喜,置酒与蒋干送行。

一知居主人曰:

曹操三江口输了一阵,挫了锐气,向诸位求计。蒋干悄然登场,说自己与周瑜自幼同窗,愿说周瑜来降。曹操正无计可施,只好"从"了。问及蒋干如何去,蒋干说只需一童、二仆、一舟,其余不用。胸有成竹,有些飘飘然。大戏即将上演,只是最终苦了蔡瑁与张允。

干驾一只小舟,径到周瑜寨中,命传报:"故人蒋干相访。"周瑜闻蒋干至,笑谓诸将曰:"说客至矣!"遂与众将附耳低言。瑜整衣冠,引从者数百,前后簇拥而出。蒋干昂然而来。瑜拜迎之。干曰:"公瑾别来无恙!"瑜曰:"子翼良苦,远涉江湖,为曹氏作说客耶?"干愕然曰:"吾久别足下,特来叙旧,奈何疑我作说客也?"瑜笑曰:"吾虽不及师旷①之聪,闻弦歌而知雅意。"干曰:"足下待故人如此,便请告退。"瑜笑而挽其臂曰:"吾但恐兄为曹氏作说客耳。既无此心,何速去也?"遂同入帐。

一知居主人曰:

周瑜知道蒋干来,笑着对诸将说:"说客至矣!"可见,周瑜对蒋干比较了解。蒋干来到周瑜大营,周瑜亲自来接,单刀直入,指

---

① 师旷:字子野,平阳人,目盲,大约生活在春秋末年晋悼公、晋平公执政时期。《庄子·齐物论》说师旷"甚知音律",《洪洞县志》云:"师旷之聪,天下之至聪也。"故在先秦文献中,常以师旷指代音感特别敏锐的人。

明蒋干是来为曹操当说客，蒋干说"特来叙旧"。可见蒋干还未等言及正事，已经自行逊了三分。

坐定，文官武将、偏裨将校分两行而入。瑜大张筵席，轮换行酒。瑜解佩剑付太史慈作监酒，如有提起曹操与东吴军旅之事者，即斩之！太史慈应诺。蒋干惊愕，不敢多言。周瑜曰："今日见了故人，又无疑忌，当饮一醉。"说罢，大笑畅饮。

一知居主人曰：

好朋友来了，周瑜自然要耍一下排场，所以安排江左英杰与蒋干一一相见，好让蒋干将来说与曹操听。而后"群英会"上，周瑜只说叙朋友交情，并要太史慈监酒，属于一种喝酒的手段，增加一下氛围而已。

饮至半醉，瑜携干手，同步出帐外。瑜曰："吾之军士，颇雄壮否？"干曰："真熊虎之士也。"瑜又引干到帐后，瑜曰："吾之粮草，颇足备否？"干曰："兵精粮足，名不虚传。"瑜佯醉大笑曰："想周瑜与子翼同学业时，不曾望有今日。""大丈夫处世，遇知己之主，外托君臣之义，内结骨肉之恩，言必行，计必从，祸福共之。"言罢大笑。

一知居主人曰：

席间，周瑜还让蒋干看了军士和粮草，说起自己当前在孙权处春风得意，"假使苏秦、张仪、陆贾、郦生付出，口若悬河，舌如利刃，安能动我心哉！"再看此时，蒋干"面如土色"，已经完全没有了出来时候的豪气。蒋干明白此次恐要无功而返，但无论如何，也要整点情报回去，免得被人笑话。

瑜复携干入帐，会诸将再饮；因指诸将曰："此皆江东之英杰。

今日此会，可名'群英会'。"饮至天晚，点上灯烛，瑜自起舞剑作歌。歌曰："丈夫处世兮立功名，立功名兮慰平生。慰平生兮吾将醉，吾将醉兮发狂吟！"歌罢，满座欢笑。

一知居主人曰：

群英会上，周瑜舞剑作歌，一种踌躇满志，一种意气风发！

当年项羽垓下被围，败局已定，作《垓下歌》："力拔山兮气盖世，时不利兮骓不逝。骓不逝兮可奈何，虞兮虞兮奈若何！"一种悲怆！一种生死离别！

汉高祖刘邦回乡，设宴招待故交父老，酒酣时自己击筑而歌："大风起兮云飞扬，威加海内兮归故乡，安得猛士兮守四方？"一种志得意满，一种自我炫耀。

至夜深，干辞曰："不胜酒力矣。"瑜命撤席。瑜曰："今宵抵足而眠。"于是佯作大醉之状，携干入帐共寝。瑜和衣卧倒，呕吐狼藉。蒋干如何睡得着？二更时，看周瑜时，鼻息如雷。干起床偷视帐内桌上所堆文书，却都是往来书信。内有一封，上写"蔡瑁张允谨封"。干大惊，暗读之。干思曰："原来蔡瑁、张允结连东吴！"遂将书暗藏于衣内。时床上周瑜翻身，干急灭灯就寝。瑜口内含糊曰："子翼，我数日之内，教你看操贼之首！"干勉强应之。瑜再说同样言语。及干问之，瑜又睡着。

一知居主人曰：

周瑜没醉装醉，没睡装说梦话，只是蒋干认为周瑜是酒后说真言！更有书桌上信件为证，蒋干便以为蔡瑁、张允联结东吴是真，如获珍宝，乐在心中：自己这趟总算没有白来！

四更，干只听得有人唤都督。周瑜做忽觉之状，故问那人曰："床

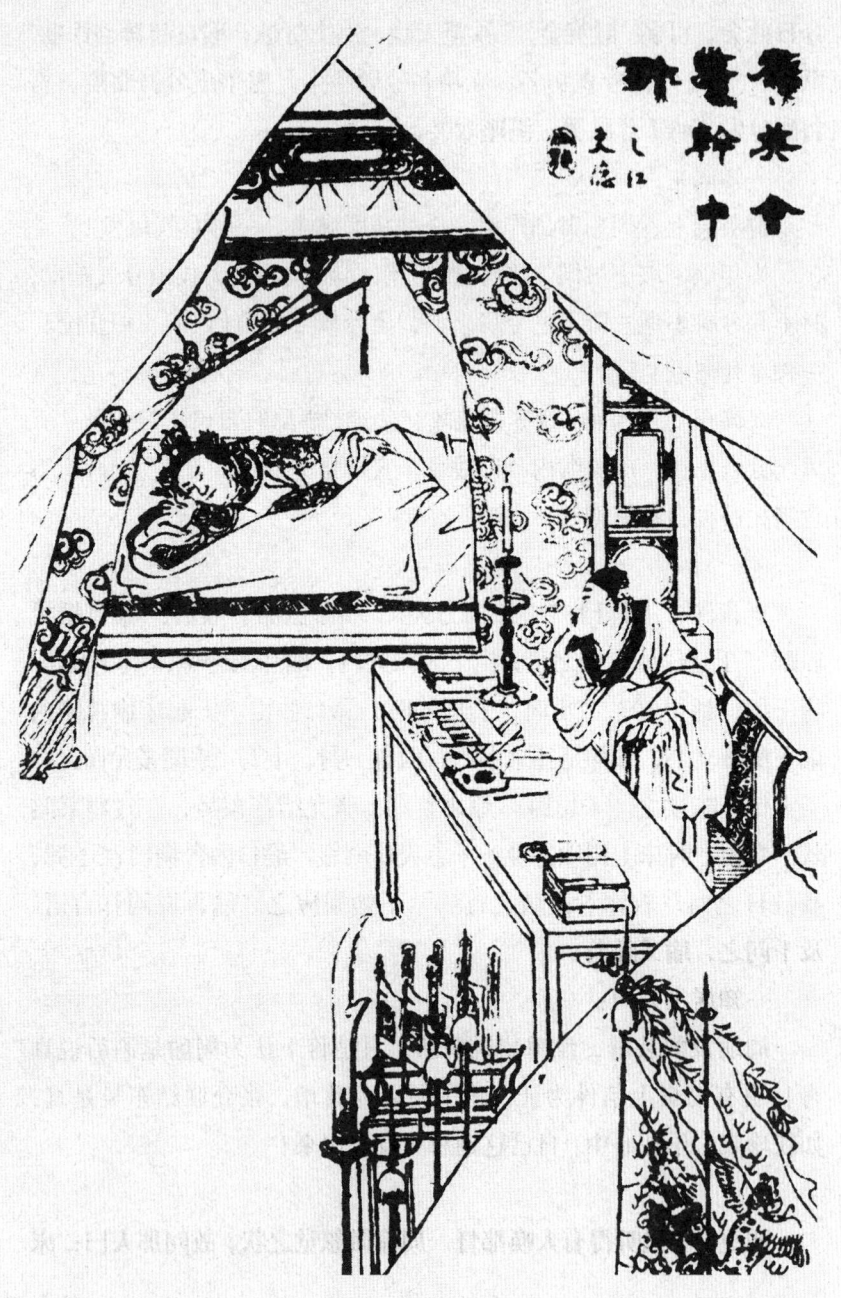

上睡着何人？"答曰："都督请子翼同寝，何故忘却？"瑜懊悔曰："昨日醉后失事，不知可曾说甚言语？"那人曰："江北有人到此。"瑜喝："低声！"便唤："子翼。"蒋干只装睡着。瑜潜出帐。干窃听之，只闻有人在外曰："张、蔡二都督道，急切不得下手……"后面言语颇低，听不真实。少顷，瑜入帐，又唤："子翼。"蒋干只是不应，蒙头假睡。

一知居主人曰：

周瑜唯恐蒋干不信，装作迷糊状，问床上睡的是谁？且问自己是否说醉话？接见江北来人窃窃私语等连环动作。每次都会试探蒋干是否真的睡着了。一来一往，天衣无缝，由不得蒋干不信以为真，本节中最后"瑜亦解衣就寝"，一种胜利者的姿态，大事告一段落，倒是真的睡着了。蒋干却彻底失眠了。

干寻思："周瑜是个精细人，天明寻书不见，必然害我。"睡至五更，干起唤周瑜。瑜却睡着。干戴上巾帻，潜步出帐，唤了小童，径出辕门。军士问："先生那里去？"干曰："吾在此恐误都督事，权且告别。"军士亦不阻当。

一知居主人曰：

蒋干五更刚过径出辕门，遇到军士询问，搪塞一句，"军士亦不阻挡"，便轻松过关了，太容易了。蒋干应该想一想，两国交战，如果任何人夜间都可以随便出入，那周瑜治军水平太差，又怎么配做得都督呢？想来应是蒋干求功心切，哪里顾得想到这些。本段文字的最后一句"军士亦不阻当"具有很大的讽刺意义。

干回见曹操。操问："子翼干事若何？"干曰："周瑜雅量高致，非言词所能动也。"操怒曰："事又不济，反为所笑！"干曰："虽不能说周瑜，却与丞相打听得一件事。乞退左右。"干取出书信，将上项

事逐一说与曹操。

一知居主人曰：

蒋干回到曹营，说自己劝降不成，却说"与丞相打听得一件事，乞退左右。"此处写得甚妙，一是凸显蒋干邀功心切，故作神秘状；二是曹操左右没人，没有谋士可以商量。遂一怒之下，杀了蔡瑁与张允。期间，曹操的脸色换得也很快！

操即便唤蔡瑁、张允到帐下。操说要二人进兵。蔡瑁说军尚未曾练熟，不可轻进。操怒曰："军若练熟，吾首级献于周郎矣！"蔡、张二人不知其意。操喝武士推出斩之。须臾，献头帐下，操方省悟曰："吾中计矣！"操虽心知中计，却不肯认错，乃谓众将曰："二人怠慢军法，吾故斩之。"众皆嗟呀不已。

一知居主人曰：

此前曹操收蔡瑁与张允，也很勉强，说过只是为了让他们为自己操练水军，早晚会除掉二人。等到今日两人人头落地，"操方省悟曰：'吾中计矣！'"众将来见，曹操并不认错。虽没有厚葬蔡瑁与张允，却也没有表扬蒋干。可见曹操心中很矛盾，只是维护个人形象，硬撑而已。

正如第四十六回中，诸葛亮有话，"这条计只好弄蒋干。曹操虽被一时瞒过，必然便省悟，只是不肯认错耳"。偏偏蒋干不知好歹，后文书中蒋干二次过江。

第四十六回
用奇谋孔明借箭　献密计黄盖受刑

　　操于众将内选毛玠、于禁为水军都督。周瑜得报，大喜曰："吾所患者，此二人耳。今既剿除，吾无忧矣。"肃曰："都督用兵如此，何愁曹贼不破乎！"瑜曰："吾料诸将不知此计，独有诸葛亮识见胜我，想此谋亦不能瞒也。子敬试以言挑之，看他知也不知，便当回报。"鲁肃径来舟中相探孔明，对坐。肃说连日措办军务，有失听教。孔明曰："亮亦未与都督贺喜。""公瑾使先生来探亮知也不知，便是这件事可贺喜耳。"

　　一知居主人曰：

　　闻曹操杀了蔡瑁和张允，周瑜有点小高兴。高兴之余想显摆一番，让鲁肃去问诸葛亮是否知道。没想到，后面鲁肃真的去了。

　　鲁肃失色问曰："先生何由知之？"孔明曰："这条计只好弄蒋干。曹操虽被一时瞒过，必然便省悟，只是不肯认错耳。"鲁肃听了，开口不得。孔明嘱曰："望子敬在公瑾面前勿言亮先知此事。恐公瑾心怀妒忌，又要寻事害亮。"鲁肃应诺而去，回见周瑜，只得实说了。瑜大惊曰："此人决不可留！吾决意斩之！"肃劝曰："若杀孔明，却被曹操笑也。"瑜曰："吾自有公道斩之，教他死而无怨。"肃曰："何

以公道斩之？"瑜曰："子敬休问，来日便见。"

一知居主人曰：

诸葛亮点评了蒋干盗书，鲁肃"把些言语支吾了半晌"。临别之时，诸葛亮要鲁肃在公瑾处"勿言亮先知此事"。鲁肃口头答应，见了周瑜，却实话实说。再看周瑜大惊，"吾决意斩之"！鲁肃说如果杀了孔明，却被曹操笑话。周瑜说："吾自有公道斩之，教他死而无怨。"鲁肃再问，周瑜并不明说。

此节中，鲁肃有些可爱，却也最尴尬，有一种自找没趣。周瑜何等聪明，不可能再将自己的想法告诉鲁肃。他害怕鲁肃转眼说与孔明，坏了自己的好事。这才引出草船借箭一事来。

次日，周瑜聚将于帐下。瑜问孔明曰："水路交兵，当以何兵器为先？"孔明曰："以弓箭为先。"瑜曰："但今军中正缺箭用，敢烦先生监造十万枝箭，以为应敌之具。此系公事，先生幸勿推却。"

一知居主人曰：

周瑜教请诸葛亮议事，说烦先生监造十万枝箭，以为应敌之具，且说"此系公事"。此处对应前面周瑜对鲁肃所言"吾自有公道斩之，教他死而无怨"。典型的公报私仇！诸葛亮一介文臣，哪里懂得造箭。周瑜一句"幸勿推却"，根本容不得诸葛亮推辞。

孔明曰："自当效劳。敢问十万枝箭，何时要用？"瑜曰："十日之内，可完办否？"孔明曰："若候十日，必误大事。""只消三日，便可拜纳十万枝箭。"瑜曰："军中无戏言。"孔明曰："愿纳军令状：三日不办，甘当重罚。"瑜大喜，唤军政司取了文书，并置酒相待。孔明曰："至第三日，可差五百小军到江边搬箭。"饮了数杯辞去。鲁肃曰："此人莫非诈乎？"瑜曰："他自送死，非我逼他……如此，必

然误了日期。那时定罪，有何理说？"

一知居主人曰：

周瑜要诸葛亮十日内解决，诸葛亮却说三日即可。周瑜说"军中无戏言"，当即签了军令状。周瑜置酒相待，还假惺惺地说："待军事毕后，自有酬劳。"典型的"猫玩老鼠"游戏，想整死对方却还要假惺惺地安抚对方，心中却是在考虑"那时定罪，有何理说"。

周瑜还告诉"分付军匠人等，教他故意迟延，凡应用物件，都不与齐备。如此，必然误了日期"。不但不雪中送炭，却还要釜底抽薪，周瑜实在太损。想来鲁肃心里必不是滋味，与这种人共事让人害怕！幸好诸葛亮已有成竹在胸，周瑜再次失算。

肃来见孔明。孔明曰："不想子敬不肯为我隐讳，今日果然又弄出事来。三日内如何造得十万箭？子敬只得救我！"肃曰："公自取其祸，我如何救得你？"孔明曰："望子敬借我二十只船，每船要军士三十人，船上皆用青布为幔，各束草千余个，分布两边。"肃允诺，却不解其意，回报周瑜，并不提起借船之事。瑜大疑。鲁肃私自尽皆齐备，候孔明调用。

一知居主人曰：

鲁肃来见孔明，孔明说鲁肃不该将自己的某些话告诉周瑜使其又生出一些事端来。鲁肃说借箭一事属于孔明咎由自取。二人对话，有点意思。孔明提出向鲁肃借些东西，提醒鲁肃"只不可又教公瑾得知，若彼知之，吾计败矣"。鲁肃吃一堑，长一智，见周瑜"果然不提起借船之事"，并私自拨轻快船、人并布幔束草等物，候孔明调用。看来鲁肃还算仗义之人。

前两日不见动静。三日四更时分，孔明密"特请子敬同往取箭"。

径望北岸进发。五更时近曹操水寨。孔明教把船只头西尾东，一带摆开，就船上擂鼓呐喊。鲁肃惊曰："倘曹兵齐出，如之奈何？"孔明笑曰："吾料曹操于重雾中必不敢出。吾等只顾酌酒取乐，待雾散便回。"曹寨毛玠、于禁二人慌忙飞报曹操。操传令曰："重雾迷江，彼军忽至，必有埋伏，切不可轻动。可拨水军弓弩手乱箭射之。"又唤张辽、徐晃各带弓弩军火速到江边助射。很快，箭如雨发。孔明教把船吊回，头东尾西，逼近水寨受箭。

一知居主人曰：

第三天五更时候，诸葛亮带船接近曹营，且把船只摆开，擂鼓呐喊。鲁肃不解，诸葛亮笑得很自信。曹操果然上当，传令拨水军弓弩手乱箭射之。"少顷，旱寨内弓弩手亦到，约一万余人，尽皆向江中放箭，箭如雨发。"这哪里是"借"箭？说是"借"，实有讽刺曹操之意。1992年国家发行《三国演义》第三组邮票时，其中有一枚便是"草船借箭"。

待至日高雾散，孔明令收船急回。二十只船两边束草上，排满箭枝。孔明令各船上军士齐声叫曰："谢丞相箭！"比及报知曹操时，追之不及。曹操懊悔不已。

一知居主人曰：

二十只船两边束草上，排满箭枝。孔明令各船上军士齐声叫曰："谢丞相箭！"有点类似小儿偷瓜。偷了人家的瓜，害得看菜园的老头直撵，气喘吁吁撵不上。小儿在远处停下，大喊"你来啊！你来啊！"

第五十五回中，刘备携妻子摆脱周瑜等人的追赶，刘备手下在岸上喊话，"周瑜妙计安天下，赔了夫人又折兵"，与之有些类似。

孔明谓鲁肃曰:"不费江东半分之力,已得十万余箭。"肃曰:"先生真神人也!何以知今日如此大雾?"孔明曰:"亮于三日前已算定今日有大雾,因此敢任三日之限。"鲁肃拜服。

一知居主人曰:

草船借箭,似闲庭信步。有人说,属于有惊无险,窃以为不妥。回东吴大寨途中,诸葛亮讲何以能够成功,鲁肃钦佩不已。孔明说"为将而不通天文,不识地利,不知奇门,不晓阴阳,不看阵图,不明兵势,是庸才也",说得有道理,有自夸之嫌。当然,此时孔明也有了自夸的资本,该人家显摆一下。

船到岸时,周瑜已差军等候搬箭。孔明教于船上取之,可得十余万枝,都搬入中军帐交纳。鲁肃入见周瑜,备说孔明取箭之事。瑜大惊,慨然叹曰:"孔明神机妙算,吾不如也!"少顷,孔明入寨见周瑜。瑜下帐迎之,称羡曰:"先生神算,使人敬服。"孔明曰:"诡谲小计,何足为奇。"

一知居主人曰:

鲁肃将借箭经过告诉周瑜,惹得周瑜嫉妒。至于诸葛亮所言,"公瑾教我十日完办,工匠料物,都不应手,将这一件风流罪过[①],明白要杀我。我命系于天,公瑾焉能害我哉!"包括他私下帮助孔明办了一些事情,鲁肃怕是不会告诉周瑜的。

本节之最后,周瑜与诸葛亮所言,纯属于表面文章,作秀而已,实则各自都心中有数,说各怀鬼胎,也不为过。

---

① 风流罪过:指因为风雅而致的过错。见《北齐书·循吏传·郎基》:"潘子义曾遗之书曰:'在官写书,亦是风流罪过。'"后也指因搞男女关系而犯下的罪。

瑜说起攻曹之事，"瑜未有奇计，愿先生教我。"孔明曰："亮乃碌碌庸才，安有妙计？"瑜曰："思得一计，不知可否。先生幸为我一决之。"孔明曰："都督且休言。各自写于手内，看同也不同。"瑜大喜，教取笔砚来，先自暗写了，却送与孔明；孔明亦暗写了。两个移近，各出掌中之字，互相观看，皆大笑。原来周瑜掌中字，乃一"火"字；孔明掌中，亦一"火"字。瑜曰："既我两人所见相同，更无疑矣。幸勿漏泄。"孔明曰："两家公事，岂有漏泄之理。"

一知居主人曰：

周瑜向诸葛亮讨教袭击曹操水寨之计。两人各自写于手内，然后再看，皆大笑，因为两人掌中均是一"火"字。商量军机大事，却采用这种办法，看似"儿戏"，也甚有趣。此时倒觉得两个人此时此地配合相当默契。

曹操平白折了十五六万箭，心中气闷。荀攸进计曰："可差人去东吴诈降，为奸细内应，以通消息，方可图也。"操曰："此言正合吾意。汝料军中谁可行此计？"攸曰："蔡瑁被诛，蔡氏宗族皆在军中。瑁之族弟蔡中、蔡和现为副将。丞相可以恩结之，差往诈降东吴，必不见疑。"操从之，当夜密唤二人入帐嘱付曰："汝二人可引些少军士，去东吴诈降……事成之后，重加封赏。休怀二心！"二人曰："丞相勿疑。"操厚赏之。次日，二人带军士驾船数只，顺风望着南岸来。

一知居主人曰：

曹操心中气闷。荀攸进诈降计，提议蔡瑁之族弟蔡中、蔡和执行。曹操当夜密唤二人入帐，一番嘱咐。两人满口答应。想来这两个家伙出于自保，不答应也得答应。两人不知天高地厚，竟口吐狂言："某二人必取周瑜、诸葛亮之首，献于麾下。"断断没有想到过江之日，便是他们走上黄泉的开始。

周瑜正理会进兵之事，忽报称是蔡瑁之弟蔡和、蔡中，特来投降。瑜唤入。二人哭拜曰："吾二人欲报兄仇，特来投降。"瑜大喜，重赏二人，即命与甘宁引军为前部。二人拜谢，以为中计。瑜密唤甘宁分付曰："吾今欲将计就计，教他通报消息。"甘宁领命而去。

一知居主人曰：

蔡和、蔡中投降，周瑜大喜，重赏二人。却又密唤甘宁，说"此二人不带家小，非真投降，乃曹操使来为奸细者"。不免让人想起此前两人曾对曹操所言"吾等妻子俱在荆州，安敢怀二心"来。周瑜说："汝可殷勤相待，就里提防。至出兵之日，先要杀他两个祭旗。汝切须小心，不可有误。"安排极为周密。此时此刻，蔡和、蔡中"初战告捷"，怕是正沉浸在幸福之中。

鲁肃入见周瑜曰："蔡中、蔡和之降，多应是诈，不可收用。"瑜叱曰："彼因曹操杀其兄，欲报仇而来降，何诈之有！你若如此多疑，安能容天下之士乎！"肃默然而退，乃往告孔明。孔明笑而不言。肃曰："孔明何故哂笑？"孔明曰："吾笑子敬不识公瑾用计耳……操使蔡中、蔡和诈降，刺探我军中事，公瑾将计就计，正要他通报消息。"肃方才省悟。

一知居主人曰：

鲁肃提醒二蔡可能是诈降，却被周瑜当场斥责一番。鲁肃自觉无趣，习惯性"往告孔明"。诸葛亮一句"兵不厌诈，公瑾之谋是也"点破鲁肃。

在这件事情上，周瑜对待甘宁、鲁肃态度不同，可以理解。因为具体事情需要甘宁办理，周瑜不得不细说。鲁肃明显有些软弱，立场不坚定，周瑜害怕告诉鲁肃之后，跑了风声，误了大事。当然，周瑜也有瞒了诸葛亮的想法，可惜已被诸葛识破。

周瑜夜坐帐中，黄盖潜入中军来见。瑜问曰："公覆夜至，必有良谋见教？"盖曰："何不用火攻之？"瑜曰："谁教公献此计？"盖曰："某出自己意，非他人之所教也。"瑜曰："吾正欲如此，故留蔡中、蔡和诈降之人，以通消息。但恨无一人为我行诈降计耳。"盖曰："某愿行此计。"瑜曰："不受些苦，彼如何肯信？"盖曰："虽肝脑涂地，亦无怨悔。"瑜拜而谢之曰："君若肯行此苦肉计，则江东之万幸也。"盖曰："某死亦无怨。"遂谢而出。

一知居主人曰：

周瑜夜坐帐中，黄盖来见，有些突然。黄盖建议用火攻之。周瑜自然心中一惊，因为与诸葛亮合计火攻在前，且均说要保密。问过之后，才知是黄盖自己的意思，免了孔明之疑。周瑜才开始和黄盖合计正事。

周瑜说无人为自己行诈降计。黄盖当即表示自己愿意，"虽肝脑涂地，亦无怨悔"。且看周瑜动作，拜而谢之。一军之中，有忠诚之将，是帅之福气，是士兵之福气。

这段文字中，对话占了大部分。两人你一句、我一句，节奏明快，简洁明白，有转折，不拖泥带水，符合武将之风格。

次日，周瑜大会诸将。孔明亦在座。周瑜令诸将各领三月粮草，准备御敌。黄盖却说与其这样，不如依张子布之言，北面而降！周瑜勃然大怒："今两军相敌之际，汝敢出此言，慢我军心，不斩汝首，难以服众！"喝左右斩黄盖。黄盖亦怒曰："吾自随破虏将军，纵横东南，已历三世，那有你来？"瑜喝令速斩。甘宁求情，瑜喝曰："汝何敢多言，乱吾法度！"将甘宁乱棒打出。众官苦苦告求。周瑜开始让步，命"拖翻打一百脊杖"。众官又告免。周瑜推翻案桌，叱退众官，喝教行杖。打了五十脊杖之后，众官又复苦苦求免。周瑜跃

起指盖说"且寄下五十棍!再有怠慢,二罪俱罚!"恨声不绝而入帐中。

一知居主人曰:

这段文字,说的虽不是战场中事情,气氛却是很紧张,火药味道十足。周瑜打黄盖,幸亏合计在先,配合默契,自是骗得众将和二蔡。演戏需要掌握火候,稍有偏差,便会前功尽弃。

只是那甘宁被乱棒打出,让人觉得有点委屈。毛宗岗先生说:"甘宁知之而劝,劝也是诈。"一知居主人不甚同意此观点。因为周瑜单独找见甘宁,书中未提及;再则没有机会;第三甘宁与蔡和、蔡中在一起,二蔡也必然会暗地里观察甘宁。稍有不慎,就会泄密。

鲁肃来孔明船中,曰:"今日公瑾怒责公覆……先生是客,何故袖手旁观,不发一语?"孔明笑曰:"子敬欺我。"肃曰:"今何出此言?"孔明曰:"子敬岂不知公瑾今日毒打黄公覆,乃其计耶?"肃方悟。孔明曰:"不用苦肉计,何能瞒过曹操?今必令黄公覆去诈降,却教蔡中、蔡和报知其事矣。"肃辞去,入帐见周瑜。瑜邀入帐后,肃曰:"今日何故痛责黄公覆?"瑜曰:"诸将怨否?"肃曰:"多有心中不安者。"瑜曰:"孔明之意若何?"肃曰:"他也埋怨都督忒情薄。"瑜笑曰:"今番须瞒过他也。"肃曰:"何谓也?"瑜曰:"今日痛打黄盖,乃计也。吾欲令他诈降,先须用苦肉计瞒过曹操,就中用火攻之,可以取胜。"

一知居主人曰:

鲁肃来至诸葛亮船中,有些许埋怨情绪。诸葛亮三言两语,点破周瑜用意,且说:"子敬见公瑾时,切勿言亮先知其事,只说亮也埋怨都督便了。"肃辞去,入帐见周瑜。周瑜果然问:"孔明之意若何?"肃自然有些吃惊,但还是按照诸葛亮所交代的说了。周瑜这才告诉鲁肃真相。想想前面接纳二蔡之降,便知周瑜此时有点沾沾自喜,

一得意便顾不得保密，开始与人说实话了。

"肃乃暗思孔明之高见"，一是诸葛亮识破了周瑜打黄盖的目的所在，与周瑜所言完全一致；二是诸葛亮预料到周瑜见鲁肃之后，会问起诸葛亮对此事的看法，并早早告诉了鲁肃该如何回答。

黄盖卧于帐中，诸将皆来动问。盖不言语，但长吁而已。忽报阚泽来问。盖令请入卧内，叱退左右。阚泽曰："将军莫非与都督有仇？"盖曰："非也。"泽曰："然则公之受责，莫非苦肉计乎？"盖曰："何以知之？"泽曰："某观公瑾举动，已料着八九分。"盖曰："某受吴侯三世厚恩，无以为报，故献此计，以破曹操。吾虽受苦，亦无所恨。吾遍观军中，无一人可为心腹者。惟公素有忠义之心，敢以心腹相告。"泽曰："公之告我，无非要我献诈降书耳。"盖曰："实有此意。未知肯否？"阚泽欣然领诺。

一知居主人曰：

周瑜打黄盖，看破这一苦肉计的不单单有诸葛亮，阚泽也是一个。周、黄两个人唱戏还欠些火候，需要有人再添一把火，场面才会更精彩。

其他诸将来探望，"盖不言语，但长吁而已"，君不知我意，我自不敢与君言一二矣。听到阚泽来访，"盖令请入卧内，叱退左右"。黄盖待人有明显差别。与后文中介绍阚泽时说"与黄盖最相善"遥对。

第四十七回
阚泽密献诈降书　庞统巧授连环计

阚泽字德润，会稽山阴人也。家贫好学，与人佣工，尝借人书来看，看过一遍，更不遗忘。口才辨给，少有胆气。孙权召为参谋，与黄盖最相善。

一知居主人曰：

场面很紧张，忽然来这么一段文字，意在说明阚泽记忆力好、口才好、有胆量。看似闲文，却是解答了"主动出来要求去曹营献书的为什么是阚泽"。

盖知其能言有胆，故欲使献诈降书。泽欣然应诺曰："公既捐躯报主，泽又何惜微生！""事不可缓，即可便行。"盖曰："书已修下了。"泽领了书，只就当夜扮作渔翁，驾小舟，望北岸而行。

一知居主人曰：

阚泽答应替黄盖下降书之后，黄盖老先生竟然"滚下床来，拜而谢之"，急迫心情，跃然纸上。忠心可嘉，让人感动。要知道老先生身高体胖，且是带伤之身！

三更时候，阚泽到曹军水寨。巡江军士拿住，报知曹操说有自

称是东吴参谋阚泽者来见。操便教引将入来。阚泽至，只见帐上灯烛辉煌，曹操凭几危坐，问来此何干？泽曰："人言曹丞相求贤若渴，今观此问，甚不相合。黄公覆，汝又错寻思了也！"操曰："吾与东吴旦夕交兵，汝私行到此，如何不问？"泽曰："黄公覆乃东吴三世旧臣，今被周瑜于众将之前，无端毒打，不胜忿恨。因欲投降丞相，为报仇之计，特谋之于我。我与公覆，情同骨肉，径来为献密书。未知丞相肯容纳否？"操曰："书在何处？"阚泽取书呈上。

一知居主人曰：

阚泽来到曹操处，并没有低头哈腰、摇尾乞怜，而是慢条斯理、不卑不亢！恰恰是这种方式击中曹操软肋，为曹操所接受。实际上，曹操对投降者很看不起，除非自己特别看中者。

操拆书，忽然拍案张目大怒："黄盖用苦肉计，令汝下诈降书，就中取事，却敢来戏侮我耶！"便教左右推出斩之。泽面不改容，仰天大笑。操教牵回，叱问何故哂笑？泽曰："吾不笑你。吾笑黄公覆不识人耳。"操曰："何不识人？"泽曰："杀便杀，何必多问！"

一知居主人曰：

阚泽来曹营献书，曹操询问再三，反复将书看了十余次，忽然拍案张目大怒，要斩阚泽。曹操上次吃了"蒋干盗书"之亏，有苦难言，自然有一定的警惕性，故先入为主，以"假书"发难。

操曰："汝这条计，只好瞒别人，如何瞒得我！""你既是真心献书投降，如何不明约几时？"阚泽听罢，大笑曰："亏汝不惶恐，敢自夸熟读兵书！""倘今约定日期，急切下不得手，这里反来接应，事必泄漏。但可觑便而行，岂可预期相订乎？"操闻言，改容下席而谢。泽曰："吾与黄公覆，倾心投降，如婴儿之望父母，岂有诈乎！"操大喜，

取酒待之。少顷，有人入帐，于操耳边私语，以密书呈上。操观之，颜色颇喜。阚泽暗思："此必蔡中、蔡和来报黄盖受刑消息，操故喜我投降之事为真实也。"

一知居主人曰：

曹操开始的时候，还咄咄逼人，但是只是那阚泽面不改色（与本回开头相对应），言之凿凿，天衣无缝。曹操很快就丧失警惕，信了阚泽。"操取酒待之"。曹操大喜。少顷，有人入帐，以密书呈上，曹操彻底相信。

阚泽有言，"倾心投降，如婴儿之望父母"，虽不是本心，但是，这样比喻是很容易让人感动的。赤壁之战前夕，曹操有点心中无数，总是做下一些蠢事来。

操曰："烦先生再回江东，与黄公覆约定，先通消息过江，吾以兵接应。"泽曰："某已离江东，不可复还。望丞相别遣机密人去。"操曰："若他人去，事恐泄漏。"泽再三推辞，良久，乃曰："若去则不敢久停，便当行矣。"

一知居主人曰：

阚泽送达降书之后，自然想回江东。但是曹操越是要安排他回去，他偏要表示不能回去，"操赐以金帛，泽不受"。都是为了证明与黄盖来投曹操，是真心佩服，而绝不是为了金银财宝。最后再服从曹操安排，顺理成章。

阚泽重回江东，见黄盖细说前事。泽曰："吾今去甘宁寨中，探蔡中、蔡和消息。"盖曰："甚善。"泽至宁寨，泽曰："将军昨为救黄公覆，被周公瑾所辱，吾甚不平。"宁笑而不答。正话间，蔡和、蔡中至。泽以目送甘宁，宁会意，乃曰："周公瑾只自恃其能，全不以

我等为念。我今被辱，羞见江左诸人！"说罢，咬牙切齿，拍案大叫。泽乃虚与宁耳边低语。宁低头不言，长叹数声。蔡和、蔡中以言挑之"莫非欲背吴投曹耶"。阚泽失色，甘宁拔剑而起曰："吾事已为窥破，不可不杀之以灭口！"

一知居主人曰：

阚泽重回江东，见了黄盖之后，到甘宁寨中探蔡和、蔡中消息，与甘宁演了一场双簧好戏。看甘宁表演，宁笑而不答，咬牙切齿，拍案大叫，低头不言，长叹数声，拔剑而起，一波三折，实在精彩！

蔡和、蔡中慌曰："二公勿忧。吾亦当以心腹之事相告。""吾二人乃曹公使来诈降者。二公若有归顺之心，吾当引进。"宁曰："汝言果真？"二人齐声曰："安敢相欺！"宁佯喜曰："若如此，是天赐其便也！"二蔡曰："黄公覆与将军被辱之事，吾已报知丞相矣。"泽曰："吾已为黄公覆献书丞相，今特来见兴霸，相约同降耳。"宁曰："大丈夫既遇明主，自当倾心相投。"于是四人共饮，同论心事。

一知居主人曰：

言语之间，蔡和随口说了两人来东吴的真实目的。二蔡说已经将黄公覆与将军被辱之事报知丞相，与此前曹操与阚泽对话之间有人送信做了对应。可见二蔡并无心计，轻而易举就自行暴露身份。荀攸看错人并不要紧，却是坏了曹操的大事。

二蔡写书密报曹操，说"甘宁与某同为内应"。阚泽另自修书，遣人密报曹操，书中具言。却说曹操连得二书，心中疑惑不定，聚众谋士商议曰："江左甘宁，被周瑜所辱，愿为内应；黄盖受责，令阚泽来纳降：俱未可深信。谁敢直入周瑜寨中，探听实信？"蒋干进曰："某前日空往东吴，未得成功，深怀惭愧。今愿舍身再往，务得

实信，回报丞相。"操大喜，即时令蒋干上船。

一知居主人曰：

二蔡献书、黄盖欲降，本来属于机密之事，只有区区几个人知道即可。可是曹操竟敢"聚众谋士商议"，兵家大忌，让人不敢相信。蒋干本应稍稍退后，这次却还要打肿脸充胖子要求再次过江。曹操也知上次错斩了蔡瑁与张允，后悔不迭。曹操十分爽快地同意蒋干过江，同样出人意料。曹操身边的谋臣也没人提出反对意见，实在罕见！

难道曹孟德自认为胜券在握，丧失了基本的警惕？！

周瑜听得干又到，大喜曰："吾之成功，只在此人身上！"嘱付鲁肃请庞士元来。原来庞统避乱江东，鲁肃曾荐之于周瑜。统未及往见，瑜先使肃问计于统曰："破曹当用何策？"统密谓肃曰："欲破曹兵，须用火攻，但大江面上，一船着火，余船四散。除非献'连环计'，教他钉作一处，然后功可成也。"肃以告瑜，瑜深服其论。瑜一面分付庞统用计；一面坐于帐上，使人请干。

一知居主人曰：

蒋干来吴，周瑜请庞统出来。原来襄阳庞统正避乱于江东。庞统名号"凤雏"，前几回中未曾出场，却也因司马徽先生一句"伏龙、凤雏，两人得一，可安天下"早已名满江湖。

注意此间有句，"鲁肃曾荐之于周瑜，统未及往见"，是言周瑜未见其人，先行问计。庞统所言计谋，与周瑜、诸葛亮想法相同，自是心中称赞。庞统还献上连环计，除了周瑜火攻曹营之忧。故周瑜有言："为我行此计者，非庞士元不可。"

干见不来接，心中疑虑，入寨见周瑜。瑜作色曰："子翼何故欺

管窥《三国》中

吾太甚？"蒋干笑曰："吾想与你乃旧日弟兄，特来吐心腹事，何言相欺也？"瑜曰："汝要说我降，除非海枯石烂！前番吾念旧日交情，请你痛饮一醉，留你共榻。你却盗吾私书，不辞而去，归报曹操，杀了蔡瑁、张允，致使吾事不成。今日无故又来，必不怀好意！吾不看旧日之情，一刀两段！本待送你过去，争奈吾一二日间，便要破曹贼。待留你在军中，又必有泄漏。"便教左右："送子翼往西山庵中歇息。待吾破了曹操，那时渡你过江未迟。"

一知居主人曰：

蒋干过江东，见周瑜不来接，自是心中疑虑三分——周瑜在生自己的气。入寨见周瑜，周瑜作色，一阵臭骂。随后便叫手下送子翼往西山庵中歇息，行软禁之实。蒋干再欲开言，周瑜已入帐后去了。在蒋干看来，周瑜对自己有了一定隔阂和防范，恐怕此行事情也难成，自是"心中忧闷，寝食不安"。

是夜，干独步出庵后，只听得草屋中有读书之声。干往窥之。干思："此必异人也。"叩户请见。干问姓名，答曰庞统，字士元。干曰："莫非凤雏先生否？"统曰："然也。"干喜曰："久闻大名，今何僻居此地？"答曰："周瑜自恃才高，不能容物，吾故隐居于此。公乃何人？"干曰："吾蒋干也。"统乃邀入草庵，共坐谈心。干曰："以公之才，何往不利？如肯归曹，干当引进。"统曰："吾亦欲离江东久矣。公既有引进之心，即今便当一行。"于是与干连夜下山，至江边寻着原来船只，飞棹投江北。

一知居主人曰：

蒋干感觉无聊，无目的地走动，没想到夜遇庞统，庞统说了几句话之后，蒋干便劝说庞统归曹。蒋干此时出手实在有些过于急躁。他个人断断没有想到，这一切还都在周瑜安排之中。

第四十七回 阚泽密献诈降书 庞统巧授连环计

两人一拍即合，连夜下山，一句"飞棹投江北"，足见蒋干求功心切。却不料再次中了周瑜同学的计谋，引得庞统回来献了连环计，再铸大错。曹操赤壁之败，基本定型。故三国戏中，蒋干鼻梁之上有白块，丑角一个，永远不得翻身。

既至操寨，干先入见，备述前事。操闻凤雏先生来，亲自出帐迎入，问曰："操久闻先生大名，今得惠顾，乞不吝教诲。"统曰："某素闻丞相用兵有法，今愿一睹军容。"操教备马，先邀统同观旱寨。统与操并马登高而望。统曰："虽孙、吴再生，穰苴①**复出，亦不过此矣。"操曰："先生勿得过誉，尚望指教。"于是又与同观水寨。统笑曰："丞相用兵如此，名不虚传！"因指江南而言曰："周郎，周郎！克期必亡！"操大喜。回寨，置酒共饮，同说兵机。**

一知居主人曰：

曹操听说凤雏先生来，亲自出帐迎入。（比对阚泽规格要高一些）。曹操未进行任何询问，单凭蒋干引荐就信了庞统，而且遍看各个营寨，一改原来的小心和谨慎，实在有点太仓促和大意了！再加上庞统几句赞扬之语，曹操好像有些飘飘然，大喜，回寨，请入帐中，置酒共饮，同说兵机。

统佯醉曰："敢问军中有良医否？水军多疾，须用良医治之。"时操军因不服水土，俱生呕吐之疾，多有死者，操正虑此事。忽闻统言，

---

① 穰苴：即田穰苴，又称司马穰苴，春秋末期齐国人，是田完（陈完）的后代，齐田氏家族的支庶。是继姜尚之后一位承上启下的著名军事家，曾率齐军击退晋、燕入侵之军，因功被封为大司马，子孙后世称司马氏。由于年代久远，其事迹流传不多，但其军事思想却影响巨大。唐肃宗时将田穰苴等历史上十位武功卓著的名将供奉于武成王庙内，被称为武庙十哲。

如何不问？统说自己有一策，安稳成功。操大喜。统曰："大江之中，潮生潮落，风浪不息。北兵不惯乘舟，受此颠播，便生疾病。若以大船小船各皆配搭，或三十为一排，或五十为一排，首尾用铁环连锁，上铺阔板，休言人可渡，马亦可走矣，乘此而行，任他风浪潮水上下，复何惧哉？"曹操下席而谢曰："非先生良谋，安能破东吴耶！"操即时传令，连夜打造连环大钉，锁住船只。

一知居主人曰：

庞统先问军中有医生否，曹操只得说出军中实情：正苦于北方士兵不服水土一事。庞统进而献了连环计，水到渠成。"诸军闻之，俱各喜悦。"可惜笑得有些太早，断断不会想到一场噩梦就要来临。

庞统谓操曰："某观江左豪杰，多有怨周瑜者。某凭三寸舌，为丞相说之，使皆来降。周瑜孤立无援，必为丞相所擒。瑜既破，则刘备无所用矣。"操曰："先生果能成大功，操请奏闻天子，封为三公之列。"统曰："某非为富贵，但欲救万民耳。丞相渡江，慎勿杀害。"统拜求榜文，以安宗族。操命写榜金押付统。统拜谢曰："别后可速进兵，休待周郎知觉。"操然之。统拜别。

一知居主人曰：

庞统献计之后，急于脱身，说是回江东说与众人来降（前面阚泽献计之后，却是不想回江东）。蒋干应该知道，如果庞统真能说动江东豪杰，庞统又怎么会在西山庵里读闲书？庞统还假惺惺地在曹操处拜求榜文，以安宗族。目的很单纯，是在让曹操更加相信自己。

第四十八回
宴长江曹操赋诗　锁战船北军用武

　　庞统急于离开曹营，却不料被徐庶跟上，且识破了黄盖的苦肉计、阚泽下诈降书、庞统的连环计，着实让庞统"吃了一惊"。庞统乃曰："你若说破我计，可惜江南八十一州百姓，皆是你送了也！"徐庶以"此间八十三万人马，性命如何"作答。徐庶又言："吾感刘皇叔厚恩，未尝忘报。曹操送死吾母，吾已说过终身不设一谋，今安肯破兄良策……君当教我脱身之术，我即缄口远避矣。"庶曰："愿先生赐教。"统去徐庶耳边略说数句。庶大喜，拜谢。庞统下船自回江东。

　　一知居主人曰：

　　徐庶向庞统求脱身之计，不可信。正如庞统所言："元直如此高见远识，谅此有何难哉！"想来徐庶自言识破江东计谋，是为了让江东抓紧时间进入实施，免得节外生枝。糊涂者自糊涂，忙忙碌碌；清楚者看透却作壁上观，并不告诉曹操这梦中人，曹操焉有不败之理！

　　徐庶当晚密使近人去各寨中说西凉州韩遂、马腾谋反，杀奔许都来。曹操急聚众谋士商议。徐庶主动请缨。操喜曰："若得元直去，吾无忧矣！"徐庶与臧霸领兵而去。

一知居主人曰：

最后一句，曹操"自遣徐庶去后，心中稍安"颇耐人寻味。原因无非有三：一是有人去挡住韩遂、马腾，曹操无后顾之忧；二是徐庶终于肯为自己出力（并不知徐庶出力是假，金蝉脱壳是真）；三是徐庶总在眼前站着，不出一计，离开反而让人感到舒服些。只是从此之后，书中便再也没有了徐庶先生消息。曹操后来平西凉之地，守城的已是钟繇父子。

建安十三年十一月十五日，天色向晚，操置酒设乐于大船之上。文武众官依次而坐。操曰："收服江南之后，天下无事，与诸公共享富贵，以乐太平。"文武皆起谢曰："我等终身皆赖丞相福荫。"操大喜，命左右行酒。饮至半夜，操酒酣，遥指南岸曰："周瑜、鲁肃，不识天时！今幸有投降之人，为彼心腹之患，此天助吾也。"荀攸曰："丞相勿言，恐有泄漏。"操大笑曰："座上诸公，与近侍左右，皆吾心腹之人也，言之何碍！"

一知居主人曰：

置酒设乐于大船之上，场面很大，阵容也豪华，足见曹操大战之前的自信！荀攸说得不无道理，只可惜此时曹操有些膨胀，已经听不进去了。一副踌躇满志的样子，殊不知大祸即将临头。正所谓：骄兵必败！

曹操指夏口曰："刘备、诸葛亮，汝不料蝼蚁之力，欲撼泰山，何其愚耶！"顾谓诸将曰："吾今年五十四岁矣，如得江南，窃有所喜。昔日乔公与吾至契，吾知其二女皆有国色。后不料为孙策、周瑜所娶。吾今新构铜雀台于漳水之上，如得江南，当娶二乔，置之台上，以娱暮年，吾愿足矣！"言罢大笑。

一知居主人曰：

此段文字有胡编之嫌疑。此时是建安十三年冬。第五十六回中说明铜雀台始建于"建安十五年春"，是在曹操赤壁战败之后，何来曹操所言"吾今新构"之语？本来就是莫须有，今天作者却让它从曹操嘴里说出，是为了印证诸葛亮当初智激周公瑾时所言二乔之事。后来曹操还真修下铜雀台，只是再也没有这种兴致。

曹操正笑谈间，忽闻鸦声望南飞鸣而去。操问曰；"此鸦缘何夜鸣？"左右答曰："鸦见月明，疑是天晓，故离树而鸣也。"操又大笑。时操已醉，乃取槊立于船头上，以酒奠于江中，满饮三爵，横槊歌"对酒当歌，人生几何"等句，歌罢，众和之，共皆欢笑。

一知居主人曰：

晚会至此，达到高潮，一片和谐。不料，后面出来一个刘馥，让和谐急转直下。认真想一想，世间还真有这种"不识时务"的人！刘馥醉酒的可能要大一些。

偏偏扬州刺史刘馥说："月明星稀，乌鹊南飞；绕树三匝，无枝可依。此不吉之言也。"操大怒曰："汝安敢败吾兴！"手起一槊，刺死刘馥。众皆惊骇。遂罢宴。次日，操酒醒，懊恨不已。馥子刘熙告请父尸归葬。操泣曰："吾昨因醉误伤汝父，悔之无及。可以三公厚礼葬之。"拨军士护送灵柩，即日回葬。

一知居主人曰：

好好的一场晚会，戛然而止，让众人败兴。期间介绍刘馥"起自合淝，创立州治，聚逃散之民，立学校，广屯田，兴治教，久事曹操，多立功绩"，更让人觉得刘馥死得可惜。次日，操酒醒之后也懊恨不已，以三公厚礼葬了，属于惯用手段。其心未必后悔。也很

容易让人想起，在《阿Q正传》中，鲁迅先生转引绍兴地方戏《龙虎斗》中赵匡胤的一段唱词："悔不该，酒醉错斩了郑贤弟（郑恩）！"

次日，毛玠、于禁诣帐下，请操观看调练。看后，曹操心中大喜，以为必胜之法。教且收住帆幔，各依次序回寨。曹操对谋士曰："若非天命助吾，安得凤雏妙计？铁索连舟，果然渡江如履平地。"

一知居主人曰：

曹操言语之中充满自信，高兴，也对庞统进行了夸奖。不料，庞统并不是真正的自己人，而是给曹操挖坑的敌人。曹操被庞统迷住了双眼。

程昱曰："船皆连锁，固是平稳。但彼若用火攻，难以回避。不可不防。"操大笑："程仲德虽有远虑，却还有见不到处。"荀攸曰："仲德之言甚是。丞相何故笑之？"曹操说："凡用火攻，必藉风力。方今隆冬之际，但有西风北风，安有东风南风耶？吾居于西北之上，彼兵皆在南岸，彼若用火，是烧自己之兵也，吾何惧哉？若是十月小春之时，吾早已提备矣。"诸将皆拜伏曰："丞相高见，众人不及。"

一知居主人曰：

程昱告诫曹操，所有的船连锁起来，如果对方用火攻，难以回避。荀攸表示同意。可能此时曹操觉得自己见多识广，兵多将广，有些飘飘然，说了自己的道理。这段文字中，诸将对曹操的赞美之词，让人有点"恶心"。或许是"外来的和尚会念经"影响了曹操，反而忽略了程昱的建议。

曹操所分析，不是没有道理，只是未考虑到必然之中也有偶然，也正是偶然的事件导致曹操大败。

焦触、张南挺身出，说愿借巡船二十只，直至江口，夺旗鼓而还。操说汝等皆生长北方，恐乘舟不便。勿轻以性命为儿戏也。焦触、张南大叫曰："如其不胜，甘受军法！"操曰："惟有小舟。每舟可容二十人，只恐未便接战。"触曰："乞付小舟二十余只，某与张南各引一半，只今日直抵江南水寨，须要夺旗斩将而还。"操曰："到来日天明，将大寨船出到江面上，远为之势。更差文聘亦领三十只巡船接应汝回。"焦触、张南欣喜而退。

一知居主人曰：

世间偏偏有不要命的，那么多大将没有言语，焦触、张南二人本事不大，装什么大头蒜。曹操奉劝他们，特别说明已经没有大船可用。他们还是坚持要出战，说小舟也可，勇气可嘉。没想到，两个人很快被东吴祭了江。

次日，焦触、张南飞棹小船而来。韩当、周泰分左右而出。焦触船先到，便命军士乱箭射来。当用牌遮隔。焦触与韩当交锋。韩当手起一枪，刺死焦触。张南随后赶来。周泰船出。两船相离七八尺，泰即飞身一跃，直跃过张南船上，手起刀落，砍张南于水中。众船飞棹急回。韩、周催船追赶，到半江中与文聘船相迎。文聘抵敌不住，回船而走，韩、周二人追赶。周瑜令众鸣金。

一知居主人曰：

曹营中焦触、张南凭一勇之气，飞棹小船往东吴而来。"张南挺枪立于船头，两边弓矢乱射"，颇有威风。结果与周瑜手下大将韩当、周泰遭遇，单单一两个回合，焦、张两人便死于非命。文聘来救，也被杀败。足见曹营水军虽然已经经过调教，有一定提高，但是水平还远远不如东吴。不过，从另外一个方面更加坚定了曹操连船"大兵团"作战的决心。

周瑜在山顶看隔江战船，思考当用何计以破之？忽见曹军寨中风吹折中央黄旗，飘入江中。瑜大笑曰："此不祥之兆也！"正观之际，忽狂风大作，江中波涛拍岸。一阵风过，刮起旗角于周瑜脸上拂过。瑜猛然想起一事在心，大叫一声，往后便倒，口吐鲜血。诸将急救起时，却早不省人事。

一知居主人曰：

一笑一叫，让人觉得不可理解，其实只是周瑜思考事情思维太快，别人不好理解。周瑜"笑"的是曹营（注意，并不是自己营中）之中折了中央黄旗，属于曹操的不祥之兆；"叫"的是忽然来的一阵风，后文书中我们便知道，来的是北风，周瑜想到对自己使用火攻并不利，一时间急火攻心。

第四十九回

七星坛诸葛祭风　三江口周瑜纵火

鲁肃见周瑜卧病，心中忧闷，来见孔明，言周瑜卒病之事。孔明曰："公以为何如？"肃曰："此乃曹操之福，江东之祸也。"孔明笑曰："公瑾之病，亮亦能医。"肃曰："诚如此，则国家万幸！"即请孔明同去看病。

一知居主人曰：

周瑜口吐鲜血不省人事。诸将皆来探问，尽皆愕然相顾无言。鲁肃来见孔明言周瑜卒病之事。孔明主动说："公瑾之病亮亦能医。"给人眼前一亮，读者自是急于知道孔明下一步会如何给周瑜看病。

肃先入见周瑜。瑜以被蒙头而卧。肃曰："都督病势若何？"周瑜曰："心腹搅痛，时复昏迷。"肃曰："曾服何药饵？"瑜曰："心中呕逆，药不能下。"肃曰："适来去望孔明，言能医都督之病。现在帐外，烦来医治，何如？"瑜命请入，教左右扶起。

一知居主人曰：

鲁肃先入帐问周瑜是否用药，是因为自己常和孔明商量事情，害怕周瑜埋怨，而后说"孔明言能医都督之病"，是因为自己晓得周瑜曾有杀诸葛之心。况且此时周瑜有狼狈之相，是否愿意见诸葛亮，

不可知，故在请示周瑜之后，才让孔明进帐。鲁肃在两个绝顶聪明人之间混事，真不容易。

孔明曰："连日不晤君颜，何期贵体不安！"瑜曰："'人有旦夕祸福'，岂能自保？"孔明笑曰："'天有不测风云'，人又岂能料乎？"瑜闻失色，乃作呻吟之声。孔明曰："都督心中似觉烦积否？"瑜曰："然。"孔明曰："必须用凉药以解之。"瑜曰："已服凉药，全然无效。"孔明曰："须先理其气。气若顺，则呼吸之间，自然痊可。"

一知居主人曰：

两人你一言，我一语，谁也不点破对方心思，这便是高手过招。本节中"人有旦夕祸福"和"天有不测风云"，若是去了引号，你还会体会出其中的奥妙吗？

瑜料孔明必知其意，以言挑之："欲得顺气，当服何药？"孔明笑曰："亮有一方，便教都督气顺。"瑜曰："愿先生赐教。"孔明索纸笔，屏退左右，密书十六字曰："欲破曹公，宜用火攻；万事俱备，只欠东风。"瑜见了大惊，暗思："孔明真神人也！早已知我心事！只索以实情告之。"乃笑曰："事在危急，望即赐教。"孔明曰："亮虽不才，曾遇异人，传授奇门遁甲天书，可以呼风唤雨……借三日三夜东南大风，助都督用兵，何如？"瑜曰："只一夜大风，大事可成矣。"

一知居主人曰：

诸葛亮装模作样，简单问了周瑜几句病情，而后索纸笔屏退左右，密书十六字，三个连续性动作，足见诸葛亮之小心翼翼，与前面曹操动辄言及自己在东吴有内应，形成鲜明对比。当然这样做，也是孔明为了免得周瑜在众人面前出些许洋相而已。

写毕递与周瑜曰："此都督病源也。"瑜见了大惊。此后诸葛亮说

第四十九回　七星坛诸葛祭风　三江口周瑜纵火

自己可以作法借三日三夜东南大风助都督用兵。"瑜闻言大喜,蹶然而起",心病不好只是未遇高人,奇迹啊!

孔明与鲁肃来南屏山相度地势,令军士取东南方赤土筑坛。孔明于十一月二十日甲子吉辰,沐浴斋戒,身披道衣,跣足散发,来到坛前。分付鲁肃曰:"子敬自往军中相助公瑾调兵。倘亮所祈无应,不可有怪。"鲁肃别去。孔明嘱付守坛将士。众皆领命。孔明一日上坛三次,下坛三次。却并不见有东南风。

一知居主人曰:

诸葛亮借东风一节,罗贯中先生不惜笔墨,写得真是有鼻子有眼,绘声绘色,不由你不相信诸葛亮真有本事。实际上是诸葛亮观天象,合该有此天气,有此东风。诸葛亮如此这般,是为了渲染其魔力,从气势和内心上击垮周瑜。

周瑜只等东南风起,便调兵出。黄盖准备火船在帐下,只等周瑜号令。甘宁、阚泽窝盘①蔡和、蔡中在水寨中,每日饮酒,不放一卒登岸;周围尽是东吴军马,把得水泄不通:只等帐上号令下来。周瑜正在帐中坐议,探子来报吴侯船只离寨八十五里停泊,只等都督好音②。众兵将得令,一个个磨拳擦掌,准备厮杀。

一知居主人曰:

本节文字,众将领各司其职,各有特色,画面感很强,且富有动感。说明周瑜这边已经准备妥当,蓄势待发。正是"万事俱备,只欠东风"。

---

① 窝盘:亦称"窝伴",指紧密地陪伴、抚慰。

② 好音:指悦耳的声音。这里指好消息。

近夜天色清明微风不动。瑜谓鲁肃曰："孔明之言谬矣。隆冬之时怎得东南风乎。"将近三更时分东南风大起，瑜骇然曰"此人有夺天地造化之法、鬼神不测之术！若留此人，乃东吴祸根也。及早杀却免生他日之忧。"急唤丁奉、徐盛各带人马"到七星坛前，休问长短，拿住诸葛亮便行斩首，将首级来请功"。

一知居主人曰：

周瑜开始时怀疑诸葛亮的本事。及至东南风起，再次要杀诸葛亮。可见周瑜杀诸葛亮的心思一直存在，且此时全然不顾面子，直接让人追杀。丁奉、徐盛作为老将，接到命令之后，不知会怎么想？观后面丁奉和徐盛对话，知道两人对此事也有看法。

丁奉、徐盛到时，诸葛亮已经"披发下船，那船望上水去了"。二人便分两路追袭。见到诸葛亮，说都督有事相商。诸葛亮一针见血，"吾已料定都督不能容我，必来加害，预先教赵子龙来相接。将军不必追赶。"赵云拈弓搭箭，射断徐盛船上篷索，才未往前追赶。丁奉唤徐盛船近岸，言曰："诸葛亮神机妙算，人不可及。更兼赵云有万夫不当之勇，汝知他当阳长坂时否？吾等只索回报便了。"回报周瑜之后，周瑜大惊曰："此人如此多谋，使我晓夜不安矣！"

一知居主人曰：

孔明对周瑜有害己之心早有防备，早已安排赵云来接自己。杀人未成，周瑜再次感慨。此时，鲁肃曰"且待破曹之后却再图之"。窃以为，此时鲁肃先生不说话最好！

瑜先教甘宁："带了蔡中并降卒沿南岸而走，只打北军旗号，直取乌林地面，正当曹操屯粮之所，深入军中，举火为号。只留下蔡和一人在帐下，我有用处。"而后，又分别安排太史慈、吕蒙等五队

人马。六队船只各自分路去了。

一知居主人曰：

周瑜此处故意设了一个关子。后文便知道单单留下蔡和是为了祭旗。调兵之时，蔡中、蔡和兄弟应该不在现场，否则周瑜不会使用这种表达方式。

周瑜令黄盖安排火船，使小卒驰书约曹操，今夜来降。拨战船四只，随黄盖船后接应。韩当、周泰、蒋钦、陈武共四队各引战船三百只，前面各摆列火船二十只。周瑜自与程普在大艨艟上督战，徐盛、丁奉为左右护卫，只留鲁肃共阚泽及众谋士守寨。孙权已差陆逊为先锋，直抵蕲、黄地面，自为后应。瑜又差人西山放火炮，南屏山举号旗。

一知居主人曰：

这边周瑜安排兵马，另一边黄盖联系曹操约降，齐头并进、互不误事。中间有句"程普见周瑜调军有法，甚相敬服"，与前面呼应。孙权也安排兵马作为后队，对于周瑜而言也是一种安慰，没有不好好做事的理由了。

刘玄德在夏口专候孔明回来，忽见刘琦来。玄德请上敌楼①坐定，说："东南风起多时，子龙去接孔明，至今不见到，吾心甚忧。"小校遥指樊口港上："一帆风送扁舟来到，必军师也。"玄德与刘琦下楼迎接。须臾船到，玄德大喜。问候毕，孔明曰："前者所约军马战船，皆已办否？"玄德曰："收拾久矣，只候军师调用。"

---

① 敌楼：城墙上御敌的城楼。也叫谯楼。

一知居主人曰：

孔明不来，刘备说"吾心甚忧"；孔明来了，刘备才算有了依靠，"大喜"。可见刘备对孔明之依赖程度！"小校遥指"四字，给人一种感觉：山重水复疑无路，柳暗花明又一村。一种欣喜若狂！

诸葛亮回刘备处进行调兵。赵子龙、张飞、糜竺、糜芳、刘封、刘琦各自去了，对刘备也有所安排。唯独没有安排关羽。关羽忍耐不住乃高声要战。诸葛亮卖了一个关子："本欲烦足下把一个最紧要的隘口，怎奈有些违碍，不敢教去。"云长曰："有何违碍？愿即见谕。"

一知居主人曰：

看关羽和孔明对话，很有意思。关羽越是想知道单单不派他的原因，孔明越是不说实话，属于激将法也。

孔明曰："昔日曹操待足下甚厚，足下当有以报之。今日操兵败，必走华容道。若令足下去时，必然放他过去。因此不敢教去。"云长曰："军师好心多！……今日撞见，岂肯放过！"孔明曰："倘若放了时，却如何？"云长曰："愿依军法！"云长便与了军令状。云长曰："若曹操不从那条路上来，如何？"孔明曰："我亦与你军令状。"云长大喜。孔明曰："云长可于华容小路高山之处，堆积柴草，放起一把火烟，引曹操来。"云长曰："曹操望见烟，知有埋伏，如何肯来？"孔明笑曰："岂不闻兵法'虚虚实实'之论？"云长领了将令，投华容道去了。

一知居主人曰：

最后一道关口——华容道。孔明最初不安排关羽，是害怕关羽念旧恩私放曹操。关羽说不可能，随即立了军令状，却又问起孔明如果曹操不走华容道怎么办？最后孔明立了军令状。关羽此时心中必定高兴，算是与孔明打了一个平手。

至于后面，玄德曰："吾弟义气深重，若曹操果然投华容道去时，只恐端的放了。"孔明曰："亮夜观乾象，操贼未合身亡。留这人情，教云长做了，亦是美事。"玄德曰："先生神算，世所罕及！"只是后来人对关羽华容道义释曹操的一种解释，不足信也！因为事情已经发生，索性多卖一些人情罢了！

曹操在大寨中，只等黄盖消息。当日东南风起甚紧，程昱入告曹操曰："今日东南风起，宜预提防。"操笑曰："冬至一阳生，来复之时，安得无东南风？何足为怪！"军士忽报有黄盖密书。操急唤入。其人呈上书。书中诉说："周瑜关防得紧，因此无计脱身。今有鄱阳湖新运到粮，周瑜差盖巡哨，已有方便。好歹杀江东名将，献首来降。只在今晚二更，船上插青龙牙旗者，即粮船也。"操大喜，遂与众将来水寨中大船上，观望黄盖船到。

一知居主人曰：

东南风起，程昱提醒曹操注意。曹操如果此时调整战术，还来得及。可惜曹操此时已经听不进去任何人的建议了。曹操等黄盖来降等得心急，谁知等来的却是一场天大的灾难！

天色向晚，周瑜唤出蔡和令军士缚倒。和叫"无罪"。瑜曰："汝是何等人，敢来诈降！吾今缺少福物祭旗，愿借你首级。"和抵赖不过，大叫曰："汝家阚泽、甘宁亦曾与谋。"瑜曰"此乃吾之所使也。"蔡和悔之无及。瑜令捉至江边皂纛旗下，奠酒烧纸，一刀斩了蔡和，用血祭旗毕，便令开船。

一知居主人曰：

蔡和临死还想拉甘宁、阚泽垫背，却是周瑜一句话，让其恍然大悟。蔡和心中本来觉得这次来东吴，将来可以在曹操处抱得奖赏，没想到自己聪明反被聪明误，一到这里就入了人家的圈套。至于蔡

中，则是在下一回中,"甘宁令蔡中引入曹寨深处,宁将蔡中一刀砍于马下,就草上放起火来。"至此,蔡氏四兄弟俱为曹操"尽忠"了,只是蔡瑁是曹操所杀;蔡埙、蔡中为甘宁所杀;蔡和直接被周瑜拿来祭旗了!

　　黄盖顺风望赤壁进发。操迎风大笑自以为得志。忽一军指说"江南隐隐一簇帆幔使风而来。"操凭高望之。报称:"皆插青龙牙旗。内中有大旗,上书先锋黄盖名字。"操笑曰:"公覆来降,此天助我也。"来船渐近。程昱观望良久谓操曰"来船必诈。且休教近寨"。操曰"何以知之?"程昱曰:"粮在船中,船必稳重。今观来船,轻而且浮。更兼今夜东南风甚紧,倘有诈谋,何以当之?"操省悟,便问:"谁去止之?"文聘曰:"某在水上颇熟,愿请一往。"言毕跳下小船,用手一指,十数只巡船随文聘船出。

　　一知居主人曰:

　　程昱告诉曹操,黄盖来船,轻而且浮,不是粮船,可能有诈。连说两遍,曹操方才明白,可惜火已铺天盖地而来,太迟了。曹军想跑已经跑不掉了。若不是张辽箭射黄盖正中肩窝落水,曹操也险些被擒。

第五十回
诸葛亮智算华容　关云长义释曹操

张辽一箭射黄盖下水，救得曹操登岸。韩当冒烟突火来攻水寨，细听，但闻后梢舵上一人高叫："义公救我！"当曰："此黄公覆也！"急教救起。见黄盖负箭着伤，咬出箭杆，箭头陷在肉内。韩当急为脱去湿衣，用刀剜出箭头，扯旗束之，先令别船送回大寨医治。

一知居主人曰：

与其说黄盖老先生命大，不如说先生老当益壮，能力超群。只是大幕即将拉开，老先生却因伤而提前离场，未尝不是一种遗憾！要知道先生是这一系列计谋中的关键人物和主要执行者。

当日满江火滚，喊声震地。左边是韩当、蒋钦两军从赤壁西边杀来；右边是周泰、陈武两军从赤壁东边杀来；正中是周瑜、程普、徐盛、丁奉大队船只都到。火须兵应，兵仗火威。此正是：三江水战，赤壁鏖兵。曹军着枪中箭、火焚水溺者，不计其数。

一知居主人曰：

赤壁之战，从一开始，周瑜就占尽了主动。曹操兵力虽多，却只有应付，毫无招架之功，节节败退。

甘宁令蔡中引入曹寨深处，宁将蔡中一刀砍于马下，就草上放起火来。吕蒙、潘璋、董袭分头放火呐喊，四下里鼓声大震。

一知居主人曰：

甘宁进入曹寨深处，却是蔡中领着进去的。毕竟蔡中对寨内环境熟悉得多，甘宁们省却好多事情。只是蔡中绝对没有想到，甘宁会"卸磨杀驴"。想一想，人家一开始就是在利用蔡中行事，只是蔡中没有看透而已。

曹操与张辽引百余骑，在火林内走，看前面无一处不着。正走之间，毛玠救得文聘，引十数骑到。操令军寻路。张辽指道："只有乌林地面，空阔可走。"操径奔乌林。正走间，吕蒙杀出。操留张辽断后。没有多远，凌统杀出，曹操肝胆皆裂。幸亏徐晃帮忙，彼此混战一场，夺路望北而走。被马延、张颌接着。不到十里，甘宁杀出，马延、张颌先后被甘宁斩于马下。后军飞报曹操。孙权、太史慈等合兵一处，冲杀将来，操只得望彝陵而走。

一知居主人曰：

凡战争之事，战前、战后均容易写出，唯战中难写。战中情况千变万化、头绪众多。但是本回中罗贯中写周瑜几路人马迎战曹将曹兵，却是如剥洋葱，层层而出，并不见乱，属快意文字。东吴人马不断杀出。曹操险象环生，"肝胆皆裂"，其狼狈之相可以想象！若不是有人当了替死鬼、有人代为阻挡、有人带兵来救，曹操几乎要葬身于此地了。

路上撞见张郃，操令断后。走至五更，回望火光渐远，操心方定，问曰："此是何处？"左右曰："此是乌林之西，宜都之北。"操见树木丛杂，山川险峻，乃于马上仰面大笑不止。诸将问曰："丞相何故大

笑？"操曰："吾不笑别人，单笑周瑜无谋，诸葛亮少智。若是吾用兵之时，预先在这里伏下一军，如之奈何？"说犹未了，两边鼓声震响，火光竟天而起，惊得曹操几乎坠马。赵子龙刺斜里杀出，大叫："在此等候多时了！"操教徐晃、张郃双敌赵云，自己冒烟突火而去。

一知居主人曰：

前面说了东吴不少，该刘备一方登场。曹操走"乌林之西，宜都之北"，本以为自己安全了，笑诸葛亮计谋不高。谁知大笑之后，赵云竟然杀出。正是：才出龙潭，又入虎穴！

天色微明，东南风不息，忽然大雨倾盆，湿透衣甲。诸军皆有饥色。方欲造饭，后面一军赶到。操心甚慌。原来却是李典、许褚保护着众谋士来到，操大喜，令军马且行，问："前面是那里地面？"人报一边是南彝陵大路，一边是北彝陵山路。"取北彝陵过葫芦口去最便。"操教走北彝陵。

一知居主人曰：

第一次取道近路，在情理之中。"操令军士往村落中劫掠粮食，寻觅火种"，有些不合情理。但是，当下对于曹操而言，无论如何，活下来是根本，是第一需要，不可能再考虑太多。

行至葫芦口，人困马乏，多有倒于路者。操教前面暂歇。埋锅造饭，割马肉烧吃。尽皆脱去湿衣，于风头吹晒。马皆摘鞍野放，咽咬草根。操坐于疏林之下，仰面大笑。操曰："吾笑诸葛亮、周瑜毕竟智谋不足。若是我用兵时，就这个去处，也埋伏一彪军马，以逸待劳。我等纵然脱得性命，也不免重伤矣。彼见不到此，我是以笑之。"正说间，前军后军一齐发喊，操大惊，弃甲上马。早见张翼德一军摆开，横矛立马，大叫："操贼走那里去！"诸军众将尽皆胆寒。许褚骑无

鞍马来战张飞。张辽、徐晃也来夹攻。混战做一团。操先拨马走脱，诸将各自脱身。张飞从后赶来。

一知居主人曰：

曹操在葫芦口第二次大笑，没想到却引出曹操的老冤家张翼德来。众官问曰："适来丞相笑周瑜、诸葛亮，引惹出赵子龙来，又折了许多人马。如今为何又笑？"好像是一种谶语！说来啥，啥就来！

曹操败走葫芦口。前面有两条路，军士说大路稍平，却远五十余里。小路投华容道，却近五十余里，只是地窄路险，坑坎难行。操教前军便走华容道小路。诸将曰："烽烟起处，必有军马，何故反走这条路？"操曰："诸葛亮多谋，故使人于山僻烧烟，使我军不敢从这条山路走，他却伏兵于大路等着。吾料已定，偏不教中他计！"诸将皆曰："丞相妙算，人不可及。"遂勒兵走华容道。此时人皆饥倒，马尽困乏。大半皆是彝陵道上被赶得慌，只骑得秃马，鞍辔衣服，尽皆抛弃。正值隆冬严寒之时，其苦何可胜言。

一知居主人曰：

曹操败退途中，第二次遇到选择题。不过这次却反其道而行之。一是因为前面中了埋伏；二是曹操已经有些乱了方寸，虚虚实实，难以分清，只好相信自己的直觉了。

曹操勒兵走华容道，见前军停马不进，问是何故。操大怒，叱曰："军旅逢山开路，遇水叠桥，岂有泥泞不堪行之理！"操恐后军来赶，令张辽、许褚、徐晃引百骑执刀在手，但迟慢者便斩之。此时军已饿乏，众皆倒地，操喝令人马践踏而行，死者不可胜数。号哭之声，于路不绝。操怒曰："生死有命，何哭之有！如再哭者立斩！"三停人马：一停落后，一停填了沟壑，一停跟随曹操。

一知居主人曰：

前者对士兵还有些爱护和体恤，后面曹操却是一改原来的形象，对士兵残酷至极。主要在于前时身边还有些人马，无生命之忧。后面却是，行狭窄之地，容易遭受袭击，还是个人保命要紧，又哪里顾得士兵的死活。此时不免让人想起唐代曹松《己亥岁》中的一句："凭君莫话封侯事，一将功成万骨枯。"

过了险峻，路稍平坦。操回顾止有三百余骑随后，并无衣甲袍铠整齐者。操催速行。众将曰："马尽乏矣，只好少歇。"操曰："赶到荆州将息未迟。"又行不到数里，操在马上扬鞭大笑。众将问："丞相何又大笑？"操曰："人皆言周瑜、诸葛亮足智多谋，以吾观之，到底是无能之辈。若使此处伏一旅之师，吾等皆束手受缚矣。"言未毕，一声炮响，两边五百校刀手摆开，为首大将关云长，提青龙刀，跨赤兔马，截住去路。

一知居主人曰：

曹操败退途中，已经有两笑。第一次笑声未了，赵子龙杀出。第二次笑却是引出张翼德来。这一次大笑则是华容道上，结果，这一笑却是引出关羽来。

曹操在败军之际，个人仍然笑得出来，而且是两次"仰面大笑"，一次"扬鞭大笑"，像是在谈论邻居家的事情，实在让人不可思议。读到此处，一知居主人却隐隐看到一个大军事家的风度！其思路毕竟与常人不同。

操军见了，亡魂丧胆，面面相觑。操曰："既到此处，只得决一死战！"众将曰："人纵然不怯，马力已乏，安能复战？"程昱曰："某素知云长傲上而不忍下，欺强而不凌弱。恩怨分明，信义素著。丞

相旧日有恩于彼，今只亲自告之，可脱此难。"

一知居主人曰：

曹操华容道上遭遇关羽，如果真的打起仗来，必然激怒关羽。曹操部下已经人困马乏，必死无疑。万分危急之时，程昱说了关羽个人特点，希望曹操"今只亲自告之，可脱此难"。此也真是抓住了关羽的软肋。

操纵马向前，欠身谓云长曰："将军别来无恙！"云长亦欠身答曰："关某奉军师将令，等候丞相多时。"操曰："曹操兵败势危，到此无路，望将军以昔日之情为重。"云长曰："昔日关某虽蒙丞相厚恩，然已斩颜良，诛文丑，解白马之围，以奉报矣。今日之事，岂敢以私废公？"操曰："五关斩将之时，还能记否？大丈夫以信义为重。将军深明《春秋》，岂不知庾公之斯追子濯孺子之事①乎？"云长是个义重如山之人，如何不动心？又见曹军惶惶，皆欲垂泪，一发心中不忍。于是把马头勒回，谓众军曰："四散摆开。"这个分明是放曹操的意思。

一知居主人曰：

曹操上来说话，关羽开始立场还比较坚定，说自己不能"因私废公"。但是看到曹营上下之惨象，很快就改变了，可怜之心顿生。自己当然也知道如果曹操当年不是想收服自己，何来土围三约？怎能千里走单骑？如果此时，关平提起军令状一事，关羽是否还会放曹？不可知，不可预料。

---

① 庾公之斯追子濯孺子之事：春秋时，卫国派庾公之斯追击子濯孺子，两人都善于射箭，但子濯孺子因病无法拿弓应战。庾公之斯对他说："我跟尹公之他学射箭，尹公之他又跟您学射箭，我不忍用您的射箭技术反转来伤害您。"于是把箭头敲掉，射了四支没有箭头的箭，就回去了。此事见先秦《孟子·离娄下》的《逄蒙学射于羿》。

操见云长回马，便和众将一齐冲将过去。云长回身时，曹操已与众将过去了。云长大喝一声，众军皆下马，哭拜于地。云长愈加不忍。正犹豫间，张辽纵马而至。云长见了，又动故旧之情，长叹一声，并皆放去。

一知居主人曰：

曹操刚刚过去了。云长大喝一声，众军哭拜于地。正犹豫间，恰恰张辽纵马而至。云长长叹一声，并皆放去。如果不是张辽，结果断断不会如此。前文书中已经说过，在曹营期间，关羽与张辽关系最好。

曹操既脱华容之难。行至谷口，回顾所随军兵，止有二十七骑。比及天晚，已近南郡，一簇人马拦路。操大惊曰："吾命休矣！"有人认得是曹仁军马。操才心安。曹仁接着，言："虽知兵败，不敢远离，只得在附近迎接。"操曰："几与汝不相见也！"于是引众入南郡安歇。

一知居主人曰：

如果说前面曹操尚还有些理智，这一次却是惶惶如惊弓之鸟。幸亏是曹仁来接，属于自己人。曹仁一见面，就说自己在如何，是害怕曹操埋怨他为什么不发兵救援。

曹操败入南郡城，曹仁置酒与操解闷。众谋士俱在座。操忽仰天大恸。众谋士曰："丞相于虎窟中逃难之时，全无惧怯；今到城中，人已得食，马已得料，正须整顿军马复仇，何反痛哭？"操曰："吾哭郭奉孝耳！若奉孝在，决不使吾有此大失也！"遂捶胸大哭曰："哀哉，奉孝！痛哉，奉孝！惜哉！奉孝！"众谋士皆默然自惭。

一知居主人曰：

曹操这次哭郭奉孝是真性情！毕竟出来时候大队人马浩浩荡荡，

号称百万，回来时候人马却是不足五百。曹操哭郭奉孝，自也是变相批评随军谋士。其实在整个过程中，程昱还是比较清醒的，只是曹操没有听进去而已。此时最痛苦的当是蒋干，自己两次好心却都做了坏事，且是坏了很大的事情。不过，并没有见曹操追责。

次日，操唤曹仁曰："吾今暂回许都，收拾军马，必来报仇。汝可保全南郡。"仁曰："合淝、襄阳，谁可保守？"操安排曹仁托管荆州；夏侯惇守把襄阳；张辽和乐进、李典守合淝。操分拨已定，引众奔回许昌。曹仁自遣曹洪据守彝陵、南郡，以防周瑜。

一知居主人曰：

曹操回许昌之前，嘱咐曹仁保全南郡，并"吾有一计，密留在此，非急休开，急则开之。依计而行，使东吴不敢正视南郡"，自是卖了一个关子。后文中自有事情与此照应。从曹操安排中，夏侯惇和张辽都得到重用。"荆州原降文武各官，依旧带回许昌调用"，怕是有一种防备心理。

诸路军马中独云长不获一人一骑，空手回见玄德。孔明正与玄德作贺，忽报云长至。孔明忙离坐席，执杯相迎曰："且喜将军立此盖世之功，与普天下除大害。合宜远接庆贺！"还回顾左右曰："汝等缘何不先报？"云长曰："关某特来请死。"孔明曰："莫非曹操不曾投华容道上来？"云长曰："是从那里来。关某无能，因此被他走脱。"孔明曰："拿得甚将士来？"云长曰："皆不曾拿。"孔明曰："此是云长想曹操昔日之恩，故意放了。但既有军令状在此，不得不按军法。"遂叱武士推出斩之。玄德曰："昔吾三人结义时，誓同生死。今云长虽犯法，不忍违却前盟。望权记过，容将功赎罪。"孔明方才饶了。

一知居主人曰：

前文书中已经说明，关羽放走曹操在诸葛亮意料之中。此时诸葛亮明知关羽无甚收获，却高调行大礼，是在开关云长的玩笑。云长却是有点憨厚，说："关某特来请死。"诸葛亮即便"叱武士推出斩之"，也只是吓唬吓唬关羽而已。诸葛亮明白自己一个区区军师，自是无法撼动刘、关、张"桃园三结义"的弟兄之情。

第五十一回
曹仁大战东吴兵　孔明一气周公瑾

周瑜大犒三军，孙乾来贺。周瑜得知刘备移兵屯油江口，有取南郡之意，认为"我等费了许多军马，用了许多钱粮，目下南郡反手可得。彼等心怀不仁，要就现成"。肃曰："当用何策退之？"瑜曰："吾自去和他说话。好便好。不好时，不等他取南郡，先结果了刘备。"肃曰："某愿同往。"于是瑜与鲁肃径投油江口来。

一知居主人曰：

曹操刚退，孙刘两家便开始有隙，并不意外。

孙刘联盟从一开始基础就不是很牢靠，是建立在抗击曹操侵略这一重大威胁上的。现在威胁突然没有了，各家就开始考虑各自利益了。君不见周瑜要追杀刘备，憨厚的鲁肃也说了一句"某愿同往"。只是周瑜有一句，"彼等心怀不仁，要就现成，须放着周瑜不死！"有谶语之嫌。

孙乾回见玄德，言周瑜将亲来。玄德问孔明来意若何？孔明笑曰应为南郡而来。玄德曰："他若提兵来，何以待之？"**孔明说可如此如此应答。遂于油江口摆开战船，岸上列着军马。人报：**"周瑜、鲁肃引兵到来。"**孔明使赵云领数骑来接。瑜见军势雄壮，心甚不安。**

一知居主人曰：

周瑜、鲁肃引兵到来油江口，瑜见军势雄壮，心甚不安。想一想，此前刘备与关羽在周瑜营中时，周瑜本有杀刘备之心，但是看到关羽威严，遂放弃。情况类似，不知道此时周瑜的"风流倜傥"哪里去了。

周瑜、鲁肃来到刘备帐中。玄德、孔明设宴相待。酒至数巡，问刘备"莫非有取南郡之意否"？刘备说："闻都督欲取南郡，故来相助。若都督不取，备必取之。"

周瑜说："吾东吴久欲吞并汉江，今南郡已在掌中，如何不取？"刘备却说："胜负不可预定。曹操临归，令曹仁守南郡等处，必有奇计；更兼曹仁勇不可当，但恐都督不能取耳。"周瑜曰："吾若取不得，那时任从公取。"

瑜与肃上马而去。玄德问孔明曰："却才先生教备如此回答，虽一时说了，展转寻思，于理未然。"诸葛亮这才挑明："不须主公忧虑。尽着周瑜去厮杀，早晚教主公在南郡城中高坐。"

一知居主人曰：

周瑜到刘备营中，直接问刘备是不是有取南郡之意，让人觉得城府不深。首先进入主题，反而容易让自己被动。刘备何等聪明，将好端端一个球踢回周瑜。周瑜哪里经得住考验，立即说自己要取南郡。刘备自是得了诸葛亮的安排，在激周瑜出兵。周瑜如一只"聪明"的猴子，还真的沿杆而上。且看此时鲁肃，却是"踌躇未对"。一是自己不知如何是好，二是周瑜容不得他说话。

回去路上，鲁肃问周瑜："如何亦许玄德取南郡？"周瑜说"吾弹指可得南郡，落得虚做人情"，自己早已被人利用，并不知道，却还有些得意！

曹仁在南郡，曹洪守彝陵，成掎角之势。人报吴兵渡汉江。仁曰："坚守勿战为上。"牛金奋然领精兵五百出战。丁奉纵马来迎。约战四五合，奉诈败，牛金引军追赶入阵。奉指挥众军一裹围牛金于阵中。曹仁在城上望见牛金被困，引数百骑出城，杀入吴阵。徐盛迎战，不能抵挡。曹仁杀到垓心，救出牛金。回顾尚有数十骑在阵，不能得出，遂复翻身杀入，救出重围。蒋钦拦路，曹仁与牛金奋力冲散。曹纯引兵接应，混杀一阵。吴军败走，曹仁得胜而回。

一知居主人曰：

周瑜第一次攻打南郡，曹仁欲坚守不出，牛金请命出城，且言"兵临城下而不出战，是怯也。况吾兵新败，正当重振锐气"。其大局观念可圈可点。尽管牛金曾一度被困，此役却是曹军胜了。

蒋钦兵败而回，瑜怒欲斩之，众将告免。瑜即点兵，要亲与曹仁决战。甘宁说愿径取彝陵，都督然后可取南郡。瑜服其论。早有细作报知曹仁，仁与陈矫商议。矫曰："彝陵有失，南郡亦不可守矣。宜速救之。"仁遂令曹纯与牛金引兵救曹洪。曹纯先使人报知曹洪，令洪出城诱敌。甘宁引兵至彝陵，洪出与甘宁交锋。战有二十余合，洪败走。甘宁攻打彝陵。曹纯、牛金兵到，两下相合，围了彝陵。

一知居主人曰：

蒋钦兵败，败得并不太惨，周瑜却要斩了，不像周瑜的一贯风格，可能是虚荣心在作怪。毕竟自己在刘备那里有过承诺，初战便败，感到很没有面子。

甘宁说自己去取彝陵，缓解攻打南郡的压力，与"围魏救赵"类似。甘宁没有想到曹纯与牛金暗地引兵来救曹洪，自己被困，反而需要别人来救。

探马飞报甘宁困于彝陵城中，瑜大惊。程普曰："可急分兵救之。"瑜曰："此地正当冲要之处，若分兵去救，倘曹仁引兵来袭，奈何？"吕蒙曰："甘兴霸乃江东大将，岂可不救？"瑜曰："但留何人在此，代当吾任？"蒙曰："留凌公绩当之。蒙为前驱，都督断后，不须十日，必奏凯歌。"瑜曰："未知凌公绩肯暂代吾任否？"凌统曰："若十日为期，可当之；十日之外，不胜其任矣。"瑜即日起大兵投彝陵来。蒙谓瑜差五百军去砍倒（彝陵南僻小路之）树木，以断其路，可得曹军马匹。

一知居主人曰：

读到此处，让人很是兴奋，东吴将才济济。虽遇兵败，但上下同心，互为补台！难怪孙权在后方可以安心享受，并不像刘备总是亲自出马矣！

甘宁困于彝陵城中，瑜亲自率大军来救。周泰绰刀纵马，直杀入曹军之中，径到城下，入城告知甘宁。宁传令教军士严装饱食，准备内应。周瑜兵将至，曹兵迎之。比及交锋，曹兵大败。牛金等投小路而走，却被乱柴塞道，马不能行，尽皆弃马而走。吴兵得马五百余匹。周瑜驱兵星夜赶到南郡，正遇曹仁军来救彝陵。两军接着，混战一场。

一知居主人曰：

曹洪围了甘宁，没想到周瑜来得太快，反而被周瑜等人围了。最终被内外夹击，大败。周泰匹马单枪杀入彝陵城，可谓威风。

曹军败走之路，其损失，全在当初吕蒙所言之内，不免让人一笑。

曹仁遂拆曹操之书观之，教五更造饭。平明，大小军马尽皆弃城，城上遍插旌旗，虚张声势，军分三门而出。周瑜看得清楚。瑜暗忖

曹仁必先准备走路，亲自引军取城。占了数次，曹军均败，却皆不入城。瑜见城门大开，城上又无人，遂令众军抢城。数十骑当先而入，瑜在背后纵马加鞭，直入瓮城。结果遭遇陈矫弓弩齐发，势如骤雨。争先入城的，都颠入陷坑内。周瑜急勒马回时，被一弩箭，正射中左肋，翻身落马。幸被徐盛、丁奉救去。城中曹兵突出，吴兵自相践踏，落堑坑者无数。吴兵大败。

一知居主人曰：

周瑜可能因为连续打了几个胜仗，有些大意。没想到这次输得太惨。自己中了一箭，且"此箭头上有毒，急切不能痊可。若怒气冲激，其疮复发"。读至此处，很容易让人想起孙策之死。

程普收败军回寨，令三军紧守各寨，不许轻出。三日后，牛金骂至日暮方回，次日又来骂战。第三日，牛金直至寨门外叫骂，声声只道要捉周瑜。一日，曹仁擂鼓呐喊，前来搦战。程普拒住不出。周瑜问曰："何处鼓噪呐喊？"众将曰军中教演。瑜怒曰："何欺我也！吾已知曹兵常来寨前辱骂。"普曰："吾见公瑾病疮，医者言勿触怒，故曹兵搦战，不敢报知。"瑜曰："公等不战，主意若何？"普曰："众将皆欲收兵暂回江东。待公箭疮平复，再作区处。"瑜听罢，于床上奋然跃起曰："大丈夫既食君禄，当死于战场，以马革裹尸还，幸也！岂可为我一人，而废国家大事乎？"

一知居主人曰：

上节中，牛金第三次出场，周瑜进南郡城，遭遇陈矫弓弩齐发，势如骤雨。牛金从城中杀出，来捉周瑜。看来真是勇敢。

本节中，牛金第四次亮相。周瑜中箭而伤之后，吴军闭门不战。牛金来搦战，连续多日在阵前叫骂。至第三日，牛金直至寨门外叫骂，声声只道要捉周瑜。此时牛金如同街上泼皮孩子一般。恰恰也正是

这个小人物把周瑜气得够呛。

程普处理方式，不可为不妥。只是周瑜太要强。周瑜对东吴之忠心，可圈可点。

周瑜箭伤未愈，披甲上马。诸军众将，无不骇然。曹仁自立马于门旗下，扬鞭大骂曰："周瑜孺子，料必横夭，再不敢正觑我兵！"骂犹未绝，瑜从群骑内突然出曰："曹仁匹夫！见周郎否！"曹军看见，尽皆惊骇。曹仁回顾诸将曰："可大骂之！"众军厉声大骂。周瑜大怒，使潘璋出战。未及交锋，周瑜忽大叫一声，口中喷血，坠于马下。曹兵冲来，众将向前抵住，混战一场，救起周瑜。

一知居主人曰：

读到此处，想来无不为周瑜担心。谁知周瑜对程普说："吾身本无甚痛楚，吾所以为此者，欲令曹兵知我病危，必然欺敌""说吾已死，今夜曹仁必来劫寨。吾却于四下埋伏以应之，则曹仁可一鼓而擒也"。这才让读者稍安！后来曹仁果然上当。不过，周瑜"口中喷血，坠于马下"，对其旧伤并无好处。

周瑜被救回营寨，随就帐下举起哀声。众军大惊，尽传言都督箭疮大发而死，各寨尽皆挂孝。曹仁与众商议，忽报吴寨内有十数个军士来降。中有二人，原是曹兵被掳过去的。曹仁忙唤入问之。军士曰："今日周瑜阵前金疮碎裂，归寨即死……我等皆受程普之辱，故特归降。"曹仁大喜，随即商议今晚便去劫寨。

曹仁遂令牛金为先锋。初更后出城，径投周瑜大寨。来到寨门，不见一人，但见虚插旗枪而已。情知中计，急忙退军。四下炮声齐发，周瑜各路兵马齐出。曹兵大败，三路军皆被冲散。曹仁引十数骑杀出重围，离南郡不远，接连被凌统、甘宁截杀。曹仁不敢回南郡，

径投襄阳大路而行，吴军赶了一程，自回。

一知居主人曰：

本节中，牛金第五次出场，曹仁听说周瑜阵前金疮碎裂，归寨即死。大喜，随即商议夜间去劫寨，令牛金为先锋，谁知进入吴营之后，发现自己上当。曹军大败，但是牛金是死是活，却没有交代（作者实在不该如此）。要说在本回中，曹操手下最为活跃之人，非牛金莫属。

区区几个小卒所言，曹仁就轻易相信，过于大意！也许是曹仁取胜心切，有点犯糊涂。没想到本来处于优势，这次偷鸡不成反而蚀了成吨的米。

周瑜、程普径到南郡城下，见旌旗布满，敌楼上一将叫曰："都督少罪！吾奉军师将令，已取城了。吾乃常山赵子龙也。"周瑜大怒，便命攻城。城上乱箭射下。瑜命且回军商议，使甘宁径取荆州、凌统径取襄阳。正分拨间，忽然探马急来报说："诸葛亮自得了南郡，遂用兵符，星夜诈调荆州守城军马来救，却教张飞袭了荆州。"又一探马飞来报说："夏侯惇在襄阳，被诸葛亮差人赍兵符，诈称曹仁求救，诱惇引兵出，却教云长袭取了襄阳。二处城池，全不费力，皆属刘玄德矣。"周瑜曰："诸葛亮怎得兵符？"程普曰："他拿住陈矫，兵符自然尽属之矣。"

一知居主人曰：

周瑜诈死赚曹兵，曹仁不敢回南郡而败走。正要近南郡，却发现城头变幻大王旗，赵子龙已经先得。周瑜分兵去荆州和襄阳。谁知张飞早已袭了荆州，关羽早取了襄阳，全不费力。"周瑜大叫一声，金疮迸裂"。"几郡城池无我分，一场辛苦为谁忙"，即便不是周瑜，他人也会感到非常窝囊、憋屈。

第五十二回
诸葛亮智辞鲁肃　赵子龙计取桂阳

周瑜见孔明袭了南郡、荆襄,"若不杀诸葛村夫,怎息我心中怨气"!要发兵攻打南郡。鲁肃有言:"方今与曹操相持,尚未分成败。主公现攻合淝不下。不争自家互相吞并,倘曹兵乘虚而来,其势危矣。"瑜曰:"吾等用计策,损兵马,费钱粮,他去图现成,岂不可恨!"肃曰:"容某亲见玄德,将理来说他。若说不通,那时动兵未迟。"

一知居主人曰:

毕竟曹操新败,脸面尽失,来攻不是没有可能。至于说"刘玄德旧曾与曹操相厚,若逼得紧急,献了城池,一同攻打东吴",则是多虑了。在刘备离开曹操之后,"汉贼不两立",两人合作已经再无可能。

周瑜"气伤箭疮,半响方苏",自己的身体状况不得不考虑,是一种现实。鲁肃发言之后,只有诸将曰:"子敬之言甚善。"却是没有看到周瑜表态。只可惜这一次鲁肃主动出面,诸葛亮在那边已经有言语在等他,空忙活。

鲁肃到南郡城外,赵云说:"吾主与军师在荆州城中。"肃径奔荆州见诸葛亮。孔明令大开城门,接肃入衙。见面后,鲁肃迫不及待

说明来意:"操引百万之众,名下江南,实欲来图皇叔。幸得东吴杀退曹兵,救了皇叔。所有荆州九郡,合当归于东吴。今皇叔用诡计,夺占荆襄,使江东空费钱粮军马,而皇叔安受其利,恐于理未顺。"孔明曰:"荆襄九郡,非东吴之地,乃刘景升之基业。吾主固景升之弟也。景升虽亡,其子尚在。以叔辅侄,而取荆州,有何不可?"

一知居主人曰:

鲁肃至南郡,赵云没有让进城,想来鲁肃心中必不悦。到荆州,和诸葛亮谈话,颇有责备之意。诸葛亮却是没有接着鲁肃的话往下说,而是强调属于"物必归主"。说得理直气壮,当然有一些诡辩在里面。想一想,鲁肃的处境也够为难的。

鲁肃曰:"若果系公子刘琦占据,尚有可解。今公子在江夏,须不在这里!"孔明曰:"子敬欲见公子乎?"便命左右:"请公子出来。"只见两从者从屏风后扶出刘琦。琦谓肃曰:"病躯不能施礼,子敬勿罪。"鲁肃吃了一惊,默然无语,良久,言曰:"公子若不在,便如何?"孔明曰:"公子在一日,守一日;若不在,别有商议。"肃曰:"若公子不在,须将城池还我东吴。"孔明曰:"子敬之言是也。"

一知居主人曰:

鲁肃并没有退让,说刘琦占着可以理解。不想诸葛亮早有防备,刘琦已经在屏风之后候着了。鲁肃顿时无言。鲁肃说公子一旦不在,须将城池还我,逼着诸葛亮表态。诸葛亮说:"子敬之言是也。"等于答应了鲁肃,此也等于认可当下荆州之借,自也有"说一时,过一时"之意。

宴罢,肃连夜归寨,具言前事。瑜曰:"刘琦正青春年少,如何便得他死?这荆州何日得还?"肃曰:"都督放心。"瑜曰:"子敬有何高见?"肃曰:"吾观刘琦过于酒色,病入膏肓,现今面色羸瘦,气

喘呕血，不过半年，其人必死。那时往取荆州，刘备须无得推故。"周瑜犹自忿气未消，忽孙权遣使至。周瑜只得班师回柴桑养病。

一知居主人曰：

"只在鲁肃身上，务要讨荆襄还东吴"，此时鲁肃对自己还是比较有信心的。周瑜看问题却是比较明白。鲁肃汇报时候，周瑜说："刘琦正青春年少，如何便得他死？"此处鲁肃有言："不过半年，其人必死。"且看后面是否真的如此。

伊籍献策求贤问计，推荐了荆襄马良、马谡兄弟五人。马良至，玄德请问保守荆襄之策。良曰："荆襄四面受敌之地，恐不可久守；可令公子刘琦于此养病，招谕旧人以守之，就表奏公子为荆州刺史，以安民心。然后南征武陵、长沙、桂阳、零陵四郡，积收钱粮，以为根本。此久远之计也。"玄德大喜，问四郡当先取何郡？良说先取零陵，再取武陵、贵阳，最后取长沙。玄德遂用马良为从事，伊籍副之。送刘琦回襄阳，云长守荆州。差张飞为先锋，赵云合后。

一知居主人曰：

周瑜回了东吴；曹操新败，无暇顾及，刘备轻松得了荆襄，自是心中大喜。遂依了马良之计，准备开疆拓土，南征。刘备的春天就要来了。本节中提及马谡，却没有见刘备问计于他，都是其兄马良在说。

伊籍向刘备推荐了马良，一番问话之后，刘备加以封赏。马良排名却是排到了伊籍之前，伊籍反而做了马良的副手，却也有趣！不知伊籍心里满意否？

零陵太守刘度闻玄德军马到来，遂命刘贤与邢道荣引兵离城三十里下寨。两阵对圆，道荣出马，厉声高叫："反贼安敢侵我境界！"

只见对阵中，推出一辆四轮车，车中端坐一人，那人说："吾乃南阳诸葛孔明也。曹操引百万之众，被吾聊施小计，杀得片甲不回。汝等岂堪与我对敌？我今来招安汝等，何不早降。"道荣大笑曰："赤壁鏖兵，乃周郎之谋也，干汝何事，敢来诳语！"轮大斧竟奔孔明，不想陷入阵中。

一知居主人曰：

邢道荣受刘度之命迎战刘备大军。诸葛亮用扇招邢道荣说"曹操引百万之众，被吾聊施小计，杀得片甲不回"，有自夸之嫌，没想到邢道荣并不领情，大笑曰："赤壁鏖兵，乃周郎之谋也，干汝何事，敢来诳语！"此语无疑是对诸葛亮绝大的讽刺。认真分析一下，邢道荣说的并不是没有道理，想来也有作者的本意，只是借邢道荣那厮之口说出而已。

张飞挺矛跃马，大喝一声，直取道荣。道荣轮大斧来迎，战不数合，气力不加，拨马便走。两下伏兵齐出。道荣舍死冲过，赵子龙拦住去路，道荣料敌不过，只得下马请降。

一知居主人曰：

邢道荣也很有意思，遇到张飞，还走了几个回合。遇到赵子龙，赵子龙只是说了一声："认得常山赵子龙么？"邢道荣便下马请降。说明赵子龙的影响力很高。也与前面张飞没有报自己名号有关。

玄德要斩邢道荣。孔明急止，问曰："汝若与我捉了刘贤，便准你投降。"道荣连声愿往，曰："今晚军师调兵劫寨，某为内应，活捉刘贤，献与军师。刘贤既擒，刘度自降矣。"玄德不信其言。孔明曰："邢将军非谬言也。"遂放道荣归。道荣得放回寨，建议刘贤"可将计就计。今夜将兵伏于寨外，寨中虚立旗幡，待孔明来劫寨，就而擒之"。

一知居主人曰：

邢道荣不该耍小聪明，应孔明要求，说自己可以劝刘贤来降。与孔明相约夜袭刘贤大寨，邢道荣做内应。谁知邢道荣竟然变卦，要将计就计，活捉孔明。

二更果然有一彪军到寨口，一齐放火。刘贤、道荣两下杀来，放火军便退。乘势追赶十余里，军皆不见。刘贤、道荣急回本寨，只见火光未灭，寨中突出一将，乃张翼德也。刘贤叫道荣："不可入寨，却去劫孔明寨便了。"于是复回军。走不十里，道荣被赵云所杀。刘贤急拨马奔走，背后张飞赶来，活捉过马，绑缚见孔明。贤告曰："邢道荣教某如此，实非本心也。"

一知居主人曰：

估计孔明已经看透邢道荣，"赵云引一军刺斜里杀出，一枪刺道荣于马下"。邢道荣最终还是没有躲过赵云之手。

刘贤夜袭诸葛亮营寨，被张飞活捉，却说为邢道荣所教，实非本心也。显明有些不够地道。毕竟邢道荣为刘度部下，在为刘家卖命。只是此时邢道荣已经战死，再无分辩之力。

孔明令释其缚，与衣穿了，赐酒压惊，教人送入城说父投降；如其不降，打破城池，满门尽诛。刘贤回零陵见父刘度，备述孔明之德，劝父投降。度从之，遂于城上竖起降旗，大开城门，赍捧印绶出城，竟投玄德大寨纳降。孔明教刘度仍为郡守，其子刘贤赴荆州随军办事。

一知居主人曰：

诸葛亮劝说刘贤，软硬兼施。刘贤回见刘度，备述孔明之德，劝父投降。度从之。诸葛亮仍立刘度为郡守，虽说是做给别人看的，

却也值得称赞，效果也很明显。"零陵一郡居民，尽皆喜悦"。

要知道诸葛亮让刘度之子刘贤随军，明显在做人质。估计任他人无论如何劝说，刘度都不会造反！

刘备问："桂阳郡何人敢取？"赵云应曰："某愿往。"张飞奋然出曰："飞亦愿往！"二人相争。诸葛亮偏向赵云。张飞不服。诸葛亮教拈阄，子龙拈着。张飞还是不服，说："我并不要人相帮，只独领三千军去，稳取城池。"赵云曰："某也只领三千军去。如不得城，愿受军令。"孔明大喜，责了军令状，选三千精兵付赵云去。张飞不服，玄德喝退。

一知居主人曰：

打仗之前，两将争先，对刘备而言是好事，同时也说明当前士气很高。捏阄不成张飞还要争着去，明显有些耍赖，但也透着一种可爱。最终被"玄德喝退"。

用捏阄办法，决定谁做先锋，看似儿戏，实则桂阳早已在诸葛亮胜算之内。此后赵云果然没有辜负期望。

赵云领人马径往桂阳进发。赵范急聚众商议。陈应、鲍隆曰："刘备若来，某二人愿为前部。"赵范曰："今领兵来的赵子龙，在当阳长坂百万军中，如入无人之境。我桂阳能有多少人马？不可迎敌，只可投降。"应曰："某请出战。若擒不得赵云，那时任太守投降不迟。"赵范只得应允。陈应出城迎敌。

一知居主人曰：

战与不战，全在于太守。太守无意开战，部下再说千遍也无济于事。"只得应允"，充分暴露赵范尚抱有一定的侥幸心理。

赵云责骂陈应曰： "吾主刘玄德，乃刘景升之弟，今辅公子刘琦同领荆州，特来抚民。汝何敢迎敌！"陈应骂曰："我等只服曹丞相，岂顺刘备！"赵云大怒，挺枪骤马，直取陈应。应捻叉来迎。战到四五合，陈应料敌不过，拨马便走。陈应回顾赵云马来相近，用飞叉掷去，被赵云接住。回掷陈应。应急躲过，云马早到，将陈应活捉过马。云入寨叱陈应曰："我今不杀汝，放汝回去；说与赵范，早来投降。"陈应谢罪，抱头鼠窜，回到城中，对赵范尽言其事。范曰："我本欲降，汝强要战，以致如此。"遂叱退陈应。

一知居主人曰：

陈应不知天高地厚，开始夸下海口。在赵云面前，还说"我等只服曹丞相，岂顺刘备"！谁知交手不到几下，自觉不敌，想用回马一叉，不想竟被赵云接着。赵云真是威武！陈应被赵云捉了，并放回。回到城中，对赵范尽言其事。被赵范斥退。其实，陈应战败，赵范安抚与否无所谓，绝对不该再埋怨部下。此语若传开，谁又肯为赵范卖命呢？！

赵范赍捧印绶投大寨纳降。 云出寨迎接，置酒共饮，酒至数巡，赵范曰："将军姓赵，某亦姓赵，五百年前，合是一家。将军乃真定人，某亦真定人，又是同乡。倘得不弃，结为兄弟，实为万幸。"云大喜，各叙年庚。范遂拜云为兄。至晚席散，范辞回城。

一知居主人曰：

此前斥退部下，此处对赵云却毕恭毕敬，此一时、彼一时也！也许有人会说，属于政治和生存需要，赵范不得已而为之。只是在本节之中，赵范变化过于太快，有"两面人"之嫌！

赵云教军士休动，只带五十骑进城，"饮微醉"。 赵范让家人倒

茶，赵云见妇人身穿缟素，有倾国倾城之色，乃问范曰："此何人也？"范曰："家嫂樊氏也。"子龙改容敬之。赵范说："先兄弃世已三载，家嫂寡居，终非了局，弟常劝其改嫁。嫂曰：'若得三件事兼全之人，我方嫁之：第一要文武双全，名闻天下；第二要相貌堂堂，威仪出众；第三要与家兄同姓。'你道天下那得有这般凑巧的？今尊兄堂堂仪表，名震四海，又与家兄同姓，正合家嫂所言。若不嫌家嫂貌陋，愿陪嫁资，与将军为妻，结累世之亲，如何？"赵范断断没有想到，"云闻言大怒而起"，大声斥责。赵范遂目视左右，有相害之意。

一知居主人曰：

说赵云"饮微醉"，并非闲笔。如果不是如此，引不出后面故事来。樊氏把盏毕，辞归后堂。云曰："贤弟何必烦令嫂举杯耶？"人家已经下去了，仍然念念不忘，说明英雄也有放松之时。

另，寡嫂夜里在婆家兄弟家里为客人倒茶，却是不可理解。赵范夫人哪里去了？纵然是赵范故意安排，也不符合常规。"寡嫂"所说再婚条件，难道真的正好与赵云实际相符，想来是赵范故意设计的。

赵云只带五十骑进城，胆子够大的。微醉之后，发现形势不对，"索性一拳打倒赵范，径出府门，上马出城去了"，威武！

范急唤陈应、鲍隆商议。二人想用诈降之计，说次日在两军阵上背后取之。两人来到赵云营中。赵云先是置酒与二人痛饮，好酒好菜好招待，二人大醉，云乃缚于帐中，擒其手下人问之，果是诈降。遂招抚告诉五百军人，众军拜谢。赵云随即斩了陈、鲍二人，教五百军引路，云引一千军在后，连夜说陈、鲍二将军杀了赵云回军，赚开桂阳城门。"赵范急忙出城。云喝左右捉下"，就此拿下桂阳。

一知居主人曰：

陈、鲍想行诈降之计，赵范自己就不认可，后来果被赵范说中。陈、

鲍二人明明心中有事情，却是喝得烂醉，不坏事不符合常理。赵云对所来五百军人言："要害我者，陈应、鲍隆也；不干众人之事。汝等听吾行计，皆有重赏。"说明赵云虽是武将军，却也善于做群众工作。若是换了张翼德，恐怕这些人难以活命。自然，后面也不会轻易取得桂阳。

刘备与诸葛亮亲赴桂阳。范被赵云押往拜见。赵范备言以嫂许嫁之事。孔明谓云曰："此亦美事，公何如此？"云曰："赵范既与某结为兄弟，今若娶其嫂，惹人唾骂，一也；其妇再嫁，使失大节，二也；赵范初降，其心难测，三也。主公新定江汉，枕席未安，云安敢以一妇人而废主公之大事？"玄德曰："今日大事已定，与汝娶之，若何？"云曰："天下女子不少，但恐名誉不立，何患无妻子乎？"玄德曰："子龙真丈夫也！"遂释赵范，仍令为桂阳太守，重赏赵云。

一知居主人曰：

初次见到刘备与诸葛亮，赵范先言家嫂之事，是出于自保心态。赵云细说拒绝理由。玄德想做个顺水人情，让赵云娶了赵范家嫂子。赵云坚持不娶，出乎意料。赵云形象顿时高大起来，遂使此事不了了之。赵云对刘备之忠诚，可见一斑。

纵观赵云取桂阳一节，有点一波三折。赵范部下请战，部下战败而投降，一折也；赵云进城，与赵范结为兄弟，赵范欲嫁嫂与赵云，赵云大怒而走，二折也；赵范部下假投降，被赵云识破，反而被赵云赚了城池，三折也。至于赵范被捉，诸葛亮仍让赵范领桂阳太守，则不属赵云所分管范围了。

第五十三回
关云长义释黄汉升　孙仲谋大战张文远

赵云取了桂阳，张飞主动请战要取武陵。诸葛亮要其立军令状，张飞立马签了，欣然领三千军，星夜投武陵界上来。金旋要出城迎敌。巩志谏曰："不可迎敌，不如纳降为上。"金旋大怒，要斩巩志，最后众人求告方才免了。金旋喝退巩志，自率兵出。

一知居主人曰：

文中"星夜"二字，可见张飞求功心切。不过张飞还真是福将，不曾动得刀枪，便轻松取得武陵。

见了张飞，金旋问"谁敢出战？"无人响应。金旋只得自骤马舞刀迎之。张飞只是大喝一声，金旋失色，不敢交锋，拨马便走。没想城上乱箭射下。巩志立于城上曰："汝不顺天时，自取败亡，吾与百姓自降刘矣。"言未毕，一箭射中金旋面门，坠于马下，军士割头献张飞。巩志出城纳降。玄德令巩志代金旋之职。

一知居主人曰：

看到金旋问"谁敢出战？"部将竟然"皆畏惧，莫敢向前"，让人觉得可笑，也让人怀疑金旋方面的实力。金旋有螳臂当车——不自量力之嫌也。

金旋之死，却是死在自己人巩志箭下。前面金旋要杀巩志，巩志自然心中有恨。金旋没有考虑到这一点，还让巩志守城，导致自己身死，有些自取也。

玄德亲至武陵安民毕，驰书报云长，言翼德、子龙各得一郡。云长乃回书上请曰："闻长沙尚未取，如兄长不以弟为不才，教关某干这件功劳甚好。"玄德大喜，遂教张飞星夜去替云长守荆州，令云长来取长沙。

一知居主人曰：

赵云取了桂阳，张飞取了武陵，刘备写信告诉关羽，其目的是什么？有人说本就是要提醒关羽，该出来一下了。关羽果然主动请缨取长沙。窃以为，或许有吧！刘备让张飞回去守荆州，换关羽来攻长沙，在军事资源配置上来说，却是一种实足的浪费！

云长入见玄德、孔明。孔明说韩玄固不足道。只是手下大将黄忠，虽年近六旬，却有万夫不当之勇。要云长去，必须多带军马。云长曰："关某不须用三千军，只消本部下五百名校刀手，决定斩黄忠、韩玄之首，献来麾下。"玄德苦挡。云长不依，只领五百校刀手而去。孔明谓玄德曰："云长轻敌黄忠，只恐有失。主公当往接应。"玄德从之。

一知居主人曰：

诸葛亮再三提醒关羽长沙有黄忠，不可大意。关羽不听。"军师何故长别人锐气，灭自己威风？量一老卒，何足道哉！"此后如果不是关羽对黄忠有不杀之恩，恐怕第二天关羽就要死在黄忠箭下了。

韩玄听知云长军到，唤老将黄忠商议。忠曰："不须主公忧虑。凭某这口刀，这张弓，一千个来，一千个死！"言未毕，阶下杨龄

应声而出："不须老将军出战，只就某手中定活捉关某。"韩玄大喜，遂令杨龄引军飞奔出城。云长军马早到。杨龄挺枪出马，立于阵前骂战。云长大怒，更不打话，飞马舞刀，直取杨龄。不三合，云长手起刀落，砍杨龄于马下。

一知居主人曰：

本节开头第一句，"长沙太守韩玄平生性急，轻于杀戮，众皆恶之"，属于总结性话语，直接点明韩玄性格不好，重点指出他不得民心，暗示着此人最后可能不得善终。

关羽来攻长沙，韩玄本要黄忠出战，谁知突然之间杨龄闪出。杨龄出城五十里，才遇到关羽。谁知与关羽打了不到三个回合，便命丧关羽刀下。杨龄勇气可嘉，武艺不行，一种送死的节奏，徒增笑料尔！

韩玄大惊，教黄忠出马，自来城上观看。忠提刀纵马飞过吊桥。云长知是黄忠，横刀立马而问曰："来将莫非黄忠否？"忠曰："既知我名，焉敢犯我境！"云长曰："特来取汝首级！"言罢，两马交锋。斗一百余合，不分胜负。韩玄恐黄忠有失，鸣金收军。云长也退军，离城十里下寨，心中暗忖："老将黄忠，名不虚传。斗一百合，全无破绽。来日必用拖刀计，背砍赢之。"

一知居主人曰：

今日一战，关羽才知道诸葛亮所言是真。韩玄此时也是很关心黄忠，毕竟黄忠是老先生了，见与关羽打了一百余合，主动鸣金收兵。

次日又来城下搦战。韩玄坐在城上，教黄忠出马。忠再与云长交马。又斗五六十合，胜负不分。鼓声正急时，云长拨马便走，方欲用刀砍去，忽听得脑后一声响。急回头看时，见黄忠被战马前失，

掀在地下。云长急回马，双手举刀猛喝曰："我且饶你性命！快换马来厮杀！"黄忠急提起马蹄，飞身上马，奔入城中。

一知居主人曰：

关羽和黄忠两人交战，没想到黄忠会马失前蹄。关羽没有提刀杀黄忠，属于英雄之间的惺惺相惜。毕竟在这种情况下，即便斩了对方，关羽也并不光彩。

玄惊问之。忠曰："此马久不上阵，故有此失。"玄曰："汝箭百发百中，何不射之？"忠曰："来日再战，必然诈败，诱到吊桥边射之。"玄以自己所乘一匹青马与黄忠。忠拜谢而退，寻思："难得云长如此义气！他不忍杀害我，我又安忍射他？若不射，又恐违了将令。"**是夜踌躇未定。**

一知居主人曰：

关羽和黄忠大战，韩玄在城楼上看得清楚。韩玄并没有安慰黄忠，反而问黄忠为何不百步穿杨用箭射杀关羽。虽然韩玄把自己的青马给了黄忠，但其对黄忠已经有了疑心，全然不像昨天那样关心部下了。下一步如何办，黄忠很忐忑。

次日天晓，人报云长搦战。忠领兵出城。战不到三十余合，忠诈败，云长赶来。忠不忍便射，带住刀，把弓虚拽弦响，云长急闪，却不见箭；云长又赶，忠又虚拽，云长急闪，又无箭；只道黄忠不会射，放心赶来。将近吊桥，黄忠在桥上搭箭开弓，弦响箭到，正射在云长盔缨根上。云长吃了一惊，带箭回寨，方知黄忠有百步穿杨之能，今日只射盔缨，正是报昨日不杀之恩也。

一知居主人曰：

最初韩玄与黄忠商议对策之时，黄忠信誓旦旦、信心满满。可

是第三次射箭，黄忠念及昨日关羽不杀之恩，只是射了关羽盔缨。其实关羽有些不识好歹，黄忠连续提醒两次，其最后一箭属于不得不发了。

黄忠回到城上来见韩玄，玄便喝左右捉下黄忠。大怒曰："我看了三日，汝敢欺我！汝前日不力战，必有私心；昨日马失，他不杀汝，必有关通；今日两番虚拽弓弦，第三箭却止射他盔缨，如何不是外通内连？若不斩汝，必为后患！"喝令刀斧手推下城门外斩之。

一知居主人曰：

黄忠尽管掩饰很好，最终还是被韩玄看破。黄忠回城上来，韩玄说翻脸就翻脸，喝左右捉下，说黄忠"如何不是外通内连"，要推下城门外斩之。众将欲告，韩玄却说："但告免黄忠者，便是同情！"这种定性的言语，谁还敢求情。幸好被魏延救下，否则必死无疑。

刀手刚将黄忠推到门外，恰欲举刀，忽然魏延挥刀杀入，砍死刀手，救起黄忠，大叫曰："黄汉升乃长沙之保障，今杀汉升，是杀长沙百姓也！韩玄残暴不仁，轻贤慢士，当众共殛之，愿随我者便来！"教百姓同杀韩玄，袒臂一呼，相从者数百余人。黄忠拦当不住。魏延直杀上城头，一刀砍韩玄为两段，提头上马，引百姓出城，投拜云长。云长大喜，遂入城。安抚已毕，请黄忠相见。忠托病不出。云长即使人去请玄德、孔明。

一知居主人曰：

韩玄要斩黄忠，魏延挺身而出，为黄忠叫冤，且大叫："韩玄残暴不仁，轻贤慢士，当众共殛之，愿随我者便来！"足见魏延也是智慧之人，意在说明自己出师有名，同时引发众人对韩玄的仇恨。果然袒臂一呼，相从者数百余人。魏延直杀上城头，砍了韩玄，引

百姓出城。关羽取长沙与张飞取武陵，均为城中人杀了自家上司拱手献城，有某种类似。

关羽拿下长沙，"忠拖病不出"。后来刘备亲往黄忠家相请，黄忠方出降。黄忠求葬韩玄尸首于长沙之东，说明黄忠对韩玄还是有感情的，也是老先生仁义的一个方面。

云长引魏延来见，孔明喝令推下斩之。玄德惊问："魏延乃有功无罪之人，军师何故欲杀之？"孔明曰："吾观魏延脑后有反骨，久后必反，故先斩之，以绝祸根。"玄德曰："若斩此人，恐降者人人自危。望军师恕之。"孔明指魏延曰："吾今饶汝性命。汝可尽忠报主，勿生异心，若生异心，我好歹取汝首级。"魏延喏喏连声而退。黄忠荐刘表侄刘磐——现在攸县闲居。玄德取回，教掌长沙郡。

一知居主人曰：

魏延救黄忠，杀韩玄，献城池，本是有功之人，却险些被诸葛亮斩了。刘备力劝，方才免了，魏延诺诺连声而退。此时不免让人想起上次，魏延在襄阳城背主刘琮迎刘备进城，结果被文聘截杀。自己不得已败走之后，却发现刘备带人早已自行开拔走了，实在让人尴尬。

此处诸葛亮有言"汝可尽忠报主，勿生异心，若生异心，我好歹取汝首级"，与后面诸葛亮星陨五丈原之后，魏延造反，被诸葛亮遗计马岱杀之，遥遥相对。

纵观三国时期，"食其禄而杀其主""居其土而献其地"的不忠不义者不在少数，难道诸葛亮就单单容不下一个魏延？

孙权久在合淝，与曹兵交锋十余战，未决胜负。闻程普兵到，孙权亲自出营劳军。人报鲁子敬先至，权乃下马立待之。肃慌忙滚

第五十三回　关云长义释黄汉升　孙仲谋大战张文远

鞍下马施礼。众将见权如此待肃，皆大惊异。权请肃上马，并辔而行，密谓曰："孤下马相迎，足显公否？"肃曰："未也。"权曰："然则何如而后为显耶？"肃曰："愿明公威德加于四海，总括九州，克成帝业，使肃名书竹帛，始为显矣。"权抚掌大笑。

一知居主人曰：

上如此礼贤下士，士能不为上誓死卖命吗？有些动作，看似表面文章和作秀，却也是很实用的。

忽报张辽差人来下战书。权拆书观毕，大怒曰："来日吾不用新军赴敌，看我大战一场！"传令当夜五更，望合淝进发。辰时左右，军马行至半途，曹兵已到。

一知居主人曰：

赤壁之战之后，曹营将官本身就憋了一肚子气。张辽差人来下战书，本身就是想激怒孙权。没想孙权拆书观毕真的大怒，传令当夜五更，三军出寨，望合淝进发。军马行至半途，曹兵已经在前面等待孙权了。明显张辽比孙权准备充足。

孙权披挂出马，左宋谦，右贾华。曹军阵中，张辽、李典、乐进全装惯带，立于阵前。张辽纵马当先，专搦孙权决战。权绰枪欲自战，太史慈挺枪骤马早出。张辽挥刀来迎。李典谓乐进曰："对面金盔者，孙权也。"说犹未了，乐进从刺斜里径取孙权，如一道电光，飞至面前。宋谦、贾华急将画戟遮架。乐进回马，宋谦绰军士手中枪赶来。李典搭上箭，望宋谦心窝里便射，宋谦应弦落马。太史慈望本阵便回。张辽乘势掩杀过来，看看赶上孙权，刺斜里撞上程普。程普截杀一阵，救了孙权。张辽自回合淝。

一知居主人曰：

两边交战，孙权这边虽太史慈一杆枪相当厉害，但是自己却险些遭到乐进偷袭，最终还是大败而归，并折了大将宋谦。双方正在阵前交兵，乐进突然跑到对方阵营偷袭孙权，有点不地道、不合规。

孙权发兵之前，并没有见鲁肃言语，蹊跷也！要知前面有"人报鲁子敬先至，权乃下马立待之"之记录。

程普保孙权归大寨，孙权因见折了宋谦，放声大哭。张纮曰："主公恃盛壮之气，轻视大敌，三军之众，莫不寒心。即使斩将搴旗，威振疆场，亦偏将之任，非主公所宜也。愿抑贲、育之勇①，怀王霸之计。且今日宋谦死于锋镝之下，皆主公轻敌之故。今后切宜保重。"

一知居主人曰：

孙权战败，心情很糟糕。张纮却敢于当面批评孙权过于鲁莽，不该一时逞英雄之气，实在尖刻！但也可见张纮之中肯、忠诚。假若换了曹操，张纮恐怕至少被撵出去。且看孙权说："是孤之过也。从今当改之。"不过从后面看，孙权只是表面答应，并未起到应有的作用。

孙权在哭宋谦，太史慈入帐，说手下有一人戈定与张辽手下养马后槽是弟兄，后槽今晚使人报来，要举火为号，刺杀张辽，且那人已混入合淝城中去了。诸葛瑾当即表态："张辽多谋，恐有准备，不可造次。"太史慈坚执要行。权因伤感宋谦之死，急要报仇，遂令

---

① 贲、育之勇：贲，孟贲；育，夏育。二人都是秦武王时的壮士。东汉·班固《汉书·司马相如传下》："力称乌获，捷言庆忌，勇期贲育。"

太史慈去为外应。

一知居主人曰：

太史慈考虑问题过于简单，一介小兵又怎么能掀得起大浪。此时孙权也是报仇心切，忘了刚才张纮之言，竟然许了太史慈。后面果然如诸葛瑾之言，太史慈有生命之忧。

太史慈老乡戈定杂在军中，随入合淝城，寻见养马后槽，两个商议。戈定曰："我已使人报太史慈将军去了，今夜必来接应。你如何用事？"后槽提出："此间离中军较远，夜间急不能进，只就草堆上放起一把火，你去前面叫反，城中兵乱，就里刺杀张辽，余军自走也。"戈定曰："此计大妙！"

一知居主人曰：

战争之事，瞬息万变，异常复杂，大人物尚且估计不足、准备不够，哪有两个小人物说得这般轻松、自在。太史慈太相信自己老乡的能力了。

是夜张辽得胜回城，赏劳三军，传令不许解甲宿睡。左右不解。辽曰："为将之道：勿以胜为喜，勿以败为忧。倘吴兵度我无备，乘虚攻击，何以应之？"说犹未了，后寨火起，一片声叫反，报者如麻。张辽出帐上马，曰："岂有一城皆反者？此是造反之人，故惊军士耳。如乱者先斩！"无移时，李典擒戈定并后槽至。辽询得其情，立斩于马前。只听得城门外鸣锣击鼓，喊声大震。辽便令人于城门内放起一把火，众皆叫反，大开城门。

一知居主人曰：

戈定等人按计划实行之时，很快就被张辽识破。张辽将计就计，赚太史慈进城。此时太史慈却还在美梦之中，仓促入城。

太史慈见城门大开，只道内变，挺枪纵马先入。城上一声炮响，乱箭射下，太史慈急退，身中数箭。背后李典、乐进杀出，吴兵折其大半。陆逊、董袭杀出，救了太史慈。曹兵自回。孙权见太史慈身带重伤，愈加伤感。

一知居主人曰：

太史慈纵然急退，身中数箭。虽然活命而出，但是不久病重，大叫"今所志未遂，奈何死乎"，言讫而亡，时年41岁，让人伤心不止。

太史慈之死，孙权难辞其咎。故"孙权闻慈死，伤悼不已，命厚葬于南徐北固山下，养其子太史亨于府中"。

玄德闻孙权合淝兵败，已回南徐，与孔明商议。正言间，忽报刘琦病亡。玄德闻之，痛哭不已。孔明劝曰："生死分定，主公勿忧，恐伤贵体。且理大事，可急差人到彼守御城池，并料理葬事。"玄德曰："谁可去？"孔明曰："非云长不可。"即时便教云长前去襄阳保守。玄德曰："今日刘琦已死，东吴必来讨荆州，如何对答？"孔明曰："若有人来，亮自有言对答。"过了半月，人报东吴鲁肃特来吊丧。

一知居主人曰：

果然如鲁肃之言，刘琦很快病亡；果然如刘备之言，半月之后，鲁肃要来讨荆州。好在诸葛亮已经心中有数，在等着鲁肃了。这一次，鲁肃又是白来。

守襄阳，诸葛亮所言非关羽不可，还在于关羽处理事情，要比张飞稳妥得多。赵云虽勇但是计谋不足，黄忠、魏延新来，还不堪重用。这一次派关羽，诸葛亮不得已而为之。相比而言，孙权手下倒是将才济济了。

第五十四回

吴国太佛寺看新郎　刘皇叔洞房续佳偶

鲁肃来吊唁。寒暄之后,鲁肃要刘备按约归还荆州。诸葛亮却说:"汝主乃钱塘小吏之子,素无功德于朝廷。今倚势力,占据六郡八十一州,尚自贪心不足,而欲并吞汉土。刘氏天下,我主姓刘倒无分,汝主姓孙反要强争?若非我借东南风,周郎安能展半筹之功?江南一破,休说二乔置于铜雀宫,虽公等家小,亦不能保。"说得鲁肃缄口无言。鲁肃直说:"争奈鲁肃身上甚是不便。"是自己当年引诸葛过江,是自己屡次阻止周瑜兵取荆州,是自己担保刘琦去世刘备归还荆州,等等。自己回去之后,怕是周公瑾怪罪。孔明再次耍赖,说"若恐先生面上不好看,我劝主人立纸文书,暂借荆州为本;待我主别图得城池之时,便交付还东吴。"刘备修书押字,鲁肃宴罢辞回。

一知居主人曰:

诸葛亮明显在耍赖,但也明说了两点:一承认荆州是暂借东吴的,孔明有言"我劝主人立纸文书,暂借荆州为本";二是约定了归还时间,孔明曰:"若图得西川,那时便还。"不过,这些都是假设,还是给人一种遥遥无期,明显在拖延时间。

诸葛亮送鲁肃回东吴,说东吴"若不准我文书,我翻了面皮,连八十一州都夺了。今只要两家和气,休教曹贼笑话"。不知道诸葛

亮的勇气和底气来自哪里？明显是一种吓唬，自也只是对鲁肃这样的老实人说说而已。

肃到柴桑郡见周瑜。瑜问讨荆州如何？肃曰："有文书在此。"周瑜见后，顿足曰："子敬中诸葛之谋也！名为借地，实是混赖……这等文书，如何中用，你却与他做保！他若不还时，必须连累足下，主公见罪奈何？"肃呆了半晌，曰："恐玄德不负我。"瑜曰："子敬乃诚实人也。刘备枭雄之辈，诸葛亮奸猾之徒，恐不似先生心地。"瑜曰："你且宽心住数日，待江北探细的回，别有区处。"鲁肃局促不安。

一知居主人曰：

读这段文字，真为鲁肃作难。他夹在刘备、孙权中间，两头都没有落好，自己也会感到憋屈。这次回去之后，遭到周瑜一通批评，尤其是"子敬是我恩人，想昔日指囷相赠之情，如何不救你？"一般人对这种言语是无法承受的。孙权也说："你却如此糊涂！这样文书，要他何用！"其实鲁肃心里也很清楚，不是没有看出，而是人在其中、没有办法而已。

过了数日，细作回报："刘玄德没了甘夫人，即日安排殡葬。"瑜谓鲁肃曰："吾计成矣！"肃曰："计将安出？"瑜曰："刘备丧妻，必将续娶。主公有一妹，极其刚勇，侍婢数百，居常带刀，房中军器摆列遍满，虽男子不及。我今上书主公，教人去荆州为媒，说刘备来入赘……我别有主意。于子敬身上，须无事也。"鲁肃拜谢。周瑜写了书呈，选快船送鲁肃投见孙权，权看毕，点头暗喜，寻思谁人可去。

一知居主人曰：

刘玄德没了甘夫人，传到周瑜处。周瑜心生一计"上书主公，教人去荆州为媒，说刘备来入赘。赚到南徐，妻子不能勾得，幽囚

第五十四回　吴国太佛寺看新郎　刘皇叔洞房续佳偶

在狱中,却使人去讨荆州换刘备。"没有想到,孙权也慷慨应允。但是,毕竟诸葛亮技高一筹,最终周瑜是"赔了夫人又折兵",贻笑天下。

孙权猛然省曰:"非吕范不可。"遂召吕范至,谓曰:"近闻刘玄德丧妇。吾有一妹,欲招赘玄德为婿,非子衡不可为媒。"范领命,即日收拾船只,带数个从人,望荆州来。却说玄德自没了甘夫人,昼夜烦恼。一日,正与孔明闲叙,人报东吴差吕范到来。孔明笑曰:"此乃周瑜之计,必为荆州之故。亮只在屏风后潜听。但有甚说话,主公都应承了。"

一知居主人曰:

孙权派吕范提亲,而不是鲁肃,是因为鲁肃过于老实,怕诸葛亮识破其中计谋。即便说与吕范,联姻目的是"永结姻亲,同心破曹,以扶汉室",也只是说了一半,并没有告诉吕范真正目的所在。对于吕范而言,成人之美属于善事,更何况是上司亲自安排、上司自己的家事,自是乐颠颠地来刘备处了。

孙权、周瑜断断没有想到,吕范未到,诸葛亮已经识破诡计。后面的一切便都在诸葛亮安排之中了。

吕范到来,玄德有问。吕范直接说明来意。刘备说:"中年丧妻,大不幸也。骨肉未寒,安忍便议亲?"吕范说:"吾主吴侯有一妹,美而贤,堪奉箕帚。若两家共结秦、晋之好,则曹贼不敢正视东南也。此事家国两便,请皇叔勿疑。"刘备却说自己"年已半百,鬓发斑白;吴侯之妹,正当妙龄:恐非配偶"。

一知居主人曰:

看到刘备回答得中规中矩,憨厚可敬。刘备第一句实乃推托之词,如果真这样,后来又怎会去东吴呢。刘备问:"此事吴侯知否?"更

是多余。如果孙权不知，纵有天大胆子，谁敢出面说这种"跨国婚姻"！最后玄德说："公且少留，来日回报。"并没有直接说明自己的想法，却已有默许之意。也无意中透出一条信息：自己的事情，自己需要和别人商量再说。要知道此前诸葛亮已经明示刘备先应承下来，至于下一步如何进行，再说。

至晚，与孔明商议。孔明曰："来意亮已知道了……主公便可应允。先教孙乾和吕范回见吴侯，面许已定，择日便去就亲。"玄德曰："周瑜定计欲害刘备，岂可以身轻入危险之地？"孔明大笑曰："周瑜虽能用计，岂能出诸葛亮之料乎！略用小谋，使周瑜半筹不展；吴侯之妹，又属主公；荆州万无一失。"

一知居主人曰：

刘备和诸葛亮都看破周瑜的心计。虽然诸葛亮一再说有必胜之把握，但是刘备还是觉得自己身向虎山行，把握不大，故"怀疑未决"。

孔明教孙乾与吕范往江南说合亲事。孙乾来见孙权。权曰："吾愿将小妹招赘玄德，并无异心。"孙乾拜谢，回荆州见玄德，言："吴侯专候主公去结亲。"玄德怀疑不敢往。孔明曰："吾已定下三条计策，非子龙不可行也。"遂唤赵云近前，附耳言曰："汝保主公入吴，当领此三个锦囊。囊中有三条妙计，依次而行。"

一知居主人曰：

孙权见孙乾第一句话说自己"并无异心"，属于"此地无银三百两"。既然没有异心，何突兀来此语。刘备心中无底儿，不敢去东吴。孔明说自己有三条妙计，保证无事。却是将三个锦囊给了赵云，颇有点趣味，估计是害怕刘备一不小心锦囊被人看到。

此时此地，刘备有点如戏中木偶，任人摆布了。

建安十四年冬十月。玄德与赵云、孙乾离了荆州，前往南徐进发。到南徐州，船已傍岸，赵云打开第一个锦囊，看了计策。教玄德牵羊担酒，先往见二乔之父乔国老，说吕范为媒、娶夫人之事。随行五百军士，俱披红挂彩，入南徐买办物件，传说玄德入赘东吴，城中人尽知其事。

一知居主人曰：

刘备一行来南徐，"取快船十只，随行五百余人"，娶亲队伍颇为庞大。诸葛亮这样安排就是要招风，这一计实在有点损。不过即便这样，"玄德心中怏怏不安"。观这三节中表演，谁又会想到后面刘备入赘之后，竟然有些乐不思荆州了。

刘备拜访乔国老，为后来乔国老贺喜吴国太做了铺垫。再者命五百军士披红挂彩，购买东西，意在让城中人都晓得此事。此时已经让孙权、周瑜有点措手不及了。

乔国老入见吴国太贺喜。国太问喜从何来。乔国老曰："令爱已许刘玄德为夫人，今玄德已到，何故相瞒？"国太惊曰："老身不知此事！"便使人请吴侯问虚实，一面先使人于城中探听。人皆回报："果有此事。"国太吃了一惊。

一知居主人曰：

吴国太也是聪明之人。乔国老说明贺喜缘由。吴国太一面让人去找孙权来见自己，一面派人出去调查，正所谓"没有调查就没有发言权"。两方进行对质，便知问题真假。

少顷，孙权入后堂见母亲。国太捶胸大哭。权曰："母亲何故烦

恼？"国太曰："你直如此将我看承①得如无物！我姐姐临危之时，分付你甚么话来！"孙权失惊曰："母亲有话明说，何苦如此？"国太曰："男大须婚，女大须嫁，古今常理。我为你母亲，事当禀命于我。你招刘玄德为婿，如何瞒我？女儿须是我的！"权吃了一惊，问曰："那里得这话来？"国太曰："若要不知，除非莫为。满城百姓，那一个不知？你倒瞒我！"

一知居主人曰：

吴国太质问孙权。孙权并不知吴国太已经晓得，还假装没事儿。国太曰："满城百姓，那一个不知？你倒瞒我！"乔国老也在一旁帮腔说"老夫已知多日了，今特来贺喜。"这就是民间所说的"穿帮"了。场面很有趣，孙权最尴尬。

读到此处，诸位自是知道造势的好处了。吴国太质问孙权之语，"女儿须是我的！""若要不知，除非莫为"，理直气壮，是家庭之真理。

权曰："非也。**此是周瑜之计，因要取荆州，故将此为名。**"国太大怒，骂周瑜曰："汝做六郡八十一州大都督，直恁无条计策去取荆州，却将我女儿为名，使美人计！杀了刘备，我女便是望门寡②，明日再怎的说亲？须误了我女儿一世！你们好做作！"乔国老曰："若用此计，便得荆州，也被天下人耻笑。"说得孙权默然无语。国太不住口的骂周瑜。

一知居主人曰：

在吴国太质问之下，孙权不得不将此为周瑜之计和盘托出，惹得吴国太大骂不已。周瑜实在冤枉。周瑜如不是为孙家大局考虑，

---

① 看承：看待，对待。

② 望门寡：指男女双方订婚后，未结婚而男方先死，女方因此而守寡的。

何必出此主意。此时，孙、周已经是骑虎难下，诸葛亮却是在荆州那边偷着笑呢！

乔国老劝曰："事已如此，刘皇叔乃汉室宗亲，不如真个招他为婿，免得出丑。"权曰："年纪恐不相当。"国老曰："刘皇叔乃当世豪杰，若招得这个女婿，也不辱了令妹。"

一知居主任曰：

乔国老说事已如此，"不如真个招他为婿"。不免让人一笑。乔国老收礼在先，况刘备又是帝室之胄，自是愿意促成这段姻缘。此时此地，孙权必是气歪了鼻子，心中埋怨这位乔国老属于"多嘴驴"！

国太曰："我不曾认得刘皇叔。明日约在甘露寺相见：如不中我意，任从你们行事；若中我的意，我自把女儿嫁他！"孙权出外唤吕范，分付来日甘露寺方丈设宴，国太要见刘备。吕范曰："何不令贾华部领三百刀斧手，伏于两廊。若国太不喜时，一声号举，两边齐出，将他拿下。"权遂唤贾华，分付预先准备，只看国太举动。

一知居主人曰：

女儿出嫁之前，做母亲的看看准女婿是应该的。国太提出要在甘露寺看刘备，孙权"乃大孝之人，见母亲如此言语，随即应承"。孙权接受吕范建议，让贾华领三百刀斧手伏于两廊，预先准备，只看国太举动。看来，吕范已经知道孙权请刘备来的真正目的，才会有这种建议。

乔国老使人报玄德"来日吴侯、国太亲自要见，好生在意！"玄德与孙乾、赵云商议。次日，吴国太、乔国老先在甘露寺方丈里坐定。孙权却教吕范来请玄德。刘备先见孙权。权观玄德仪表非凡，心中

有畏惧之意。**玄德入方丈见国太。国太见了玄德，大喜，谓乔国老曰："真吾婿也！"国老曰："玄德有龙凤之姿，天日之表；更兼仁德布于天下：国太得此佳婿，真可庆也！"玄德拜谢，共宴于方丈之中。少刻，子龙带剑而入，立于玄德之侧。国太问曰："此是何人？"玄德答曰："常山赵子龙也。"国太曰："莫非当阳长坂抱阿斗者乎？"玄德曰："然。"国太曰："真将军也！"遂赐以酒。**

一知居主人曰：

乔国老让人给刘备带话，"好生在意！"属于话中有话。"玄德内披细铠，外穿锦袍，从人背剑紧随，上马投甘露寺来。赵云全装惯带，引五百军随行"。场面真够紧张的，有点类似于"鸿门宴"。谁也没有想到，吴国太第一眼便看中了刘备。至于"少刻，子龙带剑而入，立于玄德之侧"，属于事先已经安排好，只是吴国太并不知道真相而已。

本节中对赵云的表述，让人想起第四十五回中，周瑜邀刘备来江东，欲杀刘备时周瑜对关羽的观察。叙述方式、问答顺序及内容如同复制，不免让人一笑！

见面之后，吴国太很是中意。赵云来报"房内有刀斧手埋伏"。玄德乃跪于国太席前，泣而告曰："若杀刘备，就此请诛。"国太大怒，责骂孙权："今日玄德既为我婿，即我之儿女也。何故伏刀斧手于廊下！"权推不知，唤吕范问之；范推贾华；国太唤贾华责骂，华默然无言。国太喝令斩之。玄德告曰："若斩大将，于亲不利，备难久居膝下矣。"乔国老也求情，方才免了。

一知居主人曰：

在吴国太面前，孙权上次推脱是周瑜算计；本次说是吕范安排，尴尬之形象，可以想象。在这次"活动"中，贾华最冤枉。本来没有

第五十四回　吴国太佛寺看新郎　刘皇叔洞房续佳偶

贾华任何事情，是孙权、吕范硬性安排所致。及至事情被识破，孙权、吕范可以逐级下推责任。到了贾华这里，却是没有责任可退。故贾华"默然无言"，险些被斩。

吴国太自是知道，区区一个贾华，想不出这种杀人的计谋。乔国老出面，吴国太也做了个顺水人情，放了贾华一马。

玄德更衣出殿前，见一石块，拔从者所佩之剑，仰天祝曰："若刘备能勾回荆州，成王霸之业，一剑挥石为两段。如死于此地，剑剁石不开。"言讫，手起剑落，火光迸溅，砍石为两段。及孙权问时，刘备却说"年近五旬，不能为国家剿除贼党，心常自恨。今蒙国太招为女婿，此平生之际遇也。恰才问天买卦，如破曹兴汉，砍断此石。今果然如此。"

孙权亦掣剑谓玄德曰："吾亦问天买卦。若破得曹贼，亦断此石。"却暗暗祝告曰："若再取得荆州，兴旺东吴，砍石为两半！"手起剑落，巨石亦开。

一知居主人曰：

至今有十字纹"恨石"尚存，可以"坐实"此事。要说该石头有灵性，却是随了二人所愿；要说此石驽钝，刘、孙二人所言与所思并不一致，况有冲突之处，石头却都"应"了。另，看了这段文字，我辈草民便颇能体会某些"大人物"之"口是心非"也！也能体会到"各怀鬼胎"的道理。

二人相携入席。又饮数巡，玄德告退。孙权送出寺前，二人并立，观江山之景。玄德曰："此乃天下第一江山也！"至今甘露寺牌上云："天下第一江山。"

忽见波上一叶小舟，行于江面上，如行平地。玄德叹曰："'南

玄德智娶孫夫人

人驾船，北人乘马'①，信有之也。"孙权闻言自思曰："刘备此言，戏我不惯乘马耳。"孙权飞身上马，驰骤下山，复加鞭上岭，笑谓玄德曰："南人不能乘马乎？"玄德闻言，撩衣一跃，跃上马背，飞走下山，复驰骋而上。二人立马于山坡之上，扬鞭大笑。至今此处名为"驻马坡"。

一知居主人曰：

此处看二人表现都风流倜傥，绝对和谐，却也是在暗中较劲。"扬鞭大笑"之后，尽是尴尬。当然两人何等聪明，只不过都没有明说罢了。

甘露寺相亲次日，玄德至乔国老处，说有人要害自己，"恐不能久居"。国老要玄德宽心。乔国老人见国太，言玄德恐人谋害，急急要回。国太大怒曰："我的女婿，谁敢害他！"即时便教搬入书院暂住。玄德自入告国太曰："只恐赵云在外不便，军士无人约束。"国太教尽搬入府中安歇。

一知居主人曰：

刘备言说"江左之人，多有要害刘备者，恐不能久居"，乔国老曰："吾为公告国太，令作护持。"言语何等爽利！当然，乔国老最终将此事撮合成功，合该人家能说如此言语！

吴国太将准女婿安排完毕，刘备心中还是不踏实，便提及赵云和五百士兵。吴国太好人做到底，一下子也安排在刘备附近。

甘露寺相亲一节，乔国老举动，颇为活跃、形象、可爱！

---

① 南人驾船，北人乘马：南方的人擅长驾船，北方的人擅长骑马。意思是喻各因其地而有所长。《淮南子·齐俗训》："胡人便于马，越人便于舟。"

第五十五回

玄德智激孙夫人　孔明二气周公瑾

孙夫人与玄德结亲。新婚之夜，刘备见房中两边枪刀森列，侍婢皆佩剑，不觉失色。管家婆进曰："夫人自幼好观武事，居常令侍婢击剑为乐，故尔如此。"刘备曰："非夫人所观之事，吾甚心寒，可命暂去。"管家婆禀覆孙夫人，夫人笑曰："厮杀半生，尚惧兵器乎！"命尽撤去，令侍婢解剑伏侍。当夜玄德与孙夫人成亲，两情欢洽。

一知居主人曰：

当夜刘备之战战兢兢、亦步亦趋、小心翼翼的样子，完全可以想象出来，又哪里寻得一代君侯之风？反让孙夫人笑话。只是"玄德又将金帛散给侍婢，以买其心"，可见刘备善于做群众工作，有仁慈之心。

孙权差人报周瑜，说："我母亲力主，已将吾妹嫁刘备。不想弄假成真。"周瑜大惊，迅速又生一计，告诉孙权"愚意莫如软困之于吴中，盛为筑宫室，以丧其心志；多送美色玩好，以娱其耳目；使分开关、张之情，隔远诸葛之契，各置一方，然后以兵击之，大事可定矣。"孙权看毕，昭曰："公瑾之谋，正合愚意。"权大喜，即日修整东府，请玄德与妹居住；又增女乐数十余人，并金玉锦绮玩好之物。

一知居主人曰：

孙权告诉周瑜弄假成真，却没有告诉吴国太大骂周瑜之事，否则周瑜绝不会再出一计。本次周瑜所持计谋，孙权没有"一人独享"，却是"以书示张昭"。此段文字最后，"玄德果然被声色所迷，全不想回荆州"，极容易让人想起后来刘阿斗"乐不思蜀"来！吴国太也被骗了，"只道孙权好意，喜不自胜"。

刘备新婚，乐不思荆州，急坏赵云。赵云只好拆下第二个锦囊。赵云按计说有急事求告刘备。那刘备却是责怪"有甚事如此惊怪"。赵云说孔明使人来报，"曹操要报赤壁鏖兵之恨，起精兵五十万，杀奔荆州，甚是危急，请主公便回。"刘备没有立即表态，反而说："必须与夫人商议。"赵云坚持"不如休说，今晚便好起程。迟则误事！"刘备却说："你且暂退，我自有道理。"

一知居主人曰：

赵云所言虽是假消息，却是与刘备基业有大关系。刘备不紧不慢，说明此时还在温柔乡里，全没有了此前的斗志和小心。最后一句赵云"故意催逼数番而出"绝不是作者无意为之，想来正是赵云此番动作，才使刘备醒悟。

玄德入见孙夫人，说自己"一身飘荡异乡，生不能侍奉二亲，又不能祭祀宗祖，乃大逆不孝也"。孙夫人明说早已知道赵云来访，曰："赵子龙报说荆州危急，你欲还乡，故推此意。"刘备只好实话实说："夫人既知，备安敢相瞒。备欲不去，使荆州有失，被天下人耻笑。欲去，又舍不得夫人：因此烦恼。"夫人曰："妾当相随。"玄德曰："争奈国太与吴侯安肯容夫人去？夫人若可怜刘备，暂时辞别。"言毕，泪如雨下。

一知居主人曰：

刘备先是"暗暗垂泪"，最后"泪如雨下"，而后"跪而告曰"，属于典型的家庭"表演秀"！恰恰是这种表演，感动了孙夫人，说"妾已事君，任君所之，妾当相随"。

孙夫人劝曰："妾当苦告母亲，必放妾与君同去。"玄德曰："吴侯必然阻挡。"孙夫人沉吟良久，乃曰："妾与君正旦拜贺时，推称江边祭祖，不告而去，若何？"两个商议已定。玄德密唤赵云先引军士出城。云领诺。

一知居主人曰：

"一日夫妻百日恩"。孙夫人很快配合刘备，亲自设计寻找何种理由求得吴国太放行，且又可以防备孙权派人阻挡。给人一种感觉，"嫁出去的闺女，泼出去的水"，孙夫人已经开始和婆家人算计娘家人了。

建安十五年春正月元旦，玄德趁吴侯孙权大会文武于堂上，与孙夫人入拜国太。孙夫人言及"夫主想父母宗祖坟墓，俱在涿郡，昼夜伤感不已。今日欲往江边，望北遥祭。须告母亲得知"。国太说："此孝道也，岂有不从？汝虽不识舅姑，可同汝夫前去祭拜，亦见为妇之礼。"夫人乘车，玄德上马，引数骑跟随出城，与赵云相会。比及众官探得玄德、夫人逃遁之时，天色已晚。要报孙权，权醉不醒。及至睡觉，已是五更。

一知居主人曰：

玄德趁孙权召开文武大会，一时无法脱身，来请示吴国太去江边祭祖，时间选得精准。当然，合该此事得成，假若不是孙权醉酒，则另当别论。看来喝酒误事，古已有之。只是孙夫人在母亲面前也

不说实话,颇有趣。当然,孙夫人属不得已而为之,"嫁鸡随鸡,嫁狗随狗"。好在吴国太识大体,使得二人顺利出城。

第二天,见走了刘备,孙权急唤文武商议。张昭曰:"今日走了此人,早晚必生祸乱。可急追之。"孙权令陈武、潘璋带兵无分昼夜,务要赶上拿回。两人领命而去。

程普说:"某料陈武、潘璋必擒此人不得。"并解释说:"郡主自幼好观武事,严毅刚正,诸将皆惧。既然肯顺刘备,必同心而去。所追之将,若见郡主,岂肯下手?"此时孙权大怒,掣所佩之剑,唤蒋钦、周泰去追。

一知居主人曰:

孙权派人追赶刘备之后,"深恨玄德,将案上玉砚摔为粉碎"。怒形于色,习惯使然。至于最后说"将这口剑去取吾妹并刘备头来!违令者立斩!"全然不顾亲情,简直到了咬牙切齿的地步。假若吴国太知道,不知道又会怎样大骂孙权!

玄德加鞭纵辔,趱程而行。当夜于路暂歇两个更次,慌忙起行。看看来到柴桑界首,望见后面尘头大起,赵云曰:"主公先行,某愿当后。"转过前面山脚,徐盛、丁奉拦住去路。厉声高叫曰:"刘备早早下马受缚!吾奉周都督将令,守候多时!"原来周瑜恐玄德走脱,先使徐盛、丁奉引军马在此等候。

一知居主人曰:

刘备离开南徐之后,日夜兼程,一副归心似箭的样子,全然不像前几天温柔乡里人。未等离开南徐,周瑜却已经有所准备。只是周瑜纵有千条妙计,诸葛亮都能一一解之,属于"一物降一物"。

赵云拆开第三个锦囊，献与玄德。玄德急来车前泣告孙夫人，说：
"昔日吴侯与周瑜同谋，将夫人招嫁刘备，实非为夫人计，乃欲幽困刘备而夺荆州耳。夺了荆州，必将杀备。""今吴侯又令人在后追赶，周瑜又使人于前截住，非夫人莫解此祸。如夫人不允，备请死于车前，以报夫人之德。"夫人怒曰："吾兄既不以我为亲骨肉，我有何面目重相见乎！今日之危，我当自解。"

一知居主人曰：

关键时刻，刘备说话还是比较理智和清晰的。既说了孙权、周瑜的"阴谋诡计"，又说了自己对孙夫人的仰慕之心。由不得孙夫人不信以为真。最后还真是赖孙夫人之威力，不动一刀一枪，退了丁奉、徐盛。当然是暂时的。

孙夫人卷起车帘，亲喝徐盛、丁奉曰："欲造反耶？"二将慌忙下马，弃了兵器，声喏于车前曰："安敢造反。为奉周都督将令，屯兵在此专候刘备。"夫人大骂周瑜。徐盛、丁奉口称："这不干我等之事，乃是周都督的将令。"孙夫人叱曰："你只怕周瑜，独不怕我？周瑜杀得你，我岂杀不得周瑜？"徐盛、丁奉自思："我等是下人。安敢与夫人违拗？"又见赵云十分怒气，只得把军喝住，放了过去。

一知居主人曰：

毕竟丁奉、徐盛只是接到拦截之命，周瑜却没有授权可以杀之。况孙夫人乃皇亲国戚，且是有武功之人，害怕自己得罪了孙家，没有好果子吃。当然，赵云护驾也是重要原因之一，不可不提。

陈武、潘璋赶到，说是奉吴侯之命"特来追捉他回去"。与徐盛、丁奉合兵一处，趱程赶来。玄德正行间，忽听得背后喊声大起。玄德告孙夫人曰："如之奈何？"孙夫人让丈夫先行。子龙勒马于车旁，

第五十五回　玄德智激孙夫人　孔明二气周公瑾

将士卒摆开,专候来将。不冷不热说了几句,孙夫人就大骂陈武、潘璋:"都是你这伙匹夫,离间我兄妹不睦!我已嫁他人,今日归去,须不是与人私奔……你二人倚仗兵威,欲待杀害我耶?"骂得四人面面相觑,寻思"不如做个人情",最后喏喏连声而退。

一知居主人曰:

本节中,孙夫人颇具有男子风范。张口骂人,上纲上线,又说自己是"奉母亲慈旨"回荆州,"便是我哥哥来,也须依礼而行"。四人寻思:"他一万年也只是兄妹。更兼国太作主。吴侯乃大孝之人,怎敢违逆母言?明日翻过脸来,只是我等不是。"陈武、潘璋自然知道吕范、贾华之事。且军中不见玄德,只见赵云怒目睁眉,只待厮杀。

四人所做,不是没有道理。此也应了前面程普的担心。及等蒋钦、周泰携宝剑来时,蒋钦曰:"便是吴侯怕道如此,封一口剑在此,教先杀他妹,后斩刘备。违者立斩!"只是刘备一行已经走远。

玄德来到刘郎浦,心才稍宽。沿着江岸寻渡,并无船只。玄德蓦然想起在吴繁华之事,不觉凄然泪下。玄德登高望之,但见孙吴军马盖地而来,叹曰:"连日奔走,人困马乏,追兵又到,死无地矣!"

一知居主人曰:

刘备刚刚脱离险境,就回想起在东吴的幸福生活,给人一种没出息的样子。只是,他已经没有机会再回东吴了,只好硬着头皮往前行了。

忽见江岸边一字儿抛着拖篷船二十余只。诸葛亮在此等候多时。四将赶到。孔明笑指岸上人言曰:"吾已算定多时矣。汝等回去传示周郎,教休再使美人局手段。"岸上乱箭射来,船已开远。周瑜自领惯战水军,还是没有赶上。刘备、诸葛亮上了北岸。周瑜上岸追袭,

一马当先。首先遭遇关羽，周瑜举止失措，急拨马便走。云长赶来，周瑜纵马逃命。后又黄忠、魏延杀出。吴兵大败。周瑜急急下得船时，岸上军士齐声大叫曰："周郎妙计安天下，陪了夫人又折兵！"瑜如何不气？箭疮未愈，因怒气冲激，疮口迸裂，昏绝于地。众将救醒，开船逃去，自回柴桑。孔明教休追赶，自和玄德归荆州庆喜，赏赐众将。

一知居主人曰：

按照当今说法，诸葛亮有点"得了好处卖乖"。前者喊传示周郎莫再用美人计时，周瑜没有听见。后者这次喊叫，周瑜却是听得真真，瑜自然大怒："可再登岸决一死战！"又自思曰："吾计不成，有何面目去见吴侯！"急火攻心，大叫一声，金疮迸裂，倒于船上。诸葛亮两次喊叫，不知道孙夫人听见没有，一旦听见，心中怕也不是滋味。

周瑜来追刘备，正值兴处，却是遭遇关羽，如同老鼠见猫，自行先怯，让人笑话。

第五十六回

曹操大宴铜雀台　孔明三气周公瑾

权不胜忿怒，欲起兵取荆州。周瑜上书，请兴兵雪恨。张昭谏曰不可，说："曹操日夜思报赤壁之恨，因恐孙、刘同心，故未敢兴兵。今主公若以一时之忿，自相吞并，操必乘虚来攻，国势危矣。"顾雍提议："为今之计，莫若使人赴许都，表刘备为荆州牧。曹操知之，则惧而不敢加兵于东南，且使刘备不恨于主公。然后使心腹用反间之计，令曹、刘相攻，吾乘隙而图之，斯为得耳。"权曰："元叹之言甚善，但谁可为使？"权遣华歆赴许都见曹操。

一知居主人曰：

孙权、周瑜欲兴兵击刘，被张昭、顾雍谏止。顾雍之建议明显比张昭略高一筹。张昭只求自保，顾雍却是主动出击，杀伤力更大。顾雍所建议表面是支持刘备为荆州牧，却是要挑起曹、刘矛盾。孙吴将来好坐收渔利。

这么大的事情，却是未见鲁肃表态，不知何故。莫非此时鲁肃不在孙权身边。

曹操自赤壁败后，常思报仇；只疑孙、刘并力，因此不敢轻进。时建安十五年春，造铜雀台成。操乃大会文武于邺郡，设宴庆贺。

其台正临漳河，中央乃铜雀台，左边一座名玉龙台，右边一座名金凤台，各高十丈。上横二桥相通，千门万户，金碧交辉。

一知居主人曰：

作者忽然安排曹操此时建铜雀台，目的似乎是为了防止前面"诸葛亮智激孙权"一节中所言铜雀台一事为空穴来风。介绍铜雀台，有"上横二桥相通，千门万户，金碧交辉"，隐隐让人觉得有讽刺之意。

曹操在铜雀台大宴宾客，分武官为两队：曹氏宗族俱穿红，其余将士俱穿绿。引众武将相争，曹休、文聘、曹洪、张郃、夏侯渊先后出场亮相，煞是热闹！徐晃和许褚争到顶峰。操急使人解开。那领锦袍已是扯得粉碎。操令二人都上台。徐晃睁眉怒目，许褚切齿咬牙，各有相斗之意。此时，曹操出面安抚，笑曰："孤特视公等之勇耳，岂惜一锦袍哉！"便教诸将尽都上台，各赐蜀锦一匹。诸将各各称谢。

一知居主人曰：

曹操欲观武官比试弓箭，有两点值得注意：一是参加将官截然分为红绿两队。曹家为红，其他为绿。这样分，不知曹操何意？是为了展示曹家家族势力吗？却是让将官心中产生不可逾越的沟壑；二是操传令曰："有能射中箭垛红心者，即以锦袍赐之；如射不中，罚水一杯。"看似奖罚分明，"罚水一杯"有歧视嫌疑，还不如不罚！

比赛结束，曹操纯粹是做了"和事佬"，看似皆大欢喜，却使得那几位费劲九牛二虎之力、参与射箭的武将们心里不是滋味，"要知现在，何必当初！"只是大家碍于情面，不敢言也。

曹操让众文官进佳章以纪一时之胜事。王朗、钟繇等一班文官，进献诗章，多有称颂曹操功德巍巍、合当受命之意。曹操逐一览毕，

笑曰:"孤本愚陋,始举孝廉。后值天下大乱,筑精舍于谯东五十里,欲春夏读书,秋冬射猎,以待天下清平,方出仕耳。不意朝廷征孤为典军校尉,遂更其意,专欲为国家讨贼立功,图死后得题墓道曰'汉故征西将军曹侯之墓',平生愿足矣。念自讨董卓,剿黄巾以来,除袁术、破吕布、灭袁绍、定刘表,遂平天下。身为宰相,人臣之贵已极,又复何望哉?如国家无孤一人,正不知几人称帝,几人称王。或见孤权重,妄相忖度,疑孤有异心,此大谬也。孤常念孔子称文王之至德,此言耿耿在心。但欲孤委捐兵众,归就所封武平侯之国,实不可耳。诚恐一解兵柄,为人所害。孤败则国家倾危,是以不得慕虚名而处实祸也。诸公必无知孤意者。"

一知居主人曰:

曹操这一段话,介绍了自己不平凡的成长经历,又说了自己当下的心态,颇值得品味。既有谦虚之处,又有炫耀之处,真真假假难以分辨。所以后人有诗曰:"周公恐惧流言日,王莽谦恭下士时。假使当年身便死,一生真伪有谁知?"手下文官也很会拍马屁,尤其是最后一句,"众皆起拜曰:'虽伊尹、周公,不及丞相矣!'"很容易让人飘飘然,符合曹操心意。却让读者心中不甚舒服。

当然曹操在世之日,并没有称帝,"魏武帝"之称号是曹丕篡位之后追封的,却是事实。聂绀弩先生1986年元月在朱正先生所重新标点的《三国演义·前言》中说:"奸雄曹操是篡贼曹丕的儿子。这是说,曹操之所以被称为奸雄,是因为他的儿子曹丕篡了汉,不用说曹操为曹丕的篡汉廓清了道路。曹丕做了皇帝,即追称他的父亲为武帝。在一定场合、一定解释下:儿子产生老子!"不无道理。

曹操连饮数杯,唤左右捧过笔砚,欲作铜雀台诗,忽有人来报:"东吴使华歆表奏刘备为荆州牧,孙权以妹嫁刘备,汉上九郡大半已

管窥《三国》中

属备矣。"操闻之,手脚慌乱,投笔于地。程昱曰:"今闻刘备得了荆州,何故如此失惊?"操曰:"刘备,人中之龙也,生平未尝得水。今得荆州,是困龙入大海矣。孤安得不动心哉!"

一知居主人曰:

曹操并不知孙权上表的最终目的是什么,只是听说孙刘联姻、刘备占了汉上九郡大半,便如此失态,有失"奸雄"之风,怕是赤壁大战综合征使然。再看前面曹操之张扬、挥洒,不由得你不笑。

按照一般道理,遇到这种尴尬局面,手下谋士不该说些什么。但是程昱却明说曹操何以如此,无异于当面揭短,不过曹操马上进行合理解释。足以看出曹操还算比较理性,和手下的关系还算融洽。

程昱曰:"丞相知华歆来意否?"操曰:"未知。"昱曰:"孙权本忌刘备,欲以兵攻之,但恐丞相乘虚而击,故令华歆为使,表荐刘备,乃安备之心,以塞丞相之望耳。"操点头曰:"是也。"昱曰:"某有一计,使孙、刘自相吞并,丞相乘间图之,一鼓而二敌俱破。"操大喜。程昱献计如何如何。操曰:"仲德之言,正合孤意。"遂召华歆上台,重加赏赐。曹操回至许都,按照程昱建议表奏使命至东吴,周瑜、程普各受职讫。

一知居主人曰:

程昱说明华歆来意,操点头认可。随后程昱献计要"使孙、刘自相吞并,丞相乘间图之"。操大喜。及至程昱说了表奏周瑜、程普为太守,留华歆于许都,"瑜必自与刘备为仇敌矣。我乘其相并而图之,不亦善乎?"操曰:"仲德之言,正合孤意。"与上则相比,曹操表现虚心谨慎。也说明,手下人聪明,是曹操的福分。

孙权聪明反被聪明误,没有"照顾"了刘备,自己手下大将却被封了太守,更有一人被留下使用。孙权知道此事后,并未表态,有

点蹊跷。幸亏周瑜、程普与孙权是铁哥们,曹操等人枉费心思。曹操明明知道南郡和江夏在刘备手中,却封周瑜和程普为两地太守,明显在于挑起孙、刘之争。只是华歆稀里糊涂就留在许都。不过,这也是曹操惯于使用的手段,不鲜矣!

周瑜既领南郡,愈思报仇,遂上书吴侯,乞令鲁肃去讨还荆州。孙权乃命肃曰:"汝昔保借荆州与刘备,今备迁延不还,等待何时?"肃曰:"文书上明白写着,得了西川便还。"权叱曰:"只说取西川,到今又不动兵,不等老了人!"肃曰:"某愿往言之。"遂乘船投荆州而来。

一知居主人曰:

鲁肃最无奈。当初只是维护孙刘联盟,共同抗击曹操,留下此患,自然有些冤枉。鲁肃还信誓旦旦说有文书为证,刘备必还,说明其政治悟性还稍差一些。我们也不难看出,孙权明显有些反感、讨厌鲁肃了!

玄德与孔明在荆州广聚粮草,调练军马。忽报鲁肃到。玄德问孔明:"子敬此来何意?"孔明曰:"昨者孙权表主公为荆州牧,此是惧曹操之计。操封周瑜为南郡太守,此欲令我两家自相吞并,他好于中取事也。今鲁肃此来,又是周瑜既受太守之职,要来索荆州之意。"玄德曰:"何以答之?"孔明曰:"若肃提起荆州之事,主公便放声大哭。哭到悲切之处,亮自出来解劝。"

一知居主人曰:

鲁肃尚未见到刘备,诸葛亮就已经猜透鲁肃真正意图。诸葛亮再次教刘备应该如何如何。包括后面鲁肃再返荆州之时,孔明曰:"鲁肃必不曾见吴侯,只到柴桑和周瑜商量了甚计策,来诱我耳。但说

的话，主公只看我点头，便满口应承。"不知道此时刘备心中真正滋味，却是给人一种没有主见的印象。

鲁肃来荆州见刘备，言及"皇叔做了东吴女婿，便是鲁肃主人"。茶罢，鲁肃才说明是奉吴侯钧命，专为荆州而来，说"皇叔已借住多时，未蒙见还。今既两家结亲，当看亲情面上，早早交付。"断断没有想到，玄德闻言，掩面大哭，哭声不绝。此时诸葛亮出来，说些刘备难处，"益州刘璋是我主人之弟，一般都是汉朝骨肉。若要兴兵去取城池时，恐被外人唾骂；若要不取，还了荆州，何处安身？若不还时，于尊舅面上又不好看。事实两难，因此泪出痛肠。"刘备真个捶胸顿足，放声大哭。孔明曰："有烦子敬，回见吴侯，勿惜一言之劳，将此烦恼情节，恳告吴侯，再容几时。"鲁肃说："倘吴侯不从，如之奈何？"诸葛亮说："吴侯既以亲妹聘嫁皇叔，安得不从乎？"鲁肃是个宽仁长者，见玄德如此哀痛，只得应允。玄德、孔明拜谢。宴毕，送鲁肃下船。

一知居主人曰：

鲁肃从孙权与刘备是亲戚说起，意在说刘备不懂礼仪；诸葛亮也是从孙刘关系说起，说亲戚之间没有必要如此计较。弄得鲁肃很为难。周瑜却是看得清楚，说"子敬又中诸葛亮之计也！当初刘备依刘表时，常有吞并之意，何况西川刘璋乎？似此推调，未免累及老兄矣"。

本节之中，刘备一直在哭，不过都不是真哭，是诸葛亮安排的作秀之举！偏偏糊弄了那鲁肃！鲁肃离开之时，便是刘备和诸葛亮相对而笑之时！

周瑜见鲁肃空手而归，心生一计，说"子敬不必去见吴侯"，说

自己要出兵替刘备夺西川之地，而后换回荆州。鲁肃不解。周瑜最后明说："子敬真长者也。你道我真个去取西川与他？我只以此为名，实欲去取荆州，且教他不做准备。东吴军马收川，路过荆州，就问他索要钱粮，刘备必然出城犒军。那时乘势杀之，夺取荆州，雪吾之恨，解足下之祸。"

及至鲁肃见了刘备说："吴侯甚是称赞皇叔盛德，遂与诸将商议，起兵替皇叔收川。取了西川，却换荆州，以西川权当嫁资。但军马经过，却望应些钱粮。"孔明曰："难得吴侯好心！"许诺"如雄师到日，即当远接犒劳"。玄德拱手称谢曰："此皆子敬善言之力。"鲁肃暗喜，宴罢辞回。

一知居主人曰：

带兵助刘备取西川，周瑜本未报与孙权，此处鲁肃却言是孙权所安排。鲁肃此处撒谎，当是考虑到刘备、诸葛亮对周瑜的信任度不高，故意搬出孙权来。

需要注意的是，此时鲁肃对于刘备、诸葛亮的态度有所转变。明知周瑜在算计，鲁肃还是答应前往诸葛亮处。不像前几次动不动就会告诉诸葛亮实情，而今天是着意掩盖。想一想，一直在孙、刘之间总是如此窝囊着，左右不受待见，无论是谁都会心灰意冷。只可惜这一次，鲁肃又上了诸葛亮的当了！

鲁肃回见周瑜，说玄德、孔明欢喜一节。周瑜大笑曰："原来今番也中了吾计！"便教鲁肃禀报吴侯。周瑜此时箭疮已渐平愈，身躯无事，分三队起望荆州而来。周瑜在船中，时复欢笑，以为孔明中计。前军至夏口，周瑜问："荆州有人在前面接否！"人报糜竺来见。瑜唤至。糜竺曰："主公皆准备安排下了。"瑜曰："皇叔何在？"竺曰："在荆州城门外相等，与都督把盏。"瑜曰："今为汝家之事，出兵远征，

劳军之礼，休得轻易。"糜竺先回。

一知居主人曰：

及至出兵之前，周瑜方才"教鲁肃禀报吴侯"。诸葛亮假装糊涂，欢迎周瑜来帮忙。鲁肃暗喜，周瑜大笑。可怜周瑜、鲁肃高兴太早，骄兵必败，断断没有想到，诸葛亮早已识破其"假途灭虢"①之计，已经"准备窝弓以擒猛虎，安排香饵以钓鳌鱼"，单等周瑜入局。诸葛亮害怕周瑜不信，装模作样地派糜竺往前迎了一下。

周瑜至公安，无一船一人远接。离荆州十余里，江面上静荡荡的。瑜上岸乘马，径望荆州来。既至城下，瑜令军士叫门。言未毕，忽一声梆子响，城上军一齐都竖起枪刀。赵云出曰："都督此行，端的为何？"瑜曰："吾替汝主取西川，汝岂犹未知耶？"云曰："孔明军师已知都督'假途灭虢'之计，故留赵云在此。吾主公有言：'孤与刘璋，皆汉室宗亲，安忍背义而取西川？若汝东吴端的取蜀，吾当披发入山，不失信于天下也。'"周瑜闻勒马便回。人报说关羽、张飞、黄忠、魏延四路军马一齐杀到，"喊声远近震动百余里，皆言要捉周瑜"。瑜马上大叫一声，箭疮复裂，坠于马下。

一知居主人曰：

不到关键之后，看不到真相。一路上，周瑜以为刘备、诸葛亮中计，满心欢喜，谁知到了之后，并不是那么回事儿。赵云直接点明要害，揭穿周瑜"阴谋"！加上关、张、黄、魏四路截杀，吴兵大败。落差如此之大，周瑜的心脏又怎么能承受得起。

---

① 假途灭虢：泛指以向对方借路为名行灭亡对方之实的计谋。出自《左传》：晋国向虞国借路去攻打虢国，在灭虢后的回师途中，把虞国也灭了。

第五十七回
柴桑口卧龙吊丧　耒阳县凤雏理事

周瑜怒气填胸，坠于马下，左右急救归船。军士传说："玄德、孔明在前山顶上饮酒取乐。"瑜大怒，咬牙切齿曰："你道我取不得西川，吾誓取之！"人报孙瑜到。周瑜接入。具言其事。孙瑜曰："吾奉兄命来助都督。"遂令催军前行。行至巴丘，人报有刘封、关平领军截住水路。周瑜愈怒。

一知居主人曰：

本节开头周瑜"怒气填胸，坠于马下"。知道玄德、孔明在前山顶上饮酒取乐，"瑜大怒，咬牙切齿"。孙瑜奉兄命来助，周瑜遂令"催军前行"。人报刘封、关平领军截住水路，周瑜"愈怒"。一连串的打击，必然使得周瑜身心疲惫，心中窝火。

孔明遣人送书至。周瑜拆封视之。书曰："汉军师中郎将诸葛亮，致书于东吴大都督公瑾先生麾下：亮自柴桑一别，至今恋恋不忘。闻足下欲取西川，亮窃以为不可。益州民强地险，刘璋虽暗弱，足以自守。今劳师远征，转运万里，欲收全功，虽吴起不能定其规，孙武不能善其后也。曹操失利于赤壁，志岂须臾忘报仇哉？今足下兴兵远征，倘操乘虚而至，江南齑粉矣！亮不忍坐视，特此告知。

幸垂照鉴。"周瑜览毕，长叹一声，唤左右取纸笔作书上吴侯。乃聚众将曰："吾非不欲尽忠报国，奈天命已绝矣。汝等善事吴侯，共成大业。"言讫，昏绝。徐徐又醒，仰天长叹曰："既生瑜，何生亮！"连叫数声而亡。寿三十六岁。

一知居主人曰：

孔明来信，说的虽是当前实际情况，并无过激之语，虽是建议，批评的成分重一些，却是有"助推"周瑜病情之效。如果周瑜有"你让我生气，我偏不生气"之心，或许不会死得太快。

周瑜一直有杀掉诸葛亮的心思，固然是嫉妒诸葛亮聪明，但更多是想为孙权的发展扫清障碍。让诸葛亮袭击乌巢之粮草，是想借曹操之刀杀人；让诸葛亮监督造箭，且釜底抽薪使绊脚，却促成诸葛亮草船借箭；七星坛诸葛亮借东风之后，周瑜让丁奉、徐盛诛杀，没想诸葛亮早已安排赵子龙接应。周瑜每出一招，均被诸葛亮顺利化解。故周瑜临死有句"既生瑜，何生亮"。

周瑜停丧于巴丘。众将将所遗书遣人飞报孙权。权闻瑜死，放声大哭。拆视其书，书略曰："瑜以凡才，荷蒙殊遇，委任腹心，统御兵马，敢不竭股肱之力，以图报效。奈死生不测，修短有命。愚志未展，微躯已殒，遗恨何极！方今曹操在北，疆场未静；刘备寄寓，有似养虎；天下之事，尚未可知。此正朝士旰食之秋，至尊垂虑之日也。鲁肃忠烈，临事不苟，可以代瑜之任。人之将死，其言也善。倘蒙垂鉴，瑜死不朽矣。"孙权览毕，哭曰："公瑾有王佐之才，今忽短命而死，孤何赖哉？既遗书特荐子敬，孤敢不从之。"即日便命鲁肃为都督，总统兵马；一面教发周瑜灵柩回葬。

一知居主人曰：

本节中，孙权两哭。一在看周瑜遗书之前，一在看过遗书之后。

前者为突然得到周瑜去世的消息，后者有为周瑜之忠诚所感动的成分。

读周瑜遗书，周瑜临死还在为孙权操心发展大计，且荐鲁肃以自代也。再看后文中，鲁肃曾自思曰："乃公瑾量窄，自取死耳。"有点有愧于周瑜荐鲁肃代己之情。

玄德问孔明曰："周瑜既死，还当如何？"孔明曰："代瑜领兵者，必鲁肃也"，"亮当以吊丧为由，往江东走一遭，就寻贤士佐助主公。"玄德曰："只恐吴中将士加害于先生。"孔明曰："瑜在之日，亮犹不惧；今瑜已死，又何患乎？"乃与赵云下船赴巴丘吊丧。于路探听得周瑜灵柩已回柴桑。孔明径至柴桑，鲁肃以礼迎接。

一知居主人曰：

诸葛亮在荆州，夜观天文，见将星坠地，乃笑曰："周瑜死矣。"诸葛亮这一"笑"，让人感觉很不舒服。

诸葛亮决定过江吊丧，实为维持孙刘联盟，不想自此结下疙瘩。至于说自己"往江东走一遭，就寻贤士佐助主公"，则是为了后面庞统出山辅佐刘备做铺垫。

诸葛亮过江，并不是没有做好准备，带了赵云引五百兵卒。后文中有"周瑜部将皆欲杀孔明，因见赵云带剑相随，不敢下手"。可见还是起了功效。今日赵云之于诸葛亮，与前面关、张（尤其是关羽）之于刘备的作用，极为相似。

孔明教设祭物于灵前，亲自奠酒，跪于地下，读祭文曰："呜呼公瑾，不幸夭亡！修短故天，人岂不伤？我心实痛，酹酒一觞；君其有灵，享我烝尝！吊君幼学，以交伯符；仗义疏财，让舍以居。吊君弱冠，万里鹏抟；定建霸业，割据江南。吊君壮力，远镇巴丘；

景升怀虑，讨逆无忧。吊君丰度，佳配小乔；汉臣之婿，不愧当朝。吊君气概，谏阻纳质；始不垂翅，终能奋翼。吊君鄱阳，蒋干来说；挥洒自如，雅量高志。吊君弘才，文武筹略；火攻破敌，挽强为弱。想君当年，雄姿英发；哭君早逝，俯地流血。忠义之心，英灵之气；命终三纪，名垂百世，哀君情切，愁肠千结。惟我肝胆，悲无断绝。昊天昏暗，三军怆然；主为哀泣；友为泪涟。亮也不才，丐计求谋；助吴拒曹，辅汉安刘；掎角之援，首尾相俦，若存若亡，何虑何忧？呜呼公瑾！生死永别！朴守其贞，冥冥灭灭，魂如有灵，以鉴我心：从此天下，更无知音！呜呼痛哉！伏惟尚飨。"鲁肃见孔明如此悲切，亦为感伤，自思曰："孔明自是多情，乃公瑾量窄，自取死耳。"

一知居主人曰：

诸葛亮和周瑜都是智慧之人，只是因为各为其主，相互之间必须分个高低，这才有了"诸葛亮三气周公瑾"。周瑜英雄气短，英年早逝。再看看后面司马懿和诸葛亮斗智斗勇，司马懿总是吃败仗，却也是最后的胜利者，便知个人心态的重要性。

读完诸葛亮祭文，自是想到申凤梅所演越调《诸葛亮吊孝》之情景。诸葛亮"伏地大哭，泪如涌泉，哀恸不已"，不免让人潸然泪下。所以孙吴"众将相谓曰：'人尽道公瑾与孔明不睦，今观其祭奠之情，人皆虚言也'"。鲁肃见诸葛亮如此悲切，亦为感伤。

有人说，诸葛亮吊孝属于猫哭老鼠，非真正痛心，实为看东吴笑话，未免不是一种误会。毛宗岗先生评论说："哭其不能助我以攻曹，乃真哭非假哭也！"不无道理。自周瑜之后，东吴虽然人才不断涌现，但是都没有达到周瑜的水平，更不要说超过周瑜了。虽然后面吕蒙白衣过江取荆州、陆逊营烧七百里击败刘备大军，但和周瑜主导的赤壁大战相比，都逊色一大截子。

孔明方要下船，在江边被庞统揪住，庞统大笑曰："汝气死周郎，却又来吊孝，明欺东吴无人耶！"孔明亦大笑。两人携手登舟，各诉心事。孔明留书一封与统，嘱曰："吾料孙仲谋必不能重用足下。稍有不如意，可来荆州共扶玄德。此人宽仁厚德，必不负公平生之所学。" 统允诺而别，孔明自回荆州。

一知居主人曰：

诸葛亮来江东之前，对刘备说"往江东走一遭，就寻贤士佐助主公"，按说应该是诸葛亮主动去拜访庞统才是，而事实是，庞统主动找诸葛亮"搭讪"的。

此情此景，与"赤壁之战"中庞统被徐庶识破一节惊人相似。庞统还都是当事人。只是上次庞统为徐庶说脱身之计，本次却是诸葛亮为庞统指点迷津、留下后路。

诸葛亮和庞统两人早年同时出名，后来同在刘备的屋檐下做事，并不存在根本利益冲突。只是进西川之时，诸葛亮写信告诫庞统注意相关事项，庞统却有点小肚鸡肠，以为诸葛亮怕自己得了头功，一意孤行，急躁冒进，不想中了张任的计谋，身死落凤坡，遂让"卧龙"成了独唱！

鲁肃送周瑜灵柩至芜湖，孙权接着，哭祭于前，命厚葬于本乡。瑜有两男一女，权皆厚恤之。鲁肃曰："肃碌碌庸才，误蒙公瑾重荐，其实不称所职，愿举一人以助主公。此人上通天文，下晓地理；谋略不减于管、乐，枢机可并于孙、吴。往日周公瑾多用其言，孔明亦深服其智。" 权闻言大喜，便问此人姓名。鲁肃说出庞统，道号凤雏先生。**权曰："孤亦闻其名久矣。今既在此，可即请来相见。"**

一知居主人曰：

孙权哭周瑜，文字记述虽少，但其情其景可以想象。孙权当是

发自内心，一为政治，二为亲戚关系。毕竟孙权父母有言，"内事不决问张昭，外事不决问周瑜"。如今周瑜去世，等于孙权少了一条胳膊，没有不哭的道理。

鲁肃向孙权推荐庞统时所言，分为三个层次。一说庞统有才，与管仲、乐毅、孙膑、吴起不相上下；二是周公瑾经常与之商量；三是"孔明亦深服其智"。这样更具有说服力。看来，鲁肃对庞统还是比较尊重和了解的。

前面刚有诸葛亮向刘备推荐庞统，马上鲁肃向孙权也推荐了庞统，看来庞统成"香饽饽"了。当然，是人才，没有人不想要的，只是看谁最先发现和启用。

庞统入见孙权。权见其形容古怪，心中不喜。乃问曰："公平生所学，以何为主？"统曰："不必拘执，随机应变。"权曰："公之才学，比公瑾如何？"统笑曰："某之所学，与公瑾大不相同。"权乃谓统曰："公且退。待有用公之时，却来相请。"统长叹一声而出。

一知居主人曰：

初次见面，孙权见庞统长相丑陋，心中就有些不喜，及庞统评论周瑜之后，更是心中不悦。孙权最后一句话，不说不用你，单说有用时再说，等于将庞统打发到自己的核心圈之外。谁人能接受这种态度？

鲁肃曰："主公何不用庞士元？"权曰："狂士①也，用之何益！"

---

① 狂士：意指志向高远，勇于进取之士，或是狂放之士。《孟子·尽心下》："孔子在陈，何思鲁之狂士？"孙奭疏："琴张、曾晳、牧皮三者皆学于孔子，进取于道而躐等者也，是谓古之狂者也。"

肃曰:"赤壁鏖兵之时,此人曾献连环策,成第一功。主公想必知之。"权曰:"此时乃曹操自欲钉船,未必此人之功也,吾誓不用之。"

一知居主人曰:

鲁肃问孙权何以如此对待庞统。孙权说庞统属于狂士。鲁肃提及庞统在赤壁大战中的作用时,孙权说应该是曹操自欲钉船,且有一句"吾誓不用之",出人意料。

孙权容得下那么多将士,却偏偏容不下一个庞统。可能因为孙权这一段心情不好。且"权平生最喜周瑜,见统轻之,心中愈不乐"。看来庞统入刘备处,一种必然也!

鲁肃出谓庞统曰:"非肃不荐足下,奈吴侯不肯用公。公且耐心。"统低头长叹不语。肃曰:"公莫非无意于吴中乎?"统不答。肃曰:"可实对肃言,将欲何往?"统曰:"吾欲投曹操去也。"肃曰:"此明珠暗投矣,可往荆州投刘皇叔,必然重用。"统曰:"统意实欲如此,前言戏耳。"肃曰:"某当作书奉荐。"统曰:"此某平生之素志也。"乃求肃书。径往荆州见玄德。

一知居主人曰:

短短几行文字,信息量却不小。

首先鲁肃向庞统解释原因,有些尴尬。而后鲁肃问庞统想往哪里走。庞统并不说有诸葛亮荐书在手,偏说欲投曹操。明眼人不用思考,便知不存在这种可能。赤壁之战中,庞统所献连环计祸害曹操太深。庞统此语,只适合骗鲁肃这种老实人。鲁肃推荐庞统到刘备处,倒是真心,还写了荐书。毕竟"必令孙、刘两家,无相攻击,同力破曹"在鲁肃心中是第一要务。

庞统来见刘备,玄德久闻统名,便教请入相见。统见玄德,长

揖不拜。玄德见统貌陋，心中亦不悦，乃问统曰："足下远来不易？"统并不拿出鲁肃、孔明书投呈，但答曰："闻皇叔招贤纳士，特来相投。"玄德曰："荆楚稍定，苦无闲职。此去东北一百三十里，有一县名耒阳县，缺一县宰，屈公任之，如后有缺，却当重用。"统思："玄德待我何薄！"欲以才学动之，见孔明不在，只得勉强相辞而去。

一知居主人曰：

庞统出山还真不容易，来见刘备所经历，与前面见孙权相似，受到冷遇。好在刘备还给他一个县宰。庞统手握诸葛亮所留书信及鲁肃荐书，却不先献与刘备，落得这种尴尬。后面庞统给张飞解释说"若便将出，似乎专藉荐书来干谒矣"。有个性！

庞统到耒阳县，不理政事，终日饮酒为乐。一应钱粮词讼，并不理会。有人报知刘备。刘备让张飞来看。军民官吏，皆出郭迎接，独不见县令。张飞大怒，欲擒之。幸亏孙乾拦住。及至县衙，庞统衣冠不整，扶醉而出。飞怒曰："吾兄以汝为人，令作县宰，汝焉敢尽废县事！"庞统说："量百里小县，些小公事，何难决断！"庞统随即唤公吏，将百余日所积公务，都取来剖断。庞统手中批判，口中发落，耳内听词，曲直分明，并无分毫差错。民皆叩首拜伏。对张飞曰："所废之事何在！曹操、孙权，吾视之若掌上观文，量此小县，何足介意！"

一知居主人曰：

庞统"不到半日，将百余日之事，尽断毕了，投笔于地"，单"投笔于地"四字，就已经够潇洒的了。庞统此举，是为了证明自己在耒阳属于大材小用。

这段文字中，张飞尽管"怒"了数次，但还是采纳了孙乾的建议，站在旁边看了庞统断案，"飞大惊，下席谢曰：'先生大才，小子失敬。

第五十七回　柴桑口卧龙吊丧　耒阳县凤雏理事

吾当于兄长处极力举荐'。"说明张飞脾气有所改变，也可能是今天没有喝酒的原因。

张飞回荆州，将鲁肃荐书呈上。玄德看毕，正在嗟叹。诸葛亮回来，问刘备曰："亮曾有荐书在士元处，曾达主公否？"玄德曰："今日方得子敬书，却未见先生之书。"孔明曰："大贤若处小任，往往以酒糊涂，倦于视事。"玄德曰："若非吾弟所言，险失大贤。"玄德即令张飞敬请庞统到荆州。玄德下阶请罪。统方将出孔明所荐之书。玄德遂拜庞统为副军师中郎将，与孔明共赞方略。

一知居主人曰：

庞龙手握两封荐书，并不一起拿出，有一股知识分子的傲气在。刘备听了诸葛亮所言，立马派人"敬请"庞统，且"下阶请罪"，说明刘备作为一家之主，能知错就改。最后属于皆大欢喜。庞统坐衙耒阳县，纯属一小小插曲而已。

曹操聚众谋士商议南征。荀攸进曰："周瑜新死，可先取孙权，次攻刘备。"操曰："我若远征，恐马腾来袭许都。前在赤壁之时，军中有讹言，亦传西凉入寇之事，今不可不防也。"荀攸曰："以愚所见，不若降诏加马腾为征南将军，使讨孙权，诱入京师，先除此人，则南征无患矣。"操大喜，即日遣人赍诏至西凉召马腾。

一知居主人曰：

曹操召集谋士，本来是商量南征的事情，最后却确定先收拾马腾，有点偏离主题了。曹操所言"恐马腾来袭许都"自是对应赤壁之战前徐庶所说之事。毕竟马腾也是在衣带诏上签名的人，不得不防。此间，荀攸所献除马腾之计，让人有些悲凉。为什么动辄要置人于死地呢？

初平中年，马腾因讨贼有功，拜征西将军。当日奉诏，马腾说："今闻玄德已得荆州，我正欲展昔日之志，而曹操反来召我，当是如何？"马超说："操奉天子之命以召父亲。今若不往，彼必以逆命责我矣。当乘其来召，竟往京师，于中取事，则昔日之志可展也。"马岱谏曰："曹操心怀叵测，叔父若往，恐遭其害。"腾曰："汝自统羌兵保守西凉……曹操见有汝在西凉，又有韩遂相助，谅不敢加害于我也。""吾自有处，不必多虑"。

一知居主人曰：

你有你的计策，我有我的对应，双方都在算计，都有整对方于死地而后快的想法。只可惜马腾过于自信，并没有听从马超所言"切不可轻入京师。当随机应变，观其动静"，很快就为曹操所害。

曹操唤门下侍郎黄奎先至马腾寨中劳军，"来日教他入城面君，吾就应付粮草与之"。奎领命而来，腾置酒相待。奎酒半酣而言曰："吾父黄琬死于李傕、郭汜之难，尝怀痛恨。不想今日又遇欺君之贼！"腾曰："谁为欺君之贼？"奎曰："欺君者操贼也。公岂不知之，而问我耶？"腾恐是操使来相探，急止之曰："耳目较近，休得乱言。"奎叱曰："公竟忘却衣带诏乎！"腾见他说出心事，乃密以实情告之。

一知居主人：

黄奎与马腾你一言我一语，对白很精彩，也很独到。既有试探对方之心，又在告诉对方自己真正的心思。最后二人达成一致。

曹操挑选人员去马腾处，挑来挑去，挑了一个与自己不一心的。尽管黄奎、马腾最后没有成功，曹操却是存在用人失察！

黄奎回家，恨气未息。其妻再三问之，奎不肯言。是夜黄奎果到春香房中。妾以言挑之。奎乘醉言曰："汝乃妇人，尚知邪正，何

况我乎？吾所恨者，欲杀曹操也！"妾曰："若欲杀之，如何下手？"奎曰："吾已约定马将军，明日在城外点兵时杀之。"妾告于苗泽，泽报知曹操。操便密唤曹洪、许褚和夏侯渊、徐晃分付如此如此。各人领命去了，一面先将黄奎一家老小拿下。

一知居主人曰：

黄奎气性真大，至家中怒气仍未消。黄奎心中所思，不肯说与结发妻子，却是说与了半路小妾，不可理解。不知小妾正与妻弟苗泽私通，正要图黄奎家产也。遂有苗泽直接报至曹操。黄奎一家被灭，包括苗泽的亲姐姐——黄奎的结发妻子！

次日，马腾将次近城，只见前面打着丞相旗号。马腾只道曹操自来点军。忽听得一声炮响，弓弩齐发。一将当先，乃曹洪也。马腾急拨马回时，两下喊声又起。许褚、夏侯渊、徐晃从三面领兵杀至，截断西凉军马，将马腾父子三人困在垓心。马铁被乱箭射死。马休、马腾身带重伤，二人俱被执。曹操教将黄奎与马腾父子，一齐绑至。一同遇害。只有马岱扮作客商，连夜逃遁去了。

一知居主人曰：

马腾过于大意，不知城中有变化，想先下手，没想到曹洪等先动手了。马腾有"出师未捷身先死"的悲壮！

黄奎被抓，大叫："无罪！"操教苗泽对证。苗泽敢站出来，这家伙胆子还真够大的，说不定心中还沾沾自喜呢！后来，苗泽告操曰："不愿加赏，只求李春香为妻。"说起来，要求并不算高。苗泽断断没有想到，曹操笑着说："你为了一妇人，害了你姐夫一家，留此不义之人何用！"并斩于市。活该！后人有诗叹曰："奸雄亦不相容恕，枉自图谋作小人。"

管窥《三国》中

第五十八回

马孟起兴兵雪恨　曹阿瞒割须弃袍

陈群献策与曹操，曰："今刘备、孙权结为唇齿，若刘备欲取西川，丞相可命上将提兵，会合淝之众，径取江南，则孙权必求救于刘备。备意在西川，必无心救权。权无救则力乏兵衰，江东之地，必为丞相所得。若得江东，则荆州一鼓可平也。荆州既平，然后徐图西川。天下定矣。"即时起大兵径下江南。令合淝张辽，准备粮草，以为供给。

一知居主人曰：

陈群所献计策，可谓周密，且层层相扣，步步惊心，堪为好计，曹操也说"长文之言，正合吾意"，只是此计牵扯面广，且容易出现异常情况，真正执行起来很难。此计有点过于理想化了。

曹操起兵径下江南。权聚众将商议。张昭曰："子敬有恩于玄德，其言必从。玄德既为东吴之婿，亦义不容辞。若玄德来相助，江南可无患矣。"权从其言，即遣鲁肃求救于玄德。肃领命，随即修书送玄德。玄德看了书中之意，往南郡请诸葛亮。诸葛亮说："也不消动江南之兵，也不必动荆州之兵，自使曹操不敢正觑东南。"便回书与鲁肃，教高枕无忧。诸葛亮说："操平生所虑者，乃西凉之兵也。今操杀马腾，其子马超，现统西凉之众，必切齿操贼。主公可作一书，

往结马超,使超兴兵入关,则操又何暇下江南乎?"

一知居主人曰:

这次张昭一反常态,不再说降曹,而是要鲁肃求救于刘备,理由还很充分。孙权并不直接联系刘备,却是让鲁肃出面。刘备接到信后并不立即做出决定,而是派人请诸葛亮回来。最后诸葛亮提议刘备修书与马超,一锤定音。各有心思,各得其妙。

诸葛亮联系马超造反西凉,让曹操不敢随便南下,可免了东吴之灾,属于互相牵扯、保持制约,与前面陈群所献计策存在某些相似之处。

马超在西凉州,夜感一梦,心中疑惑,聚帐下将佐,告说梦中之事。庞德应声曰:"此梦乃不祥之兆也。""雪地遇虎,梦兆殊恶。莫非老将军在许昌有事否"?言未毕,马岱踉跄而入,哭拜于地曰:"叔父与弟皆死矣!"超闻言,哭倒于地。众将救起。超咬牙切齿,痛恨操贼。忽报荆州刘皇叔遣人赍书至。

一知居主人曰:

马超夜有所梦,心中忐忑,马岱回来了,细说端详。马超正在发怒之时,刘备书信也到了。真是无巧不成书,宛如事先安排好的节奏。

文中庞德说"许昌"一事属于作者严重失误,或是另有寓意。当为"许都许县(今河南许昌东)"。魏国黄初二年(221),魏文帝曹丕以"汉亡于许,魏基昌于许",改许县为许昌。

超拆视之。书略曰:"伏念汉室不幸,操贼专权,欺君罔上,黎民凋残。备昔与令先君同受密诏,誓诛此贼。今令先君被操所害,此将军不共天地、不同日月之仇也。若能率西凉之兵,以攻操之右,

备当举荆襄之众，以遏操之前，则逆操可擒，奸党可灭，仇辱可报，汉室可兴矣。书不尽言，立待回音。"马超看毕，即时挥涕回书，发使者先回，随后便起西凉军马。

一知居主人曰：

刘备书信之中先讲国家大义，再说两家关系，最后提出自己的思路和建议，希望予以配合。情真意切，无论公私，马超都没有不答应的道理。

马超正要发兵，西凉太守韩遂使人请马超来见，并出曹操书示之。内云："若将马超擒赴许都，即封汝为西凉侯。"超拜伏于地曰："请叔父就缚俺兄弟二人，解赴许昌。"韩遂扶起曰："吾与汝父结为兄弟，安忍害汝？汝若兴兵，吾当相助。"马超拜谢。韩遂便将操使者推出斩之，点手下八部军马，一同进发。

一知居主人曰：

韩遂属于仗义之人。他与马腾为异姓"兄弟"，马腾已死，韩遂管与不管马家的事情，无所谓。韩遂能将曹操之书示与马超，等于明说自己之立场。可惜马超无知多疑，并不加珍惜，后反被曹操利用，自相残杀，遂使西凉兵败。

本节中，又有一名使者被杀，可怜的弱势群体啊！

马超、韩遂引大军围住长安。钟繇上城守护。一连围了十日，不能攻破。庞德进计。马超曰："此计大妙！"各部军马渐渐退去。钟繇纵令军民出城打柴取水，大开城门，放人出入。至第五日，人报马超兵又到，军民竞奔入城，钟繇仍复闭城坚守。约近三更，西城门里一把火起。钟进急来救时，被庞德一刀斩于马下。庞德杀散军校，斩关断锁，放马超、韩遂军马入城。钟繇从东门弃城而走，

退守潼关，飞报曹操。

一知居主人曰：

本节中有句，"钟繇次日登城看时，军皆退了，只恐有计。令人哨探，果然远去，方才放心"，看来钟繇够谨慎的，但还是没有识破马超，为马超算计。

钟繇，一代书法翘楚，作为长安郡守，平常治理一下城市秩序，管理一下老百姓，尚还可以，若要论起打仗来，显然能力不足。况且西凉兵马众多，彪悍能战！钟繇之子钟会却是《三国演义》后半部的打仗能手、风云人物。

操知失了长安，不敢复议南征，遂唤曹洪、徐晃分付："先带一万人马，替钟繇紧守潼关。如十日内失了关隘，皆斩。十日外，不干汝二人之事。我统大军随后便至。"二人领了将令，星夜便行。曹仁谏曰："洪性躁，诚恐误事。"操曰："你与我押送粮草，便随后接应。"

一知居主人曰：

马超、韩遂造反，曹操不再南征，基本达到了诸葛亮的目的，东吴也开始放心了。曹洪、徐晃出发之前，曹操一再要求他们坚守。曹洪最初还能够坚持，但是最终还是没有坚持住。曹仁之言，有谶语之嫌，怕什么，就有可能发生什么。

曹洪、徐晃到潼关，坚守关隘，并不出战。马超领军来关下，把曹操三代毁骂。曹洪只要厮杀，徐晃苦苦挡住。至第九日，曹洪在关上看时，西凉军都弃马在于关前草地上坐，多半困乏，就于地上睡卧。遂点兵杀下关来，最后被马超、庞德截杀。庞德追过潼关，曹洪为曹仁所救。曹洪奔见曹操。曹操问起，曹洪只说："西凉军兵，

百般辱骂。因见彼军懈怠，乘势赶去，不想中贼奸计。"曹操转而问徐晃："洪年幼躁暴，徐晃你须晓事！"徐晃说："累谏不从。当日晃在关上点粮车，比及知道，小将军已下关了。晃恐有失，连忙赶去，已中贼奸计矣。"操大怒，喝斩曹洪。众官告免。曹洪服罪而退。

一知居主人曰：

事情果然如曹仁所言，曹洪最终失了潼关。曹洪性急之人，不足以托付重任。若不是徐晃、曹仁二将相救，曹洪险些丢了性命。

曹操此时虽是大怒，要斩曹洪，也只是说说而已。毕竟都是曹氏一族，根连根，筋连筋。既然众将官求情，曹操自也乐得做个顺水人情。

操进兵直叩潼关。操令砍伐树木，起立排栅，分作三寨，操自居中寨。次日，操杀奔关隘前去，正遇西凉军马。操出马于门旗下，看西凉之兵及马超、马岱，暗暗称奇。马超挺枪直杀过来。于禁出迎。两马交战，斗得八九合，于禁败走。张郃亦败走。李通被马超刺于马下。操兵大败。马超、庞德、马岱引百余骑，直入中军来捉曹操。操在乱军中，只听得西凉军大叫："穿红袍的是曹操！"操马上急脱下红袍。又听得大叫："长髯者是曹操！"操惊慌，掣所佩刀断其髯。超遂令人叫拿："短髯者是曹操！"操闻知，即扯旗角包颈而逃。曹操正走之间，忽见背后马超赶来，惊得马鞭坠地。看看赶上，马超从后使枪搠来。

一知居主人曰：

本节中，马超表现非凡，特别是"超把枪望后一招，西凉兵一齐冲杀过来"，潇洒得意至极！

此战中，"左右将校见超赶来，各自逃命，只撇下曹操"，很少见。曹操狼狈之相可以想象！即便是在赤壁之战中，也没有如此之

难堪！好在曹操反应还算灵敏，知道如何保护自己，知道随时改变自己的外包装。"操绕树而走，超一枪搠在树上。急拔下时，操已走远"，曹操还真是命大！

超纵马赶来，曹洪轮刀纵马，拦住马超。操得命走脱。后夏侯渊到。马超恐被所算，乃拨马而回。曹操回寨，却得曹仁死据定了寨栅，因此不曾多折军马。收拾败军，坚守寨栅，深沟高垒，不许出战。超每日引兵来寨前辱骂搦战。操传令教军士坚守，如乱动者斩。诸将曰："当选弓弩迎之。"操曰："战与不战，皆在于我，非在贼也。贼虽有长枪，安能便刺？诸公但坚壁观之，贼自退矣。"

一知居主人曰：

"操入帐叹曰：'吾若杀了曹洪，今日必死于马超之手也！'遂唤曹洪，重加赏赐"，属于"此地无银三百两"。

本节中，曹操的表现，"空前绝后"，连诸将皆私相议曰："丞相自来征战，一身当先。今败于马超，何如此之弱也？"此时哪里又有一代枭雄的样子。

过了几日，细作报来马超添二万羌人生力兵来，操闻知大喜。诸将曰："马超添兵，丞相反喜。何也？"操曰："待吾胜了，却对汝等说。"三日后又报关上又添军马。操又大喜，就于帐中设宴作贺。诸将皆暗笑。操曰："诸公笑我无破马超之谋，公等有何良策？"徐晃献计。操曰："公明之言，正合吾意。"便教徐晃和朱灵同去径袭河西，伏于山谷之中。操教曹洪于蒲阪津，安排船筏。留曹仁守寨，操自领兵渡渭河。

一知居主人曰：

马超增加兵马，曹操反而笑得出来。众将问及原因，曹操竟然

卖起关子来。或许是曹操有什么顾虑吧！曹操的思维往往和别人不一样，"笑"得出奇！比如，此后不久，马超追杀曹操，"众将保操至野寨中，皆拜于地而问安。操大笑曰：'我今日几为小贼所困！'"

操先发精兵渡过北岸，开创营寨。操自引亲随护卫军将百人，按剑坐于南岸，看军渡河。忽然人报："后边白袍将军到了！"众皆认得是马超。一拥下船。河边军争上船者，声喧不止。只听得人喊马嘶，许褚跃身上岸，呼曰："贼至矣！请丞相下船！"回头视之，马超已离不得百余步。许褚拖操下船时，船已离岸一丈有余，褚负操一跃上船。随行将士尽皆下水，扳住船边，争欲上船逃命。船小将翻，褚掣刀乱砍，傍船手尽折，倒于水中。急将船望下水棹去。许褚立于梢上。忙用木篙撑之。操伏在许褚脚边。马超令骁将绕河射之。矢如雨急。船中数十人皆被射倒。其船反撑不定，于急水中旋转。许褚独奋神威，将两腿夹舵摇撼，一手使篙撑船，一手举鞍遮护曹操。

一知居主人曰：

计划赶不上变化，曹操正要过河，没想到马超突然来闯营。曹操好像镇定，"操犹坐而不动，按剑指约休闹"；许褚叫他下到船上，"操口内犹言：'贼至何妨？'"但又让人觉得曹操被吓傻的成分多一些！

曹操屡次遭难，屡次得救脱身，还在于曹操身边总是有得心得力之人。前有典韦、曹洪，本次有许褚也！毛宗岗先生评论时说"操无洪则死于陆，无褚则死于水。其不死者，天也！"可谓确切。

时渭南县令丁斐在南山之上，见马超追操甚急，遂将寨内牛只马匹，尽驱于外。漫山遍野，皆是牛马。西凉兵见之，都回身争取牛马，

第五十八回　马孟起兴兵雪恨　曹阿瞒割须弃袍　623

无心追赶,曹操因此得脱。操问曰:"诱贼者谁也?"有知者答曰:"渭南县令丁斐也。"少顷,斐入见。操谢曰:"若非公之良谋,则吾被贼所擒矣。"遂命为典军校尉。

一知居主人曰:

县令丁斐智慧之人,自知武艺不如人,却是以利扰之,扰乱其军心。果然奏效,西凉兵大乱。曹操见部下有功,立即进行奖励,可谓治军还算有方。不过,却没有见他赏赐许褚。窃以为不妥也。可能曹操认为许褚是"自己人",责任所在,没有奖励的必要。

马超回见韩遂,说:"几乎捉住曹操!有一将奋勇负操下船去了,不知何人。"遂曰:"吾闻曹操选极精壮之人,为帐前侍卫,名曰虎卫军,以骁将典韦、许褚领之。典韦已死,今救曹操者,必许褚也。此人勇力过人,人皆称为虎痴;如遇之。不可轻敌。"超曰:"吾亦闻其名久矣。"

一知居主人曰:

借韩遂之口,说出典韦、许褚之厉害,属于罗贯中先生惯用手段。只是说许褚为"虎痴"说法,此前未闻也!韩遂越说许褚厉害,越是勾引出马超与之打斗一番的念头,为后面"许诸裸衣斗马超"做了引子!

韩遂与庞德直抵渭南。操令众将于甬道两旁诱之。庞德先引铁骑千余,冲突而来。喊声起处,人马俱落于陷马坑内。庞德踊身一跳,跃出土坑,立于平地,立杀数人,步行砍出重围。韩遂已被困在垓心,庞德步行救之。曹仁部将曹永被庞德一刀砍于马下,夺其马,杀开一条血路,救出韩遂,投东南而走。背后曹兵赶来,马超引军接应,杀败曹兵,复救出大半军马。

一知居主人曰：

此处庞德所作所为，有赵子龙当年单骑救主之风。只是场面没有赵子龙那次大，看客也没有赵子龙那次多！这场战斗，马超一方，"计点人马，折了将佐程银、张横，陷坑中死者二百余人"，并不算多。

超与韩遂商议：**"不若乘今夜引轻骑去劫野营。"遂曰："须分兵前后相救。"超自为前部，令庞德、马岱为后应，当夜便行。**

曹操收兵屯渭北，唤诸将曰："贼欺我未立寨栅，必来劫野营。"众将依令，伏兵已毕。当夜，马超却先使成宜引三十骑往前哨探，成宜见无人马，径入中军。操军见西凉兵到，遂放号炮。四面伏兵皆出，只围得三十骑。成宜被夏侯渊所杀。马超却自从背后与庞德、马岱兵分三路蜂拥杀来。当夜双方混战，杀至天明，各自收兵。

一知居主人曰：

马超刚刚小败，不思考，不总结，还要当夜袭击曹营，这就是西凉人的倔强、任性、好斗之性格。曹操计划很好，只是看到成宜引三十骑来就四面伏兵尽出，实在过于仓促，反而被马超所用，反包围了。书中只是说双方杀了一夜，却未说各自损失，不解！

第五十九回
许褚裸衣斗马超　曹操抹书间韩遂

马超屯兵渭口，前后攻击。曹操在渭河内将船筏锁链作浮桥三条，接连南岸。曹仁引军夹河立寨，将粮草车辆穿连，以为屏障。马超闻之，教军士各挟草一束，带着火种，与韩遂并力杀到寨前，放起烈火。操兵抵敌不住，弃寨而走。车乘、浮桥尽被烧毁。西凉兵大胜，截住渭河。

一知居主人曰：

读到此处，极易让人想到赤壁之战。曹操接受了庞统的连环计，最后遭遇一场大火，兵败如山倒。曹操不接受教训，还是如此，最终大败。不过，上次有人提醒曹操，曹操得意之时没有接受。这次却没有见一个谋士说话，有点奇怪。

忽人报有一老人名娄子伯者来见丞相，欲陈说方略。操请入。子伯曰："丞相欲跨渭安营久矣，今何不乘时筑之？"操曰："沙土之地，筑垒不成。"子伯曰："丞相用兵如神，岂不知天时乎？连日阴云布合，朔风一起，必大冻矣。风起之后，驱兵士运土泼水，比及天明，土城已就。"操大悟，厚赏子伯。子伯不受而去。

一知居主人曰：

娄子伯不受而去，留得美名传。若受之，反而为之所累。世间偏偏有这种人，问事并不在于厚赏，而在于心情。后面第八十四回中，孔明之岳父黄承彦领陆逊走出八阵图，与此类似。

是夜北风大作。操尽驱兵士担土泼水随筑随冻。比及天明，已筑完。超领兵观之，大惊。次日，操自乘马出营，许褚一人随后。操扬鞭大呼曰："孟德单骑至此，请马超出来答话。"超乘马挺枪而出，意欲突前擒之，见操背后一人，睁圆怪眼，手提钢刀，勒马而立。超疑是许褚，乃扬鞭问曰："闻汝军中有虎侯，安在哉？"许褚提刀大叫曰："吾即谯郡许褚也！"目射神光，威风抖擞。超不敢动，乃勒马回。操亦引许褚回寨。两军观之，无不骇然。许褚曰："某来日必擒马超。"操曰："马超英勇，不可轻敌。"褚曰："某誓与死战！"即使人下战书，说虎侯单搦马超来日决战。超接书即批次日誓杀"虎痴"。

一知居主人曰：

曹操一夜筑成土城，马超大吃一惊，"疑有神助"，却不知道曹操是得了高人指点！曹操出迎只带许褚一人，好像心中有数。马超仔细打量许褚，也感到了来自对方的压力。曹操回到自己营中，谓诸将曰："贼亦知仲康乃虎侯也！"足见曹操之得意神情！

本来是两军对垒，最后却演变成了许褚和马超之间的战斗。场面上是马超虽然点了许褚的将，但是"超不敢动，乃勒马回"。下面，却是许褚下战书要单挑马超，马超接书大怒曰："何敢如此相欺耶！"至此，双方的心中之火都被点燃了，不过，似乎许褚的气势好像比马超更猛一些。

马超挺枪纵马,高叫:"虎痴快出!"许褚拍马舞刀而出。两人斗了一百余合,胜负不分。马匹困乏,各回军中,换了马匹,又出阵前。又斗一百余合,不分胜负。许褚性起,飞回阵中,卸了盔甲,浑身筋突,赤体提刀,翻身上马,来与马超决战。两个又斗到三十余合,褚奋威举刀便砍马超。马超闪过,一枪望褚心窝刺来。褚弃刀将枪挟住。两个在马上夺枪。许褚力大,一声响,拗断枪杆,各拿半节在马上乱打。

一知居主人曰:

马超、许褚之战,堪称经典。作者用语简洁而动作偏多,如现场观战,过瘾。前有三英战吕布,后有张飞、马超相斗,可与之媲美。好端端一场戏,夏侯渊、曹洪两将齐出夹攻。庞德、马岱也齐出,混杀将来,乱糟糟一片,没有了美感。

至于结束之后,马超谓韩遂曰:"吾见恶战者莫如许褚,真'虎痴'也。"属于英雄之间惺惺相惜,与个人立场无关。

一日,操于城上见马超引数百骑在寨前往来如飞。操观良久,掷兜鍪于地曰:"马儿不死,吾无葬地矣!"夏侯渊听了,心中气忿,厉声曰:"吾宁死于此地,誓灭马贼!"遂大开寨门,直赶去。操慌自上马前来接应。马超将前军作后队,后队作先锋,一字儿摆开。夏侯渊到,马超接往厮杀。超于乱军中遥见曹操,就撇了夏侯渊,直取曹操。操大惊,拨马而走。曹兵大乱。

一知居主人曰:

上次两军对垒,曹操一句"马超不减吕布之勇",引来马超、许褚之战。本次一句"马儿不死,吾无葬地矣",便有了夏侯渊出马。曹操两次言语,都是话中有话,意在激将也!在历次战斗中,从来没有见到曹操如此悲观过!

马超战曹军正酣,忽报操兵乘虚已渡河西扎了营寨,急收军回寨,与韩遂商议。李堪曰:"不如割地请和,两家且各罢兵,捱过冬天,到春暖别作计议。"韩遂曰:"李堪之言最善,可从之。"超犹豫未决。杨秋、侯选皆劝求和,于是韩遂遣杨秋为使,直往操寨下书说此事。诩曰:"兵不厌诈,可伪许之。然后用反间计,令韩、马相疑,则一鼓可破也。"操抚掌大喜曰:"文和之谋,正吾心中之事也。"曹操遣人回书。马超得书,谓韩遂曰:"超与叔父轮流调兵,今日叔向操,超向徐晃;明日超向操,叔向徐晃。分头提备,以防其诈。"

一知居主人曰:

韩遂部下建议割地请和,马超犹豫未决,但是心中已有防韩之心。韩遂派人到曹操处求和,马超却先得回书,当是曹操有意为之。马超提出与韩遂轮流调兵,有些罕见。看似相顾,实在于防止韩遂突然降曹。不过,韩遂还算顾全大局,"依计而行"。

操引众将出营,左右围绕,操独显一骑于中央。韩遂部卒多有不识操者,出阵观看。操高叫曰:"汝诸军欲观曹公耶?吾亦犹人也,非有四目两口,但多智谋耳。"诸军皆有惧色。

一知居主人曰:

曹操这出戏演得有点莫名其妙。想想前不久,曹操被马超追赶那出,不断改变自己包装,生怕被别人认出来,一个天上,一个地下。

操使人"请韩将军会话"。韩遂即出阵。操轻服匹马而出。二人马头相交,各按辔对语。说罢大笑,相谈有一个时辰,回马而别。超忙来问韩遂曰:"今日曹操阵前所言何事?"遂曰:"只诉京师旧事耳。"超心甚疑,不言而退。

一知居主人曰：

面上是两人在说话，实则另有马超线人在一旁。两人所谈皆是京师旧事，自然不好意思告知马超。马超说："安得不言军务乎？"韩遂说："曹操不言，吾何独言之？"战场毕竟不是茶馆，谁又会谈琐碎之事达一个时辰之久，马超已经开始怀疑，韩遂尚在梦中矣。

曹操写书一封，将紧要处尽皆改抹，然后实封，故意多遣从人送过寨去。果然有人报知马超，马超径来韩遂处索书看。韩遂将书与超。超见上面有改抹字样，问韩遂原因。韩遂说："原书如此，不知何故。"马超直说："必是叔父怕我知了详细，先改抹了。"韩遂说："莫非曹操错将草稿误封来了。"马超说："吾又不信。曹操是精细之人，岂有差错？"韩遂说："汝若不信吾心，来日吾在阵前赚操说话，汝从阵内突出，一枪刺杀便了。"马超说："若如此，方见叔父真心。"两人约定。

一知居主人曰：

韩遂如果真的投曹，即便是马超追得再紧，也不会将曹操之书让给马超看。正如贾诩所言，"马超乃一勇之夫，不识机密"。韩遂毕竟为马超长辈，此时还对马超迁就有爱，却不知马超已经怀疑至深，局势难回。

次日，韩遂引侯选等五将出阵。马超藏在门影里。韩遂使人请丞相攀话。曹操并不出，曹洪引数十骑与韩遂相见。马离数步，洪马上欠身言曰："夜来丞相拜意将军之言，切莫有误。"言讫便回马。超听得大怒，挺枪骤马，便刺韩遂。五将拦住，劝解回寨。遂曰："贤侄休疑，我无歹心。"马超哪里肯信，恨怨而去。

一知居主人曰：

韩遂手下原有八大将领，前几日，白天闯曹操营寨，程银、张横死于乱军之中；夜里闯曹营，成宜被夏侯渊所斩。故今日出场，只有五将也！

曹操真是老奸巨猾，火候掌握得恰到好处。曹洪之语属于子虚乌有之事，却是直接点燃导火索。马超上当，挺枪直刺韩遂，全然不顾韩遂周围其手下五将！马超如此，韩遂自是寒心至极。最终没有经住部下的撺掇，与马超分道扬镳了。

韩遂与五将商议，最终乃写密书，遣杨秋径来操寨，说投降之事。操大喜，约定今夜放火，里应外合。不想马超早已探知备细，仗剑先行，令庞德、马岱为后应。超一剑望韩遂面门剁去，遂慌以手迎之，左手早被砍落。五将挥刀齐出。马超砍翻马玩，剁倒梁兴，三将各自逃生。庞德、马岱亦至，互相混战。操兵四至。天色微明，李堪领一军从渭桥下过，马超挺枪纵马逐之。李堪拖枪而走。恰好于禁从背后开弓射马超。超听得背后弦响，急闪过，却射中李堪。李落马而死。

一知居主人曰：

韩遂向曹操割地求和，李堪是主要建议者。韩遂认为李堪之言"最善"。李堪也是准备谋害马超的参与者之一。没想到，战场混乱之中，李堪却被曹操手下大将于禁所误杀，实在可悲啊。分析原因，主要还在于马超过于机敏所致。

超来杀于禁，禁拍马走了。超回桥上住扎。操虎卫军当先，乱箭夹射马超。超以枪拨之，矢皆纷纷落地。超令从骑往来突杀。争奈曹兵围裹坚厚，不能冲出。超独在阵中冲突，却被暗弩射倒坐下马，马超堕于地上，操军逼合。正在危急，庞德、马岱杀来，救了马超，

将军中战马与马超骑了,望西北而走。

一知居主人曰:

马超武艺纵然超群,也抵不住乱箭射击!这是要马超之命的节奏!坐下马被暗弩击中倒地,马超落马,生命危在旦夕!幸亏庞德、马岱来得及时,救下马超。

曹操闻马超走脱,传令诸将。众将得令,各要争功,迤逦追袭。马超顾不得人马困乏,只顾奔走。最后剩得三十余骑,望陇西临洮而去。

一知居主人曰:

马超与韩遂发生内讧,曹操趁乱率大军而入。西凉兵马大乱,再无斗志。曹操传令:"无分晓夜,务要赶到马儿。如得首级者,千金赏,万户侯。生获者封大将军。"足见他对马超的态度!再看当年他对赵云,可谓天渊之别。

曹操亲自追至安定,知马超去远,方收兵回长安。众将毕集。韩遂已无左手,做了残疾之人,操教就于长安歇马,授西凉侯之职。杨秋、侯选皆封列侯,令守渭口。下令班师回许都。

一知居主人曰:

马超走远,韩遂便失去了与曹操谈判的砝码,况已经是残疾之人。被授西凉侯之职,已经不错。倒是杨秋、侯选也得封列侯。

杨阜径来长安见操。杨阜曰:"马超有吕布之勇,深得羌人之心。今丞相若不乘势剿绝,他日养成气力,陇上诸郡,非复国家之有也。望丞相且休回兵。"操曰:"吾本欲留兵征之,奈中原多事,南方未定,不可久留。君当为孤保之。"阜领诺,又保荐韦康为凉州刺史,同领

632 管窥《三国》 中

兵屯冀城，以防马超。阜临行，请于操曰："长安必留重兵以为后援。"操曰："吾已定下，汝但放心。"阜辞而去。

一知居主人曰：

前面并没有交代，曹操要班师回许都，杨阜却突然出场，要曹操"宜将剩勇追穷寇"，一口气将马超灭掉。曹操以"中原多事，南方未定"为由拒绝。但杨阜所言问题在后文中一一发生，可见杨阜还是有一定见识的。他"又保荐韦康为凉州刺史"，也可见曹操对他的信任度并不一般。

众将皆问曰："丞相不从河东击冯翊，而反守潼关，迁延日久，而后北渡，立营固守，何也？"操曰："吾故盛兵皆聚于潼关前，使贼尽南守，而河西不准备，故徐晃、朱灵得渡也。吾然后引兵北渡，连车树栅为甬道，筑冰城，欲贼知吾弱，以骄其心，使不准备。吾乃巧用反间，畜士卒之力，一旦击破之。正所谓疾雷不及掩耳。兵之变化，固非一道也。"众将又请问曰："丞相每闻贼加兵添众，则有喜色，何也？"操曰："关中边远，若群贼各依险阻，征之非一二年不可平复；今皆来聚一处，其众虽多，人心不一，易于离间，一举可灭：吾故喜也。"**众将拜曰**："丞相神谋，众不及也！"操曰："亦赖汝众文武之力。"遂重赏诸军。

一知居主人曰：

面对众将询问，曹操一一回答，有些道理。只是闭口不谈为马超所追、许褚船上救主之丑事。众将夸赞，曹操所言面子上谦虚，实则是做做样子，心中更是窃喜不已。毕竟西北无忧，并不虚此行！

毛宗岗先生就此将曹操与孙权、刘备相比："孙权之兵事决于大都督，刘备之兵事决于军师，而唯曹操则自揽其权而独运其谋。虽有众谋士以赞之，而裁断出诸臣之上，又非刘备、孙权比也。观其

每用一计，其始必为众将之所未知，其后乃为众将之所叹服。唐太宗题其墓曰'一将之智有余'，良然良然。"

夏侯渊屯兵长安。夏侯渊保举冯翊、张既为京兆尹，与渊同守长安。操班师回都。献帝排銮驾出郭迎接。诏操"赞拜不名，入朝不趋，剑履上殿"，如汉相萧何故事。自此威震中外。

一知居主人曰：

夏侯渊将"所得降兵，分拨各部"，做得聪明。四散开来，再难相聚，就难以起哄作乱。至于"帝排銮驾出郭迎接"，绝非出于自愿，而是有人安排他必须做如此表演。至于"有人"是谁？自不必知道。此后，曹操权力更大，更是无所畏惧了。

张鲁乃沛国丰人。其祖张陵在西川鹄鸣山中造作道书以惑人。陵死之后，其子张衡行之。百姓但有学道者，助米五斗。世号"米贼"。张衡死，张鲁行之。鲁自号为"师君"；其来学道者皆号为"鬼卒"；为首者号为"祭酒"；领众多者号为"治头大祭酒"。务以诚信为主，不许欺诈。又盖义舍，舍内饭米、柴火、肉食齐备，许过往人量食多少，自取而食；多取者受天诛。境内有犯法者，必恕三次；不改者，然后施刑。所在并无官长，尽属祭酒所管。

一知居主人曰：

本书第二十一回，曹操与刘备煮酒论英雄时，曾提及张鲁和刘璋。至本回末。两人才正式登场。罗贯中先生也真能够沉得住气，大框架矣！

张鲁们的几个自号，"米贼""师君""鬼卒""祭酒""治头大祭酒""奸令祭酒"，颇具神秘色彩，也让人觉得与张角兄弟的太平道类似。此地虽然自我封闭、有些愚昧，民风却也淳朴如陶渊明笔下之"桃

花源"。当然，之所以张鲁能"雄据汉中之地已三十年"。还在于"国家以为地远不能征伐"。交通不便，扰他何用？！

当年闻操破西凉之众，威震天下，张鲁聚众商议曰："西凉马腾遭戮，马超新败，曹操必将侵我汉中。我欲自称汉宁王，督兵拒曹操，诸君以为何如？"阎圃曰："汉川之民，户出十万余众，财富粮足，四面险固；今马超新败，西凉之民，从子午谷奔入汉中者，不下数万。愚意益州刘璋昏弱，不如先取西川四十一州为本，然后称王未迟。"张鲁大喜，遂商议起兵。

益州刘璋，即刘焉之子，汉鲁恭王之后。时庞羲探知张鲁欲兴兵取川，急报知刘璋。璋平生懦弱，闻得此信，心中大忧，急聚众官商议。忽张松昂然而出曰："某虽不才，凭三寸不烂之舌，使张鲁不敢正眼来觑西川。"

一知居主人曰：

张鲁好像未雨绸缪，曹操没来，他却要先收拾刘璋，称王拒曹。好像刘璋躺着中枪，属于倒霉蛋，其实不然。从本节中，知道"璋曾杀张鲁母及弟,因此有仇"。刘璋暗弱,自知打不过张鲁。张松出场，欲联曹操，借曹操之手收拾张鲁。

曹操最终没有来，却来了和刘璋一样国字号的亲戚刘备。这一切来得太快，实在出乎张鲁的意料。本是安静地，却要起风波！是福还是祸，谁也躲不过！

第五十九回　许褚裸衣斗马超　曹操抹书间韩遂

第六十回

张永年反难杨修　庞士元议取西蜀

张松生得额镼①头尖，鼻偃齿露，身短不满五尺，言语有若铜钟。松曰："某闻许都曹操，扫荡中原，吕布、二袁皆为所灭，近又破马超，天下无敌矣。主公可备进献之物，松亲往许都，说曹操兴兵取汉中，以图张鲁。则鲁拒敌不暇，何敢复窥蜀中耶？"刘璋大喜，收拾金珠锦绮，为进献之物，遣张松为使。松乃暗画西川地理图本藏之，带从人数骑，取路赴许都。早有人报入荆州。孔明便使人入许都打探消息。

一知居主人曰：

本回中说张松面相时，用了"额镼头尖"四个字，那该是什么样子的？先生未免太糟践张松了吧！

张松自告奋勇，为刘璋来许都说曹操以拒张鲁，暗地里却夹带私货，要献蜀中地图与曹操。当是想关键时候露一鼻子，好出人头地。没想到曹操竟然不理不睬，碰得灰头土脸。不想张松出发之时，就已经被诸葛亮盯上了。

---

① 镼："镼"是一种用来挖掘土地的农具。出自三国·魏·曹植《藉田赋》："名王亲柱千乘之体于陇亩之中，执锄镼于畦町之侧。"

张松到了许都馆驿中住定，每日去相府伺候，求见曹操。原来曹操自破马超回，傲睨得志，每日饮宴，无事少出，国政皆在相府商议。张松候了三日，方得通姓名。左右近侍先要贿赂，却才引入。

一知居主人曰：

张松是如何贿赂曹操左右近侍的？贿赂多少？主人曹操知否？书中没有交代，想象空间很大，留与众人猜。

《水浒传》中也有一例。燕青想知道乐和、萧让二人情况，拜见了高太尉府上一个年纪很小的虞候。那虞候开口说无可奉告，但是看到燕青的一锭大银，眼前顿时一亮，且一再声明，"我与你唤他出来，说了话，休要失信，把银子与我"。接着，"先把银子来！乐和已叫出在耳房里了"。得到银子，方才让见了乐和。不免让人叹曰：想见要人，先要买通看门的小鬼，古今一也。

操坐于堂上，松拜毕，操问曰："汝主刘璋连年不进贡，何也？"松曰："为路途艰难，贼寇窃发①，不能通进。"操叱曰："吾扫清中原，有何盗贼？"松曰："南有孙权，北有张鲁，西有刘备，至少者亦带甲十余万，岂得为太平耶？"操先见张松人物猥琐，五分不喜；又闻语言冲撞，遂拂袖而起，转入后堂。左右责松曰："汝为使命，何不知礼，一味冲撞？幸得丞相看汝远来之面，不见罪责。汝可急急回去！"

一知居主人曰：

曹操平了马超正志得意满，看张松长相猥琐，本不高兴，又闻语言冲撞，遂"拂袖而去"，张松自是心凉半截。

---

① 窃发：意思是暗中发动、不知不觉地产生。《晋书·汝南王亮楚王玮等传序》："如梁王之御大敌，若朱虚之除大憨，则外寇焉敢凭陵，内难奚由窃发！"

读到此处，不免想起庞统赤壁大战之后拜访孙权，也是因为"权见其人浓眉掀鼻，黑面短髯，形容古怪，心中不喜"，庞统后来就转投了刘备。

按说曹操和孙权都是爱才之人，却在这两人身上看走了眼，却是两人最终都归了刘备（只不过张松并没有真正到位）。想来，这都是刘备的福气！有些人真是好事不在忙，到时候好事自然来！

松笑曰："吾川中无谄佞之人也。"忽然阶下一人大喝曰："汝川中不会谄佞，吾中原岂有谄佞者乎？"松观其人，单眉细眼，貌白神清。问其姓名，乃太尉杨彪之子杨修，字德祖，现为丞相门下掌库主簿。此人博学能言，智识过人。松知修是个舌辩之士，有心难之。修亦自恃其才，小觑天下之士。

一知居主人曰：

借张松的眼睛，写出杨修的清秀。两人长相，对比鲜明，可谓妙极！其实两人都是舌辩之士，也都有些恃才傲物，看不起周围的人。看这两种人对决，斗智斗勇，互相不服气，是很有意思、有味道的事情。

当时见张松言语讥讽，杨修遂邀出外面书院中，分宾主而坐，谓松曰："蜀道崎岖，远来劳苦。"松曰："奉主之命，虽赴汤蹈火，弗敢辞也。"修问："蜀中风土何如？"松曰："蜀为西郡，古号益州……国富民丰，时有管弦之乐。所产之物，阜如山积，天下莫可及也！"杨修问及"蜀中人物如何？"松曰："九流三教，出乎其类，拔乎其萃者，不可胜记，岂能尽数！"修又问曰："如公者还有几人？"松曰："如松不才之辈，车载斗量，不可胜记。"修曰："公近居何职？"松曰："滥充别驾之任，甚不称职。敢问公为朝廷何官？"修曰："现为丞相府主簿。"张松只是反问了一句话，杨修闻言，满面羞惭。

一知居主人曰：

张松不卑不亢，有问必答，侃侃而谈，从容不迫。杨修本想刁难张松，没想到却被张松难住。想来张松出川之前，对杨修已经有所了解，不然何来"久闻公世代簪缨"之语，且说杨修"何不立于庙堂，辅佐天子，乃区区作相府门下一吏乎"，实在刻薄！要知道两个人是第一次见面。再看杨修，"强颜而答曰：'某虽居下寮，丞相委以军政钱粮之重，早晚多蒙丞相教诲，极有开发，故就此职耳'"。明显有点黔驴技穷，答不上话来了！

杨修取出曹操兵书《孟德新书》。张松看了一遍，共一十三篇。松看毕，问："公以此为何书耶？"杨修说："此是丞相酌古准今①**，仿《孙子十三篇》而作。公欺丞相无才，此堪以传后世否？"张松说此书内容为抄袭古人，川中三尺小童也能暗诵。张松亲自将《孟德新书》朗诵一遍，并无一字差错。修大惊曰："公过目不忘，真天下奇才也！"**

一知居主人曰：

杨修本来想利用《孟德新书》吓唬一下张松。没想到张松过目不忘，转眼之中，就背出来了。让人弄不清谁是正宗、谁是盗版的了。张松明显有强词夺理之处，但是聪明的杨修这时候却也无可奈何。

修曰："公且暂居馆舍，容某再禀丞相，令公面君。"松谢而退。修入见操曰："适来丞相何慢张松乎？"操曰："言语不逊，吾故慢之。"修曰："丞相尚容一祢衡，何不纳张松？"操曰："祢衡文章，播于当

---

① 酌古准今：意思是择取古代之事，用来比照今天的情况。明·张居正《请专官纂修疏》："今既汇为一书，固当深究本原，备详因革，酌古准今，以定一代之章程，垂万年之典则。"

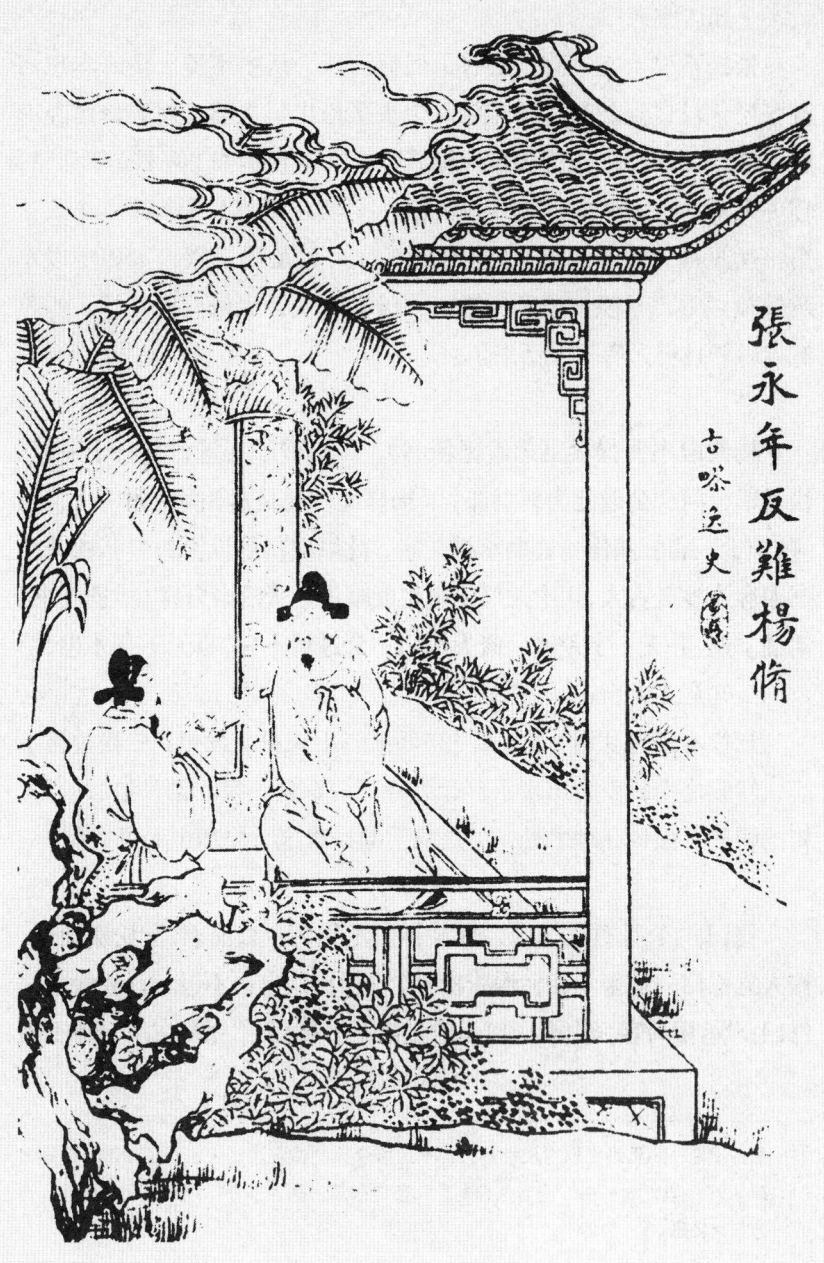

今，吾故不忍杀之。松有何能？"修曰："且无论其口似悬河，辩才无碍。适修以丞相所撰《孟德新书》示之，彼观一遍，即能暗诵，如此博闻强记，世所罕有。松言此书乃战国时无名氏所作，蜀中小儿，皆能熟记。"操曰："莫非古人与我暗合否？"

一知居主人曰：

当日杨修竟然将张松所言书事告知曹操，曹操一气之下，"令扯碎其书烧之"。此事杨修欠考虑。即便告诉主子，也要等过些日子。毕竟张松之言，他再转述一下，这让曹操面子上很过不去。再则，杨修又提及祢衡，让曹操心里再次不舒服。此书遂成为千古之谜。不知今人所辑《曹操集》(中华书局 2012 年版)中所收《孙子注》从何而来，或许是余稿吧。

至次日，张松至西教场。操点虎卫雄兵五万，布于教场中。松斜目视之。良久，操唤松指而示曰："汝川中曾见此英雄人物否？"松曰："吾蜀中不曾见此兵革，但以仁义治人。"操变色视之。松全无惧意。杨修频以目视松。操谓松曰："吾视天下鼠辈犹草芥耳。大军到处，战无不胜，攻无不取，顺吾者生，逆吾者死。汝知之乎？"松曰："丞相驱兵到处，战必胜，攻必取，松亦素知。昔日濮阳攻吕布之时，宛城战张绣之日；赤壁遇周郎，华容逢关羽；割须弃袍于潼关，夺船避箭于渭水：此皆无敌于天下也！"操大怒曰："竖儒怎敢揭吾短处！"喝令推出斩之。杨修谏曰："若斩之，恐失远人之意。"荀彧亦谏。操方免其死，令乱棒打出。

一知居主人曰：

曹操应了杨修之请求，安排张松参加西教场练兵，想显显大国之威风。谁知张松并不领情，先是在表面上对曹操有所恭维，说"丞相驱兵到处，战必胜，攻必取，松亦素知"。忽然内容一转，竟然列

举（用"奚落"更准确一些）起曹操种种败绩来。"打人不打脸，骂人不揭短"，张松当面揭短，属于大不敬。难怪曹操不顾个人形象非要"推出斩之"。幸亏杨修、荀彧出面相求，张松才被乱棒打出。想来，在此事之后，曹操对杨修也会有新看法。毕竟杨修也是当事人，两件事情都让曹操失了体面。

张松归馆舍，连夜出城，收拾回川。松自思曰："吾本欲献西川州郡与曹操，谁想如此慢人！我来时于刘璋之前，开了大口；今日怏怏空回，须被蜀中人所笑。吾闻荆州刘玄德仁义远播久矣，不如径由那条路回。试看此人如何，我自有主见。"

一知居主人曰：

张松本想投靠曹操麾下，谁知曹操并不认可，自是心中烦闷。再想想出川之时，曾在刘璋那里说下大话，此番灰溜溜回去，害怕被同僚笑话。无可奈何之时，想起刘备，自然想去试试，不成再说。他没有想到，刘备早已经在某一个地方等着他了。

张松离开许都，进荆州地界之前，没想到赵云早就奉命在此等候。军士跪奉酒食，云敬进之。松自思曰："人言刘玄德宽仁爱客，今果如此。"走到馆驿，更没有想到关云长说自己"奉兄长将令，为大夫远涉风尘，令关某洒扫驿庭，以待歇宿"。须臾，排上酒筵，二人殷勤相劝。次日玄德引着诸葛亮、庞统亲自来接。遥见张松，早先下马等候。玄德曰："久闻大夫高名，如雷灌耳。恨云山遥远，不得听教。今闻回都，专此相接。倘蒙不弃，到荒州暂歇片时，以叙渴仰之思，实为万幸！"松大喜，遂上马并辔入城。

一知居主人曰：

数天之内，张松所受待遇迥然不同，一个天上，一个地下。对

于张松而言，恍惚如在梦里，自是感恩不尽。尤其是关羽能够亲自陪着，而且"饮至更阑，方始罢席"。要知道，关羽向来看不起读书人，能够如此招待张松，十分难得。第二天，刘备、诸葛亮、庞统三人同来见张松，更是难得。

所有的热情，让张松根本无法推辞了。张松正不知不觉中，慢慢地上了刘备、诸葛亮的船。

堂上饮酒间，玄德只说闲话。松以言挑之曰："今皇叔守荆州，还有几郡？"孔明答曰："今我主因是东吴女婿，故权且在此安身。"松曰："东吴据六郡八十一州，民强国富，犹且不知足耶？"庞统曰："吾主汉朝皇叔，反不能占据州郡；其他皆汉之蠢贼，却都恃强侵占地土；惟智者不平焉。"玄德曰："吾有何德，敢多望乎？"松曰："不然。明公乃汉室宗亲，仁义充塞乎四海。休道占据州郡，便代正统而居帝位，亦非分外。"玄德拱手谢曰："公言太过，备何敢当！"自此一连留张松饮宴三日，并不提起川中之事。

一知居主人曰：

张松见刘备，一心要献功。孰料刘备只是设宴款待，只是说闲话，并不言西川之事。张松以言挑之，被孔明、庞统等迅速转移。相互之间有问有答，如在上演双簧，明显在用欲擒故纵之计戏张松矣！张松自是感到忐忑不安，已经先行输了三分。

言语之中，张松有句"便代正统而居帝位，亦非分外"，明显言辞不当。即便这样，刘备没有加以斥责，而是"拱手谢曰"。难道刘备此时心里美滋滋的？！

玄德于十里长亭设宴送行。玄德曰："今日相别，不知何时再得听教。"言罢，潸然泪下。张松自思："不如说之，令取西川。"乃分

析荆州形势，说非可久恋之地。

一知居主人曰：

数日后在十里长亭送别，刘备潸然泪下。这一哭，终于让张松按捺不住，全盘托出。刘备与张松之间的较量中，张松先投降了。

玄德曰："故知如此，但未有安迹之所。"松曰："若起荆襄之众，长驱西指，霸业可成，汉室可兴矣。"玄德曰："备安敢当此？刘益州亦帝室宗亲，恩泽布蜀中久矣。他人岂可得而动摇乎？"松曰："某非卖主求荣。今遇明公，不敢不披沥肝胆……松此一行，专欲纳款于操。何期逆贼恣逞奸雄，傲贤慢士，故特来见明公……明公果有取西川之意，松愿施犬马之劳，以为内应。"玄德曰："深感君之厚意。奈刘季玉与备同宗，若攻之，恐天下人唾骂。"松曰："大丈夫处世，当努力建功立业，著鞭在先。"玄德曰："虽欲取之，用何良策？"松于袖中取出一图，递与玄德。玄德略展视之，见上面一一俱载明白。张松又推荐法正、孟达两人。玄德拱手谢曰："他日事成，必当厚报。"松曰："松遇明主，不得不尽情相告，岂敢望报乎？"说罢作别。孔明命云长等护送数十里方回。

一知居主人曰：

张松明说了自己往许都走一遭的真实目的，只是曹操不认可，不接受，让人心中不安。张松还为刘备分析当前局势，献计献图。想来此事此时，张松方才如释重负，暂且轻松下来。虽然未见诸葛亮、庞统言语，怕是他们心里已经乐开花了！

张松回益州，先见法正，备说"曹操轻贤傲士，只可同忧，不可同乐。自己已将益州许刘皇叔矣，专欲与兄共议"。法正曰："吾料刘璋无能，已有心见刘皇叔久矣。"少顷，孟达至，见正与松密语。

达曰:"将欲献益州耶?"松曰:"是欲如此。兄试猜之,合献与谁?"达曰:"非刘玄德不可。"三人抚掌大笑。

一知居主人曰:

张松自知身单力薄,所以请来法正、孟达入伙,正是"一个篱笆三个桩,一个好汉三个帮"。只是孟达首次出场,便直接说出张松、法正二人心思,聪明人也。

次日,张松见刘璋,曰:"操乃汉贼,欲篡天下,不可为言。彼已有取川之心。"璋曰:"似此如之奈何?"松曰:"松有一谋,使张鲁、曹操必不敢轻犯西川。"璋曰:"何计?"松曰:"荆州刘皇叔,与主公同宗,仁慈宽厚,有长者风。赤壁鏖兵之后,操闻之而胆裂,何况张鲁乎?主公何不遣使结好,使为外援,可以拒曹操、张鲁矣。"璋曰:"谁可为使?"松曰:"非法正、孟达,不可往也。"

一知居主人曰:

张松见过刘璋,明说曹操之路已经走不通,建议可请同宗刘备入川,以抗张鲁。没想到刘璋竟然不假思索,说"吾亦有此心久矣"。哪有这么快表态的主子啊?说明城府不深。这家伙做事也够快的,立马修书一封,令法正为使;次遣孟达领兵迎玄德入川。刘璋急切之形象跃然纸上。

张松劝说刘璋请刘备入川。黄权说刘备当下实力不小,"若召到蜀中,以部曲待之,刘备安肯伏低做小?若以客礼待之,又一国不容二主……张松昨从荆州过,必与刘备同谋。可先斩张松,后绝刘备,则西川万幸也"。璋曰:"贼兵犯界,有烧眉之急;若待时清,则是慢计也。"遂不从其言。王累说:"张鲁犯界,乃癣疥之疾;刘备入川,乃心腹之大患。况刘备世之枭雄,先事曹操,便思谋害;后从孙权,

便夺荆州。心术如此，安可同处乎？今若召来，西川休矣！"刘璋叱曰："再休乱道！玄德是我同宗，他安肯夺我基业？"便教扶二人出。遂命法正便行。

一知居主人曰：

正是"先入为主"，张松的建议已经植入刘璋大脑，黄权、王累的建议再也无法入内。刘璋一根筋走到底，却不知道自己的江山危若累卵。世人都说刘璋暗弱，并不过分也！

法正来荆州见玄德，呈上书信。玄德拆封视之，看毕大喜，设宴相待法正。密谓正曰："久仰孝直英名，张别驾多谈盛德。今获听教，甚慰平生。"法正谢曰："张别驾昔日之言，将军复有意乎？"玄德曰："备一身寄客，未尝不伤感而叹息。尝思鷦鷯尚存一枝，狡兔犹藏三窟①，何况人乎？"法正曰："今刘季玉不能用贤，此业不久必属他人。今日自付与将军，不可错失。岂不闻逐兔先得②之语乎？"玄德拱手谢曰："尚容商议。"

一知居主人曰：

刘备见了刘璋书信，留法正密谈。先行恭维一番，而后说"蜀中丰余之地，非不欲取；奈刘季玉系备同宗，不忍相图"。法正一番深度解释，刘备拱手而谢，"尚容商议"。说明刘备此时心中还在斗争，还没有最终下定取西川之心。当年隆中对时，诸葛亮曾提及入蜀之事。

在荆州问题上，刘备曾经下不了决心，失去了占领荆州的绝佳机会，本身就是一个教训。本次与荆州事情类似。

---

① 鷦鷯尚存一枝，狡兔犹藏三窟：连很小的鷦鷯鸟还有一枝可供栖身，狡猾的兔子也有三个洞穴可以藏身。说明凡是动物，都有安身立命之处，以此比喻作为社会的人，更应在社会中找到自己的位置。鷦鷯，一种小鸟，又名"巧妇鸟"。窟，洞穴。

② 逐兔先得：谁先抓到兔子，兔子就归谁，别人不能再争。

当日席散，庞统进曰："事当决而不决者，愚人也。主公高明，何多疑耶？""益州户口百万，土广财富，可资大业。今幸张松、法正为内助，此天赐也。何必疑哉？"玄德曰："若以小利而失信义于天下，吾不忍也。"庞统笑曰："主公之言，虽合天理，奈离乱之时，用兵争强，固非一道。若拘执常理，寸步不可行矣，宜从权变。且兼弱攻昧、逆取顺守，汤、武之道也。若事定之后，报之以义，封为大国，何负于信？今日不取，终被他人取耳。主公幸熟思焉。"玄德乃恍然曰："金石之言，当铭肺腑。"于是遂请孔明，同议起兵西行。

一知居主人曰：

刘备独坐沉吟。庞统进曰："事当决而不决者，愚人也。"而后论及天下大事，且说"今日不取，终被他人取耳"。玄德乃恍然大悟。刘备这才坚定了入川的信心。庞统这番话，想来应是刘备带庞统（而非诸葛亮）入川的主要原因。

刘备分析自己与曹操的差别："今与吾水火相敌者，曹操也。操以急，吾以宽；操以暴，吾以仁；操以谲，吾以忠：每与操相反，事乃可成。"这些对自己的评语，若从别人嘴里说出尚可理解，从刘备自己嘴里说出，便有些高看自己了。

孔明曰："荆州重地，必须分兵守之。"玄德讲了下一步如何安排。孔明应允。于是孔明总守荆州；关公拒襄阳要路，当青泥隘口；张飞领四郡巡江；赵云屯江陵，镇公安。玄德令黄忠为前部，魏延为后军。玄德自与刘封、关平在中军。庞统为军师，起程西行。

一知居主人曰：

刘备欲引兵入川，提出带庞、黄、魏（都是新人）前往西川，留军师与关、张、赵（都是老班人马）守荆州。自从刘备三顾茅庐、诸葛亮出山之后，两人本次属于第一次分手。

此次入川，刘备可能觉得没甚要紧，反而觉得守荆州更重要些，故留诸葛亮与三大将于此地。想来庞统入伙不久，刘备也有意识历练一下庞统。可惜，入川之后，很快有了变故。

刘备望西川进发。行不数程，孟达接着。玄德使人先报刘璋。璋欲自出涪城亲接玄德。黄权入谏曰："不忍主公中他人奸计。望三思之！"璋乃叱权曰："吾意已决，汝何逆吾！"权叩首流血，近前口衔璋衣而谏。璋扯衣而起。权不放，顿落门牙两个。璋喝左右，推出黄权。权大哭而归。璋欲行，李恢伏于阶前而谏曰："主公不纳黄公衡忠言，乃欲自就死地耶！""窃闻君有诤臣，父有诤子。黄公衡忠义之言，必当听从。若容刘备入川，是犹迎虎于门也。"璋曰："玄德是吾宗兄，安肯害吾？再言者必斩！"叱左右推出李恢。次日，上马出榆桥门。人报从事王累，自用绳索倒吊于城门之上，一手执谏章，一手仗剑。刘璋教取所执谏章观之。大怒曰："吾与仁人相会，如亲芝兰，汝何数侮于吾耶！"王累大叫一声，自割断其索，撞死于地。

一知居主人曰：

刘备入川，刘璋欲前往涪城迎接。黄权、李恢、王累三人将生命置之度外，冒死相谏，想来自有他们的道理。尤其是王累"自割断其绳索，撞死于此地"之后，刘璋应该三思而后行。可惜刘璋仍是听不进去。忠贞之人遇到昏庸之人，奈若何！奈若何！

再看张松的表演。张松批评黄权，"疏间宗族之义，滋长寇盗之威，实无益于主公"。李恢被推出之后，张松曰："今蜀中文官各顾妻子，不复为主公效力；诸将恃功骄傲，各有外意。不得刘皇叔，则敌攻于外，民攻于内，必败之道也。"张松表白如此急促，如此直白，想来也是生怕自己无法促成刘备入川事宜，战战兢兢、如履薄冰。

刘璋往涪城来。玄德所到之处，一者是西川供给；二者是玄德号令严明，如有妄取百姓一物者斩：于是所到之处，秋毫无犯。百姓扶老携幼，满路瞻观，焚香礼拜。玄德皆用好言抚慰。法正密谓庞统曰："近张松有密书到此，言于涪城相会刘璋，便可图之。"统曰："待二刘相见，乘便图之。若预走泄，于中有变。"法正乃秘而不言。璋已到，使人迎接玄德。玄德入城，与刘璋相见，各叙兄弟之情。礼毕，挥泪诉告衷情。饮宴毕，各回寨中安歇。

一知居主人曰：

刘备入川之时，思考再三，才下定决心。可是见了刘璋，看其之热情，又念及同宗之情，忽然又觉得不忍下手。张松发书要刘备在涪城收拾刘璋，庞统献计宴杀刘璋，都被刘备推掉。

刘璋对刘备可是一片真心，璋便发书告报沿途州郡，供给钱粮。亲自装载资粮钱帛一千余辆，离开成都三百六十里到涪城来接。刘璋并不知道，自己正在主动"引狼入室"。

璋谓众官曰："可笑黄权、王累等辈，不知宗兄之心，妄相猜疑。吾今日见之，真仁义之人也。吾得他为外援，又何虑曹操、张鲁耶？"时部下将佐刘璝、泠苞、张任、邓贤等一班文武官曰："主公且休欢喜。刘备柔中有刚，其心未可测，还宜防之。"璋笑曰："汝等皆多虑。吾兄岂有二心哉！"众皆嗟叹而退。

一知居主人曰：

刘璋觉得刘备入川，对自己是一件大好事，所以部下将佐建议说刘备"其心未可测，还宜防之"。刘璋却说："汝等皆多虑。"众皆嗟叹而退。主帅执迷不悟，部下再建议也无济于事。

在刘璋心中，好像只有张松和他一心，说"非张松则失之矣""乃脱所穿绿袍，并黄金五百两，令人往成都赐与张松"。刘璋不知，恰

恰是张松出卖了他。

玄德归到寨中。统曰:"季玉虽善,其臣刘璝、张任等皆有不平之色,其间吉凶未可保也。"建议来日设宴,于筵上杀了刘璋,一拥入成都。玄德曰:"季玉是吾同宗,诚心待吾;更兼吾初到蜀中,恩信未立;若行此事,上天不容,下民亦怨。公此谋,虽霸者亦不为也。"统曰:"是法孝直得张松密书,言事不宜迟,只在早晚当图之。"言未已,法正入见曰:"某等非为自己,乃顺天命也""既到此地,进则有功,退则无益。若执狐疑之心,迁延日久,大为失计。且恐机谋一泄,反为他人所算"。庞统亦再三相劝。

一知居主人曰:

刘备初入川,还是优柔寡断,日久则生变。法正直言"若执狐疑之心,迁延日久,大为失计。且恐机谋一泄,反为他人所算",后来果被言中。其实张松被杀、庞统之死,本来都是可以避免的。

第六十一回
赵云截江夺阿斗　孙权遗书退老瞒

　　次日，复与刘璋宴于城中，情好甚密。酒至半酣，庞统与法正教魏延登堂舞剑，乘势杀刘璋。延遂拔剑进曰："筵间无以为乐，愿舞剑为戏。"张任掣剑曰："某愿与魏将军同舞。"二人对舞于筵前。魏延目视刘封，封亦拔剑助舞。于是刘璝、泠苞、邓贤各掣剑出曰："我等当群舞，以助一笑。"玄德大惊，急掣左右所佩之剑，立于席上曰："吾兄弟相逢痛饮，并无疑忌。又非鸿门会上，何用舞剑？不弃剑者立斩！"刘璋亦叱曰："兄弟相聚，何必带刀？"命侍卫者尽去佩剑。众皆纷然下堂。玄德唤诸将士上堂，以酒赐之，诸将皆拜谢。刘璋执玄德之手而泣曰："吾兄之恩，誓不敢忘！"二人欢饮至晚而散。玄德归寨，责庞统曰："今后断勿为此。"统嗟叹而退。

　　一知居主人曰：

　　刘备复宴刘璋于涪城一节，可谓步步惊心，与当年项羽、刘邦鸿门宴有惊人的相似。刘备不许部下杀刘璋（项羽不许杀刘邦）；军师庞统设计非要杀刘璋（范增要杀刘邦）；魏延舞剑目标直指刘璋（项庄舞剑意在刘邦）；张任接招意在护主（项伯出场，意在保护刘邦）。稍有不同者，刘备、刘璋尽欢而去（刘邦私下逃跑）；出面接魏延舞剑者张任为刘璋手下（接项庄之剑者项伯与项庄同为项羽手

下，项伯有内鬼之嫌）；双方将佐几乎要"群舞"了；玄德唤诸将士上堂，以酒赐之，（鸿门宴上只是赐樊哙一人喝酒）；张松被杀是数日之后的事情（鸿门宴之后，刘邦回到大营，立即诛杀曹无伤）。

刘璋归寨，刘璝等曰："主公见今日席上光景乎？"刘璋曰："吾兄刘玄德，非比他人。"众将曰："虽玄德无此心，他手下人皆欲吞并西川，以图富贵。"遂不听，日与玄德欢叙。忽报张鲁整顿兵马将犯葭萌关。刘璋请玄德往拒之。玄德领诺引兵去了。众将劝刘璋紧守各处关隘，以防玄德兵变。璋初时不从，后因众人苦劝，乃令杨怀、高沛二人，守把涪水关。刘璋自回成都。

一知居主人曰：

刘璋部下说刘备一行有吞并之图谋，刘璋并不信，曰："汝等无间吾兄弟之情。"恰巧张鲁犯葭萌关，刘璋请刘备出征（自有试探刘备的意思）。刘备没有不去的理由。有道是三人成虎，众口铄金。大将们在刘璋耳旁说防刘备一手的次数多了，刘璋自然也就多了一个心眼。

刘备刚到川中，孙权会文武商议。顾雍进曰："何不差一军先截川口，断其归路，后尽起东吴之兵，一鼓而下荆襄？此不可失之机会也。"权曰："此计大妙！"正商议间，忽屏风后吴国太大喝而出曰："进此计者可斩之！欲害吾女之命耶！""吾一生惟有一女，嫁与刘备。今若动兵，吾女性命如何！"叱孙权："顾小利而不念骨肉！"孙权喏喏连声，答曰："老母之训，岂敢有违！"遂叱退众官。国太恨恨而入。

一知居主人曰：

孙权与大臣们讨论国家大事，吴国太反应如此快捷，有些失真。难道她有垂帘听政之好？也正是考虑到吴国太爱女之心，便有张昭要刘备"把荆州换阿斗"之计。

孙权立于轩下正沉吟间，张昭说可差心腹潜入荆州，下密书与郡主，只说国太病危，取郡主星夜回东吴，并带刘备独子而来。那时玄德定把荆州来换阿斗。权曰："此计大妙！"孙权说周善"最有胆量。自幼穿房入户，多随吾兄。今可差他去"。周善领命，扮为商人，取荆州水路而来。船泊江边，善自入荆州，令门吏报孙夫人。夫人命周善入。善呈上密书。周善说国太病重，旦夕思念夫人。倘去得迟，恐不能相见。就教夫人带阿斗去见一面。夫人说需知会军师。周善说"大江之中，已准备下船只。只今便请夫人上车出城"。孙夫人便将七岁孩子阿斗，载在车中。随行带三十余人，各跨刀剑，上马离荆州城，便来江边上船。

一知居主人曰：

要说吴国太想念女儿，母亲思念闺女，人之常情，可以理解。却要孙夫人携阿斗同行，则不可理解（后果然被赵云看破）。因为阿斗不是孙夫人所生，与吴国太没有任何血缘关系，吴国太没有非要见他的理由。况阿斗已是少年，无须孙夫人亲自照料。周善船内暗藏兵器，更是不可理解。

周善方欲开船，听得岸上赵云大叫："且休开船，容与夫人饯行！"周善叱令一齐开船，将军器摆在船上。风顺水急，船皆随流而去。赵云沿江赶叫，周善只催船速进。赵云赶到十余里，忽见江滩斜缆一只渔船，弃马执枪，跳上渔船，望着夫人所坐大船追赶。周善教军士放箭。赵云以枪拨之，箭皆纷纷落水。离大船悬隔丈余，吴兵用枪乱刺。

一知居主人曰：

赵云不单单是陆上英雄，也是水上豪杰。赵云"掣所佩青釭剑在

手,分开枪搠,望吴船踊身一跳,早登大船",有一条很美丽的弧线,当在江面上,久久不去!难怪"吴兵尽皆惊倒"。

赵云入舱中,夫人说自己母亲病在危笃。云曰:"何故带小主人去?"夫人曰:"阿斗是吾子,留在荆州,无人看觑。"云曰:"主母差矣。主人一生,只有这点骨血,小将在当阳长坂坡百万军中救出,今日夫人却欲抱将去,是何道理?"夫人怒曰:"量汝只是帐下一武夫,安敢管我家事!"云曰:"夫人要去便去,只留下小主人。"夫人喝曰:"汝半路辄入船中,必有反意!"云曰:"若不留下小主人,纵然万死,亦不敢放夫人去。"赵云推倒侍婢,就怀中夺了阿斗,抱出船头上。赵云却也孤掌难鸣,进退不得。周善只顾放船下水。风顺水急,望中流而去。

一知居主人曰:

在江上截阿斗的时候,赵云只是先说道理,不得已下手夺了。待夫人喝侍婢夺阿斗,赵云仍是"一手抱定阿斗,一手仗剑,人不敢近"。因为孙夫人是自家嫂嫂,属于"内部斗争",不忍杀人。

正在危急,下流驶出十余只船来,张飞在当头船上高声大叫:"嫂嫂留下侄儿去!"当下张飞提剑跳上吴船。周善提刀来迎,被张飞手起一剑砍倒,提头掷于孙夫人前。夫人曰:"吾母病重,甚是危急……若你不放我回去,我情愿投江而死!"张飞与赵云商议之后,乃谓夫人曰:"俺哥哥大汉皇叔,也不辱没嫂嫂。今日相别,若思哥哥恩义,早早回来。"说罢,抱了阿斗,自与赵云回船,放孙夫人五只船去了。

一知居主人曰:

赵云正进退不得,好在天无绝人之路,张飞驶船拦住东吴的船只。

赵云一般不杀人，杀人之活，适合张飞做。张飞手起一剑砍倒周善，提头掷于孙夫人前。已经由不得孙夫人不放阿斗了。

前一节中，夫人喝赵云何故无礼！云插剑声喏曰："主母欲何往？"这一节中，夫人问张飞何故无礼？张飞曰："嫂嫂不以俺哥哥为重，私自归家，这便无礼！"相比之下，张飞回答的巧妙，铿锵有力，属于粗中有细。后来张飞与赵云商议："若逼死夫人，非为臣下之道。只护着阿斗过船去罢。"还算没有杀得兴起，滥杀无辜。

孙夫人回吴，具说张飞、赵云杀了周善，截江夺了阿斗。孙权大怒，唤集文武，商议起军攻取荆州。忽报曹操起军四十万来报赤壁之仇。孙权大惊，且按下荆州，商议拒敌曹操。人报张纮病故，有哀书上呈。权拆视之，书中劝孙权迁居秣陵，言秣陵山川有帝王之气，可速迁于此，以为万世之业。孙权览书大哭，即命迁治建业，筑石头城。权曰："人无远虑，必有近忧。子明之见甚远。"便差军数万筑濡须坞。晓夜并工，刻期告竣。

一知居主人曰：

孙权商议起军攻取荆州，报周善被杀之仇。忽报曹操起军来报赤壁之仇。孙权大惊，商议拒敌曹操。毕竟此时刘备在川中活动，远水不解近渴。又因为阿斗之事，孙权很难与在荆州的诸葛亮、赵云、张飞等人协商联合抗曹，所以孙权接受张纮遗言，迁居秣陵，以求自保，实为上策。

看来曹操、孙权、刘备三家都没有闲着。虽是表面上按兵不动，却是互相关注，一旦发现机会，就想消灭某一方而后快！

**董昭请曹操"合受魏公之位，加'九锡'以彰功德"。荀彧曰："不

可。丞相本兴义兵，匡扶汉室，当秉忠贞之志，守谦退①之节。"曹操闻言，勃然变色。董昭遂上表。荀彧叹曰："吾不想今日见此事！"操闻深恨之，以为不助己也。建安十七年冬，曹操兴兵下江南，就命荀彧同行。彧已知操有杀己之心，托病止于寿春。忽曹操使人送饮食一盒至。盒上有操亲笔封记。开盒视之，并无一物。彧会其意，遂服毒而亡。年五十岁。其子荀恽发哀书报曹操。操甚懊悔，命厚葬之，谥曰敬侯。

一知居主人曰：

上有所好，下面自有人出来抬轿，董昭是也。当然也有不识时务、出面阻止者，荀彧也。自古亦然。荀彧作为曹营第一谋士，多次帮助曹军解脱困局，尤其是灭袁绍一事，但是荀彧也是"身在曹营心在汉"，属于大汉之忠臣。此处荀彧之言，惹得曹操"勃然大怒"。荀彧之死，也可见曹操之"宁教我负天下人，休教天下人负我"奸雄本色。至于后来厚葬荀彧，也是做做样子，众人都见怪不怪了。

曹操至濡须，放心不下，领百余人上山坡，遥望战船，各分队伍，依次摆列。旗分五色，兵器鲜明。当中大船上青罗伞下，坐着孙权。左右文武，侍立两边。操以鞭指曰："生子当如孙仲谋！若刘景升儿子，豚犬耳！"忽一声响动，南船一齐飞奔过来。又有千百骑赶到山边，为首正是孙权。操大惊，急回马时，韩当、周泰冲将上来。许褚纵马敌住二将。曹操得脱。许褚与二将战三十合方回。操回寨，重赏许褚，责骂众将："临敌先退，挫吾锐气！后若如此，尽皆斩首。"

一知居主人曰：

此处曹操对人有褒有贬，快意文字。孙权与之当面对决，却被

---

① 谦退：谦恭退让。《史记·乐书》："君子以谦退为礼，以损减为乐，乐其然也。"

赞美有加；刘景升儿子曾率众投降，最后却被杀了，今天还要骂人家猪狗不如，非一般人之思维。"生子当如孙仲谋"一句，后来宋人辛弃疾搬入《南乡子·登京口北固亭有怀》，传得更广！

二更时分，吴兵劫入大寨。杀至天明。操心中郁闷，闲看兵书。程昱曰："不若且退兵还许都，别作良图。"操不应。程昱出。操伏几而卧，忽闻潮声汹涌，如万马争奔之状。操急视之，见大江中推出一轮红日，光华射目；仰望天上，又有两轮太阳对照。忽见江心那轮红日，直飞起来，坠于寨前山中，其声如雷。猛然惊觉，原来在帐中做了一梦。

一知居主人曰：

大战在即，却来详述曹操一梦，其实并非闲笔。此前第三十八回中，吴太夫人"后生次子权，又梦日入怀"，与此遥遥相对。是说孙权有帝王之相，非曹操所能灭掉。后文有："操还营自思：'孙权非等闲人物。红日之应，久后必为帝王。'于是心中有退兵之意。"

午时，曹操径奔出寨，至梦中所见落日山边。正看之间，忽见孙权一簇人马遥遥而来。孙权金盔金甲。权见操至，不慌不忙以鞭指操曰："何故贪心不足，又来侵我江南？"操答曰："吾奉天子诏，特来讨汝！"孙权笑曰："此言岂不羞乎？天下岂不知你挟天子令诸侯？吾非不尊汉朝，正欲讨汝以正国家耳。"操大怒，叱诸将上山捉孙权。忽韩当等四员将带弓弩手乱射，矢如雨发。操急引众将回走。许褚引军敌住，救回曹操。吴兵齐奏凯歌，回濡须去了。

一知居主人曰：

曹操、刘备、孙权作为《三国演义》中的主要人物，很难有单独

见面说话的机会。在第五十四回中，刘备和孙权以剑击石盟誓，并马立于山城之上，两人虽然有一种心理上的较量，但是面子上还算和谐。今日曹操和孙权见面，都在互相指责对方，都说自己是忠臣，在为国家做事，讨伐对方，出于正义。最后双方还打起来了。气氛截然不同。

忽报东吴有使赍书到。操启视之。书略曰："孤与丞相，彼此皆汉朝臣宰。丞相不思报国安民，乃妄动干戈，残虐生灵，岂仁人之所为哉？即日春水方生，公当速去。如其不然，复有赤壁之祸矣。公宜自思焉。"

一知居主人曰：

看今日孙权致曹操书，想昔日曹操致孙权书，口气迥然不同。孙权先说自己与曹操同为汉朝臣宰，地位平等；而后批评曹操不该妄动干戈，行不仁义之举；最后是吓唬曹操。环境马上有变，你再不走就有赤壁之灾。

两边又相拒了月余，战了数场，互相胜负，又正值春雨连绵，水港皆满，军士多在泥水之中，困苦异常。双方处于胶着状态，都很痛苦，都已有退兵之意。假若周瑜在，断不会如此。

书背后（孙权）又批两行云："足下不死，孤不得安。"曹操看毕，大笑曰："孙仲谋不欺我也。"重赏来使，遂下令班师。

一知居主人曰：

简单的两句话，明说了孙权和曹操各自的心态。毛宗岗先生评论说："操以权为英雄，权亦以操为英雄，正是两心相照。""操畏权，权亦畏操，若云不畏便是欺人之语。"曹操大笑，自可以理解了！

第六十二回
取涪关杨高授首　攻雒城黄魏争功

　　权与众将商议："曹操虽然北去，刘备尚在葭萌关未还，何不引拒曹操之兵，以取荆州？"张昭献计曰："且休要动兵。若一兴师，曹操必复至。不如修书二封：一封与刘璋，言刘备结连东吴，共取西川，使刘璋心疑而攻刘备；一封与张鲁，教进兵向荆州来。着刘备首尾不能救应。我然后起兵取之，事可谐矣。"权从之，即发使二处去讫。

　　一知居主人曰：

　　原认为张昭忠厚老实，没想到这次竟献出如此毒计。刘备入川，本没有东吴参与，偏要告诉刘璋，说刘备早已与东吴合谋，意在让刘璋攻刘备；张鲁和刘备没有瓜葛，这次却要联系张鲁，挑起纠纷，让他攻击刘备当下的重要地盘——荆州。刘备两个地方同时起火，战线太长，自是首尾不得兼顾。对于刘备而言，属于死局。孙权倒可以坐山观虎斗，坐收渔利。

　　玄德在葭萌关日久，甚得民心。闻曹操兴兵犯濡须，乃与庞统议曰："曹操击孙权，操胜必将取荆州，权胜亦必取荆州矣。为之奈何？"庞统曰："主公勿忧。有孔明在彼，料想东吴不敢犯荆州。主

公可驰书去刘璋处，只推：'吾今欲勒兵回荆州，与孙权会同破曹操，奈兵少粮缺。望推同宗之谊，速发精兵三四万，行粮十万斛相助。请勿有误。'"

一知居主人曰：

刘备以回荆州名义向刘璋借兵借粮，只是庞统所言"若得军马钱粮，却另作商议"则是话中有话。窃以为庞统此计有些过于天真：一是刘备回荆州，刘璋明知要打水漂，怎会借给其精兵；二是莫不是庞统考虑借得精兵之后伐刘璋。用川兵打川兵，会有怎样的战斗力呢？

玄德遣人往成都。杨怀同入成都。刘璋问杨怀为何同来。杨怀说："刘备自从入川，广布恩德，以收民心，其意甚是不善。今求军马钱粮，切不可与。如若相助，是把薪助火也。"刘璋曰："吾与玄德有兄弟之情，岂可不助？"刘巴出来说："刘备枭雄，久留于蜀而不遣，是纵虎入室矣。今更助之以军马钱粮，何异与虎添翼乎？"刘璋犹豫未决。黄权又复苦谏。

一知居主人曰：

上回书中，已有记载，刘璋因众人苦劝，才令杨怀、高沛守把涪水关，以防刘备。今日却又有些糊涂，若不是杨怀、刘巴、黄权劝说，必是顺了刘备。前两人所言中，"把薪助火""纵虎入室""与虎添翼"自是点中了刘璋的心痛处。

璋乃量拨老弱军四千，米一万斛，发书遣使报玄德。刘璋使者到葭萌关见玄德，呈上回书。玄德大怒曰："吾为汝御敌，费力劳心。汝今积财吝赏，何以使士卒效命乎？"遂扯毁回书，大骂而起。使者逃回成都。

一知居主人曰：

刘备常在人前哭，今日却是"大怒""大骂"，实在少见。要借人家东西，人家给了一点点，自己不满意，但你发哪门子火？想必是知孙夫人已回东吴，心中不悦；荆州之事还是让他担心，急火攻心所致。这一场下来无疑暴露了刘备的野心，恐怕刘璋再也不会认他这兄弟了！故庞统有言："主公只以仁义为重，今日毁书发怒，前情尽弃矣。"

玄德曰："如此，当若何？"庞统提出三条计策，让刘备选择。统曰："只今便选精兵，昼夜兼道径袭成都，此为上计。杨怀、高沛乃蜀中名将，各仗强兵拒守关隘。今主公佯以回荆州为名，二将闻知，必来相送。就送行处，擒而杀之，夺了关隘，先取涪城，然后却向成都，此中计也。退还白帝，连夜回荆州，徐图进取，此为下计。"玄德曰："军师上计太促，下计太缓，中计不迟不疾，可以行之。"

一知居主人曰：

短时间，庞统提出妙计，让刘备选择，让人佩服。庞统也提出"若沉吟不去，将至大困，不可救矣"，要刘备尽快确定。刘备这次选择颇快，也很坚决。

刘备发书致刘璋，只说曹操兵至青泥镇，亲往拒之，特书相辞。书至成都，张松听说刘备欲回荆州，只道是真心，乃修书一封，欲为内应。未及送走，亲兄张肃到，张松急藏书于袖中。献酬①之间，忽落此书于地，被肃从人拾得。后以书呈肃。张肃开视之。书略曰：

---

① 献酬：谓饮酒时主客互相敬酒。《史记·孔子世家》："献酬之礼毕，齐有司趋而进曰：'请奏四方之乐。'"

"松昨进言于皇叔，并无虚谬，何乃迟迟不发？逆取顺守，古人所贵。今大事已在掌握之中，何故欲弃此而回荆州乎？使松闻之，如有所失。书呈到日，疾速进兵。松当为内应，万勿自误！"肃大惊曰："吾弟作灭门之事，不可不首。"连夜将书见刘璋。刘璋大怒曰："吾平日未尝薄待他，何故欲谋反！"遂下令捉张松全家，尽斩于市。即差人告报各处关隘，不许放荆州一人一骑入关。

一知居主人曰：

张松为兄长所告，全家身首异处，有点惨烈。足见大事来临，亲兄弟也会各自飞。只是刘璋不是曹操，若是曹操，不杀张肃，也要免了他的太守。亲兄弟尚不能相容，还能容得何人？中有句"值亲兄广汉太守张肃到"，那"亲兄"二字，着实有些扎眼，作者有深意。纵观三国，亲兄弟告发者，独张肃一人。

张松致刘备书，书中张松两度反问，说明心中甚急。"疾速进兵""松当为内应"写得太明白。让兄长一时承受不了，没有思考，直接去刘璋处告发了。只是此后再也未见张肃的影子。即便第六十五回中，刘璋投降，刘备自领益州牧，既没有见封张肃一官半职，也未见追究其责任。

玄德提兵回涪城，请杨怀、高沛出关相别。高沛曰："玄德合死。我等各藏利刃在身，就送行处刺之，以绝吾主之患。"不知刘备早有准备，先以说秘密事将带来二百人尽赶出中军。而后让刘封、关平拿下二人。玄德喝曰："吾与汝主是同宗兄弟，汝二人何故同谋，离间亲情？"统便喝斩二人。玄德还犹未决，统曰："罪不容诛。"遂斩杨怀、高沛于帐前。而后安抚从军，让他们引路，赚开了涪关。

一知居主人曰：

杨、高二人算计刘备，本以为做得天衣无缝，要为刘璋立下头功。

谁知自己先行被刘备算计了，身首异处。毕竟有庞统在，明显技高一筹。刘备善于收复人心，善于做基础工作，这才兵不血刃，得了涪关。若要真攻打，未必有如此顺利！

读这段文字时，有一种感觉，作者叙述事情开始啰嗦起来，比如杨怀、高沛"藏利刃在身"一事以不同形式说出三次以上。

次日劳军，设宴于公厅。玄德酒酣，顾庞统曰："今日之会，可为乐乎？"庞统曰："伐人之国而以为乐，非仁者之兵也。"玄德曰："吾闻昔日武王伐纣，作乐象功，此亦非仁者之兵欤？汝言何不合道理？可速退！"庞统大笑而起。刘备半夜酒醒。左右以逐庞统之言告，大悔。次早穿衣升堂，请庞统谢罪，庞统谈笑自若。玄德曰："昨日之言，惟吾有失。"庞统曰："君臣俱失，何独主公？"玄德亦大笑，其乐如初。

一知居主人曰：

刘备轻易不醉酒，此为第二次。上次在刘表酒席上醉酒失言，险些招致杀身之祸。今日醉酒，却是因为夺关太容易，滋生骄傲之心，导致随后连败。难道刘璋手下真无干将？非也！

醉酒之间，庞统多有顶嘴，刘备多有责怪。好在两人之间原本无隙，也就一经道歉便又和好如初。"酒后说真话"和"酒话别当真"，真的很难把握。

刘璋令刘璝、泠苞、张任、邓贤点五万大军，星夜往守雒县。刘璝说锦屏山中有一道号"紫虚上人"知人生死贵贱，何不试往问之？张任曰："大丈夫行兵拒敌，岂可问于山野之人乎？"璝曰："不然。"于是四人上山见紫虚上人。刘璝再三拜问，紫虚遂写下八句言语。其文曰："左龙右凤，飞入西川。雏凤坠地，卧龙升天。一得一失，天数当然。见机而作，勿丧九泉。"刘璝又问四人气数如何？紫虚上

人曰:"定数难逃,何必再问!"瑨又请问时,上人眉垂目合,恰似睡着的一般,并不答应。刘瑨曰:"仙人之言,不可不信。"

一知居主人曰:

刘璋闻玄德袭了涪水关,大惊:"不料今日果有此事!"这才如梦方醒,叫苦不迭!

刘瑨等四人紧张之余,上山求签。最初张任并不想去,但是经不住劝,还是去了。紫虚道人所给八句言语,意思很明白,刘备入川,庞统遭难,孔明成功,有得有失,正常不过。问及四人前程,紫虚上人曰:"定数难逃,何必再问!"并不再言。听到如此晦气之余,张任只是说了一句"此狂叟也,听之何益"。没有杀掉道人,就已经不错了。后面,道人所言都一一变成现实。后人看到一切似乎都是命中注定,其实是说书人在故弄玄虚、制造神秘的小技巧而已!

刘备商议进取雒城。本来安排黄忠去打冷苞、邓贤二寨,魏延争着要建头功,说黄忠"老者不以筋骨为能……恐老将军近他不得,岂不误了主公大事?因此愿相替,本是好意。"明显有讥讽之意。黄忠大怒,非要比武以示高下。庞统最后于是分定黄忠打冷苞寨、魏延打邓贤寨,如先夺得者,便为头功。没想到,魏延率兵早出两个时辰,却是去打冷苞寨(而非邓贤寨),先后遭到冷苞、邓贤围攻,汉军大败。魏延马失前蹄,危在旦夕。幸亏黄忠来到救下。

一知居主人曰:

黄忠、魏延争着建功,一个老当益壮,一个年轻气盛,本是好事,但是,定了的计划,就必须无条件执行。否则会乱了全盘计划。若不是黄忠赶到,射杀邓贤,魏延险些丧命。只不过最后魏延在山僻小径处捉了冷苞,才算挽回一些面子。

刘备攻打二寨，取得胜利，立起免死旗，川兵倒戈卸甲者，不许杀害，如伤者偿命。又谕众降兵："汝川人皆有父母妻子，愿降者充军，不愿降者放回。"于是欢声动地。

　　一知居主人曰：

　　优待俘虏，古今一也。这样做，说明刘备善于做群众工作，有鼓动性，很容易达到不战而胜人之兵的效果。

　　黄忠安下寨脚，径来见玄德，说魏延违了军令，可斩之。玄德急召魏延，魏延解泠苞至。玄德曰："延虽有罪，此功可赎。"令魏延谢黄忠救命之恩，今后毋得相争。魏延顿首伏罪。玄德重赏黄忠。

　　一知居主人曰：

　　老黄忠说要斩魏延，明显是气话。幸亏刘备从中和事，要魏延当面谢了黄忠，并重赏黄忠，这才结束了尴尬的局面。如果诸葛亮在此，恐怕不会如此轻松放过魏延，至少要惩罚魏延几十军棍，让魏延长长记性！黄忠表现，蛮可爱！

　　押泠苞到帐下，玄德去其缚，赐酒压惊，问曰："汝肯降否？"泠苞曰："既蒙免死，如何不降？刘璝、张任与某为生死之交。若肯放某回去，当即招二人来降。"玄德令回雒城。魏延曰："此人不可放回。若脱身一去，不复来矣。"玄德曰："吾以仁义待人，人不负我。"

　　一知居主人曰：

　　对付士兵的办法，对将官未必起作用。魏延说不可放了泠苞，刘备不信，还很自负。

　　泠苞得回雒城，刘璝忙遣人往成都求救。刘璋大惊，慌忙聚众商议。长子刘循愿领兵前去守雒城。其舅吴懿愿意为辅。吴懿保吴兰、

雷铜二人为副将。吴懿曰："兵临城下，难以拒敌，汝等有何高见？"冷苞曰："此间一带，正靠涪江，江水大急。前面寨占山脚，其形最低。某乞五千军，各带锹锄前去，决涪江之水，可尽淹死刘备之兵也。"吴懿从其计，冷苞领命，自去准备决水器械。

一知居主人曰：

冷苞回到自家营中，只说"被我杀了十余人，夺得马匹逃回"。如果实话实说，显然会没有面子，也容易被人怀疑通了刘备。冷苞果然是诈降，亲自献计并参与决涪江之水，要尽淹刘备之兵。幸亏下回中彭永言出山，免了刘备灭顶之灾。

刘璋长子刘循主动参战，态度可嘉。都说刘璋暗弱，看起来其子要比父亲强一些。只是所带之人，吴懿、吴兰、雷铜后来尽降刘备矣！

玄德自回涪城。细作报说："东吴孙权遣人结好东川张鲁，将欲来攻葭萌关。"玄德惊曰："吾进退不得，当如之何？"庞统谓孟达曰："公乃蜀中人，多知地理，去守葭萌关如何？"孟达保举曾在荆州刘表部下为中郎将的霍峻同去。玄德大喜，即时遣两人守葭萌关去了。

一知居主人曰：

庞统推荐孟达前去葭萌关，比较明智。毕竟孟达是蜀中人，多多少少了解本地情况。毕竟刘备一行初来乍到，人生地不熟，不好开展工作。再说，孟达走了之后，对刘备与刘璋正面战场的战斗力影响并不大。

门吏忽报："有客特来相访。"统出迎接，见其人身长八尺，形貌甚伟；头发截短，披于颈上；衣服不甚齐整。统问曰："先生何人也？"其人不答，径登堂仰卧床上。统甚疑之。再三请问。其人曰："且消停，

吾当与汝说知天下大事。"统闻之愈疑,命左右进酒食。其人起而便食,并无谦逊,饮食甚多,食罢又睡。

一知居主人曰:

又是一个怪人!在他人营中走动如在自己家中一般随便。好在庞统脾气不错,还能容忍一段时间。若是猛张飞在,绝不会容忍陌生人如此!当然,如果张飞真在,估计此人不会来!

第六十三回

诸葛亮痛哭庞统　张翼德义释严颜

统使人请法正来，说有一人如此如此。法正曰："莫非彭永言乎？"升阶视之。其人跃起曰："孝直别来无恙！"庞统问之。正说此公乃彭羕，蜀中豪杰也。统乃以宾礼待之。羕曰："吾特来救汝数万人性命，见刘将军方可说。"法正忙报玄德。玄德亲自谒见，请问其故。羕曰："为将之道，岂可不知地理乎？前寨紧靠涪江，若决动江水，前后以兵塞之，一人无可逃也。"玄德大悟。即拜彭羕为幕宾，使人密报魏延、黄忠，教朝暮用心巡警，以防决水。

一知居主人曰：

世上没有无缘无故的恨，也没有无缘无故的爱！彭羕之所以来刘备营中"告密"，是曾"因直言触忤刘璋，被璋髡钳为徒隶，因此短发"。之所以专等法正才说出，是因为两人是旧交挚友。君不见两人见面之后，"各抚掌而笑"，是想让落法正一个人情。但是，彭羕不见刘备（即便见过法正）不说出自己真心话，则是有点可爱了。

泠苞见当夜风雨大作，安排决江。只听得后面喊声乱起。泠苞急急回军。前面魏延引军赶来，川兵自相践踏。泠苞与魏延交马不数合，被魏延活捉去了。吴兰、雷铜来接应时，被黄忠一军杀退。

魏延解泠苞到涪关。玄德责之曰："吾以仁义相待，放汝回去，何敢背我！今次难饶！"将泠苞推出斩之。

一知居主人曰：

泠苞如此做法，让刘备在众将面前很没有面子。当然无论换了谁，再次拿下泠苞，绝对不会再留着！（诸葛亮七擒孟获是特例）

本次抓住泠苞，刘备"重赏魏延"，可见刘备对魏延的看法还是不错的，并不像诸葛亮那样存有偏见。

荆州诸葛亮特遣马良奉书至此，说"主将帅身上多凶少吉。切宜谨慎。"玄德曰："吾将回荆州，去论此事。"庞统对玄德解释"先斩蜀将泠苞，已应凶兆矣。主公不可疑心，可急进兵"。

一知居主人曰：

世上最怕能人猜忌能人。诸葛亮本是好意，隔千山万水好心相劝，庞统却认为"孔明怕我取了西川，成了功，故意将此书相阻耳"。庞统再三催促刘备引军前进。殊不知，前面就是落凤坡。

往取雒城，玄德要庞统走大路。庞统坚持自己走小路。玄德曰："吾夜梦一神人，手执铁棒击吾右臂，觉来犹自臂疼。"庞统曰："壮士临阵，不死带伤，理之自然也。"玄德曰："吾所疑者，孔明之书也。"庞统大笑曰："主公被孔明所惑矣。彼不欲令统独成大功，故作此言以疑主公之心。"未及出发，坐下马眼生前失，把庞统掀将下来。刘备遂与庞统更换所骑之马。庞统谢曰："深感主公厚恩，虽万死亦不能报也。"遂各上马取路而进。

一知居主人曰：

人常以"左膀右臂"比喻个人的助手。先说"左膀"，因为人以左为上。诸葛亮先出山帮助刘备，当为"左膀"。刘备梦中的"右臂"

自是对应庞统。

这段文字神秘与现实并存，庞统偏偏认死理，非要出发。多数人认为刘备和庞统所换白马就是当年的"的卢"，但是书中并未交代。只不过马的颜色却是一样的白色，以至于庞统被张任误认为"骑白马"的刘备而杀之。另外，出发前，庞统所言中出现"死"字，也大不吉利。

庞统当面告诉刘备自己对诸葛亮的看法，书中并未见刘备有何言语。"玄德见庞统去了，心中甚觉不快，怏怏而行"，想来，与庞统这番言语不无关系。

吴懿、刘璝与众商议，张任说城东南有条小路最要紧，自引一军埋伏。见魏延兵过，张任教尽放过去，休得惊动。后见庞统军来，有军士遥指："骑白马者必是刘备。"张任大喜。

庞统心下甚疑，勒住马问："此处是何地？"有新降军士说："此处地名落凤坡。"庞统惊曰："吾道号凤雏，此处名落凤坡，不利于吾。"令后军疾退。只听山坡前一声炮响，箭如飞蝗，只望骑白马者射来。可怜庞统竟死于乱箭之下。时年止三十六岁。

一知居主人曰：

可怜庞统替刘备死了。不知庞统被射杀之时，刘备是否心惊肉跳。也就是当下所说的感应！

庞统死于落凤坡。落凤坡，落凤坡，就是让凤凰落难的坡。这种巧合，《隋唐演义》中，裴元庆死在了庆坠山，李密死在了断密涧，纯属于说书人信口演绎。

当日张任射死庞统，魏延勒兵欲回，奈山路逼窄，被张任截断归路，在高阜处用强弓硬弩射来。魏延从新降蜀兵言，当先开路，

杀奔雒城来。雒城守将吴兰、雷铜杀至，后面张任引兵追来。前后夹攻，把魏延围在垓心。魏延死战不能得脱。忽吴兰、雷铜后军自乱。原来黄忠舞刀拍马。两下夹攻，杀败吴、雷二将，直冲至雒城之下。刘璝杀出，玄德当住接应。黄忠、魏延翻身便回。张任又从小路里截出。刘璝、吴兰、雷铜当先赶来。玄德守不住二寨，奔回涪关。蜀兵迤逦追赶。将近涪关，幸得刘封、关平领军截出。

一知居主人曰：

刘备本来要"双回路"取雒城，却没有想到不单失了庞统，而且被蜀兵追得丢了已经占下的二寨，被赶回了涪城。

这场战斗中，不断出现包围和反包围，局势变化真快。总的来说，两个事实不容置疑，一是黄忠再次救了魏延；二是刘备"偷鸡不成蚀把米"，败回涪城。不过本节中最后有句刘、关"还赶二十里，夺回战马极多"，让人觉得作者是在笑话刘备一方。

庞统被乱箭射死于坡前。玄德闻言，望西痛哭不已，遥为招魂设祭。诸将皆哭。黄忠曰："今番折了庞统军师，张任必然来攻打涪关，如之奈何？不若差人往荆州，请诸葛军师来商议收川之计。"刘备写了文书，让关平星夜往荆州来。玄德自守涪关，并不出战。

一知居主人曰：

本来形势一片大好，只是因为刘备优柔寡断：张松死了，少了内应；庞统死了，缺了军师。邀诸葛亮入川，实不得已。不过此事由黄忠提出，随行的谋士们哪里去了？

刘备入川的最大损失便是死了庞统，此事件甚至成了蜀汉最终灭亡的一大原因。倘若庞统不死，诸葛亮也就不会入川，这样一来，荆州便不会交给关羽，那么荆州还能丢？关羽还会被杀？刘备还能发动夷陵之战吗？所以，从这一角度看，张任射杀庞统，堪称是改

变了三国局势。

七夕佳节，孔明在荆州大会众官夜宴。只见正西上一星，其大如斗，从天坠下，流光四散。孔明失惊，掷杯于地，掩面哭曰："哀哉！痛哉！"众官慌问其故。孔明曰："吾前者算今年罡星在西方，不利于军师……已拜书主公，教谨防之。谁想今夕西方星坠，庞士元命必休矣！"言罢，大哭曰："今吾主丧一臂矣！"众官皆惊，未信其言。孔明曰："数日之内，必有消息。"是夕酒不尽欢而散。

一知居主人曰：

本来是欢度佳节，最后诸葛亮一场痛哭，不欢而散。肯定有人说诸葛亮是在装神弄鬼。本节中，才交代庞统去世之日正是七夕佳节。

诸葛亮之哭，前所未见，原因自是有三：一是庞统之死，刘备失了"一臂"；二哭自己已经专门去书提醒，只是他们没有听从；三哭刘备蜀中立足计划需要大改。

数日之后，关平到，众官皆惊。关平呈上玄德书信。孔明视之，知七月初七日庞军师被张任在落凤坡前箭射身故，大哭，众官无不垂泪。孔明曰："亮不得不去。"云长曰："军师去，谁人保守荆州？荆州乃重地，干系非轻。"孔明曰："主公书中虽不明言其人，吾已知其意了。"乃将玄德书与众官看曰："主公书中，把荆州托在吾身上，教我自量才委用。虽然如此，今教关平赍书前来，其意欲云长公当此重任。云长想桃园结义之情，可竭力保守此地，责任非轻，公宜勉之。"

一知居主人曰：

诸葛亮何等聪明之人，刘备书中虽然没有明说让关羽守荆州，但是让关平（关羽的义子，不是一般的送信使者）这一重要将领前来，

自是有他的建议。说话之间,关羽先问,而且诸葛亮说了以后,"更不推辞,慨然领诺",可见他心中早有守荆州之意。

诸葛亮交割印绶,说:"这干系①都在将军身上。"云长曰:"大丈夫既领重任,除死方休。"孔明见云长说个"死"字,心中不悦。欲待不与,其言已出。孔明曰:"倘曹操引兵来到,当如之何?"云长曰:"以力拒之。"孔明又曰:"倘曹操、孙权,齐起兵来,如之奈何?"云长曰:"分兵拒之。"孔明曰:"若如此,荆州危矣。吾有八个字,将军牢记,可保守荆州。"云长问:"那八个字?"孔明曰:"北拒曹操,东和孙权。"孔明令马良、关平等辅佐云长,同守荆州。

一知居主人曰:

关羽接印信时候,说了一"死"字,与前面庞统出发之前所言"死"遥遥相对,不想后来都成了现实。这次关羽说:"军师之言,当铭肺腑。"口头上虽应允,心中未必认同。

张飞临行时,孔明嘱付曰:"西川豪杰甚多,不可轻敌。于路戒约三军,勿得掳掠百姓,以失民心。所到之处,并宜存恤,勿得恣逞鞭挞士卒。"

径至巴郡。细作告诉张飞,巴郡太守严颜年纪虽高,精力未衰,善开硬弓,使大刀,有万夫不当之勇,据住城郭,不竖降旗。张飞教离城十里下寨。

一知居主人曰:

张飞临行,诸葛亮有嘱咐。张飞欣然领诺,迤逦前行,所到之

---

① 干系:牵涉到责任的关系。宋・苏轼《上蔡省主论放欠书》:"或未输之赃,责于当时主典之吏;或败折之课,均于保任干系之家。"

处，但降者秋毫无犯。给人一种感觉，张飞还是比较听话的。但是，听了细作关于严颜的汇报后，张飞派人入城"说与老匹夫，早早来降，饶你满城百姓性命；若不归顺，即踏平城郭，老幼不留"，给人一种错觉和悬念，可能要有什么事情发生！

当日闻知张飞兵到，严颜准备迎敌。或献计曰："张飞在当阳长坂，一声喝退曹兵百万之众。曹操亦闻风而避之，不可轻敌。今只宜深沟高垒，坚守不出。彼军无粮，不过一月，自然退去。更兼张飞性如烈火，专要鞭挞士卒；如不与战，必怒；怒则必以暴厉之气待其军士：军心一变，乘势击之，张飞可擒也。"严颜从其言，教军士尽数上城守护。

一知居主人曰：

文中插叙一句，"严颜在巴郡，闻刘璋差法正请玄德入川，拊心而叹曰：'此所谓独坐穷山，引虎自卫者也'！"说明严颜是有思想的人，不会轻易服人的。

献计之人虽然没说是谁，但他对张飞的分析不无道理。严颜也是按照他的建议去做的。张飞这次偏偏粗中有细，瞒过了严颜。

忽见一个军士，大叫："开门！"严颜教放入问之。那军士告说是张将军差来的，把张飞言语依直便说。严颜大怒，骂："匹夫怎敢无礼！吾严将军岂降贼者乎！借你口说与张飞！"唤武士把军人割下耳鼻，却放回寨。

一知居主人曰：

做使者真不容易，这不，张飞派到严颜营中的使者，被严颜割下耳鼻。无独有偶，在钱彩《岳飞传》第十六回中，金兀术的军士哈迷蚩到潞安州节度使陆登处下假书，被陆登识破，陆登派人将哈迷

蛊的鼻子割了。

不过，这军士大叫开门，也缺乏礼貌。再者，见了严颜，将张飞的言语"依直便说"，大庭广众之下，也够气人的！至于"军人回见张飞，哭告严颜如此毁骂"，则是可以理解的。毕竟军士在严颜处受辱在前。

张飞大怒，咬牙睁目，引数百骑来城下搦战。城上众军百般痛骂。张飞性急，几番杀到吊桥，又被乱箭射回。到晚张飞忍一肚气还寨。次日早晨，又去搦战。严颜在城敌楼上，一箭射中张飞头盔。飞指而恨曰："若拿住你这老匹夫，我亲自食你肉！"到晚又空回。第三日，张飞引了军沿城去骂。张飞教马军下马，步军皆坐，引他出敌。骂了一日，依旧空回。张飞猛然思得一计，却只教三五十个军士，去城下叫骂。引严颜军出来，便与厮杀。张飞磨拳擦掌，只等敌军来。小军连骂了三日，全然不出。

一知居主人曰：

骂不解决问题。你骂你的，人家就是不出来。你有千条妙计，我有牢牢主意，奈若何！记儿时小孩子吵架，受屈的是要骂对方了。得胜的一方总是说："你骂人，我没有听见，你等于骂你自己！"

张飞眉头一纵，又生一计，传令教军士四散砍打柴草，寻觅路径，不来搦战。严颜在城中，连日不见张飞动静，心中疑惑，着十数个小军，扮作张飞砍柴的军，潜地出城，杂在军内，入山中探听。

一知居主人曰：

张飞派人骂时，严颜没有动静。这次张飞没有弄出动静来，严颜却是坐不住了。严颜派兵出城打探消息，却不料恰恰中了张飞的诡计。

当日诸军回寨。张飞坐在寨中,顿足大骂:"严颜老匹夫!枉气杀我!"帐前三四个人说:"将军不须心焦。这几日打探得一条小路,可以偷过巴郡。"张飞故意大叫曰:"既有这个去处,何不早来说?"众应曰:"这几日却才哨探得出。"张飞曰:"事不宜迟,只今二更造饭,趁三更明月,拔寨都起,人衔枚,马去铃,悄悄而行。我自前面开路,汝等依次而行。"探细的军听得这个消息,尽回城中来,报与严颜。

一知居主人曰:

既然是小路,知道的人必然不多。张飞想在这里采取行动,当属于军事秘密,怎么会在出发之前告诉众人?张飞在营中大叫,"传了令便满寨告报",全是故意的。

严颜可能过于相信自己所派出兵士的能力了,也就信了。

颜大喜,即时传令,教军士准备赴敌。看看近夜,严颜全军悄悄出城,四散伏住。严颜下马伏于林中。约三更后,遥望见张飞横矛纵马,悄悄引军前进。去不得三四里,背后车仗人马陆续进发。严颜一齐擂鼓,四下伏兵尽起。正来抢夺车仗,背后一声锣响,一彪军掩到,大喝:"老贼休走!我等的你恰好!"严颜猛回头看时,乃是张飞。四下里锣声大震,众军杀来。严颜见了张飞,交马战不十合,张飞卖个破绽,严颜一刀砍来,张飞闪过,撞将入去,扯住严颜勒甲绦,生擒过来,掷于地下。原来先过去的是假张飞。

一知居主人曰:

这次严颜属于聪明反被聪明误。自以为有百分之百把握获胜,不料这一切都在张飞控制之中。此间有个细节值得注意,"严颜击鼓为号,张飞却教鸣金为号,金响诸军齐到"。猛张飞也有细心处!

飞坐于厅上,严颜不肯下跪。飞怒目咬牙大叱曰:"大将到此,

何为不降,而敢拒敌?"严颜全无惧色,回叱飞曰:"汝等无义,侵我州郡!但有断头将军,无降将军!"飞大怒,喝左右斩来。严颜喝曰:"贼匹夫!砍头便砍,何怒也?"

一知居主人曰:

两人开始时,均是气势汹汹,毫无怯处,剑拔弩张,自是不能缓和。按照平常,张飞肯定要杀严颜的。

张飞见严颜声音雄壮,面不改色,乃回嗔作喜,下阶喝退左右,亲解其缚,取衣衣之,扶在正中高坐,低头便拜曰:"适来言语冒渎,幸勿见责。吾素知老将军乃豪杰之士也。"严颜感其恩义,乃降。

一知居主人曰:

谁知,张飞突然变得温和起来,低下架子,甚至有些"低三下四",对严颜毕恭毕敬。严颜自是不好意思,也不再霸王硬上弓,索性降了。

第六十四回
孔明定计捉张任　杨阜借兵破马超

张飞问计于严颜，严颜曰："愿施犬马之劳，不须张弓只箭，径取成都。""从此取雒城，凡守御关隘，都是老夫所管，官军皆出于掌握之中。"张飞称谢不已。于是严颜为前部，张飞领军随后。有迟疑未决者，颜曰："我尚且投降，何况汝乎？"自是望风归顺，并不曾厮杀一场。

一知居主人曰：

严颜为张飞开路招降，并无过错。只是高喊"我尚且投降，何况汝乎"，有一种恐吓，让人觉得不舒服。难道投降是值得炫耀的事情吗？

"凡到之处，尽是严颜所管，都唤出投降。"形势转化太快，快得简直无法让人相信。

玄德说："今孔明、翼德分两路取川，会于雒城，同入成都。水陆舟车，已于七月二十日起程，此时将及待到。今我等便可进兵。"黄忠说："彼军懈怠，不做准备，今日夜间分兵劫寨，胜如白昼厮杀。"玄德从之。当夜二更，三路军马齐发。张任果然不做准备。蜀兵奔走，连夜直赶到雒城。

次日，玄德引兵直到雒城。张任按兵不出。攻到第四日，玄德自提一军攻打西门，令黄忠、魏延在东门攻打，留南门北门放军行走。张任望见玄德在西门，人马渐渐力乏。教吴兰、雷铜引兵出北门，转东门，敌黄忠、魏延。自己却引军出南门，转西门，单迎玄德。城内尽拨民兵上城，擂鼓助喊。

一知居主人曰：

毕竟身边没有了可靠的谋士，刘备打仗盲目，缺乏统筹。一时胜利便忘乎所以，恰恰被张任利用。这一点，诸葛亮估计也没有想到。

玄德教后军先退。军士方回身，城上一片声喊起，张任径来军中捉玄德，玄德军中大乱。黄忠、魏延又被吴兰、雷铜敌住。两下不能相顾。玄德敌不住张任，一人一马往山僻小路而走。张任引数骑赶来。玄德正望前尽力加鞭而行，忽山路一军冲来。玄德马上叫苦曰："前有伏兵，后有追兵，天亡我也！"当头大将却是张飞。战到十余合，背后严颜引兵大进。张任火速回身，退入城。

一知居主人曰：

读到此处，不免想起前几回中，曹操被马超所追时的尴尬局面。幸亏张飞来得及时，否则刘备必被捉去。想一想，刘备哪里是张任的对手？不得不承认，刘备属于有福之人，并不像曹操曾遭遇过好多尴尬，留下把柄被人（如张松）戏说。

玄德问张飞："山路险阻，如何无军阻当，长驱大进，先到于此？"张飞说于路关隘四十五处，皆因老将严颜之功，并不曾费分毫之力。遂说义释严颜之事，并引严颜见玄德。玄德谢曰："若非老将军，吾弟安能到此？"即脱身上黄金锁子甲以赐之。严颜拜谢。

一知居主人曰：

刘备将身上黄金锁子甲赐给严颜，这种举动很少见。当然刘备这样做，存感谢之情，却也是做给别人看的，在于笼络人心。

忽闻回报："黄忠、魏延和川将吴兰、雷铜交锋，城中吴懿、刘璝又引兵助战，两下夹攻，我军抵敌不住，魏、黄二将败阵投东去了。"于是张飞在左，玄德在右，杀奔前来。吴懿、刘璝慌退入城中。吴兰、雷铜只顾引兵追赶黄、魏，却被玄德、张飞截住归路。黄忠、魏延又回马转攻。吴兰、雷铜料敌不住，只得将本部军马前来投降。玄德准其降，收兵近城下寨。

一知居主人曰：

战斗场面翻转真是太快！本来吴兰、雷铜是追杀魏延、黄忠，吴懿、刘璝出城助战，有合围之势。没想到刘备、张飞从后面杀来，吴兰、雷铜反被包了饺子，二人索性投降认输。属于螳螂捕蝉，没想到黄雀在后，但这次并不是事先计划好的，而是突然出现的。

张任失了二将，心中忧虑。吴懿、刘璝提出一面去成都告急，一面用计敌之。次日，张任引数千人马，摇旗呐喊，出城搦战。张飞上马出迎，更不打话，与张任交锋。战不十余合，张任诈败，绕城而走。张飞尽力追之。吴懿一军截住，张任引军复回，把张飞围在垓心，进退不得。正没奈何，只见赵子龙从江边杀出。只一合，生擒吴懿，战退敌军，救出张飞。二人擒吴懿回寨。张任自退入东门去了。

一知居主人曰：

计划赶不上变化。张任本想设计收拾张飞，认为胜券在握，谁也没想到中途杀出常山赵子龙来，反折了大将吴懿。其败势已经初现。

赵云解吴懿见玄德。玄德曰："汝降否？"吴懿曰："我既被捉，如何不降？"玄德大喜，亲解其缚。孔明问："城中有几人守城？"吴懿曰："有刘季玉之子刘循，辅将刘璝、张任。刘璝不打紧；张任乃蜀郡人，极有胆略，不可轻敌。"孔明曰："先捉张任，然后取雒城。"

一知居主人曰：

刘备问吴懿很明白、直接，大部分人即便心中想投降，也会找个理由，或者拖一会儿时间，如吴懿这般痛快，少见。吴懿刚降，就将城中情况报告刘备，也够快。

刘璋差卓膺、张翼二将，前至雒城助战。张任教张翼与刘璝守城，自与卓膺为前后二队，任为前队，膺为后队，出城退敌。

一知居主人曰：

本来有人来助战，张任完全可以闭城不出。但是，张任反而亲自带队出城，足见其忠、其勇、其自信也！

孔明引军与张任对阵。孔明遥指张任曰："曹操以百万之众，闻吾之名，望风而走。今汝何人，敢不投降？"张任看见孔明军伍不齐，在马上冷笑曰："人说诸葛亮用兵如神，原来有名无实！"大小军校齐杀过来。孔明上马退走过桥。张任过了金雁桥，见玄德、严颜冲杀将来。张任知是计，急回军时桥已拆断了。只见赵云一军隔岸摆开，只好往南绕河而走。走不到五七里，早到芦苇丛杂处。魏延一军都用长枪乱戳。黄忠一军用长刀只剁马蹄。马军尽倒，皆被执缚。张任引数十骑望山路而走，正撞着张飞。张飞大喝一声，众军齐上，将张任活捉了。

一知居主人曰：

诸葛亮与张任对决，又提起赤壁之战大败曹操的事情，已经有

点让人讨厌了。好在张任并没有当面羞辱他。

这一次,张任有些轻敌。诸葛亮安排周密,张任纵有天大本事,也经不起这么多名将、大将对他围追堵截。

张飞解张任至,玄德谓张任曰:"蜀中诸将,望风而降,汝何不早投降?"张任睁目怒叫曰:"忠臣岂肯事二主乎?"玄德曰:"降即免死。"任曰:"今日便降,久后也不降!可速杀我!"玄德不忍杀之。张任厉声高骂。孔明命斩之以全其名。**玄德感叹不已,葬于金雁桥侧,以表其忠。**

一知居主人曰:

看看本节中张任的表现,再看看上一节中吴懿的表现,真是天渊之别。张任被俘后坚决不降,最后被杀。刘备并没有以其首祭奠庞统,而是"收其尸首,葬于金雁桥侧,以表其忠"。刘备知道,自己初来乍到,要想稳住蜀地,还需要本地人的帮忙。

次日,令严颜、吴懿等一班蜀中降将为前部。直至雒城,大叫:"早开门受降,免一城生灵受苦!"刘璝在城上大骂。严颜方待取箭射之,忽见城上一将,拔剑砍翻刘璝,开门投降。玄德军马入雒城,刘循开西门走脱,投成都去了。**玄德出榜安民。杀刘璝者,乃武阳人张翼也。**

一知居主人曰:

外贼好挡,家贼却是难防,刘备几乎没费吹灰之力,拿下雒城。全赖张翼内部造反,砍翻刘璝,开门投降。

介绍杀人投降者姓名,在玄德进城出榜安民之后,独一回!

雒城已陷,刘璋慌聚众官商议。郑度献策曰:"今刘备虽攻城夺地,

然兵不甚多，士众未附，野谷是资，军无辎重。不如尽驱巴西、梓潼民，过涪水以西。其仓廪野谷，尽皆烧除，深沟高垒，静以待之。彼至请战，勿许。久无所资，不过百日，彼兵自走。我乘虚击之，备可擒也。"刘璋曰："不然。吾闻拒敌以安民，未闻动民以备敌也。此言非保全之计。"

一知居主人曰：

刘备带队入川，人生地不熟，却又必须解决吃饭问题。郑度提出坚壁清野，不是没有道理，也具有一定的可操作性。但是，被刘璋断然拒绝，说是那样做了会扰民。下回中有言，玄德、孔明闻之，皆大惊曰："若用此言，吾势危矣！"法正猜中"此计虽毒，刘璋必不能用也"。从另一个侧面看，刘璋虽然有些昏庸，不会做官，却还是存有爱民的良心。

正议间，人报法正有书至。刘璋唤入，拆开书视之。其略曰："昨蒙遣差结好荆州，不意主公左右不得其人，以致如此。今荆州眷念旧情，不忘族谊。主公若得幡然归顺，量不薄待。望三思裁示。"刘璋大怒，扯毁其书，大骂："法正卖主求荣，忘恩背义之贼！"

一知居主人曰：

此时，刘璋再埋怨法正卖主求荣，已经无济于事，因为刘备入川基本定局。估计法正在成都已经没有家人，否则便会成为第二个张松。刘璋"逐其使者出城"，做法还算仁义！

益州太守董和上书与刘璋，请往汉中借兵。璋曰："张鲁与吾世仇，安肯相救？"和曰："虽然与我有仇，刘备军在雒城，势在危急，唇亡则齿寒，若以利害说之，必然肯从。"璋乃修书遣使前赴汉中。

一知居主人曰：

董和建议刘璋向张鲁借兵，属于没有办法的事情。刘璋也有自知之明，但最终还是低下架子，修书致张鲁，有一种走一步说一步的无奈。

马超结好羌兵，攻拔陇西州郡。所到之处，尽皆归降，惟冀城攻打不下。韦康与众商议："不如投降马超。"杨阜苦谏不从。韦康大开城门，投拜马超。超大怒曰："汝今事急请降，非真心也！"将韦康四十余口尽斩之。有人言杨阜劝韦康休降，可斩之，超曰："此人守义，不可斩也。"复用杨阜为参军。阜荐梁宽、赵衢二人，超尽用为军官。

一知居主人曰：

前面可知，曹操回长安之时，杨阜推荐韦康做了凉州刺史，说明关系应该不错。这次两人意见发生冲突，让人感到意外。韦康亲降，马超不容，杀之；杨阜反对韦康投降，马超反而重用之。可见马超非正常思维，非常规出牌。马超断断没想到杨阜属于假降，遂有后面之家破人亡。

杨阜告马超曰归葬其妻便回。马超从之。杨阜过历城，来见姜叙。叙与阜是姑表兄弟。杨阜拜见其姑，哭告曰："阜守城不能保，主亡不能死，愧无面目见姑……今吾兄坐据历城，竟无讨贼之心，此岂人臣之理乎？"言罢，泪流出血。姜叙母要姜叙为韦康报仇，曰："汝不早图，更待何时，谁不有死，死于忠义，死得其所也。勿以我为念。汝若不听义山之言，吾当先死，以绝汝念。"

叙乃与统兵校尉尹奉、赵昂商议。赵昂见其妻王氏曰："欲报韦康之仇。吾想子赵月现随马超，今若兴兵，超必先杀吾子，奈何？"

其妻厉声曰："雪君父之大耻，虽丧身亦不惜，何况一子乎！君若顾子而不行，吾当先死矣！"王氏尽将首饰资帛，亲自往祁山军中，赏劳军士，以励其众。

一知居主人曰：

两位弱女子，都是深明大义之人。一个愿意先死不为孩子留后路；一个即便孩子被马超杀掉，也要丈夫为韦康报仇。后来赵昂之子和姜母均为马超所杀。毛宗岗先生评论说："一个女丈夫，可比'断头将军'"，再恰当不过。

马超闻姜、杨会合尹奉、赵昂举事，大怒，即将赵月斩之；令庞德、马岱尽起军马，杀奔历城来。杨阜、姜叙衣白袍而出，大骂曰："叛君无义之贼！"马超冲将过来，两军混战。姜、杨大败而走。马超驱兵赶来。背后喊声起处，尹奉、赵昂杀来。超急回时，两下夹攻，首尾不能相顾。正斗间，刺斜里夏侯渊得曹操军令大队军马杀来。超如何当得三路军马，大败奔回。

一知居主人曰：

马超与姜、杨对决，场面本来对马超有利，不想尹奉、赵昂背后杀来。再好的猎人也斗不过群狼。特别是夏侯渊突然杀出，更是让马超猝不及防。

比及平明，到得冀城叫门时，城上乱箭射下。梁宽、赵衢立在城上，大骂马超。将马超妻子并亲戚十余口杀害。超气噎塞胸，几乎坠下马来。背后夏侯渊引兵追赶。超不敢恋战，杀开一条路走。前面又先后撞见姜、杨和尹、赵，剩得五六十骑，连夜奔走。

一知居主人曰：

梁宽、赵衢冀城造反大大出乎马超意料。只是梁宽、赵衢将马

超妻杨氏一刀砍了,撇下尸首,"又将马超幼子三人,并至亲十余口,都从城上一刀一个,剁将下来"。场面过于血腥。导致后面马超失去理智,血洗历城。

马超四更前后,走到历城,守门者只道姜叙兵回,大开门接入。超从城南门边杀起,尽洗城中百姓。至姜叙宅,拿出老母。母全无惧色,指马超而大骂。超大怒,自取剑杀之。尹奉、赵昂全家老幼,亦尽被马超所杀。

一知居主人曰:

尽管马超全家老小被梁宽、赵衢所杀在前,但是马超这次尽洗城中百姓,自是杀了不少无辜之人,让人觉得可恶。《水浒传》中武松血溅鸳鸯楼一节与此相似,令人毛骨悚然。

次日,夏侯渊大军至,马超弃城杀出,望西而逃。行不得二十里,杨阜一军摆开。超切齿而恨,拍马挺枪刺之。阜宗弟七人,一齐来助战。马岱、庞德敌住后军。宗弟七人,皆被马超杀死。阜身中五枪,犹然死战。

一知居主人曰:

前面这次战争,几个主要将领亲人都死了不少。首先赵昂之子赵月为马超所杀,有一种祭旗的味道。而后马超一家并亲友十余人为梁宽、赵衢所杀。再后,姜叙母亲并尹奉、赵昂全家老幼被马超一怒之下尽杀。最后一场战役,杨阜死了宗弟七人,自己也身中五枪,可谓满门忠烈。故夏侯渊用车载杨阜赴许都。曹操封杨阜为关内侯。杨阜辞曰:"阜无捍难之功,又无死难之节,于法当诛,何颜受职?"操重嘉之,卒与之爵。

马超往汉中投张鲁。张鲁大喜，以为得马超，则西可以吞益州，东可以拒曹操，乃商议欲以女招超为婿。杨柏谏曰："马超妻子遭惨祸，皆超之贻害也。主公岂可以女与之？"鲁从其言，遂罢招婿之议。或以杨柏之言，告知马超。超大怒，有杀杨柏之意。杨柏知之，与兄杨松商议，亦有图马超之心。

一知居主人曰：

马超来汉中时间不长，张鲁欲招马超为女婿，过于鲁莽。嫁女本为私事，却找众人商议，更不妥。杨柏所言只是为君王计，并无私心。只是在场如果不是人员太多，杨柏之谏焉会传出？

刘璋第一次遣使求救于张鲁，鲁不从。刘璋遣黄权先来见杨松，说："东西两川，实为唇齿；西川若破，东川亦难保矣。今若肯相救，当以二十州相酬。"松大喜，即引黄权来说与张鲁。鲁喜其利，从之。阎圃劝张鲁勿助刘璋，马超挺身出，"愿领一军攻取葭萌关，生擒刘备，务要刘璋割二十州奉还主公。"张鲁大喜，随即点兵二万与马超。

一知居主人曰：

刘璋第一次派人求救，张鲁本不答应人家。可是等人家提出拟酬二十州，却又从了。且黄权先是找了自己的部下，而后一同找自己来。见利忘义，张鲁即便救了刘璋，刘璋也不会言谢！

张鲁让马超带兵去救刘璋，"却令杨柏监军"，更属于胡闹之举。本就两人相隙，怎么能硬往一个槽上拴？不出事才怪！

此处有句"此时庞德卧病不能行，留于汉中"，并不是闲笔，为后面庞德归曹在做"埋伏"。

第六十五回
马超大战葭萌关　刘备自领益州牧

费观听知玄德兵来，差李严出迎。黄忠与李严战四五十合，不分胜败。孔明教鸣金收军。黄忠问曰："军师何故收兵？"孔明曰："吾已见李严武艺，不可力取。"黄忠领计。次日，李严与黄忠战不出十合，黄忠引兵便走。李严迤逦赶入山峪，猛然省悟。急待回来，前面魏延引兵摆开。孔明在山头唤曰："公如不降，两下已伏强弩。"李严慌下马投降。

一知居主人曰：

孔明在峡谷中困住李严，言语之中有句"欲与吾庞士元报仇矣"，牵强，多余。你只是要收降李严，与张任射杀庞统没有丝毫关系。

孔明引李严见玄德。玄德待之甚厚。严曰："费观虽是刘益州亲戚，与某甚密，当往说之。"玄德即命李严回城招降费观。严入绵竹城，对费观赞玄德如此仁德。观从其言，开门投降。玄德遂入绵竹。

一知居主人曰：

李严、费观降刘备速度有些太快，快得不可理解。况且费观是刘璋的亲戚，尚且如此！这从另一角度说明刘璋的威信一般。

张飞闻马超攻葭萌关，大叫便去战马超也！孔明佯作不闻，对玄德曰："今马超侵犯关隘，无人可敌。除非往荆州取关云长来，方可与敌。"张飞曰："军师何故小觑吾！吾曾独拒曹操百万之兵，岂愁马超一匹夫乎！"孔明曰："翼德拒水断桥，此因曹操不知虚实耳；若知虚实，将军岂得无事？今马超之勇，天下皆知，渭桥六战，杀得曹操割须弃袍，几乎丧命，非等闲之比。云长且未必可胜。"飞曰："我只今便去。如胜不得马超，甘当军令！"孔明曰："既尔肯写文书，便为先锋。"

一知居主人曰：

诸葛亮两次提及战马超，非请关羽不行。想来这也是后面刘备自领益州牧后，关羽写信要与马超比武的缘起。张飞自夸长坂坡所为，没想到诸葛亮均点到实处，并极力吹捧马超，应是在激猛张飞也！

孔明令魏延带哨马先行，张飞第二，玄德后队，望葭萌关进发。魏延正遇杨柏，交战不十合，杨柏败走。魏延乘势赶去。前面马岱一军摆开。魏延只道是马超，舞刀跃马迎之。与岱战不十合，岱败走。延赶去，被岱回身一箭，中了左臂。延急回马走。马岱赶到关前，只见一将喊声如雷，张飞骤马下关，救了魏延。

一知居主人曰：

魏延自入西川，好像时运总是不好。自己总想争头功，表现一下自己，却总是需要别人救援。比如这次，还被马岱射了一箭，幸被张飞救下。

今日马岱箭射魏延，是各为其主；后来马岱斩杀魏延，则是同朝为臣，因国事而起也。

张飞骤马下关，喝曰："汝是何人？先通姓名，然后厮杀。"马岱

曰："吾乃西凉马岱是也。"张飞曰："你原来不是马超，快回去！非吾对手！只令马超那厮自来，说道燕人张飞在此！"马岱大怒曰："汝焉敢小觑我！"挺枪跃马，直取张飞。战不十合，马岱败走。张飞欲追赶马岱，玄德到来叫停，曰："恐怕你性躁，故我随后赶来到此。既然胜了马岱，且歇一宵，来日战马超。"

一知居主人曰：

今日张飞战马岱所言语，如两小儿吵架。马岱毕竟武艺不如张飞，不到十个回合，便败了。打仗属于技术活，马岱不服也不行。

次日天明，马超兵到。玄德在关上看马超一来结束非凡，二者人才出众。玄德叹曰："人言'锦马超'，名不虚传！"张飞便要下关。玄德急止之曰："且休出战。先当避其锐气。"关下马超单搦张飞出马，关上张飞恨不得平吞马超，三五番皆被玄德挡住。看看午后，张飞冲下关来，大呼："认得燕人张翼德么！"马超曰："吾家屡世公侯，岂识村野匹夫！"张飞大怒。约战百余合，不分胜负。玄德叹曰："真虎将也！"急鸣金收军。张飞回到阵中，略歇马片时，只裹包巾上马，又出阵前。超又出，两个再战。玄德看张飞与马超又斗百余合，两个精神倍加。玄德教鸣金收军。二将分开，各回本阵。

一知居主人曰：

张飞一心要和马超比个高低；马超更是主动挑战张飞。但是刘备却是害怕张飞吃亏，也感慨马超"名不虚传""真虎将也"！每每两人战得正酣，刘备就鸣金收兵，连读者也觉得不解渴、不过瘾。

是日天色已晚，玄德说"来日再战"。张飞杀得性起，那里肯休？大叫曰："誓死不回！""多点火把，安排夜战！"马超亦换了马，再出阵前，大叫曰："张飞！敢夜战么？"张飞性起，问玄德换马，阵

前叫曰："我捉你不得，誓不上关！"超曰："我胜你不得，誓不回寨！"两军呐喊，点起千百火把，照耀如同白日。到二十余合，马超拨回马便走。张飞大叫曰："走那里去！"张飞见马超走，心中也提防。比及铜锤打来时，张飞一闪，从耳朵边过去。张飞便勒回马走时，马超却又赶来。张飞带住马，拈弓搭箭，回射马超。超却闪过。二将各自回阵。

一知居主人曰：

纵观张飞战马超，很有意思。两人不但手中忙活，嘴却没有闲着，骂骂咧咧。两人也都耍心眼，耍小阴谋。马超诈败佯输，暗掣铜锤，回袭张飞。张飞勒回马，拈弓搭箭，回射马超。幸好二人都无妨碍。

孔明曰："亮闻孟起世之虎将，若与翼德死战，必有一伤；故令子龙、汉升守住绵竹，我星夜来此。"玄德曰："吾见马超英勇，甚爱之。如何可得？"孔明曰："亮闻东川张鲁，欲自立为'汉宁王'……主公可差人从小路径投汉中，先用金银结好杨松，后进书与张鲁云：'吾与刘璋争西川，是与汝报仇。不可听信离间之语。事定之后，保汝为汉宁王。'令其撤回马超兵。待其来撤时，便可用计招降马超矣。"

一知居主人曰：

刘备和孔明都希望收降马超，英雄所见略同，自然也是马超的福气。孔明有言"手下谋士杨松，极贪贿赂"，不免让人感慨，世间人以什么闻名于诸侯之间的都有，杨松却是以贪贿赂出名，实在不雅。既然鸡蛋有缝，诸葛亮自要派人去叮，为自己办事！

刘备修书差孙乾至汉中，先见杨松，说知此事，送了金珠。松大喜，先引孙乾见张鲁，陈言方便。鲁曰："玄德只是左将军，如何保得我为汉宁王？"杨松曰："他是大汉皇叔，正合保奏。"张鲁大喜，便差

第六十五回　马超大战葭萌关　刘备自领益州牧

人教马超罢兵。

一知居主人曰：

刘备对马超见武的不行，便开始耍奸。孙乾与上次黄权来张鲁处一样，先见杨松，而后一起见张鲁。张鲁对刘备许诺有些怀疑，说刘备只是左将军，安能封王。杨松拿了别人钱财，自然要为人说话，一句搪塞过去。张鲁竟然信了，要马超罢兵。也足见，张鲁对杨松的信任程度绝对高。

张鲁要马超罢兵，马超言："未成功，不可退兵。"一连三次不至。杨松曰："其意必反。"遂使人流言云："马超意欲夺西川，自为蜀主。"张鲁问计于杨松。松曰："一面差人去说与马超：'要依我三件事。一要取西川，二要刘璋首级，三要退荆州兵。三件事不成，可献头来。'一面教人点军守把关隘，防马超兵变。"张鲁差人到马超寨中说这三件事。超大惊曰："如何变得恁的！"乃与马岱商议罢兵。此时"马超回兵，必怀异心"流言传出，杨松已经派人坚守隘口，不放马超兵入。超进退不得，无计可施。

一知居主人曰：

一国之主要大将罢兵，将在外并不接受，况且是一连三次。单此项，张鲁就会怀疑马超有反心。更何况杨松在旁边造谣中伤，与马超大不利。马超也心里明白，是杨松在做鬼，所以后面在投刘备之时先杀了杨松之弟杨柏。

分析杨松要马超所做三件事情：刘璋地盘很大，手下将官并不少；刘备大军入西川，张飞、赵云也跟着前来。就马超这两万兵马，孤军深入，如何做得？明知不可为而要其为之，傻瓜也能看出来，杨松这是在明着逼马超造反。

孔明说今马超正在进退两难之际，自己愿意亲往超寨说降。玄德曰："先生乃吾之股肱心腹，倘有疏虞，如之奈何？"孔明坚意要去，玄德再三不肯放去。忽报赵云有书荐李恢来降。玄德曰："向日闻公苦谏刘璋，今何故归我？"恢曰："吾闻：'良禽相木而栖，贤臣择主而事'，前谏刘益州者，以尽人臣之心。既不能用，知必败矣。今将军仁德布于蜀中，知事必成，故来归耳。"玄德曰："先生此来，必有益于刘备。"恢曰："愿往说马超归降，若何？"孔明曰："正欲得一人替吾一往。"李恢于孔明耳畔陈说如此如此。孔明大喜，即时遣行。

　　一知居主人曰：

　　孔明要亲自去说降马超，刘备考虑到安全问题，正在踌躇之间。李恢不请自来，愿意去见马超。正如一个人要睡觉，忽然有人送上枕头，及时，舒服至极。刘备提起李恢苦谏刘璋不能接纳刘备的往事，李恢却是轻松以"拍马屁"形式化解了尴尬局面。

　　李恢来寨中说服马超。马超却先唤刀斧手伏于帐下，嘱曰："令汝砍，即砍为肉酱！"李恢昂然而入。马超端坐帐中不动，叱李恢曰："吾匣中宝剑新磨。汝试言之，其言不通，便请试剑！"李恢说："今将军与曹操有杀父之仇，而陇西又有切齿之恨；前不能救刘璋而退荆州之兵，后不能制杨松而见张鲁之面。目下四海难容，一身无主。若复有渭桥之败，冀城之失，何面目见天下之人乎？"马超顿首谢曰："公言极善，但超无路可行。"李恢又说："刘皇叔礼贤下士，吾知其必成，故舍刘璋而归之。公之尊人①，昔年曾与皇叔约共讨贼，公何不背暗投明，以图上报父仇，下立功名乎？"马超大喜，即唤杨柏入，

---

① 尊人：对他人或自己父母的敬称。这里指马超的父亲马腾。《旧唐书·王重荣传》："雁门 李仆射，与仆家世事旧，其尊人与仆父兄同患难。"

一剑斩之，将首级共恢一同来降玄德。

一知居主人曰：

李恢不愧为超级辩士，所言简洁受用，直奔主题，层层递进。短短几句话，有四层意思：一是刘备爱才；二是我已经归顺刘备；三是先父马腾与刘备有过交往；四是可报杀父之仇。说得马超哑口无言，从最初的对抗情绪，慢慢平和下来，最后顺利从了。

玄德亲自接入马超，待以上宾之礼。人报蜀将刘晙、马汉引军到。赵云曰："某愿往擒此二人！"言讫，上马引军出。玄德在城上管待马超吃酒。未曾安席，子龙已斩二人之头，献于筵前。马超亦惊，倍加敬重。超曰："不须主公军马厮杀，超自唤出刘璋来降。如不肯降，超自与弟马岱取成都，双手奉献。"玄德大喜。是日尽欢。

一知居主人曰：

昔日关羽温酒斩华雄，今有赵子龙安席之间斩了刘晙与马汉，威武之人！马超吃惊，立马说自己可劝降刘璋。

败兵回到益州，报刘璋。璋大惊，闭门不出。人报城北马超到，刘璋以为救兵到，方敢登城望之。没想马超在马上以鞭指曰："吾本领张鲁兵来救益州，谁想张鲁听信杨松谗言，反欲害我。今已归降刘皇叔。公可纳土拜降，免致生灵受苦。如或执迷，吾先攻城矣！"刘璋惊得面如土色，气倒于城上。

一知居主人曰：

刘璋原本认为马超是来救自己的，却没想到马超是来灭自己的。刚刚升起的希望旋即掉落谷底，所以刘璋"气倒于城上"。

众官救醒。璋曰："吾之不明，悔之何及！不若开门投降，以救

满城百姓。""吾父子在蜀二十余年，无恩德以加百姓。攻战三年，血肉捐于草野，皆我罪也。我心何安？不如投降以安百姓。"众人闻之，皆堕泪。谯周进曰："主公之言，正合天意。"黄权、刘巴闻言皆大怒，欲斩之。刘璋挡住。

一知居主人曰：

刘璋所言二句，意思一样，要开门投降以救百姓，有怜悯之心的，在此类官僚中，还是比较少见的。正在犹豫不定，忽报蜀郡太守许靖已经逾城出降矣。看来，降与不降刘备，已经不是他所能左右了。

次日，刘皇叔遣简雍在城下唤门。璋令开门接入。雍坐车中，傲睨自若。忽秦宓掣剑大喝曰："小辈得志，傍若无人！汝敢藐视吾蜀中人物耶！"雍慌下车迎之。雍笑曰："不识贤兄，幸勿见责。"遂同入见刘璋，具说玄德宽洪大度，并无相害之意。于是刘璋厚待简雍。

一知居主人曰：

简雍虽然有小人得志之嫌，但他毕竟是代表刘备来的，表现过头，在意料之中。不过，秦宓也很正直，敢于直言，说的并不为过。好在简雍知错必改，避免相互之间的尴尬。

隐隐约约，让人觉得此前秦宓和简雍见过面。

次日，刘璋亲自出城投降。玄德出寨迎接，握手流涕曰："非吾不行仁义，奈势不得已也！"共入寨，交割印绶文籍，并马入城。孔明请曰："今西川平定，难容二主，可将刘璋送去荆州。"玄德曰："吾方得蜀郡，未可令季玉远去。"孔明曰："刘璋失基业者，皆因太弱耳。主公若以妇人之仁，临事不决，恐此土难以长久。"玄德从之，设一大宴，请刘璋收拾财物，佩领振威将军印绶，令将妻子良贱，尽赴南郡公安住歇，即日起行。

第六十五回　马超大战葭萌关　刘备自领益州牧

一知居主人曰：

刘备占了人家的地盘，此时却还要流泪，未免太虚伪了。

诸葛亮说容不得二主，建议送刘璋去荆州。刘备开始并不同意，认为自己初来乍到，马上撵人家走，不好意思。但是诸葛亮接下来的一番话，无异于醍醐灌顶，警醒了刘备，遂让刘璋"尽赴南郡公安住歇"，不过，此举要比曹操追杀刘琮母子，善良多了。或者是刘备在顾忌刘氏宗亲的面子！

玄德入成都，到公厅，升堂坐定。郡内诸官，皆拜于堂下！惟黄权、刘巴，闭门不出。众将忿怒，欲往杀之。玄德慌忙传令曰："如有害此二人者，灭其三族！"玄德亲自登门，请二人出仕。二人感玄德恩礼，乃出。

一知居主人曰：

刘备入成都，"百姓香花灯烛，迎门而接"，未免不是有些夸张。要知道刘备来成都属于"新兵报到"，尚没有给老百姓带来什么好处。此后刘备"开仓赈济百姓，军民大悦"，倒是可以理解的。想来，这种写法与作者一贯立场有关。

刘备对待黄权、刘巴两人的做法倒是仁至义尽，可圈可点，最终金石为开，有大团圆之效果。

玄德自领益州牧。其所降文武，尽皆重赏，定拟名爵，严颜为前将军，法正为蜀郡太守，等文武投降官员，共六十余人，并皆擢用。封诸葛亮为军师，张飞为征虏将军、新亭侯，赵云为镇远将军等及旧日荆襄一班文武官员，尽皆升赏。关云长为荡寇将军、汉寿亭侯，遣使赍黄金、白银、钱、蜀锦若干，赐与云长。其余官将，给赏有差。杀牛宰马，大犒士卒。

一知居主人曰：

刘备本次封赏，也很用心。先封刘璋手下来降的官员，为安抚川中人心，稳定压倒一切；而后封随自己入川之人，彰显他们的功劳；第三再封赏关羽等人，则是安慰远方将士之心。在某些方面来说，是为了一种平衡。再看《水浒传》中梁山大排名，与刘备这次封赏相比，有相同之处，也有不同之处。品味品味，很有意思。

益州既定，玄德欲将成都有名田宅，分赐诸官。赵云谏曰："益州人民，屡遭兵火，田宅皆空。今当归还百姓，令安居复业，民心方服，不宜夺之为私赏也。"玄德大喜，从其言。

一知居主人曰：

赵云，一介武将，竟然操心起文官所分管的事情来。罗贯中先生这种设计，奇特！刘备还竟然从了，更是不可思议。莫非此时赵云并无家庭之累！要知道，应得的东西，你不得，别人自是觉得得了不舒服。怕是这一次赵云将诸官都得罪了。

法正曰："昔高祖约法三章，黎民皆感其德。愿军师宽刑省法。以慰民望。"孔明曰："君知其一、未知其二：秦用法暴虐，万民皆怨，故高祖以宽仁得之。今刘璋暗弱，德政不举，威刑不肃，君臣之道，渐以陵替。宠之以位，位极则残；顺之以恩，恩竭则慢。所以致弊，实由于此。吾今威之以法，法行则知恩；限之以爵，爵加则知荣。恩荣并济，上下有节。为治之道，于斯著矣。"法正拜服。自此军民安堵。四十一州地面，分兵镇抚，并皆平定。

一知居主人曰：

本节中，法正和诸葛亮在如何治蜀上出现分歧。法正主张效高祖约法三章，诸葛亮根据当下实际情况，主张"威之以法""恩荣并济，

上下有节"。但目的是一致的，在于维护刘备的统治。最后按照诸葛亮办法推行了。

法正为蜀郡太守，凡平日一餐之德[①]**，睚眦之怨，无不报复。或告孔明曰："孝直太横，宜稍斥之。"孔明曰："昔主公困守荆州，北畏曹操，东惮孙权，赖孝直为之辅翼，遂翻然翱翔，不可复制。今奈何禁止孝直，使不得少行其意耶？"因竟不问。法正闻之，亦自敛戢。**

一知居主人曰：

本节之中，"凡平日一餐之德，睚眦之怨，无不报复"，属于总结性语言，此处应该是省略了许多例子。诸葛亮言语之中，虽然没有明确批评法正，只是说法正对于刘备入蜀有很大贡献，但是其背后的东西，法正很容易猜得出来，所以很快改正。

一日，关平从荆州来，呈上书信说父亲知马超武艺过人，要入川来比试高低。玄德大惊。孔明曰："无妨。亮自作书回之。"孔明写书付关平星夜回荆州。书曰："亮闻将军欲与孟起分别高下。以亮度之，孟起虽雄烈过人，亦乃黥布、彭越之徒[②]**耳；当与翼德并驱争先，犹未及美髯公之绝伦超群也。今公受任守荆州，不为不重；倘一入川，**

---

① 一餐之德：犹"一饭之德"。比喻微小的恩德。西汉·司马迁《史记·范雎蔡泽列传》："范雎于是散家财物，尽以报所尝困厄者。一饭之德必偿，睚眦之怨必报。"

② 黥布、彭越之徒：指像黥布、彭越一样的人。黥布（？～前196年），即英布。九江郡六县（今安徽六安市）人，早年坐罪，受到黥刑，俗称黥布。曾为项羽帐下将领之一，后佐刘邦，建立汉朝，封为淮南王，公元前196年，起兵反叛，兵败被杀。彭越（？～前196年），砀郡昌邑人。秦朝末年在魏地举兵起义，后来率兵归顺刘邦，拜魏相国，协助刘邦赢得楚汉之争。西汉建立后，封为梁王，定都于定陶（今山东菏泽市定陶区）。公元前196年，以"反形已具"罪名，诛灭三族，废除封国。两人与韩信并称汉初三大名将。

若荆州有失，罪莫大焉。惟冀明照。" 云长看毕，自绰其髯笑曰："**孔明知我心也。**"将书遍示宾客，遂无入川之意。

一知居主人曰：

关平将父亲对马超的看法告诉刘备和诸葛亮，意在提醒两人注意，说明关平也是有心之人。诸葛亮写信给关羽，先是评论马超，只适合和张飞比试，旨在赞美关羽有才华，二是用商量的口气，说您所主管的地方很重要，要关羽好好把握。诸葛亮如此表达，关羽何怒之有？关羽"将书遍示宾客"，可见关羽很满意。也可见关羽思想上开始有些膨胀了。

第六十六回
关云长单刀赴会　伏皇后为国捐生

孙权要索荆州。张昭献计曰:"刘备所倚仗者,诸葛亮耳。其兄诸葛瑾今仕于吴,何不将瑾老小执下,使瑾入川告其弟,令劝刘备交割荆州。"权曰:"诸葛瑾乃诚实君子,安忍拘其老小?"昭曰:"明教知是计策,自然放心。"权从之。一面修书,打发诸葛瑾往西川去。

一知居主人曰:

荆州之事,本并不涉及诸葛瑾,这次张昭却硬拉诸葛瑾进来,想借兄弟情分逼诸葛亮还荆州,有些太损,连孙权都有些不忍。"召诸葛瑾老小,虚监在府。"只是诸葛瑾一憨厚之人,在刘备兄弟之间被推来推去,反复奔走,实在可怜。

玄德问孔明诸葛瑾来为何? 孔明说来索荆州,并告诉刘备只须如此如此。孔明出郭接瑾。不到私宅,径入宾馆。参拜毕,瑾放声大哭。亮曰:"兄长有事但说。何故发哀?"瑾曰:"吾一家老小休矣!"亮曰:"莫非为不还荆州乎?因弟之故,执下兄长老小,弟心何安?兄休忧虑,弟自有计还荆州便了。"瑾大喜,即同孔明入见玄德。

一知居主人曰:

诸葛瑾来成都的目的,诸葛亮早已猜透,且与刘备讨论过下一

步应该如何如何。但是诸葛亮与诸葛瑾对话，却是站在兄弟情义上，愿意帮忙。诸葛瑾自是高兴。只是他高兴得太早了，并没有看透。

诸葛瑾将书信给刘备。刘备怒曰："乘我不在荆州，竟将妹子潜地取去，情理难容！我正要大起川兵，杀下江南，报我之恨，却还想来索荆州乎！"孔明哭拜于地，曰："望主公看亮之面，将荆州还了东吴，全亮兄弟之情！"刘备再三不肯，孔明只是哭求。玄德徐徐曰："既如此，看军师面，分荆州一半还之。将长沙、零陵、桂阳三郡与他。"亮曰："既蒙见允，便可写书与云长令交割三郡。"玄德曰："子瑜到彼，须用善言求吾弟。吾弟性如烈火，吾尚惧之。切宜仔细。"

一知居主人曰：

本节中，诸葛亮和刘备在演双簧，其实早就剧透，只是瞒了诸葛瑾。诸葛瑾接书之后，欢天喜地，感觉总算有点收获。其实刘备最后一句话里有话，明眼人便知此事绝对不成。诸葛瑾到不了荆州，刘备的话儿估计已经到了关羽那里。

在后来孙权说："莫非皆是诸葛亮之计？"瑾曰："非也。吾弟亦哭告玄德，方许将三郡先还。"毛宗岗在此处批注："子瑜是实心人，不像兄弟乖觉。"不无道理。

瑾求了书，径到荆州。云长请入中堂，瑾出玄德书曰："皇叔许先以三郡还东吴，望将军即日交割，令瑾好回见吾主。"云长变色曰："吾与吾兄桃园结义，誓共匡扶汉室。荆州本大汉疆土，岂得妄以尺寸与人？将在外，君命有所不受。虽吾兄有书来，我却只不还。"瑾曰："今吴侯执下瑾老小，若不得荆州，必将被诛。望将军怜之！"云长曰："此是吴侯谲计，如何瞒得我过！"瑾曰："将军何太无面目？"云长执剑在手曰："休再言！此剑上并无面目！"

一知居主人曰：

读本节文字，便能感觉到诸葛瑾无奈、可怜之处。来荆州，本是高兴而来，却遭到关羽拒绝，说什么"将在外君命有所不受"。尤其是关羽那句"不看军师面上，教你回不得东吴"，无论何人，都会觉得憋屈。所以"诸葛瑾满面羞惭，急辞下船"。

诸葛瑾再往西川见孔明。孔明已自出巡去了。诸葛瑾只得再见玄德，哭告云长欲杀之事。玄德曰："吾弟性急，极难与言。子瑜可暂回，容吾取了东川、汉中诸郡，调云长往守之，那时方得交付荆州。"

一知居主人曰：

诸葛亮明知诸葛瑾会再来成都，自己来了个"小鬼不见面"，出巡去了。看起来是公事使然，实则故意"三十六计走为上"。

刘玄德再次往后推还荆州时间表，颇有今人借钱之妙。借钱之时，信誓旦旦，恨不得成人家孙子。一旦借了，便无还的日期。债主来了，不是躲着不见，就是往后推若干日期。如是者多次。债主也往往哭笑不得。

瑾不得已，回见孙权，具言前事。孙权曰："既刘备有先还三郡之言，便可差官前去……三郡赴任。"瑾曰："主公所言极善。"权乃令瑾取回老小，一面差官往三郡赴任。不一日，三郡差去官吏尽被逐回，曰："关云长不肯相容，连夜赶逐回吴。迟后者便要杀。"孙权大怒。

一知居主人曰：

诸葛瑾向孙权汇报入蜀情况，其中提及刘备想先将三郡还了。孙权竟然相信了，还真的傻乎乎地派人去上任了。前面诸葛瑾见关羽，已经被拒绝、被侮辱，这次属于孙权自取其辱。

關羽長單刀赴會

海陽王丕民

孙权差人召鲁肃责之曰:"子敬昔为刘备作保,借吾荆州;今刘备已得西川,不肯归还,子敬岂得坐视?"肃曰:"肃已思得一计,正欲告主公。""今屯兵于陆口,使人请关云长赴会。若云长肯来,以善言说之;如其不从,伏下刀斧手杀之。如彼不肯来,随即进兵,与决胜负,夺取荆州便了。"孙权说可即行之。阚泽进曰:"恐事不谐,反遭其害。"孙权怒曰:"若如此,荆州何日可得!"便命鲁肃速行此计。

一知居主人曰:

孙权派诸葛瑾讨荆州未果,责备鲁肃,在情理之中。鲁肃作为当年的中间人,其出发点为了维护孙刘联盟。个人没有得到任何好处,反招惹了一身臊气、尴尬和埋怨。现在鲁肃献计要杀关羽、夺荆州,自是迫不得已,可以理解。鲁肃邀请关羽来荆州,马良告诉关羽说:"鲁肃虽有长者之风,但今事急,不容不生异心。"分析有一定道理。

只是阚泽说这样做不行,本来是好意,却被孙权当面吵了一顿,毫无面子。

鲁肃派使者入荆州叩见云长,具道相邀赴会之意。云长谓来人曰:"既子敬相请,我明日便来赴宴。汝可先回。"

一知居主人曰:

鲁肃拟请关羽赴会费了心思,关羽当面答应倒是干脆爽朗。两者对比,也是颇有趣的。

关平曰:"鲁肃相邀,必无好意。父亲何故许之?"云长笑曰:"吾岂不知耶?……吾若不往,道吾怯矣。吾来日独驾小舟,只用亲随十余人,单刀赴会,看鲁肃如何近我!"平谏曰:"父亲奈何以万金之躯,亲蹈虎狼之穴?恐非所以重伯父之寄托也。"云长曰:"吾于千

枪万刃之中，矢石交攻之际，匹马纵横，如入无人之境；岂忧江东群鼠乎！"马良亦谏曰："将军不可轻往。"云长曰："昔战国时赵人蔺相如①，无缚鸡之力，于渑池会上，觑秦国君臣如无物；况吾曾学万人敌者乎！既已许诺，不可失信。"良曰："纵将军去，亦当有准备。"云长一一安排下去。

一知居主人曰：

这一段文字中，关平、马良各有看法，关羽倒是有牢牢主意，这场酒席是吃定了！关羽所言三段文字，显尽自己英雄本色，但其骄傲之情也跃然纸上。注意，本节中，关羽说"江东群鼠"，后文中孙权提亲，关羽坚决不同意，在意料之中。

使者回报鲁肃，说云长慨然应允，来日准到。肃与吕蒙计会已定。次日，肃令人于岸口遥望。辰时后，见江面上一只船来，梢公水手只数人，一面红旗，风中招飐，显出一个大"关"字来。船渐近岸，见云长青巾绿袍，坐于船上。旁边周仓捧着大刀。八九个关西大汉，各跨腰刀一口。

一知居主人曰：

使者回报鲁肃，说关羽慷慨答应，并没有见鲁肃高兴字样，只是说和吕蒙议事，有一种心中无数、箭已在弦不得不发的样子。

再看关羽来江东文字，颇具画面感。威武至极，给人以很大的视觉冲击，连鲁肃也由不得不惊疑了，战战兢兢接关羽入庭内。大戏尚未开始，鲁肃已经怯了三分。

---

① 蔺相如：战国时期赵国大臣，赵国著名的政治家、外交家。他最重要的有三个事件：完璧归赵、渑池之会与负荆请罪。见西汉·司马迁《史记·廉颇蔺相如列传》。

鲁肃和关羽叙礼毕，入席饮酒，举杯相劝，不敢仰视。云长谈笑自若。酒至半酣，鲁肃每每提及荆州之事，关羽总是说："此国家之事，筵间不必论之。""乌林之役，左将军亲冒矢石，戮力破敌，岂得徒劳而无尺土相资？今足下复来索地耶？""此皆吾兄之事，非某所宜与也。"

一知居主人曰：

鲁肃"不敢仰视"，说明其在心理上已经害怕关羽。鲁肃所言多为前面所说过的，故不再转述。鲁肃每每要引入"讨还荆州"之正题，关羽却总是环顾左右而言他，并不上钩，也就无法看到其表态。当年周瑜两次见到关羽，心里尚且发慌，况鲁肃乎？

肃曰："皇叔即君侯也，何得推托乎？"云长未及回答，周仓在阶下厉声言曰："天下土地，惟有德者居之。岂独是汝东吴当有耶！"云长变色而起，夺周仓所捧大刀，目视周仓而叱曰："此国家之事，汝何敢多言！可速去！"仓会意，到岸口把红旗一招。关平船如箭发，奔过江东来。

一知居主人曰：

主人之间，商量大事，哪里容得从人说话，更何况周仓只是关羽拿刀之人，一介老粗。当然，此必是关羽事先安排好的！

云长右手提刀，左手挽住鲁肃手，佯推醉曰："公今请吾赴宴，莫提起荆州之事。吾今已醉，恐伤故旧之情。他日令人请公到荆州赴会，另作商议。"鲁肃魂不附体，被云长扯至江边。吕蒙、甘宁各引本部军欲出，见云长手提大刀，亲握鲁肃，恐肃被伤，遂不敢动。云长到船边，却才放手，早立于船首，与鲁肃作别。肃如痴似呆，看关公船已乘风而去。

706　　　　　　　　　　　　　　　　　　　　管窥《三国》中

一知居主人曰：

作者形容此时的鲁肃，用了"魂不附体""如痴似呆"，真是傻瓜模样。想来鲁肃乃一介文人，哪里经得起关羽的拉扯？！后人有诗赞关公"藐视吴臣若小儿，单刀赴会敢平欺。当年一段英雄气，尤胜相如在渑池"。窃以为有些欠妥。关羽单刀赴会，确实要尽了个人威风，但却是孙、刘联盟被撕裂的开始！

鲁肃与吕蒙共议："此计又不成，如之奈何？"蒙曰："可即申报主公，起兵与云长决战。"肃即时使人申报孙权。权闻之大怒，商议起倾国之兵，来取荆州。忽报："曹操又起三十万大军来也！"权大惊，且教鲁肃休惹荆州之兵，移兵以拒曹操。

一知居主人曰：

眼睁睁孙、刘要起战火，没想到曹操又来袭。权衡利弊，孙吴自然要先挡住曹操，毕竟刘备当下对自己还没有太大威胁。不料参军傅干上书谏操。曹操览之，遂罢南征，让孙吴虚惊一场。

王粲、杜袭、卫凯、和洽四人，议欲尊曹操为"魏王"。荀攸曰："不可。丞相官至魏公，荣加九锡，位已极矣。今又进升王位，于理不可。"曹操闻之，怒曰："此人欲效荀彧耶！"荀攸知之，忧愤成疾，卧病十数日而卒，亡年五十八岁。操厚葬之，遂罢"魏王"事。

一知居主人曰：

前有荀彧，现有荀攸，一对叔侄，在反对曹操称"魏王"、加九锡的问题上意见一致，人生最后的结局也相差无几。

曹操在用人上给人一种"此一时也，彼一时也"的感觉，没能够当上"魏王"倒是最后的结局。

一日，曹操带剑入宫，献帝正与伏后共坐。伏后见操来，慌忙起身。帝见曹操，战栗不已。操曰："孙权、刘备各霸一方，不尊朝廷，当如之何？"帝曰："尽在魏公裁处。"操怒曰："陛下出此言，外人闻之，只道吾欺君也。"帝曰："君若肯相辅则幸甚。不尔，愿垂恩相舍。"操闻言，怒目视帝，恨恨而出。

一知居主人曰：

这皇帝做得窝囊，却也没有办法。曹操大权在握，皇帝无论回答什么，都会遭到曹操的奚落。想来，曹操此时的心情可能不是太好，有没事找事、刷一下存在感的架势。

或奏帝说曹操不久必将篡位。帝与伏后大哭。后曰："妾父伏完常有杀操之心，妾今当修书一封，密与父图之。"后认为宦官中穆顺忠义可托，即召穆顺入屏后。帝、后大哭告顺曰："操贼欲为魏王，早晚必行篡夺之事。朕欲令后父伏完密图此贼，而左右之人，俱贼心腹，无可托者。欲汝将皇后密书，寄与伏完。量汝忠义，必不负朕。"顺泣曰："臣感陛下大恩，敢不以死报！臣即请行。"后修书付顺。顺藏书于发中，潜出禁宫，径至伏完处。

一知居主人曰：

杀曹之事，不是皇帝自己提出，却是伏皇后看不惯曹操所为主动提出的，而且说要自己的父亲来完成，着实出乎意料。想来皇帝听了之后，也自是感动万分！毕竟人家所考虑的是刘家的江山。

"昔董承为事不密，反遭大祸；今恐又泄漏，朕与汝皆休矣！"皇帝怯事、怕事之态跃然纸上。"旦夕如坐针毡，似此为人，不如早亡！"伏皇后俨然有大男人气概！前面已经有董承之事，宦官穆顺却仍要为皇帝往外传递信息，不顾生命危险！也是忠心可鉴，可嘉！

708　　　　　　　　　　　　　　　　　管窥《三国》 中

完见是伏后亲笔，谓穆顺曰："操贼心腹甚众，不可遽图。除非江东孙权、西川刘备，二处起兵于外，操必自往。此时却求在朝忠义之臣，一同谋之。"顺曰："皇丈可作书覆帝后，求密诏，暗遣人往吴、蜀二处，令约会起兵，讨贼救主。"伏完即写书付顺。顺藏于头髻内，回宫。

　　一知居主人曰：

　　伏皇后要父亲想办法收拾曹操，伏完提出必须皇帝亲书致刘备和孙权，行"内外夹攻，庶可有济"之计。这一来一往，必然引起曹操的注意，必出大事矣！

　　穆顺带书出宫时，"藏书于发中"；带书回宫，"顺藏于头髻内"，应该是没什么区别。

　　早有人报知曹操。操先于宫门等候。穆顺回，操问："那里去来？"顺答曰："皇后有病，命求医去。"操曰："召得医人何在？"顺曰："还未召至。"操喝左右，遍搜身上，并无夹带，放行。忽然风吹落其帽。操又唤回，取帽视之，遍观无物，还帽令戴。穆顺双手倒戴其帽。操心疑，令左右搜其头发中，搜出伏完书来。操大怒，执下穆顺于密室问之，顺不肯招。操连夜点兵围住伏完私宅，老幼并皆拿下。搜出伏后亲笔之书，随将伏氏三族尽皆下狱。

　　一知居主人曰：

　　这一节有些一波三折，但最终还是被曹操发现了。若不是那风吹落穆顺的帽子，或者还会其他结局。想那赤壁之战，是风成就了孙、刘两家；此风却是成就了曹家。

　　是日，帝在外殿，见郗虑引兵直入。帝问曰："有何事？"虑曰："奉魏公命收皇后玺。"帝知事泄，心胆皆碎。虑便唤管玺绶人索取玉玺

而出。伏后情知事发，便于殿后椒房内夹壁中藏躲。及至后来甲士拥后而去，帝捶胸大恸。见郗虑在侧，帝曰："郗公！天下宁有是事乎！"哭倒在地。郗虑令左右扶帝入宫。

一知居主人曰：

郗虑为曹操所遣，只是把事情办了，并没有害人。虽然皇帝有求救之语，他也是无可奈何，只是令左右扶帝入宫。

少顷，华歆引兵入到后殿，问伏后何在？宫人皆推不知。歆教兵打开朱户[①]**，寻觅不见。料在壁中，便喝兵破壁搜寻。歆亲自动手揪后头髻拖出。后曰："望免我一命！"歆叱曰："汝自见魏公诉去！"后披发跣足，二甲士推拥而出。至外殿。帝望见后，乃下殿抱后而哭。歆曰："魏公有命，可速行！"华歆拿伏后见操。操骂曰："吾以诚心待汝等，汝等反欲害我耶！吾不杀汝，汝必杀我！"喝左右乱棒打死。随即入宫，将伏后所生二子，皆鸩杀之。当晚将伏完、穆顺等宗族二百余口，皆斩于市。**

一知居主人曰：

原本觉得华歆只是一文臣，却没想有如此之恶，竟"亲自动手揪后头髻拖出"，不免让人觉得可恨！与郗虑成很大反差。

此节中，伏皇后与皇上有一番对话。后哭谓帝曰："不能复相活耶？"帝曰："我命亦不知在何时也！"读完不免让人泪下，此也应了书后诗"可怜帝后分离处，不及民间妇与夫"。又让人记得明朝末年，李自成进京，崇祯帝手刃亲生女，泣曰："汝何生帝王家！"如出一辙！

---

① 朱户：此处指朱红色大门。明·刘基《小重山》词："娟娟斜倚凤凰楼，窥朱户，应自半含羞。"

此节中，曹操却有点像杀人魔王，连杀二百余口，不可思议！似乎应了那句"无毒不丈夫"。

华歆素有才名，向与邴原、管宁相友善。一日，宁与歆共种园蔬，锄地见金。宁挥锄不顾；歆拾而视之，然后掷下。又一日，宁与歆同坐观书，闻户外传呼之声，有贵人乘轩而过。宁端坐不动，歆弃书往观。宁自此鄙歆之为人，遂割席分坐，不复与之为友。后来管宁避居辽东，常戴白帽，坐卧一楼，足不履地，终身不肯仕魏；而歆乃先事孙权，后归曹操，至此乃有收捕伏皇后一事。

一知居主人曰：

紧张气氛之中，插播了一段华歆旧事，看似闲笔，却是让人觉得华歆更加可恶！也不免让人想起一句：不怕做坏事的人有知识，只怕有知识的人做坏事。

华歆与管宁观"贵人乘轩而过"事，很容易让人想起项羽、刘邦分别见到秦始皇巡游时所说的话。据《史记》载："秦始皇帝游会稽，渡浙江，梁与籍俱观。籍曰：'彼可取而代也。'梁掩其口，曰：'毋妄言，族矣！'""高祖常繇咸阳，纵观，观秦皇帝，喟然太息曰：'嗟乎，大丈夫当如此也！'"同样的事情，同样的人，不同的感慨，人生结局自也不相同。

献帝自从坏了伏后，连日不食。操入曰："陛下无忧，臣无异心。臣女已与陛下为贵人，大贤大孝，宜居正宫。"献帝安敢不从。于建安二十年正月朔，就庆贺正旦之节，册立曹操女曹贵人为正宫皇后。群下莫敢有言。

一知居主人曰：

曹操嫁女儿，自夸女儿"大贤大孝"，让人发笑。女儿出嫁本是

家里一大喜事，但是"群下莫敢有言"。婚事为政治操纵，这样的夫妻会幸福吗？显然不可能，必无趣也！

曹操商议收吴灭蜀之事，欲召夏侯惇、曹仁回。操即时发使，星夜唤回。曹仁先到，连夜入府中见操。操方被酒而卧，许褚仗剑立于堂门之内，曹仁欲入，被许褚挡住。曹仁大怒曰："吾乃曹氏宗族，汝何敢阻挡耶？"许褚曰："将军虽亲，乃外藩镇守之官。许褚虽疏，现充内侍。主公醉卧堂上，不敢放入。"仁乃不敢入。曹操闻之，叹曰："许褚真忠臣也！"

一知居主人曰：

许褚如此敬业，乃曹操之福气也！曹仁心中也明白，许褚这样做，还是为了曹操的安全着想，所以并没有硬闯。

读至此处，想起2003年春夏之间，SARS横行，全民抗疫。一为人父者在村头值班。其子自外地来。父不让其进村。其子大恼不止，说："我可是你亲儿啊！我是回家来看望你的！"父曰："村有村规。你是我亲爹也不行。"其子遂将礼品放下，洒泪而走。

第六十七回

曹操平定汉中地　张辽威震逍遥津

曹操兴师西征。夏侯渊、张郃前军随到，闻阳平关已有准备，离关一十五里下寨。是夜，军士疲困，各自歇息。忽寨后一把火起，杨昂、杨任两路兵杀来劫寨。夏侯渊、张郃急上得马，四下里大兵拥入，曹兵大败。退见曹操。操怒曰："汝二人行军许多年，岂不知'兵若远行疲困，可防劫寨'？如何不作准备？"欲斩二人，以明军法。众官告免。

一知居主人曰：

人家来不来劫寨子，由不得你被劫者。但是，初来乍到，不熟悉情况，做些防人偷袭之准备，倒是应该的。所以曹操批评得很有道理。不过也可能是夏侯渊、张郃自以为阵势浩大，汉中兵未必敢主动出击，骄傲疏忽、麻痹大意所致也！曹兵出师不利，不是好兆头！

操次日自为前队，见山势险恶，林木丛杂，恐有伏兵，即引军回寨，谓许褚、徐晃曰："吾若知此处如此险恶，必不起兵来。"

次日，操只带许、徐二人，来看张卫寨栅。三匹马转过山坡，谓二将曰："如此坚固，急切难下！"言未已，背后一声喊起，箭如雨发。操大惊。许褚大呼曰："吾当敌贼！徐公明善保主公。"说罢，

提刀纵马向前，力敌杨昂、杨任。徐晃保着曹操奔过山坡，夏侯渊、张郃引军杀来接应。于是，杀退杨昂、杨任，救得曹操回寨。操重赏四将。

一知居主人曰：

曹操初进汉中，就萌生退意。不见谋士言语，却是许褚"兵已至此，主公不可惮劳"。曹操偷看张卫寨栅，不想被杨昂、杨任分两路杀来。幸亏许褚勇敢，主动出战，曹操躲过一劫。

两边相拒五十余日，只不交战。曹操传令退军。贾诩曰："贼势未见强弱，主公何故自退耶？"操曰："吾以退军为名，使贼懈而无备，然后分轻骑抄袭其后，必胜贼矣。"贾诩曰："丞相神机，不可测也。"曹操引大军拔寨尽起。杨昂欲乘势击之。杨任曰："操诡计极多，未知真实，不可追赶。"杨昂曰："公不往，吾当自去。"杨任苦谏不从。杨昂尽提五寨军马前进，只留些少军士守寨。

一知居主人曰：

曹操名为退军，实为引二杨出战。杨任识破曹操计谋，偏偏杨昂不信，执意带兵出城。后杨昂兵败被杀，曹操获得第一次胜利。如果不是如此，双方一致耗着，曹操必为粮草所困，孰胜孰败并不可知。

是日，大雾迷漫。杨昂军至半路，不能行。夏侯渊一军抄过山后，急催人马行动，大雾中误走到杨昂寨前。守寨军士只道是杨昂兵回，开门纳之。曹军一拥而入，见是空寨，便就寨中放起火来。五寨军士，尽皆弃寨而走。比及雾散，杨任领兵来救，先后遭遇夏侯渊、张郃，杀条大路回南郑。杨昂被张郃杀死。张卫知道二将失败，半夜弃关而走。曹操遂得阳平关并诸寨。

一知居主人曰：

前有马超四更前后走历城，守门者只道姜叙兵回，大开门接入。超从城南门边杀起，尽洗城中百姓。今日夏侯渊大雾之中走到杨昂寨前，被当作杨昂兵马接入。感叹历史相似之余，不免觉得战争双方变化太快，有时候"不可能"可以变成"可能"，"可能"也会变成"不可能"。

张卫言二将失了隘口，因此守关不住。张鲁大怒，欲斩杨任。任曰："某曾谏杨昂，休追操兵。他不肯听信，故有此败。任再乞一军前去挑战，必斩曹操。如不胜，甘当军令。"张鲁取了军令状。曹操提军将进，先令夏侯渊往南郑路上哨探，正迎着杨任军马。任部将昌奇出马，战不三合，被渊一刀斩于马下。杨任自挺枪出马，与渊战三十余合。渊伴败而走，任从后追来。被渊用拖刀计斩于马下。军士大败而回。

一知居主人曰：

张卫、杨任回见张鲁。张鲁不斩张卫，因为人家是兄弟。失败主要原因在于杨昂，杨昂已死，追究不得。张鲁也只好拿杨任开刀。幸亏众将苦求，方免一死。但是，杨任心中自是有些窝火，不服气。再次上阵，没有看透夏侯渊假败，为夏侯渊所杀，让人觉得憋屈！

曹操直抵南郑。阎圃荐庞德。张鲁大喜，召庞德至，厚加赏劳。庞德离城十余里，与曹兵相对。庞德出马搦战。曹操深知庞德之勇，乃嘱诸将曰："庞德乃西凉勇将，原属马超。今虽依张鲁，未称其心。"张郃先出，战数合便退。夏侯渊也战数合退了。徐晃又战三五合也退了。临后许褚战五十余合亦退。庞德力战四将，并无惧怯。各将皆于操前夸庞德好武艺。

第六十七回　曹操平定汉中地　张辽威震逍遥津

一知居主人曰：

庞德连战四将，好像武艺很高，连许褚也败下阵来。其实不然，因为曹操说"吾欲得此人。汝等须皆与缓斗，使其力乏，然后擒之"在前，谁又肯出力大战。赵子龙单骑救主时，也有这种现象存在。

曹操想收庞德，与众人商议。贾诩曰："某知张鲁手下，有一谋士杨松。其人极贪贿赂。今可暗以金帛送之，使谮庞德于张鲁，便可图矣。"

一知居主人曰：

刘璋求救张鲁，通过黄权贿赂杨松而成；刘备欲收马超，是通过孙乾贿赂杨松而成；如今曹操要收庞德，也要通过贿赂杨松进行。看来杨松其人极贪贿赂闻名遐迩。只是这种名声不是太好，偏偏那张鲁看不清楚。

曹操听贾诩计，准备进程贿赂杨松。选一精细军校，重加赏赐，付与金掩心甲一副，今披在贴肉，外穿汉中军士号衣，先于半路上等候。扮作彼军，杂在阵中，便得入城。

一知居主人曰：

或曰，这次曹操给军校金掩心甲一副，是为了军校的安全。此言差矣！后文书提及金掩心甲是曹操送给杨松的重礼。

次日，曹操先拨夏侯渊、张郃远去埋伏；却教徐晃挑战，不数合败走。庞德招军掩杀，曹兵尽退。庞德夺了曹操寨栅。见寨中粮草极多，大喜，在寨中设宴庆贺。当夜二更之后，忽然三路火起：正中是徐晃、许褚，左张郃，右夏侯渊。三路军马，齐来劫寨。庞德不及提备，只得上马冲杀出来，望城而走。背后三路兵追来。庞

德急唤开城门，领兵一拥而入。

一知居主人曰：

前一节，庞德力战四将，四将是在曹操授意下轮番上阵。这一次，也是四将齐出战，庞德却是大败而归。庞德觉得轻松拿下曹操营寨，大喜过望，设宴庆贺，恰恰中了曹操的计谋。酒足饭饱，人困马乏，战斗力绝对大减！

庞德兵败回城。此时曹操细作投杨松府下，具说："魏公曹丞相久闻盛德，特使某送金甲为信。更有密书呈上。"松大喜，看后曰："上覆魏公，但请放心。某自有良策奉报。"连夜入见张鲁，说庞德受了曹操贿赂，卖此一阵。张鲁大怒，唤庞德责骂，欲斩之。阎圃苦谏。张鲁曰："你来日出战，不胜必斩！"庞德抱恨而退。

次日，曹兵攻城，庞德引兵冲出。操令许褚交战。褚诈败，庞德赶来。操自乘马于山坡上唤曰："庞令明何不早降？"庞德寻思："拿住曹操，抵一千员上将！"遂飞马上坡。一声喊起，天崩地塌，连人和马，跌入陷坑内去。四壁钩索一齐上前，活捉了庞德，押上坡来。曹操下马，叱退军士，亲释其缚，问庞德肯降否。庞德寻思张鲁不仁，情愿拜降。

一知居主人曰：

杨松先受曹操贿赂，反而说庞德受贿，恶人先告状。张鲁昏庸，还真的相信，大骂庞德。按庞德性格，不可能受此种委屈。只是人在屋檐下不得不低头，只好"抱恨而退"。及至战场上跌入陷坑被俘，曹操亲释其缚。庞德寻思张鲁不仁，情愿拜降。从某种意义上讲，庞德是杨松、张鲁逼走的。

还有一细节，"曹操亲扶上马，共回大寨，故意教城上望见。人报张鲁，德与操并马而行。鲁益信杨松之言为实"。可见曹操也够损

人的！

曹操三面竖立云梯，飞炮攻打。张鲁与弟张卫商议。卫曰："放火尽烧仓廪府库，出奔南山，去守巴中可也。"张鲁犹豫不定。卫曰："只是烧了便行。"张鲁曰："我向本欲归命国家，而意未得达。今不得已而出奔，仓廪府库，国家之有，不可废也。"遂尽封锁。是夜二更，张鲁开南门杀出。曹操提兵入南郑，见鲁封闭库藏，心甚怜之。遂差人往巴中，劝使投降。张鲁欲降，张卫不肯。

一知居主人曰：

张鲁败走之际，并不尽烧仓廪府食，认为"仓廪府库，国家之有，不可废也"。此处与前几回刘璋不坚壁清野以待刘备同。看来，昏君也有可爱之处。也正是因为张鲁此举，投降曹操之后得到善待。

张鲁进汉中。杨松以密书报操，教进兵，为内应。曹操至，杨松撺掇张鲁出城，鲁从之。鲁引军出迎。未及交锋，后军已走。张鲁急退，背后曹兵赶来。鲁到城下，杨松闭门不开。张鲁无路可走，操从后追至，鲁乃下马投拜。操大喜，念其封仓库之心，优礼相待，封鲁为镇南将军。阎圃等皆封列侯。曹操传令各郡分设太守，置都尉，大赏士卒。惟有杨松卖主求荣，即命斩之于市曹示众。

一知居主人曰：

张鲁败兵回城，杨松闭门不让其入内，此时张鲁才真正看清杨松面目，自是后悔不迭。杨松帮助曹操取得汉中，想来曹操至少要封个一官半职。谁知黄粱一梦，自己竟然被曹操拉出去斩了。此也符合曹操处理叛徒和告密者的一贯风格。前有杀苗泽之事，其实曹操思维很简单：今日你能卖张鲁求荣，他日你未必不会卖我。

曹操已得东川，司马懿进言，说刘备刚取刘璋，蜀人尚未归心。今得汉中，可速进兵攻之，势必瓦解。曹操叹曰："'人苦不知足，既得陇，复望蜀'①耶？"刘晔曰："若少迟缓，诸葛亮明于治国而为相，关、张等勇冠三军而为将，蜀民既定，据守关隘，不可犯矣。"操曰："士卒远涉劳苦，且宜存恤。"遂按兵不动。

一知居主人曰：

此时曹操忽然没有了锐气，不知为何，好像是怕什么。是怕后方不稳定？孙权要扩地盘？还是怕刘、关、张加上诸葛亮太强，自己目前势力还不足以解决问题等。不可知，或者兼而有之。

西川百姓，料必来取西川，一日之间，数遍惊恐。玄德请军师商议。孔明曰："亮有一计。曹操自退。""曹操分军屯合淝，惧孙权也。今我若分江夏、长沙、桂阳三郡还吴，遣舌辩之士，陈说利害，令吴起兵袭合淝，牵动其势，操必勒兵南向矣。"玄德问："谁可为使？"伊籍曰："某愿往。"玄德大喜，遂作书具礼，令伊籍先到荆州，知会云长，然后入吴。

到秣陵。权召籍入。权问曰："汝到此何为？"籍曰："昨承诸葛子瑜取长沙等三郡，为军师不在，有失交割，今传书送还。所有荆州、南郡、零陵，本欲送还；被曹操袭取东川，使关将军无容身之地。今合淝空虚，望君侯起兵攻之，使曹操撤兵回南。吾主若取了东川，即还荆州全土。"权曰："汝且归馆舍，容吾商议。"伊籍退出。

一知居主人曰：

嘴是两张皮，咋说咋有理。这不，刘备又低下身子来求孙权，

---

① 既得陇，复望蜀：即"得陇望蜀"，原意是指已经取得陇右，还想攻取西蜀。现比喻贪得无厌。《后汉书·岑彭传》："人苦不知足，既平陇，复望蜀，每一发兵，头鬓为白。"

目的在于自保。

伊籍进孙吴之前,"先到荆州,知会云长",绝非非要路过,而是先通知关羽知晓刘备的意思。伊籍访吴期间所言"昨承诸葛子瑜取长沙等三郡,为军师不在,有失交割",有些"此地无银三百两"。孙权早就看出,单单蒙蔽了那诸葛瑾。伊籍说荆州、南郡和零陵本欲送还,只因曹操袭取东川,关将军无容身之地。所以现在尚不能还。一旦曹操退兵,将奉还荆州全土。伊籍的这些话,说是"空头支票"并不为过,但目的明确,希望孙权出兵合淝。

权问计于众谋士。张昭曰:"此是刘备恐曹操取西川,故为此谋。虽然如此,可因操在汉中。乘势取合淝,亦是上计。"权从之,发付伊籍回蜀去讫,便议起兵攻操。令鲁肃收取长沙、江夏、桂阳三郡,屯兵于陆口。不一日,吕蒙、甘宁先到。蒙曰:"朱光屯兵于皖城,大开稻田,纳谷于合淝,以充军实。今可先取皖城,然后攻合淝。"权曰:"此计甚合吾意。"遂教吕蒙、甘宁为先锋出征。

一知居主人曰:

这次张昭分析有些特殊,不是不战,而是提出趁曹操取东川之际收了合淝。孙权明知道刘备真实心思,却也要坚持出征,是为自己的发展考虑。孙权心中并没有为刘备计,最终却起到了帮助刘备的效果。

孙权出兵之前,先让鲁肃收取长沙、江夏、桂阳三郡,让人有一种"不见骆驼不撒鹰"的感觉。自己先捞一些好处再说。

孙权取和州,径到皖城。皖城太守朱光固守城池,坚壁不出。权自到城下看时,城上箭如雨发,射中孙权麾盖。权问众将如何取得皖城?董袭说可差军士筑起土山。徐盛说可竖云梯,造虹桥,下

观城中而攻之。吕蒙曰："今我军初到，士气方锐，正可乘此锐气，奋力攻击。来日平明进兵，午未时便当破城。"权从之。次日五更饭毕，三军大进。城上矢石齐下。甘宁手执铁链，冒矢石而上。朱光令弓弩手齐射，甘宁拨开箭林，一链打倒朱光。吕蒙亲自擂鼓。士卒乱刀砍死朱光。余众多降，得了皖城，方才辰时。

一知居主人曰：

吕蒙力排众议，趁士气正旺，硬攻皖城。甘宁敢打敢拼，身先士卒，冒死前进，遂迅速占领皖城。本节中，最后一句："张辽引军至半路，哨马回报皖城已失。辽即回兵归合淝。"张辽有些灰溜溜的。当然，张辽也考虑到自己毕竟身单力薄，难敌东吴群狼，于事无补。后面有言，"张辽为失了皖城，回到合淝，心中愁闷"。

孙权入皖城，凌统亦到。孙权设宴庆功。吕蒙让甘宁上坐，盛赞其功。酒至半酣，凌统想起甘宁杀父之仇，又见吕蒙夸美之，忽拔左右所佩之剑，曰："筵前无乐，看吾舞剑。"甘宁知其意，两手取两枝戟挟定，曰："看我筵前使戟。"吕蒙见二人各无好意，立于其中曰："二公虽能，皆不如我巧也。"说罢，舞起刀牌，将二人分于两下。早有人报知孙权。众见权至，方各放下军器。权曰："吾常言二人休念旧仇，今日又何如此？"凌统哭拜于地。孙权再三劝止。

一知居主人曰：

孙权让人通知凌统来，却又在凌统到来之前，先行开打，取了皖城。凌统当然会想，既然不让我参加，又何必要我回来。凌统见吕蒙坐在甘宁之下，屡次赞美甘宁，自是妒火中烧。想起杀父之仇，与甘宁争斗，很自然的事情。幸亏吕蒙艺高一筹，才不至于有人受伤。

从"权慌跨马，直至筵前"，知道虽然名义上是孙权犒赏大家，孙权却是没有在现场。或许孙权觉得，自己在现场，手下容易拘谨，

第六十七回　曹操平定汉中地　张辽威震逍遥津

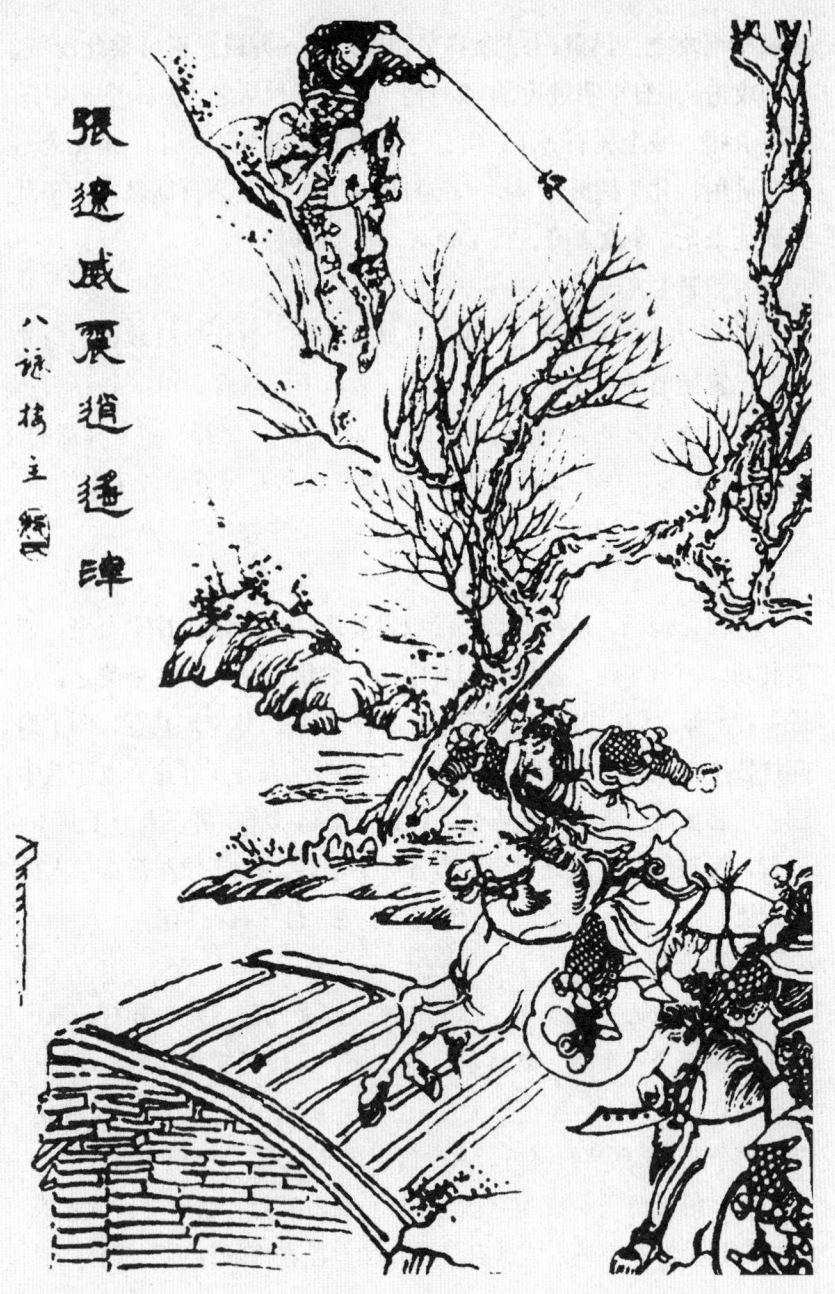

喝不好，故意为之。孙权断断没有想到凌统会和甘宁打架，坏了和谐的氛围。

张辽开曹操之匣观之。内书云："若孙权至，张、李二将军出战，乐将军守城。"张辽将教帖与李典、乐进观之。张辽主张："主公远征在外，吴兵以为破我必矣。发兵出迎，奋力与战，折其锋锐，以安众心。"李典素与张辽不睦，默然不答。乐进见李典不语，说不如坚守。张辽曰："公等皆是私意，不顾公事。吾今自出迎敌，决一死战。"李典慨然而起曰："将军如此，典岂敢以私憾而忘公事乎？愿听指挥。"张辽大喜。

一知居主人曰：

曹操明知道张辽与李典不和，却还要让两人在一起，意在互相牵制，此领导之艺术也！好在大战在即，三人最终齐心，遂致孙权大败。

孙权望合淝杀来。吕蒙、甘宁前队兵进，正与乐进相迎。甘宁出马与乐进交锋，战不数合，乐进诈败而走。甘宁招呼吕蒙一齐引军赶去。孙权在第二队，听得前军得胜，催兵行至逍遥津北，忽闻左边张辽一军杀来，右边李典一军杀来。孙权大惊，急令人唤吕蒙、甘宁回救时，张辽兵已到。凌统手下，止有三百余骑，当不得曹军势如山倒。凌统大呼曰："主公何不速渡小师桥！"言未毕，张辽引二千余骑，当先杀至。

一知居主人曰：

孙权浩浩荡荡，杀奔合淝，气势很大，没想到经不起打。想来与皖城小胜、滋生骄气有关。俗话讲，打蛇要打七寸。乐进引走吕蒙、甘宁，张辽和李典目的就是夹击孙权所在中军。张辽以有备迎不备，

孙权焉能不败？！

孙权被张辽追杀，纵马上桥，桥南已折丈余，并无一片板。孙权惊得手足无措。牙将谷利大呼曰："主公可约马退后，再放马向前，跳过桥去。"孙权收回马来有三丈余远，然后纵辔加鞭，那马一跳飞过桥南。及得回营中，孙权重赏谷利。

一知居主人曰：

此节与刘备檀溪跃马极其相似。如果不是谷利一句话点醒孙权，孙权必死无疑。看来，关键时候，小人物也可办大事。看到"凌统、谷利抵住张辽"一句，为谷利勇气点赞之余，又为其生命担忧。后来孙权重赏谷利，应该！

孙权跳过桥南，徐盛、董袭驾舟相迎。凌统、谷利抵住张辽。甘宁、吕蒙引军回救，却被乐进从后追来，李典又截住厮杀，吴兵折了大半。统身中数枪，杀到桥边，桥已折断，绕河而逃。孙权急令董袭棹舟接之。吕蒙、甘宁皆死命逃过河南。

一知居主人曰：

这一战，本来孙权信心满满，志在必得，没想到被张辽杀了个措手不及，一片狼藉。自己也险些丧命，幸亏天不灭他，侥幸逃生。

毛宗岗先生说："吴人此时逍遥不得，逍遥津做了惶恐滩、零丁洋矣！"书中有言"这一阵杀得江南人人害怕；闻张辽大名，小儿也不敢夜啼。"

第六十八回
甘宁百骑劫魏营　左慈掷杯戏曹操

孙权问帐下谁敢当先破敌？凌统出曰："某愿往。"权曰："带多少军去？"统曰："三千人足矣。"甘宁曰："只须百骑，便可破敌，何必三千！"凌统大怒。两人争竞起来。权曰："曹军势大，不可轻敌。"乃命凌统带三千军出濡须口去哨探，遇曹兵，便与交战。凌统回，甘宁即告权曰："宁今夜只带一百人马去劫曹营。若折了一人一骑，也不算功。"孙权壮之，乃调拨帐下一百精锐马兵付宁。

一知居主人曰：

甘宁与凌统有杀父之仇，孙权自然知道。孙权派兵，凌统先应，甘宁又来争，实属不该。无疑在二人之间再添过节。幸亏孙权治军有方，按照凌统和甘宁个人要求分别派了兵。孙权"又以酒五十瓶，羊肉五十斤，赏赐军士"，则是明显偏向甘宁了。

甘宁回到营中，教众人列坐，先自吃两碗酒，乃曰："今夜奉命劫寨，请诸公各满饮一觞，努力向前。"众人面面相觑。甘宁拔剑在手，怒叱曰："我为上将，且不惜命，汝等何得迟疑！"众人见甘宁作色，皆起"愿效死力"。甘宁将酒肉与百人共饮食尽。约至二更时候，取白鹅翎一百根，插于盔上为号。飞奔曹操寨边，拔开鹿角，大喊一声，

杀入寨中，径奔中军来杀曹操。

一知居主人曰：

甘宁做士兵工作属于恩威并重，说恩，有好肉好酒，让大家吃饱喝好；说威，拔剑在手，率先垂范，看何人敢不答应。士兵之气，不是哄出来的，而是激出来的。

甘宁这次闯曹营，每人盔上插一白鹅翎，却也有趣。不免让人想起甘宁可是"锦帆贼"出身的。

曹操中军人马，以车仗伏路穿连，围得铁桶相似，不能得进。甘宁只将百骑，左冲右突。曹兵惊慌，正不知敌兵多少，自相扰乱。甘宁百骑在营内纵横驰骤，逢着便杀。甘宁从寨之南门杀出，无人敢当。孙权令周泰接应。操兵恐有埋伏，不敢追袭。甘宁引百骑到寨，不折一人一骑。孙权自来迎接。甘宁下马拜伏。权扶起，携宁手曰："将军此去，足使老贼惊骇。非孤相舍，正欲观卿胆耳！"

一知居主人曰：

前面甘宁之败依稀可见，今日却见甘宁之威。甘宁以有备而来对曹营之不备，赢在突袭。甘宁"至营门，令百人皆击鼓吹笛，口称万岁，欢声大震"，看来这家伙也会造势宣传自己！

孙权"赐绢千匹，利刀百口。宁拜受讫，遂分赏百人"。孙权会当官，甘宁也会当官。甘宁如果将所有赏赐独吞，下一步估计没有人会再为他冒这种风险。孙权有言："孟德有张辽，孤有甘兴霸，足以相敌也。"对甘宁评价之高，罕见！

次日，张辽引兵搦战。凌统见甘宁有功，奋然出击。凌统与乐进斗到五十合，未分胜败。曹操闻知，亲自策马到看，乃令曹休暗放冷箭。曹休便闪在张辽背后，开弓一箭，正中凌统坐下马，凌统

被掀翻在地。乐进连忙持枪来刺。枪还未到，只听得弓弦响处，一箭射中乐进面门，翻身落马。凌统回寨中拜谢孙权。权曰："放箭救你者，甘宁也。"凌统乃顿首拜宁曰："不想公能如此垂恩！"自此与甘宁再不为恶。

一知居主人曰：

凌统与乐进战得正酣，曹操让曹休放冷箭，非大丈夫所为也！此前未曾见过曹操用这等"下三滥"手段，或许是被甘宁百骑劫魏营之辱所激也！甘宁还之一箭，击中乐进，救了凌统。曹操倒是使得凌统和甘宁自此再不为恶。对照前面，也可见甘宁之宽厚和大度也！

第十八回中，夏侯惇与高顺大战。吕布手下曹性偷射夏侯惇。夏侯惇拔箭啖睛，并力杀曹性，与曹休射凌统有类似之处。不似之处：一是曹休是被安排的，曹性是自愿；二是曹休无妨碍，曹性当场被杀。

次日，曹操来袭濡须。时董袭、徐盛二将，在楼船上见曹操五路军马来到，诸军各有惧色。徐盛曰："食君之禄，忠君之事，何惧哉！"遂引猛士数百人，用小船渡过江边，杀入李典军中去了。董袭在船上，令众军摇鼓呐喊助威。忽然江上猛风大作，白浪掀天。军士争下脚舰逃命。董袭仗剑大喝曰："将受君命，在此防贼，怎敢弃船而去！"立斩下船军士十余人。须臾，风急船覆，董袭竟死于江口水中。徐盛在李典军中，往来冲突。

一知居主人曰：

徐盛主动出击，闯入曹营，得活；董袭在船上守着，却因翻船而死。不免让人感慨：人生真是无常，并不在于你正在做什么。

陈武引一军来，正与庞德相遇，两军混战。孙权在濡须坞中，听得曹兵杀到江边，亲自与周泰引军前来助战。正见徐盛在李典军

中搅做一团厮杀，便麾军杀入接应。却被张辽、徐晃两枝军，把孙权困在垓心。曹操在高阜处看见孙权被围，急令许褚纵马持刀杀入军中，把孙权军冲作两段，彼此不能相救。

一知居主人曰：

孙权杀来，本是为了救徐盛、陈武，没想到自己反而被困，需要别人来救。这一仗，孙权打得实在没有章法，好像身边只有武将，没有军师。

周泰杀到江边，不见孙权，又杀入阵中，问"主公何在"，军人以手指兵马厚处。周泰寻见孙权。泰曰："主公可随泰杀出。"泰到江边，回头又不见孙权，乃复翻身杀入围中，又寻见孙权。权曰："弓弩齐发，不能得出，如何？"泰曰："主公在前，某在后，可以出围。"孙权乃纵马前行。周泰身被数枪，箭透重铠。到江边，吕蒙前来接应下船。权曰："徐盛在垓心，如何得脱？"周泰曰："吾再救去。"遂轮枪复翻身杀入重围之中，救出徐盛。二将各带重伤。吕蒙教军士乱箭射住岸上兵，救二将下船。

一知居主人曰：

周泰在曹营中三进三出，尤其是他护孙权突出重围，甚为牛气，有当年赵子龙在长坂坡的范儿，也不比甘宁差多少。

陈武与庞德大战，被庞德赶到峪口。陈武再欲回身交战，被树株抓住袍袖，不能迎敌，为庞德所杀。曹操见孙权走脱了，自策马驱兵，赶到江边对射。吕蒙箭尽，正慌间，孙策女婿陆逊到，一阵射退曹兵，乘势登岸追杀曹兵，复夺战马数千匹。曹兵伤者，不计其数，大败而回。于乱军中寻见陈武尸首，孙权知陈武已亡，董袭又沉江而死，哀痛至切，令人入水中寻见董袭尸首，与陈武尸一齐厚葬之。

一知居主人曰：

孙权与曹操开战，本次最为糟糕。大将董袭因为船沉而死；大将陈武却是因为被树枝抓住袍袖为庞德所杀，实在蹊跷，大丈夫非因战而死，却是老天不假年华。此役之中，若非周泰往来拼杀，孙权必死无疑。不过，最后陆逊来到，东吴一方反败为胜，也算是一种安慰吧！

孙权感周泰救护之功，设宴款之。权亲自把盏，抚其背，泪流满面，曰："卿两番相救，不惜性命，被枪数十，肤如刻画，孤亦何心不待卿以骨肉之恩、委卿以兵马之重乎！卿乃孤之功臣，孤当与卿共荣辱、同休戚也。"言罢，令周泰解衣与众将观之：皮肉肌肤，如同刀剜，盘根遍体。孙权手指其痕，一一问之。周泰具言战斗被伤之状。权以青罗伞赐之，令出入张盖，以为显耀。

一知居主人曰：

孙权超规格表彰周泰，理所应当。只是"一处伤令吃一觥酒。是日，周泰大醉"，实在让人哭笑不得。要知道周泰目前遍体鳞伤，醉酒并不利于身体恢复。

权在濡须，与操相拒月余，不能取胜。张昭、顾雍上言："曹操势大，不可力取。若与久战，大损士卒。不若求和安民为上。"孙权从其言，令步骘往曹营求和，许年纳岁贡。操见江南急未可下，乃从之，步骘回覆，权只留蒋钦、周泰守濡须口，尽发大兵上船回秣陵。操留曹仁、张辽屯合淝，班师回许昌。

一知居主人曰：

孙权这次与曹操斗，因为刘备相邀。目前与曹操相持，并没有求救于刘备，而是直接派人求和，有点意外。

曹操说令"孙权先撤人马，吾然后班师"。如两小孩打架。此役之后，孙权服软了，许年岁纳贡。曹操此时断也不会再感叹"生子当如孙仲谋"了。

众官皆议立曹操为魏王。崔琰力言不可。众官曰："汝独不见荀文若乎？"琰大怒曰："时乎，时乎！会当有变，任自为之！"有与琰不和者，告知操。操收琰下狱问之。琰虎目虬髯，只是大骂曹操欺君奸贼。廷尉白操，操令杖杀崔琰在狱中。

一知居主人曰：

因曹操加升，已经死了数人。每到关键之处，就有人出来拍曹操马屁，但也总有人出来反对曹操升级。可惜这些持反对态度的人均没有得到善终，包括这次的崔琰。此也当叫作"士为知己者死"。

本次与荀攸、荀彧那两次不同，一则本次皆议立曹操为魏王，不再是侯；二则是崔琰有些偏激，当场大怒，狱中大骂，让曹操很没有面子；三则结果不同，本次曹操成功被封为魏王。

建安二十一年夏五月，献帝令钟繇草诏，立曹操为魏王。曹操假意上书三辞。诏三报不许，操乃拜命受魏王之爵。操于是黜丁夫人，而立卞氏为魏王后。第三子曹植极聪明，举笔成章，操欲立之为后嗣。长子曹丕恐不得立，问计于贾诩。自是但凡操出征，诸子送行，曹植乃称述功德，发言成章；惟曹丕辞父，只是流涕而拜，左右皆感伤。丕又使人买嘱近侍，皆言丕之德。

操踌躇不定，问贾诩曰："孤欲立后嗣，当立谁？"贾诩不答，操问其故，诩曰："正有所思，故不能即答耳。"操曰："何所思？"诩对曰："思袁本初、刘景升父子也。"操大笑，遂立长子曹丕为王世子。

一知居主人曰：

曹植自持才高，只顾唱高调文章，却不如曹丕在贾诩指导下打感情牌，走群众路线。效果很明显，"操疑植乖巧，诚心不及丕也"。

贾诩虽未明说立谁为后嗣，意思却是说得很透彻、明白。让曹操自己细细掂量和把握，毕竟袁绍、刘表都是因为立幼废长而最终得败。贾诩虽是建议却又是在曹操家事之外，比杨修要聪明得多。

冬十月，魏王宫成，差人往各处收取奇花异果，栽植后苑。有使者到吴地，见了孙权，传魏王令旨，再往温州取柑子。时孙权正尊让魏王，便令人于本城选了大柑子四十余担，星夜送往邺郡。

一知居主人曰：

曹操向孙权要柑子事情不大，主要目的在于考验孙权的忠心。遥想当年孙权接曹操书信的所作所为，不免让人感慨：如果周瑜尚在，孙权又怎会这般忍气吞声？！

至中途，挑担役夫歇于山脚下，见一先生，头戴白藤冠，身穿青懒衣，来与脚夫作礼，言曰："你等挑担劳苦，贫道都替你挑一肩何如？"众人大喜。于是先生每担各挑五里。但是先生挑过的担儿都轻了。众皆惊疑。先生临去，与领柑子官说自己是魏王乡中故人，姓左名慈，如过到了邺郡，可说左慈申意。遂拂袖而去。

一知居主人曰：

一"眇一目，跛一足"的道人突然出现，又突然走掉，此间所作所为，让读者不能理解。自然要继续读下去，急于了解后面会发生什么。

取柑人呈上柑子。操亲剖之，但只空壳，内并无肉。操大惊，

问取柑人。取柑人以左慈之事对。操未肯信,门吏忽报:"有一先生,自称左慈,求见大王。"操召入。取柑人曰:"此正途中所见之人。"操叱之曰:"汝以何妖术,摄吾佳果?"慈笑曰:"岂有此事!"取柑剖之,内皆有肉,其味甚甜。但操自剖者,皆空壳。操愈惊,乃赐左慈坐而问之。

一知居主人曰:

"操亲剖之,但只空壳,内并无肉。"左慈来了,"取柑剖之,内皆有肉,其味甚甜"。梦幻一般,"操愈惊"!

"慈索酒肉,操令与之,饮酒五斗不醉,肉食全羊不饱。"左慈有点像大肚罗汉。左慈"索"这种举动如同太岁头上动土,不过曹操此时表现出了足够的耐心和谦恭。

操问曰:"汝有何术,以至于此?"慈曰:"贫道于西川嘉陵峨嵋山中,学道三十年……忽有天雷震碎石壁,得天书三卷,名曰《遁甲天书》。上卷名'天遁',中卷名'地遁',下卷名'人遁'……大王位极人臣,何不退步,跟贫道往峨嵋山中修行?当以三卷天书相授。"操曰:"我亦久思急流勇退,奈朝廷未得其人耳。"慈笑曰:"益州刘玄德乃帝室之胄,何不让此位与之?不然,贫道当飞剑取汝之头也。"操大怒曰:"此正是刘备细作!"喝左右拿下。慈大笑不止。

一知居主人曰:

左慈在曹操面前讲了自己的经历,神乎其神,曹操还能听得进去。及至左慈笑着要曹操让位于刘备,"不然,贫道当飞剑取汝之头也"。有点过于糟践人,换了谁都会大怒的。曹操也会捏造罪名,将他当作刘备细作拿下!

操令十数狱卒,捉下拷之。狱卒着力痛打,看左慈时,却鼾鼾熟睡,

全无痛楚。操怒，命取大枷，铁钉钉了，铁锁锁了，送入牢中监收，令人看守。只见枷锁尽落，左慈卧于地上，并无伤损。连监禁七日，不与饮食。及看时，慈端坐于地上，面皮转红。狱卒报知曹操，操取出问之。慈曰："我数十年不食，亦不妨；日食千羊，亦能尽。"

一知居主人曰：

人家在牢中很痛苦，左慈在牢中却过得很舒服，真如仙也！说话还有点嬉皮笑脸，自是让"操无可奈何"。

是日，诸官皆至王宫大宴。正行酒间，左慈忽立于筵前。众官惊怪。左慈曰："内中欠少何物，贫道愿取之。"操曰："我要龙肝作羹。"慈取墨笔于粉墙上画一条龙，以袍袖一拂，龙腹自开。左慈提出龙肝一副，鲜血尚流。操不信，叱之。慈曰："大王要甚好花，随意所欲。"操曰："吾只要牡丹花。"慈令取大花盆放筵前。以水噀之。顷刻发出牡丹一株，开放双花。慈曰："脍必松江鲈鱼者方美。"操曰："千里之隔，安能取之？"慈教把钓竿于堂下鱼池中钓之。顷刻出数十尾大鲈鱼。操曰："吾池中原有此鱼。"慈曰："惟松江鲈鱼有四腮。此可辨也。"慈曰："烹松江鲈鱼，须紫芽姜方可。"慈令取金盆一个，慈以衣覆之。须臾，得紫芽姜满盆。操以手取之，忽盆内有书一本，题曰《孟德新书》。操取视之，一字不差。操大疑。慈取桌上玉杯，满斟佳酿进操曰："大王可饮此酒，寿有千年。"操曰："汝可先饮。"慈遂拔冠上玉簪，于杯中一画，将酒分为两半。自饮一半，将一半奉操。操叱之。慈掷杯于空中，化成一白鸠，绕殿而飞。众官仰面视之，左慈不知所往。左右忽报："左慈出宫门去了。"操曰："如此妖人，必当除之！否则必将为害。"遂命许褚追擒之。

一知居主人曰：

这一段文字，取龙肝、牡丹花、松江鲈鱼和紫芽姜，还包括一

本《孟德新书》，左慈好像在做魔术表演，惊诧了众人。左慈原在监狱之中，突然出现在宴席之间，本身就有点奇葩。曹操也很有意思，在这么多人都在的情况下，竟然对左慈很配合，任凭左慈演了一出又一出。最后曹操恍然大悟，不过此时左慈已经走掉。

褚望见左慈在前慢步而行，追之却只追不上。直赶到一山中，有小童赶着一群羊而来，慈走入羊群内。褚取箭射之，慈即不见。褚尽杀群羊而回。小童守羊而哭，忽见羊头在地上作人言，唤小童曰："汝可将羊头都凑在死羊腔子上。"小童大惊，掩面而走。忽闻有人在后呼曰："不须惊走，还汝活羊。"小童回顾，见左慈已将地上死羊凑活，赶将来了。小童急欲问时，左慈已拂袖而去。其行如飞，倏忽不见。

一知居主人曰：

许褚在羊群之中不见了左慈，竟然"尽杀群羊而回"。此间大惊大喜者，莫过于小童。有人把羊杀死，也有人竟然能叫死羊变活，如在梦中一般。

小童主人不敢隐讳，报知曹操。操画影图形，各处捉拿左慈。三日之内，所捉眇一目、跛一足、白藤冠、青懒衣、穿木履先生，都一般模样者，有三四百个。哄动街市。操令众将，将猪羊血泼之，押送城南教场。曹操亲自引甲兵围住，尽皆斩之。人人颈腔内各起一道青气，上天聚成一处，化成一个左慈，向空招白鹤一只骑坐，拍手大笑曰："土鼠随金虎，奸雄一旦休！"操令众将以弓箭射之。

一知居主人曰：

仔细读读，一片血雨腥风，实在过于恐怖了！特别是最后："忽然狂风大作，走石扬沙。所斩之尸，皆跳起来，手提其头，奔上演武厅来打曹操。"在当代武打电影中，曾有类似镜头。再看此时"文

官武将，掩面惊倒，各不相顾"，真是大难临头各自飞。不知此时许褚在哪里？只是可怜了那三四百和左慈面目相似的,死得稀里糊涂！左慈戏操这一出，他究竟代表谁，很难说。最后"左右扶操回宫，惊而成疾"，很容易让人想到"小霸王怒斩于吉"一节，纯一催命鬼也！

第六十九回
卜周易管辂知机　讨汉贼五臣死节

曹操染病，服药无愈。适太史丞许芝自许昌来见操，操令芝卜《易》。芝曰："大王曾闻神卜管辂否？"操曰："久闻其名，未知其术，汝可详言之。"

一知居主人曰：

此后许芝真的"详言"管辂了。挥挥洒洒，上千字。介绍得神乎其神，想必是曹操听得有道理，最后"操大喜，即差人往平原召辂"。读起来有《聊斋志异》的风格，也很有趣。

只是许芝所言管辂诸事与"三国"大主题无关，故不再一一赘评。

辂至参拜讫，操令卜之。操令卜天下之事。辂卜曰："三八纵横，黄猪遇虎。定军之南，伤折一股。"即令卜传祚修短之数。辂卜曰："狮子宫中，以安神位。王道鼎新，子孙极贵。"操问其详。辂曰："茫茫天数，不可预知，待后自验。"操欲封辂为太史。辂曰："命薄相穷，不称此职，不敢受也。"操曰："汝相吾若何？"辂曰："位极人臣，又何必相？"再三问之，辂但笑而不答。操令辂遍相文武官僚。辂曰："皆治世之臣也。"操问休咎，皆不肯尽言。

一知居主人曰：

管辂所言看似有些荒唐，却也对应了后面的两件大事：建安二十四年（与算术口诀中"三八二十四"暗合），曹丕篡汉；定军山夏侯渊身死。管辂无论如何不肯出道做官，值得尊敬。但是说曹操手下"皆治世之臣"，则是有点拍曹操的马屁了。

操令卜东吴、西蜀二处。辂设卦云："东吴主亡一大将，西蜀有兵犯界。"操不信。忽合淝报来，东吴鲁肃身故。操大惊，便差人往汉中探听消息。不数日，飞报刘玄德遣张飞、马超兵屯下辨取关。操大怒，便欲自领大兵再入汉中。管辂曰："大王未可妄动，来春许都必有火灾。"操见辂言累验，故不敢轻动，留居邺郡。

一知居主人曰：

世间之人找人算卦多是问自己的情况，这次曹操向管辂，却问得是东吴、西蜀的事情。说明这两家的存在毕竟是曹操的心病。

鲁肃去世，在管辂算卦之后说出，有些奇特。鲁肃死后，孙刘联盟已经没有基础，荆州之夺在所难免。曹操差人去汉中探听消息，聪明至极，敏感至极。

操见辂言累验，差夏侯惇领兵于许都来往巡警；又教王必总督御林军马。司马懿曰："王必嗜酒性宽，恐不堪任此职。"操曰："王必是孤披荆棘、历艰难时相随之人，忠而且勤，心如铁石，最足相当。"遂委王必领御林军马，屯于许昌东华门外。

一知居主人曰：

司马懿第二次提出用人建议，遭到曹操拒绝，此时司马懿在曹操身边的地位还是比较低的。两人对王必的看法截然不同，说明司马懿是有思想之人。最后证明司马懿看人看得相对较准。

耿纪见曹操进封王爵，出入用天子车服，心甚不平。时建安二十三年春正月。耿纪与韦晃密议曰："操贼奸恶日甚，将来必为篡逆之事。吾等为汉臣，岂可同恶相济①？"韦晃说自己有心腹人金祎"素有讨操之心；更兼与王必甚厚。若得同谋，大事济矣"。耿纪曰："他既与王必交厚，岂肯与我等同谋乎？"韦晃曰："且往说之，看是如何。"于是二人同至金祎宅中。

一知居主人曰：

人与人有可能都是朋友，但是有些朋友之间可以直言，有些朋友却是不可以随便言语的。耿纪与司直韦晃甚厚，属于前者。韦晃与心腹人金祎字德伟却是后者。遂有了耿纪、韦晃前往金祎家中试探。至于金祎和王必也甚厚，则是一般性的、公职面上的朋友了。否则，金祎造反不会先从王必这边开始。

晃曰："吾闻魏王早晚受禅，将登大宝，公与王长史必高迁。望不相弃，曲赐提携，感德非浅！"祎拂袖而起。适从者奉茶至，便将茶泼于地上。晃佯惊曰："德伟故人，何薄情也？"祎曰："吾与汝交厚，为汝等是汉朝臣宰之后。今不思报本，欲辅造反之人，吾有何面目与汝为友！"耿纪曰："奈天数如此，不得不为耳！"祎大怒。耿纪、韦晃见祎果有忠义之心，乃以实情相告曰："吾等本欲讨贼，来求足下。前言特相试耳。"

一知居主人曰：

至于试探方式，与当年董承试探刘备等，基本一致，并无新鲜之处。至于耿纪、韦晃所言最后一句，"前言特相试耳"，想必金祎

---

① 同恶相济：指坏人相互勾结，共同作恶。也作"同恶共济"。恶：坏人，恶人。济：帮助。《三国志·魏书·武帝纪》："马超成宜，同恶相济。"

心中必不是好滋味。

祎曰："吾累世汉臣，安能从贼！公等欲扶汉室，有何高见？"晃曰："虽有报国之心，未有讨贼之计。"祎曰："吾欲里应外合，杀了王必，夺其兵权，扶助銮舆。更结刘皇叔为外援，操贼可灭矣。"二人闻之，抚掌称善。祎说自己有心腹二人——吉平之子吉邈、吉穆可用为羽翼。今已潜归许都，若使相助讨贼，无有不从。耿纪、韦晃大喜。金祎即使人密唤二吉。须臾，二人至。祎具言其事。二人感愤流泪，怨气冲天，誓杀国贼。众人协商，且进行分工。最后说："今日约定，至期二更举事。勿似董承自取其祸。"五人对天说誓，歃血为盟，各自归家，整顿军马器械，临期而行。

一知居主人曰：

五人的想法可以理解，计划也不能说不周密，但是，过于理想化了。五人毕竟都是文官，且官职低微，号召力小，未必能达到预想的效果。况且是想依靠家丁、仆人造反，他们的战斗力怎么能赶上职业军人？！

金祎先期来见王必，言："方今海宇稍安，魏王威震天下；今值元宵令节，不可不放灯火以示太平气象。"王必然其言，告谕城内居民，尽张灯结彩，庆赏佳节。至正月十五夜，天色晴霁，星月交辉，六街三市，竞放花灯。真个金吾不禁，玉漏无催！

一知居主人曰：

金祎和王必是好朋友，既然是好朋友要求"放灯火以示太平气象"，是一件好事，自然答应。王必却是忘了会增加自己巡防的难度和压力。正月十五夜，王必不是提高警惕，加强防范，却是"与御林诸将，在营中饮宴"。此也正应了前面司马懿所言"王必嗜酒性宽，

第六十九回　卜周易管辂知机　讨汉贼五臣死节

恐不堪任此职"。

二更以后,人报营后火起。王必慌忙出帐看时,只见火光乱滚,又闻喊声连天,急上马出南门,正遇耿纪,一箭射中肩膊,遂望西门而走。王必着忙,弃马步行,至金祎门首,慌叩其门。时家中只道金祎归来,祎妻从隔门便问曰:"王必那厮杀了么?"王必大惊,方悟金祎同谋,径投曹休家,报知金祎、耿纪等同谋反。休急披挂上马,在城中拒敌。

一知居主人曰:

读完之后,不得不感叹:细节很重要。如果不是金祎妻子无意中的一句话,王必还不可能过早知道是有人作乱。当然,这些反对曹操的人也绝对不会想到会在金祎妻子这里无意中出了纰漏,导致失败。

夏侯惇离城五里屯扎。是夜,遥见城中火起,便领大军围住许都,使一枝军入城接应曹休。直混杀至天明。耿纪、韦晃等无人相助,夺路杀出城门,正遇夏侯惇大军围住被捉。夏侯惇入城救火,尽收五人老小宗族。操传令教将五家宗族老小,皆斩于市。夏侯惇押耿、韦二人至市曹。耿纪厉声大叫曰:"曹阿瞒!吾生不能杀汝,死当作厉鬼以击贼!"刽子以刀搠其口,流血满地,大骂不绝而死。韦晃以面颊顿地曰:"可恨!可恨!"咬牙皆碎而死。

一知居主人曰:

五人造反,只是昙花一现。金祎、二吉死于乱军之中。耿纪、韦晃出城为夏侯惇所擒。在刑场上,耿纪、韦晃骂曹不止,最后惨死。只是曹操并不在现场,此时正在邺郡。是夏侯惇执刑。

夏侯惇将百官解赴邺郡。曹操说耿纪、韦晃等造反，放火焚许都，"如曾救火者，可立于红旗下；如不曾救火者，可立于白旗下"。众官自思救火者必无罪，于是多奔红旗之下，三停内只有一停立于白旗下。令教尽拿立于红旗下者。操曰："汝当时之心，非是救火，实欲助贼耳！"尽命拿出漳河边斩之，死者三百余员。立于白旗下者，尽皆赏赐，仍还许都。时王必已被箭疮发而死，操命厚葬之。定爵封官，朝廷又换一班人物。曹操方悟管辂火灾之说，遂重赏辂。辂不受。

　　一知居主人曰：

　　欲杀之，何患无辞！只是可怜这三百余人，原本是最想活命的，结果弄巧成拙，往黄泉路上飞奔。"定爵封官，朝廷又换一班人物"，才是曹操此举的目的。

　　曹洪领兵到汉中，亲自进兵拒敌。马超手下吴兰领军哨出，正与曹洪军相近。吴兰欲退，任夔曰："贼兵初至，若不先挫其锐气，何颜见孟起乎！"骤马挺枪，搦曹洪战。洪跃马而出。交锋三合，斩夔于马下。吴兰大败，回见马超。超责之曰："汝不得吾令，何故轻敌至败？"吴兰曰："任夔不听吾言，故有此败。"马超曰："可紧守隘口，勿与交锋。"

　　一知居主人曰：

　　吴兰之解释，让人很不舒服。所带队伍，自是为吴兰马首是瞻。任夔出马战曹洪，自是吴兰同意了的。人死了，还要往人家身上推责任，典型的不地道。并不见马超责备，可以看出马超武艺高强，但是治军还欠一些火候和手段。

　　曹洪见马超连日不出，引军退回南郑。张郃问曰："将军既已斩

将,如何退兵?"洪曰:"吾见马超不出,恐有别谋。且我闻管辂有言,当于此地折一员大将。吾疑此言,故不敢轻进。"张郃大笑曰:"将军行兵半生,今奈何信卜者之言而惑其心哉!虽不才,愿以本部兵取巴西。若得巴西,蜀郡易耳。"洪曰:"巴西守将张飞,非比等闲,不可轻敌。"张郃曰:"人皆怕张飞,吾视之如小儿耳。此去必擒之!"洪曰:"倘有疏失若何?"曰:"甘当军令。"洪勒了文状,张郃进兵。

　　一知居主人曰:

　　曹洪退兵是因为信了管辂之言,属于"宁愿信其有,不愿信其无",江湖,老道。张郃则是明显的有些单纯。曹洪最后让张郃"勒了文状",则是显得过于有心计了。

第七十回

猛张飞智取瓦口隘　老黄忠计夺天荡山

张郃和张飞所率兵马在阆中初次相遇，张郃遭到张飞、雷铜夹击，大败。此后，张郃仍旧分兵守住三寨，多置擂木炮石，坚守不战。张飞次日引兵搦战。郃在山上大吹大擂饮酒，并不下山。张飞令军士大骂，郃只不出。飞只得还营。次日，雷铜去山下搦战，郃又不出。雷铜驱军士上山，山上擂木炮石打将下来，杀败雷铜。次日，张飞又去搦战，张郃又不出。飞使军人百般秽骂，郃在山上亦骂。张飞寻思，无计可施。相拒五十余日，飞就在山前扎住大寨，每日饮酒，饮至大醉，坐于山前辱骂。

一知居主人曰：

此处让人甚觉有趣，这哪里是大战气氛，却是两泼妇骂街！张郃在山上大吹大擂饮酒，不下山；张飞山下骂阵（此张飞之强项也），山上擂木炮石太多，张飞军士根本上不去。骂的狠了，张郃也让士卒开骂。张飞无计可施，就开始酒后辱骂！

玄德使者见张飞终日饮酒，回报玄德。玄德忙来问孔明。孔明笑曰："可将五十瓮作三车装，送到军前与张将军饮。"玄德曰："吾弟自来饮酒失事，军师何故反送酒与他？"孔明笑曰："翼德自来刚强，

然前于收川之时，义释严颜，此非勇夫所为也。今与张郃相拒五十余日，酒醉之后，便坐山前辱骂，傍若无人。此非贪杯，乃败张郃之计耳。"玄德曰："可使魏延助之。"

一知居主人曰：

刘备、张飞虽是多年兄弟，这次却没有看透张飞的真实意思，反而是诸葛先生点破。诸葛先生主动派人往阵前送酒，也是趁机助演一把！值得注意的是，安排魏延前去助战，却是刘备所言，非诸葛亮建议的。

魏延领命，解酒到寨中。飞拜受讫，教将酒摆列帐下，大开旗鼓而饮。张郃自来山顶观望，见张飞坐于帐下饮酒，令二小卒于面前相扑为戏。郃曰："张飞欺我太甚！"当夜张郃乘着月色径到寨前。张郃杀入中军。但见张飞端坐不动。一枪刺倒，却是一个草人。急勒马回时，帐后连珠炮起。张郃被张飞拦住去路。两将在火光中，战到三五十合。张郃不见救兵至，又见山上火起，已被张飞后军夺了寨栅。张郃三寨俱失，只得奔瓦口关去了。

一知居主人曰：

两军对峙，看谁坚持到最后。谁坚持到最后，谁就是胜利者。张郃本来具有地理优势，终于耐不住性子，下山了。不料想张飞粗中有细，摆好了圈套在等他。

孔明令魏延解酒赴军前，车上各插黄旗，大书"军前公用美酒"六个大字。其中"公用"两个字，好刺眼！本以为"公用"为近现代词语。查字典后知，"公用"：犹国用。汉·桓宽《盐铁论·刺复》："公用弥多而为者徇私，上下无求，百姓不堪，抏弊而从法。"但是，在此处则"公用"明显存在"公共所有，共同享用"之意。

张郃退守瓦口关，遣人问曹洪求救。洪大怒曰："汝不听吾言，强要进兵，失了紧要隘口，却又来求救！"遂不肯发兵，使人催督张郃出战。郃心慌，只得定计，分两军去关口前山僻埋伏，诈败斩了雷铜。飞与张郃交战。郃又诈败，张飞不赶。郃又回战，不数合，又败走。张飞知是计，收军回寨。张飞将计就计，自己战张郃，派魏延车辆截住山路，放火烧车，烟迷其径，兵不得出。张郃大败，死命杀开条路，走上瓦口关，收聚败兵，坚守不出。

一知居主人曰：

张郃向曹洪求救，曹洪不但不发兵，反而催促张郃出战。张郃身单力薄，心中必然不是滋味。曹洪这样处理，已经违背了曹操安排两人西征的用意。

张郃用计小胜，斩了雷铜，还想赚张飞。张飞脑子清醒，并没有上当。反而张飞将计就计，最后张郃大败。想一想，再好的计谋，也不能连续使用。再笨的将军败了之后，也知道总结总结教训。或许是因为"郃心慌"吧！

张飞连日攻打关隘不下，把军退二十里。忽见男女数人于山僻路攀藤附葛而走。飞令军士连忙唤到马前。飞用好言以安其心，问其何来。百姓说皆汉中居民，今欲还乡，"从梓潼山小路，却是瓦口关背后"。飞大喜，带百姓入寨中，与了酒食，便令百姓引路，选轻骑五百从小路而进。

张郃心中正闷。人报魏延在关下攻打。张郃披挂上马，忽报关后四五路火起。郃自领兵来迎。旗开处，早见张飞。郃大惊，急往小路而走。马不堪行。郃弃马上山，寻径而逃，方得走脱。步行入南郑，见曹洪。

一知居主人曰：

张飞也是喜欢思考之人，他从百姓"攀藤附葛"之举，发现另有小路。张飞"用好言以安其心"、"带百姓入寨中，与了酒食"，说明张飞也会做群众工作。百姓才不管是为姓曹的做事，还是为姓刘的做事。

张郃见张飞入关，不战而走，有损大将风度，怕是与自己心事重重有关。最后弃马上山，却是狼狈至极！要知道马是将军的命根！这次胜利对于张飞而言，"踏破铁鞋无觅处，得来全不费工夫"。本回题目有一"智"字，自是与此有关。

张郃步行入南郑，洪见张郃只剩下十余人，大怒曰："吾教汝休去，汝取下文状要去。今日折尽大兵，尚不自死，还来做甚！"喝令左右推出斩之。郭淮谏曰："可再与五千兵径取葭萌关，牵动其各处之兵，汉中自安矣。如不成功，二罪俱罚。"曹洪从之，又与兵五千，教张郃取葭萌关。郃领命而去。

葭萌关守将孟达、霍峻知张郃兵来。霍峻只要坚守，孟达定要迎敌，引军下关与张郃交锋，大败而回。

一知居主人曰：

曹洪要杀张郃，说明其对张郃已经有了很大成见。幸亏郭淮有言"三军易得，一将难求。张郃虽然有罪，乃魏王所深爱者也，不可便诛"，才留下张郃性命。只是再派张郃出兵，并非良策。从前、后来看，张郃心中必是已经有了阴影。

偏偏孟达不知深浅，不听霍峻建议，硬要出关迎战张郃，不自量力，要知道"瘦死的骆驼也比马大"。

孔明说："张郃乃魏之名将，非等闲可及。除非翼德，无人可当。"

老将黄忠应声而出。诸葛亮说黄忠年老，恐非张郃对手。黄忠白发倒竖而言曰："某虽老，两臂尚开三石之弓，浑身还有千斤之力。"孔明曰："将军年近七十，如何不老？"忠趋步取架上大刀，轮动如飞。壁上硬弓，连拽折两张。诸葛亮问谁可谓副将。黄忠曰："老将严颜，可同我去。但有疏虞，先纳下这白头。"玄德大喜，即时令严颜、黄忠去与张郃交战。

一知居主人曰：

诸葛亮有点太损，用的是激将法。一再强调让张飞来战张郃，帐中诸将肯定心中不服。黄忠应声而出，却不是赵云！黄忠年近七十，仍要参战，勇气可嘉。

赵云等各各哂笑而退。孟达、霍峻见了，心中亦笑孔明欠调度。黄忠引军下关，与张郃对阵。张郃出马，见了黄忠，笑曰："你许大年纪，犹不识羞，尚欲出战耶！"忠怒曰："竖子欺吾年老！吾手中宝刀却不老！"最后两军夹攻，张郃大败。

一知居主人曰：

黄忠出战，刘备这一方，包括赵云、孟达、霍峻都觉得可笑。曹操一方，如张郃，竟说黄忠"犹不识羞"。黄忠却是不负众望，战败张郃。张郃之败，自有其轻敌之处。

曹洪接受郭淮建议，遣夏侯尚、韩浩前来助战。到张郃寨中，问及军情，郃说"老将黄忠，甚是英雄，更有严颜相助，不可轻敌"。韩浩坚持要报兄长韩玄之仇，与夏侯尚离寨前进。黄忠力战夏侯尚、韩浩，各斗十余合，黄忠败走。二将夺了黄忠寨。次日，夏侯尚、韩浩赶来，忠又出阵，战数合，又败走。二将又夺了黄忠新扎营寨，唤张郃守后寨。郃来前寨谏曰："黄忠连退二日，于中必有诡计。"夏

第七十回　猛张飞智取瓦口隘　老黄忠计夺天荡山

侯尚叱张郃曰:"你如此胆怯,可知屡次战败!今再休多言,看吾二人建功!"张郃羞赧而退。

一知居主人曰:

黄忠所率士兵,连续两天败退,自是有一定因由。张郃毕竟久经沙场,见多识广,今日识破黄忠诡计,说与夏侯尚、韩浩二将,反被耻笑。夏侯尚、韩浩两个无名将官,哪里有资格嘲笑张郃!

二将兵出,黄忠望风而走,连败数阵,直退在关上。二将扣关下寨,黄忠坚守不出。孟达暗暗发书,申报玄德。玄德慌问孔明。孔明曰:"此乃老将骄兵之计也。"赵云等不信。

玄德差刘封见黄忠。封曰:"父亲得知将军数败,故差某来。"忠笑曰:"此老夫骄兵之计也。看今夜一阵,可尽复诸营,夺其粮食马匹。**此是借寨与彼屯辎重耳。"**

一知居主人曰:

在曹营方面,张郃所言,不被重视。在刘备这边,黄忠采取骄兵之计,孟达、刘备及赵云等人都不相信,相映成趣。

幸好诸葛亮理解黄忠。黄忠对刘封所言,"今夜留霍峻守关,孟将军可与我搬粮草夺马匹,小将军看我破敌"!充满自信,让人佩服!后面果然如黄忠所言,夏侯尚、韩浩各自逃命而走,军马自相践踏,死者无数。比及天明,连夺三寨。

黄忠大胜之后,急催军马随后而进,刘封曰:"军士力困,可以暂歇。"忠曰:"不入虎穴,焉得虎子!"策马先进。士卒皆努力向前。张郃军兵屯扎不住,望后而走。尽弃了许多寨栅,直奔至汉水旁。

一知居主人曰:

刘封年富力强,并不如耄耋之年的老将有精气神,应该心中有愧。

再看，张郃军兵"反被自家败兵冲动"，不免让人觉得可笑、可悲！给人一种印象，张郃好像忽然不会领兵打仗了。

张郃说天荡山、米仓山是汉中军士养命之源，当思所以保之。夏侯尚说天荡山有吾兄夏侯德镇守，我等宜往投之。三人遂连夜见夏侯德。夏侯德曰："吾此处屯十万兵，你可引去，复取原寨。"郃曰："只宜坚守，不可妄动。"

人报黄忠兵到。夏侯德大笑曰："老贼不谙兵法，只恃勇耳！"郃曰："黄忠有谋，非止勇也。"德曰："川兵远涉而来，连日疲困，更兼深入战境，此无谋也！"郃曰："亦不可轻敌，且宜坚守。"韩浩曰："愿借精兵三千击之，当无不克。"德遂分兵与浩下山。

一知居主人曰：

张郃两次建议夏侯德坚守，夏侯德不以为然，加上韩浩在一边撺掇，最终未被采纳。人生双耳，本是用来多听听别人意见，偏偏有人不知用。

黄忠整兵来迎。韩浩引兵来战。黄忠挥刀直取浩，只一合，斩浩于马下。蜀兵杀上山来。张郃、夏侯尚急引军来迎。忽听山后大喊，火光冲天而起。夏侯德提兵来救时，遇老将严颜。严颜斩夏侯德于马下，从山后杀来。张郃、夏侯尚前后不能相顾，只得弃天荡山，望定军山投奔夏侯渊了。

一知居主人曰：

韩浩为黄忠所杀，夏侯德为严颜力斩，活该！真是好建议难拉送死鬼！这两人再也无缘见曹操。受难、挨批的却是张郃。下回书中有，曹操军至南郑。曹洪备言张郃之事。曹操说："非郃之罪，胜负乃兵家常事耳。"也算给了曹洪面子，却是肯定了张郃。

黄忠、严颜守住天荡山，捷音飞报成都。法正曰："主公若乘此时，举大兵亲往征之，汉中可定也。既定汉中，然后练兵积粟，观衅伺隙，进可讨贼，退可自守。此天与之时，不可失也。"玄德、孔明皆深然之。建安二十三年秋七月吉日，玄德出葭萌关下营，厚赏黄忠、严颜。玄德曰："人皆言将军老矣，惟军师独知将军之能。今果立奇功……将军还敢取定军山否？"黄忠慨然应诺。孔明急止之曰："今将军虽胜张郃，未卜能胜夏侯渊。吾欲酌量着一人去荆州，替回关将军来，方可敌之。"忠奋然答曰："昔廉颇①年八十，尚食斗米、肉十斤，诸侯畏其勇，不敢侵犯赵界，何况黄忠未及七十乎？军师言吾老，吾今并不用副将，只将本部兵三千人去，立斩夏侯渊首级，纳于麾下。"孔明再三不容。黄忠只是要去。

一知居主人曰：

老黄忠连续作战取得重大胜利，刘备表扬安慰之余，还要其拿下定军山，有点不近人情。诸葛亮上次以张飞比较，老黄忠主动请战；这次却是说战夏侯渊非关羽不可，再次激将黄忠，却也有趣。

---

① 廉颇（前327年～前243年）：廉氏，名颇，字洪野，中山郡苦陉县人。战国末期赵国名将，与白起、王翦、李牧并称"战国四大名将"。

第七十一回
占对山黄忠逸待劳　据汉水赵云寡胜众

孔明分付黄忠："你既要去，吾教法正助你。凡事计议而行。"黄忠应允，和法正领本部兵去了。孔明告玄德曰："此老将不着言语激他，虽去不能成功。他今既去，须拨人马前去接应。"乃唤赵云："从小路出奇兵接应黄忠：若忠胜，不必出战；倘忠有失，即去救应。"

一知居主人曰：

这次诸葛亮派兵，主将仍然是黄忠，却是安排了军师法正助战。又安排赵云准备接应黄忠。黄忠原来搭档严颜则去换张飞、魏延出来。可谓考虑全面、周到、合理。

张郃见夏侯渊，说："天荡山已失，折了夏侯德、韩浩。今闻刘备亲自领兵来取汉中，可速奏魏王，早发精兵猛将，前来策应。"夏侯渊便差人报知曹洪。洪星夜前到许昌，禀知曹操。操大惊，急聚文武，商议发兵救汉中。刘晔进曰："汉中若失，中原震动。大王休辞劳苦，必须亲自征讨。"操自悔曰："恨当时不用卿言，以致如此！"忙传令

旨，起兵亲征。

一知居主人曰：

张郃部损兵折将，刘备大举进兵要去汉中。这等军情是张郃建议夏侯渊、夏侯渊报告给曹洪、曹洪再报给最高首脑曹操处，逐级上报是军纪军规的要求。再紧急的事情，这种等级和分寸也不得乱了，可以理解。

本节中曹操所言"恨当时不用卿言"，是指在第六十七回中，曹操得了东川之后，司马懿建议进军益州，乘胜灭了刘备。曹操不允。刘晔附和司马懿的建议，说"若少迟缓，诸葛亮明于治国而为相，关、张勇冠三军而为将，蜀民既定，据守关隘，不可犯矣"。曹操当时以"士卒远涉劳苦，且宜存恤"为由，按兵不动。结果，今日刘备果然坐大，这次竟然主动出击，来取汉中。曹操理所当然后悔。

中有一句"洪星夜前到许昌，禀知曹操"，按照字面意思理解，当是曹洪亲自连夜到许昌来见曹操。但从后文中可以看到曹洪在南郑接着曹操字样。所以此言不够准确，当是"洪差人星夜前到许昌"。

作者此处用"许昌"二字，仍是失误！至此曹丕仍未称帝，故仍应是"许都许县"。

曹操过蓝田蔡邕庄，因想起蔡邕之事。操素与蔡邕相善。其女蔡琰乃卫仲道之妻，后被北方掳去，作《胡笳十八拍》，流入中原。操深怜之，使人持千金赎之。左贤王惧操之势，送蔡琰还汉。令军马先行，操引近侍百余骑，到庄门下马。琰闻操至，忙出迎接。操至堂，琰起居毕，侍立于侧。操偶见壁间悬一碑文图轴，起身观之。问于蔡琰，琰答曰："此乃曹娥之碑也。"

一知居主人曰：

"操深怜之，使人持千金入北方赎之。左贤王惧操之势，送蔡琰

还汉",这就是著名的"文姬归汉"故事。此句含有三种意思:一是曹操与蔡邕有交情,没有因为人死而不照顾其后代;二是曹操喜欢有才华的人,无论男女;三是曹操势力实在太大,左贤王不敢得罪,不得不送蔡文姬回来。

征战途中,有此一段,看似闲笔,却也说明曹操有文化情结,很喜欢对自己构不成威胁的文化人。大人物关心文化建设,也是中华文化源远流长原因之一也。

曹操回顾众谋士问谁能解"黄绢幼妇,外孙齑臼"之意。众皆不能答。主簿杨修曰:"某已解其意。"曹操说:"卿且勿言,容吾思之。"上马行三里,忽省悟,笑谓修曰:"卿试言之。"修曰:"此隐语耳。'黄绢'乃颜色之丝也:色傍加丝,是'绝'字。'幼妇'者,少女也:女傍少字,是'妙'字。外孙乃女之子也:女傍子字,是'好'字。'齑臼'乃受五辛之器也:受傍辛字,是'辤'字。总而言之,是'绝妙好辤'四字。"操大惊曰:"正合孤意!"

一知居主人曰:

曹操先问而又不让杨修马上回答。稍后再让杨修回答,曹操有"大惊"之语。看似缓和文字中,却也隐隐有一种杀气。"众皆叹羡杨修才识之敏",却不知杨修之死即将发生。

曹操军至南郑。洪曰:"夏侯渊知大王兵至,固守未曾出战。"操曰:"若不出战,是示懦也。"便差人教夏侯渊进兵。刘晔谏曰:"渊性太刚,恐中奸计。"操乃作手书与之。使命到渊营出书,渊拆视之。略曰:凡为将者,当以刚柔相济,不可徒恃其勇。若但任勇,则是一夫之敌耳。吾今屯大军于南郑,欲观卿之"妙才",勿辱二字可也。夏侯渊览毕大喜。乃与张郃商议曰:"来日吾出战,务要生擒黄忠。"张郃曰:"黄

忠谋勇兼备，况有法正相助，不可轻敌。"渊曰："若他人建了功劳，吾与汝有何面目见魏王耶？汝只守山，吾去出战。"夏侯渊问谁敢出哨诱敌？夏侯尚愿往。渊曰："与黄忠交战，只宜输，不宜赢。吾有妙计。"尚受令，引军离大寨前行。

一知居主人曰：

曹操先是要夏侯渊出兵，后又听刘晔之劝，发手书与夏侯渊，说要夏侯渊"不可徒恃其勇"，但是夏侯渊却认为是再一次要自己出战，加上怕别人抢功，故要非战不可。张郃关于黄忠、法正的言语，让人觉得此时此地这位大将有点如惊弓之鸟。至于夏侯渊所言"汝只守山，吾去出战"，与其说是一种安排，更像是一种讽刺！

黄忠与法正屯于定军山口，累次挑战，夏侯渊坚守不出。欲要进攻，又恐山路危险，难以料敌，只得据守。是日，忽报山上曹兵搦战。黄忠要出迎，陈式曰："某愿当之。"忠大喜。陈式引军出山口列阵。夏侯尚兵至，遂与交锋。不数合，尚诈败而走。式赶去，行到半路，被两山上擂木炮石打将下来，不能前进。正欲回时，背后夏侯渊引兵突出，陈式不能抵当，被夏侯渊生擒回寨。部卒多降。

一知居主人曰：

黄忠觉得来到定军山口，夏侯渊多日不出，有些进退两难。陈式有些大意，认为这次曹兵突然出来，不会有什么威胁。结果人家是诈败，导致自己中计，被夏侯渊活捉。

忠慌与法正商议，正曰："渊为人轻躁，恃勇少谋。可激劝士卒，拔寨前进，步步为营，诱渊来战而擒之：此乃'反客为主'之法。"忠用其谋，将应有之物，尽赏三军，欢声满谷，愿效死战。黄忠即日拔寨而进，步步为营；每营住数日，又进。渊闻之，欲出战。张郃曰：

"此乃'反客为主'之计,不可出战,战则有失。"渊不从,令夏侯尚引兵出战。忠上马提刀出迎,与夏侯尚交马,只一合便生擒夏侯尚。

一知居主人曰:

前面曹操手下刘晔言"渊性太刚,恐中奸计",本节中刘备手下法正言"渊为人轻躁,恃勇少谋",双方评价竟然如出一辙!后文中夏侯渊被斩之后,刘备有言:"夏侯渊虽是总帅,乃一勇夫耳,安及张郃?"

法正和黄忠协商拟以"反客为主"之计引夏侯渊出来,没想张郃先行识破,且说与夏侯渊。只是此时夏侯渊为刚才小胜弄昏了头,派夏侯尚出战,结果夏侯尚与陈式的结局惊人相似。

渊使人到黄忠处,言愿将陈式来换夏侯尚。黄忠同意。次日,布成阵势。夏侯尚、陈式各只穿蔽体薄衣。一声鼓响,陈式、夏侯尚各望本阵奔回。夏侯尚比及到阵门时,被黄忠一箭,射中后心。尚带箭而回。渊大怒,骤马径取黄忠。两将交马,战到二十余合,曹营内忽然鸣金收兵。渊慌拨马而回,被忠乘势杀了一阵。渊回阵问押阵官为何鸣金?答曰:"某见山凹中有蜀兵旗幡数处,恐是伏兵,故急招将军回。"渊信其说,遂坚守不出。

一知居主人曰:

夏侯渊提出让陈式换回夏侯尚,在意料之中,因为夏侯渊是夏侯尚的叔叔,打断骨头连着筋呢!只是在交换之时,黄忠射了夏侯尚一箭,目的很明白,"正要激渊厮杀",但也让人感觉到老黄忠这种手段有些不地道!

对于后面押阵官鸣金收兵的解释,作者所写说法有些牵强。如果没有大人物的安排,押阵官敢仅凭个人判断就鸣金吗?!

黄忠逼到定军山下。正以手指曰："定军山西，巍然有一座高山，四下皆是险道。此山上足可下视定军山之虚实。将军若取得此山，定军山只在掌中也。"忠仰见山头稍平，山上有些少人马。是夜二更，忠引军士鸣金击鼓，直杀上山顶。夏侯渊部将杜袭把守，当时见黄忠大队拥上，只得弃山而走。

一知居主人曰：

杜袭在山上，黄忠在山下，山上四下皆险道，可见杜袭占了地利。杜袭见黄忠攻山，没有正面接触，就自行放弃逃跑了事。此夏侯渊用人失察！此后并未见夏侯渊追究杜袭之责任。

忠得了山顶，正与定军山相对。杜袭逃回，见夏侯渊，说黄忠夺了对山。渊大怒曰："黄忠占了对山，不容我不出战。"张郃谏曰："此乃法正之谋也。将军不可出战，只宜坚守。"渊曰："占了吾对山，观吾虚实，如何不出战？"郃苦谏不听。渊分军围住对山，大骂挑战。法正在山上举起白旗。任从夏侯渊百般辱骂，黄忠只不出战。午时以后，法正见曹兵倦怠，锐气已堕，多下马坐息，乃将红旗招展，鼓角齐鸣，黄忠一马当先，驰下山来，夏侯渊措手不及，被黄忠连头带肩，砍为两段。

一知居主人曰：

原来是黄忠在山下，围着攻打夏侯渊，夏侯渊在山上不下来，黄忠有些无奈。这次却是夏侯渊转到对面山下，围着黄忠所在山头叫骂，黄忠在山上不下来。黄忠以逸待劳，及至夏侯渊人困马乏，突然杀出，以迅雷不及掩耳之势劈了夏侯渊。情景相似，结局却大不一样！

本来张郃已经识破黄忠、法正此计，并苦谏夏侯渊。只是夏侯渊一意孤行，为黄忠所杀，有点可惜！操闻渊死，放声大哭，方悟

管辂所言。渊与操有兄弟之亲情也。

管辂之言，曹洪害怕在自己身上应验，一直躲躲闪闪，这次却是发生在夏侯渊身上了。

曹操自领军来与夏侯渊报仇。张郃在米仓山搬运粮草，移于汉水北山脚下。诸葛亮要人深入曹操境，烧其粮草，夺其辎重，黄忠曰："老夫愿当此任。"孔明曰："操非夏侯渊之比。"玄德曰："若斩得张郃，胜斩夏侯渊十倍也。"忠奋然曰："吾愿往斩之。"孔明建议让黄忠与赵子龙同领一枝兵去，并言："凡事计议而行，看谁立功。"云谓忠曰："今操引二十万众，分屯十营，将军在主公前要去夺粮，非小可之事。将军当用何策？"忠曰："看我先去，如何？"云曰："等我先去。"忠曰："我是主将，你是副将，如何先争？"云曰："我与你都一般为主公出力，何必计较？我二人拈阄，拈着的先去。"忠依允。当时黄忠拈着先去。

一知居主人曰：

刘备、诸葛亮再一次使用激将法激励黄忠。战场之上，再一次出现通过抓阄办法，决定谁先出战，窃以为作者这种笔法实是有些俗套！

黄忠坚持战斗，刘备、诸葛亮并不主动让其休息，让人觉得有点不可理解。难道不害怕老先生身体坚持不住？

黄忠回到寨中，与张著协商，张著依令。当夜黄忠领人马在前，张著在后，偷过汉水，直到北山之下。东方日出，见粮积如山。有些少军士看守，见蜀兵到，尽弃而走。黄忠教马军一齐下马，取柴堆于米粮之上。正欲放火，张郃兵到，与忠混战一处。曹操闻知，急令徐晃接应。晃领兵前进，将黄忠困于垓心。张著走脱，正要回寨，忽文聘撞出，拦住去路。后面曹兵又至，把张著围住。

一知居主人曰：

黄忠、张著本来要偷袭曹营，没想到反被分割包围。黄忠虽勇，却是架不住群狼。况张郃、徐晃等人，都比黄忠年轻，力气相对会持久一些。事实证明，幸亏赵云前来搭救，否则黄忠必死无疑！

赵云在营中等到午时，不见忠回，急忙引军向前接应。先后刺死文聘部将慕容烈和魏将焦炳，直至北山之下，见张郃、徐晃两人围住黄忠，军士被困多时。云大喝一声，挺枪骤马，杀入重围，左冲右突，如入无人之境。云救出黄忠，且战且走。操于高处望见，惊问此将何人也？有识者说乃常山赵子龙也。"操急传令曰："所到之处，不许轻敌。"赵云救了黄忠，杀透重围。云不回本寨，遂望东南杀来。云又救了张著。

一知居主人曰：

赵子龙这次踏遍曹营，力救黄忠和张著，有当年长坂坡雄风在先。难怪曹操说"昔日当阳长坂英雄尚在"。读至"所到之处，但见'常山赵云'四字旗号，曾在当阳长坂知其勇者，互相传说，尽皆逃窜"，让人想起"闻风丧胆"一词！

云杀回本寨。部将张翼接着，望见后面尘起，知是曹兵追来。云喝曰："休闭寨门！汝岂不知吾昔在当阳长坂时，单枪匹马，觑曹兵八十三万如草芥！"遂拨弓弩手于寨外壕中埋伏。营内旗枪尽皆倒偃，金鼓不鸣。云匹马单枪，立于营门之外。

张郃、徐晃正疑之间，曹操亲到。众军听令，大喊一声，杀奔营前。见赵云全然不动，曹兵翻身就回。赵云把枪一招，壕中弓弩齐发。操先拨回马走。

一知居主人曰：

上一节中，"张郃、徐晃心惊胆战，不敢迎敌"；本节中，"张郃、徐晃领兵追至蜀寨，并不敢前进"。按说，张郃、徐晃在曹营中是比较有名的武将，不该如此！说明在他们心中已经有了阴影，根本不敢靠近赵云！

这一段赵云匹马单枪立在营门之外，与曹营众将对质，与张飞长板桥上喝退曹兵有些类似。只是面色不同，一黑脸大汉，一白面将军也。不过，这次赵云"今有军有将，又何惧哉""拨弓弩手于寨外壕中埋伏"，属于"囤里有粮心不慌"。张飞那次却是假充的。这次赵云是主动出击，正面战曹兵。张飞却是过河拆桥，草草收场，最后被曹操看破了。

曹兵自相践踏，拥到汉水河边，落水死者，不知其数。赵云、黄忠、张著各引兵一枝，追杀甚急。后刘封、孟达从米仓山路杀来，放火烧粮草。操弃了北山粮草，忙回南郑。徐晃、张郃扎脚不住，亦弃本寨而走。赵云大获胜捷，差人去报玄德。玄德欣然谓孔明曰："子龙一身都是胆也！"于是号子龙为"虎威将军"。

一知居主人曰：

本来蜀兵处于被追赶的地位，却是因为赵云威武，反而倒追起曹操来。曹兵自相践踏，伤亡不少，这已经不是第一次了。

曹操命徐晃为先锋，前来决战刘备。现充牙门将军王平说自己深知地理，愿助徐将军同去破蜀。操大喜，遂命王平为副先锋，相助徐晃。操屯兵于定军山北。徐晃、王平引军至汉水，晃令前军渡水列阵。平曰："军若渡水，倘要急退，如之奈何？"晃曰："昔韩信背水为阵，所谓'致之死地而后生'也。"平曰："不然。昔者韩信料

敌人无谋而用此计；今将军能料赵云、黄忠之意否？"晃曰："汝可引步军拒敌，看我引马军破之。"遂令搭起浮桥，随即过河来战蜀兵。

一知居主人曰：

王平只是小小的牙门将军，只是临上阵前才被曹操任命为副先锋，也难怪徐晃看不起他。本次出发，未及开战，主、副将之间就发生争执，曹营之不幸也！

第七十二回
诸葛亮智取汉中　曹阿瞒兵退斜谷

徐晃引军渡汉水，遭遇黄忠、赵云两下夹攻，大败，军士逼入汉水，死者无数。晃死战得脱，回营责王平曰："汝见吾军势将危，如何不救？"平曰："我若来救，此寨亦不能保。我曾谏公休去，公不肯听，以致此败。"晃大怒，欲杀王平。平当夜引本部军就营中放起火来，曹兵大乱，徐晃弃营而走。王平渡汉水来投赵云。云引见玄德。王平尽言汉水地理。玄德大喜，遂命王平为偏将军，领向导使。徐晃逃回见操，说："王平反去降刘备矣！"操大怒，亲统大军来夺汉水寨栅。赵云恐孤军难立，退于汉水之西。

一知居主人曰：

论武艺，王平不是徐晃对手。作为副先锋，走投无路，投降刘备也是无奈之举，说是徐晃逼走王平的，也不为过。而徐晃回见曹操，不说自己有责任在先，只是说："王平反去降刘备矣！"结果操竟然相信。出现问题，正职不担责，只说副职如何无能，不足取也！这种人很难管理好自己的队伍。

徐晃与王平争执，最终气走了王平；后有马谡与王平之争，也是气走了王平。只是本次是水南、水北之争，后面则是山上、山下之争。徐晃、马谡都曾有理想化的、"致之死地而后生"的计谋，结

果都战败了。只是曹操并未追究徐晃,诸葛亮却是挥泪斩了马谡。

两军隔水相拒,玄德与孔明来观形势。孔明见汉水上流头,有一带土山,回到营中,唤赵云安排如此。孔明却在高山上暗窥。次日,曹兵到来搦战,蜀营中一人不出,弓弩亦都不发。曹兵自回。当夜更深,孔明见曹营灯火方息,遂放号炮。子龙听得,令鼓角齐鸣。曹兵惊慌,只疑劫寨。及至出营,不见一军。方才回营欲歇,号炮又响,鼓角又鸣,呐喊震地,山谷应声。曹兵彻夜不安。

一知居主人曰:

诸葛亮疑兵之计,并未出一兵一卒,却让对方不得安生,心神疲惫,"一连三夜,如此惊疑,操心怯,拔寨退三十里,就空阔处扎营"。孔明笑曰:"曹操虽知兵法,不知诡计。"此后五界山前之败,可以预料!

曹操见玄德背水下寨,心中疑惑,使人来下战书。孔明批来日决战。次日,两军会于中路五界山前,列成阵势。操出马立于门旗下,唤玄德答话。玄德引刘封、孟达并川中诸将而出。操扬鞭大骂曰:"刘备忘恩失义,反叛朝廷之贼!"玄德曰:"吾乃大汉宗亲,奉诏讨贼。汝上弑母后,自立为王,僭用天子銮舆,非反而何?"操怒,命徐晃出马来战,刘封出迎。交战之时,玄德先走入阵。封敌晃不住,拨马便走。大军齐呐喊杀过阵来。

一知居主人曰:

曹操不堪诸葛亮扰兵之计,主动约战,诸葛亮竟然慨然答应。后面便知道诸葛亮此时已经做了若干安排。

曹操阵前骂刘备如何如何,却不反思自己曾经做过什么?刘备当场反驳,显得底气十足,毕竟自己当下有将、有兵、有地盘。曹

操大恼，下令："捉得刘备，便为西川之主。"足见曹操此时对刘备咬牙切齿的仇恨。

蜀兵望汉水而逃，尽弃营寨，马匹军器，丢满道上。曹军皆争取。操急鸣金收军。众将曰："大王何故收军？"操曰："吾见蜀兵背汉水安营，其可疑一也；多弃马匹军器，其可疑二也。可急退军，休取衣物。"遂下令曰："妄取一物者立斩。火速退兵。"曹兵方回头时，孔明号旗举起，玄德、黄忠、赵云分三路杀来。曹兵大溃而逃。操欲回南郑，没想到魏延、张飞已先得南郑。操只好望阳平关而走。玄德南郑安民已毕，玄德问孔明曰："曹操此来，何败之速也？"孔明曰："操平生为人多疑，虽能用兵，疑则多败。吾以疑兵胜之。"

一知居主人曰：

曹操虽然第一时间看破刘备计谋，鸣金收兵，却也为时晚矣。有点儿像案板上的鱼，只有挨宰的份了！曹操上下战斗力明显不足，或许是因为困于诸葛亮扰兵之计，没有得到很好的休息和恢复！

曹操令许褚引兵去阳平关路上护接粮草。解粮官将车上酒肉献与许褚。褚痛饮，不觉大醉，便乘酒兴，催粮车行。解粮官提出异议，褚曰："吾有万夫之勇，岂惧他人哉！今夜乘着月色，正好使粮车行走。"二更之后，没想到遭遇张飞。许褚舞刀来迎，却因酒醉，敌不住张飞。战不数合，被飞一矛刺中肩膀，翻身落马。军士急忙救起，退后便走。张飞尽夺粮草车辆而回。

一知居主人曰：

许褚这次有些犯浑，大敌当前，怎敢擅自饮酒。粮草被劫，回到营中，并没有见曹操责备，却是曹操"令医士疗治金疮"。这种情况有悖于常理，想来是许褚曾对曹操有多次救命之恩。再者，许褚

乃一介武夫，直人，初犯，心里没有什么弯弯绕！

玄德引军出迎。两阵对圆，刘封出马。操骂曰："卖履小儿^①，常使假子^②拒敌！吾若唤黄须儿^③来，汝假子为肉泥矣！"刘封大怒，挺枪骤马，径取曹操。操令徐晃来迎，封诈败而走。操引兵追赶。蜀兵营中，四下炮响，鼓角齐鸣。操恐有伏兵，急教退军。曹兵自相践踏，死者极多，奔回阳平关，方才歇定。蜀兵赶到城下：东门放火，西门呐喊，南门放火，北门擂鼓。操大惧，弃关而走。蜀兵从后追袭。

一知居主人曰：

曹操阵前骂刘封一节，无非是说刘封是刘备的干儿，快去请你干爹来，我不跟你斗，意在羞辱刘封。看起来底气很足，却没有想到曹兵还是自相践踏，死者甚多。最后曹操自行弃关而走。读至此处，觉得曹操好像变了一个人，越来越不会打仗了，且不见曹操的谋士（比如刘晔）有所建议！

操正走之间，前面张飞引兵截住，赵云从背后杀来，黄忠从褒州杀来。操大败。诸将保护曹操，夺路而走。方逃至斜谷界口，前面尘头忽起，一枝兵到。操曰："此军若是伏兵，吾休矣！"及兵将近，乃操次子曹彰也。操见彰至，大喜曰："我黄须儿来，破刘备必矣！"遂勒兵复回，于斜谷界口安营。

---

① 卖履小儿：属于旧事重提，刘备年轻时候卖过草鞋，此处曹操所言明显带有侮辱之意。

② 假子：养子，即义子。刘封是刘备的干儿。

③ 黄须儿：指曹彰。是曹操与卞皇后所生第二子，曹丕之弟。武艺过人。其胡须黄色，被曹操称为"黄须儿"。曹操这里提到曹彰有些突然。下一节中，曹彰还真的出场了。可以认为，此处罗贯中先生故意设计了一个引子。

一知居主人曰：

曹操逃跑路上，一路有惊无险，却也吓得够呛。幸亏曹彰来救驾，曹操才放下心来。从曹操所言，好像有一种突然抓住救命稻草的感觉，转眼之间他又充满了必胜的信心。

彰少善骑射，膂力过人，能手格猛兽。彰曰："大丈夫当学卫青①、霍去病②，立功沙漠，长驱数十万众，纵横天下。何能作博士耶？"操尝问诸子之志。彰曰："好为将。"操问："为将何如？"彰曰："披坚执锐，临难不顾，身先士卒；赏必行，罚必信。"操大笑。建安二十三年，代郡乌桓反，操令彰引兵讨之。临行戒之曰："居家为父子，受事为君臣。法不徇情，尔宜深戒。"彰到代北，身先战阵，直杀至桑干，北方皆平。因闻操在阳平败阵，故来助战。

一知居主人曰：

战斗正在激烈进行，作者忽然用大段文字介绍曹彰，说明曹彰有一定能力，曹操对曹彰很看重。当然，也可以看出其父子关系很不错。

曹彰是从另外一个战场转过来的。他在本回中的表现尚可，只是在后文中，有点莽撞，没有做成大事，辜负了曹操的期望，正应了曹操那句："汝不读书而好弓马，此匹夫之勇，何足贵乎？"

---

① 卫青（？～前106年）：字仲卿，河东郡平阳县（今山西临汾西南）人，西汉时期将领、外戚，杰出的军事家。卫青一生七次出击匈奴，收取河套地区，为汉武帝在汉匈战争中所取得的胜利做出了巨大的贡献。

② 霍去病（前140年～前117年）：河东平阳（今山西省临汾市）人，西汉名将、军事家。其用兵灵活，注重方略，不拘古法，善于长途奔袭、快速突袭和大迂回、大穿插、歼灭战，为汉武帝时期的军事扩张做出了重大贡献。

有人报曹彰到。玄德问谁敢去战？刘封说"某愿往"。孟达又说要去。玄德曰："汝二人同去，看谁成功。"各引兵五千来迎。曹彰出马与封交战，只三合，封大败而回。孟达引兵前进，方欲交锋，只见曹兵大乱。原来马超、吴兰两军杀来，曹兵惊动。孟达引兵夹攻。马超士卒，蓄锐日久，到此耀武扬威，势不可当。曹兵败走。曹彰正遇吴兰，两个交锋，不数合，曹彰一戟刺吴兰于马下。三军混战。操收兵于斜谷界口扎住。

一知居主人曰：

刘封主动请战，应是与前面曹操所骂言语有关。曹彰力气实在太大，刘封、孟达根本不是对手。可怜吴兰刚到，便死于曹彰戟下！若张飞、赵云或者马超，分别与曹彰一战，或许还有些看头！

夏侯惇禀请夜间口号。操随口曰："鸡肋①！"惇传令都称"鸡肋"。杨修告诉夏侯惇，"以今夜号令，便知魏王不日将退兵归也：鸡肋者，食之无肉，弃之有味。今进不能胜，退恐人笑，在此无益。"夏侯惇遂亦收拾行装。适逢曹操绕寨私行。只见夏侯惇寨内军士准备行装。操急回帐召惇。惇曰："主簿杨德祖先知大王欲归之意。"操唤杨修问之，修以鸡肋之意对。操大怒曰："汝怎敢造言，乱我军心！"喝刀斧手推出斩之，将首级号令于辕门外。

一知居主人曰：

"鸡肋"之语，本是曹操无心之语，并非为军令。偏偏夏侯惇一介武将请令而来，也就当作口令下传。杨修一番解读之后，夏侯惇还真相信了，随即安排手下收拾家伙。

---

① 鸡肋：字面意思为鸡的肋骨，吃起来肉不多，扔了又可惜。指没有什么价值和意义，但又不忍舍弃的事物；也指瘦弱的身体。此处明显是前者之意。

杨修之死，夏侯惇有一定责任，不敢担当，反把杨修推到前台。曹操问杨修何以如此。杨修不承认也就罢了，偏偏杨修直言。杨修如此聪明之人，没有料到曹操会新账、旧账一起算，瞬间杨修身首异处。曹操对杨修心中有恨早矣！今日之事并不突然！

　　操尝造花园。操往观之，只取笔于门上书一"活"字而去。修曰："'门'内添'活'字，乃阔字也。丞相嫌园门阔耳。"于是再筑墙围。操大喜，问谁知吾意？左右曰："杨修也。"操虽称美，心甚忌之。

　　一日，塞北送酥一盒。操写"一合酥"于盒上，置之案头。修入见，竟取匙与众分食讫。操问其故，修答曰："盒上明书'一人一口酥'，岂敢违丞相之命乎？"操虽喜笑，而心恶之。

　　操常分付左右："吾梦中好杀人。凡吾睡着，汝等切勿近前。"一日，昼寝帐中，落被于地，一近侍慌取覆盖。操跃起拔剑斩之，复睡，半晌而起，佯惊问："何人杀吾近侍？"众以实对。操痛哭，命厚葬之。修指而叹曰："丞相非在梦中，君乃在梦中耳！"操闻而愈恶之。

　　一知居主人曰：

　　本节文字曾被收入语文教材，可见受后人重视。

　　本节开头就说，"杨修为人恃才放旷，数犯曹操之忌"，像是在解释曹操杀杨修之原因，随后列举花园门上写"活"事件、"一合酥"事件、曹操梦中杀人事件等。说"操虽称美，心甚忌之""操虽喜笑，而心恶之""操闻而愈恶之"。其实这三件事，杨修属于玩世不恭，要些小聪明，并无恶意，只是让曹操心中不舒服，但还不足以让曹操杀他。

　　操欲立植为世子，曹丕密请吴质入内府商议，用大簏藏吴质于中载入府中。修知其事，径来告操。操令人于丕府门伺察之。丕慌

告吴质，后从吴质言，以大簏载绢入。使者搜看簏中，果绢也。操因疑修潜害曹丕，愈恶之。

操欲试曹丕、曹植之才干。一日，令各出邺城门，却密使人分付门吏，令勿放出。曹丕先至，门吏阻之，丕只得退回。植闻之，问于修。植从修言。及至门，门吏阻住。植叱曰："吾奉王命，谁敢阻当！"立斩之。曹操以植为能。后有人告曰："此乃杨修之所教也。"操大怒，亦不喜植。

修又尝为曹植作答教十余条，但操有问，植即依条答之。操每以军国之事问植，植对答如流。操心中甚疑。后曹丕暗买植左右，偷答教来告操。操见了，大怒曰："匹夫安敢欺我耶！"此时已有杀修之心。今乃借惑乱军心之罪杀之。修死年三十四岁。

一知居主人曰：

曹操在立曹丕还是曹植为世子犹豫不定的时候，杨修选择站在了曹植这边，而且帮助曹植出谋划策，打击曹丕一方，犯了曹操的大忌！"操因疑修潜害曹丕，愈恶之"，"操见了大怒曰：'匹夫安敢欺我耶！'此时已有杀修之心"。对这种事的处理，杨修与贾诩相差太远（见第六十八回中）。有评论说杨修"身死因才误，非关欲退兵"，相对准确。

说来也是蹊跷，每每杨修有所言、有所动作，总会有人告到曹操那里。"要想人不知，除非己莫为。"有些事情只适合心里有，却是不便说出口、做出来而已！杨修所犯，有这方面的忌讳。还有一句，"木秀于林，风必摧之"，杨修所作所为也与之有些沾边。

**曹操佯怒夏侯惇，亦欲斩之。众官告免。操乃叱退夏侯惇。次日，兵出斜谷界口，遭遇魏延。操招魏延归降，延大骂。操令庞德出战。二将正斗间，曹寨内火起。人报马超劫了中后二寨。操拔剑在手曰：

管窥《三国》中

"诸将退后者斩！"众将努力向前，魏延诈败而走。操方麾军回战马超，自立马于高阜处，看两军争战。忽魏延撞至面前，拈弓搭箭，射中曹操。操翻身落马。延弃弓绰刀，骤马上山坡来杀曹操。刺斜里庞德奋力向前，战退魏延，保操前行。马超已退。操带伤归寨。方忆杨修之言，随将修尸收回厚葬，就令班师。曹兵人人惊恐。

一知居主人曰：

曹操杀了杨修之后，要杀夏侯惇，只是做做样子。要知道曹操和夏侯惇本是一家，无论如何（即使大家不求情），曹操都不可能杀夏侯惇。

曹操竟然要招降魏延，有些异想天开。尽管诸葛亮对魏延有成见，但是刘备还是很重视魏延的。况且此时刘备略胜一筹。结果，曹操被魏延射了一箭，幸被庞德救下。却是显得曹操自作多情。

曹操虽然杀了杨修，最终还是退兵。最后"方忆杨修之言，随将修尸收回厚葬"，看似后悔，只是掩饰一下自己的尴尬。这也是他一贯的做法（但在蒋干事上似乎是个例外）。此时，夏侯惇心中肯定不是滋味，毕竟杨修之死，他也逃不了干系！

第七十三回
玄德进位汉中王　云长攻拔襄阳郡

众将皆有推尊玄德为帝之心。玄德大惊曰:"军师之言差矣。刘备虽然汉之宗室,乃臣子也;若为此事,是反汉矣。"而后,玄德曰:"要吾僭居尊位,吾必不敢。可再商议长策。"孔明曰:"主公平生以义为本,未肯便称尊号。今有荆襄、两川之地,可暂为汉中王。"玄德曰:"汝等虽欲尊吾为王,不得天子明诏,是僭也。"孔明曰:"今宜从权,不可拘执常理。"张飞大叫曰:"异姓之人,皆欲为君何,况哥哥乃汉朝宗派!莫说汉中王,就称皇帝,有何不可!"玄德叱曰:"汝勿多言!"

一知居主人曰:

诸葛亮何等聪明,见要刘备称帝不行,就退而求其次,尊崇刘备为汉中王。刘备虽然再次拒绝,但是心里已经开始接受了。毕竟自己是帝室之胄,做汉中王还说得过去。

从刘备几句话的口气来看,他内心是想做的,只是虚让而已。且看后文,"玄德再三推辞不过,只得依允"。至于张飞,虽是说中刘备心思,却总是挨训!张飞也习惯了。

建安二十四年秋七月,玄德登坛,进冠冕玺绶讫,面南而坐,受文武官员拜贺为汉中王。子刘禅,立为王世子。封许靖为太傅,

法正为尚书令；诸葛亮为军师，总理军国重事；封关羽、张飞、赵云、马超、黄忠为五虎大将，魏延为汉中太守。

一知居主人曰：

且看刘备所封，许靖、法正主持内政，诸葛亮主持军事。后来则是诸葛亮内外并管，当然太累。此处刘备封魏延为汉中太守，足见对魏延的重视。汉中是与曹操作战的前沿，位置极为重要。

玄德既为汉中王，遂修表一道，差人赍赴许都。曹操闻知玄德自立汉中王，即时传令，尽起倾国之兵，要与汉中王决雌雄。司马懿出班谏曰："大王不可因一时之怒，亲劳车驾远征。""江东孙权，以妹嫁刘备，而又乘间窃取回去；刘备又据占荆州不还，彼此俱有切齿之恨。今可差一舌辩之士，赍书往说孙权，使兴兵取荆州，刘备必发两川之兵以救荆州。那时大王兴兵去取汉川，令刘备首尾不能相救，势必危矣。"操大喜，即修书令满宠为使，星夜投江东来见孙权。

一知居主人曰：

前几次司马懿提出建议，曹操一条都没有采纳，似乎有所防备。今日却"大喜"，看来司马懿的春天就要来了，要正式走上前台。司马懿此计也够狠毒，不费吹灰之力，让孙、刘相斗，曹操好坐山观虎斗，自收渔利。

张昭进曰："今满伯宁来，必有讲和之意，可以礼接之。"权依其言。宠曰："吴、魏自来无仇，皆因刘备之故，致生衅隙。魏王差某到此，约将军攻取荆州，魏王以兵临汉川，首尾夹击。破刘之后，共分疆土，誓不相侵。"孙权览曹操书毕，设筵相待，送归馆舍安歇。孙权与众谋士商议。顾雍建议："可一面送满宠回，约会曹操，首尾相击；一

面使人过江探云长动静，方可行事。"诸葛瑾说，听说关羽有一女尚未嫁人，"某愿往与主公世子求婚。若云长肯许，即与云长计议共破曹操。若云长不肯，然后助曹取荆州"。孙权从其计。

一知居主人曰：

本节中，张昭有言："魏与吴本无仇。前因听诸葛之说词，致两家连年征战不息，生灵遭其涂炭。"与满宠看法，基本一致。但是，张昭这种说法，实在不当。如果不是孙、刘联合赤壁大战，说不定东吴早就被曹操灭了。当然，张昭所言也符合其性格和一贯做法。

诸葛瑾对于孙权的忠诚是毋庸置疑的。很明显，诸葛瑾是为了继承鲁肃意志保住孙刘联盟。但是，却又显得有点迂腐。因为无论从个人私事、关羽脾气而言，还是站在两大集团之间利益来看，关羽都不可能与孙权联姻。看孙权的表态，他当然不想与刘备闹掰，自己当下博弈于曹操和刘备之间，生存状态很好。

诸葛瑾入城见云长曰："吾主吴侯有一子，甚聪明。闻将军有一女，特来求亲。两家结好，并力破曹。此诚美事，请君侯思之。"云长勃然大怒曰："吾虎女安肯嫁犬子乎！不看汝弟之面，立斩汝首！再休多言！"遂唤左右逐出。瑾抱头鼠窜，回见吴侯，遂以实告。权大怒曰："何太无礼耶！"便唤文武官员，商议取荆州之策。

一知居主人曰：

你家有女，别人来求，正常之事也。人来提婚，你可以婉言拒绝，但是断断不能骂人，且骂得狠毒！关羽此举，自是因为向来看不起孙吴上下所致。孙权毕竟是一"国"之主，有头有脸，哪里会忍下这等辱骂！遂与曹操达成某种默契，荆州危在旦夕！后来吴将马忠拿下关羽时，孙权有言，"孤久慕将军盛德，欲结秦、晋之好，何相弃耶？"遥遥与此对应。

步骘说曹操所惧者刘备,"今遣使来令吴兴兵吞蜀,此嫁祸于吴也"。权曰:"孤亦欲取荆州久矣。"骘说可让曹操"令曹仁旱路先起兵取荆州,云长必擎荆州之兵而取樊城。若云长一动,主公可遣一将,暗取荆州,一举可得矣"。权从其议,即时上书曹操。操大喜,随遣满宠往樊城助曹仁,商议动兵;一面驰檄东吴,令接应以取荆州。

一知居主人曰:

看孙权和曹操的表现,便可知什么叫互相利用。当然双方也在互相试探。只是忙坏了满伯宁。如果双方都在考虑取荆州的事情,则荆州必危矣!诸葛亮离开荆州之时,一再嘱咐关羽要联吴抗曹,关羽却并不入心。

本来是曹操、孙权、刘备各割据一方,相互牵制和制衡。按照数学上的术语,属于三角形超稳定结构。一旦两点达成一致,平衡的局面就会很快被打破。

汉中王引百官回成都。差官起造宫庭,又置馆舍,广积粮草,多造军器,以图进取中原。细作人探听得曹操结连东吴,欲取荆州,即飞报入蜀。汉中王忙请孔明商议。孔明曰:"某已料曹操必有此谋。然吴中谋士极多,必教操令曹仁先兴兵矣。"汉中王曰:"似此如之奈何?"孔明曰:"可差使命就送官诰与云长,令先起兵取樊城,使敌军胆寒,自然瓦解矣。"汉中王大喜,即差费诗为使,赍捧诰命投荆州来。

一知居主人曰:

书中自此,再讲刘备行踪,便说"汉中王"如何如何,不再说"皇叔"了。在成都大兴土木,说明刘备已经开始学会享受了。

有人说,诸葛亮明知荆州位置很重要,是东联孙权、北拒曹操的要冲之地。首先应该守好,而不是主动出击。进而说关羽之死,

诸葛亮难辞其咎。其实，看第三十八回"隆中对"一节中，有句"待天下有变，则命一上将将荆州之兵以向宛、洛。将军身率益州之众以出秦川……诚如实，则大业可成，汉室可兴矣"，说明这早就是诸葛亮的思路。只是没想到天下局势变得太快而已！

费诗投荆州来。云长问曰："汉中王封我何爵？"诗曰："五虎大将之首。"云长问："哪五虎将？"诗曰："关、张、赵、马、黄是也。"云长怒曰："黄忠何等人，敢与吾同列？大丈夫终不与老卒为伍！"遂不肯受印。诗笑曰："昔萧何、曹参与高祖同举大事，最为亲近，而韩信乃楚之亡将也；然信位为王，居萧、曹之上，未闻萧、曹以此为怨。今汉中王虽有五虎将之封，而与将军有兄弟之义，视同一体。岂与诸人等哉？"云长大悟，再拜曰："某之不明，非足下见教，几误大事。"即拜受印绶。

一知居主人曰：

关羽这次却看不起黄忠。黄忠定军山斩了夏侯渊，刘备封其为"征西大将军"，给予充分肯定，想来关羽不知。不过，费诗几句好话，尤其有句"将军即汉中王，汉中王即将军也"。说到关羽心坎上了，心花怒放，全然没有了此前的怨气。看来关羽虽有傲气，也是喜欢听奉承之语。本次与上次诸葛亮赞美关羽，关羽最终不再入川与马超斗如出一辙。

费诗出王旨，令云长取樊城。云长即时便差傅士仁、糜芳为先锋，先荆州城外屯扎。自己城中设宴，款待费诗。不想二更时候，城外寨中火起。原来傅、糜饮酒，帐后遗火，烧着火炮，军器粮草尽皆烧毁。云长引兵至四更方才火灭。云长责傅、糜曰："如此误事，要你二人何用？"叱令斩之。费诗请劝。最后各杖四十，罚糜芳守南郡，

傅士仁守公安，且曰："若吾得胜回来之日，稍有差池，二罪俱罚！"二人满面羞惭，喏喏而去。

一知居主人曰：

兵马未动，粮草先被自己人不慎烧了，大不利也！关羽心情自然不太好！傅士仁、糜芳有罪，却仍被关羽安排重地镇守，说明关羽手下将官并不充足。关羽对二人撂下狠话，二人自是心中郁闷、忐忑、彷徨、害怕，难免不会生异心。

关公是日祭了"帅"字大旗，假寐于帐中。忽见一猪，其大如牛，浑身黑色，奔入帐中，径咬云长之足。云长大怒，急拔剑斩之，声如裂帛。霎然惊觉，乃是一梦。便觉左足阴阴疼痛，心中大疑。以梦告关平。平对曰："猪亦有龙象。龙附足，乃升腾之意，不必疑忌。"云长告以梦兆。众论不一。正言间，蜀使至，传汉中王旨，拜云长为前将军，假节钺，都督荆襄九郡事。云长受命讫，众官拜贺曰："此足见猪龙之瑞也。"于是云长坦然不疑，遂起兵奔襄阳大路而来。

一知居主人曰：

同样一梦，有人说好，有人说不好，却都是各有道理，不好决断。且云长曰："吾大丈夫，年近六旬，即死何憾！"却是给人一种征兆，关羽此次出征，失败似乎已经命中注定、在所难免。

关羽将梦中情景告诉关平，关平说"龙附足，乃升腾之意"。关羽开始有所怀疑。没想到刘备封官旨意随即到了，合了关平之言。关羽才释怀不疑。世间事情就害怕如此凑巧！

曹仁正在城中，忽报云长自领兵来。仁大惊，欲坚守不出，翟元曰："今魏王令将军约会东吴取荆州，今彼自来，是送死也，何故避之！"满宠谏曰："吾素知云长勇而有谋，未可轻敌。不如坚守，乃为上策。"

管窥《三国》中

夏侯存曰："此书生之言耳。岂不闻'水来土掩，将至兵迎'？我军以逸待劳，自可取胜。"曹仁从其言，令满宠守樊城，自领兵来迎云长。

一知居主人曰：

曹操派满宠来樊城，意在帮助曹仁。曹仁本来想坚守不出，满宠也是此意。只是曹仁经不起几个手下撺掇，最终决定主动出击。曹仁留满宠守樊城，意味深长。

云长知曹兵来，唤关平、廖化二将，受计而往。廖化出马搦战。翟元出迎。战不多时，化拨马便走，翟元从后追杀，荆州兵退二十里。次日，又来搦战。夏侯、翟一齐出迎，荆州兵又败，又追杀二十余里。忽听得背后喊声大震，鼓角齐鸣。曹仁急命前军速回，背后关平、廖化杀来，曹兵大乱。曹仁先掣一军飞奔襄阳，不想云长拦住去路。曹仁不敢交锋，望襄阳斜路而走。云长不赶。须臾，夏侯存军至，便与云长交锋，只一合就被砍死。翟元便走，被关平赶上一刀斩之。曹仁退守樊城。

一知居主人曰：

既然关羽要来，自是会做充足准备。关羽一方连续挑战、连续败退，自然有诈。只是夏侯存、翟元过于狂妄，建功心切，盲目追击，最后分别为关羽、关平所杀。曹兵也大半死于襄江之中。

云长得了襄阳。王甫提醒："将军一鼓而下襄阳，曹兵虽然丧胆，然以愚意论之，今东吴吕蒙屯兵陆口，常有吞并荆州之意。倘率兵径取荆州，如之奈何？"云长说选高阜处置一烽火台，"倘吴兵渡江，夜则明火，昼则举烟为号"。王甫曰："糜芳、傅士仁守二隘口，恐不竭力，必须再得一人以总督荆州。"云长说已差潘濬守之。甫曰："潘濬平生多忌而好利，不可任用。可差军前都督粮料官赵累代之。"云

第七十三回　玄德进位汉中王　云长攻拔襄阳郡

长曰:"吾素知潘濬为人。今既差定,不必更改。赵累现掌粮料,亦是重事。汝勿多疑,只与我筑烽火台去。"云长令关平准备船只渡襄江,攻打樊城。

一知居主人曰:

王甫所言极是。只是关羽向来自以为是,且此时小胜,有骄傲之心,故自以为安排有方,听不进去,反而说王甫有疑心。所以"王甫怏怏拜辞而行"。后来之情况,果然全被王甫言中!

曹仁退守樊城,宠曰:"不可轻敌,只宜坚守。"部将吕常却要战。宠曰:"不可。"吕常怒曰:"岂不闻兵法云:军半渡可击。今云长军半渡襄江,何不击之?若兵临城下,将至壕边,急难抵当矣。"仁即与兵二千,令吕常迎战。吕常来至江口,云长横刀出马。吕常却欲来迎,后面众军却不战先走,吕常喝止不住。云长混杀过来,曹兵大败,马步军折其大半。

一知居主人曰:

上次满宠建议不如坚守,夏侯存说满宠是书生之言。结果夏侯存、翟元战死。曹仁有后悔之意,问计满宠。满宠还是坚持己见。吕常却怒曰:"据汝等文官之言,只宜坚守,何能退敌?"结果吕常所带军队不战而走,仍是大败。按照规矩,曹仁是不该让吕常出战的,毕竟前有夏侯存、翟元之覆辙。

第七十四回

庞令明抬榇决死战　关云长放水淹七军

　　操加于禁为征南将军，加庞德为征西都先锋，起军前往樊城。董衡和董超引各头目参拜于禁。董衡曰："庞德原系马超手下副将，不得已而降魏。今其故主在蜀，职居'五虎上将'。况其亲兄庞柔亦在西川为官，今使他为先锋，是泼油救火①也。将军何不启知魏王，别换一人去？"

　　一知居主人曰：

　　别看董衡和董超今日这般看不起庞德，及至关羽水淹七军时，两人却是先要投降，终被庞德斩杀。被别人怀疑会投降者，没有投降；怀疑别人会投降者，却是主动要降，颇有讽刺之意。

　　于禁连夜启知曹操。操即唤庞德令纳下先锋印，曰："孤本无猜疑，但今马超现在西川，汝兄庞柔亦在西川，俱佐刘备。孤纵不疑，奈众口何？"庞德免冠顿首，流血满面而告曰："某自汉中投降大王，每感厚恩，虽肝脑涂地，不能补报，大王何疑于德也？德昔在故乡

---

① 泼油救火：意思是救火时用油浇洒。比喻事情处理不得法，反而使事态更严重。清·吴趼人《二十年目睹之怪现状》第八十五回："正是'泼油救火'，恐怕他死得不快罢了。"

时，与兄同居，嫂甚不贤，德乘醉杀之。兄恨德入骨髓，誓不相见，恩已断矣。故主马超，有勇无谋，兵败地亡，孤身入川，今与德各事其主，旧义已绝。"操乃扶起庞德，曰："卿可努力建功。卿不负孤，孤亦必不负卿也。"

一知居主人曰：

曹操告诉庞德，并不说自己心中开始怀疑，却是拿别人当挡箭牌。庞德大表忠心之后，曹操一句"卿不负孤，孤亦必不负卿也"，颇具儿女情长之余味，却也坚定了庞德的决心。庞德何等聪明之人，心中自然会怀疑于禁等人在曹操面前说自己坏话了。

德令造一木榇。次日，请诸友赴席。德曰："今去樊城与关某决战，我若不能杀彼，必为彼所杀。即不为彼所杀，我亦当自杀。故先备此榇，以示无空回之理。"谓其妻与其子庞会曰："吾今为先锋，义当效死疆场。我若死，汝好生看养吾儿。吾儿有异相，长大必当与吾报仇也。"临行，谓部将曰："我若被关某所杀，汝等即取吾尸置此榇中。"部将皆曰："将军如此忠勇，某等敢不竭力相助！"于是引军前进。

一知居主人曰：

此前庞德与关羽并无交集和过节，却发毒誓说两者只能存其一，在于庞德要报答曹操知遇之恩。庞德安排身后事情，还算有条理，对妻儿、亲戚、部下都有交代。不过，这种气氛让人感觉很不舒服。

有人报知曹操。操喜曰："庞德忠勇如此，孤何忧焉！"贾诩曰："庞德恃血气之勇，欲与关某决死战，臣窃虑之。"操急令人传旨戒庞德曰："关某智勇双全，切不可轻敌。"庞德闻命，谓众将曰："大王何

重视关某也？吾料此去，当挫关某三十年之声价①。"禁曰："魏王之言，不可不从。"德奋然前至樊城，耀武扬威，鸣锣击鼓。

一知居主人曰：

贾诩所言不无道理，操急令人传旨戒庞德，只是庞德已经听不进去。于禁却是有语"魏王之言，不可不从"。此也成为于禁后面掣肘庞德之由头。

探马飞报关羽于禁领兵到来。庞德军前抬榇，口出不逊之言，誓欲与将军决一死战。关公闻言，勃然变色，大怒曰："天下英雄，闻吾之名，无不畏服。庞德竖子，何敢藐视吾耶！关平一面攻打樊城，吾自去斩此匹夫，以雪吾恨！"平曰："辱子愿代父去战庞德。"关公允。

一知居主人曰：

关羽自出世以来，连曹操都怕他三分，此时哪里受得庞德这般羞辱，"大怒"符合常理。且看，关羽"美髯飘动"，足见心中怒火之烈！

关平迎庞德。两阵对圆，庞德青袍银铠，钢刀白马，立于阵前。背后步卒数人肩抬木榇而出。关平大骂庞德"背主之贼！"庞德问部卒曰："此何人也？"或答曰："此关公义子关平也。"德叫曰："汝乃疥癞小儿，吾不杀汝！快唤汝父来！"平纵马舞刀，来取庞德。德横刀来迎。战三十合，不分胜负，两家各歇。

一知居主人曰：

关平年龄不大，专会找人痛处，骂庞德属于背主之人。此前，

---

① 声价：意思是名声和社会地位。唐·牟融《司马迁墓》诗："英雄此日谁能荐，声价当时众所推。"

张飞曾经如此骂过吕布；刘备携民渡江时也曾如此骂过文聘。不过庞德所言，类似两人打架，"我今日不打你，换你爹来"，在一定程度上羞辱了关平，也彰显了其杀关羽之心。

早有人报知关公。公亲来迎敌。关平接着，言与庞德交战，不分胜负。关公随即横刀出马，大叫曰："关云长在此，庞德何不早来受死！"鼓声响处，庞德出马曰："吾奉魏王旨，特来取汝首！恐汝不信，备榇在此。汝若怕死，早下马受降！"关公大骂曰："量汝一匹夫，亦何能为！可惜我青龙刀斩汝鼠贼！"

一知居主人曰：

关平一见关羽就说自己与庞德不分胜负，想来关羽已是心中有数。再看两者对骂，关羽叫庞德"何不早来受死"。庞德说自己奉旨来取"汝首"。两人均属于箭在弦上不得不发，随即有了一场精彩对决。

关公与庞德战有百余合，精神倍长。两军各看得痴呆了。魏军恐庞德有失，急令鸣金收军。关平恐父年老，亦急鸣金。二将各退。庞德归寨，对众曰："人言关公英雄，今日方信也。""吾来日与关某共决一死，誓不退避！"禁不敢阻而回。

关公回寨谓关平曰："庞德刀法惯熟，真吾敌手。""吾不杀此人，何以雪恨？吾意已决，再勿多言！"次日，二将齐出，更不打话，出马交锋。

一知居主人曰：

两人初次交战，战有百回。各自部下害怕自己人吃亏，鸣金收兵。各自回营之后，都对对方有赞美、敬仰之语，却又转瞬说要取对方头颅，不取不罢休。这就是武将对决之快意！

斗至五十余合，庞德回马拖刀而走。关公大骂："庞贼！欲使拖刀计，吾岂惧汝？"庞德却把刀挂住，偷拽雕弓，搭上箭，射将来。关平眼快，见庞德拽弓，大叫。关公急睁眼看时，弓弦响处，箭早到来，躲闪不及，正中左臂。

一知居主人曰：

关羽明知庞德是拖刀之计，还要追赶，看起来是艺高人胆大，却着实有点过于自信了，结果关羽中了一箭！毕竟自己已近花甲之年，而庞德正年富力强。

关平马到，救父回营。庞德赶来，忽听得本营锣声大震，急勒马回。原来于禁恐庞德成了大功，灭禁威风，让人鸣金收军。庞德回马，问："何故鸣金？"于禁曰："魏王有戒：关公智勇双全。他虽中箭，只恐有诈，故鸣金收军。"德曰："若不收军，吾已斩了此人也。"禁曰："紧行无好步①，当缓图之。"

一知居主人曰：

幸亏于禁鸣金收军，否则关羽未必能逃过此劫。于禁以"魏王有戒"托词，冠冕堂皇。庞德此时并不知于禁之意，只是自己懊悔不已。

关公回营，幸得箭射不深，用金疮药敷之。关公曰："吾誓报此一箭之仇！"众将对曰："将军且暂安息几日。"次日，人报庞德引军搦战。关公就要出战。众将劝住。庞德令小军毁骂。

一知居主人曰：

关公受伤，应该休息数日，决不能连续再战。关平"把住隘口，分付众将休报知关公"，真是细致入微。他自知关羽的性格，太容易

---

① 紧行无好步：走得太急步子就迈不稳。比喻过于仓促，事情往往做不好。

暴躁了。

庞德搦战十余日，无人出迎，与于禁商议曰："不若乘此机会，统七军一拥杀入寨中，可救樊城之围。"于禁恐庞德成功，只把魏王戒旨相推，不肯动兵。庞德累欲动兵，于禁只不允，乃转过山口，依山下寨，禁自领兵截断大路，令庞德屯兵于谷后，使德不能进兵成功

一知居主人曰：

军中将帅一心方可百战百胜，异心者必败矣！于禁也够狠毒，自己不出手，也不让庞德出战，而且设置障碍。先锋不当先锋用，让其屯兵于后。庞德纵有天大本事，又能若何？

关平听得于禁移军，未知其谋，报知关公。公引数骑上高阜处望之，唤向导官问曰："樊城北十里山谷，是何地名？"对曰："罾口川也。"关公喜曰："于禁必为我擒矣。""'鱼'入'罾口'，岂能久乎？"诸将未信。

时值八月秋天，骤雨数日。公令人预备船筏，收拾水具。关平不解。公说于禁七军聚于罾口川险隘之处，"方今秋雨连绵，襄江之水必然泛涨。吾已差人堰住各处水口，待水发时，乘高就船，放水一淹，樊城、罾口川之兵皆为鱼鳖矣"。关平拜服。

一知居主人曰：

对于关羽而言，本来两军相持，"山重水复疑无路"，结果这次于禁调整部队驻扎地点，弄巧成拙，让关羽一方感到"柳暗花明又一村"。

魏军屯于罾口川，连日大雨不止，成何来见于禁曰："大军屯于

川口，地势甚低。虽有土山，离营稍远。即今秋雨连绵，军士艰辛。近有人报说荆州兵移于高阜处，又于汉水口预备战筏。倘江水泛涨，我军危矣，宜早为计。"于禁叱曰："匹夫惑吾军心耶！再有多言者斩之！"成何羞惭而退，却来见庞德，说此事。德曰："汝所见甚当。于将军不肯移兵，吾明日自移军屯于他处。"

一知居主人曰：

小人物成何却是聪明之人，懂得大道理，识破关羽水淹之计。成何将自己的看法告诉于禁，于禁大骂成何不止，认为成何扰乱军心。成何告知庞德，庞德晓得道理，却没有立即付诸行动。两个主要将官，一个听不进去，一个没有立即纠正，遂成就了关羽水淹七军！

是夜风雨大作。庞德忽听得万马争奔，征鼙震地。出帐看时，四面八方，大水骤至。七军乱窜，随波逐浪者，不计其数。于禁、庞德与诸将各登小山避水。比及平明，关公及众将乘大船而来。于禁料不能逃，口称"愿降"。关公令尽去衣甲，拘收入船。董衡、董超见势已危，劝庞德降。庞德大怒，亲斩二董。自平明战至日中，关公催四面急攻，矢石如雨。成何被关公一箭射落水中。庞德飞身上一小船，杀十余人。一手提刀，一手使短棹，欲向樊城而走。不料被周仓撞翻。周仓擒庞德上船。

一知居主人曰：

庞德虽败犹荣。大将于禁尚不如小人物何成，不曾动得刀枪，先行降了。这类"耻辱"在曹操任何一场战役中都不曾有过。其他将领最多是不战而走。

群刀手押过于禁来。禁拜伏于地，乞哀请命。关公曰："汝怎敢抗吾？"禁曰："上命差遣，身不由己。望君侯怜悯，誓以死报。"公

绰髯笑曰:"吾杀汝,犹杀狗彘耳,空污刀斧!"令人缚送荆州大牢。押过庞德。德睁眉怒目,立而不跪,关公曰:"汝兄现在汉中,汝故主马超,亦在蜀中为大将。汝如何不早降?"德大怒曰:"吾宁死于刀下,岂降汝耶!"骂不绝口。公大怒,喝令刀斧手推出斩之。德引颈受刑。

一知居主人曰:

在生死面前,于禁全然没有大将之风,庞德显然是一条硬汉。关公开始时还劝降庞德,自然是考虑到了庞德兄长和旧主马超均在刘备这边。但是庞德骂不绝口,关羽才力斩之。至于关羽怜而葬之,自是为了以后见到马超等人方便解释。

樊城周围白浪滔天,城垣渐渐浸塌。曹军无不丧胆,告曹仁:"可趁敌军未至,乘舟夜走。"满宠谏曰:"不可。山水骤至,岂能长存?不旬日即当自退。""其所以不敢轻进者,虑吾军袭其后也。今若弃城而去,黄河以南,非国家之有矣。"仁拱手称谢曰:"非伯宁之教,几误大事。"乃骑白马上城,聚众将发誓曰:"但有言弃城而去者斩!"仁就城上设弓弩数百,昼夜防护。旬日之内,水势果然渐退。

一知居主人曰:

这次曹仁聪明,听了满宠之言,才保住了樊城。水是流动之物,前面虽然水淹七军,但是终将自行消退,属于常识。

关公自擒魏将于禁等,威震天下,无不惊骇。忽次子关兴来寨内省亲。公就令兴赍诸官立功文书去成都见汉中王,各求升迁。兴拜辞父亲,径投成都去讫。

一知居主人曰:

关兴忽来,又忽走,最终躲过一劫!当然,关羽安排关兴入川

是为诸将官求升迁，目的明确，自感派其他人前去并不合适。

关公自领兵一半四面攻打樊城。当日关公自到北门，立马扬鞭，指而问曰："汝等鼠辈，不早来降，更待何时？"曹仁在敌楼上，见关公止披掩心甲，斜袒着绿袍，急招弓弩手一齐放箭。公急勒马回时，右臂中一弩箭，翻身落马。曹兵冲出，被关平杀回，救关公归寨，拔出臂箭。原来箭头有药，毒已入骨，右臂青肿，不能运动。

一知居主人曰：

关羽在本回中两次中箭，上次是庞德，这次是曹仁；上次是左臂受伤，这次是右臂中箭，况且这次还是毒箭。随后华佗刮骨疗毒，尽管治疗及时、得当，关羽已元气大伤。及至后来关羽被围住，很快就感到吃力，与这两次中箭不无关系。

第七十五回
关云长刮骨疗毒　吕子明白衣渡江

关平入帐见关公。公问曰："汝等来有何事？"众对曰："某等因见君侯右臂损伤，恐临敌致怒，冲突不便。众议可暂班师回荆州调理。"公怒曰："吾取樊城，只在目前。取了樊城，即当长驱大进，径到许都，剿灭操贼，以安汉室。岂可因小疮而误大事？汝等敢慢吾军心耶！"平等默然而退。

一知居主人曰：

关羽若能接受关平建议，回荆州疗伤，过些日子再出发，或许历史会被改写。但是，关羽战曹操立功心切，并不在意，也算是一种无意中的大意吧。关羽万万没有料到，危机正在一步步逼近荆州和自己。

众将访问名医。忽一日，有人从江东驾小舟而来，自言姓名华佗，沛国谯郡人。因闻关将军乃天下英雄，今中毒箭，特来医治。平曰："莫非昔日医东吴周泰者乎？"佗曰："然。"平大喜，引华佗入帐见关公。

一知居主人曰：

从本节中，知道华佗与曹操是老乡。再看华佗驾小舟自江东（孙吴）特意而来，专来为关羽（刘备一方）医治箭伤，说明关羽中箭一

事已经传播开来。孙权、吕蒙等人自然知道了。华佗刮骨疗毒，竟然涉及魏、蜀、吴三方，颇有趣。

关公正与马良弈棋，闻有医者至，即召入。茶罢，公袒下衣袍，伸臂。佗曰："此乃弩箭所伤，其中有乌头之药，直透入骨。若不早治，此臂无用矣。""某自有治法，但恐君侯惧耳。"公笑曰："吾视死如归，有何惧哉？"佗曰："当于静处立一标柱，上钉大环，请君侯将臂穿于环中，以绳系之，然后以被蒙其首。吾用尖刀割开皮肉，直至于骨，刮去骨上箭毒，用药敷之，以线缝其口，方可无事。但恐君侯惧耳。"公笑曰："如此，容易！何用柱环？"令设酒席相待。

一知居主人曰：

华佗担心关羽承受不住治疗过程中的疼痛是人之常情。华佗不知关羽乃非常之人，能承受常人经受不住的疼痛煎熬。华佗讲的越是详细，越是让人急于看看关羽究竟会如何。

公饮数杯酒毕，一面仍与马良弈棋，伸臂令佗割之。佗取尖刀在手，令捧一大盆于臂下接血。佗曰："某便下手，君侯勿惊。"公曰："任汝医治，吾岂比世间俗子，惧痛者耶！"佗下刀割开皮肉，直至于骨，骨上已青。佗用刀刮骨，悉悉有声。帐上帐下见者，皆掩面失色。公饮酒食肉，谈笑弈棋，全无痛苦之色。须臾，血流盈盆。佗刮尽其毒，敷上药，以线缝之。公大笑而起，谓众将曰："此臂伸舒如故，并无痛矣。先生真神医也！"佗曰："某为医一生，未尝见此。君侯真天神也！"

一知居主人曰：

关羽对华佗之信任，与后面曹操对华佗之疑心，遥遥相对，相映成趣。

关公箭疮既愈,设席款谢华佗。佗曰:"君侯箭疮虽治,然须爱护。切勿怒气伤触。过百日后,平复如旧矣。"关公以金百两酬之。佗曰:"某闻君侯高义,特来医治,岂望报乎!"坚辞不受,留药一帖,以敷疮口,辞别而去。

一知居主人曰:

华佗告诫关羽,恢复期间,切勿动怒,但关羽还是没有听进去。孙坚、周瑜之死,均与此类似。

华佗对百两黄金(分量之重,出人意料)坚辞不受,自是因为对将军佩服至极!华佗没想到这次竟然是与关羽的永别,也不会想到自己为老乡看病竟遭遇杀身之祸。

第二十九回中,孙策受伤,派人寻华佗不遇。这次关羽受伤,华佗"特来医治",给人一种不一样的感觉。

关公水淹七军,华夏皆惊。曹操聚文武商议曰:"于禁被擒,庞德被斩,魏兵挫锐。倘彼率兵直至许都,如之奈何?孤欲迁都以避之。"司马懿谏曰:"不可。于禁等被水所淹,非战之故。于国家大计,本无所损。今孙、刘失好,云长得志,孙权必不喜。大王可遣使去东吴陈说利害,令孙权暗暗起兵蹑云长之后,许事平之日,割江南之地以封孙权,则樊城之危自解矣。"蒋济曰:"仲达之言是也。今可即发使往东吴,不必迁都动众。"操依允,遂不迁都。操令徐晃为将,克日起兵。

一知居主人曰:

胜败乃兵家常事,曹操作为久经沙场之人,单单吃了一次败仗,就提出迁都,不符合曹操一贯作风。明眼人稍对形势进行分析,自可看出:关羽再往前走,则是孤军深入,兵家之大忌也!况后方有孙吴窥视,并不稳当!这种现况随后被司马懿说出。司马懿联合孙

权攻击关羽之计，被曹操采纳。也足以说明，司马懿已经得到曹操信任了。司马懿这条计谋，与以往套路基本相似，但是对于关羽而言，却是腹背受敌，杀伤力颇大。

本节中，曹操所感慨："于禁从孤三十年，何期临危反不如庞德也！"意味深长，值得深思。毛宗岗先生言："德之所以不降者，想以妻子在许昌故耶？嫂可杀，兄可绝，而妻子独不可弃耶？"窃以为不能说没有一点儿道理，却是有些牵强。毕竟开始的时候，庞德已抱定必死之决心了！

孙权接得曹操书信，览毕，聚文武商议。张昭曰："事定之后，恐有反覆。"忽报吕蒙自陆口来，有事面禀。权召入。蒙曰："今云长提兵围樊城，可乘其远出，袭取荆州。"权曰："孤欲北取徐州，如何？"蒙曰："今操远在河北，未暇东顾，徐州守兵无多，往自可克，然其地势利于陆战，不利水战，纵然得之，亦难保守。不如先取荆州，全据长江，别作良图。"权曰："孤本欲取荆州，前言特以试卿耳。卿可速为孤图之。孤当随后便起兵也。"

一知居主人曰：

孙权得到书信，书中却是没有说出使者姓名。曹操可能觉得孙权会爽快答应，所以并没有派知名谋士，而只是派了一般使者前往。

张昭所言，不是没有道理，却是总让人觉得窝囊。吕蒙不请自来，倒是快人快语，直抒胸臆。孙权很有意思，吕蒙要取荆州，孙权却是故意要提取徐州。吕蒙曰徐州不可取，孙权最后说出自己在试探吕蒙。不过，这就是君王领导艺术的真实体现！前面也有类似情况。

吕蒙闻荆州军马整肃，预有准备。蒙大惊，乃托病不出。权闻吕蒙患病，心甚怏怏。陆逊进言曰："吕子明之病，乃诈耳，非真病也。"

权曰:"伯言既知其诈,可往视之。"陆逊星夜来见吕蒙,果然面无病色。

一知居主人曰:

吕蒙装病,孙权郁郁寡欢。好在陆逊知道底细,便为孙权解密。孙权很有意思,听陆逊谏言后便让他去落实。

逊曰:"吴侯以重任付公,公不乘时而动,空怀郁结,何也?""愚有小方,能治将军之疾,未审可用否?"蒙乃屏退左右。逊笑曰:"子明之疾,不过因荆州兵马整肃,沿江有烽火台之备耳。予有一计,令沿江守吏,不能举火,荆州之兵,束手归降,可乎?"蒙惊谢曰:"伯言之语,如见我肺腑。愿闻良策。"陆逊曰:"云长倚恃英雄,自料无敌,所虑者惟将军耳。将军乘此机会,托疾辞职,以陆口之任让之他人,使他人卑辞赞美关公,以骄其心。彼必尽撤荆州之兵,以向樊城。若荆州无备,用一旅之师,别出奇计以袭之,则荆州在掌握之中矣。"蒙大喜曰:"真良策也!"

一知居主人曰:

赤壁大战之前,诸葛亮和周瑜曾有过类似交往。今日看吕蒙、陆逊两人你一言我一语,直来直去,毫不掩饰自己的看法。当然也都是针对荆州和关羽的。兄弟齐心,其利断金!再看关羽之处,虽然也有人献计献策,只是关羽目中无人、一意孤行,并不接受。骄兵必败矣!

陆逊提出让吕蒙装病,委托一人代理自己,而后乘机收荆州,并没有提到自己。估计吕蒙听到这里,自是知道谁是最适合代理自己的人了。

蒙入见权,权问曰:"陆口之任,昔周公瑾荐鲁子敬以自代,后子敬又荐卿自代,今卿亦须荐一才望兼隆者,代卿为妙。"蒙曰:"陆

逊意思深长,而未有远名,非云长所忌。若即用以代臣之任,必有所济。"权大喜,即日拜陆逊为偏将军、右都督,代蒙守陆口。逊谢曰:"某年幼无学,恐不堪重任。"权曰:"子明保卿,必不差错。卿毋得推辞。"

一知居主人曰:

周公瑾推荐鲁肃;鲁肃推荐吕蒙;吕蒙推荐陆逊,说明东吴人才辈出,且上下一心。西蜀却是诸葛亮一枝独秀。曹魏处也未见有此风气。

今日吕蒙推荐陆逊,孙权满意。在与陆逊说话时,有一句"子明保卿,必不差错",既表扬了吕蒙,又让陆逊心感舒服。相对而言,孙权表扬人的艺术还是比较高明的。

逊连夜往陆口。交割马步水三军已毕,即修书一封,具名马等物,遣使赍赴樊城见关公。关公召入,指来使而言曰:"仲谋见识短浅,用此孺子为将!"来使伏地告曰:"陆将军呈书备礼:一来与君侯作贺,二来求两家和好。幸乞笑留。"公拆书视之,书词极其卑谨。关公览毕,仰面大笑,令收了礼物,发付使者回去。使者回见陆逊曰:"关公欣喜,无复有忧江东之意。"

一知居主人曰:

陆逊修书派人备礼见关羽,实乃糖衣炮弹,意在惑敌,只是关羽没有看透而已。先有水淹七军之胜,现有陆逊示弱之书,关公"大笑",便知关羽骄傲之心上升到了顶点。遂放松警惕,"撤荆州大半兵赴樊城听调",最终成就了陆逊之计!

孙权召吕蒙商议,说曰:"卿与吾弟孙皎同引大军前去,何如?"蒙曰:"主公若以蒙可用则独用蒙;若以叔明可用则独用叔明。岂不

闻昔日周瑜、程普为左右都督，事虽决于瑜，然普自以旧臣而居瑜下，颇不相睦。后因见瑜之才，方始敬服？今蒙之才不及瑜，而叔明之亲胜于普，恐未必能相济也。"权大悟，拜吕蒙为大都督，总制诸路军马；令孙皎在后接应粮草。

一知居主人曰：

孙皎是孙权叔父孙静之次子，算是"国戚"。吕蒙自知并驾齐驱，两者必有隙，故直言胸臆，并以周瑜和程普为例。好在孙权知错就改（况且还没有形成事实），很快顺了吕蒙之意。

吕蒙点兵三万，快船八十余只，选会水者扮作商人，皆穿白衣，在船上摇橹，却将精兵伏于船中。次调韩当、蒋钦等七员大将，相继而进。其余皆随吴侯为合后救应。一面遣使致书曹操，令进兵以袭云长之后；一面先传报陆逊，然后发白衣人，驾快船往浔阳江去。昼夜趱行，直抵北岸。

一知居主人曰：

吕蒙说干就干，而且部署周密，内外兼顾，前后照应，天衣无缝，叹为观止。当然，吕蒙们也认识到，这次取荆州只能赢、不能输。

江边烽火台上守军盘问时，吴人答曰："我等皆是客商，因江中阻风，到此一避。"随将财物送与守台军士。军士信之，遂任其停泊江边。约至二更，精兵齐出，将烽火台上官军缚倒，暗号一声，八十余船精兵俱起，将紧要去处墩台之军，尽行捉入船中，不曾走了一个。

一知居主人曰：

烽火台上官军被缚倒之时，估计还在做着美梦，流着口水。毕竟此前刚刚收到并享用了吴国商人的财物。吕蒙能如此长驱直进，

第七十五回　关云长刮骨疗毒　吕子明白衣渡江

说明关羽安排有所疏漏。

吕蒙将所获官军,用好言抚慰,各各重赏。众军根据吕蒙安排,做了前导。比及半夜,到城下叫门。门吏认得是荆州之兵,开了城门。众军一声喊起,就城门里放起号火。吴兵齐入,袭了荆州。

一知居主人曰:

几句好语,荆州兵竟然为吕蒙做了前导,赚开自家城门。吕蒙入城也未见有人抵抗,从某种程度上,让人觉得关羽在荆州民心未必佳。当然对平头百姓来说,只要对我有利,才不管荆州城是姓刘还是姓孙。

至于吕蒙"将关公家属另养别宅,不许闲人搅扰",此前吕布进徐州曾经对刘备家属有此举。足见其是有心之人、聪明之人。更不要说吕蒙"原任官吏,并依旧职"之举了。因为吕蒙毕竟是初来乍到,稳定是第一要务。毛宗岗先生评论说:"此非吕蒙好处,正是吕蒙奸处。"窃以为毛先生有失公允。两国交兵,一切计谋都可用,难说谁仁谁奸。

吕蒙进入荆州,便传令"如有妄杀一人,妄取民间一物者,定按军法"。一日大雨,蒙点看四门。忽见一人取民间箬笠以盖铠甲,执下问之,乃蒙之乡人也。蒙曰:"汝虽系我同乡,但吾号令已出,汝故犯之,当按军法。"其人泣告曰:"其恐雨湿官铠,故取遮盖,非为私用。乞将军念同乡之情!"蒙曰:"吾固知汝为覆官铠,然终是不应取民间之物。"叱左右推下斩之。

一知居主人曰:

世间总有不通事理者。上面刚刚出台政策,下面就有人敢作奸犯科。上面自然要树立威信,杀一儆百,又哪里会管你是否同乡?

即便是因为公事，也无济于事。不过后来"收其尸首，泣而葬之"，倒是显示吕蒙仁慈的一面。吕蒙此举，效果也很明显，"自是三军震肃"。

不一日，孙权领众至荆州。权慰劳毕，仍命潘濬为治中，掌荆州事；监内放出于禁，遣归曹操；安民赏军，设宴庆贺；令虞翻领军径奔公安安抚傅士仁。

一知居主人曰：

孙权来荆州，所做事情，十分巧妙。让潘濬掌荆州事，明显是一傀儡，却是给荆州所降官员一种安慰；把于禁遣归曹操，看似与曹结好，却是羞辱了对方；与民军同乐，意在收买民心。

虞翻至，写书拴于箭上，射入城中。军士拾得，献与傅士仁。士仁拆书视之。览毕，想起"关公去日恨吾之意，不如早降"。即请虞翻入城。二人各诉旧情。士仁即同虞翻来荆州投降。孙权大悦，仍令去守公安。吕蒙密谓权曰："今云长未获，留士仁于公安，久必有变，不若使往南郡招糜芳归降。"权乃召傅曰："糜芳与卿交厚，卿可招来归降，孤自当有重赏。"傅士仁慨然领诺，径投南郡招安糜芳。

一知居主人曰：

果然应了王甫之言，傅士仁在虞翻一封书信的"召唤"下，便匆匆赍印绶献城，而且在孙权安排之下去南郡招安糜芳，太可恶！孙权仍令去守公安，是为稳住傅士仁。吕蒙建议孙权安排傅士仁去说降糜芳，是为了坐实傅士仁降吴之事，让他再无退路。同时还可以不费吹灰之力，拿下南郡。

第七十六回
徐公明大战沔水　关云长败走麦城

糜芳正无计可施。忽报傅士仁至，芳忙接入城，傅士仁自述："吾非不忠。势危力困，不能支持，我今已降东吴。将军亦不如早降。"芳曰："吾等受汉中王厚恩，安忍背之？"士仁曰："关公去日，痛恨吾二人。倘一日得胜而回，必无轻恕。"芳曰："吾兄弟久事汉中王，岂可一朝相背？"忽报关公遣使至。使者说关公军中缺粮，要星夜解去。芳大惊。士仁厉声曰："不必多疑！"遂拔剑斩来使于堂上。芳惊曰："公如何斩之？"士仁曰："公今不早降东吴，必被关公所杀。"忽报吕蒙杀至城下。芳大惊，同傅士仁出城投降。

一知居主人曰：

按说糜芳是刘备亲戚，不该叛了刘备。可是分析一下，他为自保，也是万不得已。当下实力单薄，关公要粮，很难完成，一也；傅士仁杀了关羽来使，糜芳已无退路可言，二也；吕蒙兵临城下，三也！遂使吕蒙之计得逞！公安、南郡尽失，关羽在樊城却不知也！

曹操正与众谋士议荆州之事，忽报东吴遣使奉书至。书中具言吴兵将袭荆州，求操夹攻云长；且嘱："勿泄漏，使云长有备也。"操从了主簿董昭之计，将书射入樊城，以宽军心，且使关公知东吴将

袭荆州。

一知居主人曰：

孙权写信与曹操，说自己要取荆州，并嘱咐无泄漏。但是，书信到了曹操手中，就由不得孙权了。曹操必是要先考虑自己，故故意将情报透给关羽一方。

秘密一旦说给一个人，你就失去控制传播范围的主动权。要对方保密，只能是奢求或期望。

曹操安排徐晃取偃城。徐晃手下徐商、吕建假打徐晃旗帜攻城。关平出城。徐、吕接连败走。关平乘胜追杀二十余里，忽报城中火起，急回救偃城。正遇徐晃立马在门旗下，高叫曰："关平贤侄，好不知死！汝荆州已被东吴夺了，犹然在此狂为！"平与徐晃战，不三四合，三军喊叫，偃城中火光大起。平不敢恋战，杀条大路，径奔四冢寨来。廖化接着。化曰："人言荆州已被吕蒙袭了，军心惊慌，如之奈何？"平曰："此必讹言也。军士再言者斩之。"

一知居主人曰：

由徐晃在阵前高叫，等于通知关平荆州有险。自是希望关羽回救荆州，孙、刘相斗。只是关平不信。廖化提醒也无济于事。关羽一方失去一次挽回败局的机会。

关平看见魏兵屯于浅山之上，与廖化协商夜间分兵劫寨。是夜，关平引一枝兵杀入魏寨，不见一人。平知是计，火速退时，遭遇徐商、吕建夹攻。大败回营。魏兵乘势追杀前来，四面围住。关平、廖化奋力死战，夺路而走，回到大寨，来见关公曰："今徐晃夺了偃城等处。又兼曹操自引大军，分三路来救樊城。多有人言荆州已被吕蒙袭了。"关公喝曰："此敌人讹言，以乱我军心耳！东吴吕蒙病危，孺子陆逊

代之，不足为虑！"

一知居主人：

关平告诉关羽荆州可能有失，自是有些感觉。可惜关羽仍在梦中，过于想当然，也不相信，一错再错。若此时醒来或许还可有救！

徐晃兵至。公令备马。平谏曰："父体未痊，不可与敌。"公曰："徐晃与吾有旧，深知其能。若彼不退，吾先斩之，以警魏将。"遂披挂提刀上马，奋然而出。

一知居主人曰：

关羽还是那个关羽，"魏军见之，无不惊惧"，正常现象。然"公虽武艺绝伦，终是右臂少力"！

公勒马问曰："徐公明安在？"徐晃出马，欠身而言曰："自别君侯，倏忽数载，不想君侯须发已苍白矣！忆昔壮年相从，多蒙教诲，感谢不忘。今君侯英风震于华夏，使故人闻之，不胜叹羡！兹幸得一见，深慰渴怀。"公曰："吾与公明交契深厚，非比他人。今何故数穷吾儿耶？"晃回顾众将，厉声大叫曰："若取得云长首级者，重赏千金！"公惊曰："公明何出此言？"晃曰："今日乃国家之事，某不敢以私废公。"言讫，挥大斧直取关公。公亦挥刀迎之。战八十余合，关平恐公有失，火急鸣金。

一知居主人曰：

开始，关羽还非常自信，认为旧时朋友徐晃会放他一马。谁知徐晃并不念及旧情，出乎关羽的预料。徐晃说："今日乃国家之事，某不敢以私废公。"吃谁家的饭，为谁家干活，天经地义，徐晃并无错处！此时，关羽如果想起华容道义释曹操那一回，肠子也会悔青的。

曹仁杀出（樊）城，与徐晃会合，两下夹攻，荆州兵大乱。关公上马，引众将急奔襄江上流头。背后魏兵追至。关公急渡过襄江，望襄阳而奔。忽流星马到，报说："荆州已被吕蒙所夺，家眷被陷。"关公大惊。提兵投公安来。探马又报傅士仁已降东吴。关公大怒。忽催粮人到，报说："公安傅士仁往南郡，杀了使命，招糜芳都降东吴去了。"关公闻言，怒气冲塞，疮口迸裂，昏绝于地。众将救醒，公顾谓王甫曰："悔不听足下之言，今日果有此事！""吾中奸贼之谋矣！有何面目见兄长耶！"关公差马良、伊籍赍文三道，星夜赴成都求救；一面引兵来取荆州，自领前队先行，留廖化、关平断后。

一知居主人曰：

屋漏偏遭连阴雨。此时关羽才相信，自己的的确确已经成了"孤家寡人"。木已成舟，后悔何用！只是拖累了王甫、赵累等人。

樊城围解，曹仁来见曹操，泣拜请罪。操曰："此乃天数，非汝等之罪也。"操亲至四冢寨周围阅视，曰："荆州兵围堑鹿角数重，徐公明深入其中，竟获全功。孤用兵三十余年，未敢长驱径入敌围。公明真胆识兼优者也！"操班师还于摩陂驻扎。徐晃兵至，操亲迎，大喜曰："徐将军真有周亚夫之风矣！"遂封为平南将军，同夏侯尚守襄阳，以遏关公之师。

一知居主人曰：

徐晃的表现与上回中截然不同，如同再生。曹操评价之高，足见对其重视。曹操对败军之将，也多有安抚，特别让人心暖。

操屯兵于摩陂以候消息。关公在荆州路上，进退无路，问计与赵累。赵累曰："昔吕蒙在陆口时，尝致书君侯，两家约好，共诛操贼，今却助操而袭我，是背盟也。君侯暂驻军于此，可差人遗书吕蒙责之，

第七十六回　徐公明大战沔水　关云长败走麦城

看彼如何对答。"关公从其言,遂修书遣使赴荆州来。

一知居主人曰:

如果不是山穷水尽时,如关羽这般自负、自傲之人自是不会放下架子与吕蒙通信。可惜,"落水的凤凰不如鸡",当下一切都晚矣!

孙、刘两家到目前,已经没有和好的机会,毕竟吕蒙取了荆州,风头正盛。赵累想得过于天真了吧!

吕蒙在荆州传下号令:凡荆州诸郡,有随关公出征将士之家,不许吴兵搅扰,按月给与粮米;有患病者,遣医治疗。将士之家,感其恩惠,安堵不动。忽报关公使至,吕蒙出郭迎接入城,谓来使曰:"蒙昔日与关将军结好,乃一己之私见;今日之事,乃上命差遣,不得自主。烦使者回报将军,善言致意。"以宾礼设宴款待,送归馆驿安歇。于是随征将士之家皆来问信。有附家书者,有口传音信者,皆言家门无恙,衣食不缺。

使者辞别吕蒙,蒙亲送出城。使者回见关公,具道吕蒙之语,并说君侯宝眷并诸将家属,俱各无恙,供给不缺。公大怒,喝退使者。使者出寨,众将皆来探问家中之事。使者具言各家安好,吕蒙极其恩恤,并将书信传送各将。

一知居主人曰:

不准私自打扰、按月供给、有病看病、准许使者与荆州将士家属见面、亲自送使者出城等,好像有些琐碎却是能够看出吕蒙的"爱心"和"别有用心"。吕蒙目的很明确,意于瓦解关羽所率荆州士兵之军心。关羽自是看得明白,故言:"此奸贼之计也!我生不能杀此贼,死必杀之,以雪吾恨!"可惜关羽此时只能发发心中怒火,已经无回天之力。吕蒙之计效果明显,"各将欣喜,皆无战心","关公率兵取荆州,军行之次,将士多有逃回荆州者"。

关公愈加恨怒，遂催军前进，遭遇蒋钦、周泰、韩当夹击。关公急撤军回走。行无数里，只见南山冈上人烟聚集，一面白旗招飐，上写"荆州土人"四字，众人都叫本处人速速投降。手下将士，渐渐消疏①。比及杀到黄昏，关公遥望四山之上，皆是荆州土兵，呼兄唤弟，觅子寻爷，喊声不住。军心尽变，皆应声而去。关公止喝不住，部从止有三百余人。

一知居主人曰：

禁不住让人想起当年垓下之战，关羽好比项羽，吕蒙却是韩信的角色。树倒猢狲散，一片哀号声。实在悲惨！

关平、廖化杀入重围，救出关公。至麦城，紧守四门。在关平帮助下，廖化杀出麦城，来上庸。刘封十分为难，两次对孟达谈及关羽"是吾叔父，安忍坐视而不救乎？"达笑曰："某闻汉中王初嗣将军之时，关公即不悦。后汉中王登位之后，欲立后嗣，问于孔明，孔明曰：'此家事也，问关、张可矣。'汉中王遂遣人至荆州问关公，关公以将军乃螟蛉之子，不可僭立，劝汉中王远置将军于上庸山城之地，以杜后患。此事人人知之，将军岂反不知耶？"次日，对廖化言："此山城初附之所，未能分兵相救。"化大惊，以头叩地曰："若如此，则关公休矣！"达曰："我今即往，一杯之水，安能救一车薪之火乎？"化大恸告求，刘、孟皆拂袖而入。廖化知事不谐，遂大骂出城，望成都而去。

一知居主人曰：

刘封本来就有些左右为难，孟达所言"立后嗣"之事，坚定了其不出兵的想法。在"立后嗣"这件事情上，诸葛亮表现聪明，环顾左

---

① 消疏：稀少，减少。元·杨显之《潇湘雨》第三折："问行人踪迹消疏。"

關雲長刮骨
麥城
辛陽平圖
金主然

右而言他。关羽两次对刘封之看法，应是在私下场合所言，焉能部下"人人知之"，有些不太合理吧！

关公在麦城，五六百人多半带伤，城中无粮，甚是苦楚。诸葛瑾奉吴侯命，劝谕将军。关公正色而言曰："吾乃解良一武夫，蒙吾主以手足相待，安肯背义投敌国乎？城若破，有死而已。玉可碎而不可改其白，竹可焚而不可毁其节，身虽殒，名可垂于竹帛也。汝勿多言，速请出城，吾欲与孙权决一死战！"瑾曰："吴侯欲与君侯结秦、晋之好，同力破曹，共扶汉室，别无他意。君侯何执迷如是？"言未毕，关平欲斩诸葛瑾。公止之曰："彼弟孔明在蜀，佐汝伯父，今若杀彼，伤其兄弟之情也。"遂令左右逐出诸葛瑾。瑾满面羞惭，回见吴侯曰："关公心如铁石，不可说也。"

一知居主人曰：

诸葛瑾劝降关羽，是孙权特意安排的，诸葛瑾实属无奈。不过又是无果而终，对于诸葛瑾而言，有些自取其辱。细看整部《三国演义》，作为谋臣，诸葛瑾没有顺利办成一件事情。到刘备、关羽处，每次都灰溜溜的，让人感觉有些窝囊。

再看关羽，当年桃园三结义，一个头磕在地上，绝对不是轻易易帜之人。这次被困，关羽原来手下投降的不在少数，说明关羽在人事关系处理上有欠缺。

想起后世岳飞被朝廷所拘，各路军马唯有韩世忠一人出来为之说说话，其余各路皆保持沉默，却不乏落井下石者。故曰：为将帅之人，不能只靠武艺、能力吃饭，搞好同僚及上下级关系也甚重要。

第七十七回

玉泉山关公显圣　洛阳城曹操感神

孙权求计于吕蒙。蒙曰："吾料关某兵少，必不从大路而逃，麦城正北有险峻小路，必从此路而去。可令朱然引精兵五千，伏于麦城之北二十里。彼军至，不可与敌，只可随后掩杀……令潘璋引精兵五百，伏于临沮山僻小路，关某可擒矣。今遣将士各门攻打，只空北门，待其出走。"权大喜，令各领军埋伏去讫。

一知居主人曰：

吕蒙真是聪明至极，让人不服都不行。后面果然如吕蒙所料，关羽"一步一个脚印"地按照吕蒙的"规划"走向死亡。

关公在麦城，计点马步军兵，止剩三百余人，粮草又尽。是夜，城外吴兵招唤各军姓名，越城而去者甚多。救兵又不见到。心中无计，谓王甫曰："吾悔昔日不用公言！今日危急，将复何如？"甫哭告曰："今日之事，虽子牙复生，亦无计可施也。"

一知居主人曰：

麦城之外，东吴再用"四面楚歌"之计，乱了关羽的军心。上节中，关羽向赵累道歉，本节中又向王甫道歉，属于自我剖析、自我检讨。关羽一贯自负，很少听取手下建议，终有今日之败！此时再向自己

人道歉已晚矣！

赵累提议弃麦城，公曰："吾亦欲如此。"遂上城观之。问本城居民："此去往北，地势若何？"答曰："此去皆是山僻小路，可通西川。"公曰："今夜可走此路。"王甫谏曰："小路有埋伏，可走大路。"公曰："虽有埋伏，吾何惧哉！"即下令马步官军严整装束，准备出城。甫哭曰："君侯于路，小心保重！某与部卒百余人，死据此城。城虽破，身不降也！专望君侯速来救援！"公亦与泣别。

一知居主人曰：

危急关头，关羽还是没有听进王甫所谏！王甫所哭，一是哭关羽此去定有危险；二是哭荆州之事再无挽回机会。

关公出北门约走二十余里，遭遇朱然。所随之兵，渐渐稀少。走不得四五里，又遇潘璋。只三合，潘璋败走。公不敢恋战，急望山路而走。关公听说赵累已死于乱军中，不胜悲惶，自在前开路，随行止剩得十余人。正走之间，一声喊起，两边伏兵尽出，长钩套索，一齐并举，先把关公坐下马绊倒。关公翻身落马，被潘璋部将马忠所获。平孤身独战，力尽亦被执。

一知居主人曰：

路遇朱然、潘璋等人，几番争斗，想必关羽心力交瘁、精疲力尽，为小人物马忠所获，既出乎意料，又在意料之中。你不得不信，小人物也能坏大事。大将黄忠也是被此人所击。

后文有关羽坐下赤兔马被马忠所获，献与孙权。权即赐马忠骑坐。其马数日不食草料而死。足见赤兔马之"忠"也！

前有曹操败走华容道，今有关羽败走麦城。放着大路不走，偏偏要走小路。曹操有幸，路遇关羽，关羽义释曹操；关羽不幸，遭

遇马忠，马忠抓了关羽。

马忠簇拥关公至前。权曰："公平昔自以为天下无敌，今日何由被吾所擒？将军今日还服孙权否？"关公厉声骂曰："碧眼小儿，紫髯鼠辈……我今误中奸计，有死而已，何必多言！"权回顾众官曰："云长世之豪杰，孤深爱之。今欲以礼相待，劝使归降，何如？"主簿左咸曰："昔曹操得此人时，封侯赐爵，三日一小宴，五日一大宴，上马一提金，下马一提银。如此恩礼，毕竟留之不住，听其斩关杀将而去，致使今日反为所逼，几欲迁都以避其锋。今主公既已擒之，若不即除，恐贻后患。"孙权沉吟半响，曰："斯言是也。"遂命推出。关公父子皆遇害。时建安二十四年冬十二月也。关公亡年五十八岁。

一知居主人曰：

孙权之语虽然对关羽有怜悯，却是嘲笑的成分更多。关羽哪里受得了这种侮辱，故大骂孙权不止。名不见经传的小官左咸之言坚定了孙权斩杀关羽之心。当年曹操拿下吕布之后，吕布要投曹操，曹操犹豫之间，刘备随意间几句话葬送了吕布，与此类似。

孙权斩杀关羽父子，孙、刘联盟再无修复机会。两家撕扯，曹孟德坐收渔利也！

王甫在麦城中，骨颤肉惊，问周仓曰："昨夜梦见主公浑身血污立于前。急问之，忽然惊觉。不知主何吉凶？"忽报吴兵在城下将关公父子首级招安。王甫、周仓大惊，急登城视之，果关公父子首级也。王甫大叫一声，堕城而死。周仓自刎而亡。于是麦城亦属东吴。

一知居主人曰：

当初，关羽如果依了赵累、王甫之计，不至于有今日之死。最终关羽走麦城，赵累死于乱军之中，王甫堕城而死，可谓壮烈。但

观今日之祠庙，侍关羽者多为关平、周仓两人，并不见赵、王二人。不免为赵累、王甫两人叫屈。

关公一魂不散，荡悠悠至当阳县玉泉山。山上老僧普净，每日坐禅参道，身边只有一小行者，化饭度日。是夜月白风清，三更已后，普净正在庵中默坐，忽闻空中有人大呼曰："还我头来！"普净仰面谛视，只见空中一人，骑赤兔马，提青龙刀，左有一白面将军、右有一黑脸虬髯之人相随，一齐按落云头，至玉泉山顶。普净认得是关公，遂以手中麈尾击其户曰："云长安在？"关公英魂顿悟，即下马乘风落于庵前。

一知居主人曰：

普净和尚在玉泉山出现，看似突兀，却也有一定缘由。普净原是汜水关镇国寺中长老，只是当年因为救了关羽，不得不云游天下，来到此处，见山明水秀，就此结草为庵。这一次与关羽虽是故友相会，却是一个在阳间、一个在阴间。

关公叉手问曰："吾师何人？愿求法号。"普净曰："老僧普净，昔日汜水关前镇国寺中，曾与君侯相会，今日岂遂忘之耶？"公曰："今某已遇祸而死，愿求清诲，指点迷途。"普净曰："昔非今是，一切休论；后果前因，彼此不爽。"于是关公恍然大悟，稽首皈依而去。后往往于玉泉山显圣护民，乡人感其德，于山顶上建庙，四时致祭。

一知居主人曰：

普净所言那句："今将军为吕蒙所害，大呼'还我头来'，然则颜良、文丑，五关六将等众人之头，又将向谁索耶？"值得思考。既然是战场征战，必然有生有死。

孙权杀了关公，尽收荆襄之地，赏犒三军，设宴庆功。置吕蒙于上位，顾谓众将曰："孤久不得荆州，今唾手而得，皆子明之功也。"蒙再三逊谢。权曰："昔周郎雄略过人，破曹操于赤壁，不幸早夭，鲁子敬代之。子敬初见孤时，便及帝王大略，此一快也；曹操东下，诸人皆劝孤降，子敬独劝孤召公瑾逆而击之，此二快也；惟劝吾借荆州与刘备，是其一短。今子明设计定谋，立取荆州，胜子敬、周郎多矣！"于是亲酌酒赐吕蒙。

一知居主人曰：

庆功宴上，孙权虽是前面表扬了周瑜、鲁子敬，最后表扬吕蒙才是真意。不过孙权之语，让人感觉到孙吴处是"江山代有才人出"，并不像西蜀后继乏人。

在整部小说中，孙权大宴手下的次数要比曹、刘多一些，故其手下之团结性很强。

吕蒙接酒欲饮，忽然掷杯于地，一手揪住孙权，厉声大骂曰："碧眼小儿！紫髯鼠辈！还识我否？"众将大惊，急救时，蒙推倒孙权，大步前进，坐于孙权位上，两眉倒竖，双眼圆睁，大喝曰："我自破黄巾以来，纵横天下三十余年，今被汝一旦以奸计图我，我生不能啖汝之肉，死当追吕贼之魂！我乃汉寿亭侯关云长也。"权大惊，慌忙率大小将士，皆下拜。只见吕蒙倒于地上，七窍流血而死。众将见之，无不恐惧。权将吕蒙尸首，具棺安葬。其子吕霸袭爵。孙权自此感关公之事，惊讶不已。

一知居主人曰：

吕蒙之死，有些蹊跷，属于民间所言"冤魂扑身"，有"报应"一说。或许因为关羽父子死后，吕蒙自知无法收拾此后事，日有所思，夜不得寐，精神恍惚所致。

张昭自建业而来。权问之局势。昭说江东祸不远矣！关羽与刘备桃园结义之时，誓同生死。今刘备据两川，更兼诸葛亮之谋，张、黄、马、赵之勇，刘备"必起倾国之兵，奋力报仇，恐东吴难与敌也"。权闻之大惊，跌足曰："孤失计较也！似此如之奈何？"昭曰："不如先遣人将关公首级，转送与曹操，明教刘备知是操之所使，必痛恨于操，西蜀之兵，不向吴而向魏矣。吾乃观其胜负，于中取事。此为上策。"

一知居主人曰：

这段文字之中，孙权有"无主见"之状，全然没有了庆功宴上的威风。张昭远自建业而来陈说杀关羽之后患，忠心可嘉。张昭属于降曹派，自始至终就反对孙刘联盟。今日却提议送关羽首级至曹操处，明显嫁祸于人。连十多岁小儿都能识破，又哪里会骗得曹操这一世枭雄。

权以木匣盛关公首级，星夜送与曹操。操闻东吴送关公首级至，喜曰："云长已死，吾夜眠贴席矣。"司马懿曰："此乃东吴移祸之计也。"

一知居主人曰：

曹操所言，有自我安慰，也有自嘲之意。其实，不用司马懿说明，操自知东吴在用移祸之计。至于"操问其故"，是故意让司马懿说出来。曹操之奸，可见一斑。

懿曰："昔刘、关、张三人桃园结义之时，誓同生死。今东吴害了关公，惧其复仇，故将首级献与大王，使刘备迁怒大王，不攻吴而攻魏，他却于中乘便而图事耳。"操曰："仲达之言是也。孤以何策解之？"懿曰："此事极易。大王可将关公首级，刻一香木之躯以配之，葬以大臣之礼。刘备知之，必深恨孙权，尽力南征。我却观其胜负！

蜀胜则击吴，吴胜则击蜀。二处若得一处，那一处亦不久也。"操大喜，从其计。

一知居主人曰：

曹操和司马懿对话，与前面孙权与张昭对话有一种神似。至此处，曹操已经连续听了司马懿三次建议，足见司马懿正在进入政治中枢。孙权想嫁祸于曹魏，曹魏此时却是要挑起孙刘争端，可见，孙曹各怀鬼胎，都在算计对方，都想不战而坐收渔利。

操遂召吴使呈上木匣，开匣视之，见关公面如平日。操笑曰："云长公别来无恙！"言未讫，只见关公口开目动，须发皆张，操惊倒。众官急救，良久方醒，顾谓众官曰："关将军真天神也！"

一知居主人曰：

此段文字正是死关公惊倒活曹操。曹操本是好心情，一句"云长公别来无恙"不乏嘲笑、戏谑之心，却没想到关公开口，顿时惊恐万丈。

吴使又将关公显圣附体、骂孙权追吕蒙之事告操。操愈加恐惧，遂设牲醴祭祀，刻沉香木为躯，以王侯之礼，葬于洛阳南门外，令大小官员送殡，操自拜祭，赠为荆王，差官守墓。即遣吴使回江东去讫。

一知居主人曰：

东吴使者也有意思，曹操本来已经够害怕的了。又说出关公显圣附体、骂孙权追吕蒙之事，"操愈加恐惧"。这是华佗出场的"引子"。

曹操何等聪明之人，厚葬关羽之后，方才遣走吴使，是有意让他告诉孙权自己是如何对待关羽的。亲眼所见而非传说，意在制造孙、刘之隙。

汉中王自东川回成都，法正奏曰："王上先夫人去世。孙夫人又南归，未必再来。人伦之道，不可废也，必纳王妃，以襄内政。"汉中王从之，法正复奏曰："吴懿有一妹，美而且贤。尝闻有相者，相此女后必大贵。先曾许刘焉之子刘瑁，瑁早夭。其女至今寡居，大王可纳之为妃。"汉中王曰："刘瑁与我同宗，于理不可。"法正曰："论其亲疏，何异晋文之与怀嬴①乎？"汉中王遂纳吴氏为王妃。后生二子：刘永、刘理。

一知居主人曰：

前面叙述战事正紧，忽然转笔说起刘备的个人婚事，有些奇葩。更为奇葩的是，法正所推荐给刘备的，是一个寡居家中的刘氏遗孀。再看前面，曹操战宛城时竟然要娶张绣的婶婶、张济的遗孀邹妇人为妻。曹操战袁绍之时，曹丕执意要纳袁绍的儿媳、袁熙的媳妇甄夫人。或许当时的人对这种事情并不在意吧！

忽有人自荆州来，言东吴求婚于关公，关公力拒之。孔明曰："荆州危矣！可使人替关公回。"正商议间，荆州捷报使命，络绎而至。不一日，关兴到，具言水淹七军之事。忽又报马到来，报说关公于江边多设墩台，提防甚密，万无一失。因此玄德放心。

一知居主人曰：

关羽拒婚，诸葛亮说荆州有危。明知荆州有危，却又为什么让

---

① 晋文之与怀嬴：晋文，即晋文公重耳，春秋五霸之一。怀嬴，秦穆公的女儿。秦穆公先把怀嬴嫁给了在秦国为人质的晋怀公子圉为妻，子圉逃回晋国后，怀嬴又改嫁给流亡到秦国的子圉的伯父晋文公重耳为妻。开始晋文公觉得娶一个弃妇，且是自己的侄媳妇，有乱伦之嫌，简直是奇耻大辱。他的手下人听说后，坚决地要求他同意这门亲事，理由是只有娶了怀嬴才能获得秦国支持，未来才有希望。于是晋文公不情愿地娶了怀嬴。

关羽出兵樊城。关兴报关羽水淹七军之事，但见"玄德放心"，并未见诸葛亮有片言只语，不知为何？作者疏漏，故意乎？无意乎？

一日，玄德自觉浑身肉颤，夜不能宁睡，神思昏迷中，抬头见一人立于灯下。玄德问曰："汝何人，夤夜至吾内室？"其人不答。那人却明是关羽。再问，那人泣告："愿兄起兵，以雪弟恨！"言讫，冷风骤起，关公不见。玄德忽然惊觉，乃是一梦。时正三鼓。玄德大疑，使人请孔明来。孔明曰："此乃王上心思关公，故有此梦。何必多疑？"玄德再三疑虑，孔明以善言解之。

一知居主人曰：

刘备半夜请诸葛亮解梦，诸葛亮巧解释以安刘备惊恐之心。此处情节给人一种印象，好像诸葛亮此时也有些糊涂。随后中门见许靖，诸葛亮便说了实情，说自己"夜观天象，见将星落于荆楚之地，已知云长必然被祸，但恐王上忧虑，故未敢言"。足见诸葛亮此时心中已经惴惴然也！不想被刘备听见。诸葛亮想再瞒，可是马良、伊籍、廖化先后来告，已经没有机会了。此后刘备有语："云长有失，孤断不独生！孤来日自提一军去救云长！"并"遂一面差人赴阆中报知翼德，一面差人会集人马"，却是为后面诸多事情做了"埋伏"。

第七十八回
治风疾神医身死　传遗命奸雄数终

刘备闻关公父子遇害，哭倒于地。众文武急救，半晌方醒。孔明劝曰："王上少忧。自古道'死生有命'①。关公平日刚而自矜②，故今日有此祸。王上且宜保养尊体，徐图报仇。"玄德曰："孤与关、张二弟桃园结义时，誓同生死。今云长已亡，孤岂能独享富贵乎！"言未已，只见关兴号恸而来。玄德见了，大叫一声，又哭绝于地。众官救醒。一日哭绝三五次，三日水浆不进，只是痛哭。泪湿衣襟，斑斑成血。

一知居主人曰：

刘备哭关羽，出于真情，不免让人潸然泪下。诸葛亮劝刘备之语，说了关羽的失误，意在说关羽之死难以避免，希望刘备不宜过度悲伤。当然，诸葛亮与关羽的关系，明眼人可以看出，并不是十分紧密，反不如诸葛亮与赵子龙等人要好。主要原因在于关羽太傲，目中无人。

想起周瑜去后，诸葛亮柴桑吊唁，鲁肃曾说："孔明自是多情，

---

① 死生有命：指人的生死都是命中注定的。《论语·颜渊》："子夏曰：'商闻之矣，死生有命，富贵在天。'"

② 刚而自矜：性格刚戾、骄矜自傲。用来形容性格的缺点。《三国志·蜀书六》："然羽刚而自矜，飞暴而无恩，以短取败，理数之常也。""刚而自矜"是关羽"以短取败"的主要原因。

乃公瑾量窄，自取死耳！"大家都是同事，相互之间自有看法，只是平常不说。

玄德曰："孤与东吴，誓不同日月也！"孔明曰："闻东吴将关公首级献与曹操，操以王侯礼祭葬之。"玄德曰："此何意也？"孔明曰："此是东吴欲移祸于曹操，操知其谋，故以厚礼葬关公，令王上归怨于吴也。"玄德说我"今即提兵问罪于吴，以雪吾恨"！孔明谏曰："不可。方今吴欲令我伐魏，魏亦欲令我伐吴，各怀谲计，伺隙而乘。王上只宜按兵不动，且与关公发丧。待吴、魏不和，乘时而伐之，可也。"众官再三劝谏，玄德方才进膳，传旨尽皆挂孝。亲出南门招魂祭奠，号哭终日。

一知居主人曰：

刘备要提兵问罪东吴，诸葛亮说"不可"，认为这样正中了曹操的诡计，为之分析局势。文中说刘备"方才进膳"，这样并不等于就此不提。及至刘备登基之后，第一件事情就是伐吴。那时却没有见到诸葛亮予以阻止。盖是因为诸葛亮已经知道不可避免。再者兄长诸葛瑾全家尽在东吴，也不好再说什么。刘备出川伐吴，诸葛亮没有随军，却是事实。

曹操建新宫殿需要栋梁之材，令人到跃龙祠砍伐。次日，回报此树锯解不开、斧砍不入。操不信，自领数百骑，直至跃龙祠前下马。操命砍之，乡老数人前来谏曰："恐未可伐。"操大怒，拔所佩剑亲自砍之，铮然有声，血溅满身。操愕然大惊，掷剑上马，回至宫内。

一知居主人曰：

天下树木多的是，何必非要砍伐这一棵。曹操表现得也有些犟种！自己亲自动手，也无济于事，自觉没有面子，自然会生气。自

己生气气自己，气坏了身体没人替。

是夜二更，操睡卧不安，坐于殿中，隐几而寐。忽见一人披发仗剑，身穿皂衣，直至面前，指操喝曰："吾乃梨树之神也。汝盖建始殿，意欲篡逆，却来伐吾神木！吾知汝数尽，特来杀汝！"操大惊，急呼："武士安在？"皂衣人仗剑砍操。操大叫一声，忽然惊觉，头脑疼痛不可忍。急传旨遍求良医治疗，不能痊可。众官皆忧。

一知居主人曰：

白天自己拿剑砍树，晚上梦见树神拿剑砍自己，正所谓"日有所思，夜有所梦"。梨神之语中有句"汝盖建始殿，意欲篡逆"，却是极其具有政治敏锐性和前瞻性。罗贯中先生牵强附会，硬赋予梨神的。梨神只说自己安危，还算真实些。

只是此处交代曹操头脑疼痛之原因，不足信也！怕还是"自葬关公后，每夜合眼便见关公"使然！

华歆奏曰："大王知有神医华佗否？"操曰："即江东医周泰者乎？"歆曰："是也。"操曰："虽闻其名，未知其术。"

一知居主人曰：

分析华歆和曹操对话，很有意思。曹操知华佗曾经医治周泰，不可能不知道华佗为关羽刮骨疗毒一事。但是，两人对话中，都不提及关羽事。

歆曰："华佗字元化，沛国谯郡人也。其医术之妙，世所罕有……一日，佗行于道上，闻一人呻吟之声。佗曰：此饮食不下之病。问之果然。佗令取蒜齑汁三升饮之，吐蛇一条，长二三尺，饮食即下。广陵太守陈登，心中烦懑，面赤，不能饮食，求佗医治。佗以药饮

之，吐虫三升，皆赤头，首尾动摇。登问其故，佗曰：此因多食鱼腥，故有此毒。今日虽可，三年之后，必将复发，不可救也。后陈登果三年而死。又有一人眉间生一瘤，痒不可当，令佗视之。佗曰：内有飞物。人皆笑之。佗以刀割开，一黄雀飞去，病者即愈。有一人被犬咬足指，随长肉二块，一痛一痒，俱不可忍。佗曰：痛者内有针十个，痒者内有黑白棋子二枚。人皆不信。佗以刀割开，果应其言。此人真扁鹊①、仓公②之流也！现居金城，离此不远，大王何不召之？"

一知居主人曰：

由华歆之荐，引出华佗。此前叙述华佗为周泰治伤、为关羽刮骨疗毒之时，罗贯中先生对华佗个人医术、经历均无太多介绍。这次通过华歆之口不厌其烦地向曹操陈述华佗众多救人病例，突出了华佗技术高明。华佗所治多为疑难杂症，治疗手段不落俗套。

如此铺垫隐隐给人一种感觉，马上要有重大事情发生！

操即差人星夜请华佗入内，令诊脉视疾。佗曰："大王头脑疼痛，因患风而起。病根在脑袋中，风涎不能出，枉服汤药，不可治疗。某有一法：先饮麻肺汤，然后用利斧砍开脑袋，取出风涎，方可除根。"操大怒曰："汝要杀孤耶！"佗曰："大王曾闻关公中毒箭，伤其右臂，某刮骨疗毒，关公略无惧色。今大王小可之疾，何多疑焉？"操曰："臂

---

① 扁鹊（约前407年~前310年）：战国时期医学家。扁鹊善于运用望、闻、问、切四诊。尤其善用脉诊和望诊来诊断疾病，精于内、外、妇、儿、五官等科，应用砭刺、针灸、按摩、汤液、热熨等法治疗疾病，被尊为医祖。

② 仓公（约前205年~？）：即淳于意，西汉初齐临淄人，曾任齐太仓令，精医道，辨证审脉，治病多验。曾从公孙光学医，并从公乘阳庆学黄帝、扁鹊脉书。后因故获罪当刑，其女缇萦上书文帝，愿以身代，得免。《史记》记载了他的25例医案，称为"诊籍"，是中国现存最早的病史记录。

第七十八回　治风疾神医身死　传遗命奸雄数终

痛可刮，脑袋安可砍开？汝必与关公情熟，乘此机会，欲报仇耳！"呼左右拿下狱中，拷问其情。贾诩谏曰："似此良医，世罕其匹，未可废也。"操叱曰："此人欲乘机害我，正与吉平无异！"急令追拷。

一知居主人曰：

分析曹操要杀华佗之原因，当有四：一是曹操疑心太重。华歆介绍华佗越神奇，曹操越会觉得可疑。二是医生看病要打开病人脑袋，本身就有杀人之嫌疑。三是华佗不该提起关羽。因为关羽之死是曹操本次得头疼病的原因之一，曹操自然而然认为华佗砍开自己的脑袋是要为关羽报仇。四是曹操确实有病，此时思维已经不是太正常。所以贾诩再谏也无济于事。

华佗在狱，有一吴姓狱卒，每日以酒食供奉华佗。佗感其恩，乃告曰："我修一书，公可遣人送与我家，取《青囊书》来赠公，以继吾术。"吴押狱大喜。佗即修书付吴押狱。吴押狱直至金城，问佗之妻取了《青囊书》。回至狱中，付与华佗检看毕，佗即将书赠与吴押狱。旬日之后，华佗竟死于狱中。吴押狱买棺殡殓讫，脱了差役回家，欲取《青囊书》看习，只见其妻正将书在那里焚烧。吴押狱大惊，连忙抢夺，全卷已被烧毁，只剩得一两叶。吴押狱怒骂其妻。妻曰："纵然学得与华佗一般神妙，只落得死于牢中，要他何用！"吴押狱嗟叹而止。

一知居主人曰：

吴押狱之妻所言，很是醒人，不是没有道理。换了别人的妻子，也会如此。李贽先生有言："吴押狱之妻，圣人也，神人也。其言曰：'纵然学得与华佗一般神妙，只落得死于狱中。'非出神入圣之人，何能言此！可笑后人无识，反言愚妇焚烧，真可恨也。"

前有《孟德新书》失传，今有《青囊书》遭殃。前者毁于人口，

后者却是毁于火焚。不免让人感慨,写书不易毁书易。

曹操自杀华佗之后,病势愈重,又忧吴、蜀之事。正虑间,孙权遣使上书:"臣孙权久知天命已归王上,伏望早正大位,遣将剿灭刘备,扫平两川,臣即率群下纳土归降矣。"操大笑,出示群臣曰:"是儿欲使吾居炉火上耶!"陈群等人也附和孙权之意。操笑曰:"吾事汉多年,虽有功德及民,然位至于王,名爵已极,何敢更有他望?苟天命在孤,孤为周文王矣。"司马懿曰:"今孙权既称臣归附,王上可封官赐爵,令拒刘备。"操从之,表封孙权为骠骑将军、南昌侯,领荆州牧。

一知居主人曰:

赤壁之战之后,特别是周瑜去世之后,孙权思维好像有些不正常。孙权总是希望曹操去打刘备,自己好坐收渔利。这次孙权在曹操处称臣,要曹操"早正大位""遣将剿灭刘备",有拍马之嫌。曹操手下陈群等人也随声附和。好在曹操还算清醒,识破孙权主意,并在司马懿建议下,对孙权封官赐爵,让他去打刘备。孙权的弄巧成拙,自己找了个差事。孙权接到通知之后,估计会后悔不迭。

操病势转加。忽一夜梦三马同槽而食,及晓,问贾诩曰:"孤向日曾梦三马同槽,疑是马腾父子为祸;今腾已死,昨宵复梦三马同槽。主何吉凶?"诩曰:"禄马,吉兆也。禄马归于曹,王上何必疑乎?"操因此不疑。

一知居主人曰:

梦见"三马同槽",曹操只是想到了马腾父子及马超,没想到现在朝中还有司马懿父子三人。当然,反正是梦,贾诩如何解释都有道理。只是书中这样叙述,却是给人一种暗示,后面司马一家要横

空出世，最终三国归晋。

是夜，操卧寝室，三更，觉头目昏眩，乃起，伏几而卧。忽闻殿中声如裂帛，操惊视之，忽见伏皇后、董贵人、二皇子，并伏完、董承等二十余人，浑身血污，立于愁云之内，隐隐闻索命之声。操急拔剑望空砍去，忽然一声响亮，震塌殿宇西南一角。操惊倒于地，近侍救出，迁于别宫养病。

一知居主人曰：

毕竟曹操杀人太多，想起种种事情，不免让人产生幻觉，进而失常。毛宗岗先生评论该节时有两句话，"从前做过事，没兴一齐来""新殿建不成，旧殿又塌了"。

次夜，又闻殿外男女哭声不绝。至晓，操召群臣入曰："孤在戎马之中，三十余年，未尝信怪异之事。今日为何如此？"群臣奏曰："大王当命道士设醮修禳。"操叹曰："孤天命已尽，安可救乎？"遂不允设醮。次日，曹操觉气冲上焦，目不见物，急召夏侯惇商议。惇至殿门前，忽见伏皇后、董贵人等人，立在阴云之中。惇大惊昏倒，左右扶出，自此得病。

一知居主人曰：

曹操搬到别宫养病，也无济于事。曹操毕竟有心病。群臣要求道士设醮修禳，曹操不允，倒是让人觉得曹操还有点朴素唯物主义精神。

至于夏侯惇至殿门前，忽见伏皇后、董贵人等立在阴云之中，大惊昏倒，自此得病，则是写书人故弄玄虚而已！夏侯惇是曹操心腹之人，足托以重任。今日忽然得病，曹操也是没有办法。不过，倒是给司马懿一个出人头地的机会。

操召曹洪、陈群、贾诩、司马懿等，嘱以后事。操曰："孤纵横天下三十余年，群雄皆灭，止有江东孙权，西蜀刘备，未曾剿除。孤今病危，不能再与卿等相叙，特以家事相托。孤长子曹昂，刘氏所生，不幸早年殁于宛城。今卞氏生四子：丕、彰、植、熊。孤平生所爱第三子植，为人虚华少诚实，嗜酒放纵，因此不立。次子曹彰，勇而无谋；四子曹熊，多病难保。惟长子曹丕，笃厚恭谨，可继我业。卿等宜辅佐之。"曹洪等涕泣领命而出。

一知居主人曰：

曹操托孤于四大臣，司马懿排名最后。曹操绝对没有想到却是司马懿最终做大，司马家取代曹魏。读曹操所言，却是对诸子评价准确，思路清晰，并不像临终之人。其中解释了最终不立曹植的原因，值得思考。

曹操召见四大顾命大臣。曹操四子无一在场，也很奇葩！唯一让人欣慰的是排在第一名的曹洪为曹家宗亲。

操令取平日所藏名香，分赐诸侍妾，且嘱曰："吾死之后，汝等须勤习女工，多造丝履，卖之可以得钱自给。"又命诸妾多居于铜雀台中，每日设祭，必令女伎奏乐上食。又遗命于彰德府讲武城外，设立疑冢七十二："勿令后人知吾葬处，恐为人所发掘故也。"嘱毕，长叹一声，泪如雨下。须臾，气绝而死。寿六十六岁。时建安二十五年春正月也。

一知居主人曰：

临终之时，"取平日所藏名香，分赐诸侍妾"，有一种"死了，死了，散了，散了"的架势。曹操不让众侍妾殉葬，已经属于难得明白之人。至于设立疑冢七十二，"勿令后人知吾葬处，恐为人所发掘故也"，当与曹操初创时期曾经掘人坟墓以充军资不无关系。

众官用金棺银椁将操入殓,星夜举灵榇赴邺郡来。曹丕闻知父丧,放声痛哭,率大小官员出城十里,伏道迎榇入城。司马孚挺身而出曰:"魏王既薨,天下震动。当早立嗣王,以安众心。何但哭泣耶?"群臣曰:"世子宜嗣位,但未得天子诏命,岂可造次而行?"兵部尚书陈矫曰:"王薨于外,爱子私立,彼此生变,则社稷危矣。"遂拔剑割下袍袖,厉声曰:"即今日便请世子嗣位。众官有异议者,以此袍为例!"百官悚惧。

一知居主人曰:

曹操去世于洛阳,而要葬于邺郡。时曹丕在邺郡,故书中有"率大小官员出城十里,伏道迎榇入城"一句。考虑到时局未稳,司马孚、陈矫所言很有道理。

忽报华歆至。华歆曰:"吾已于汉帝处索得诏命在此。"遂于怀中取出诏命开读。原来华歆谄事魏,故草此诏,威逼献帝降之。帝只得听从,故下诏即封曹丕为魏王、丞相、冀州牧。丕即日登位,受大小官僚拜舞起居。

一知居主人曰:

前几节,一直未见华歆出现,今日忽然出现,自然其原因。原来最是华歆狡猾,已经先行一步,做了一局,在献帝处索得了册封曹丕的诏书。曹丕自会对他感恩有加。

第七十九回
兄逼弟曹植赋诗　佞陷叔刘封伏法

曹丕闻曹彰提兵而来，惊问众官。贾逵挺身而出，愿往折服之。曹丕大喜。逵领命出城，迎见曹彰。彰问曰："先王玺绶安在？"逵正色而言曰："家有长子，国有储君。先王玺绶，非君侯之所宜问也。"彰默然无语，乃与贾逵同入城。至宫门前，逵问曰："君侯此来，欲奔丧耶？欲争位耶？"彰曰："吾来奔丧，别无异心。"逵曰："既无异心，何故带兵入城？"彰即时只身入内，拜见曹丕。兄弟二人，相抱大哭。曹彰将本部军马尽交与曹丕。丕令彰回鄢陵自守，彰拜辞而去。

一知居主人曰：

贾逵一句话降了曹彰，因为贾逵说的合乎道理。曹彰将本部军马交出，是为了证明并无二心，明智之举也。至于曹丕兄弟二人相抱大哭，固然有失父之痛，更是做一番样子给外人看。曹彰回鄢陵，远离政治旋涡，乃出于自保。数年之后，曹彰进京，暴毙于自家府中，原因并不可知。

曹丕安居王位，改元为延康元年。封贾诩为太尉，华歆为相国，王朗为御史大夫；大小官僚，尽皆升赏。谥曹操曰武王，葬于邺郡

高陵，令于禁董治陵事。禁奉命到彼，只见陵屋中白粉壁上，图画关云长水淹七军擒获于禁之事。原来曹丕以于禁兵败被擒，不能死节，既降敌而复归，心鄙其为人，故先令人图画陵屋粉壁，故意使之往见以愧之。当下于禁又羞又恼，气愤成病，不久而死。

一知居主人曰：

有道是，士可杀而不可辱！曹丕安排于禁董治陵事，却又派人在陵屋中白粉壁上，图画关云长水淹七军擒获于禁之事。此计甚毒！尚不足为外人所知。若是换了曹植，绝对不会如此对待于禁。于禁与其这般受辱生气而死，反不如当初战死或为关羽斩了。

华歆奏说曹植、曹熊"二人竟不来奔丧，理当问罪"。丕即分遣使问罪。不一日，使者回报："萧怀侯曹熊惧罪，自缢身死。"丕令厚葬之，追赠萧怀王。又过一日，临淄使者回报："闻使命至，临淄侯端坐不动。丁仪骂曰：'昔者先王本欲立吾主为世子，被谗臣所阻。今王丧未远，便问罪于骨肉，何也？'丁廙又曰：'据吾主聪明冠世，自当承嗣大位，今反不得立。汝那庙堂之臣，何不识人才若此！'临淄侯因怒，叱武士将臣乱棒打出。"

丕大怒，即令许褚领虎卫军火速至临淄。褚直入城中，径到府堂，只见曹植与丁氏兄弟等尽皆醉倒。褚皆缚之，并将府下大小属官，尽行拿解邺郡。丕下令，先将丁仪、丁廙等尽行诛戮。人多惜之。

一知居主人曰：

华歆让曹丕问罪于曹熊、曹植，是为了巩固曹丕地位，手段虽然有点卑劣，却也是万不得已。丁氏兄弟当来使之面，大骂不止，妄议朝政，且派人将来使乱棒打出。曹丕岂能不大怒，收尔杀之！

曹操在时，许褚忠于曹操；今日曹丕继位，许褚为曹丕效命。也有人说，许褚这样的人"一根筋"，过于死板，不灵活。不过，这

样人总比那些当面一套、背后一套的人要好些。

曹丕之母卞氏,听得曹熊缢死,心甚悲伤。忽又闻曹植被擒,其党丁仪等已杀,大惊。急出殿,召曹丕相见。丕见母出殿,慌来拜谒。卞氏哭谓丕曰:"汝弟植平生嗜酒疏狂,盖因自恃胸中之才,故尔放纵。汝可念同胞之情,存其性命。吾至九泉亦瞑目也。"丕曰:"儿亦深爱其才,安肯害他?今正欲戒其性耳。母亲勿忧。"

一知居主人曰:

曹丕、曹熊、曹植均为卞氏所出,一娘同胞,现在熊死不得复生,植被拘尚有生存机会,卞氏出面求救于曹丕,不得已,却足见其哀也!

卞氏洒泪而入,丕出偏殿,召曹植入见。华歆问曰:"适来莫非太后劝殿下勿杀子建乎?"丕曰:"然。"歆曰:"子建怀才抱智,终非池中物,若不早除,必为后患。"丕曰:"母命不可违。"歆曰:"人皆言子建出口成章,臣未深信。主上可召入,以才试之。若不能,即杀之;若果能,则贬之,以绝天下文人之口。"丕从之。

一知居主人曰:

想起曹操在时,曹植与自己之争,曹丕自然想置曹植于死地。但是母亲反对,曹丕不得不考虑。华歆却坚持要曹丕杀曹植,并献计刁难曹植。假若曹操尚在世,必然饶不了华歆。

华歆要杀曹植,并未见大臣之中有为曹植说话者。众大臣是害怕曹丕之威,还是曹植并不为大家认同?或许兼而有之。

曹植入见,惶恐伏拜请罪。丕曰:"吾与汝情虽兄弟,义属君臣,汝安敢恃才蔑礼?昔先君在日,汝常以文章夸示于人,吾深疑汝必用他人代笔。吾今限汝行七步吟诗一首。若果能,则免一死;若不能,

则从重治罪,决不姑恕!"植曰:"愿乞题目。"

一知居主人曰:

曹植入见,"惶恐伏拜请罪",全然没有了先前挥洒之举,自是因为所倚丁氏兄弟被杀,自己身单力薄、无依无靠。曹丕本是有才之人,此时对曹植所言,与华歆之语,如出一人。或许是心中有鬼,乱了方寸。

时殿上悬一水墨画,画着两只牛,斗于土墙之下,一牛坠井而亡。丕指画曰:"即以此画为题。诗中不许犯着'二牛斗墙下,一牛坠井死'字样。"植行七步,其诗已成。诗曰:"两肉齐道行,头上带凹骨。相遇块山下,歘起相搪突。二敌不俱刚,一肉卧土窟。非是力不如,盛气不泄毕。"曹丕及群臣皆惊。

一知居主人曰:

本次曹植顺利七步吟诗,"曹丕及群臣皆惊"。余却对此事有疑。宫殿之上,怎么可能悬挂如此晦气之画?

曹丕曰:"吾与汝乃兄弟也。以此为题。亦不许犯着'兄弟'字样。"植略不思索,即口占一首曰:"煮豆燃豆萁,豆在釜中泣。本是同根生,相煎何太急!"曹丕闻之,潸然泪下。其母卞氏,从殿后出曰:"兄何逼弟之甚耶?"丕慌忙离坐告曰:"国法不可废耳。"于是贬曹植为安乡侯。植拜辞上马而去。

一知居主人曰:

曹植文有《曹子建集》,却没有这"七步诗"知名度高!此诗妇孺皆知,千古传诵!兄弟相争,太让人伤感。曹植赋诗之后,曹丕泪下。后面虽然卞氏出面求情,仍被贬为安乡侯。许是此前华歆说曹植"终非池中物,若不早除,必为后患"之言一直在曹丕耳边"回

荡"。最后一句,"植拜辞上马而去",字面上看起来曹植很潇洒,却是伤透了心的。

曹丕自继位之后,法令一新,威逼汉帝,甚于其父。早有细作报入成都。汉中王闻之,大惊,即与文武商议曰:"曹操已死,曹丕继位,威逼天子,更甚于操。东吴孙权,拱手称臣。孤欲先伐东吴,以报云长之仇;次讨中原,以除乱贼。"

一知居主人曰:

曹丕威逼献帝,属于国家大事。按说,作为帝室之胄,刘备应该讨伐曹丕为先。但刘备还是坚持讨伐孙吴,先报关羽之仇再说。刘备断断没有想到,最后葬送了西蜀主要力量。

廖化说:"关公父子遇害,实刘封、孟达之罪。"玄德便欲擒两人。孔明谏曰:"可升此二人为郡守,分调开去,然后可擒。"玄德遂升刘封去守绵竹。彭羕与孟达甚厚,急作书遣心腹人驰报。不想被马超捉获。超即往见彭羕。酒至数巡,超以言挑之曰:"昔汉中王待公甚厚,今何渐薄也?"羕因酒醉,恨骂曰:"老革荒悖①,吾必有以报之!"超又探曰:"某亦怀怨心久矣。"羕曰:"公起本部军,结连孟达为外合,某领川兵为内应,大事可图也。"马超即将人与书解见汉中王。玄德大怒,擒彭羕下狱。玄德问孔明曰:"彭羕有谋反之意,当何以治之?"孔明曰:"羕虽狂士,然留之久必生祸。"于是赐彭羕死于狱。

一知居主人曰:

廖化建议收拾刘封、孟达,因为他两人不救关羽致关公父子遇害,

---

① 老革荒悖:是说刘备这老东西昏庸不堪。老革,形容老。《方言》卷十:"革,老也。"荒悖:昏乱,荒谬。《三国志·蜀志·彭羕传》:"老革荒悖,可复道邪!"

可以理解。

马超，本来一介武夫，却会用计赚得彭羕信任，彭羕很快说了真言，难得有此计谋！刘备征求诸葛亮意见如何处理彭羕，孔明说"留之久必生祸"，少见！要知道，在第六十三回中，彭羕对刘备、庞统、法正等人有过救命之恩的。

羕既死，有人报知孟达。达大惊。忽使命至，调刘封回守绵竹去讫。孟达慌请上庸、房陵都尉申耽、申仪弟兄二人商议曰："我与法孝直同有功于汉中王。今孝直已死，而汉中王忘我前功，乃欲见害，为之奈何？"耽曰："吾弟兄欲投魏久矣，公可作一表，辞了汉中王，投魏王曹丕，丕必重用。吾二人亦随后来降也。"达猛然省悟，写表一通，付与来使。当晚引五十余骑投魏去了。

一知居主人曰：

孟达与申耽、申仪弟兄议事，申家兄弟却是劝孟达降了曹魏。要知道申氏兄弟本来就是从曹魏过来的，想回归。此时，建议孟达"写表一通"给刘备，有点画蛇添足。注意，申氏兄弟并未与孟达一同投魏，却是为后面刘封大败做了伏笔。

法正作为刘备的主要谋臣，其去世之事，只是从孟达口中一带而过，作者这样安排有些仓促，实在与法正的能力不匹配。

使命持表回成都，奏汉中王，言孟达投魏之事。先主大怒。览其表曰："臣达伏惟殿下：将建伊、吕之业，追桓、文之功，大事草创，假势吴、楚，是以有为之士，望风归顺。臣委质以来，愆戾山积；臣犹自知，况于君乎？今王朝英俊鳞集，臣内无辅佐之器，外无将领之才，列次功臣，诚足自愧！臣闻范蠡识微，浮于五湖；舅犯谢罪，逡巡河上。夫际会之间，请命乞身，何哉？欲洁去就之分也。况臣卑鄙，

无元功巨勋,自系于时,窃慕前贤,早思远耻。昔申生至孝,见疑于亲;子胥至忠,见诛于君;蒙恬拓境而被大刑,乐毅破齐而遭谗佞。臣每读其书,未尝不感慨流涕;而亲当其事,益用伤悼!迩者,荆州覆败,大臣失节,百无一还;惟臣寻事,自致房陵、上庸,而复乞身,自放于外。伏想殿下圣恩感悟,愍臣之心,悼臣之举。臣诚小人,不能始终。知而为之,敢谓非罪?臣每闻'交绝无恶声,去臣无怨辞'。臣过奉教于君子,愿君王勉之,臣不胜惶恐之至!"

一知居主人曰:

孟达此表写得很有文采,且引用典故颇多,并不像是武将所为。其实,孟达既然自己觉得在刘备处无法立足,自行投降曹操好了,没有必要再上表解释。所以刘备有言:"匹夫叛吾,安敢以文辞相戏耶!"

从另外一个角度来看,孟达对西蜀可能还是有一定感情的,心中难舍。所以,后面孟达又倒反曹魏。

刘备即欲起兵擒之。孔明曰:"可就遣刘封进兵,令二虎相并。刘封或有功,或败绩,必归成都,就而除之,可绝两害。"玄德从之,封受命,率兵来擒孟达。

曹丕正议事,忽近臣奏说蜀将孟达来降。丕召入问曰:"汝此来,莫非诈降乎?"达曰:"臣为不救关公之危,汉中王欲杀臣,因此惧罪来降,别无他意。"丕曰:"汝既是真心,便可去襄阳取刘封首级来,孤方准信。"

一知居主人曰:

诸葛亮让刘封追杀孟达,目的很明确,意在"绝两害"。曹丕派孟达回击刘封,目的也很明确,意在试探孟达投魏是否真心。均为一箭双雕之计。

达曰："臣以利害说之，不必动兵，令刘封亦来降也。"丕加封孟达，去守襄阳、樊城。孟达与夏侯尚、徐晃二将礼毕，即修书一封，使人招降刘封。刘封览书大怒曰："此贼误吾叔侄之义，又间吾父子之亲，使吾为不忠不孝之人也！"遂扯碎来书，斩其使。

一知居主人曰：

曹丕所为与前面吕蒙派傅士仁招降糜芳如出一辙。可惜孟达过于自信，觉得可以劝降刘封，写信与刘封。没想刘封"扯碎来书，斩其使"，只是苦了那下书之人！

孟达勃然大怒，领兵出迎。封立马于门旗下，以刀指骂曰："背国反贼，安敢乱言！"孟达曰："汝死已临头上，还自执迷不省！"封大怒，直奔孟达。战不三合，达败走，封乘虚追杀二十余里，一声喊起，伏兵尽出，夏侯尚、徐晃从左右杀来，孟达回身复战。三军夹攻，刘封大败而走，连夜奔回上庸。城上乱箭射下。申耽在敌楼上叫曰："吾已降了魏也！"封只得望房陵而奔，见城上已尽插魏旗。申仪在敌楼上将旗一飐，城后一彪军出，旗上大书"右将军徐晃"。

一知居主人曰：

刘封打仗，还欠些火候。先是遭遇孟达诈败之计，被三面夹击，元气大伤。后又有申家兄弟先后投魏，拒绝刘封入城。此时，刘封颇有点惶惶如丧家之犬，也只有回成都了。刘封自也知道刘备会责怪自己不救关羽之事，但是绝对没有想到会被刘备立斩。否则，他也绝对不会自投罗网。

刘封急望西川而走。晃乘势追杀。刘封只剩得百余骑。到了成都，入见汉中王，哭拜于地，细奏前事。玄德怒曰："辱子有何面目复来见吾！"封曰："叔父之难，非儿不救，因孟达谏阻故耳。"玄德转怒曰：

"汝须食人食、穿人衣,非土木偶人!安可听谗贼所阻!"命左右推出斩之。汉中王既斩刘封,后闻孟达招之,毁书斩使之事,心中颇悔;又哀痛关公,以致染病。因此按兵不动。

一知居主人曰:

刘封败回成都,为刘备所杀,还真应了孟达战刘封时所言"汝死已临头上,还自执迷不省"。刘备与刘封谈及关羽之事,说的不无道理。救不救关羽全在于自己,别人给的都是参考意见。想来刘封断断没有想到不救关羽的后果如此严重。只是刘备斩刘封有些仓促,毕竟刘封有了悔改之意。至于兵败,则在于对方太强。大概刘备想杀刘封之心久矣!

魏王曹丕,自即王位,将文武官僚,尽皆升赏;遂统甲兵三十万,南巡沛国谯县,大飨先莹。乡中父老,扬尘遮道,奉觞进酒,效汉高祖还沛之事。人报大将军夏侯惇病危,丕即还邺郡。时惇已卒,丕为挂孝,以厚礼殡葬。

一知居主人曰:

曹操掌权几十年,尚未如此;曹丕新上位,且尚在居丧守制期间,却要浩浩荡荡,衣锦还乡,有违传统礼制。岂能与高祖还乡相比!只可惜夏侯惇病危,有些扫了他的兴。他立即回邺郡,但还是没有见夏侯惇最后一面。"丕为挂孝",规格有些空前。

第八十回

曹丕废帝篡炎刘　汉王正位续大统

是岁八月间，华歆等入见献帝，要其效尧、舜之道，以山川社稷禅与魏王。帝半晌无言，曰："朕虽不才，初无过恶，安忍将祖宗大业，等闲弃了？"李伏奏曰："自魏王即位以来，麒麟降生，凤凰来仪，黄龙出现，嘉禾蔚生，甘露下降。此是上天示瑞，魏当代汉之象也。"许芝奏曰："臣等职掌司天，夜观乾象，见炎汉气数已终，陛下帝星隐匿不明；魏国乾象，极天际地，言之难尽。更兼上应图谶①，其谶曰：鬼在边，委相连；当代汉，无可言。"帝曰："祥瑞图谶，皆虚妄之事。"王朗奏曰："自古以来，有兴必有废，有盛必有衰，岂有不亡之国、不败之家乎？"帝大哭，入后殿去了。百官哂笑②而退。

一知居主人曰：

但看这一段文字，颇有意思。众大臣你方唱罢我又登台，说得有理有据。中心议题只有一个，要汉献帝退位，禅让于曹魏。唯有那汉献帝叫苦不迭！先是"觑百官而哭"，而后说："汝百官再从公计

---

① 图谶：本义指将来能应验的预言、预兆。是古代关于宣扬迷信的预言、预兆的书籍。常附有图。谶，是秦汉间巫师、方士编造的预示吉凶的隐语。

② 哂笑：讥笑，有嘲讽的意思。宋·辛弃疾《洞仙歌·赵晋臣和李能伯韵属余同和》词："看匆匆哂笑，争出山来。凭谁问、小草何如远志？"

议。""奈何以虚妄之事,而遽欲朕舍祖宗之基业乎?"最后竟然大哭,其可怜之态顿现!最后一句,"百官哂笑而退",有些"群丑图"的样子!

大臣之中,竟然有四十多人要献帝让位,可见众臣对汉献帝的态度。

次日,官僚集于大殿,令宦官入请献帝。帝忧惧不敢出。曹后曰:"百官请陛下设朝,陛下何故推阻?"帝泣曰:"汝兄欲篡位,令百官相逼,朕故不出。"曹后大怒曰:"吾兄奈何为此乱逆之事耶!"言未已,只见曹洪、曹休带剑而入,请帝出殿。曹后大骂曰:"俱是汝等乱贼,希图富贵,共造逆谋!吾父功盖寰区,威震天下,然且不敢篡窃神器。今吾兄嗣位未几,辄思篡汉,皇天必不祚尔!"言罢,痛哭入宫。左右侍者皆歔欷流涕。

一知居主人曰:

曹后者,曹丕之妹也!帝不敢出,曹后敢大骂。曹后直言"吾父功盖寰区,威震天下,然且不敢篡窃神器",却是实话。孙权曾遣使上书劝曹操"早正大位",操观毕大笑,出示群臣曰:"是儿欲使吾居炉火上耶!"曹操临终也没有说及篡汉一事。

在第七十九回中,有句"曹丕自继位之后,法令一新,威迫汉帝,甚于其父",想来为今日之举已经做足了功夫。

帝只得更衣出前殿。华歆奏曰:"陛下可依臣等昨日之议,免遭大祸。"帝痛哭曰:"卿等皆食汉禄久矣。中间多有汉朝功臣子孙,何忍作此不臣之事?"歆曰:"陛下若不从众议,恐旦夕萧墙祸起。非臣等不忠于陛下也。"

836　　管窥《三国》中

一知居主人曰：

献帝被曹洪、曹休的利剑相逼，不出来上朝也由不得自己。见面之后，言语上在责问，实际上在哀求诸位大臣，意在保住自己皇位，真是一个糊涂虫！

帝曰："谁敢弑朕耶？"歆厉声曰："天下之人，皆知陛下无人君之福，以致四方大乱！若非魏王在朝，弑陛下者，何止一人？陛下尚不知恩报德，直欲令天下人共伐陛下耶？"帝大惊，拂袖而起。王朗以目视华歆。歆纵步向前，扯住龙袍，变色而言曰："许与不许，早发一言！"帝战栗不能答。曹洪、曹休拔剑大呼曰："符宝郎[①]何在？"祖弼应声出曰："符宝郎在此！"曹洪索要玉玺。祖弼叱曰："玉玺乃天子之宝，安得擅索！"洪喝令武士推出斩之。祖弼大骂不绝口而死。

一知居主人曰：

求情不成，索性发问谁敢杀我。没想到华歆、王朗两个文人，今日却在朝堂之上演了一出武戏，如凶神恶煞。后面诸葛亮骂死王朗，说的便是今日之事。倒是符宝郎祖弼坚持"真理"，但相比于曹洪、曹休的威逼，无异于鸡蛋碰石头，力量太小了。

帝颤栗不已。只见阶下披甲持戈数百余人，皆是魏兵。帝泣谓群臣曰："朕愿将天下禅于魏王。"贾诩曰："魏王必不负陛下。陛下可急降诏，以安众心。"帝只得令陈群草禅国之诏，令华歆赍捧诏玺，引百官直至魏王宫献纳。曹丕大喜。开读诏。曹丕听毕，便欲受诏。

---

① 符宝郎：官名。唐朝设此官，属门下省，掌管天子八宝及国之符节。此处为作者误用，应为"符玺郎"。

司马懿谏曰:"不可。虽然诏玺已至,殿下宜且上表谦辞,以绝天下之谤。"丕从之,令王朗作表。

一知居主人曰:

作为皇帝,汉献帝已经知道自己皇位不保,退而求其次,要求"幸留残喘,以终天年",可怜至极!

曹丕听罢诏书,便要接诏,幸亏司马懿说得及时。是要曹丕纵是心中有意为之,也要做做样子,免得急匆匆篡了皇位,让天下人笑话!

曹丕自称德薄,请别求以嗣天位。帝览表,心甚惊疑,曰:"魏王谦逊,如之奈何?"华歆说陛下可再降诏,魏王自当允从。帝又令桓阶草诏,遣张音持节奉玺至魏王宫。曹丕接诏欣喜,谓贾诩曰:"虽二次有诏,然终恐天下后世,不免篡窃之名也。"诩说可再命张音赍回玺绶,却教华歆令汉帝筑受禅坛。择吉日良辰,大小公卿,尽到坛下,天子亲奉玺绶,禅天下与王。丕大喜,仍作表谦辞。

一知居主人曰:

曹丕不是没有代汉之心,这次只是要做个样子"释群疑而绝众议"。曹丕之心,众臣皆知,哪有临阵反悔之事。与上次不同的是,上次陈群草禅国之诏,华歆赍捧诏玺,这次桓阶草诏,张音持节奉玺至魏王宫;上次曹丕是"听(诏)毕",这次是曹丕亲自读诏;上次是司马懿规劝,这次是接受贾诩建议。

曹丕是要效仿父亲三辞王爵之事,但其城府太浅,此时已经显得有些急不可耐了。

张音回奏献帝。帝曰:"魏王又让,其意若何?"华歆说可筑受禅坛,集公卿庶民,明白禅位。帝从。至期,献帝请魏王曹丕登坛受禅,

曹丕廢帝篡炎劉

太湖精舍隱者

亲捧玉玺奉曹丕。丕受之。坛下群臣跪听册。读册已毕，魏王曹丕即受八般大礼，登了帝位。贾诩引大小官僚朝于坛下。改黄初元年。国号大魏。丕即传旨，大赦天下。谥父曹操为太祖武皇帝。

一知居主人曰：

前前后后，三次来往，曹丕半推半就，终于称帝。期间，众文职官员忙来忙去，功不可没。尤其是华歆贡献最大，跳梁小丑之状毕显。

曹操在世，没有称帝，今日却得了"太祖武皇帝"封号。曹丕称帝在前，曹操得封在后，故有人戏曰：先有皇帝儿子，后有皇帝爸爸。

华歆奏曰："'天无二日，民无二主'。汉帝既禅天下，理宜退就藩服。乞降明旨，安置刘氏于何地？"言讫，扶献帝跪于坛下听旨。丕降旨封帝为山阳公，即日便行。华歆按剑指帝，厉声而言曰："今上仁慈，不忍加害，封汝为山阳公。今日便行，非宣召不许入朝！"献帝含泪拜谢，上马而去。坛下军民人等见之，伤感不已。

一知居主人曰：

新皇帝上任，如何安置被废皇帝是第一件要做的事情。华歆所言，一副走狗的样子。对于刘协而言，遇到曹丕还好，能做个山阳公，结局已经算是不错的了。

百官请曹丕答谢天地。丕方下拜，忽然坛前卷起一阵怪风，飞砂走石，急如骤雨，对面不见。坛上火烛，尽皆吹灭。丕惊倒于坛上，百官急救下坛，半响方醒。侍臣扶入宫中，数日不能设朝。后病稍可，方出殿受群臣朝贺。大小官僚，一一升赏。丕疾未痊，疑许昌宫室多妖，乃自许昌幸洛阳，大建宫室。

管窥《三国》中

一知居主人曰：

冥冥之中，应了曹后"今吾兄嗣位未几，辄思篡汉，皇天必不祚尔！"之语。曹丕刚刚称帝，便得大病，在位区区六年而薨，似乎命中注定。

汉中王闻知曹丕自立为大魏皇帝，且传言汉帝已遇害，痛哭终日，下令遥望设祭，上尊谥曰"孝愍皇帝"。玄德因此忧虑，致染成疾，不能理事，政务皆托于孔明。

一知居主人曰：

当年信息不通，且战乱不断，谣言四起。说汉帝遇害，无法证实，与其说其无，不如信其有。玄德表现，给人一种装模作样的感觉。

孔明与许靖等僚上表，请汉中王即皇帝位。汉中王大惊，说"欲陷孤为不忠不义之人耶"？孔明奏曰："王上乃汉室苗裔，理合继统以延汉祀。"汉中王勃然变色曰："孤岂效逆贼所为！"

三日后，孔明又引请汉中王出。众皆拜伏于前。许靖奏曰："今天下无不欲王上为君，为孝愍皇帝雪恨。若不从臣等所议，是失民望矣。"汉中王曰："孤虽是景帝之孙，并未有德泽以布于民。今一旦自立为帝，与篡窃何异！"孔明苦劝数次，汉中王坚执不从。

一知居主人曰：

前有曹丕假让三次终称帝；今有刘备数次拒绝大臣建议，第一次"拂袖而起"，第二次"坚执不从"，是在说刘备不想落下骂名矣！

孔明托病不出。汉中王亲到府中探病，孔明只推病重，瞑目不答。汉中王再三请问。孔明喟然叹曰："目今曹丕篡位，汉祀将斩，文武官僚，咸欲奉大王为帝，灭魏兴刘，共图功名。不想大王坚执不肯，

众官皆有怨心,不久必尽散矣。若文武皆散,吴、魏来攻,两川难保。臣安得不忧乎?"汉中王曰:"吾非推阻,恐天下人议论耳。"

一知居主人曰:

刘备在诸葛亮说了病因之后,终于说出自己的顾虑,"吾非推阻,恐天下人议论耳",说明刘备还是有做皇帝的想法和心理的。

孔明曰:"今大王名正言顺,有何可议?岂不闻天与弗取,反受其咎?"汉中王曰:"待军师病可,行之未迟。"孔明拜伏于地曰:"王上既允,便请择日以行大礼。"汉中王惊曰:"陷孤于不义,皆卿等也!"孔明曰:"王上既允所请,便可筑坛择吉,恭行大礼。"

一知居主人曰:

孔明消除了刘备的顾虑,刘备说等诸葛亮病好之后,再行安排,等于答应了孔明的请求。再看孔明,"听罢,从榻上跃然而起,将屏风一击,外面文武众官皆入,拜伏于地",连环动作,栩栩如生。孔明的喜悦之情,跃然纸上。

诸事齐备,多官整设銮驾,迎请汉中王登坛致祭。谯周在坛上,高声朗读祭文。孔明率众官恭上玉玺。汉中王受了,捧于坛上,再三推辞曰:"备无才德,请择有才德者受之。"孔明奏曰:"王上平定四海,功德昭于天下,况是大汉宗派,宜即正位。已祭告天神,复何让焉!"文武各官,皆呼"万岁"。拜舞礼毕,改元章武元年。大小官僚,一一升赏。大赦天下。

一知居主人曰:

今日刘备称大统,"两川军民,无不欣跃"。再看往日曹丕称帝,"坛下军民人等见之,伤感不已"。一顺民意一违民心;一众望所归一私欲膨胀也。

"孔明率众官恭上玉玺"中的"玉玺"当为新刻成的,汉家原物在曹丕处。本书也自此回开始,对刘备称呼又有所改变,称"先主"而非"汉中王"矣!